Fischer TaschenBibliothek

Alle Titel im Taschenformat finden Sie unter:
www.fischer-taschenbibliothek.de

Allein zu Hause, am Weihnachtsabend? Der Geschäftsmann Ebenezer Scrooge bekommt Besuch. Aber nicht aus der Welt der Menschen: Weihnachtsgeister aus Vergangenheit, Gegenwart und Zukunft sorgen dafür, dass der fiese Geizhals sich nicht mehr wohlfühlt in seiner Haut ... Vielfach verfilmt, zählt Charles Dickens' Geschichte über Herzenskälte und Menschlichkeit zu den berühmtesten aller Weihnachtsgeschichten.

Charles Dickens, geboren am 7. Februar 1812 in Landport, arbeitete 1824, während der Schuldhaft des Vaters, in einer Schuhwichsfabrik. Nach der Lehrzeit in einer Anwaltskanzlei war er Prozess-Stenograph und Journalist. Erste Erzählungen erschienen ab 1833, ab 1836 hatten sie außergewöhnlich großen Erfolg. Dickens war Herausgeber verschiedener Zeitschriften und Autor zahlreicher Romane und Erzählungen, die ein realistisches Bild der Erfahrungswelt seiner Zeitgenossen, insbesondere der Mittel- und Unterschicht, zeichneten. Dickens starb am 9. Juni 1870 in Rochester.

Weitere Informationen finden Sie auf www.fischerverlage.de

Charles Dickens

Weihnachtsgeschichten

Aus dem Englischen von
Richard Zoozmann und
Gustav Meyrink

FISCHER TaschenBibliothek

Aus Verantwortung für die Umwelt hat sich der S. Fischer Verlag zu einer nachhaltigen Buchproduktion verpflichtet. Der bewusste Umgang mit unseren Ressourcen, der Schutz unseres Klimas und der Natur gehören zu unseren obersten Unternehmenszielen.

Gemeinsam mit unseren Partnern und Lieferanten setzen wir uns für eine klimaneutrale Buchproduktion ein, die den Erwerb von Klimazertifikaten zur Kompensation des CO_2-Ausstoßes einschließt.

Weitere Informationen finden Sie unter:
www.klimaneutralerverlag.de

Erschienen bei FISCHER Taschenbuch
Frankfurt am Main, Oktober 2023

© 2008 S. Fischer Verlag GmbH,
Hedderichstraße 114, D-60596 Frankfurt am Main

Umschlaggestaltung: RGD Plus Repro-Grafik-Design,
nach einer Idee von Geviert, Grafik & Typographie, München
Satz: Pinkuin Satz und Datentechnik, Berlin
Druck und Bindung: CPI books GmbH, Leck
Printed in Germany
ISBN 978-3-596-52345-0

Inhalt

Weihnachtslied
7

Der Behexte und der Pakt mit dem Geiste
141

Die Silvesterglocken
301

Auf der Walstatt des Lebens
447

Weihnachtslied

ERSTE STROPHE

Marleys Geist

Marley war tot, damit wollen wir anfangen. Kein Zweifel kann darüber bestehen. Der Schein über seine Beerdigung ward unterschrieben von dem Geistlichen, dem Küster, dem Leichenbestatter und den vornehmsten Leidtragenden. Scrooge unterschrieb ihn, und Scrooges Name wurde auf der Börse respektiert, wo er ihn nur hinschrieb. Der alte Marley war so tot wie ein Türnagel.

Versteht mich recht! Ich will nicht etwa sagen, dass ein Türnagel etwas besonders Totes für mich hätte. Ich selbst möchte fast zu der Meinung neigen, dass das toteste Stück Eisen auf der Welt ein Sargnagel sei. Aber die Weisheit unsrer Altvordern liegt in den Gleichnissen, und meine unheiligen Hände sollen sie dort nicht stören, sonst wäre es um das Vaterland geschehen. Man wird mir also erlauben, mit besonderem Nachdruck zu wiederholen, dass Marley so tot wie ein Türnagel war.

Wusste Scrooge, dass er tot war? Natürlich wusste er's. Wie sollte es auch anders sein? Scrooge und er waren, ich weiß nicht seit wie viel Jahren, Kompagnons. Scrooge war sein einziger Testamentsvollstrecker, sein einziger Verwalter, sein einziger Erbe, sein einziger Freund und sein einziger Leidtragender. Und selbst Scrooge war von dem traurigen Ereignis nicht so schrecklich mitgenommen, um nicht selbst am Begräbnistag ein vortrefflicher Geschäftsmann zu sein und ihn mit einem unzweifelhaft guten Handel feiern zu können.

Nun bringt mich die Erwähnung von Marleys Begräbnistag wieder zu dem Ausgangspunkt meiner Erzählung zurück. Es gibt keinen Zweifel, dass Marley tot war. Das muss scharf ins Auge gefasst werden, sonst kann in der Geschichte, die ich erzählen will, nichts Wunderbares geschehen. Wenn wir nicht vollkommen fest überzeugt wären, dass Hamlets Vater tot ist, ehe das Stück beginnt, so wäre durchaus nichts Merkwürdiges in seinem nächtlichen Spaziergang bei scharfem Ostwind auf den Mauern seines eigenen Schlosses. Nicht mehr als bei jedem anderen Herrn in mittleren Jahren, der sich nach Sonnenuntergang rasch zu einem Spaziergang auf einem luftigen Platz entschließt, zum Beispiel auf dem Sankt-Pauls-Kirchhof.

Scrooge ließ Marleys Namen nicht ausstreichen. Noch nach Jahren stand über der Tür des Speichers »Scrooge und Marley«. Die Firma war unter dem Namen Scrooge und Marley bekannt. Leute, die Scrooge nicht kannten, nannten ihn zuweilen Scrooge und zuweilen Marley; aber er hörte auf beide Namen, denn es galt ihm beides gleich.

Oh, er war ein wahrer Blutsauger, dieser Scrooge! Ein gieriger, zusammenkratzender, festhaltender, geiziger alter Sünder: hart und scharf wie ein Kiesel, aus dem noch kein Stahl einen warmen Funken geschlagen hat, verschlossen und selbstgenügsam und ganz für sich, wie eine Auster. Die Kälte in seinem Herzen machte seine alten Gesichtszüge starr, seine spitze Nase noch spitzer, sein Gesicht runzlig, seinen Gang steif, seine Augen rot, seine dünnen Lippen blau, und sie klang aus seiner krächzenden Stimme heraus. Ein frostiger Reif lag auf seinem Haupt, auf seinen Augenbrauen, auf dem starken struppigen Bart. Er schleppte seine eigene niedere Temperatur immer mit sich herum: In den Hundstagen kühlte er sein Kontor wie mit Eis, zur Weihnachtszeit machte er es nicht um einen Grad molliger.

Äußere Hitze und Kälte wirkten wenig auf Scrooge. Keine Wärme konnte ihn wärmen, keine Kälte frösteln machen. Kein Wind war schneidender als er, kein Schneegestöber erbarmungsloser, kein klatschender Regen einer Bitte weniger zugänglich. Schlechtes Wetter konnte ihm nichts anhaben. Der ärgste Regen, Schnee oder Hagel konnten sich nur in einer Art rühmen, besser zu sein als er: Sie gaben oft im Überfluss, und das tat Scrooge nie und nimmer.

Niemals kam ihm jemand auf der Straße entgegen, um mit freundlichen Blicken zu ihm zu sagen: »Mein lieber Scrooge, wie geht's, wann werden Sie mich einmal besuchen?« Kein Bettler sprach ihn um eine Kleinigkeit an, kein Kind fragte ihn, wie spät es sei, kein Mann und keine Frau hat ihn je in seinem Leben nach dem Weg gefragt. Selbst der Hund des Blinden schien ihn zu kennen, und wenn er ihn kommen sah, zog er seinen Herrn in einen Torweg und wedelte dann mit dem Schwanz, als wollte er sagen: »Gar kein Auge, blinder Herr, ist besser als ein böses Auge.«

Doch was kümmerte all das den alten Scrooge? Gerade das gefiel ihm. Allein seinen Weg durch die engen Pfade des Lebens zu wandern, jedem menschlichen Gefühl zu sagen: »Bleibe mir fern«; das war es, was Scrooge gefiel.

Einmal, es war von allen guten Tagen im Jahr der beste, der Christabend, saß der alte Scrooge in seinem Kontor. Draußen war es schneidend kalt und neblig, und er konnte hören, wie die Leute im Hof, um sich zu erwärmen, prustend auf und nieder gingen, die Hände aneinanderschlugen und mit den Füßen stampften. Es hatte eben erst drei Uhr geschlagen, doch war es schon stockfinster. Den ganzen Tag über war es nicht hell geworden, und die Kerzen in den Fenstern der benachbarten Kontore flackerten wie rote Flecken auf der dicken braunen Luft. Der Nebel drang durch jede Spalte und durch jedes Schlüsselloch und war draußen so dick, dass die gegenüberliegenden Häuser des sehr kleinen Hofes wie ihre eigenen Geister aussahen. Wenn man die trübe, dicke, alles verfinsternde Wolke heruntersinken sah, hätte man meinen können, die Natur wohne dicht nebenan und braue en gros.

Die Tür von Scrooges Kontor stand offen, damit er seinen Kommis beaufsichtigen konnte, der in einem erbärmlich feuchten, kleinen Raum, einer Art Burgverlies, Briefe kopierte. Scrooge hatte nur ein sehr kleines Feuer, aber des Dieners Feuer war um so viel kleiner, dass es nur wie eine einzige Kohle aussah. Er konnte aber nicht nachlegen, denn Scrooge hatte den Kohlenkasten in seinem Zimmer, und jedes Mal, wenn der Kommis mit der Kohlenschaufel in der Hand hereinkam, meinte sein Herr, es sei wohl nötig, dass sie sich trennten. Worauf der Kommis seinen weißen Schal umband und versuchte, sich an dem Licht zu wärmen, was aber immer fehlschlug, da er ein Mann von nicht sehr starker Einbildungskraft war.

»Fröhliche Weihnachten, Onkel, Gott erhalte Sie!«, rief da eine heitere Stimme. Es war die Stimme von Scrooges Neffen, der so schnell hereingekommen war, dass dieser Gruß das Erste war, was man von ihm bemerkte.

»Pah«, sagte Scrooge, »dummes Zeug!«

Der Neffe war vom schnellen Laufen so warm geworden, dass er über und über glühte; sein Gesicht war rot und hübsch, seine Augen glänzten und sein Atem rauchte.

»Weihnachten dummes Zeug, Onkel?«, sagte Scrooges Neffe. »Das kann nicht Ihr Ernst sein.«

»Es ist mein Ernst«, sagte Scrooge. »Fröhliche Weihnachten? Was für ein Recht hast du, fröhlich zu sein? Was für einen Grund, fröhlich zu sein? Du bist arm genug.«

»Nun«, antwortete der Neffe heiter, »was für ein Recht haben Sie, grämlich zu sein? Was für einen Grund, mürrisch zu sein? Sie sind reich genug.«

Scrooge, der im Augenblick keine bessere Antwort darauf bereit hatte, sagte noch einmal »Pah!« und brummte hinterher »Dummes Zeug!«

»Seien Sie nicht böse, Onkel«, sprach der Neffe.

»Was soll ich anderes sein«, antwortete der Onkel, »wenn ich in einer Welt voll solcher Narren lebe? Fröhliche Weihnachten! Der Henker hole die fröhlichen Weihnachten! Was ist Weihnachten für dich anderes, als eine Zeit, in der du Rechnungen bezahlen sollst, ohne Geld zu haben, eine Zeit, in der du dich um ein Jahr älter und nicht um eine Stunde reicher findest, eine Zeit, in der du deine Bücher abschließest und in jedem Posten durch ein volles Dutzend von Monaten ein Defizit siehst? Wenn es nach mir ginge«, setzte Scrooge heftig hinzu, »so müsste jeder Narr, der mit seinem ›Fröhliche Weihnachten‹ herumläuft, mit seinem eigenen Pudding gekocht und mit einem Stechpalmenzweig im Herzen begraben werden.«

»Onkel!«, bat der Neffe.

»Neffe«, antwortete der Onkel erbost, »feiere du Weihnachten nach deiner Art und lass es mich nach meiner feiern.«

»Feiern!«, wiederholte Scrooges Neffe. »Aber Sie feiern es ja nicht.«

»Lass mich ungeschoren«, brummte Scrooge. »Mag es dir Nutzen bringen. Es hat dir ja immer schon Nutzen gebracht.«

»Es gibt viele Dinge, die mir hätten nützen können und die ich nicht genutzt habe, das weiß ich«, antwortete der Neffe, »und Weihnachten ist eins davon. Aber ich weiß gewiss, dass ich Weihnachten, abgesehen von der Verehrung, die wir seinem heiligen Namen und Ursprung schuldig sind, immer als eine gute Zeit betrachtet habe, als eine liebe Zeit, als die Zeit der Vergebung und Barmherzigkeit, als die einzige Zeit, die ich in dem ganzen langen Jahreskalender kenne, da die Menschen einträchtig ihre verschlossenen Herzen auftun und die andern Menschen ansehen, als wären sie wirklich Reisegefährten nach dem Grabe und nicht eine ganz andere Art von Geschöpfen, die einen ganz andern Weg gehen. Und daher, Onkel, wenn es mir auch niemals ein Stück Gold oder Silber in die Tasche gebracht hat, daher glaube ich doch, es hat mir Gutes getan, und es wird mir Gutes tun, und ich sage ›Gott segne das Weihnachtsfest!‹«

Der Diener in dem Burgverlies draußen applaudierte unwillkürlich; aber im Augenblick darauf fühlte er auch die Unschicklichkeit seines Betragens, schürte die Kohlen und löschte dadurch die letzten kleinen Funken unwiederbringlich.

»Wenn *Sie* da drin mich noch einen einzigen Laut hören lassen«, sagte Scrooge, »so feiern Sie Ihre Weihnachten mit dem Verlust Ihrer Stelle. – Du bist ein ganz gewaltiger Redner«, fügte er dann hinzu, sich zu seinem Neffen wendend. »Es wundert mich, dass du noch nicht ins Parlament gekommen bist!«

»Seien Sie nicht böse, Onkel. Essen Sie morgen mit uns.«

Scrooge sagte, dass er ihn erst verdammt sehen wolle; ja wahrhaftig, er sprach sich so deutlich aus.

»Aber warum?«, rief Scrooges Neffe. »Warum denn?«

»Warum hast du dich verheiratet?«, fragte Scrooge. »Weil ich mich verliebte.«

»Weil er sich verliebte!«, brummte Scrooge, als sei dies das einzige Ding in der Welt, das noch lächerlicher als eine fröhliche Weihnacht ist. »Guten Abend!«

»Aber Onkel, Sie haben mich ja auch vorher nie besucht. Warum soll es da ein Grund sein, mich jetzt nicht zu besuchen?«

»Guten Abend!«, sagte Scrooge.

»Ich brauche nichts von Ihnen, ich verlange nichts

von Ihnen, warum können wir nicht gute Freunde sein?«

»Guten Abend!«, sagte Scrooge.

»Ich bedaure wirklich von Herzen, Sie so hartnäckig zu finden. Wir haben nie einen Zank miteinander gehabt, an dem ich schuld gewesen wäre. Aber ich habe den Versuch gemacht, Weihnachten zu Ehren, und ich will meine Weihnachtsstimmung bis zuletzt behalten. Fröhliche Weihnachten, Onkel!«

»Guten Abend!«, sagte Scrooge.

»Und ein glückliches Neujahr!«

»Guten Abend!«, sagte Scrooge.

Trotz allem verließ der Neffe das Zimmer ohne ein böses Wort. An der Haustür blieb er dann stehen, um mit dem Glückwunsch des Tages den Kommis zu begrüßen, der trotz der Kälte dennoch wärmer war als Scrooge, denn er gab den Gruß freundlich zurück.

»Das ist auch so ein Kerl!«, brummte Scrooge, der es hörte. »Mein Kommis, mit fünfzehn Shilling die Woche und Frau und Kindern, spricht von fröhlichen Weihnachten. Ich gehe nach Bedlam ins Irrenhaus.«

Der Kommis hatte, als er den Neffen hinausließ, zwei andere Personen eingelassen. Es waren zwei behäbige, wohlansehnliche Herren, die jetzt, mit dem Hut in der Hand, in Scrooges Kontor standen. Sie hatten Bücher und Papiere unterm Arm und verbeugten sich.

»Scrooge und Marley, glaube ich«, sagte einer der Herren, indem er auf seine Liste sah. »Hab ich die Ehre, mit Mr. Scrooge oder mit Mr. Marley zu sprechen?«

»Mr. Marley ist seit sieben Jahren tot«, antwortete Scrooge. »Er starb heute vor sieben Jahren.«

»Wir zweifeln nicht, dass sein überlebender Kompagnon ganz seine Freigebigkeit besitzen wird«, sagte der Herr, indem er ihm sein Beglaubigungsschreiben überreichte.

Er hatte ganz recht, denn sie waren wirklich zwei verwandte Seelen gewesen. Bei dem ominösen Wort Freigebigkeit runzelte Scrooge die Stirn, schüttelte den Kopf und gab das Papier zurück.

»An diesem festlichen Tage des Jahres, Mr. Scrooge«, sagte der Herr, eine Feder ergreifend, »ist es mehr als sonst wünschenswert, wenigstens einigermaßen für die Armen zu sorgen, die zu dieser Zeit in großer Bedrängnis leben. Vielen Tausenden fehlen selbst die notwendigsten Bedürfnisse, Hunderttausenden die notdürftigsten Bequemlichkeiten des Lebens.«

»Gibt es keine Gefängnisse?«, fragte Scrooge.

»Überfluss an Gefängnissen«, sagte der Herr, die Feder wieder hinlegend.

»Und die Armenhäuser?«, fragte Scrooge. »Bestehen die noch?«

»Allerdings«, antwortete der Herr, »aber doch

wünschte ich, sie brauchten weniger in Anspruch genommen zu werden.«

»Tretmühle und Armengesetz sind in voller Kraft?«, sagte Scrooge.

»Beide haben alle Hände voll zu tun.«

»So? Nachdem, was Sie zuerst sagten, fürchtete ich, es halte sie etwas in ihrem nützlichen Gang auf«, sagte Scrooge. »Ich freue mich, das Gegenteil zu hören.«

»In der Überzeugung, dass sie doch wohl kaum imstande sind, der Seele oder dem Leib der Armen christliche Stärkung zu geben«, entgegnete der Herr, »sind einige von uns zur Veranstaltung einer Sammlung zusammengetreten, um für die Armen Nahrungsmittel und Feuerung anzuschaffen. Und wir wählen diese Zeit, weil sie vor allen andern eine Zeit ist, da der Mangel am bittersten gefühlt wird und nur der Reiche sich freut. Welche Summe darf ich für Sie aufschreiben?«

»Nichts«, antwortete Scrooge.

»Sie wünschen ungenannt zu bleiben?«

»Ich wünsche, dass man mich in Ruhe lässt«, sagte Scrooge. »Da Sie mich fragen, meine Herren, was ich wünsche, so ist eben dies meine Antwort. Ich freue mich selbst nicht zu Weihnachten und habe nicht die Mittel, mit meinem Geld Faulenzern Freude zu machen. Ich trage meinen Teil zu den Anstalten bei, die ich genannt habe; sie kosten genug, und wem es schlecht geht, der mag dorthin gehen!«

»Viele können nicht hingehen, und viele würden eher sterben.«

»Wenn sie eher sterben würden«, sagte Scrooge, »so wäre es gut, wenn sie es täten und die überflüssige Bevölkerung dadurch verminderten. Übrigens, Sie entschuldigen, ich weiß nichts davon.«

»Aber Sie könnten es wissen«, bemerkte der Herr.

»Es kümmert mich nichts«, antwortete Scrooge. »Es genügt, wenn ein Mann sein eignes Geschäft versteht und sich nicht in das anderer Leute mischt. Das meinige nimmt meine ganze Zeit in Anspruch. Guten Abend, meine Herren!«

Da sie deutlich einsahen, wie vergeblich weitere Versuche sein würden, zogen sich die Herren zurück. Scrooge setzte sich wieder an die Arbeit mit einer erhöhten Meinung von sich selbst und in einer bessern Laune als gewöhnlich.

Nebel und Dunkelheit hatten inzwischen so zugenommen, dass die Leute mit brennenden Fackeln herumliefen, um den Wagen vorzuleuchten. Der alte Kirchturm, dessen brummende alte Glocke sonst unverwandt aus einem alten gotischen Fenster in der Mauer listig auf Scrooge herabsah, wurde unsichtbar in den Wolken und schlug die Stunden und Viertel mit einem zitternden Nachklang, als wenn in dem erfrorenen Kopfe droben die Zähne klapperten. Die Kälte wurde immer schneidender. In der Hauptstraße an der Ecke der Sackgasse wurden die Gasleitungen ausgebessert, und die Arbeiter hatten ein großes Feuer in einer Kohlenpfanne angezündet. Darum herum drängten sich einige zerlumpte Männer und Knaben, die über den Flammen behaglich blinzelnd sich die Hände wärmten. Aus der eisernen Pumpe, sich selbst überlassen, floss ungehindert Wasser aus, aber bald war es zu Eis erstarrt. Der Lichtschimmer der Läden, in deren Fenstern Stechpalmenzweige und Beeren in der Lampenwärme knisterten, rötete die bleichen Gesichter der Vorübergehenden. Die Gewölbe der Geflügel- und Materialwarenhändler sahen aus wie ein glänzendes, fröhliches Märchenland, und es schien fast unmöglich, damit den Gedanken an eine so langweilige Sache wie Kauf und Verkauf zu verbinden. Der Lord Mayor gab in den innern Gemächern des Mansion House seinen fünfzig Köchen und Kellermeistern Befehl, Weihnachten zu feiern, wie es eines Lord Mayors würdig ist, und selbst der kleine Schneider, den er am Montag vorher wegen Trunkenheit und blutrünstiger Äußerungen in der Öffentlichkeit mit fünf Shilling gestraft hatte, rührte den Pudding für morgen in seinem Dachkämmerchen, während seine magere Frau mit dem Säugling auf dem Arm wegging, um das Roastbeef zu kaufen.

Immer nebliger und kälter wurde es, durchdringend, schneidend kalt. Wenn der gute, heilige Dunstan die Nase des Gottseibeiuns nur mit einem

Hauch von diesem Wetter gefasst hätte, anstatt seine gewöhnlichen Waffen zu gebrauchen, dann hätte er wohl recht gebrüllt. Der Inhaber einer kleinen, jungen Nase, an der die hungrige Kälte biss und nagte wie Hunde an einem Knochen, legte sich an Scrooges Schlüsselloch, um ihn mit einem Weihnachtsliede zu erfreuen. Aber beim ersten Ton des Liedes ergriff Scrooge das Lineal mit einer solchen Heftigkeit, dass der Sänger voll Schrecken entfloh und das Schlüsselloch dem Nebel und dem noch verwandteren Frost überließ.

Endlich kam die Feierabendstunde. Unwillig stieg Scrooge von seinem Sessel und gab dadurch dem harrenden Kommis in dem Verlies stillschweigend die Einwilligung zum Aufbruch, worauf dieser sogleich das Licht auslöschte und den Hut aufsetzte.

»Sie wollen morgen den ganzen Tag frei haben, vermute ich«, sagte Scrooge.

»Wenn es Ihnen recht ist, Sir.«

»Es ist mir durchaus nicht recht«, sagte Scrooge, »und es gehört sich auch nicht. Wenn ich Ihnen eine halbe Krone dafür abzöge, würden Sie denken, es geschähe Ihnen Unrecht, nicht wahr?«

Der Kommis antwortete mit einem gezwungenen Lächeln.

»Und doch«, sagte Scrooge, »denken Sie nicht daran, dass mir Unrecht geschieht, wenn ich einen Tag Lohn bezahle für einen Tag Faulenzen.«

Der Kommis bemerkte, dass es ja nur einmal im Jahr geschähe.

»Eine armselige Entschuldigung, um an jedem fünfundzwanzigsten Dezember eines Mannes Tasche zu bestehlen«, murrte Scrooge, indem er seinen Überrock bis an das Kinn zuknöpfte. »Aber ich vermute, Sie wollen den ganzen Tag frei haben? Seien Sie wenigstens übermorgen um so früher hier!«

Der Kommis versprach es, und Scrooge ging mit einem Brummen fort. Das Kontor war im Nu geschlossen, und der Kommis, dem die langen Enden seines weißen Schals um die Beine baumelten, schlitterte zu Ehren des Festes in einer Reihe von Knaben zwanzigmal Cornhill hinunter; dann lief er so schnell wie möglich in seine Wohnung in Camden Town, um dort Blindekuh zu spielen.

Scrooge nahm sein einsames, trübseliges Mahl in seinem gewöhnlichen, einsamen, trübseligen Gasthaus ein, und nachdem er alle Zeitungen gelesen und sich den Rest des Abends mit seinem Bankjournal vertrieben hatte, ging er nach Hause zurück, um zu schlafen. Er wohnte in den Zimmern, die seinem verstorbenen Kompagnon gehört hatten. Es war eine düstere Flucht von Zimmern in einem niedrigen, dunklen Gebäude, das in seinen Hof so ganz und gar nicht hineinpasste, dass man fast hätte glauben mögen, es habe sich, als es noch ein junges Haus war und mit andern Häusern Versteck spielte, dorthin verlaufen und nicht wieder hinausfinden können. Jetzt war es alt und öde, weil niemand dort wohnte als Scrooge und alle andern Örtlichkeiten als Geschäftsräume vermietet waren. Der Hof war so dunkel, dass selbst Scrooge, der dort jeden Pflasterstein kannte, seinen Weg mit den Händen ertasten musste. Der Nebel und der Frost ballten sich so dick und schwer um den schwarzen alten Torweg des Hauses, als hocke der Wettergeist in trübem Sinnen auf der Schwelle.

Nun steht es fest, dass an dem Klopfer der Haustür ganz und gar nichts Besonderes war als seine Größe. Auch steht es fest, dass ihn Scrooge jeden Abend und jeden Morgen, seitdem er das Haus bewohnte, gesehen hatte und dass Scrooge so wenig Phantasie besaß, als irgendjemand in der City von London, mit Einschluss des Stadtrats – wenn das zu sagen erlaubt ist –, der Aldermen und der Zünfte. Man vergesse auch nicht, dass Scrooge, außer heute Nachmittag, keine Sekunde an seinen vor sieben Jahren verstorbenen Kompagnon gedacht hatte. Und dann erkläre mir jemand, warum Scrooge, als er seinen Schlüssel in das Türschloss steckte, in dem Klopfer, ohne dass dieser sich vor seinen Augen verändert hätte, keinen Türklopfer, sondern Marleys Gesicht sah?

Ja, Marleys Gesicht. Es war nicht von so undurchdringlichem Dunkel umgeben wie die andern Gegenstände im Hof, sondern von einem unheimlichen Licht wie ein verdorbener Hummer in einem dunklen Keller. Es blickte ihm nicht wild entgegen oder zürnend, sondern sah Scrooge an, wie ihn Marley gewöhnlich angesehen hatte, die gespenstige Brille auf die gespenstige Stirn hinaufgeschoben. Das Haar stand ihm seltsam zu Berg, wie von Atem oder heißer Luft gesträubt, und obgleich die Augen weit offen standen, waren sie doch ohne jede Bewegung. Dies und die leichenhafte Farbe machten das Gesicht schrecklich: Aber diese Schrecklichkeit schien eher etwas dem Gesicht Aufgezwungenes zu sein als ein Teil seines Ausdruckes.

Als Scrooge fest auf die Erscheinung blickte, da sah er wieder einen Türklopfer!

Es wäre eine Unwahrheit zu sagen, er sei nicht erschrocken oder sein Blut habe nicht ein grausendes Gefühl durchzuckt, das ihm seit seiner Kindheit unbekannt geblieben war. Aber gewaltsam fasste er sich, fasste mit der Hand abermals nach dem Schlüssel, drehte ihn um, trat in das Haus und zündete sein Licht an.

Und doch zögerte er einen Augenblick, bevor er die Tür schloss, und spähte erst vorsichtig dahinter, als fürchte er wirklich, mit dem Anblick von Marleys Zopf erschreckt zu werden. Aber hinter der Tür war nichts als die Schrauben, die den Klopfer festhielten, und so sagte er: »Bah, bah«, und warf sie hinter sich ins Schloss.

Der Schall klang wie ein Donner durch das Haus. Jedes Zimmer oben und jedes Fass in des Weinhändlers Keller unten schien mit seinem besonderen Echo zu antworten. Scrooge war nicht der Mann, der sich durch Echos erschrecken ließ. Er schloss die Tür, ging über den Hausflur und die Treppe hinauf; und zwar langsam, langsam und beim Hinaufgehen das Licht heller machend.

Man mag behaupten, dass sich's mit einem Sechsspänner eine stattliche alte Treppenflucht hinauf- oder mitten durch ein neues Parlamentsdekret hindurchsausen lasse; ich sage aber, dass man mit einem Leichenwagen, und zwar der Quere nach, mit der Deichsel nach der Wand und mit der Tür nach dem Geländer zu, diese Treppe hinaufgekommen wäre, und zwar ganz bequem. Und das ist vielleicht die Ursache, warum Scrooge glaubte, er sähe einen Leichenwagen vor sich hinaufdampfen. Ein halbes Dutzend Gaslampen von der Straße aus hätten den Eingang nicht hell genug gemacht, und so kann man sich denken, dass es bei Scrooges kleinem Talglicht ziemlich dunkel blieb.

Scrooge aber ging hinauf und kümmerte sich keinen Pfifferling um all das. Dunkelheit ist billig, und das Billige liebte Scrooge. Aber ehe er seine schwere Tür zumachte, ging er durch die Zimmer, um zu sehen, ob alles in Ordnung sei. Er erinnerte sich des Gesichts noch gerade genug, um das zu wünschen.

Wohnzimmer, Schlafzimmer, Rumpelkammer, alles war, wie es sein sollte. Niemand unter dem Tisch, niemand unter dem Sofa; ein kleines Feuer auf dem Rost, Löffel und Teller bereit und das kleine Töpfchen Haferschleim (Scrooge hatte den Schnupfen) auf dem Feuer. Niemand unter dem Bett, niemand im Alkoven, niemand in seinem Schlafrock, der auf eine ganz verdächtige Weise an der Wand hing. Die Rumpelkammer wie gewöhnlich. Ein alter Kaminschirm, alte Schuhe, zwei Fischkörbe, ein dreibeiniger Waschtisch und ein Schüreisen.

Vollkommen zufriedengestellt, machte er die Tür zu, schloss sich ein und schob noch den Riegel vor, was sonst seine Gewohnheit nicht war. So gegen Überraschung sichergestellt, legte er seine Halsbinde ab, zog seinen Schlafrock an und die Pantoffeln, setzte die Nachtmütze auf und nahm dann vor dem Feuer Platz, um seinen Haferschleim zu essen.

Es war wirklich ein sehr kleines Feuer, in einer so kalten Nacht so gut wie gar keins. Er musste sich dicht daran setzen und sich darüber hinbeugen, um das geringste Wärmegefühl von dieser Handvoll Kohlen zu erhaschen. Der Kamin war vor langen Jahren von einem holländischen Kaufmann gebaut worden und ringsum mit seltsamen holländischen Fliesen mit Bildern aus der biblischen Geschichte belegt. Da sah man Kain und Abel, Pharaos Töchter, die Königin von Saba, Engel durch die Luft auf Wolken gleich

Federbetten herabschwebend, Abraham, Belsazar, Apostel in See gehend auf Butterschiffen, Hunderte von Figuren, seine Gedanken zu beschäftigen, und doch kam das Gesicht Marleys wie der Stab des alten Propheten und verschlang alles andere. Wenn jede glänzende Fliese weiß gewesen wäre und die Macht gehabt hätte, aus den vereinzelten Fragmenten seiner Gedanken ein Bild auf ihre Fläche zu zaubern, auf jeder wäre ein Abbild von des alten Marley Gesicht erschienen.

»Dummes Zeug!«, brummte Scrooge und schritt durch das Zimmer.

Nachdem er einige Male auf und ab gegangen war, setzte er sich wieder. Als er den Kopf in den Stuhl zurücklegte, fiel sein Auge wie durch Zufall auf eine Klingel, eine alte, nicht mehr gebrauchte Klingel, die zu einem jetzt vergessenen Zwecke mit einem Zimmer im obersten Stockwerk des Hauses in Verbindung stand. Zu seinem großen Erstaunen und mit einem seltsamen, unerklärlichen Schauer sah er, wie die Klingel sich zu bewegen begann: Erst bewegte sie sich so wenig, dass sie kaum einen Ton von sich gab, aber bald schellte sie laut und mit ihr jede andre Klingel des Hauses.

Das mochte eine halbe Minute gedauert haben oder eine ganze, aber es kam ihm vor wie eine Stunde. Die Klingeln hörten gleichzeitig auf, wie sie gleichzeitig angefangen hatten. Dann vernahm man ein Rasseln tief unten, als ob jemand über die Fässer in des Weinhändlers Keller eine schwere Kette schleppe. Jetzt erinnerte sich Scrooge gehört zu haben, dass Gespenster Ketten schleppen.

Die Kellertür flog mit einem dumpf dröhnenden Knall auf, und dann hörte er das Klirren viel lauter auf dem Hausflur unten, dann wie es die Treppe herauf- und dann wie es gerade auf seine Tür zukam.

»Es ist ja dummes Zeug«, sagte Scrooge. »Ich glaube nicht dran.«

Aber er wechselte doch die Farbe, als es nun ohne zu verweilen durch die schwere Tür und in das Zimmer kam. Als es hereintrat, flammte das sterbende Feuer auf, als riefe es: »Ich kenne ihn, Marleys Geist!«, und die Glut sank wieder zusammen.

Dasselbe Gesicht, ganz dasselbe. Marley mit seinem Zopf, seiner gewöhnlichen Weste, den engen Hosen und hohen Stiefeln, deren Troddeln in die Höhe standen, wie sein Zopf; und ebenso seine Rockschöße und das Haar auf seinem Kopf. Die Kette, die er hinter sich herschleppte, war um seinen Leib geschlungen. Sie war lang, ringelte sich wie ein Schwanz und war (Scrooge betrachtete sie sehr genau) aus Geldkassen, Schlüsseln, Schlössern, Hauptbüchern, Kontrakten und schweren Börsen aus Stahl zusammengesetzt. Sein Leib war so durchsichtig, dass Scrooge durch die Weste hindurch die zwei Knöpfe hinten an seinem Rock sehen konnte.

Scrooge hatte oft sagen gehört, Marley habe kein Herz, aber erst jetzt glaubte er es.

Nein, er glaubte es selbst jetzt noch nicht. Obgleich er das Gespenst durch und durch und vor sich stehen sah, obgleich er den erkältenden Schauer seiner totenstarren Augen fühlte und selbst den Stoff des Tuches erkannte, das ihm um Kopf und Kinn gebunden war und das er früher nicht bemerkt hatte, war er dennoch ungläubig und sträubte sich gegen das Zeugnis seiner Sinne.

»Nun«, sagte Scrooge, scharf und kalt wie gewöhnlich, »was wollt Ihr?«

»Viel!« Das war Marleys Stimme.

»Wer seid Ihr?«

»Fragt mich, wer ich *war*.«

»Nun, wer *wart* Ihr?«, fragte Scrooge lauter. »Für einen Schatten seid Ihr ja sonderbar.«

»Als ich lebte, war ich Euer Kompagnon, Jacob Marley.«

»Könnt Ihr Euch setzen?«, fragte Scrooge und sah ihn zweifelnd an.

»Ich kann es.«

»So tut's.«

Scrooge fragte nur, weil er nicht wusste, ob sich ein so durchsichtiger Geist setzen könne, und er fühlte die Notwendigkeit einer unangenehmen Erklärung, wenn es ihm nicht möglich wäre. Aber der Geist setzte sich auf der anderen Seite des Kamins nieder, als sei er so gewohnt.

»Ihr glaubt nicht an mich?«, fragte der Geist.

»Nein«, sagte Scrooge.

»Welches Zeugnis, außer dem Eurer Sinne, wollt Ihr von meiner Wirklichkeit haben?«

»Ich weiß nicht«, sprach Scrooge.

»Warum glaubt Ihr Euren Sinnen nicht?«

»Weil sie die geringste Kleinigkeit stört«, entgegnete Scrooge. »Eine kleine Unpässlichkeit des Magens macht sie zu Lügnern. Ihr könnt ein unverdautes Stück Rindfleisch, ein Käserindchen, ein Stückchen schlechter Kartoffeln sein. Wer Ihr auch sein möget, Ihr habt mehr vom Unterleib als von der Unterwelt an Euch.«

Es war nicht eben Scrooges Gewohnheit, Witze zu machen, auch fühlte er eben jetzt keine besondere Lust dazu. Die Wahrheit ist, dass er sich bestrebte lustig zu sein, um sich zu erleichtern und sein Entsetzen niederzuhalten; denn die Stimme des Geistes ließ ihn bis ins Mark erzittern.

Diesen starren, toten Augen nur einen Augenblick schweigend gegenüberzusitzen wäre teuflisch gewesen, das fühlte Scrooge wohl. Auch dass das Gespenst seine eigene höllische Atmosphäre hatte, war so grauenerregend. Scrooge fühlte sie nicht selbst, aber doch musste es so sein; denn obgleich das Gespenst ganz regungslos dasaß, bewegten sich sein Haar, seine Rockschöße und seine Stiefeltroddeln wie von dem heißen Dunst eines Ofens.

»Ihr seht diesen Zahnstocher«, sprach Scrooge, seinen Angriff aus dem eben angeführten Grunde sogleich aufs Neue beginnend und von dem Wunsch beseelt, den starren, eisigen Blick des Gespenstes, wenn auch nur für einen Augenblick, von sich abzulenken.

»Ja«, antwortete der Geist.

»Ihr schaut ihn ja nicht an«, sagte Scrooge.

»Aber ich sehe ihn trotzdem«, sprach das Gespenst.

»Gut denn«, antwortete Scrooge. »Ich brauche ihn nur hinunterzuschlucken und mein ganzes übriges Leben hindurch verfolgen mich eine Legion Kobolde, die ich selbst erschaffen habe. Dummes Zeug, sag ich, dummes Zeug!«

Bei diesen Worten stieß das Gespenst einen markerschütternden Schrei aus und ließ seine Kette so grauenerregend und fürchterlich klirren, dass sich Scrooge fest an seinen Stuhl halten musste, um nicht ohnmächtig herunterzufallen. Aber wie wuchs sein Entsetzen, als das Gespenst das Tuch von dem Kopfe nahm, als wär es ihm zu warm im Zimmer, so dass der Unterkiefer auf die Brust herunterklappte.

Scrooge fiel auf die Knie nieder und schlug die Hände vors Gesicht.

»Gnade!«, rief er. »Schreckliche Erscheinung, warum verfolgst du mich?«

»Mensch mit dem irdisch gesinnten Verstand«,

entgegnete der Geist, »glaubst du an mich oder nicht?«

»Ich glaube«, sagte Scrooge, »ich muss glauben. Aber warum wandeln Geister auf Erden, und warum kommen sie zu mir?«

»Von jedem Menschen wird verlangt, dass seine Seele unter seinen Mitmenschen wandle, in die Ferne und in die Nähe«, antwortete der Geist; »und wenn die Seele dies während des Lebens nicht tut, so ist sie verdammt, es nach dem Tode zu tun. Man ist verdammt, durch die Welt zu wandern – ach, wehe mir! – und zu sehen, was man nicht teilen kann, was man aber auf Erden hätte teilen können und zu seinem Glück anwenden sollen.« Und wieder stieß das Gespenst einen Schrei aus und schüttelte seine Ketten und rang die schattenhaften Hände. »Du bist gefesselt«, sagte Scrooge zitternd. »Sage mir, warum?«

»Ich trage die Kette, die ich während meines Lebens geschmiedet habe«, sprach der Geist. »Ich schmiedete sie Glied für Glied und Elle für Elle; mit meinem eigenen freien Willen lud ich sie mir auf, und mit meinem eigenen freien Willen trug ich sie. Ihre Glieder kommen dir seltsam vor?«

Scrooge zitterte mehr und mehr.

»Oder willst du wissen«, fuhr der Geist fort, »wie schwer und wie lang die Kette ist, die du selber trägst? Sie war gerade so lang und so schwer wie diese hier, vor sieben Weihnachten. Seitdem hast du daran gearbeitet! Es ist eine schwere Kette.«

Scrooge sah auf den Boden hinab, in der Erwartung, sich von fünfzig oder sechzig Ellen Eisenkette umschlungen zu sehen; aber er sah nichts.

»Jacob«, sagte er flehend. »Jacob Marley, sage mir mehr. Sprich mir Trost zu, Jacob.«

»Ich habe keinen Trost zu geben«, antwortete der Geist. »Er kommt von andern Regionen, Ebenezer Scrooge, und wird von andern Boten zu andern Menschen gebracht. Auch kann ich dir nicht sagen, was ich dir sagen möchte. Ein klein wenig mehr ist alles, was mir erlaubt ist. Nirgends kann ich rasten oder ruhen.

Mein Geist ging nie über unser Kontor hinaus – merke wohl auf – im Leben blieb mein Geist immer in den engen Grenzen unsrer schachernden Höhle; und weite Reisen liegen noch vor mir.«

Scrooge hatte die Gewohnheit, wenn er nachdenklich wurde, die Hand in die Hosentasche zu stecken. Über das nachsinnend, was der Geist sagte, tat er es auch jetzt, aber ohne die Augen zu erheben oder vom Stuhl aufzustehen.

»Du musst dir aber viel Zeit gelassen haben, Jacob«, bemerkte er im Ton eines Geschäftsmannes, obgleich mit viel Demut und Ehrerbietung.

»Viel Zeit!«, wiederholte der Geist.

»Sieben Jahre tot«, sagte sinnend Scrooge. »Und die ganze Zeit über gereist.«

»Die ganze Zeit«, sagte der Geist. »Ohne Frieden, ohne Ruhe und mit den Qualen ewiger Reue.«

»Du reisest schnell«, sagte Scrooge.

»Auf den Schwingen des Windes«, sagte der Geist.

»Du hättest eine große Strecke in sieben Jahren bereisen können«, sagte Scrooge.

Als der Geist dies hörte, stieß er wieder einen Schrei aus und klirrte so grässlich mit seiner Kette durch das Grabesschweigen der Nacht, dass ihn die Polizei mit vollem Recht wegen Ruhestörung hätte bestrafen können.

»Oh, gefangen und gefesselt«, rief das Gespenst, »nicht zu wissen, dass Zeitalter von unaufhörlicher Arbeit unsterblicher Geschöpfe vergehen, ehe sich das Gute, dessen die Erde fähig ist, entwickeln kann. Nicht zu wissen, dass jeder christliche Geist dieses Erdenleben zu kurz finden wird, um alles Nützliche zu tun, und wenn er auch in einem noch so kleinen Kreise wirkt. Aber ich wusste es nicht, ach, ich wusste es nicht!«

»Aber du warst immer ein guter Geschäftsmann, Jacob«, stotterte Scrooge zitternd, der jetzt anfing, das Schicksal des Geistes auf sich selbst zu beziehen.

»Geschäft!«, rief das Gespenst, seine Hände abermals ringend. »Der Mensch wäre mein Geschäft gewesen! Das allgemeine Wohl wäre mein Geschäft gewesen! Barmherzigkeit, Versöhnlichkeit und Liebe, alles das wäre mein Geschäft gewesen! Alles, was ich in meinem Gewerbe tat, war nur ein kleiner Tropfen Wasser im weiten Ozean meines Geschäfts!«

Er hielt seine Kette vor sich hin, als ob sie die Ursache seines nutzlosen Schmerzes gewesen wäre, und warf sie abermals dumpfdröhnend nieder.

»Zu dieser Zeit des schwindenden Jahres«, sagte das Gespenst, »leide ich am meisten. Warum ging ich mit zur Erde gehefteten Augen durch die Schar meiner Mitmenschen und wendete meinen Blick nie zu dem gesegneten Stern empor, der die Weisen zur Wohnung der Armut führte? Gab es keine arme Hütte, wohin mich sein Licht hätte leiten können?«

Scrooge hörte mit Entsetzen das Gespenst so reden und fing an gewaltig zu zittern.

»Höre mich«, mahnte der Geist. »Meine Zeit ist halb vorbei.«

»Ich höre«, hauchte Scrooge. »Aber mach es gnädig mit mir! Werde nicht hitzig, Jacob, ich bitte dich.«

»Wie es kommt, dass ich in einer dir sichtbaren Gestalt vor dich treten kann, das weiß ich nicht. Viele, viele Tage habe ich unsichtbar neben dir gesessen.«

Das war kein angenehmer Gedanke. Scrooge schauderte und wischte sich den Schweiß von der Stirn.

»Es ist kein leichter Teil meiner Sühne«, fuhr der Geist fort. »Heute Nacht komme ich zu dir, um dich zu warnen, da du noch die Möglichkeit hast, meinem

Schicksal zu entgehen. Eine Möglichkeit und eine Hoffnung, die du mir zu verdanken hast.«

»Du bist immer mein guter Freund gewesen«, murmelte Scrooge. »Ich danke dir.«

»Drei Geister«, fuhr das Gespenst fort, »werden zu dir kommen.« Bei diesen Worten wurde Scrooges Angesicht fast so unglücklich wie das des Gespenstes.

»Ist das die Möglichkeit und die Hoffnung, die du genannt hast, Jacob?«, fragte er mit bebender Stimme.

»Ja.«

»Ich – ich möchte lieber nicht«, sagte Scrooge.

»Ohne ihr Kommen«, sagte der Geist, »kannst du nicht hoffen, den Pfad zu vermeiden, dem ich nun folgen muss. Erwarte den ersten morgen früh, wenn die Glocke eins schlägt.«

»Könnte ich sie nicht alle miteinander hinter mich bringen?«, meinte Scrooge.

»Erwarte den zweiten in der nächsten Nacht um dieselbe Stunde. Den dritten in der darauffolgenden Nacht, wenn der letzte Schlag der zwölften Stunde verklungen ist. Schau mich an, denn du siehst mich nicht wieder; und schau mich an, damit du dich um deinetwillen an das erinnerst, was zwischen uns vorgefallen ist.«

Als es diese Worte gesprochen hatte, nahm das Gespenst das Tuch vom Tisch und band es sich wieder um den Kopf. Scrooge merkte es am Geräusch der Zähne, als die Kinnladen zusammenklappten. Er wagte, die Augen zu erheben, und sah seinen übernatürlichen Besuch vor sich stehen, die Augen noch starr auf ihn geheftet und die Kette um Leib und Arme gewunden.

Die Erscheinung entfernte sich rückwärtsgehend, und bei jedem Schritt öffnete sich das Fenster ein wenig, so dass es weit offen stand, als das Gespenst es erreicht hatte. Es winkte Scrooge, näher zu kommen, und er tat es. Als sie noch zwei Schritte voneinander entfernt waren, hob Marleys Geist die Hand und gebot ihm, nicht näher zu kommen. Scrooge stand still. Mehr aus Überraschung und Furcht, als aus Gehorsam, denn wie sich die gespenstige Hand erhob, hörte er verwirrte Klänge durch die Luft schwirren und unzusammenhängende Töne der Klage und des Leides, unsäglich schmerzlich und reuevoll. Das Gespenst hörte eine Weile zu und stimmte dann in das Klagelied ein; dann schwebte es in die dunkle, kalte Nacht hinaus.

Scrooge trat an das Fenster, von Neugier fast zur Verzweiflung getrieben. Er sah hinaus.

Die Luft war mit Schatten angefüllt, die in ruheloser Hast klagend hin und her schwebten. Jeder trug eine Kette wie Marleys Geist; einige wenige waren zusammengeschmiedet (wahrscheinlich schlechte Minister), keiner war ganz fessellos. Viele waren Scrooge während ihres Lebens bekannt gewesen.

Ganz genau hatte er einen alten Geist in einer weißen Weste gekannt, der einen ungeheuren eisernen Geldkasten hinter sich herschleppte und jämmerlich schrie, einer armen, alten Frau mit einem Kind nicht beistehen zu können, die unten auf einer Türschwelle saß. Man sah es deutlich, ihre Pein war, sich umsonst bestreben zu müssen, den Menschen Gutes zu tun und die Macht dazu auf immer verloren zu haben.

Ob diese Wesen in dem Nebel zergingen oder ob sie der Nebel einhüllte, wusste er nicht zu sagen. Aber sie und ihre Gespensterstimmen vergingen gleichzeitig, und die Nacht wurde wieder so, wie sie auf seinem Nachhauseweg gewesen war.

Scrooge schloss das Fenster und untersuchte die Tür, durch die das Gespenst eingetreten war. Sie war noch verschlossen und verriegelt wie vorher. Er versuchte zu sagen: »Dummes Zeug«, blieb aber bei der ersten Silbe stecken, und da er von der innern Bewegung oder von den Anstrengungen des Tages oder von seinem Einblick in die unsichtbare Welt oder von der Unterhaltung mit dem Gespenst oder der späten Stunde sehr erschöpft war, ging er sogleich ins Bett, ohne sich auszuziehen, und sank sofort in Schlaf.

ZWEITE STROPHE

Der erste Geist

Als Scrooge wieder erwachte, war es so finster, dass er das Fenster kaum von den Wänden seines Zimmers unterscheiden konnte. Er bemühte sich, die Finsternis mit seinen Katzenaugen zu durchdringen, als die Glocke eines Turmes in der Nachbarschaft mit vier Viertelschlägen die volle Stunde ankündigte. Er lauschte, um die Stundenschläge zu hören.

Zu seinem großen Erstaunen schlug die Glocke fort, von sechs zu sieben, von sieben zu acht und so weiter bis zwölf; dann schwieg sie.

Zwölf! Es war zwei vorübergewesen, als er sich zu Bett gelegt hatte. Das Uhrwerk musste falsch gehen. Ein Eiszapfen musste zwischen die Räder gekommen sein. Zwölf!

Er drückte an die Feder seiner Repetieruhr, um die verrückte Glocke zu kontrollieren. Ihr kleiner lebhafter Puls schlug zwölf und schwieg.

»Was! Das ist doch nicht möglich«, sagte Scrooge. »Ich soll den ganzen Tag und bis tief in die andere Nacht hinein geschlafen haben? Es kann doch nicht sein, dass der Sonne etwas passiert und es mittags um zwölf ist?«

Mit diesen unruhigen Gedanken beschäftigt, stieg er aus dem Bett und tappte nach dem Fenster. Er musste das Eis erst wegkratzen und das Fenster mit dem Ärmel seines Schlafrockes abwischen, ehe er etwas sehen konnte; und auch nachher konnte er nur sehr wenig sehen. Alles, was er bemerkte, war, dass es noch sehr neblig und sehr kalt war und dass man nicht den Lärm hin und her eilender Leute hörte, was doch gewiss vernehmbar gewesen wäre, wenn Nacht plötzlich den hellen Tag vertrieben und von der Welt Besitz genommen hätte. Das war ein großer Trost, weil Bedingungen wie »Drei Tage nach Sicht bezahlen Sie diesen Primawechsel an Mr. Ebenezer Scrooge oder dessen Order« und so weiter bloße Vereinigte-Staaten-Sicherheiten wären, wenn es keine Tage mehr gab, um danach zu zählen.

Scrooge legte sich wieder ins Bett und dachte darüber nach, konnte aber zu keinem Schluss kommen. Je mehr er nachdachte, desto verwirrter wurde er, und je mehr er sich bemühte nicht nachzudenken, desto mehr dachte er nach. Marleys Geist machte ihm viel zu schaffen. Immer, wenn er nach reiflicher Überlegung zu dem festen Entschluss gekommen war, das Ganze nur für einen Traum zu halten, flog sein Geist wie eine starke vom Druck befreite Feder wieder in die alte Lage zurück und legte ihm erneut dieselbe Frage vor, die er schon zehnmal überlegt hatte: »War es ein Traum oder nicht?«

Scrooge blieb in diesem Zustand liegen, bis es wieder drei Viertel schlug. Da besann er sich plötzlich, dass der Geist ihm eine Erscheinung mit dem Schlag eins versprochen hatte. So beschloss er wach zu bleiben, bis die Stunde vorüber sei, und wenn man bedenkt, dass er ebenso wenig schlafen als in den Himmel kommen konnte, war dies gewiss der klügste Entschluss, den er fassen konnte.

Die Viertelstunde war so lang, dass es ihm mehr als einmal vorkam, er müsse unversehens in Schlaf gefallen sein und die Uhr überhört haben. Endlich vernahm sein lauschendes Ohr die Glocke.

»Bim, bam!«

»Ein Viertel«, sagte Scrooge zählend.

»Bim, bam!«

»Halb«, sagte Scrooge.

»Bim, bam!«

»Drei Viertel«, sagte Scrooge.

»Bim, bam!«

»Voll!«, rief Scrooge freudig. »Und weiter nichts!«

Er sprach das, ehe die Stundenglocke schlug, was sie jetzt mit einem tiefen, hohlen, melancholischen Klang tat. In demselben Augenblick wurde es hell im Zimmer, und die Vorhänge seines Bettes wurden geöffnet.

Ich sage euch, die Vorhänge seines Bettes wurden von einer Hand weggezogen, und sich aufrichtend blickte Scrooge dem unirdischen Gast, der sie geöffnet hatte, in das Gesicht. So dicht stand er ihm gegenüber, wie ich jetzt im Geist neben euch stehe.

Es war eine sonderbare Gestalt, gleich einem Kind, aber doch eigentlich nicht gleich einem Kind, sondern mehr wie ein Greis, der durch einen wunderbaren Zauber erschien, als sei er dem Auge entrückt und auf diese Weise so klein geworden wie ein Kind. Sein Haar, das in langen Locken auf seine Schultern herabwallte, war weiß, wie vom Alter, und dennoch hatte das Gesicht keine einzige Runzel, und um das Kinn bemerkte man den zartesten Flaum. Die Arme waren lang und muskulös, die Hände ebenso, als läge in ihnen eine ungeheure Kraft. Seine Füße, zart und fein geformt, waren entblößt, gleich den Armen. Der Geist trug einen Talar vom reinsten Weiß; um seinen Leib schlang sich ein Gürtel von wunderbarem Glanz. Er hielt einen frisch-grünen Stechpalmenzweig in der Hand; aber in seltsamem Widerspruch mit diesem Zeichen des Winters war das Kleid mit Sommerblumen verziert. Das Wunderbarste aber war, dass von seinem Scheitel ein heller Lichtstrahl in die Höhe schoss, der alles ringsum erleuchtete, und der gewiss die Ursache war, dass der Geist bei weniger guter Laune einen großen Löschhut, den er jetzt unter dem Arm trug, als Mütze aufsetzte.

Aber selbst dies war nicht seine seltsamste Eigenschaft. Denn wie der Gürtel des Geistes bald an dieser Stelle glänzte und funkelte und bald an jener und wie das, was im Augenblick hell gewesen war, plötzlich dunkel wurde, so verwandelte sich auch die Gestalt selbst, man wusste nicht wie: Bald war es ein Ding mit einem Arm, bald mit einem Bein, bald mit zwanzig Beinen, bald sah man nur zwei Füße ohne Kopf, bald einen Kopf ohne Leib; und wie einer dieser Teile verschwand, blieb keine Spur von ihm in dem dichten Dunkel zurück, das ihn verschlang. Und das größte Wunder dabei war: Die Gestalt blieb immer dieselbe.

»Sind Sie der Geist, dessen Erscheinung mir vorhergesagt wurde?«, fragte Scrooge.

»Ich bin es.«

Die Stimme war sanft und wohlklingend und so leise, als käme sie nicht aus dichtester Nähe, sondern aus einiger Entfernung.

»Wer und was sind Sie?«, fragte Scrooge, schon etwas mehr Mut fassend.

»Ich bin der Geist der vergangenen Weihnacht.«

»Einer lange vergangenen?«, fragte Scrooge, seiner zwerghaften Gestalt gedenkend.

»Nein, einer deiner vergangenen.«

Vielleicht hätte Scrooge, wenn ihn jemand befragt hätte, nicht sagen können, warum, aber doch fühlte er ein ganz besonderes Verlangen, den Geist unter seinem Hut zu sehen; und er bat ihn sich zu bedecken.

»Was?«, rief der Geist. »Willst du so bald mit irdisch gesinnter Hand das Licht, das ich spende, verlöschen? Ist es nicht genug, dass du einer von denen bist, deren Leidenschaften diese Mütze geschaffen haben und mich zwingen, durch lange, lange Jahre meine Stirn damit zu verhüllen?«

Scrooge entschuldigte sich ehrfurchtsvoll, er habe nicht die Absicht gehabt, ihn zu beleidigen, und behauptete, nicht zu wissen, dass er irgendeinmal in seinem Leben dem Geist Ursache gegeben habe, sich zu bedecken. Dann war er so frei zu fragen, was ihn hierher führe?

»Dein Wohl«, sagte der Geist.

Scrooge drückte ihm seine Dankbarkeit aus, konnte sich aber doch nicht des Gedankens erwehren, dass ihm eine Nacht ungestörten Schlafes mehr genützt hätte. Der Geist musste ihn haben denken hören, denn er sagte sogleich:

»Deine Besserung. Nimm dich in acht!«

Er streckte seine starke Hand aus, als er dies sprach, und ergriff sanft seinen Arm.

»Steh auf und folge mir.«

Vergebens würde Scrooge eingewendet haben, Wetter und Stunde seien schlecht geeignet zum Spazierengehen, das Bett sei warm und das Thermometer ein gutes Stück unter dem Gefrierpunkt, er sei nur leicht in Pantoffeln, Schlafrock und Nachtmütze gekleidet und habe gerade jetzt den Schnupfen. Dem Griff, war er auch sanft wie der einer Frauenhand, war nicht zu widerstehen. Er stand auf; aber als er sah, dass der Geist nach dem Fenster schwebte, fasste er ihn flehend bei dem Gewand.

»Ich bin ein Sterblicher«, sagte Scrooge, »und könnte fallen.«

»Lass meine Hand dich *hier* berühren«, sagte der Geist, indem er die Hand auf das Herz legte, »und du wirst größere Gefahren überwinden als diese hier.«

Als er diese Worte gesprochen hatte, drangen die beiden durch die Wand und standen plötzlich im Freien auf der Landstraße, rings von Feldern umgeben. Die Stadt war ganz verschwunden. Keine Spur war mehr davon. Die Dunkelheit und der Nebel waren mit ihr verschwunden, denn es war jetzt ein klarer, kalter Wintertag und der Boden mit weißem reinem Schnee bedeckt.

»Giftiger Himmel!«, rief Scrooge, die Hände faltend, als er um sich blickte. »Hier wurde ich geboren. Hier lebte ich als Knabe.«

Der Geist schaute ihn mit milden Blicken an. Seine sanfte Berührung, obgleich sie nur leise und flüchtig gewesen war, bebte immer noch nach in dem Herzen des alten Mannes. Er fühlte, wie tausend Düfte die Luft durchwehten, jeder mit tausend Gedanken und Hoffnungen und Freuden und Sorgen verbunden, die lange, lange vergessen waren.

»Deine Lippen zittern«, sagte der Geist. »Und was glänzt auf deiner Wange?«

Scrooge murmelte mit einem ungewöhnlichen Mollton in der Stimme, es sei ein Wärzchen, und bat den Geist, ihn zu führen, wohin er wolle.

»Erinnerst du dich des Weges?«, fragte der Geist.

»Ob ich mich seiner erinnere?«, rief Scrooge mit Innigkeit. »Blindlings könnte ich ihn gehen!«

»Seltsam, dass du ihn so viele Jahre hindurch vergessen hast«, sagte der Geist. »Komm!«

Sie schritten den Weg entlang. Scrooge erkannte jedes Tor, jeden Pfahl, jeden Baum wieder, bis ein kleiner Marktflecken in der Ferne mit seiner Kirche, seiner Brücke und dem hellen Fluss erschien. Jetzt kamen einige Knaben, auf zottigen Ponys reitend, auf sie zu, die anderen Knaben in ländlichen Wagen laut zuriefen. Alle waren gar fröhlich und laut, bis die weiten Felder so voll heiterer Musik waren, dass die kalte, sonnige Luft lachte, sie zu hören.

»Dies sind nur Schatten der Dinge, die da gewesen sind«, meinte der Geist, »sie wissen nichts von uns.«

Die fröhlichen Reisenden kamen näher, und Scrooge erkannte sie jetzt alle und konnte sie alle beim Namen nennen. Warum freute er sich über alle Maßen, sie zu sehen, warum wurde sein kaltes Auge feucht, warum frohlockte sein Herz, als sie vorübereilten, warum wurde sein Herz weich, wie sie an den Kreuzwegen voneinander schieden und einander fröhliche Weihnachten wünschten?

Was gingen denn Scrooge fröhliche Weihnachten an? Der Henker hole die fröhlichen Weihnachten! Welchen Nutzen hatte er wohl jemals davon gehabt?

»Die Schule ist nicht ganz verlassen«, nahm der

Geist wieder das Wort. »Ein Kind, eine verlassene Waise, sitzt noch einsam dort.«

Scrooge sagte, er wisse es. Und er schluchzte.

Sie verließen nunmehr die Heerstraße auf einem wohlbekannten Feldweg und erreichten bald ein Haus aus dunkelroten Backsteinen mit einem kleinen Türmchen auf dem Dach und einer Glocke drin. Es war ein großes Haus, aber jetzt vernachlässigt und ziemlich verwahrlost, weil die geräumigen Gemächer wenig gebraucht waren, die Wände feucht und grün, die Fenster zerbrochen, die Türen morsch und halb zerfallen. Hühner gluckten und scharrten in den Ställen, und der Wagenschuppen war mit Gras überwachsen. Auch im Innern war nichts übrig geblieben von seiner alten Pracht, denn als sie in den veröderen Hausflur eintraten und durch die offenen Türen in die vielen Zimmer blickten, sahen sie nur ärmlich ausgestattete, kalte, große Räume. Ein erdiger, multriger Geruch lag in der Luft, eine frostige Unbehaglichkeit von allzu häufigem Aufstehen bei Kerzenlicht und nicht allzu reichlichem Essen.

Der Geist ging mit Scrooge über den Hausflur nach einer Tür auf der Rückseite des Hauses. Sie öffnete sich vor ihnen und zeigte ihnen einen langen, kahlen, unbehaglichen Saal, den Reihen von einfachen hölzernen Bänken noch kahler und unbehaglicher machten.

Auf einer davon saß einsam ein Knabe neben

einem schwachen Feuer und las; und Scrooge setzte sich auf eine Bank nieder und weinte, als er sein eigenes, vergessenes Selbst sah, wie es in früheren Jahren war.

Kein dumpfer Widerhall in dem Haus, kein Rascheln der Mäuse hinter dem Getäfel, kein Getröpfel des halbgefrorenen Brunnentrogs hinten im Hof, kein Seufzer in den blattlosen Zweigen einer verlassen trauernden Pappel, nicht das Knarren der vom Wind hin und her bewegten Tür des Vorratshauses im Hof, selbst nicht das Knistern des Feuers war für Scrooge verloren. Alles fiel auf sein Herz wie erweichende Töne und löste seine Tränen. Der Geist berührte seinen Arm und wies auf sein jüngeres, in ein Buch vertieftes Abbild. Plötzlich stand draußen vor dem Fenster ein Mann in fremdartiger Tracht, mit einer Axt im Gürtel und einen mit Holz beladenen Esel am Zaume führend.

»Was! Das ist ja Ali Baba!«, rief Scrooge voller Freude aus. »Es ist der alte, liebe, ehrliche Ali Baba. Ja, ja, ich weiß es noch. Einst zur Weihnachtszeit geschah es, dass dieser verlassene Knabe ganz allein hier saß, und er zum ersten Male *wirklich* kam, gerade wie er dort steht. Der arme Junge! Und Valentin«, fuhr Scrooge fort, »und auch sein wilder Bruder Orson, dort gehen sie! Und wie heißt doch der, der mitten im Schlaf vor das Tor von Damaskus gesetzt wurde? Siehst du ihn nicht? Und der Stallmeister des

Sultans, der von den bösen Geistern auf den Kopf gestellt wurde, dort ist er ja auch! Ha, ha, es geschieht ihm schon recht! Wer hieß es ihn auch, die Prinzessin heiraten wollen!«

Scrooge mit vollem Ernst über solche Gegenstände reden zu hören und mit einer zwischen Lachen und Weinen schwankenden Stimme, dann auch sein vor Freude aufgeregtes Gesicht zu sehen: Das wäre für seine Geschäftsfreunde in der City gewiss eine große Überraschung gewesen.

»Da ist ja auch der Papagei«, rief Scrooge, »der mit grünem Leib und gelbem Schwanz, da ist er! Der arme Robinson, er rief ihn, als er von seiner Inselumsegelung wieder nach Hause kam ›Robinson Crusoe, wo bist du gewesen?‹ Er glaubte, er träume, aber das war der Papagei. Ha, dort läuft Freitag in der kleinen Bucht. Es gilt das Leben. Hallo, hoh, hallo!«

Dann sagte er mit einem schnellen Wechsel der Gefühle, der seinem gewöhnlichen Charakter sehr fremd war: »Der arme Knabe!«, und er weinte wieder. Dann wischte er sich mit dem Ärmelaufschlag die Augen, steckte die Hand in die Tasche und murmelte: »Ich wünschte – aber es ist jetzt zu spät.«

»Was willst du?«, fragte der Geist.

»Nichts«, sagte Scrooge, »nichts. Gestern Abend sang ein Knabe ein Weihnachtslied vor meiner Tür. Ich wünschte, ich hätte ihm etwas gegeben, weiter war es nichts.«

Der Geist lächelte gedankenvoll und winkte mit der Hand. Dann sagte er: »Lass uns ein anderes Weihnachtsfest sehen.«

Scrooges früheres Selbst wurde bei diesen Worten größer, und das Zimmer etwas finsterer und schwärzer, das Getäfel warf sich, die Fensterscheiben sprangen, Stücke des Kalkbewurfs fielen von der Decke und das bloße Lattenwerk zeigte sich: Aber wie das alles geschah, wusste Scrooge ebenso wenig wie ihr. Er wusste nur, dass alles stimmte und sich ganz so zugetragen habe und dass er's nun wieder sei, der dort allein sitze, während die andern Knaben nach Hause gereist waren zur fröhlichen Weihnachtsfeier.

Er las nicht, sondern ging wie in Verzweiflung im Zimmer auf und ab. Scrooge blickte den Geist an und schaute mit einem traurigen Kopfschütteln und in banger Erwartung nach der Tür.

Da ging sie auf und ein kleines Mädchen, viel jünger als der Knabe, sprang herein, schlang die Arme um seinen Hals, küsste ihn und begrüßte ihn als ihren »lieben, lieben Bruder«.

»Ich komme, um dich mit nach Hause zu nehmen, lieber Bruder!«, sagte das Kind, fröhlich mit den Händen klatschend. »Dich mit nach Hause zu nehmen, nach Hause, nach Hause!«

»Nach Hause, liebe Fanny?«, fragte der Knabe.

»Ja!«, antwortete die Kleine in überströmender Freude. »Nach Hause und für immer! Der Vater ist so viel freundlicher als sonst, dass es bei uns wie im Himmel ist. Eines Abends, als ich zu Bett ging, sprach er so freundlich mit mir, dass ich mir ein Herz fasste und ihn fragte, ob du nicht nach Hause kommen dürftest; und er sagte ja, und schickte mich im Wagen her, um dich zu holen. Und du sollst jetzt dein freier Herr sein«, sagte das Kind und blickte ihn bewundernd an, »und nicht mehr hierher zurückkehren; aber erst sollen wir alle zusammen das Weihnachtsfest feiern und recht lustig sein.«

»Du bist ja eine ordentliche Dame geworden, Fanny!«, rief der Knabe aus.

Sie klatschte in die Hände und lachte und versuchte, bis an seinen Kopf zu reichen; aber sie war zu klein und lachte wieder und stellte sich auf die Zehen, um ihn zu umarmen. Dann zog sie ihn in kindlicher Ungeduld zur Tür, und er begleitete sie mit leichtem Herzen.

Eine schreckliche Stimme im Hausflur rief: »Bringt Master Scrooges Koffer herunter!« Es war der Lehrer selbst, der Master Scrooge mit brutal hochnäsiger Herablassung anstierte und ihn in großen Schrecken setzte, als er ihm die Hand drückte. Dann führte er ihn und seine Schwester in ein feuchtes, fröstelnerregendes Empfangszimmer, an dessen Wänden Landkarten und in dessen Fenster die Erd- und Himmelsgloben vor Kälte glänzten. Hier brachte er eine Flasche merkwürdig leichten

Wein und ein Stück merkwürdig schweren Kuchen herbei und regalierte die Kinder schonend sparsam mit diesen auserlesenen Leckerbissen. Auch schickte er eine hungrig aussehende Magd hinaus, um dem Postillon ein Gläschen anzubieten, wofür dieser aber mit den Worten dankte, wenn es von demselben Fass wie das vorige sei, möchte er lieber nicht kosten. Während dieser Zeit war Master Scrooges Koffer auf den Wagen gebunden worden, und die Kinder nahmen ohne Rührung von dem Schulmeister Abschied, setzten sich in den Wagen und fuhren so schnell zum Garten hinaus, dass der Reif und der Schnee wie Schaum von den immergrünen Gebüschen hinwegstob.

»Sie war immer ein zartes Wesen, das von einem Hauch hätte verwelken können«, sagte der Geist. »Aber sie hatte ein großes Herz.«

»Ja, das hatte sie«, rief Scrooge. »Ich will nicht widersprechen, Geist. Gott verhüte es.«

»Sie starb als Frau«, sagte der Geist, »und hatte Kinder, glaube ich.«

»Ein Kind«, antwortete Scrooge.

»Ja«, sagte der Geist. »Dein Neffe.«

Scrooge schien unruhig zu werden und antwortete kurz: »Ja.«

Obgleich sie die Schule kaum einen Augenblick hinter sich gelassen hatten, befanden sie sich doch plötzlich mitten in den lebendigsten Straßen der

Stadt, wo schattenhafte Fußgänger vorübergingen, wo gespenstige Wagen und Kutschen um Platz stritten und wo das ganze wirre Leben einer wirklichen Stadt herrschte. Am Aufputz der Läden sah man, dass auch hier Weihnachten war; aber es war Abend und die Straßenlaternen brannten.

Der Geist blieb vor dem Eingang eines Lagerhauses stehen und fragte Scrooge, ob er dies kenne.

»Ob ich es kenne?«, sagte Scrooge. »Hab ich hier nicht gelernt?«

Sie traten ein. Beim Anblick eines alten Herrn in einer Stutzperücke, der hinter einem so hohen Pult saß, dass er mit dem Kopf hätte an die Decke stoßen müssen, wäre er zwei Zoll größer gewesen, rief Scrooge in großer Aufregung: »Ha, das ist ja der alte Fezziwig, Gott segne ihn, es ist Fezziwig, wie er leibt und lebt!«

Der alte Fezziwig legte seine Feder hin und sah hinauf nach der Uhr, deren Zeiger auf sieben stand. Er rieb die Hände, zog seine geräumige Weste herunter, schüttelte sich vor heimlichem Lachen von Kopf bis Fuß und rief mit einer behäbigen, voll und doch mild tönenden heiteren Stimme: »Hallo, dort! Ebenezer! Dick!«

Scrooges früheres Selbst, jetzt zu einem Jüngling geworden, trat flink herein, begleitet von seinem Mitlehrling.

»Dick Wilkins, wahrhaftig!«, sagte Scrooge zu

dem Geist. »Wahrhaftig, er ist es. Er war mir sehr zugetan, der Dick. Der arme Dick! Du meine Güte!«

»Hallo, meine Burschen«, rief Fezziwig. »Feierabend heute.

Weihnachten, Dick! Weihnachten Ebenezer! Macht die Läden zu, schnell! Ehe einer Jack Robinson sagen kann.« So rief der alte Fezziwig, munter die Hände zusammenschlagend.

Kaum zu glauben, wie rasch und munter die beiden Jungen darangingen. Sie liefen mit den Läden hinaus – eins, zwei, drei – hatten sie eingesetzt – vier, fünf, sechs – sie zugeriegelt und zugeschraubt – sieben, acht, neun – und kamen zurück, ehe man zwölf sagen konnte, außer Atem, wie Rennpferde.

»Hussahoh!«, rief der alte Fezziwig, mit wunderbarer Geschicklichkeit von seinem hohen Sessel herunterspringend. »Aufräumen, Jungens, und macht viel Platz! Hussahoh, Dick! Hallo, Ebenezer!«

Aufräumen! Es gab nichts, was sie nicht wegräumen wollten oder wegräumen konnten, wenn der alte Fezziwig zusah. Es war in einer Minute geschehen. Alles, was nicht niet- und nagelfest war, wurde in die Winkel geschoben, als sei es für immer aus dem öffentlichen Dienste entlassen; der Flur wurde gekehrt und gesprengt, die Lampen geputzt, Kohlen auf das Feuer geschüttet, und der Laden war so behaglich, so warm und hell wie ein Ballsaal und wie man es nur an einem Winterabend verlangen konnte.

Jetzt trat ein Fiedler mit einem Notenbuch herein, er kletterte auf Fezziwigs hohen Stuhl, machte ihn zum Orchester und begann zu stimmen, als hätte er fünfzigfaches Bauchweh. Dann kam Mrs. Fezziwig, ein einziges behagliches Lächeln. Dann kamen die drei Miss Fezziwig, freudestrahlend und liebenswürdig. Dann kamen die sechs Jünglinge, deren Herzen sie brachen. Dann kamen die Burschen und Mädchen, die im Haus einen Dienst hatten: das Hausmädchen mit ihrem Vetter, dem Bäcker, die Köchin mit ihres Bruders vertrautem Freund, dem Milchmann. Dann kam der Bursche von gegenüber, von dem man sagte, er habe bei seinem Herrn knappe Kost; er versuchte sich hinter dem Mädchen aus dem Nachbarhaus zu verstecken, der man nachwies, sie sei von ihrer Herrschaft an den Ohren gezogen worden. Sie kamen alle, einer nach dem andern; einige schüchtern, andere keck, einige mit Geschick, andere mit Ungeschick, die zerrend und jene stoßend. Dann ging es los, zwanzig Paare auf einmal, eine halbe Runde hin und zurück, dann die Mitte des Zimmers hinauf und wieder herab, dann in zärtlichen Gruppen sich drehend: das alte erste Paar immer an der falschen Stelle, das nächste erste Paar immer zur falschen Zeit, bis alle Paare erste waren und kein einziges mehr das letzte. Als sie so weit gekommen waren, klatschte der alte Fezziwig zum Zeichen, dass der Tanz aus sei, in die Hände und rief »Bravo!«, und der Fiedler senkte sein glühendes Gesicht in einen Krug Porter, der besonders zu diesem Zweck neben ihm stand. Aber kaum war er wieder heraus, als er, obgleich noch keine Tänzer dastanden, wieder aufzuspielen begann, als sei der alte Fiedler erschöpft nach Hause getragen worden und er ein ganz frischer, entschlossen, den alten vergessen zu machen oder zu sterben.

Dann folgten noch mehrere Tänze und Pfänderspiele und wieder Tänze. Dann kam Kuchen und Negus und ein großes Stück kalter Braten und dann ein großes Stück kaltes Siedfleisch und Fleischpasteten und viel Bier. Aber der Glanzpunkt des Abends kam nach dem Siedfleisch, als der Fiedler (ein heller Kopf, er kannte sein Geschäft besser, als ihr oder ich es hätte lehren können) den Großvatertanz »Sir Roger de Coverley« zu spielen begann. Da trat der alte Fezziwig mit Mrs. Fezziwig an, und zwar als das erste Paar. Sie hatten ein gutes Stück Arbeit vor sich, drei- oder vierundzwanzig Partner, Leute, mit denen nicht zu spaßen war, Leute, die tanzen wollten und keine Lust hatten zu spazieren.

Aber selbst wenn es zweimal, ja viermal so viel gewesen wären, hätte es der alte Fezziwig mit ihnen aufgenommen und auch Mrs. Fezziwig. Sie war im vollen Sinn des Wortes würdig, seine Tänzerin zu sein. Wenn das kein großes Lob ist, so sagt mir ein größeres und ich will es aussprechen. Von Fezziwigs Waden schien ein eigener Glanz auszugehen. Sie leuchteten in jedem Teil des Tanzes wie ein Paar Monde. Ihr hättet zu keiner Minute voraussagen können, was aus ihnen in der nächsten wird. Und als der alte Fezziwig und Mrs. Fezziwig alle Touren des Tanzes durchgemacht hatten, sprang Fezziwig so geschickt, als zwinkere er mit den Beinen, und kam, ohne zu wanken, wieder auf die Füße.

Mit dem Glockenschlag elf war dieser häusliche Ball zu Ende. Mr. und Mrs. Fezziwig stellten sich zu beiden Seiten der Tür auf, schüttelten jedem einzelnen der Gäste die Hand zum Abschied und wünschten ihm oder ihr fröhliche Weihnachten.

Als alles, außer den zwei Lehrlingen, fort war, wünschten sie diesen das Gleiche. So waren die heiteren Stimmen verklungen, und die Burschen gingen in ihr Bett, das sich unter einem Ladentisch hinten im Lagerraum befand.

Während dieser ganzen Zeit hatte sich Scrooge wie ein Verrückter benommen. Sein Herz und seine Seele waren bei dem Ball und seinem früheren Selbst. Er bestätigte alles, erinnerte sich an alles, freute sich über alles und befand sich in der seltsamsten Aufregung. Nicht eher, als bis die fröhlichen Gesichter seines früheren Selbst und das Antlitz Dicks verschwunden waren, dachte er daran, dass der Geist neben ihm stand und ihn anschaute, während das Licht auf seinem Haupt in voller Klarheit brannte.

»Eine Kleinigkeit war's doch«, meinte der Geist,

»diesen närrischen Leuten solche Dankbarkeit einzuflößen.«

»Eine Kleinigkeit!«, gab Scrooge zurück.

Der Geist bedeutete ihm, den beiden Lehrlingen zuzuhören, die sich gegenseitig mit Lobpreisungen Fezziwigs überboten; und als Scrooge das getan hatte, sprach der Geist: »Nun, ist es nicht so? Er hat nur ein paar Pfund irdischen Mammons hingegeben; vielleicht drei oder vier. Ist das so der Rede wert, dass er solches Lob verdient?«

»Das ist's nicht«, sagte Scrooge, von dieser Bemerkung gereizt und wie sein früheres, nicht wie sein jetziges Selbst sprechend. »Das ist's nicht, Geist. Er hat die Macht, uns glücklich oder unglücklich, unsern Dienst zu einer Lust oder zu einer Bürde, zu einer Freude oder zu einer Qual zu machen. Du magst sagen, seine Macht liege in Worten und Blicken, in so unbedeutenden und kleinen Dingen, dass es unmöglich ist, sie herzuzählen: was schadet das? Das Glück, das er bereitet, ist so groß, als wenn es sein ganzes Vermögen kostete.«

Er fühlte des Geistes Blick und schwieg.

»Was gibt's?«, fragte der Geist.

»Nichts, nichts«, sagte Scrooge.

»Aber doch etwas, wie?«, drängte der Geist.

»Nein«, sagte Scrooge, »nein. Ich möchte nur eben jetzt ein paar Worte mit meinem Kommis sprechen. Das ist alles.«

Sein früheres Selbst löschte gerade die Lampen aus, als er diesen Wunsch aussprach, und Scrooge und der Geist standen wieder im Freien.

»Meine Zeit geht zu Ende«, sagte der Geist. »Schnell!«

Dieses letzte Wort war nicht zu Scrooge oder zu jemand, den er sehen konnte, gesprochen, aber es wirkte sofort. Denn wieder sah Scrooge sich selbst. Er war jetzt älter geworden: ein Mann in der Blüte seiner Jahre. Sein Gesicht hatte noch nicht die schroffen, rauen Züge seiner späteren Jahre, aber schon begann es Anzeichen der Sorge und des Geizes anzunehmen. In seinem Auge brannte ein ruheloses, habsüchtiges Feuer, das Zeugnis gab von der Leidenschaft, die dort Wurzeln geschlagen hatte, und zeigte, wohin der Schatten des wachsenden Baumes fallen würde.

Er war nicht allein, sondern saß neben einem schönen jungen Mädchen in Trauerkleidern. In ihren Augen standen Tränen, die in dem Licht glänzten, das von dem Geist vergangener Weihnachten ausströmte.

»Es ist ohne Bedeutung«, sagte sie sanft, »und für Sie von gar keiner. Ein anderes Götzenbild hat mich verdrängt; und wenn es Sie in späterer Zeit trösten und aufrechterhalten kann, wie ich es versucht hätte, so habe ich keine Ursache zu klagen.«

»Welches Götzenbild hätte Sie verdrängt?«, erwiderte er.

»Ein goldenes.«

»Dies ist die Gerechtigkeit der Welt!«, sagte er. »Gegen nichts ist sie so hart als gegen die Armut; und nichts tadelt sie unnachsichtiger als das Streben nach Reichtum.«

»Sie fürchten das Urteil der Welt zu sehr«, antwortete sie sanft. »Alle Ihre andern Hoffnungen sind in der einen aufgegangen, vor diesem engherzigen Vorwurf gesichert zu sein. Ich habe Ihre edleren Bestrebungen eine nach der andern verschwinden sehen, bis Sie ganz die *eine* Leidenschaft, die Gier nach Gold, erfüllte. Ist es nicht so?«

»Und wenn es so wäre?«, antwortete er. »Wenn ich so viel klüger geworden wäre, was dann? Gegen Sie bin ich nie anders geworden.«

Sie schüttelte den Kopf.

»Bin ich anders?«

»Unser Bund ist alt. Er wurde geschlossen, als wir beide arm und zufrieden waren, unser Los durch ausdauernden Fleiß verbessern zu können. Sie haben sich aber verändert! Damals, als er geschlossen wurde, waren Sie ein anderer Mensch.«

»Ich war ein Knabe«, sagte er ungeduldig.

»Ihr eigenes Gefühl sagt Ihnen, dass Sie nicht so waren, wie Sie jetzt sind«, antwortete sie. »Ich bin noch dieselbe. Das, was uns Glück versprach, als wir noch ein Herz und eine Seele waren, muss uns Unglück bringen, da wir im Geiste nicht mehr eins sind.

Wie oft ich und wie bitter dies gefühlt habe, will ich nicht sagen; es ist genug, dass ich es gefühlt habe und dass ich Ihnen Ihr Wort zurückgeben kann.«

»Habe ich dies jemals verlangt?«

»In Worten? Nein. Niemals.«

»Wie dann?«

»Durch ein verändertes Wesen, durch einen andern Sinn, durch andere Bestrebungen im Leben und durch andere Hoffnungen – in allem, was meiner Liebe in Ihren Augen Wert gab. Wenn alles Frühere nicht zwischen uns geschehen wäre«, sagte das Mädchen, ihn mit sanftem, aber festem Blicke ansehend, »würden Sie mich jetzt aufsuchen und um mich werben? Gewiss nicht!«

Er schien die Wahrheit ihrer Worte wider seinen Willen zuzugeben. Aber er tat seinen Gefühlen Gewalt an und sagte: »Sie glauben nicht?«

»Gern glaube ich es, wenn ich könnte«, sagte sie, »Gott weiß es. Wenn ich eine Wahrheit wie diese erkannt habe, weiß ich, wie unwiderstehlich sie sein muss. Aber soll ich glauben, dass Sie ein armes Mädchen wählen würden, wenn Sie heute oder morgen oder gestern frei wären, Sie, der selbst in den vertrautesten Stunden alles nach dem Gewinn misst? Oder soll ich mir verhehlen, dass Sie gewiss einst sich getäuscht und bittere Reue fühlen würden, weil Sie für einen Augenblick Ihrem einzigen leitenden Grundsatz untreu werden? Nein, und deswegen gebe ich Ihnen Ihr Wort zurück: willig und um der Liebe dessentwillen, der Sie einst waren.«

Er wollte sprechen, aber mit abgewendetem Gesicht fuhr sie fort:

»Vielleicht – der Gedanke an die Vergangenheit lässt es mich fast hoffen – wird es Sie schmerzen. Eine kurze, sehr kurze Zeit, und Sie werden dann die Erinnerung daran fallen lassen wie die Gedanken an einen nichtigen Traum, aus dem zu erwachen ein Glück für Sie war. Möge Sie alles Glück auf dem gewählten Lebensweg begleiten!«

Sie schieden.

»Geist«, sagte Scrooge, »zeig mir nichts mehr, führ mich nach Hause. Warum erfreust du dich daran, mich zu quälen?«

»Noch einen Schatten«, rief der Geist aus.

»Nein«, rief Scrooge. »Nein. Ich mag nichts mehr sehen. Zeig mir nichts mehr.«

Aber der erbarmungslose Geist hielt ihn mit beiden Händen fest und zwang ihn zu betrachten, was als Nächstes geschah.

Sie befanden sich an einem andern Ort, in einem Zimmer, nicht sehr groß oder schön, aber voller Behaglichkeit. Neben dem Kamin saß ein schönes junges Mädchen, das der, die Scrooge soeben gesehen hatte, so ähnlich war, dass er glaubte, es sei dieselbe, bis er diese, jetzt eine stattliche Matrone, der Tochter gegenübersitzen sah. In dem Zimmer war ein wahrer

Aufruhr, denn es befanden sich mehr Kinder darin, als Scrooge in seiner Aufregung zählen konnte; und hier betrugen sich nicht vierzig Kinder wie eins, sondern jedes Kind wie vierzig. Die Folge davon war ein Lärm sondergleichen; aber niemand schien sich darüber aufzuregen: im Gegenteil, Mutter und Tochter lachten herzlich und freuten sich darüber, und die Letztere, die sich bald in die Spiele mischte, wurde von den kleinen Schelmen gar grausam mitgenommen. Was hätte ich darum gegeben, eines dieser Kinder zu sein, obgleich ich nie so ungezogen gewesen wäre! Nein, nein! Für alle Schätze der Welt hätte ich nicht diese Locken zerdrückt und zerwühlt; und diesen lieben, kleinen Schuh hätte ich nicht entwendet, selbst um mein Leben zu retten. Im Scherz ihre Taille zu messen, wie die dreiste junge Brut tat, hätte ich nicht gewagt aus Furcht, mein Arm würde zur Strafe krumm und nie wieder gerade wachsen. Und doch, wie gern, ich gestehe es, hätte ich ihre Lippen berührt; wie gern sie ausgefragt, damit sie sich geöffnet hätten; wie gern hätte ich die Wimpern dieser niedergeschlagenen Augen betrachtet, ohne ein Erröten hervorzurufen; wie gern dieses wogende Haar gelöst, von dem eine einzige Locke ein unschätzbares Andenken gewesen wäre: Kurz, wie gern hätte ich das kleinste Vorrecht eines dieser Kinder gehabt, mit der Bedingung, Manns genug zu bleiben, um seinen Wert zu fühlen.

Aber jetzt wurde ein Klopfen an der Tür laut, was einen so allgemeinen Ansturm hervorrief, dass sie mit lachendem Gesicht und zerknülltem Kleid in der Mitte eines lärmenden Haufens nach der Tür gedrängt wurde, dem Vater entgegen, der nach Hause kam in Begleitung eines mit Weihnachtsgeschenken beladenen Mannes. Aber nun das Geschrei und das Gedränge und der Sturm auf den verteidigungslosen Träger! Wie sie an ihm auf Stühlen hinaufstiegen, in seine Taschen guckten, die Papierpäckchen raubten, an seiner Halsbinde zupften, an seinem Halse hingen, ihm auf den Rücken trommelten oder an die Beine stießen – alles in unwiderstehlicher Freude! Dann die Ausrufe der Verwunderung und des Frohlockens, mit denen der Inhalt jedes Päckchens begrüßt wurde! Die schreckliche Kunde, dass das Kleinste ertappt worden sei, wie es die Puppenbratpfanne in den Mund gesteckt und wohl gar das hölzerne Huhn samt der Schüssel hinuntergeschluckt habe! Die große Beruhigung, als man entdeckte, dass es falscher Alarm gewesen war! Die Freude und die Dankbarkeit und das Entzücken! Dies alles übertrifft alle Beschreibung. Es muss genügen, zu wissen, dass die Kinder und ihre Freunde endlich aus dem Zimmer kamen und über eine Treppe in den obersten Stock hinaufgingen, wo sie zu Bett gebracht wurden und blieben.

Und als Scrooge jetzt sah, wie sich der Herr

des Hauses, die Tochter zärtlich an seine Seite geschmiegt, mit ihr und ihrer Mutter an seinem eigenen Herd niedersetzte; und wie er dachte, dass ihn ein solches Wesen ebenso lieblich und hoffnungsfroh hätte Vater nennen und wie der Frühling im öden Winter seines Lebens hätte sein können, da wurden seine Augen wirklich trübe.

»Belle«, sagte der Mann, sich lächelnd zu seiner Gattin wendend, »ich sah heut Nachmittag einen alten Freund von dir.«

»Wer war es?«

»Rate mal.«

»Wie kann ich das? Ach, jetzt weiß ich schon«, fügte sie sogleich hinzu, lachend, und auch er lachte. »Mr. Scrooge.«

»Ja, Mr. Scrooge. Ich ging an seinem Kontorfenster vorüber; und da kein Laden davor war und Licht brannte, musste ich ihn sehen. Sein Kompagnon liegt im Sterben, hörte ich, und er war allein. Ganz allein in der weiten Welt, glaube ich.«

»Geist«, rief Scrooge mit bebender Stimme, »führe mich weg von diesem Ort.«

»Ich sagte dir, dass dies Schatten gewesener Dinge sind«, sagte der Geist. »Gib nicht mir die Schuld, dass sie sind, wie sie sind.«

»Führe mich weg«, rief Scrooge aus. »Ich kann es nicht ertragen.«

Er wandte sich dem Geist zu, und wie er sah, dass

er ihn mit einem Gesicht anblickte, in dem sich auf eine seltsame Weise all die Gesichter zeigten, die er bisher gesehen hatte, rang er mit ihm.

»Verlass mich, führ mich weg. Verfolge mich nicht länger.«

In dem Kampf, wenn es ein Kampf genannt werden kann, wieder Geist, ohne sichtbaren Widerstand seinerseits, von den Angriffen seines Gegners unberührt blieb, bemerkte Scrooge, dass das Licht auf seinem Haupt hoch und hell brannte, und in einem dunklen instinktiven Gefühl, jenes Licht sei mit des Geistes Einfluss auf ihn verbunden, ergriff er den Löschhut und stülpte ihn auf des Geistes Haupt.

Der Geist sank zusammen, so dass der Löschhut seine ganze Gestalt bedeckte; aber obgleich Scrooge ihn mit seiner ganzen Kraft niederdrückte, konnte er das Licht nicht ganz verbergen, das darunter hervor- und mit hellem Schimmer über den Boden floss.

Er fühlte sich erschöpft und von einer unüberwindlichen Schläfrigkeit befallen und wusste, dass er in seinem eigenen Schlafzimmer war. Er gab dem Löschhut einen letzten Druck und fand kaum Zeit, in das Bett zu wanken, bevor er in tiefen Schlaf sank.

DRITTE STROPHE

Der zweite Geist

Scrooge erwachte mitten in einem tüchtigen Geschnarche und setzte sich im Bett auf; um seine Gedanken zu sammeln. Diesmal hatte niemand nötig, ihm zu sagen, dass es gerade eins sei. Er fühlte, dass er just zu der rechten Zeit und zu dem ausdrücklichen Zweck erwacht sei, um eine Zusammenkunft mit dem zweiten an ihn durch Jacob Marleys Vermittlung abgesandten Boten zu haben. Aber bei dem Gedanken, welche seiner Bettgardinen das neue Gespenst wohl zurückschlüge, wurde es ihm ganz unheimlich kalt, und so schlug er sie mit seinen eigenen Händen zurück. Dann legte er sich wieder zurück und beschloss, genau aufzupassen, denn er wollte den Geist in dem Augenblick seiner Erscheinung anrufen und wünschte nicht überrascht und erschreckt zu werden.

Leute von keckem Mut, die sich schmeicheln, es schon mit etwas aufnehmen zu können und immer an ihrem Platz zu sein, drücken den weiten Bereich ihrer Fähigkeiten mit den Worten aus: Sie wären gut für alles, vom Brotessen bis zum Menschenverschlingen, da zwischen beiden Extremen ohne Zweifel ziemlich viel Gelegenheit zur Betätigung ihrer Kräfte liegt. Ohne gerade zu behaupten, dass es Scrooge so weit gebracht hätte, muss ich doch von dem Leser den Glauben fordern, dass er auf eine recht schöne Auswahl von Erscheinungen gefasst war und dass ihn nichts zwischen einem Wickelkind und einem Rhinozeros allzu sehr in Verwunderung gesetzt hätte.

Eben weil er beinahe auf alles gefasst war, war er nicht vorbereitet, nichts zu sehen; und daher überfiel ihn ein heftiges Zittern, als die Glocke eins schlug und keine Gestalt erschien. Fünf Minuten, zehn Minuten, eine Viertelstunde vergingen, aber es kam nichts. Die ganze Zeit über lag er auf seinem Bett, dem Kern und Mittelpunkt eines rötlichen Lichtes, das sich darüber ergoss, als die Glocke die Stunde verkündete, und das, weil es nur Licht war, viel beunruhigender als ein Dutzend Geister war, da es ihn unmöglich erraten ließ, was es bedeute oder was es wolle. Ja, er fürchtete zuweilen, er könnte in diesem Augenblick ein merkwürdiger Fall von Selbstentzündung sein, ohne den Trost zu haben, es zu wissen. Endlich jedoch fing er an zu begreifen, dass die Quelle dieses geisterhaften Lichtes wohl in dem anliegenden Zimmer sei, aus dem es bei näherer Betrachtung zu strömen schien. Wie dieser Gedanke die Herrschaft über seine Seele bekommen hatte, stand er leise auf und schlich in den Pantoffeln nach der Tür.

In demselben Augenblick, wo sich Scrooges Hand auf die Klinke legte, rief ihn eine fremde Stimme beim Namen und hieß ihn eintreten. Er gehorchte.

Es war sein eigenes Zimmer. Daran ließ sich nicht zweifeln. Aber eine wunderbare Umwandlung war mit ihm vorgegangen.

Wände und Decke waren ganz mit grünen Zweigen bedeckt, dass es aussah wie eine Laube, in der überall glänzende Beeren schimmerten. Die glänzenden, starren Blätter der Stechpalme, der Mistel und des Efeus warfen das Licht zurück und erschienen wie ebenso viele kleine Spiegel. Eine so gewaltige Flamme loderte die Esse hinauf, wie sie dieses Spottbild eines Kamines zu Scrooges oder Marleys Zeit seit vielen, vielen Wintern nicht gekannt hatte. Auf dem Fußboden waren zu einer Art von Thron Truthähne, Gänse, Wildbret, große Braten, Spanferkel, lange Reihen von Würsten, Pasteten, Plumpuddings, Austerfässchen, glühende Kastanien, rotbäckige Äpfel, saftige Orangen, appetitliche Birnen, ungeheure Stollen und siedende Punschbowlen aufgehäuft, die das Zimmer mit köstlichem Geruch erfüllten. Auf diesem Thron saß behaglich und mit fröhlichem Angesicht ein Riese, gar herrlich anzuschauen. In der Hand trug er eine brennende Fackel, fast wie ein Füllhorn gestaltet, und hielt sie steil in die Höhe, um Scrooge damit zu beleuchten, wie er in das Zimmer guckte.

»Nur herein«, rief der Geist. »Nur herein, und lerne mich besser kennen.«

Scrooge trat schüchtern ein und senkte das Haupt vor dem Geiste. – Er war nicht mehr der hart fühlende, nichts scheuende Scrooge von früher, und obgleich des Geistes Augen hell und mild glänzten, wünschte er ihnen doch nicht zu begegnen.

»Ich bin der Geist der diesjährigen Weihnachtsnacht«, sagte die Gestalt. »Sieh mich an.«

Scrooge tat es mit ehrfurchtsvollem Blick. Der Geist war gekleidet in ein einfaches, dunkelgrünes Gewand, mit weißem Pelz verbrämt. Die breite Brust war entblößt, als verschmähe sie sich zu verstecken. Auch die Füße waren bloß und schauten unter den weiten Falten des Gewandes hervor; und das Haupt hatte keine andere Bedeckung, als einen Stechpalmenkranz, in dem hie und da Eiszapfen glänzten. Seine dunkelbraunen Locken wallten fessellos auf die Schultern. Sein munteres Gesicht, sein glänzendes Auge, seine fröhliche Stimme, sein ungezwungenes Benehmen, alles sprach von Offenheit und heiterem Sinn. Um den Leib trug er eine alte Degenscheide gegürtet; aber sie war von Rost zerfressen und kein Schwert steckte darin.

»Du hast meinesgleichen nie vorher gesehen«, rief der Geist.

»Niemals«, entgegnete Scrooge.

»Hast dich nie mit den jüngern Gliedern meiner Familie abgegeben; ich meine (denn ich bin sehr jung) meine älteren Brüder, die in den vergangenen Jahren geboren worden sind?«, fuhr das Phantom fort.

»Ich glaube nicht«, sagte Scrooge. »Doch es tut mir leid, es nicht getan zu haben. Hast du viele Brüder gehabt, Geist?«

»Mehr als achtzehnhundert«, sagte dieser.

»Eine schrecklich große Familie, wenn man für sie zu sorgen hat«, murmelte Scrooge.

Der Geist der diesjährigen Weihnacht erhob sich.

»Geist«, sagte Scrooge demütig, »führe mich, wohin du willst. Gestern Nacht wurde ich durch Zwang hinausgeführt und mir wurde eine Lehre gegeben, die jetzt Wirkung zeigt. Heute bin ich bereit zu folgen, und wenn du mich etwas zu lehren hast, will ich gern hören.«

»Berühre denn mein Gewand.«

Scrooge tat wie ihm geheißen und hielt es fest.

Stechpalmen, Misteln, rote Beeren, Efeu, Truthähne, Gänse, Spanferkel, Braten, Würste, Austern, Pasteten, Puddings, Früchte und Punsch, alles verschwand blitzschnell. Auch das Zimmer verschwand, das Feuer, der rötliche Schimmer, die nächtliche Stunde, und sie standen in den Straßen der Stadt, am Morgen des Weihnachtstages, wo die Leute – denn es war sehr kalt – eine raue, aber fröhliche und nicht unangenehme Musik machten, indem sie den Schnee von dem Straßenpflaster und den Dächern der Häuser zusammenfegten. Und daneben standen die Kinder und freuten sich und kreischten, wenn die Schneelawinen von den Dächern herunterstürzten und in künstliche Schneestürme zerstoben.

Die Häuser erschienen schwarz und die Fenster noch schwärzer, verglichen mit der faltenlosen, weißen Schneedecke auf den Dächern und dem schmutzigeren Schnee auf den Straßen. Dort war er von den schweren Rädern der Wagen und Karren in tiefe Furchen gepflügt; Furchen, die sich hundert- und aberhundertmal kreuzten, wo eine Straße abging, und die in dem dicken, gelben Schmutz und halberstarrten Wasser labyrinthische Gerinnsel bildeten. Der Himmel war trübe, und selbst die kürzesten Straßen schienen sich in einem dicken Nebel zu verlieren, dessen schwerere Teile in einem rußigen Regen niederfielen, als hätten alle Essen von England sich auf einmal entzündet und qualmten jetzt nach Herzenslust. Es war in der ganzen Umgebung nichts Heiteres, und doch lag etwas in der Luft, was die klarste Sommerluft und die hellste Sommersonne nicht hätten verbreiten können.

Denn die Leute, die den Schnee von den Dächern schaufelten, waren lustig und mutwilliger Laune. Sie riefen von den Dächern einander zu und wechselten dann und wann einen Schneeball – ein Pfeil, der harmloser war als manches Wort – und lachten herzlich, wenn er traf, und nicht minder herzlich, wenn er fehlging. Die Läden der Geflügelhändler waren noch halb offen und die der Fruchthändler strahlten in heller Freude. Da sah man – als wären es Westen lustiger alter Herren – große runde, dickbäuchige Körbe mit Kastanien an den Türen lehnen oder in ihrem apoplektischen Überfluss auf die Straße rollen. Da sah man braune, umfangreiche, spanische Zwiebeln, in ihrer Fettigkeit spanischen Mönchen gleichend und mutwillig den Mädchen winkend, die vorübergingen und verschämt nach dem Mistelzweig schielten. Da sah man Birnen und Äpfel zu Pyramiden aufeinandergepackt: Trauben, die der Kaufmann in seiner Gutmütigkeit recht augenfällig im Gewölbe hängen ließ, dass den Vorübergehenden der Mund gratis wässerte, Haufen von Haselnüssen, bemoost und braun, mit ihrem frischen Duft an vergangene Streifzüge im Wald durch das raschelnde, fußhohe, welke Laub erinnernd, Norfolk-Biffins, fett und kraus, mit ihrer Bräune von den gelben Orangen abstechend und gar dringlich bittend, dass man sie nach Hause trage und nach Tische esse. Ja, selbst die Gold- und Silberfische, die in einem Glase mitten unter den erlesenen Früchten standen, schienen zu wissen, dass etwas Besonderes los sei, obgleich sie von einem dick- und kaltblütigen Geschlecht waren, und schwammen um ihre kleine Welt in langsamer und leidenschaftsloser Bewegung.

Ach die Kolonialwarenläden! Fast geschlossen waren sie, vielleicht ein oder zwei Laden vorgesetzt: Aber welche Herrlichkeiten sah man durch diese

Öffnungen! Nicht allein, dass die Waagschalen mit fröhlichem Klingklang auf dem Ladentisch rumorten oder dass der Bindfaden so munter von seiner Rolle schnurrte oder dass die Büchsen blitzschnell hin und her fuhren wie durch Zauberei oder dass der Mischgeruch von Kaffee und Tee der Nase so wohltat, nicht dass die Rosinen so wunderschön, die Mandeln so außerordentlich weiß, die Zimtstengel so lang und gerade, die andern Gewürze so köstlich, die eingemachten Früchte so dick mit geschmolzenem Zucker belegt waren, dass der kälteste Zuschauer entzückt wurde; nicht allein, dass die Feigen so saftig und fleischig waren oder dass die Brignolen in bescheidener Koketterie in ihren verzierten Büchsen erröteten oder dass alles so gut zu essen oder so schön in seinem Weihnachtskleid war: Das war es nicht allein. Die Kaufenden waren auch alle so eifrig und eilig in der Vorfreude auf das Fest, dass sie in der Türe gegeneinanderrannten, wie von Sinnen mit ihren Körben zusammenstießen und ihre Einkäufe vergaßen und wieder zurückliefen, um sie zu holen, und tausend ähnliche Irrtümer in der bestmöglichen Laune begingen, während der Kaufmann und seine Leute so frisch und froh waren, dass die blanken Herzen, die ihre Schürzen hinten zusammenhielten, ihre eigenen hätten sein können.

Aber bald riefen die Glocken nach den Kirchen und den Kapellen, und die Leute gingen in ihren besten Kleidern und ihren feiertäglichsten Gesichtern durch die Straßen. Und zu derselben Zeit strömten aus den Nebenstraßen und Gässchen und namenlosen Winkeln zahllose Leute, die ihr Mittagessen in die Backstuben trugen. Der Anblick dieser Armen und doch so Glücklichen schien des Geistes Teilnahme am meisten zu erregen, denn er blieb mit Scrooge neben eines Bäckers Tür stehen, und während er die Deckel von den Schüsseln nahm, als die Träger vorübergingen, bestreute er ihr Mahl mit dem Weihrauch seiner Fackel. Und es war eine gar wunderbare Fackel, denn ein paarmal, als einige von den Leuten zusammengerannt waren und darüber heftige Worte fielen, besprengte er sie mit etlichen Tropfen Tau daraus, und ihre gute Laune war augenblicklich wiederhergestellt. Denn sie sagten, es sei eine Schande, sich am Weihnachtstag zu zanken.

Jetzt schwiegen die Glocken, und die Läden der Bäcker wurden geschlossen: Und doch schwebte noch ein Schatten von allen diesen Mittagessen und dem Fortgang ihrer Zubereitung in dem getauten, nassen Fleck über jedem Ofen; und vor ihnen rauchte das Pflaster, als kochten selbst die Steine.

»Ist eine besondere Kraft in dem, was deine Fackel ausstreut?«, fragte Scrooge.

»Ja. Meine eigene.«

»Und wirkt sie auf jedes Mittagsmahl an diesem Tag?«, fragte Scrooge.

»Auf jedes, sofern es gern gegeben wird. Auf ein ärmliches am meisten.«

»Warum auf ein ärmliches am meisten?«

»Weil das meiner Kraft am meisten bedarf.«

»Geist«, sagte Scrooge nach kurzem Nachdenken, »mich wundert's, dass du von allen Wesen auf den vielen Welten um uns herum wünschen solltest, diesen Leuten die Gelegenheit eines unschuldigen Genusses zu rauben.«

»Ich?«, rief der Geist.

»Du willst ihnen die Mittel nehmen, jeden siebten Tag zu Mittag zu essen, und doch ist das der einzige Tag, wo sie überhaupt zu Mittag essen können«, sagte Scrooge.

»Ich?«, rief der Geist.

»Du willst doch Backstuben und ähnliche Plätze am siebten Tag geschlossen halten – das kommt doch auf dasselbe heraus.«

»Ich?«, rief der Geist.

»Verzeih mir, wenn ich unrecht habe. Es ist in deinem Namen geschehen oder wenigstens in dem deiner Familie«, sprach Scrooge.

»Es gibt Menschen auf Eurer Erde«, entgegnete der Geist, »die uns kennen wollen und die ihre Taten des Stolzes, der Missgunst, des Hasses, des Neides, des Fanatismus und der Selbstsucht in unserm Namen tun; die uns in allem, was zu uns gehört, so fremd sind, als hätten sie nie gelebt. Bedenke dies und schreibe ihre Taten ihnen selbst zu und nicht uns.«

Scrooge versprach es, und sie gingen weiter in die Vorstadt, unsichtbar wie bisher. Es war eine wunderbare Eigenschaft des Geistes (Scrooge hatte sie bei dem Bäcker bemerkt), dass er, bei seiner riesenhaften Gestalt, doch überall leicht Platz fand und dass er unter einem niedrigen Dach ebenso schön und gleich einem übernatürlichen Wesen dastand wie in einem geräumigen, hohen Saal.

Vielleicht war es die Freude, die der gute Geist darin fühlte, diese Macht zu zeigen, vielleicht auch seine warmherzige, freundliche Natur und seine Teilnahme mit allen Armen, was ihn gerade zu Scrooges Kommis führte: Denn er ging wirklich hin und nahm Scrooge mit, der sich an seinem Gewand festhielt. Auf der Schwelle stand der Geist lächelnd still und segnete Bob Cratchits Wohnung mit dem Tau seiner Fackel. Denkt doch! Bob hatte nur fünfzehn ›Bobs‹* die Woche; er steckte sonnabends nur fünfzehn seiner Namensvettern in die Tasche, und doch segnete der Geist der diesjährigen Weihnacht sein Haus.

Im Zimmer stand Mr. Cratchits Frau in einem ärmlichen, zweimal gewendeten Kleid, schön aufgeputzt mit Bändern, die billig sind, aber für sechs

---

* Shilling

Pence hübsch genug aussehen. Sie deckte den Tisch, und Belinda, ihre zweite Tochter, half ihr dabei, während Master Peter mit der Gabel in eine Schüssel voll Kartoffeln stach und die Spitzen seines ungeheuren Hemdkragens (Bobs Privateigentum, seinem Sohn und Erben zu Ehren des Festes geliehen) in den Mund nahm, voller Stolz, so schön angezogen zu sein, und voll Sehnsucht, sein weißes Hemd in den fashionablen Parks zur Schau zu tragen. Jetzt kamen die zwei kleinen Cratchits, ein Mädchen und ein Knabe, hereingesprungen und schrien, dass sie an des Bäckers Tür die gebratene Gans gerochen und gewusst hätten, es sei ihre eigene, und in freudigen Träumen von Salbei und Zwiebeln tanzten sie um den Tisch und erhoben Master Peter Cratchit bis in den Himmel, während er (aber gar nicht stolz, obgleich ihn der Hemdkragen fast erstickte) in das Feuer blies, bis die Kartoffeln hochquollen und an den Topfdeckel klopften, dass man sie herauslassen und schälen möge.

»Wo nur der Vater bleibt?«, fragte Mrs. Cratchit. »Und dein Bruder Tiny Tim; und Martha kam vorige Weihnachten eine halbe Stunde früher.«

»Hier ist Martha, Mutter«, sagte ein Mädchen, zur Tür hereintretend.

»Hier ist Martha, Mutter«, riefen die beiden kleinen Cratchits. »Hurra, *so* eine Gans, Martha!«

»Gott grüß dich, liebes Kind! Wie spät du

kommst!«, sagte Mrs. Cratchit, sie mehrmals küssend und ihr mit zutulichem Eifer Schal und Hut abnehmend.

»Wir hatten gestern Abend viel zurechtzumachen«, antwortete das Mädchen, »und mussten heute mit allem fertig werden, Mutter.«

»Nun, es schadet nichts, da du doch da bist«, sagte Mrs. Cratchit. »Setz dich ans Feuer, liebes Kind, und wärme dich.«

»Nein, nein, der Vater kommt«, riefen die beiden kleinen Cratchits, die überall zu gleicher Zeit waren. »Versteck dich, Martha, versteck dich!«

Martha versteckte sich, und jetzt trat Bob herein, der Vater. Wenigstens drei Fuß, ungerechnet der Fransen, hing der Schal auf seine Brust herab, und die abgetragenen Kleider waren geflickt und gebürstet, um ihnen ein Ansehen zu geben. Tiny Tim saß auf seiner Schulter. Der arme Tiny Tim! Er trug eine kleine Krücke, und seine Glieder wurden von eisernen Schienen gestützt.

»Nun, wo ist unsere Martha?«, rief Bob Cratchit und schaute im Zimmer herum.

»Sie kommt nicht«, sagte Mrs. Cratchit.

»Sie kommt nicht?«, sagte Bob mit einem plötzlichen Absinken seiner fröhlichen Laune; denn er war den ganzen Weg von der Kirche Tims Pferd gewesen und in vollem Laufe nach Hause gerannt. »Sie kommt nicht zum Weihnachtsabend?«

Martha wollte ihm keinen Schmerz verursachen, selbst nicht aus Scherz, und so trat sie hinter der Tür hervor und schlang die Arme um seinen Hals, während die beiden kleinen Cratchits sich Tiny Tims bemächtigten und ihn nach dem Waschhaus trugen, damit er den Pudding im Kessel singen höre.

»Und wie hat sich der kleine Tim aufgeführt?«, fragte Mrs. Cratchit, als sie Bob wegen seiner Leichtgläubigkeit geneckt und Bob seine Tochter nach Herzenslust geküsst hatte.

»Wie ein Goldkind«, sagte Bob, »und noch besser. Ich weiß nicht, wie es kommt, aber er wird jetzt so träumerisch vom Alleinsitzen und sinnt sich die seltsamsten Dinge zurecht. Heute, als wir nach Hause gingen, sagte er, er hoffe, die Leute sähen ihn in der Kirche, denn er sei ein Krüppel und es wäre vielleicht gut für sie, sich am Christtag an den zu erinnern, der einst Lahme gehen und Blinde sehen machte.«

Bobs Stimme zitterte, als er dies sagte, und zitterte noch mehr, als er hinzufügte, dass Tiny Tim stärker und gesünder werden würde.

Man hörte jetzt seine kleine Krücke auf dem Fußboden, und ehe noch mehr gesprochen ward, war Tim wieder da und wurde von seinem Bruder und seiner Schwester nach seinem Stuhl neben dem Feuer geführt. Während jetzt Bob, seine Rockaufschläge zur Schonung in die Höhe krempelnd – als ob es möglich gewesen wäre, sie noch mehr abzutragen –, in einer Bowle aus Gin und Zitronen eine heiße Mischung zubereitete und sie umrührte und wieder an das Feuer setzte, damit sie sich warmhalte, gingen Master Peter und die zwei allgegenwärtigen kleinen Cratchits die Gans holen, mit der sie bald in feierlichem Zug zurückkehrten.

Daraufhin erhob sich ein solcher Lärm, als wäre eine Gans der seltenste aller Vögel, ein gefiedertes Wunder, gegen das ein schwarzer Schwan etwas ganz Gewöhnliches ist: und wirklich war sie es auch in diesem Hause. Mrs. Cratchit ließ die Bratenbrühe aufwallen, Master Peter schmorte die Kartoffeln mit unglaublichem Eifer, Miss Belinda machte die Apfelsauce süß, Martha wischte die gewärmten Teller ab, Bob nahm Tiny Tim neben sich in eine behagliche Ecke am Tisch, die beiden kleinen Cratchits stellten die Stühle zurecht, wobei sie sich nicht vergaßen, und nahmen ihren Posten ein, den Löffel in den Mund steckend, um nicht nach Gans zu schreien, ehe die Reihe an sie kam. Endlich wurde das Gericht aufgetragen und das Tischgebet gesprochen. Darauf folgte eine atemlose Pause, als Mrs. Cratchit das Vorschneidemesser langsam von der Spitze bis zum Heft betrachtete und sich anschickte, es der Gans in die Brust zu stoßen. Aber, als sie es tat und sich der lang erwartete Strom der Füllung ergoss, ertönte um den ganzen Tisch ein freudiges Gemurmel, und selbst Tiny Tim, durch die beiden kleinen Cratchits in Feuer gebracht, schlug mit dem Heft seines Messers auf den Tisch und rief ein schwaches Hurra.

Nie hatte es so eine Gans gegeben. Bob sagte, er glaube nicht, dass jemals eine solche Gans gebraten worden sei. Ihre Zartheit und ihr Fett, ihre Größe und ihre Billigkeit waren der Gegenstand allgemeiner Bewunderung. Mit Hilfe der Apfelsauce und der geschmorten Kartoffeln gab sie ein hinreichendes Mahl für die ganze Familie. Und als Mrs. Cratchit einen einzigen kleinen Knochen noch auf der Schüssel liegen sah, sagte sie mit großer Freude, sie hätten doch nicht alles aufgegessen! Aber jeder von ihnen hatte genug, und die kleinen Cratchits waren bis an die Augenbrauen mit Salbei und Zwiebeln eingesalbt. Jetzt wurden die Teller von Miss Belinda gewechselt, und Mrs. Cratchit verließ das Zimmer allein, denn sie war zu unruhig, Zeugen dulden zu können, wenn sie den Pudding herausnahm und hereinbrachte.

Wenn er nicht ausgebacken wäre! Wenn er beim Herausnehmen in Stücke zerfiele! Wenn jemand über die Mauer des Hinterhauses geklettert wäre und ihn gestohlen hätte, während sie sich an der Gans erquickten – ein Gedanke, bei dem die beiden kleinen Cratchits vor Schrecken bleich wurden.

Hallo, eine Dampfwolke! Der Pudding war aus dem Kessel genommen. Ein Geruch, wie an einem Waschtag! Das war die Serviette. Ein Geruch wie in einem Speisehaus, mit einem Pastetenbäcker auf der einen und einer Wäscherin auf der andern Seite! Das war der Pudding. Nach einer halben Minute trat Mrs. Cratchit herein, aufgeregt, aber stolz lächelnd und vor sich den Pudding haltend, hart und fest wie eine gefleckte Kanonenkugel, in einem Viertelquart Rum flammend und in der Mitte mit der festlichen Stechpalme geschmückt.

Oh, welch wunderbarer Pudding! Bob Cratchit erklärte mit ruhiger und sicherer Stimme, er halte das für das größte Kochkunststück, das Mrs. Cratchit seit ihrer Heirat geliefert habe. Mrs. Cratchit meinte, da die Last von ihrem Herzen sei, wolle sie nur gestehen, dass sie wegen der Menge des Mehls gar sehr in Angst gewesen sei. Jeder hatte darüber etwas zu sagen, aber keiner sagte oder dachte, es sei doch ein zu kleiner Pudding für eine so große Familie. Das wäre offenbare Ketzerei gewesen. Jeder Cratchit würde sich geschämt haben, an so etwas nur zu denken.

Endlich waren sie mit dem Essen fertig, der Tisch war abgedeckt, der Herd gesäubert und das Feuer geschürt. Das Gemisch im Krug wurde gekostet und für fertig erklärt, Äpfel und Apfelsinen auf den Tisch gesetzt und ein paar Hände voll Kastanien auf das Feuer geschüttet. Dann setzte sich die ganze Familie Cratchit um den Kamin in einem Kreis, wie es Bob Cratchit nannte, obgleich es eigentlich nur ein Halbkreis war, Bob in die Mitte und neben ihm der Gläservorrat der Familie: zwei Passgläser und ein Milchkännchen ohne Henkel.

Diese Gefäße aber hielten das heiße Gemisch aus dem Krug so gut, als wären es goldene Pokale gewesen, und Bob schenkte mit strahlenden Blicken ein, während die Kastanien auf dem Feuer spuckten und platzten. Dann schlug Bob den Toast vor.

»Uns allen eine fröhliche Weihnacht, meine Lieben! Gott segne uns!«

Die ganze Familie wiederholte den Toast.

»Gott segne jeden von uns!«, sagte Tiny Tim, der Letzte von allen.

Er saß dicht neben dem Vater auf seinem Stühlchen, Bob hielt seine kleine welke Hand in der seinigen, als ob er das Kind liebte und wünschte, es bei sich zu behalten, aber fürchte, es könnte ihm bald genommen werden.

»Geist«, sprach Scrooge mit einer Teilnahme, wie er sie noch nie empfunden hatte, »sag mir, wird Tiny Tim am Leben bleiben?«

»Ich sehe einen leeren Stuhl in der Kaminecke«, antwortete der Geist, »und eine Krücke ohne Besitzer, sorgfältig aufbewahrt. Wenn die Zukunft diese Schatten nicht ändert, wird das Kind sterben.«

»Nein, nein«, drängte Scrooge. »Ach nein, guter Geist, sag, dass es am Leben bleiben wird.«

»Wenn die Zukunft diese Schatten nicht verändert«, antwortete der Geist abermals, »wird kein anderer meines Geschlechtes das Kind noch hier finden. Was tut es auch? Wenn es sterben muss, ist es besser, es tue es gleich und vermindere die überflüssige Bevölkerung.«

Scrooge senkte das Haupt, da er seine eigenen Worte von dem Geist hörte, und fühlte sich überwältigt von Reue und Schmerz.

»Mensch«, sprach der Geist, »wenn du ein menschliches Herz hast und kein steinernes, so hüte dich, so heuchlerisch zu reden, bis du weißt, was und wo dieser Überfluss ist. Willst du entscheiden, welche Menschen leben, welche Menschen sterben sollen? Vielleicht bist du in den Augen des Himmels unwürdiger und unfähiger zu leben als Millionen gleich dieses armen Mannes Kind. O Gott! Solch Gewürm auf einem Blättlein reden zu hören über zu viel Leben unter seinen hungrigen Brüdern im Staub!«

Scrooge nahm des Geistes Vorwurf demütig hin und schlug die Augen nieder, aber er blickte schnell wieder in die Höhe, als er seinen Namen nennen hörte.

»Es lebe Mr. Scrooge!«, sagte Bob, »Mr. Scrooge, der Schöpfer dieses Festes!«

»Der Schöpfer dieses Festes, wahrhaftig!«, rief Mrs. Cratchit mit glühendem Gesicht. »Ich wollte, ich hätte ihn hier. Ich wollte ihm ein Stück von meiner Meinung zu kosten geben, und ich hoffe, sie würde ihm schmecken.«

»Liebe Frau«, sagte Bob beschwichtigend, »die Kinder! – Es ist Weihnachten.«

»Freilich muss es Weihnachten sein«, sagte sie, »wenn man auf die Gesundheit eines so niederträchtigen, geizigen, fühllosen Menschen, wie Scrooge ist, trinken kann. Und du weißt es, Robert, dass er so ist, niemand weiß es besser als du!«

»Liebe Frau«, antwortete Bob mild, »es ist Weihnachten.«

»Ich will auf seine Gesundheit trinken, dir und dem Feste zu Gefallen«, sagte Mrs. Cratchit, »nicht seinetwegen. Möge er lange leben! Ein fröhliches Weihnachten und ein glückliches neues Jahr! – Er wird sehr fröhlich und sehr glücklich sein, das glaub ich.«

Die Kinder tranken nach ihr. Es war das Erste, was sie an diesem Abend ohne Herzlichkeit und Wärme taten. Tiny Tim trank zuletzt, aber er gab keinen Pfifferling darum. Scrooge war das Schreckbild der Familie. Die Erwähnung seines Namens warf über alle einen düsteren Schatten, der volle fünf Minuten zum Verschwinden brauchte.

Als er weg war, waren sie zehnmal lustiger als vorher, schon weil sie Scrooge los waren, den Schrecklichen. Bob Cratchit erzählte, dass er eine Stelle für Peter in Aussicht habe, die diesem ganze fünf und einen halben Shilling wöchentlich eintragen werde. Die beiden kleinen Cratchits lachten fürchterlich bei dem Gedanken, Peter als Geschäftsmann zu sehen; und Peter selbst blickte gedankenvoll zwischen seinen Kragenenden hervor in das Feuer, als überlege er, in welchen Aktien wohl am besten seine Ersparnisse anzulegen seien, wenn er in Besitz dieser unglaublichen Summe käme. Martha, die bei einer Putzmacherin Gehilfin war, erzählte ihnen, was für Arbeit sie jetzt mache und wie viel Stunden sie in der guten Zeit arbeiten müsse und wie sie morgen früh auszuschlafen gedenke; denn morgen war für sie ein Feiertag. Auch erzählte sie, wie sie vor einigen Tagen eine Gräfin und einen Lord gesehen und dass der Lord fast so groß wie Peter gewesen sei; bei diesen Worten zupfte Peter seinen Hemdkragen so in die Höhe, dass sein Kopf darin verschwand. Während dieser ganzen Zeit gingen Punsch und reife Kastanien um, und dazwischen sang Tiny Tim mit seiner klagenden Stimme ein Lied von einem Kind, das sich im Schnee verlaufen: und sang es recht hübsch.

In alledem war nichts Besonderes. Es waren keine hübschen Gesichter in der Familie; sie waren nicht schön angezogen, ihre Schuhe waren nichts weniger als wasserdicht, ihre Kleider waren ärmlich, und Peter mochte wohl das Innere eines Pfandleiherladens kennen. Aber sie waren glücklich, voller Dank für ihre bescheidenen Freuden, einig untereinander und zufrieden: Und als ihre Gestalten verblichen und in dem scheidenden Lichte der Fackel des Geistes noch glücklicher aussahen, verweilte Scrooges Auge immer noch auf ihnen und hing vor allem an Tiny Tim.

Es war jetzt ganz dunkel geworden, und es fiel ein starker Schnee; und als Scrooge und der Geist durch die Straßen gingen, leuchtete der Glanz der lodernden Feuer in Küchen, Putzstuben und Gemächern aller Art über alle Maßen wundervoll. Hier zeigte die flackernde Flamme die Vorbereitungen zu einem traulichen Mahl, die heißen Teller, wie sie sich vor dem Feuer durch und durch wärmten, und die dunkelroten Gardinen, bereit, Kälte und Nacht auszuschließen. Dort liefen alle Kinder des Hauses auf die verschneite Straße hinaus, ihren verheirateten Schwestern, Brüdern, Vettern, Basen, Onkeln und Tanten entgegen, um sie zuerst zu begrüßen. Hier zeigten sich an den Fenstern Schatten versammelter Gäste; dort eine Gruppe hübscher Mädchen in Pelzkragen und Pelzstiefeln, alle zugleich redend und mit leichten Schritten in eines Nachbars Haus eilend. Wehe dem Junggesellen, der sie dort strahlend eintreten sah – und sie wussten es, die durchtriebenen kleinen Hexen!

Wenn man nach der Zahl der Leute hätte urteilen wollen, die zu freundschaftlichen Besuchen eilten, hätte man glauben mögen, es sei niemand da, sie zu bewillkommnen. Aber stattdessen erwartete jedes Haus Gäste und in jedem Kamin loderte die Flamme. Wie sich der Geist freute! Wie er seine breite Brust entblößte und seine volle Hand auftat und dahinschwebte, freigebig seine heitere und harmlose Fröhlichkeit über alles in seinem Bereich ausschüttend! Selbst der Laternenanzünder, der durch die dunklen Straßen rannte, um ihre trüben Nebel mit Licht zu erhellen, und der bereits herausgeputzt war, um den Abend irgendwo zuzubringen, lachte laut auf, als er den Geist vorüberschweben fühlte.

Und jetzt, ohne dass vorher der Geist etwas gesagt hätte, standen sie auf einer kahlen, öden Heide, wo ungeheure Felsblöcke verstreut lagen, als wäre hier eine Begräbnisstätte von Riesen. Und Wasser breitete sich aus, wo es nur Lust hatte – oder es hätte sich ausgebreitet, wenn es der Frost nicht gefangengehalten hätte; und nichts wuchs dort als Moos und Gestrüpp und hartes, spitzes Gras. Tief im Westen hatte die untergehende Sonne einen Streifen glühenden Rots gelassen, der einen Augenblick auf die öde Steppe niedertauchte wie ein zürnendes Auge und immer tiefer und tiefer sank, bis er sich im Dunkel der tiefsten Nacht verlor.

»Was ist das für ein Ort?«, fragte Scrooge.

»Ein Ort, wo Bergleute in den Tiefen der Erde arbeiten«, antwortete der Geist. »Aber sie kennen mich. Sieh!«

Ein Licht strahlte aus dem Fenster einer Hütte, und sie schwebten schnell darauf zu. Hier fanden sie eine fröhliche Gesellschaft um ein wärmendes Feuer sitzen; ein alter, alter Mann und eine greise Frau mit ihren Kindern und Enkeln und Urenkeln, alle in festlichen Kleidern. Der Alte sang ein Weihnachtslied mit einer Stimme, die nur selten das Heulen des Windes auf der Einöde übertönte; es war schon ein sehr altes Lied gewesen, als er noch ein Knabe war; und von Zeit zu Zeit fielen sie alle im Chor ein. Und stets, wenn ihre Stimmen ertönten, wurde der Alte lebendig und laut; und immer, wenn sie aufhörten, sank seine Kraft wieder. Der Geist verweilte hier nicht, sondern befahl Scrooge, sich an seinem Gewand zu halten. Sie schwebten über die Öde, aber wohin? Doch nicht aufs Meer? Aufs Meer! Zu seinem Schrecken sah Scrooge eine Reihe grausig steiler Klippen und hinter sich das Land verschwinden, und sein Ohr wurde betäubt von dem Donner der Wogen, wie sie unten in den grausenden Höhlen, die sie genagt hatten, heulten und brüllten und wüteten und mit wildem Grimm die Erde zu unterwühlen trachteten.

Auf einer öden, halb im Wasser versunkenen Klippe, gewiss eine Meile vom Land entfernt, stand ein einsamer Leuchtturm. Das ganze trostlose Jahr hindurch umschäumten und umtollten ihn die Wogen. Große Haufen von Seekraut umgaben seinen Fuß, und Sturmvögel – man konnte glauben, dass sie vom Winde geboren waren wie das Seekraut von den Wellen – Sturmvögel hoben und senkten sich um seine Spitze, wie die wogenden Wellen unten.

Aber selbst hier hatten die zwei Turmwächter ein Feuer angezündet, das durch das Guckloch in der dicken, steinernen Mauer einen hellglänzenden Streifen auf die nächtliche See warf. Die harten Hände sich über den Tisch hinreichend, an dem sie saßen, wünschten sie einander fröhliche Weihnachten und stießen mit den Grogbechern darauf an. Und einer der beiden, der Ältere noch dazu, mit einem Gesicht von Sturm und Wetter gebräunt und gefurcht, wie die Galionsfigur eines alten Schiffes, stimmte ein mächtiges Lied an, das wie ein Sturmwind erdröhnte.

Immer noch schwebte der Geist über die dunkelwogende See dahin, immer weiter und weiter, bis sie, wie der Geist zu Scrooge sagte, fern jeder Küste, sich auf einem Schiff niederließen. Sie standen neben dem Steuermann an dem Rad, dem Ausguck vorn, neben den Offizieren, die gerade Wache hatten. Wie dunkle, gespenstige Gestalten standen diese auf ihrem Posten, aber jeder von ihnen summte ein Weihnachtslied oder hatte einen Weihnachtsgedanken oder sprach leise zu seinem Kameraden von einem früheren Weihnachtsabend und heimatlichen Hoffnungen, die sich daran knüpften. Und jeder Einzelne an Bord, wachend oder schlafend, gut oder schlecht, hatte an diesem Tag ein herzlicheres Wort für seine Kameraden gehabt als an jedem andern Tag des Jahres und ihn wenigstens einigermaßen gefeiert; und hatte an die gedacht, die sich jetzt in der Ferne seiner erinnerten, und hatte gewusst, dass sie jetzt seiner freundlich gedächten.

Eine große Überraschung war es für Scrooge – während er dem Stöhnen des Windes lauschte und darüber nachdachte, wie es doch schauerlich sei, durch die öde Nacht über einen unbekannten Abgrund dahinzugleiten, der Geheimnisse barg, so tief wie der Tod – eine große Überraschung war es für Scrooge, sage ich, plötzlich ein herzliches Lachen zu vernehmen. Noch größer war Scrooges Überraschung, als er darin das Lachen seines eigenen Neffen erkannte und sich in einem hellen, behaglich warmen Zimmer wiederfand, während der Geist an seiner Seite stand und mit beifälligem, mildem Lächeln auf diesen Neffen herabblickte.

»Haha!«, lachte Scrooges Neffe. »Hahaha!«

Wenn jemand durch einen sehr unwahrscheinlichen Zufall einen Menschen weiß, der glücklicher lachen kann als Scrooges Neffe, so kann ich nur sagen, ich möchte ihn auch kennenlernen. Stellt mich ihm vor, und ich werde mit ihm Freundschaft pflegen.

Es ist doch eine gerechte und schöne Anordnung, dass, wie Krankheit und Kummer, auch in der ganzen weiten Welt nichts so unwiderstehlich ansteckend ist wie Lachen und Fröhlichkeit.

Als Scrooges Neffe lachte und sich den Bauch hielt und mit dem Kopf wackelte und die allermerkwürdigsten Gesichter schnitt, lachte Scrooges Nichte so herzlich wie er. Und die versammelten Freunde, nicht faul, fielen in den Lachchor ein.

»Haha! Haha! Haha!«

»Er sagte, Weihnachten sei dummes Zeug, so wahr ich lebe«, rief Scrooges Neffe. »Und er glaubt es auch.«

»Die Schande ist umso größer für ihn, Fred«, sagte Scrooges Nichte entrüstet. Gott segne die Frauen! Sie tun nie etwas halb. Sie sind immer in vollem Ernst.

Sie war hübsch, sehr hübsch. Sie hatte ein liebliches, schelmisches Gesicht, einen frischen vollen Mund, der zum Küssen gemacht schien – wie er es ohne Zweifel auch war; alle Arten lieber kleiner Grübchen um das Kinn, die ineinanderflossen, wenn sie lachte, und das sonnenhellste Paar Augen, das je erblickt werden konnte. Ja, sie war reizend, liebenswürdig, bezaubernd.

»Er ist ein komischer alter Herr«, sagte Scrooges Neffe, »das ist wahr, und nicht so angenehm, wie er sein könnte. Doch seine Fehler bestrafen nur ihn selbst, und ich habe keinen Grund, etwas gegen ihn zu sagen.«

»Er muss doch sehr reich sein, Fred«, meinte Scrooges Nichte. »Wenigstens sagst du es immer.«

»Und wenn schon, Liebste!«, sprach Scrooges Neffe.

»Sein Reichtum nützt ihm nichts. Er tut nichts

Gutes damit. Er macht sich selbst nicht einmal das Leben damit angenehm. Er hat nicht einmal das Vergnügen zu denken – hahaha –, dass er uns am Ende damit eine Freude machen wird.«

»Ich habe keine Geduld mit ihm«, bemerkte Scrooges Nichte. Die Schwester von Scrooges Nichte und alle die andern Damen waren derselben Meinung.

»Oh, ich habe Geduld«, sagte Scrooges Neffe. »Mir tut er leid; ich könnte nicht böse auf ihn werden, selbst wenn ich's versuchte. Wer leidet unter seiner bösen Laune? Er selber allein, sonst niemand. Jetzt hat er sich's in den Kopf gesetzt, uns nicht leiden zu können und will unsere Einladung zum Mittagessen nicht annehmen. Was ist die Folge davon? Er verliert nicht viel an unserm Essen.«

»Nun, ich meine, er verliert ein sehr gutes Essen«, unterbrach ihn Scrooges Nichte. Die andern sagten dasselbe, und man konnte ihr Urteil darüber nicht bestreiten, weil sie eben zu essen aufgehört hatten und jetzt mit dem Dessert bei Lampenlicht um den Kamin saßen.

»Nun, es freut mich, das zu hören«, sagte Scrooges Neffe, »weil ich kein großes Vertrauen in diese jungen Hausfrauen setze. Was sagen *Sie* dazu, Topper?«

Ganz klar war's, Topper hatte ein Auge auf eine der Schwestern von Scrooges Nichte geworfen, denn er antwortete, ein Junggeselle sei ein unglücklicher, heimatloser Mensch, der kein Recht habe, eine Meinung darüber auszusprechen: Worte, bei denen die Schwester von Scrooges Nichte – die Runde mit dem Spitzkragen, nicht die mit der Rose im Haar – rot wurde.

»Weiter, weiter, Fred!«, sagte Scrooges Nichte, in die Hände klatschend. »Er bringt nie zu Ende, was er angefangen hat! Er ist ein so närrisches Kerlchen.«

Scrooges Neffe schwelgte in einem andern Gelächter, und es war unmöglich, sich von der Ansteckung fernzuhalten, obgleich es die runde Schwester sogar mit Riechsalz versuchte; sein Beispiel wurde einstimmig nachgeahmt.

»Ich wollte nur sagen«, meinte Scrooges Neffe, »dass die Folge seines Missfallens an uns und seiner Weigerung, mit uns fröhlich zu sein, die ist, dass er einige angenehme Augenblicke verliert, die ihm nichts schaden würden. Gewiss verliert er angenehmere Unterhaltung, als ihm seine eigenen Gedanken in seinem dumpfigen alten Kontor oder in seiner Wohnung bereiten. Ich versuche ihm jedes Jahr Gelegenheit dazu zu geben, mag es ihm nun gefallen oder nicht, denn er dauert mich. Er mag auf Weihnachten schimpfen, bis er stirbt, aber er muss doch endlich besser davon denken, wenn er mich jedes Jahr in guter Laune zu ihm kommen sieht, mit den Worten: ›Onkel Scrooge, wie geht es Ihnen?‹ – Wenn es ihm nur den Gedanken einflößt, seinem armen Kommis fünfzig Pfund zu hinterlassen, so ist das doch wenigstens etwas: Und ich glaube, ich packte ihn gestern.«

Jetzt war an ihnen die Reihe zu lachen bei dem Gedanken, dass er Scrooge gepackt hätte. Aber da er durch und durch gutmütig war und sich nicht viel darum kümmerte, worüber sie lachten, wenn sie überhaupt lachten, so stimmte er in ihre Fröhlichkeit mit ein und ließ die Flasche wacker herumgehen.

Nach dem Tee kam Musik an die Reihe. Denn es war eine musikalische Familie, und sie wussten, was sie taten, wenn sie einen Glee oder Catch sangen, darauf könnt ihr euch verlassen, namentlich Topper, der den Bass nach Noten brummen konnte, ohne dass die großen Adern auf der Stirn anschwollen oder sich sein Gesicht rötete. Scrooges Nichte spielte die Harfe recht gut und spielte unter anderen Stücken auch ein kleines Liedchen (ein bloßes Nichts, ihr hättet es in zwei Minuten pfeifen gelernt), das jenes Kind oft gesungen hatte, von dem Scrooge aus der Schule geholt worden war, wie ihm der Geist der vergangenen Weihnachten gezeigt hatte. Als Scrooge dies Liedchen hörte, trat alles, was ihm der Geist gezeigt hatte, abermals vor seine Seele: Er wurde weicher und weicher und dachte, wenn er es vor Jahren hätte oft hören können, so hätte er die freundlichen Seiten des Lebens genießen können, ohne erst zu Marleys Geist seine Zuflucht um Belehrung nehmen zu müssen.

Aber sie widmeten nicht den ganzen Abend der Musik. Nach einer Weile fingen sie Pfänderspiele an, denn es ist gut, zuweilen Kind zu sein, und vorzüglich zu Weihnachten, da der Urheber dieses Festes selbst noch ein Kind war. Doch halt, erst spielten sie Blindekuh. Und ich glaube ebenso wenig, dass Topper wirklich blind war, wie ich glaube, er habe Augen in seinen Stiefeln. Ich vermute, die Sache war zwischen ihm und Scrooges Neffen abgekartet, und der Geist der diesjährigen Weihnachten wusste es wohl! Die Art, wie er die runde Schwester in dem Spitzenkragen verfolgte, war eine Beleidigung aller menschlichen Leichtgläubigkeit. Wo sie ging, ging auch er, die Feuereisen umstoßend, über Stühle stolpernd, an das Piano anrennend, sich in den Gardinen verwickelnd. Immer wusste er, wo die runde Schwester war. Wenn jemand gegen ihn gefallen wäre, wie es einige machten, oder sich vor ihn hingestellt hätte, würde er getan haben, als bemühe er sich, ihn zu ergreifen, wäre aber augenblicklich umgekehrt, der runden Schwester nach. Sie rief oft, das sei nicht ehrlich, und das war es auch in der Tat nicht. Aber endlich hatte er sie gefunden und ungeachtet ihres Sträubens zwängte er sie in eine Ecke, aus der keine Flucht möglich war; und da wurde seine Aufführung ganz abscheulich. Denn sein Vorgeben, er kenne sie nicht, er müsse erst ihren Kopfputz anfassen und, um sie zu erkennen, einen gewissen Ring auf ihrem

Finger und eine gewisse Kette um ihren Hals befühlen, war ganz, ganz abscheulich! Und gewiss sagte sie ihm auch tüchtig ihre Meinung darüber, denn als ein anderer Blinder an der Reihe war, tuschelten sie hinter den Gardinen sehr vertraut miteinander.

Scrooges Nichte nahm nicht teil an dem Blindekuhspiel, sondern saß gemütlich in einer traulichen Ecke in einem Lehnstuhl mit einem Fußbänkchen davor, und der Geist und Scrooge standen dicht hinter ihr. Aber bei den Pfänderspielen tat sie mit und liebte ihre Liebe mit allen Buchstaben des Alphabets zur allgemeinen Bewunderung. Auch in dem Spiel ›Wie, Wann und Wo‹ war sie sehr tüchtig und stellte zur geheimen Freude von Scrooges Neffen ihre Schwestern gar sehr in den Schatten, obgleich sie auch ganz gescheite Mädchen waren, wie es uns Topper hätte versichern können. Es mochten ungefähr zwanzig Personen da sein, junge und alte, aber sie spielten alle, und auch Scrooge spielte mit; denn in seiner Teilnahme an den Vorgängen ganz vergessend, dass ihnen seine Stimme nicht hörbar war, gab er oft seine Antwort auf die Fragen ganz laut und riet auch oft ganz richtig.

Dem Geist gefiel es sehr gut, ihn in dieser Laune zu sehen, und er blickte ihn so freundlich an, dass ihn Scrooge wie ein Knabe bat, noch warten zu dürfen, bis die Gäste fortgingen. Aber der Geist sagte, dies könne nicht geschehen.

»Es fängt ein neues Spiel an«, sagte Scrooge. »Nur eine einzige halbe Stunde, Geist.«

Es war ein Spiel, das man ›Ja und Nein‹ nennt, wo Scrooges Neffe sich etwas zu denken hatte und die anderen erraten mussten, was; auf ihre Fragen brauchte er dann nur mit Ja oder Nein zu antworten. Die schnell aufeinanderfolgenden Fragen, die ihm vorgelegt wurden, ergaben denn endlich, dass er sich ein Geschöpf dachte: ein lebendiges Wesen, ein hässliches, wildes Geschöpf, das zuweilen brumme und zuweilen spreche und sich in London aufhalte und in den Straßen herumlaufe und nicht für Geld gezeigt und nicht herumgeführt werde und nicht in einer Menagerie sei und nicht geschlachtet werde und weder ein Pferd, noch ein Esel, noch eine Kuh, noch ein Ochs, noch ein Tiger, noch ein Hund, noch ein Schwein, noch eine Katze, noch ein Bär sei. Bei jeder neuen Frage, die ihm gestellt wurde, brach Scrooges Neffe aufs neue in ein Gelächter aus und konnte gar nicht wieder herauskommen, so dass er vom Sofa aufstehen und mit den Füßen stampfen musste. Endlich rief die runde Schwester mit einem ebenso unauslöschlichen Gelächter:

»Ich habe es, Fred, ich weiß es, ich weiß es.«

»Was ist es?«, rief Fred.

»Es ist Onkel Scrooge.«

Und der war es auch. Verwunderung war das allgemeine Gefühl, obgleich einige meinten, die Frage:

»Ist es ein Bär?« hätte mit Ja beantwortet werden müssen, denn eine verneinende Antwort sei schon hinreichend gewesen, ihre Gedanken von Scrooge abzubringen, selbst wenn sie auf dem Wege zu ihm gewesen wären.

»Nun, er hat uns Freude genug gemacht«, sagte Fred, »und so wäre es undankbar, nicht auf seine Gesundheit zu trinken. Hier ist ein Glas Glühwein dazu bereit. Es lebe Onkel Scrooge!«

»Es lebe Onkel Scrooge!«, stimmten alle ein.

»Fröhliche Weihnachten und ein glückliches Neujahr dem Alten, sei er, wie er wolle!«, sagte Scrooges Neffe. »Er wollte meinen Wunsch nicht annehmen, aber er soll ihn dennoch haben.«

Dem Onkel Scrooge war es unmerklich so fröhlich und leicht zu Sinne geworden, dass er der von seiner Gegenwart nichts ahnenden Gesellschaft ihren Toast erwidert und mit einer unhörbaren Rede gedankt haben würde, hätte ihm der Geist Zeit dazu gelassen. Aber alles verschwand im Hauch vom letzten Wort des Neffen, und Scrooge und der Geist waren schon wieder unterwegs. Sie gingen weit und sahen viel und besuchten manchen Herd, aber immer spendeten sie Glück. Der Geist stand neben Kranken, und sie wurden heiter und hoffend; neben Wanderern in fernen Ländern, und sie träumten von der Heimat; neben solchen, die mit dem Leben rangen, und sie harrten geduldig aus; neben Armen, und sie wurden reich.

Im Armenhaus und im Lazarett, im Kerker und in jedem Zufluchtsort des Elends, wo der Mensch in seiner kurzen ärmlichen Herrschaft dem Geiste die Tür verschlossen hatte, spendete er seinen Segen und lehrte Scrooge seine Weise.

Es war eine lange Nacht, wenn es nur eine Nacht war; aber Scrooge zweifelte daran, denn die Weihnachtsfeiertage schienen in die Zeit, in der sie miteinander verrannen, zusammengedrängt zu sein. Es war auch sonderbar, dass der Geist offenbar älter wurde, während Scrooge äußerlich ganz unverändert blieb. Scrooge hatte diese Veränderung zwar bemerkt, sprach aber nie davon, bis sie von einer Kinderweihnachtsgesellschaft weggingen, wo er bemerkte, dass des Geistes Haar schnell grau geworden war.

»Ist das Leben der Geister so kurz?«, fragte Scrooge.

»Mein Leben ist sehr kurz auf dieser Erde«, sagte der Geist, »es endet noch in dieser Nacht.«

»In dieser Nacht noch!«, rief Scrooge.

»Heute um Mitternacht. Horch, die Zeit nahet schon.«

Die Glocke schlug drei Viertel auf zwölf.

»Vergib mir, wenn ich nicht recht tue, zu fragen«, sagte jetzt Scrooge, scharf auf des Geistes Gewand blickend, »aber ich sehe etwas Seltsames unter deinem Mantel hervorblicken, was nicht zu dir zu gehören scheint. Ist es ein Fuß oder eine Klaue?«

»Nach dem wenigen Fleisch, was darauf sitzt, könnte es schon eine Klaue sein«, gab der Geist traurig zur Antwort und fuhr fort: »Sieh hier.«

Aus den weiten Falten seines Gewandes hervor erschienen jetzt zwei Kinder, elend, abgemagert, hässlich und mitleiderregend. Sie knieten vor dem Geiste nieder und hielten sich festgeklammert an dem Saum seines Gewandes.

»O Mensch, sieh hier«, rief der Geist. »Sieh hier, sieh hier!«

Es war ein Knabe und ein Mädchen. Fahlen Gesichtes, elend, zerlumpt und mit wildem, tückischem Blicke; aber doch auch ängstlich und gedrückt in ihrer Demut. Wo die Schönheit der Jugend ihre Züge hätte durchleuchten und mit ihren frischesten Farben kleiden sollen, hatte sie eine runzlige, abgelebte Hand, gleich der des Alters, berührt und versehrt. Wo Engel hätten thronen können, lauerten Teufel mit grimmigem, drohendem Blick. Keine Veränderung, keine Entwürdigung der Menschheit in allen Geheimnissen der Schöpfung hat so schreckliche und grauenerregende Ungeheuer aufzuweisen.

Entsetzt fuhr Scrooge zurück. Da sie ihm der Geist auf solche Weise gezeigt hatte, versuchte er zu sagen, es wären schöne Kinder, aber die Worte erstickten ihm von selber, um nicht teilzuhaben an einer so ungeheuren Lüge.

»Geist, sind das deine Kinder?« Weiter konnte Scrooge nichts sagen.

»Es sind des Menschen Kinder«, erwiderte der Geist, auf sie herabschauend. »Und sie hängen sich an mich, vor mir ihre Väter anklagend. Dieses Mädchen ist die Unwissenheit. Dieser Knabe ist der Mangel. Schau sie beide wohl an, und vor allem diesen Knaben; denn auf seiner Stirn seh ich geschrieben, was Verhängnis ist, wenn die Schrift nicht verlöscht wird. Leugnet es«, rief der Geist, seine Hand nach der Stadt ausstreckend. »Verleumdet alle, die es Euch sagen! Gebt es zu um Eurer Parteizwecke willen und macht es noch schlimmer! Und erwartet das Ende!«

»Haben sie keine Stütze, keinen Zufluchtsort?«, rief Scrooge.

»Gibt es keine Gefängnisse?«, sagte der Geist, das letzte Mal die eigenen Worte von Scrooge gegen ihn gebrauchend. »Gibt es keine Armenhäuser?«

Die Glocke schlug zwölf.

Scrooge sah sich um nach dem Geiste, aber er war verschwunden. Als der letzte Schlag verklungen war, erinnerte er sich an die Vorhersagung des alten Jacob Marley und sah, die Augen erhebend, ein grauenerregendes, tief verhülltes Gespenst auf sich zukommen, wie ein Nebel auf dem Boden dahinzurollen pflegt.

VIERTE STROPHE

Der letzte Geist

Die Erscheinung kam langsam, feierlich, schweigend auf ihn zu. Als sie herangekommen war, fiel Scrooge auf die Knie nieder, denn selbst die Luft, durch die sich der Geist bewegte, schien geheimnisvolles Grauen um sich zu verbreiten.

Die Erscheinung war verhüllt in einem schwarzen, weiten Mantel, der nichts von ihr sehen ließ als eine ausgestreckte Hand. Wäre diese nicht gewesen, es wäre einem schwer angekommen, die Gestalt von der Nacht zu trennen, die sie umgab!

Als sie neben ihm stand, fühlte er, dass sie groß und stattlich war und dass ihn ihre geheimnisvolle Gegenwart mit einem feierlichen Grauen erfüllte. Er wusste weiter nichts, denn der Geist sprach und bewegte sich nicht.

»Ich stehe vor dem Geist der zukünftigen Weihnacht?«, fragte Scrooge.

Der Geist antwortete nicht, sondern wies mit der Hand zur Erde hinab.

»Du willst mir die Schatten der Dinge zeigen, die noch nicht geschehen sind, aber noch geschehen werden?«, fuhr Scrooge fort. »Willst du das, Geist?«

Der obere Teil der Verhüllung bauschte sich auf einen Augenblick in Falten, als ob der Geist sein

Haupt neige; dies war die einzige Antwort, die Scrooge erhielt.

Obgleich schon so ziemlich an gespenstische Gesellschaft gewöhnt, bangte Scrooge vor der stummen Erscheinung doch so sehr, dass seine Knie wankten und er kaum noch stehen konnte, als er sich ihr zu folgen bereit machte. Der Geist stand für einen Augenblick still, als bemerke er die Furcht seines Begleiters und als wolle er ihm Zeit lassen, sich zu erholen.

Aber Scrooge befand sich dadurch noch schlechter. Ein fremdes, unbestimmtes Grausen durchbebte ihn bei dem Gedanken, dass sich hinter diesem schwarzen Schleier gespenstische Augen fest auf ihn heften könnten, während er, obgleich er seine Augen aufs Äußerste anstrengte, doch nichts sehen konnte als die gespenstische Hand und eine große, schwarze Faltenmasse.

»Geist der Zukunft«, rief er, »ich fürchte dich mehr als die Geister, die ich schon gesehen habe. Aber da ich weiß, dass es dein Zweck ist, mir Gutes zu tun, und da ich noch zu leben hoffe, um ein anderer Mensch zu werden, als ich bisher war, bin ich willens, dich zu begleiten und tue es mit einem dankerfüllten Herzen. – Willst du nicht zu mir sprechen?«

Die Gestalt gab ihm keine Antwort. Die Hand wies gerade vor ihm hin in die Ferne.

»Führe mich«, bat Scrooge. »Führe mich, die Nacht schwindet schnell, und die Zeit ist für mich kostbar. Führe mich, Geist.«

Die Erscheinung bewegte sich ebenso von ihm weg, wie sie auf ihn zugekommen war. Scrooge folgte dem Schatten ihres Gewandes, der ihn aufhob und von dannen trug.

Es war kaum, als ob sie in die City träten; eher schien die City rings um sie her in die Höhe zu wachsen und sie zu umdrängen. Aber sie waren doch mitten in ihrem Herzen, auf der Börse unter den Kaufleuten, die geschäftig hin und her eilten, mit dem Geld in ihren Taschen klimperten, in Gruppen miteinander sprachen, nach der Uhr sahen und gedankenvoll mit den großen, goldenen Petschaften an den Uhrketten spielten, wie Scrooge es schon so oft gesehen hatte.

Der Geist blieb bei einer Gruppe von Kaufleuten stehen, und Scrooge sah, dass die Hand der Erscheinung darauf hinwies; daher näherte er sich ihnen, um ihr Gespräch zu belauschen.

»Nein, ich weiß nicht viel davon zu sagen«, sagte ein großer fetter Mann mit einem ungeheuren Doppelkinn. »Ich weiß nur, dass er tot ist.«

»Wann starb er denn?«, fragte ein anderer.

»Vorige Nacht, glaub ich.«

»Mein Gott, was hat ihm denn gefehlt?«, mischte sich ein Dritter ein, der dabei eine große Prise aus einer sehr großen Dose nahm. »Ich dachte, der würde nie sterben.«

»Weiß Gott«, sagte der erste und gähnte.

»Was hat er mit seinem Geld angefangen?«, fragte ein Herr mit einem roten Gesicht und einem Auswuchs an der Nasenspitze, der wie der Lappen eines Truthahns wackelte.

»Ich habe nichts davon gehört«, sagte der Mann mit dem fetten Doppelkinn und gähnte abermals. »Hat es wahrscheinlich seiner Firma hinterlassen. Mir hat er's nicht vermacht. Das weiß ich.«

Dieser reizende Scherz wurde mit einem allgemeinen Gelächter begrüßt.

»Es wird wohl ein sehr billiges Begräbnis werden«, fuhr der Dicke mit dem Doppelkinn fort; »denn so wahr ich lebe, ich kenne niemanden, der mitgehen sollte. Wenn wir nun zusammenträten und freiwillig mitgingen?«

»Ich tue mit, wenn für einen Lunch gesorgt wird«, bemerkte der Herr mit dem Truthahnlappen an der Nasenspitze. »Aber ich muss zu essen haben, wenn ich dabei sein soll.«

Ein neues Gelächter.

»Nun, da bin ich doch wohl der Uneigennützigste von euch«, meinte der erste Sprecher, »denn ich trage nie schwarze Handschuhe und esse nie Lunch. Aber ich gehe mit, wenn sich noch andere finden. Wenn ich mir's recht überlege, war ich am Ende sein vertrautester Freund; denn wir blieben stehen und sagten einander, wenn wir uns auf der Straße trafen: ›Guten Morgen, guten Morgen!‹«

Sprecher und Zuhörer gingen fort und mischten sich unter andere Gruppen. Scrooge kannte die Leute und sah den Geist mit einem fragenden Blick an.

Die Erscheinung schwebte weiter und hinaus auf die Straße.

Ihre Hand wies auf zwei sich begegnende Personen. Und wieder hörte Scrooge zu, in der Hoffnung, jetzt die Erklärung zu finden.

Denn er kannte auch diese Leute recht gut. Es waren Kaufleute, sehr reich und von großem Ansehen. Er hatte sich immer bestrebt, in ihrer Achtung zu bleiben, das heißt in Geschäftssachen, rein in Geschäftssachen.

»Wie geht's?«, sagte der eine.

»Wie geht's Ihnen?«, der andere.

»Gut«, erwiderte der erste. »Der alte Knauser ist endlich tot, wissen Sie es schon?«

»Ich hörte es«, antwortete der Zweite. »Es ist kalt heute, nicht wahr?«

»Wie sich's zu Weihnachten schickt. Sie sind wohl kein Schlittschuhläufer?«

»Nein, nein. Habe an andere Sachen zu denken. Guten Morgen!«

Kein Wort weiter. So trafen sie sich, so trennten sie sich.

Scrooge war erst zu staunen geneigt, dass der Geist auf anscheinend so unbedeutende Gespräche ein Gewicht zu legen schien; aber sein Gefühl sagte ihm, dass sie eine verborgene Bedeutung haben müssten, und er zerbrach sich den Kopf, welcher Art diese sein könnte. Die Gespräche konnten sich nicht auf den Tod Jacobs, seines alten Kompagnons, beziehen, denn der gehörte der Vergangenheit an, und sein Führer war doch der Geist der Zukunft. Auch konnte er sich niemanden von den ihn näher Angehenden vorstellen, auf den er sie hätte beziehen können. Aber in der Gewissheit, dass für ihn doch eine wichtige Lehre darin liege, auf wen sie sich auch beziehen möchten, beschloss er, jedes Wort, das er hörte, und jede Szene, die er sah, treu in seinem Herzen aufzubewahren und vorzüglich seinen Schatten zu beobachten, wenn er erschien. Denn er erwartete von dem Benehmen seines zukünftigen Selbst die noch fehlende Aufklärung und die Lösung der Rätsel, die ihm jetzt so schwierig vorkam.

Schon auf der Börse sah er sich nach seinem Selbst um; aber ein anderer stand in seiner gewohnten Ecke, und obgleich die Uhr die Stunde zeigte, wo er gewöhnlich dort war, bemerkte er sich doch auch nicht unter den Scharen, die sich durch den Eingang hereindrängten. Das überraschte ihn indessen um so weniger, als er schon lange daran gedacht hatte, sein Geschäft aufzugeben; und nun glaubte und hoffte er, in diesen Erscheinungen schon die einstige Verwirklichung seines Planes zu erblicken.

Regungslos und schwarz stand neben ihm das

Gespenst mit seiner starr ausgestreckten Hand. Als er wieder von seiner nachdenklichen Stellung aufblickte, glaubte er (nach der Richtung der Hand zu urteilen), dass sich die unsichtbaren Augen fest auf ihn hefteten. Bei diesem Gedanken überlief ihn ein kalter Schauer.

Sie verließen darauf die geschäftige Umgebung und gingen in einen abgelegenen Teil der Stadt, wo Scrooge nie vorher gewesen war, dessen Lage und schlechten Ruf er aber kannte. Die Straßen waren schmutzig und eng, die Läden und Häuser ärmlich, die Menschen halbnackt, betrunken, barfuß, hässlich. Gässchen und Torwege strömten, wie ebenso viele Kloaken, abscheuerregende Gerüche und Schmutz und Menschen in die Straßen, und das ganze Viertel schien erfüllt von Verbrechen, Unrat und Elend.

In einem der tiefsten Winkel dieses Zufluchtsorts der Sünde und des Verbrechens befand sich ein niedriger, dunkler Laden unter einem Wetterdach, in dem Eisen, Lumpen, Flaschen, Knochen und Fleischabfälle verkauft wurden. Auf dem Fußboden lag ein Haufen verrosteter Schlüssel, Nägel, Ketten, Türangeln, Feilen, Wagen, Gewichte und altes Eisen aller Art. Geheimnisse, die zu enträtseln wenige verlangen würden, entstanden und verbargen sich in Bergen widerlicher Lumpen, Massen verdorbenen Fettes und ganzen Beinhäusern von Knochen. Mitten unter seinen Waren saß neben einem aus alten

Kacheln zusammengesetzten Ofen ein grauhaariger, fast siebzigjähriger Schelm, der sich vor der Kälte draußen durch einen bauschigen Vorhang von allerlei auf eine Leine gehängten Lumpen geschützt hatte und seine Pfeife voll Behagen rauchte.

Scrooge und, die Erscheinung traten neben diesen Mann, als eine Frau mit einem schweren Bündel in den Laden schlich. Kaum war sie eingetreten, als ihr eine zweite Frau, auch mit einem Bündel, folgte, und dieser dicht auf den Fersen ein Mann in einem alten, schwarzen, abgetragenen Anzug, der nicht weniger vor dem Anblick der beiden erschrak, als diese voreinander erschrocken waren. Nach einigen Augenblicken wortlosen Staunens, an dem sich der Alte mit der Pfeife beteiligt hatte, brachen sie alle drei in ein lautes Gelächter aus.

»Schau an, die Putzfrau ist die Erste«, rief die zuerst eingetreten war. »Schau an, die Waschfrau ist die Zweite, und der Sargträger ist der Dritte. He, Joe, das ist ein Glücksfall! Wir treffen uns hier alle drei, ohne dass wir uns verabredet haben.«

»Ihr hättet euch an keinem bessern Ort treffen können«, sagte der alte Joe, die Pfeife aus dem Mund nehmend. »Kommt in den Salon. Ihr habt schon lange freien Zutritt dort, das wisst Ihr ja, und die anderen zwei sind auch keine Fremden. Wartet, bis ich die Ladentür zugemacht habe. Oh, wie sie knarrt! Ich glaube, es gibt kein so rostiges Stück Eisen in dem ganzen Laden als die Türangeln; und ich weiß, es gibt keine so alten Knochen hier wie meine. Haha, wir passen zu unserm Geschäft. Kommt in den Salon!«

Der Salon war der Raum hinter dem Lumpenvorhang. Der Alte kratzte das Feuer mit einem alten Rouleaustab zusammen, schob den Docht seiner qualmigen Lampe, denn es war Abend, mit dem Pfeifenstiel in die Höhe und steckte diese dann wieder in den Mund.

Während er damit beschäftigt war, warf die zuerst eingetretene Frau ihr Bündel auf den Boden und setzte sich mit kokettierender Frechheit auf einen Stuhl; dann legte sie die Hände auf die Knie und sah die beiden andern herausfordernd an.

»Nun, was ist dabei, was ist schon dabei, Mrs. Dilber? Jeder hat das Recht, für sich zu sorgen. Und *er* tat es immer.«

»Das ist wahr«, sagte die Waschfrau. »Keiner tat es eifriger.«

»Na, warum gafft Ihr da einander an, als hättet Ihr Bange, wer der Schlauere sei? Wir wollen doch nicht einander die Augen aushacken, denk ich.«

»Nein, gewiss nicht«, sagten Mrs. Dilber und der Mann wie aus einem Munde. »Wir wollen es nicht hoffen.«

»Na, gut denn«, rief die Frau, »das ist genug! Wem schadet's, wenn wir so ein paar Sachen mitnehmen, wie die hier? Einer Leiche gewiss nicht.«

»Nein, gewiss nicht«, lachte Mrs. Dilber.

»Wenn er sie noch nach dem Tode behalten wollte, wie ein alter Geizhals«, fuhr die Frau fort, »warum war er nicht besser zu seinen Lebzeiten? Wäre er's gewesen, dann hätte er auch jemanden um sich gehabt, als er starb, statt dass er mutterseelenallein seinen letzten Atem fahren lassen musste.«

»Es ist das wahrste Wort, das je gesprochen wurde«, bestätigte Mrs. Dilber.

»Es ist ein Gottesgericht.«

»Ich wünschte, es wäre ein bisschen schwerer ausgefallen«, meinte die Frau, »und es wär's auch, verlasst euch drauf, wenn ich hätte mehr bekommen können. Mach das Bündel auf, Joe, und sag mir, was es wert ist. Sprich dreist heraus. Ich fürchte mich nicht, die Erste zu sein, noch es die hier sehen zu lassen. Wir wussten ganz gut, dass wir für uns sorgten, ehe wir uns hier trafen. Das ist keine Sünde. Mach das Bündel auf, Joe.«

Aber die Galanterie ihrer Freunde wollte das nicht erlauben; und der Mann in dem abgetragenen schwarzen Rock brachte seine Beute zuerst. Es war nicht viel los damit: ein oder zwei Petschafte, ein silberner Bleistift, ein Paar Hemdknöpfe und eine Brosche von geringem Wert: Das war alles. Die Gegenstände wurden von dem alten Joe untersucht und geschätzt, worauf er die Summe, die er für das Einzelne bezahlen wollte, an die Wand schrieb und zusammenrechnete, als er fand, dass nichts mehr nachkam.

»Das ist Eure Rechnung«, sagte Joe, »und ich gebe keinen Sixpence mehr und sollte ich in Stücke gehauen werden. Wer kommt jetzt?«

Mrs. Dilber war die nächste. Sie hatte Bett- und Handtücher, einige Kleidungsstücke, zwei altmodische silberne Teelöffel, eine Zuckerzange und einige Paar Stiefel. Ihre Rechnung wurde von Joe auf dieselbe Weise an die Wand geschrieben.

»Damen gebe ich immer zu viel. Es ist meine Schwäche, und ich richte mich damit zugrunde«, sagte der alte Joe. »Hier ist Eure Rechnung. Wolltet Ihr einen Pfennig mehr dafür haben und es darauf ankommen lassen, so täte es mir leid, so nobel gewesen zu sein und ich zöge Euch eine halbe Krone ab.«

»Und nun mach mein Bündel auf, Joe«, drängte die Erste.

Joe kniete nieder, um bequemer das Bündel öffnen zu können, und nachdem er viele, viele Knoten aufgemacht hatte, zog er eine große schwere Rolle von einem dunklen Stoff heraus.

»Was ist das?«, staunte Joe. »Bettgardinen!«

»Ja«, rief das Weib lachend und sich vorbeugend. »Bettgardinen!«

»Ihr wollt doch nicht sagen, Ihr hättet sie heruntergenommen, wie er dort lag?«, sagte Joe.

»Ih, freilich«, sagte das Weib. »Warum auch nicht?«

»Ihr seid geboren, Euer Glück zu machen, und Ihr werdet's auch.«

»Ich werde doch wahrhaftig meine Hand nicht leer einstecken, wenn ich sie nur auszustrecken brauche, um was zu kriegen, um so eines Mannes willen, wie der war. Wahrhaftig nicht, Joe«, antwortete das Weib ruhig. »Lass kein Öl auf die Bettdecken tropfen.«

»Seine Bettdecke?«, fragte Joe.

»Von wem soll sie denn sonst sein?«, entgegnete das Weib. »Er wird auch ohne die nicht frieren, das behaupte ich.«

»Er starb doch nicht etwa an etwas Ansteckendem?«, fragte der alte Joe bedenklich, seine Beschäftigung unterbrechend und sie anblickend.

»Das braucht Ihr nicht zu befürchten«, antwortete die Frau. »Ich hatte ihn nicht so lieb, dass ich dann bei ihm geblieben wäre um solcher Lumpen willen. Ha, Ihr könnt durch das Hemd gucken, bis Euch Eure Augen wehtun: Ihr findet kein Loch darin und keine dünne Stelle. Es ist das beste, was er hatte, und sein ist's auch. Sie hätten's verdorben, wenn ich nicht gewesen wäre.«

»Was meint Ihr mit Verderben?«, fragte der alte Joe.

»Nun, ihm das Hemd in das Grab mitgeben, was sonst?«, erwiderte die Frau lachend. »Es war da einer dumm genug, es ihm anzuziehen, aber ich zog's ihm wieder aus. Wenn Kattun zu so etwas nicht gut genug ist, weiß ich nicht, zu was er sonst gut wäre. Er steht einer Leiche ebenso gut. Er kann nicht hässlicher aussehen, als er *darin* aussah.«

Scrooge hörte das Gespräch mit Grausen an. Wie sie da um ihren Raub herum in dem kärglichen Lampenlicht des Alten saßen, betrachtete er sie mit einem Ekel und einem Abscheu, der nicht größer hätte sein können, wenn es scheußliche Dämonen gewesen wären, die um die Leiche selbst feilschten.

»Ha, ha!«, lachte dieselbe Frau, als der alte Joe einen alten flanellnen Geldbeutel herauslangte und jedem den Preis des Raubes auf den Fußboden hinzählte. »Das ist das Ende von der Geschichte, seht Ihr! Er scheuchte jeden von sich, solange er lebte, um uns zu nützen, da er tot ist! Hahaha!«

»Geist«, sagte Scrooge, vom Fuß bis zum Scheitel zitternd. »Ich verstehe dich. Das Los dieses Unglücklichen könnte das meinige sein. Mein Leben geht jetzt auf dieses Ziel zu. Gnädiger Himmel, was ist das?«

Er fuhr entsetzt zurück, denn die Szene hatte sich verändert, und er stand dicht vor einem Bett, einem einsamen, unverhängten Bett, in dem unter einer groben Decke etwas Verhülltes lag, das, obgleich stumm, in einer grauenerregenden Sprache verkündete, was es war.

Das Zimmer war sehr dunkel, zu dunkel, um etwas sicher erkennen zu können, obgleich sich

Scrooge, einem geheimen Gefühl folgend, voll Begier umsah, um zu wissen, was für ein Zimmer es sei. Ein bleiches Licht, das von draußen hereinströmte, fiel gerade aufs Bett; und auf diesem, geplündert und beraubt, unbewacht und unbeweint, lag die Leiche dieses Mannes.

Scrooge blickte die Erscheinung an. Ihre regungslose Hand wies auf das Haupt des Leichnams. Die Decke war so sorglos zurechtgelegt, dass das geringste Verschieben, die leiseste Berührung von Scrooges Fingern das Antlitz enthüllt hätte. Er dachte daran, empfand, wie leicht es geschehen könnte, und sehnte sich, es zu tun; aber er hatte ebenso wenig die Kraft, die Hülle wegzuziehen, wie den Geist von seiner Seite zu entlassen.

Oh, kalter, starrer, schrecklicher Tod, hier richte deinen Altar auf und umgib ihn mit den Schrecken, über die du verfügst, denn dies ist dein Reich! Aber dem geliebten und verehrten Haupt kannst du kein Haar krümmen, von ihm kannst du keinen Zug widerlich machen. Auch wenn die Hand schwer ist und herabsinkt, wenn man sie fallen lässt, auch wenn das Herz und der Puls schweigen; die Hand war offen und barmherzig, das Herz war offen und warm und gut und der Puls ein menschlicher. Töte, Schatten, töte! Und sieh, wie seine guten Taten aus der Todeswunde hervorströmen, um in der Welt ein unsterbliches Leben auszusäen!

Es war nicht etwa eine Stimme, die diese Worte in Scrooges Ohren flüsterte, aber doch hörte er sie, während er auf das Bett starrte. Er dachte, wenn dieser Mann jetzt wieder erweckt werden könnte, was würde wohl sein erster Gedanke sein? Nur Geiz, Hartherzigkeit, habgierige Sorge. – Ein schönes Ende haben sie ihm bereitet!

Er lag in dem düstern leeren Haus, und kein Mann, kein Weib, kein Kind war da, um zu sagen: »Er war gütig gegen mich in dem und in jenem, und dieses einen gütigen Wortes gedenkend will ich seiner warten.« Eine Katze kratzte an der Tür, und die Ratten nagten und raschelten unter dem Kamin. Was sie in dem Gemach des Todes wollten und warum sie so unruhig waren, wagte Scrooge nicht auszudenken.

»Geist«, sagte er, »dies ist ein schrecklicher Ort. Wenn ich ihn verlasse, werde ich nicht seine Lehre vergessen, glaube mir. Lass uns gehen.«

Immer noch wies der Geist mit regungslosem Finger auf das Haupt der Leiche.

»Ich verstehe dich«, antwortete Scrooge, »und ich täte es, wenn ich könnte. Aber ich habe die Kraft nicht dazu, Geist. Ich habe die Kraft nicht dazu.«

Wieder schien ihn der Geist anzublicken.

»Wenn irgendjemand in der Stadt ist, der bei dieses Mannes Tod etwas fühlt«, bat Scrooge ganz erschüttert, »so zeige mir ihn, Geist, ich flehe dich an.«

Die Erscheinung breitete ihren dunklen Mantel

einen Augenblick vor ihm aus wie einen Fittich; und wie sie ihn wieder wegzog, sah er ein taghelles Zimmer, in dem sich eine Mutter mit ihren Kindern befand.

Sie wartete auf jemandes Kommen in ängstlicher Hoffnung, denn sie ging im Zimmer auf und ab, erschrak bei jedem Geräusch, sah zum Fenster hinaus, blickte nach der Uhr, versuchte umsonst sich zu beschäftigen und konnte kaum die Stimmen der spielenden Kinder ertragen.

Endlich vernahm sie das langersehnte Klopfen an der Haustür, und als sie hinausgehen wollte, kam ihr der Gatte entgegen. Sein Gesicht war abgehärmt und bekümmert, obgleich er noch jung war! Es zeigte sich jetzt ein merkwürdiger Ausdruck darin: eine Art ernster Freude, deren er sich schämte und die er zu verbergen bestrebt war.

Er setzte sich zum Essen nieder, das man ihm am Feuer aufgehoben hatte; und als die Gattin ihn erst nach langem Schweigen fragte, was er für Nachrichten bringe, schien er um Antwort verlegen zu sein.

»Sind es gute«, fragte sie, »oder schlechte?«

»Schlechte«, gab er zur Antwort.

»Sind wir ganz zugrunde gerichtet?«

»Nein, noch ist Hoffnung vorhanden, Caroline.«

»Wenn *er* sich erweichen lässt«, rief sie erstaunt, »dann ist noch Hoffnung da! Nichts ist hoffnungslos, wenn ein solches Wunder geschehen ist.«

»Für ihn ist es zu spät, Erbarmen zu zeigen«, sagte der Gatte. »Er ist tot.«

Wenn ihr Gesicht Wahrheit sprach, so war sie ein mildes und geduldiges Wesen; aber sie war doch dankbar dafür in ihrem Herzen und sprach es mit gefalteten Händen aus. Doch schon im nächsten Augenblick bat sie Gott, dass er ihr verzeihen möge, und bereute es; aber das erste Gefühl war die Stimme ihres Herzens gewesen.

»Was mir die halbbetrunkene Frau gestern Abend meldete, als ich ihn sprechen und um eine Woche Aufschub bitten wollte, und was ich nur für einen bloßen Vorwand hielt, um mich abzuweisen, erweist sich jetzt als die reine Wahrheit. Er war nicht nur sehr krank, er lag schon im Sterben.«

»Auf wen wird unsere Schuld übergehen?«

»Ich weiß es nicht. Aber noch vor dieser Zeit werden wir das Geld haben; und selbst, wenn dies nicht einträfe, wär es fast unwahrscheinlich großes Pech, in seinem Erben einen ebenso unbarmherzigen Gläubiger zu finden. Wir können heut Nacht leichteren Herzens schlafen, Caroline.«

Ja, sie mochten es verhehlen, wie sie wollten: ihre Herzen waren leichter. Die Gesichter der Kinder, die sich still um die Eltern drängten, um zu hören, was sie so wenig verstanden, erhellten sich, und alle wurden glücklicher durch dieses Mannes Tod. Das einzige von diesem Ereignis hervorgerufene Gefühl, das ihm der Geist zeigen konnte, war also eins der Freude.

»Lass mich ein zärtliches, bei einem Todesfall empfundenes Gefühl sehen«, bat Scrooge, »oder mir wird dies dunkle Zimmer, das wir soeben verlassen haben, immer vor Augen bleiben.«

Nun führte ihn der Geist durch mehrere Straßen, die er oft gegangen war; und indem sie vorüberschwebten, hoffte Scrooge sich hier und da zu erblicken, aber nirgends war er zu sehen. Sie traten in Bob Cratchits Haus, dessen Wohnung sie schon früher besucht hatten, und fanden dort die Mutter mit den Kindern um das Feuer sitzen.

Alles war ruhig, alles war still, sehr still. Die lärmenden kleinen Cratchits saßen stumm, wie steinerne Bilder, in einer Ecke und sahen auf Peter, der ein Buch vor sich hatte. Mutter und Töchter nähten. Aber auch sie waren still, sehr still.

»Und er nahm ein Kind und stellte es in ihre Mitte.«

Wo hatte Scrooge diese Worte gehört? Der Knabe musste sie gelesen haben, als er und der Geist über die Schwelle traten. Warum fuhr der Leser nicht fort?

Die Mutter legte ihre Arbeit auf den Tisch und führte die Hand gegen die Augen.

»Die Farbe tut mir weh«, sagte sie.

Die Farbe? Ach, der arme Tiny Tim!

»Es geht jetzt wieder besser«, sagte Cratchits Frau.

»Die Farbe tut mir weh bei Licht, und ich möchte nicht, dass Vater, wenn er heimkommt, meine roten Augen sieht. Es muss bald Zeit sein.«

»Fast schon vorüber«, erwiderte Peter, das Buch schließend. »Aber ich glaube, Mutter, er geht jetzt etwas langsamer als früher.«

Sie waren wieder sehr still. Endlich sagte sie mit einer ruhigen, heiteren Stimme, die nur ein einziges Mal zitterte:

»Ich weiß, dass er mit – ich weiß, dass er mit Tiny Tim auf der Schulter sehr schnell ging.«

»Ich auch«, rief Peter. »Oft.«

»Ich auch«, stimmten die andern ein.

»Aber er war sehr leicht zu tragen«, fing sie wieder an, den Blick fest auf ihre Arbeit gerichtet, »und der Vater liebte ihn so, dass es keine Last für ihn war – keine Last. Doch horch: da kommt der Vater.«

Sie eilten ihm entgegen und Bob mit dem Schal – der arme Kerl hatte ihn nötig – trat herein. Sein Tee stand bereit, und sie drängten sich alle herbei, und jeder wollte ihn am meisten bedienen. Dann kletterten die beiden kleinen Cratchits auf seine Knie, und jedes Kind legte eine kleine Wange an die seine, als wollten sie sagen: »Gräm dich nicht, lieber Vater, sei nicht traurig.«

Bob war sehr heiter und sprach sehr munter mit der ganzen Familie. Er besah die Arbeit auf dem Tisch und lobte den Fleiß und den Eifer seiner Frau und Töchter. Sie würden lange vor Sonntag fertig sein, meinte er.

»Sonntag!«, wiederholte die Frau. »Du warst also heute dort, Robert?«

»Ja, meine Liebe«, antwortete Bob. »Ich wollte, du hättest auch hingehen können. Es würde dein Herz erfreut haben zu sehen, wie grün es dort ist. Aber du wirst es oft sehen. Ich versprach ihm, sonntags hinzugehen. Mein liebes, liebes Kind!«, meinte Bob. »Mein liebes Kind!«

Er brach auf einmal zusammen. Er konnte nicht anders. Hätte er anders gekonnt, so wären er und sein Kind einander wohl weniger nahe gewesen.

Er verließ die Stube und ging die Treppe hinauf in ein Zimmer, das hell erleuchtet und weihnachtsmäßig aufgeputzt war. Ein Stuhl stand dicht neben dem Kind und man sah, dass vor Kurzem jemand dagewesen war. Der arme Bob setzte sich nieder, und als er ein wenig nachgedacht und sich gefasst hatte, küsste er das kleine kalte Gesicht. Er war versöhnt mit dem Geschehenen und ging wieder hinunter ganz heiter.

Sie setzten sich um das Feuer und unterhielten sich; die Mädchen und Mutter arbeiteten fort. Bob erzählte ihnen von Scrooges Neffen und seiner außerordentlichen Freundlichkeit, obwohl er ihn kaum ein einziges Mal gesehen habe. Er habe ihn heute auf der Straße getroffen, und als er bemerkt, dass er ein wenig niedergeschlagen aussähe, habe er ihn gefragt, was ihn bekümmere. »Hierauf«, sagte Bob, »erzählte ich es ihm, denn er ist der freundlichste junge Herr, den ich kenne. ›Ich bedaure Sie herzlich, Mr. Cratchit,‹ sagte er, ›und auch Ihre gute Frau.‹ – Übrigens, wie er das wissen kann, möchte ich wissen.«

»Was soll er wissen, mein Lieber.«

»Nun, dass du eine gute Frau bist«, antwortete Bob. »Jedermann weiß das«, meinte Peter.

»Sehr gut bemerkt, mein Junge«, rief Bob. »Ich hoffe, es ist so. ›Herzlich bedaure ich Ihre gute Frau‹, sagte er. ›Wenn ich Ihnen auf irgendeine Weise behilflich sein kann‹, setzte er hinzu, indem er mir seine Karte gab, ›hier ist meine Adresse. Kommen Sie nur zu mir.‹ Nun ist es nicht gerade darum«, sprach Bob, »weil er etwas für uns tun könnte, sondern mehr wegen seiner herzlichen Weise, dass ich mich darüber so freute. Es schien wirklich, als habe er unsern Tiny Tim gekannt und fühle mit uns.«

»Er ist gewiss eine gute Seele«, sagte Mrs. Cratchit.

»Du würdest das noch eher erkennen, meine Liebe«, antwortete Bob, »wenn du ihn sähest und mit ihm sprächest. Es sollte mich nicht wundern, wenn er Peter eine bessere Stelle verschaffte. Denkt an meine Worte.«

»Nun höre nur, Peter«, sagte Mrs. Cratchit.

»Und dann«, rief eines der Mädchen, »wird sich Peter nach einer Frau umsehen.«

»Ach, sei still«, antwortete Peter lachend.

»Nun, das kann schon kommen«, sagte Bob, »doch bis dahin hat er noch eine Menge Zeit. Aber wie und wann wir uns auch voneinander trennen sollten, so bin ich doch überzeugt, dass keiner von uns den armen Tiny Tim vergessen wird oder diese erste Trennung, die wir erfuhren.«

»Niemals, Vater«, riefen alle.

»Und ich weiß«, sagte Bob, »ich weiß, meine Lieben, wenn wir daran denken, wie geduldig und wie sanft er war, obgleich er nur ein kleines Kind war, werden wir uns nicht so leicht zanken und den guten Tiny Tim vergessen, indem wir's tun.«

»Nein, niemals, Vater«, riefen wieder alle.

»Ich bin sehr glücklich«, sagte Bob, »sehr glücklich.«

Mrs. Cratchit küsste ihn, seine Töchter küssten ihn, die beiden kleinen Cratchits küssten ihn, und Peter und er drückten sich die Hand. Seele Tiny Tims, du warst ein Hauch von Gott.

»Geist«, sprach Scrooge, »etwas sagt mir, dass wir uns bald trennen werden. Ich weiß es, aber ich weiß nicht, wie. Sag mir, wer war es, den wir auf dem Totenbett sahen?«

Der Geist der zukünftigen Weihnacht führte ihn wie zuvor – doch zu verschiedener Zeit, wie es ihm vorkam, und überhaupt schien in den letzten abwechselnden Gesichtern keine Zeitfolge stattzufinden – an die Zusammenkunftsorte der Geschäftsleute, aber er sah sich selber nicht. Der Geist hielt sich nirgends auf, sondern schwebte immer weiter, wie nach dem Ort zu, wo Scrooge die gewünschte Lösung des Rätsels finden würde, bis ihn dieser bat, einen Augenblick zu verweilen.

»Ja, dieser Hof, durch den wir jetzt eilen«, sagte Scrooge, »war einst mein Geschäft und war es lange Jahre hindurch. Ich erkenne das Haus. Lass mich sehen, was ich in den kommenden Tagen sein werde.«

Der Geist stand still; die Hand zeigte anderswohin.

»Das Haus ist dort«, rief Scrooge. »Warum zeigst du anderswohin?«

Der unerbittliche Finger nahm keine andere Richtung an.

Scrooge eilte nach dem Fenster seines Kontors und schaute hinein. Es war noch ein Kontor, aber nicht das seinige. Die Möbel waren nicht dieselben, und die Gestalt in dem Stuhl war nicht die seine. Die Erscheinung zeigte nach derselben Richtung wie vorher.

Er trat wieder zu ihr hin und nachsinnend, warum und wohin sie gingen, begleitete er sie, bis sie eine eiserne Pforte erreichten. Er stand still, um sich vor dem Eintreten umzusehen.

Es war ein Kirchhof. Hier also lag der Unglückliche unter der Erde, dessen Namen er noch erfahren sollte. Der Ort war seiner würdig. Rings von hohen

Häusern umgeben, überwuchert von Unkraut, entsprossen dem Tod, nicht dem Leben der Vegetation, vollgepfropft von zu vielen Leichen, genährt von übersättigtem Genuss.

Der Geist stand inmitten der Gräber still und deutete auf eins hinab. Scrooge näherte sich ihm bebend. Die Erscheinung war noch ganz so wie früher, aber ihm war es immer, als sähe er eine neue Bedeutung in der düsteren Gestalt.

»Ehe ich mich dem Stein nähere, den du mir zeigst«, sagte Scrooge, »beantworte mir eine Frage. Sind dies die Schatten der Dinge, die *sein werden*, oder nur deren, die *sein können*?«

Immer noch wies der Geist auf das Grab hin, vor dem sie standen.

»Die Wege des Menschen tragen ihr Ziel in sich«, murmelte Scrooge. »Aber schlägt er einen andern Weg ein, so ändert sich das Ziel. Sag, ist es so mit dem, was du mir zeigen wirst?«

Der Geist blieb so unbeweglich wie immer.

Scrooge näherte sich schlotternd dem Grabe, und wie er der Richtung des Fingers folgte, las er auf dem Stein seinen eigenen Namen.

EBENEZER SCROOGE

»Bin ich es, der auf jenem Bett lag?«, rief er, in die Knie sinkend.

Der Finger zeigte von dem Grabe fort auf ihn und wieder zurück.

»Nein, Geist, o nein!«

Der Finger wies unveränderlich dorthin.

»Geist«, rief Scrooge, sich fest an sein Gewand klammernd, »ich bin nicht mehr der Mensch, der ich ehedem war. Ich will ein anderer Mensch werden, als ich vor diesen Tagen gewesen bin. Warum zeigst du mir dies, wenn alle Hoffnung geschwunden ist?«

Zum ersten Male schien des Geistes Hand zu zittern.

»Guter Geist«, fuhr er fort, »dein eigenes Herz legt bittend für mich ein Wort ein und bedauert mich. Sag mir, dass ich durch ein verändertes Leben die Schattenbilder, die du mir gezeigt hast, ändern kann!«

Die gütige Hand zitterte.

»Ich will Weihnachten in meinem Herzen ehren, ich will versuchen es zu feiern. Ich will in der Vergangenheit, in der Gegenwart und in der Zukunft leben. Die Geister von allen dreien sollen in mir lebendig sein. Ich will ihren Lehren mein Herz nicht verschließen. O sage mir, dass ich die Schrift auf diesem Stein tilgen kann!«

In seiner Angst ergriff Scrooge die gespenstige Hand. Sie versuchte sich von ihm loszumachen, aber er war stark in seinem Flehen und hielt sie fest. Der Geist, noch stärker, stieß ihn zurück.

Wie Scrooge die bebenden Hände zu einem letzten Flehen um Änderung seines Schicksals in die

Höhe hielt, sah er die Erscheinung sich verändern. Sie wurde kleiner und kleiner und schwand zu einem Bettpfosten zusammen.

FÜNFTE STROPHE

Das Ende

Ja, und es war sein eigener Bettpfosten. Es war sein Bett und sein Zimmer. Und was das Glücklichste und Beste war: Die Zukunft gehörte ihm, um sich zu bessern.

»Ich will in der Vergangenheit, in der Gegenwart und in der Zukunft leben«, wiederholte Scrooge, als er aus dem Bett kletterte. »Die Geister von allen dreien sollen in mir lebendig sein. Oh, Jacob Marley! Der Himmel sei dafür gepriesen und die Weihnachtszeit! Ich sage es auf meinen Knien, alter Jacob, auf meinen Knien.«

Er war von seinen guten Vorsätzen so durchflammt und außer sich, dass seine bebende Stimme auf seinen Ruf kaum antworten wollte. Während seines Ringens mit dem Geist hatte er bitterlich geweint, und sein Gesicht war noch nass von den Tränen.

»Sie sind nicht herabgerissen«, rief Scrooge, eine der Bettgardinen an die Brust drückend, »sie sind nicht herabgerissen. Sie sind da, ich bin da, die

Schatten der Dinge, die da kommen, können vertrieben werden. Ja, ich weiß es, ich weiß es gewiss.«

Während dieser ganzen Zeit beschäftigten sich seine Hände mit den Kleidungsstücken: Er zog sie verkehrt an, zerriss sie, verlegte sie und machte damit allerhand tolle Sprünge.

»Ich weiß nicht, was ich tue«, rief Scrooge in einem Atem weinend und lachend und mit seinen Strümpfen einen wahren Laokoon aus sich machend. – »Ich bin leicht wie eine Feder, selig wie ein Engel, vergnügt wie ein Schulknabe, schwindlig wie ein Trunkener. Fröhliche Weihnachten allen Menschen! Ein glückliches Neujahr der ganzen Welt! Hallo! Hussa! Hurra!«

Er war in das Wohnzimmer gesprungen und blieb jetzt drin ganz außer Atem stehen.

»Da ist die Schüssel, in der der Haferschleim war!«, rief Scrooge, indem er um den Kamin herumhüpfte. »Da ist die Tür, durch die Jacob Marleys Geist hereinkam, da ist die Ecke, wo der Geist der diesjährigen Weihnacht saß, da ist das Fenster, wo ich die ruhelosen Geister sah! Es ist alles richtig, es ist alles wahr, es ist alles geschehen. Hahahaha!«

Für einen Mann, der so lange Jahre aus der Gewohnheit war, musste man es wirklich ein vortreffliches Lachen nennen, ein herrliches Lachen. Es war der Vater einer langen, langen Reihe herrlicher Lachsalven!

»Ich weiß nicht, den Wievielten wir heute haben«, rief Scrooge. »Ich weiß nicht, wie lange ich unter den Geistern gewesen bin. Ich weiß gar nichts. Ich bin wie ein neugeborenes Kind. Es schadet nichts. Ist mir einerlei. Ich will lieber ein Kind sein. Hallo! Hussa! Hurra!«

Er wurde in seinen Freudenausbrüchen von dem Geläut der Kirchenglocken unterbrochen, die ihm so fröhlich zu klingen schienen wie nie vorher. Bimbam, kling-klang, bim-bam. Nein, es war zu herrlich, zu herrlich!

Er lief zum Fenster, öffnete es und steckte den Kopf hinaus. Kein Nebel: ein klarer, lustig-heller, frischfroher Morgen, eine Kälte, die dem Blut einen Tanz vorpfiff, goldenes Sonnenlicht, ein himmlischer Himmel, lieblich-erquickende Luft, fröhliche Glocken. O wie herrlich, wie herrlich!

»Was ist denn heute für ein Tag?«, rief Scrooge einem Knaben in Sonntagskleidern zu, der unterm Fenster stand.

»Wie?«, fragte der Knabe mit der allergrößten Verwunderung.

»Was ist heut für ein Tag, mein Junge?«, fragte Scrooge.

»Heute?«, antwortete der Knabe. »Nun, Christtag.«

»Es ist Christtag«, sagte Scrooge zu sich selber. »Ich habe ihn also nicht versäumt. Die Geister haben alles in einer Nacht erledigt. Sie können alles, was sie wollen. Natürlich, natürlich. – Heda, mein Junge!«

»Was denn!«, antwortete der Knabe.

»Kennst du des Geflügelhändlers Laden in der zweitnächsten Straße an der Ecke?«, fragte Scrooge.

»I, warum denn nicht?«, antwortete der Junge.

»Ein gescheiter Junge«, nickte Scrooge. »Ein merkwürdiger Junge! Weißt du nicht, ob der Preistruthahn, der dort hing, verkauft ist? Nicht der kleine Preistruthahn, sondern der große.«

»Was, der so groß ist wie ich?«, entgegnete der Junge.

»Was für ein lieber Junge!«, lächelte Scrooge. »Es ist eine Freude, mit ihm zu sprechen. Freilich wohl, mein Prachtjunge.«

»Der hängt noch dort«, antwortete der Junge.

»Ist's wahr?«, sagte Scrooge. »Na, dann lauf und kaufe ihn.«

»Hat sich was«, spottete der Junge.

»Nein, nein«, sagte Scrooge, »es ist mein Ernst. Geh hin und kaufe ihn und sag, sie sollen ihn hierher bringen, dass ich ihnen die Adresse geben kann, wohin sie ihn tragen sollen. Komm mit dem Träger wieder her, und ich gebe dir einen Shilling. Kommst du rascher als in fünf Minuten zurück, bekommst du eine halbe Krone.«

Der Bengel verschwand wie ein Blitz.

»Ich will ihn Bob Cratchit schicken«, flüsterte

Scrooge, sich die Hände reibend und fast vor Lachen platzend. »Er soll nicht wissen, wer ihn schickt. Er ist zweimal so groß wie Tiny Tim. Einen Witz wie den hat's noch nie gegeben.«

Als er die Adresse schrieb, zitterte seine Hand, aber er schrieb so gut es ging und stieg die Treppe hinab, um die Haustür zu öffnen und den Truthahn zu erwarten. Wie er dastand, fiel sein Auge auf den Türklopfer.

»Ich werde ihn lieb haben, solange ich lebe«, rief Scrooge, ihn streichelnd. »Früher habe ich ihn kaum angesehen. Was er für ein ehrliches Gesicht hat! Es ist ein wunderbarer Türklopfer! – Da ist der Truthahn. Hallo! Hussa! Wie geht's? Fröhliche Weihnachten!«

Das *war* ein Truthahn! Er hätte nicht mehr lang lebendig auf seinen Füßen stehen können. Sie wären – knix – zerbrochen wie eine Stange Siegellack.

»Was, das ist ja fast unmöglich, den nach Camden Town zu tragen!«, sagte Scrooge. »Ihr müsst einen Wagen nehmen.«

Das Lachen, mit dem er dies sagte, und das Lachen, mit dem er den Truthahn bezahlte, und das Lachen, mit dem er den Wagen bezahlte, und das Lachen, mit dem er dem Jungen ein Trinkgeld gab, wurde nur von dem Lachen übertroffen, mit dem er sich atemlos in seinen Stuhl niedersetzte und lachte, bis ihm die Tränen die Backen herunterliefen.

Das Rasieren war keine Kleinigkeit, denn seine

Hand zitterte immer noch sehr, und Rasieren verlangt große Aufmerksamkeit, auch wenn man nicht gerade währenddessen tanzt. Aber selbst wenn er sich die Nasenspitze weggeschnitten hätte, würde er ein Stückchen Pflaster darauf geklebt und sich damit zufriedengegeben haben.

Er zog seine besten Kleider an und trat endlich auf die Straße. Die Leute strömten gerade aus ihren Häusern, wie er es gesehen hatte, als er den Geist der diesjährigen Weihnacht begleitete; und mit auf dem Rücken zusammengeschlagenen Händen durch die Straßen gehend, blickte Scrooge jeden mit einem freundlichen Lächeln an. Er sah so unwiderstehlich freundlich aus, dass drei oder vier lustige Leute zu ihm sagten: »Guten Morgen, Sir, fröhliche Weihnachten!«, und Scrooge sagte oft nachher, dass von allen lieblichen Klängen, die er je gehört, dieser seinem Ohr am lieblichsten geklungen hätte.

Er war nicht weit gegangen, als er denselben stattlichen Herrn auf sich zukommen sah, der am Tage vorher in sein Kontor getreten war, mit den Worten: »Scrooge und Marley, glaube ich.« Es gab ihm förmlich einen Stich ins Herz, als er dachte, wie ihn wohl der alte Herr beim Vorübergehen ansehen würde; aber er wusste, welchen Weg er zu gehen hatte, und ging ihn.

»Lieber Herr«, rief Scrooge, schneller laufend und den alten Herrn an beiden Händen ergreifend. »Wie geht es Ihnen? Ich hoffe, Sie hatten gestern einen guten Tag? Es war sehr freundlich von Ihnen. Ich wünsche Ihnen fröhliche Weihnachten, Sir.«

»Mr. Scrooge?«

»Ja«, sagte Scrooge. »So ist mein Name und ich fürchte, er klingt Ihnen nicht sehr angenehm. Erlauben Sie, dass ich Sie um Verzeihung bitte! Und wollen Sie die Güte haben« – hier flüsterte ihm Scrooge etwas ins Ohr.

»Himmel!«, rief der Herr, als ob ihm der Atem ausgeblieben wäre. »Mein lieber Mr. Scrooge, ist das Ihr Ernst?«

»Wenn es Ihnen beliebt«, sagte Scrooge. »Keinen Penny weniger. Es sind viele Rückstände dabei, ich versichere es Ihnen. Wollen Sie die Güte haben?«

»Bester Herr«, sagte der andere, ihm die Hand schüttelnd. »Ich weiß nicht, was ich zu einer solchen Freigebigkeit sagen soll.«

»Ich bitte, sagen Sie gar nichts dazu«, antwortete Scrooge. »Besuchen Sie mich. – Wollen Sie mich besuchen?«

»Herzlich gern«, rief der alte Herr. Und man sah, es war ihm Ernst mit dieser Versicherung.

»Ich danke Ihnen sehr«, sagte Scrooge. »Ich bin Ihnen sehr verbunden. Ich danke Ihnen tausendmal. Leben Sie recht wohl!«

Er ging in die Kirche, ging durch die Straßen, sah die Leute hin und her laufen, klopfte Kindern die

Wange, sprach mit Bettlern, spähte hinab in die Küchen und lugte hinauf zu den Fenstern der Häuser: Und er fand, dass ihm alles das Vergnügen bereiten könne. Er hätte es sich nie träumen lassen, dass ihn ein Spaziergang oder sonst etwas so glücklich machen könnte. Nachmittags lenkte er seine Schritte nach der Wohnung seines Neffen.

Er ging wohl ein dutzendmal an der Tür vorüber, ehe er den Mut hatte anzuklopfen. Endlich fasste er sich ein Herz und klopfte.

»Ist dein Herr zu Hause, liebes Kind?«, sagte Scrooge zu dem Mädchen. Ein nettes Mädchen, wahrhaftig! »Ja, Sir.«

»Wo ist er, liebes Kind?«, sagte Scrooge.

»Er ist in dem Speisezimmer, Sir, mit Madame. Ich will Sie hinaufführen, wenn Sie erlauben.«

»Danke, danke. Er kennt mich«, sagte Scrooge, mit der Hand schon auf der Türklinke. »Ich will gleich eintreten, liebes Kind.«

Er machte die Tür leise auf und steckte den Kopf hinein. Sie betrachteten gerade den Speisetisch (der mit großem Aufwand gedeckt war); denn junge Hausfrauen sind immer sehr bedacht darauf und sehen gern alles in hübschester Ordnung.

»Fred«, rief Scrooge.

Heiliger Himmel, wie seine Nichte erschrak! Scrooge hatte in dem Augenblick vergessen, dass sie mit dem Fußbänkchen in der Ecke gesessen hatte, sonst hätte er es um keinen Preis getan.

»Potztausend!«, rief Fred, »wer kommt da?«

»Ich bin's. Dein Onkel Scrooge. Ich komme zum Essen. Willst du mich hereinlassen, Fred?«

Ihn hereinlassen! Es war nur gut, dass er ihm nicht den Arm abriss. Er war in fünf Minuten wie zu Hause. Nichts konnte herzlicher sein als die Begrüßung seines Neffen. Und auch seine Nichte empfing ihn nicht minder herzlich. Auch Topper, als er kam. Auch die runde Schwester, als sie kam. Und alle, wie sie nach der Reihe kamen. Wundervolle Gesellschaft, wundervolle Spiele, wundervolle Eintracht, wundervolle Glückseligkeit!

Aber am andern Morgen war Scrooge früh in seinem Kontor. Oh, er war gar früh da. Zuerst dort zu sein und Bob Cratchit beim Zuspätkommen zu erwischen! Das war's, worauf sein Sinn stand. Und es gelang ihm wahrhaftig! Die Uhr schlug neun. Kein Bob. Ein Viertel nach neun. Kein Bob. Er kam volle achtzehn und eine halbe Minute zu spät. Scrooge hatte seine Türe weit offen stehen lassen, damit er ihn in das Verlies eintreten sähe.

Bobs Hut war vom Kopf, ehe er die Tür öffnete, auch der Schal von seinem Hals. Im Nu saß er auf seinem Stuhl und jagte mit der Feder über das Papier, als wollte er versuchen, neun Uhr einzuholen.

»Heda«, rief Scrooge, so gut es ging seine gewohnte Stimme nachahmend. »Was soll das heißen, dass Sie so spät kommen?«

»Es tut mir sehr leid, Sir«, sagte Bob. »Ich habe mich verspätet.«

»So?«, sagte Scrooge. »Ja. Das kommt mir auch so vor. Hier herein, wenn's gefällig ist.«

»Es ist nur einmal im Jahr, Sir«, sagte Bob, aus dem Verlies hereintretend. »Es soll nicht wieder vorkommen. Ich war ein bisschen lustig gestern, Sir.«

»Nun, ich will Ihnen etwas sagen, Freundchen«, sagte Scrooge, »ich kann das nicht länger mit ansehen. Und daher«, fuhr er fort, von seinem Stuhl springend und Bob einen solchen Stoß vor die Brust gebend, dass er wieder in das Verlies zurückstolperte, »und daher will ich Ihr Salär erhöhen!«

Bob zitterte und trat dem Lineal etwas näher. Er hatte einen kurzen Gedanken, Scrooge damit eins auf den Kopf zu geben, ihn festzuhalten und die Leute im Hof um Beistand und um eine Zwangsjacke anzurufen.

»Fröhliche Weihnachten, Bob!«, sagte Scrooge mit einem Ernst, der nicht missverstanden werden konnte, indem er ihm auf die Achsel klopfte. »Fröhlichere Weihnachten, Bob, als ich Sie so manches Jahr habe feiern lassen. Ich will Ihr Salär erhöhen und mich bemühen, Ihrer Familie unter die Arme zu greifen. Wir wollen heut Nachmittag bei einem dampfenden Weihnachtspunsch über Ihre Angelegenheiten sprechen, Bob! Schüren Sie das Feuer an und kaufen Sie eine andere Kohlenschaufel, ehe Sie wieder einen Punkt auf ein i machen, Bob Cratchit!«

Scrooge war besser als sein Wort. Er tat nicht nur alles, was er versprochen hatte, sondern noch mehr, und für Tiny Tim, der nicht starb, wurde er ein zweiter Vater. Er wurde ein so guter Freund und ein so guter Mensch, wie nur die liebe alte City oder jedes andere liebe alte Städtchen oder Dorf in der lieben alten Welt je einen Freund und Menschen gesehen hat. Einige Leute lachten, als sie ihn so verändert sahen; aber er ließ sie lachen und kümmerte sich wenig darum, denn er war klug genug, zu wissen, dass nichts Gutes in dieser Welt geschehen kann, worüber nicht von vornherein einige Leute lachen müssen: Und da er wusste, dass solche Leute doch blind bleiben würden, so dachte er bei sich, es wäre besser, sie legten ihre Gesichter durch Lachen in Falten, als dass sie es auf weniger anziehende Weise täten. Sein eigenes Herz lachte, und damit war er vollauf zufrieden.

Er hatte keinen ferneren Verkehr mit Geistern, sondern lebte von jetzt an nach dem Grundsatz gänzlicher Enthaltsamkeit; und immer sagte man von ihm, er wisse Weihnachten recht zu feiern, wenn es überhaupt ein Mensch wisse. Möge dies auch in Wahrheit von uns allen gesagt werden können. Und so schließen wir mit Tiny Tims Worten: »Gott segne jeden von uns.«

Der Behexte
und der Pakt mit dem Geiste

*Eine phantastische
Weihnachtsgeschichte*

ERSTES KAPITEL

Die Gabe

Jeder sagte es.

Es sei fern von mir zu behaupten, dass richtig sein müsse, was »jeder« sagt.

Was »jeder« sagt, kann ebenso gut falsch sein.

Es ist kein Verlass auf solche Autorität. Sehr oft hat man schrecklich lang gebraucht, um das einzusehen.

Was »jeder« behauptet, *kann* zuweilen richtig sein, aber Regel ist es nicht, wie der Geist des Giles Scroggins in der Ballade sagt.

Ja richtig: »Geist«; das bringt mich wieder auf meine Geschichte.

Also jeder sagte, er sähe aus wie ein Behexter. Das stimmt:

Er sah wirklich so aus.

Hohle Wangen, eingesunkene funkelnde Augen, ebenmäßig gewachsen zwar, aber immer schwarz gekleidet und immer mürrisch. Die grauen Haare wirr ins Gesicht hängend wie Seegras. Wie eine Klippe sah er aus, an der die Wogen branden aus der Tiefe der Menschheit.

Wer hätte sein Wesen beobachten können, seine seltsame verschlossene Art, düster und immer in

Gedanken verloren, stets im Geiste in einer vergangenen Zeit und an fremdem Ort, unablässig in sein Inneres horchend, als ertöne da ein geheimnisvolles Echo – ohne sagen zu müssen, er ist behext?

Wer ihn sah in seinem Studierzimmer – halb Bibliothek, halb Laboratorium – er war ein weltberühmter Gelehrter und Chemiker, und täglich hingen Hunderte an seinen Lippen –, wer ihn dort sah in einsamer Winternacht – unbeweglich –, umgeben von seinen Giften und Instrumenten und Büchern, wenn der Schatten seiner Schirmlampe wie ein riesiger Käfer an der Wand hockte und der flackernde Schein des Feuers gespenstische Gestalten malte auf die Wandungen der fremdartigen, seltsam aussehenden Phiolen, der fühlte, der Mann ist behext und das Zimmer dazu.

Wenn dann die Phantome sich in der Flüssigkeit der Gläser spiegelten und zitterten wie Dinge, die wohl wussten, dass er die Macht besaß, sie in ihre Bestandteile aufzulösen und in Feuer und Dampf davonfliegen zu lassen, wenn er dann wieder grübelnd in seinem Stuhle saß vor den roten Flammen in dem rostigen Kamin und flüsternd die dünnen Lippen bewegte, da konnte es einen wohl beschleichen, als werde alles ringsum zu Spuk – als stünde man auf behextem Grund.

Und wie er seine Stimme niederhielt in langsamer Rede und ihren natürlichen Wohlklang erstickte!

Wer hätte da nicht gesagt, es ist die Stimme eines Verwunschenen?!

Sein Wohnhaus war so einsam und gruftartig – ein alter abgelegener Teil eines ehemaligen Stifts für Studenten, einstens ein braves Gebäude auf freiem Platze, jetzt nur noch die veraltete Grille eines vergessenen Architekten, von Alter, Rauch und Wetter gebräunt. Auf allen Seiten eingeklemmt von der alles überwuchernden Stadt und wie ein alter Brunnen erstickt von Steinen und Ziegeln. Die kleinen Höfe lagen tief unten in wahren Schlünden von Straßen und Häusern, die im Laufe der Zeiten emporgewachsen waren und seine schwerfälligen Schornsteine überragten. Die alt gewordenen Bäume plagte schwer der Rauch der benachbarten Essen, wenn er sich schwarz und schwer herabsenkte bei trübem Wetter, und die Grasflecken kämpften hart um ihr Leben unter dem Mehltau der unfruchtbaren Erde. Das verödete Pflaster hatte den Tritt der menschlichen Füße vergessen und war den Blick von Augen nicht mehr gewöhnt, außer es sah einmal ein vereinzeltes Gesicht aus der obern Welt herunter, verwundert, was für ein seltsamer Winkel das wohl sei. Eine Sonnenuhr stand eingezwängt in einer halbvermauerten Ecke, wohin sich Hunderte von Jahren kein Lichtstrahl mehr verirrt, wo als Ersatz für die Sonne wochenlang der Schnee noch lag, wenn er überall längst verschwunden war und wo sich wie ein gewaltiger Brummkreisel der Ostwind drehte, wenn er sonst an allen Plätzen schwieg.

Die Stube in des Gebäudes innerstem Herzen war so duster und alt, so verfallen und doch so fest mit ihrem wurmstichigen Gebälk in der Decke, mit der derben Holzverkleidung, die sich von der Tür herabsenkte bis zu dem Kaminstück aus Eichenholz. Mitten im umarmenden Drucke der Großstadt und doch so weit weg von Mode, Zeit und Sitte; so ruhig und doch so reich an hallenden Echos, wenn sich eine ferne Stimme erhob oder Türen ins Schloss fielen – Echos, die nicht bloß in den vielen niedern Gängen und leeren Räumen wohnten, sondern fortmurrten und knurrten, bis sie in der dicken Atmosphäre der vergessenen Krypta erstickten, deren normannische Bogen halb in der Erde staken.

Ihr hättet ihn nur sehen sollen zur Dämmerstunde im tiefen Winter. In der toten Winterszeit, wenn schrill und schneidend der Wind der Sonne ein Abschiedslied singt und ihr Bild schimmernd durch den Nebel taucht. Wenn es eben noch so halbdunkel ist, dass die Formen der Dinge zu verschwimmen beginnen und anschwellen und doch noch nicht ganz verschwinden. Wenn die Menschen am Kamin sitzen, wilde Gesichter und Gestalten, Berge und Abgründe, Wegelagerer und Heere in der Kohlenglut zu sehen beginnen – – die Leute auf den Straßen die Köpfe senken und vor dem Wetter herlaufen und die,

die entgegenkommen, an den sturmumtosten Ecken haltmachen, geblendet von den irrenden Schneeflocken, die sich ihnen an die Augenwimpern heften und spärlich fallen und zu rasch, als dass von ihnen auf dem gefrorenen Boden eine Spur bliebe, wieder verwehen. Wenn die Fenster der Häuser sorgsam und luftdicht verschlossen werden und die Gaslaternen in den lauten und den ruhigen Straßen aufleuchten und es schnell finster wird, wo sie fehlen. Wenn vereinzelte Fußgänger zitternd durch die Straßen eilen, auf die in den Küchen glühenden Feuer hinunterstarren, während ihnen das Wasser im Munde zusammenläuft bei dem Speiseduft, der meilenweit die Luft durchströmt.

Wenn Reisende auf dem Lande bitterlich frierend, verdrießlich auf die düstere Landschaft hinblicken, die im Sturmwind zittert und bebt – Seeleute, an vereisten Rahen hängend, hoch über der tosenden See hin und her geschleudert werden und die Leuchttürme auf Felsen und Vorgebirgen wachsam aufflammen, dass die von der Nacht überraschten Vögel mit der Brust gegen die schweren Laternen fliegen und tot niederfallen. Wenn die kleinen Märchenleser beim Ofen zitternd an Cassim Baba denken, wie er geviertelt in der Räuberhöhle hing, oder eine unklare Furcht nahen fühlen, die schreckliche Alte mit dem Krückstock, die immer im Schlafzimmer des Kaufmanns Abdullah aus der Kiste sprang, könne ihnen in einer dieser Nächte auf der Treppe begegnen auf der langen kalten dunklen Reise ins Bett.

Wenn auf dem Lande das letzte Glimmern des Tages erstirbt in den Enden der Alleen und die Gipfel der Bäume in trübem Schwarz verschwimmen. Wenn in Park und Forst das nasse hohe Farnkraut und dickes Moos und die Schichten gefallener Blätter und die Baumstümpfe sich in undurchdringlichen Schattenmassen verstecken – Nebel aufsteigen aus Graben, Moor und Fluss und fröhlich die Lichter glänzen in den alten Hallen und an den Fenstern der Bauernhäuser.

Wenn die Mühle feiert, Stellmacher und Grobschmied die Werkstatt schließen, der Schlagbaum rastet, Pflug und Egge einsam schlafen auf dem Felde, wenn abends die Kirchturmuhr dumpfer schlägt als mittags und für die Nacht das Kirchturmpförtchen versperrt steht! –

Ihr hättet ihn sehen sollen, als die Dämmerung allerorten die Schatten befreite, die den ganzen langen Tag über eingekerkert gewesen waren und die sich jetzt zusammenschlossen und zusammendrängten gleich Scharen sich sammelnder Gespenster, sich in die Zimmerecken duckten und hinter halboffenen Türen hervorstierten; als sie dann vollen Besitz ergriffen von all den leeren Räumen des Hauses und in den Wohnstuben über Decke, Wände und Fußboden tanzten, wenn das Feuer ersterben wollte, und wie ebbende Wellen zurückfuhren, loderte es wieder auf. Wie sie phantastisch die Formen vertrauter Geräte nachäfften, aus der Amme eine Kinderfresserin machten, das Schaukelpferd in ein Ungeheuer verwandelten und das erregte Kind bald in Schrecken versetzten, bald ihm groteske Späße vormachten, bis es sich selbst wie etwas ganz Fremdes vorkam. Nicht einmal die Feuerzange in Ruhe ließen – aus ihr einen spreizbeinigen Riesen mit eingestemmten Armen machten, der bestimmt nach Menschenblut roch und nur darauf wartete, den Leuten die Knochen zu Mehl und Brot zu zerreiben.

Ihr hättet ihn nur sehen sollen um die gewisse Zeit, wo den alten Leuten diese Schatten ungewohnte Gedanken wachriefen und ihnen fremde Bilder zeigten, wo sie aus ihren Schlupfwinkeln hervorschlichen, angetan mit den Konterfeis vergangener Gesichter und Gestalten, vom Grabe her, aus dem tiefen Abgrund kommend, darinnen die Dinge umherirrten, darinnen sie sind und doch nicht sind. Hättet ihn nur sehen sollen, als er so dasaß und in das Feuer starrte, während mit dem Steigen und Sinken der Glut die Schatten kamen und gingen.

Wie er sie nicht beachtete mit seinem leiblichen Auge und immer nur ins Feuer starrte, mochten sie nun kommen oder gehen.

Verwehte Klänge drangen hervor aus ihrem Versteck auf des Zwielichts Ruf und machten die Stille ringsum nur noch tiefer. Der Wind rumorte im Schornstein und stöhnte und heulte im Hause umher. Er schüttelte draußen die alten Bäume, dass die grämliche Krähe, im Schlafe gestört, mit schwachem, verträumtem Krah Krah aus den Wipfeln herunterschimpfte. Zuzeiten erzitterten die Fenster, die verrostete Wetterfahne auf dem Turmdach ächzte, und die Uhr darunter verkündete, dass wieder eine Viertelstunde verflossen war.

Das Feuer sank zusammen, und prasselnd fielen die Scheite übereinander.

Da klopfte jemand an die Türe, und er fuhr aus seinem Grübeln auf. »Wer ist da?«, fragte er. »Herein!«

Bestimmt hatte keine Gestalt hinter seinem Stuhle gestanden, kein Gesicht auf ihn herabgeblickt. Bestimmt berührte kein gleitender Tritt den Fußboden, als er aufschreckend das Haupt erhob und sprach.

Es war kein Spiegel im Zimmer, auf den seine eigene Gestalt auch nur einen Augenblick hätte fallen können, und doch war etwas vorübergedunkelt und verschwunden.

»Ich bitte ergebenst um Verzeihung, Sir«, sagte ein rotbäckiges zappliges Männchen, das mit einem Tablett hereinkam, die Türe vorsichtig mit dem Fuße haltend, damit sie nicht geräuschvoll zufalle, »wenn es heute Abend ein bisschen spät geworden ist, aber Mrs. William ist so umgeworfen worden – –«

»Vom Wind? Ja, ich habe ihn heulen hören.«

»Vom Wind, Sir – – es ist ein wahres Glück, dass sie überhaupt nach Hause gefunden hat. O du liebe Zeit, ja. Vom Wind, Mr. Redlaw. Ja, ja, vom Wind.«

Das Männchen hatte unterdessen das Servierbrett hingesetzt und begann die Lampe anzuzünden und den Tisch zu decken. Augenblicklich ließ es aber wieder davon ab, um zum Feuer zu laufen, zu schüren und nachzulegen. Dann nahm es seine frühere Beschäftigung wieder auf. Die brennende Lampe und das aufflackernde Feuer gaben dem Zimmer so rasch ein anderes Aussehen, dass der bloße Eintritt dieses frischen roten Gesichtes die angenehme Veränderung bewirkt zu haben schien.

»Mrs. William ist natürlich zu jeder Zeit der Möglichkeit ausgesetzt, von den Elementen aus dem Gleichgewicht gebracht zu werden. Sie ist ihnen nicht gewachsen.«

»Nein«, sagte Mr. Redlaw freundlich, aber kurz.

»Nein, Sir, Mrs. William kann durch *Erde* aus dem Gleichgewicht gebracht werden, wie zum Beispiel am Sonntag vor acht Tagen, wo es so nass und schlüpfrig war und sie mit ihrer neuesten Schwägerin zum Tee ging; sie war gerade so schön stolz auf sich und fleckenlos, trotzdem sie zu Fuß ging. Mrs. William kann durch *Luft* aus dem Gleichgewicht kommen, wie damals auf dem Peckhamer Jahrmarkt, wo sie sich überreden ließ, einmal eine Schaukel zu versuchen, was auf ihre Konstitution wirkte wie ein Dampfboot.

Mrs. William kann durch *Feuer* das Gleichgewicht verlieren, wie damals bei ihrer Mutter, als der blinde Feueralarm war und sie eine halbe Stunde Wegs in der Nachtmütze zurücklegte. Mrs. William kann durch *Wasser* aus dem Gleichgewicht kommen, wie neulich in Battersea, wo sie sich von ihrem zwölfjährigen Neffen Charley Swidger junior, der keine Ahnung vom Rudern hat, in den Hafen rudern ließ. Aber das sind eben die Elemente. Mrs. William muss den Elementen entrückt sein, soll ihr Charakter zur Geltung kommen.«

Als er innehielt und eine Antwort erwartete, ertönte ein »Ja«, genau wie vorhin.

»Ja, Sir, o du liebe Zeit, ja«, sagte Swidger, immer noch den Tisch deckend und jedes einzelne Stück beim Namen nennend, das er hinsetzte. »Ja, ja, so ist's, Sir. Viele, viele Swidgers sind wir. – Pfeffer! Da ist zuvörderst mein Vater, Sir, pensionierter Kastellan und Kustos des Stifts, siebenundachtzig Jahre alt. Er ist ein Swidger! – Löffel.«

»Jawohl, William«, war die ruhige und zerstreute Antwort, als der Diener wieder innehielt.

»Ja, Sir«, sagte Mr. Swidger. »Das sage ich auch immer, Sir. Man kann ihn den Stamm des Baumes nennen! – Brot. Dann kommen, der nächste, nämlich meine Wenigkeit – Salz, und Mrs. William: beide Swidgers. – Messer und Gabel! Dann kommen alle meine Brüder und deren Familien, lauter Swidgers,

Mann und Frau, Knaben und Mädchen. Na, und wenn man dann all die Vettern und Onkel, Tanten und Verwandten in diesen und jenen und andern Graden und was weiß ich für Graden noch und all die Hochzeiten und Entbindungen mitrechnet, dann könnten die Swidgers – Weinglas – eine Kette um ganz England bilden, wenn sie sich die Hände reichten.«

Da gar keine Antwort erfolgte, trat William an den in Gedanken Versunkenen näher heran und stieß wie zufällig mit einer Karaffe an den Tisch, um ihn aus seinem Brüten zu erwecken. Als ihm dies gelungen, fuhr er eilfertig fort zu reden, genau als habe er eine Antwort erhalten.

»Ja, Sir! Genau das sage ich selber auch immer. Mrs. William und ich haben das schon oft gesagt. Swidgers gibt's schon genug, sagen wir. Da brauchen wir gar nicht mehr mitzutun. – Butter. – Ja, Sir, mein Vater ist schon an und für sich eine Familie – Plate de Menage –, für die zu sorgen ist; und eigentlich ist es recht gut, dass wir selber keine Kinder haben, wenn auch Mrs. William dadurch ein bisschen still geworden ist. Bitte, halten Sie sich bereit für das Huhn mit Kartoffeln, Sir, Mrs. William sagte, sie wolle in zehn Minuten auftragen.«

»Ich bin bereit«, sagte der andere wie aus einem Traum erwachend und ging langsam auf und ab.

»Mrs. William war wieder an der Arbeit, Sir«, sagte

der Diener und wärmte einen Teller am Kamin, sich neckisch das Gesicht damit beschattend. Mr. Redlaw blieb stehen, und sein Gesicht nahm einen Ausdruck von Teilnahme an.

»Ich sag's, wie's ist, Sir. Sie muss es tun! Mrs. William hegt Muttergefühle in ihrer Brust, und sie muss sich Luft machen.«

»Was hat sie denn getan?«

»Ja, Sir, nicht zufrieden, all die jungen Herren zu bemuttern, die aus allen möglichen Gegenden herbeiströmen, um ihre Vorlesungen in dem alten Stift zu hören – – – – merkwürdig, wie bei diesem kalten Wetter das Porzellan schnell die Hitze annimmt. Eigentümlich.« Er drehte den Teller um und blies sich auf die Finger.

»Nun?«, sagte Mr. Redlaw.

»Sehen Sie, das sage ich auch immer, Sir«, entgegnete Mr. William über die Schulter hin und als ob er voll Bereitwilligkeit und Entzücken irgendeinem Urteil zustimmen wollte. »Genauso und nicht anders, Sir. Alle Studenten ohne Ausnahme sieht Mrs. William offenbar mit den Augen einer Mutter an. Jeden Tag, den ganzen Kursus hindurch, steckt einer nach dem andern den Kopf zur Tür herein, und jeder hat ihr etwas zu sagen oder sie etwas zu fragen. ›Swidge‹ oder ›Bridge‹ nennen sie Mrs. William, wenn sie unter sich sind. Wenigstens hat man mir das erzählt. Aber das sage ich immer, Sir, besser anders genannt werden, wenn auch noch so falsch – wenn's nur in wirklicher Liebe geschieht –, als mit großtuerischen Phrasen betitelt zu werden und dabei doch bei niemand gut angeschrieben zu sein! Wozu ist denn ein Name da? Damit man eine Person daran erkennt. Wenn Mrs. William eines besseren als ihres Namens wegen geschätzt wird – ich meine Mrs. Williams Eigenschaften und Gemütsart –, so kommt's nicht auf ihren Namen an, wenn er auch von Rechts wegen Swidger ist. Sollen sie sie ruhig ›Zwitscher‹ nennen oder ›Kitsch‹ oder ›Bridge‹ oder wie sie sonst mögen. Meinetwegen London ›Bridge‹, Blackfriars-, Chelsea-, Putney-, Waterloo- oder Hammersmith-›Bridge‹!«

Gleichzeitig mit dem Schluss dieser glänzenden Rede kam er mit dem Teller zum Tisch und ließ ihn mit einer lebhaften Geste, als sei das Porzellan glühend heiß, halb fallen, halb stellte er ihn hin. In demselben Augenblick trat der Gegenstand seiner Lobeshymne mit einem Tablett und einer Laterne bewaffnet herein, von einem würdigen Greis mit langem, grauem Haar begleitet.

Mrs. William war wie Mr. William eine schlichte Person von unschuldsvollem Äußerem, auf deren glatten Backen sich das heitere Rot der Bedientenweste ihres Gatten lieblich wiederholte. Aber während Mr. Williams blonder Schopf ihm auf dem ganzen Kopfe zu Berge stand und sogar seine Augenbrauen in einem Übermaß geschäftlicher Bereitwilligkeit mit sich in die Höhe zu ziehen schien, war das dunkelbraune Haar von Mrs. William sorgsam glatt gekämmt und floss unter einer schmucken knappen Haube in der bescheidensten Weise, die man sich nur denken konnte, zusammen. Während selbst Mr. Williams Hosen sich an den Knöcheln emporkrempelten, als liege es nicht in ihrer stahlgrauen Art, sich ruhig zu verhalten, ohne umherzuschauen, war Mrs. Williams niedlich geblümtes Kleid – rot und weiß, wie ihr eigenes hübsches Gesichtchen – so nett und ordentlich, als könnte selbst der Wind, der draußen so wild brauste, nicht eine ihrer Falten aus der Fassung bringen. Während sein Rock um Brust und Schultern hing, als ob er halb und halb gesonnen sei, jeden Augenblick davonzufliegen, war ihr Leibchen so glatt und nett, dass es gewiss auch von dem Rauesten Schutz erzwungen hätte, hätte sie dessen bedurft. Wer konnte das Herz haben, einen so ruhigen Busen vor Gram anschwellen, vor Furcht erzittern oder gar in Scham erbeben zu machen oder hätte seine Ruhe und seinen Frieden nicht beschirmt gegen jede Störung und behütet wie den unschuldigen Schlummer eines Kindes!

»Pünktlich natürlich, Milly«, sagte ihr Gatte und nahm ihr das Tablett ab, »oder du wärst nicht du. Hier ist Mrs. William, Sir! – Er sieht heute einsamer aus als je«, flüsterte er seiner Frau zu, »und womöglich noch geisterhafter als sonst.«

Ohne die geringste Hast an den Tag zu legen, ohne eine Spur von Lärm, ja, ohne dass man von ihr selbst irgendetwas merkte – so sanft und ruhig ging ihr alles von der Hand –, setzte Milly die Gerichte, die sie gebracht hatte, auf den Tisch. Mr. William hatte schließlich nach vielem Herumklappern und Herumlaufen nichts weiter als eine Schüssel mit Bouillon erwischt, die er nun dienstbereit servierte.

»Was hält der Alte dort im Arm?«, fragte Mr. Redlaw, als er sich zu seinem einsamen Mahl hinsetzte.

»Stechpalme, Sir«, antwortete Millys ruhige Stimme.

»Ich sage immer«, fiel Mr. William ein und reichte die Schüssel hin, »Beeren passen so gut zur Jahreszeit! – Braune Sauce?«

»Wieder ein Weihnachten da, wieder ein Jahr vorbei!«, murmelte der Chemiker mit einem trüben Seufzer. »Immer mehr Ziffern in der immer länger werdenden Summe der Erinnerungen, die wir zu unserer Qual beständig nachrechnen, bis der Tod alles untereinanderwirft und wegwischt! Philipp!«, sagte er abbrechend und erhob die Stimme, als er den Alten anredete, der im Hintergrunde stand, auf dem Arm das glänzende dunkelgrüne Laub, aus dem Mrs. William ruhevoll kleine Zweige abbrach, sie geräuschlos mit der Schere beschnitt und damit das Zimmer ausschmückte, indes ihr alter Schwiegervater der Zeremonie mit großem Interesse zusah.

»Gehorsamster Diener, Sir«, sagte der Alte. »Hätte schon längst etwas gesagt, Sir, aber ich kenne Ihre Art, Mr. Redlaw. Bin stolz darauf – warte, bis man mich anredet! Fröhliche Weihnachten, Sir, und glückliches neues Jahr – möge es noch recht, recht oft wiederkehren. Habe selbst eine hübsche Anzahl davon erlebt, ha ha! – und darf mir die Freiheit nehmen, es auch andern zu wünschen. Bin siebenundachtzig!«

»Haben Sie viele erlebt, die fröhlich und glücklich waren?«, fragte der andere.

»Ja, Sir, sehr viele«, entgegnete der Alte.

»Hat sein Gedächtnis vom Alter gelitten? Es wäre zu erwarten«, sagte Mr. Redlaw leise zum Sohn gewendet.

»Nicht die Spur, Sir«, erwiderte Mr. William. »Ich sag es immer, Sir. So ein Gedächtnis, wie mein Vater eins hat, war überhaupt noch nicht da. Er ist der wunderbarste Mensch von der Welt. Er weiß überhaupt nicht, was Vergessen ist. Und das sag ich auch immer zu Mrs. William, Sir, Sie können's mir glauben.«

In seinem Bestreben, um jeden Preis den Eindruck des Beistimmens zu erwecken, brachte Mr. Swidger diese Rede vor, als sei kein Jota von Widerspruch darin.

Der Chemiker schob den Teller zurück, stand vom Tische auf und ging nach der Tür, wo der Alte stand und einen kleinen Zweig Stechpalme, den er in der Hand hielt, betrachtete.

»Es erinnert Sie an die Zeit, wo viele dieser Jahre alt und neu waren!?«, sagte er, indem er ihn aufmerksam betrachtete und ihm auf die Schulter klopfte. »Nicht wahr?«

»O viele, viele!«, sagte Philipp, halb erwachend aus seinen Träumen. »Ich bin siebenundachtzig.«

»Fröhliche und glückliche, nicht wahr?«, fragte der Chemiker leise. »Fröhliche und glückliche, Alter?«

»Vielleicht so groß, nicht größer«, sagte der Alte, gab mit der Hand die Höhe seines Knies an und blickte den Fragenden mit einer Miene an, die die Erinnerung belebte. »Vielleicht so groß war ich an dem allerersten, auf das ich mich zu besinnen weiß. Ein kalter, sonniger Tag war's. Ich war spazieren gewesen, da sagte mir jemand – es war meine Mutter, so gewiss Sie jetzt dort stehen, aber ich kann mich nicht mehr darauf besinnen, wie ihr liebes Gesicht aussah, denn sie wurde an diesen Weihnachten krank und starb – da sagte sie mir, diese Beeren wären Vogelfutter. Der hübsche kleine Kerl – ich nämlich, verstehen Sie wohl –, der dachte damals, dass die Augen der Vögel so glänzten, weil die Beeren, von denen sie im Winter lebten, so glänzend sind. Ich erinnere mich noch ganz genau, und bin doch siebenundachtzig.«

»Fröhlich und glücklich«, sagte der andere vor

sich hin und richtete die dunklen Augen auf die gebückte Gestalt mit einem Lächeln voll Mitgefühl. »Fröhlich und glücklich – und besinnen sich noch darauf?«

»Ja, ja, ja«, sagte der alte Mann, die letzten Worte auffangend, »ich erinnere mich noch sehr gut, wie ich zur Schule ging, Jahr für Jahr, und was die schöne Zeit immer für Spaß und Freuden mit sich brachte. Ich war ein kräftiger Bursche damals, Mr. Redlaw, und glauben Sie mir, zehn Meilen im Umkreis hatte ich meinesgleichen nicht im Fußballspiel. Wo ist mein Sohn William? – – – Hatte nicht meinesgleichen im Fußballspiel, William, zehn Meilen im Umkreis!«

»Das sag ich immer, Vater«, entgegnete der Sohn rasch und mit großer Ehrerbietung. »Du bist ein echter Swidger, wie's je einen in der Familie gab.«

»O mein«, sagte der Alte, und schüttelte den Kopf und blickte wieder auf die Stechpalme. »Seine Mutter und ich – mein Sohn William ist der Jüngste –, wir haben manches Jahr mitten unter ihnen gesessen, den Knaben und Mädchen, den kleinen Kindern und Säuglingen – – manches Jahr, wo die Beeren – solche Beeren hier – nicht halb so glänzten wie ihre blanken Gesichter. Viele von ihnen sind dahin, sie ist dahin, und mein Sohn Georg, unser Ältester, der vor allen andern ihr Stolz war, ist sehr tief gesunken. Ich sehe sie vor mir, wenn ich diesen Zweig ansehe, lebendig und gesund, wie sie in jenen Tagen waren. Und, Gott sei Dank, auch ihn kann ich noch sehen, wie er damals war in seiner Unschuld. Das ist ein Segen für mich bei meinen siebenundachtzig Jahren.«

Der scharfe Blick, der mit so großem Ernst auf ihm geruht, hatte allmählich den Boden gesucht.

»Als sich meine Verhältnisse nach und nach verschlechterten, weil man nicht ehrlich mit mir verfuhr, und ich zuerst hierherkam als Kastellan«, sagte der Alte – »das ist mehr als fünfzig Jahre her – – – wo ist mein Sohn William? – – mehr als ein halbes Jahrhundert, William!«

»Das sag ich auch immer, Vater«, entgegnete William so rasch und ehrerbietig wie vorhin. »Es stimmt genau. Zwei mal null ist null, und zwei mal fünf ist zehn, macht hundert.«

»Es war ordentlich eine Freude, zu wissen, dass einer unserer Gründer, oder richtiger gesagt«, fuhr der Alte fort und widmete sich mit Feuer dem Gegenstand, anscheinend nicht wenig stolz, dass er so genau darin Bescheid wusste, »einer der gelehrten Herren, die zur Zeit der Königin Elisabeth unser Stift beschenkten – denn wir waren viel früher schon gegründet –, uns in seinem Testament neben andern Schenkungen so viel aussetzte, dass man jede Weihnachten Stechpalme zum Ausschmücken der Wände und Fenster kaufen könne. Es lag darin so etwas Freundliches, Gemütliches. Wir waren damals noch fremd und kamen zur Weihnachtszeit her, aber wir fassten ordentlich eine Liebe zu seinem Bilde, das in dem Saale hängt, der ehemals, bevor unsere zehn armen Herren sich lieber ein jährliches Stipendium in Geld geben ließen, unser großer Speisesaal war. Ein gesetzter Herr mit Spitzbart und Halskrause, und unter dem Bilde mit gotischen Buchstaben: Herr, erhalte mein Gedächtnis jung. Sie kennen es ja, Mr. Redlaw.«

»Ich weiß, dass das Porträt dort hängt, Philipp.«

»Ja, es ist das zweite rechter Hand über dem Eichengetäfel. Ich wollte eben sagen: Er hat mir das Gedächtnis jung erhalten. Ich danke es ihm, denn wenn ich alljährlich so wie heute durch die alten Gemächer gehe und sie auffrische mit diesen Zweigen und Beeren, dann frische ich auch dabei mein altes Gehirn auf. Ein Jahr bringt dann das andere wieder, das andere wieder andere, und dieses ganze Scharen. Zuletzt wird mir, als wäre der Geburtstag unseres Herrn der Geburtstag aller, die ich je geliebt, je betrauert, jemals gerne gehabt hätte. Und das sind ihrer eine hübsche Menge, denn ich bin siebenundachtzig.«

»Fröhlich und glücklich«, murmelte Mr. Redlaw vor sich hin.

Das Zimmer fing an, seltsam dunkel zu werden.

»So sehen Sie, Sir«, sagte der alte Philipp, und seine gesunden alten Wangen nahmen einen rötern

Schein an, seine blauen Augen einen hellen Glanz, »ich hab 'ne Menge zu feiern, wenn ich dieses Fest feiere. Aber wo ist denn meine kleine, stille Maus? Schwatzen ist die Untugend meines Alters, und es ist noch die Hälfte der Zimmer zu schmücken, wenn wir bei der Kälte nicht vorher erfrieren, der Wind uns nicht wegbläst oder die Dunkelheit uns nicht verschlingt.«

Die kleine, stille Maus stand neben ihm mit ihrem ruhigen Gesicht und nahm schweigend seinen Arm, ehe er ausgesprochen hatte.

»Komm und lass uns gehen, mein Liebling«, sagte der alte Mann, »Mr. Redlaw kommt sonst nicht eher zum Essen, als bis es so kalt geworden ist wie der Winter draußen. Ich hoffe, Sie werden mir mein Geschwätz verzeihen, und ich wünsche Ihnen gute Nacht und nochmals eine fröhliche – –«

»Bleiben Sie«, sagte Mr. Redlaw und setzte sich wieder an den Tisch, mehr um den alten Kastellan zu beruhigen, wie es schien, als aus Appetit. »Noch einen Augenblick, Philipp.« – »William! Sie wollten eben noch etwas Ehrenvolles über Ihre treffliche Gattin sagen. Es wird ihr gewiss nicht unangenehm sein, ihr Lob aus Ihrem Munde zu hören. Was war es denn?«

»Ja, sehen Sie, Sir, das ist so eine Sache«, entgegnete Mr. William Swidger und sah seine Frau beklommen an. »Mrs. William sieht mich so an.«

»Fürchten Sie sich denn vor Mrs. Williams Blick?«

»Ach nein, Sir, ich sag's wie's ist –«, erwiderte Mr. Swidger. »Dazu ist ihr Blick nicht geschaffen, dass man sich davor fürchten sollte. Wäre das beabsichtigt gewesen, wäre er nicht so sanft ausgefallen. Aber ich möchte nicht gern – – – – Milly! Der – – –, weißt du! Der da unten im Hause –«

Mit großer Befangenheit in dem Geschirr herumkramend, warf Mr. William aufmunternde Blicke hinter dem Tisch hervor auf Mrs. William, beredt mit Kopf und Daumen auf Mr. Redlaw deutend, als wolle er sie aufmuntern.

»Der da unten, mein Herz«, fuhr er fort, »unten im Hause. So sag's doch, Kind. Du bist doch im Vergleich zu mir wie Shakespeares Werke. Der unten im Hause, du weißt doch, mein Kind – na; der Student.«

»Ein Student?«, Mr. Redlaw hob den Kopf.

»Ich sag's wie's ist, Sir«, rief Mr. William eifrig beistimmend. »Wenn's nicht der arme Student unten im Hause wäre, warum sollten Sie es denn aus Mrs. Williams Munde zu hören wünschen?«

»Mrs. William, mein Kind – so sprich doch.«

»Ich wusste nicht«, sagte Milly mit einer ruhigen Offenheit und frei von jeder Unruhe oder Verwirrtheit, »dass William etwas davon verraten hat, sonst wäre ich nicht gekommen. Ich hatte ihn gebeten, es nicht zu tun. Er ist ein kranker junger Herr, Sir, und sehr arm, fürchte ich. Zu krank, um zum Feste nach

Haus zu fahren. Er ist ganz verlassen und wohnt in einem Zimmer, das für einen vornehmen Herrn ziemlich ärmlich ist, unten im Jerusalemstift. Das ist alles, Sir.«

»Warum hab ich nie von ihm gehört?«, fragte der Chemiker und erhob sich rasch. »Warum hat man mich nicht von seiner Lage unterrichtet? Krank! Geben Sie mir meinen Hut und meinen Mantel. Arm? Wo wohnt er? Welche Hausnummer?«

»Sir, Sie dürfen nicht hingehen«, sagte Milly, ließ ihren Schwiegervater los und trat dem Gelehrten mit entschlossenem Gesicht und gefalteten Händen in den Weg.

»Nicht hingehen?«

»Um Gottes willen nicht«, sagte Milly und schüttelte den Kopf wie über eine selbstverständliche Unmöglichkeit. »Daran ist gar nicht zu denken.«

»Was meinen Sie? Warum denn nicht?«

»Ja, sehen Sie, Sir«, sagte Mr. Swidger eindringlich und wichtig, »ich sag's auch immer. Verlassen Sie sich darauf, der junge Herr hätte nie einer Mannsperson seine Lage anvertraut. Mrs. William hat sein Vertrauen gewonnen, aber das ist auch etwas ganz anderes. Mrs. William vertrauen sie alle. Zu ihr haben sie alle das größte Zutrauen. Ein Mann, Sir, würde keinen Laut aus ihm herausgebracht haben. Aber eine Frau, Sir, und noch dazu Mrs. William –!«

»Es liegt viel Wahres und Zartes in dem, was Sie

sagen, William«, gab Mr. Redlaw zur Antwort und betrachtete das sanfte und stille Gesicht neben sich. Und den Finger auf den Mund legend, reichte er ihr heimlich seine Börse.

»O Gott, ja nicht, Sir«, rief Milly und gab sie wieder zurück. »Das wäre noch viel schlimmer. Daran ist nicht im Traum zu denken.«

So gelassen und ruhevoll war ihr Temperament, dass sie nicht einen Augenblick aus dem Gleichgewicht kam und bereits im nächsten Augenblick in ihrer Hausfrauenart schon wieder ein paar Blätter auflas, die beim Anstecken der Stechpalme zwischen Schere und Schürze durchgeschlüpft waren.

Als sie wieder aufsah und bemerkte, dass Mr. Redlaw sie noch immer zweifelnd und erstaunt betrachtete, wiederholte sie ruhig, während sie umhersah, ob nicht vielleicht doch noch etwas ihrer Aufmerksamkeit entgangen sei: »O Gott nein, ja nicht, Sir, er sagte, von allen Menschen auf Erden dürften *Sie* am allerwenigsten seine unglückliche Lage erfahren, und er wolle um alles gerade von Ihnen keinen Beistand haben, obwohl er Student in Ihrer Klasse sei. Ich habe Ihnen zwar nicht das Wort abgenommen, dass dies alles ein Geheimnis bleiben solle, aber ich verlasse mich auf Ihre Ehrenhaftigkeit, Sir.«

»Warum hat er das gesagt?«

»Das kann ich wirklich nicht wissen, Sir«, gestand Milly, nachdem sie eine Weile nachgedacht, »dazu bin ich nicht scharfsinnig genug, wissen Sie. Ich wollte mich ihm auch bloß nützlich machen und alles um ihn reinlich und hübsch halten und alles ein bisschen behaglicher einrichten und habe das bis jetzt getan. Aber eines weiß ich, dass er arm und verlassen ist und dass sich niemand um ihn kümmert – – Wie finster es nur ist!«

Das Zimmer wurde dunkler und dunkler. Es war, als ob ein trüber Schatten sich hinter dem Stuhl des Chemikers bilde.

»Was wissen Sie weiter von ihm?«, fragte er.

»Er ist verlobt und will heiraten, sobald er die Mittel dazu hat«, sagte Milly, »und studiert, glaube ich, um sich später eine Lebensstellung schaffen zu können. Ich sehe schon lange zu, wie viel er sich versagt und wie angestrengt er studiert. Wie dunkel es nur ist!«

»Es ist auch kälter geworden«, sagte der alte Mann und rieb sich die Hände. »Es ist so schaurig und unheimlich hier drinnen. Wo ist mein Sohn William? William, mein Sohn, schraube die Lampe auf und schüre das Feuer!«

Millys Stimme ertönte wieder wie sanfte leise Musik: »Er sprach gestern aus unruhigem Schlummer, nachdem er meinen Namen genannt (das sagte sie zu sich selbst), etwas von einem Verstorbenen und von einem großen Unrecht, das niemals gesühnt werden könne; ob das aber ihm oder jemand anderem widerfahren ist, das weiß ich nicht. Er hat es nicht getan, das weiß ich.«

»Kurz, Mrs. William, – – sehen Sie – sie würde es nicht eingestehen, Mr. Redlaw, und wenn sie das ganze nächste Jahr bleiben müsste –«, flüsterte William dem Chemiker ins Ohr, »hat ihm unendlich viel Gutes getan. Wirklich unendlich viel Gutes. Dabei merkt man zu Hause nichts – mein Vater hat es immer noch so behaglich und bequem wie früher, kein Stäubchen ist in der Wohnung zu sehen und zu finden, und wenn Sie es mit fünfzig Pfund aufwiegen wollten. Immer ist Mrs. William da, wenn sie gebraucht wird, treppauf, treppab; – sie ist wie eine wirkliche Mutter zu ihm.«

Immer dunkler und schauriger wurde das Zimmer, und der dunkle Schatten hinter dem Stuhle wurde immer dichter und schwerer.

»Und nicht genug damit, Sir, geht Mrs. William heute Abend aus und findet auf dem Heimweg – noch ist es nicht ein paar Stunden her – ein Geschöpf, das eher einem wilden Tier als einem Kinde gleicht, frierend auf einer Türschwelle sitzend und vor Kälte zitternd. Was tut Mrs. William? Sie nimmt es nach Hause, gibt ihm zu essen und behält es bei sich, bis morgen am Weihnachtstag die übliche Spende an Essen und Flanell verteilt wird. Wer weiß, ob das Geschöpf je Wärme gefühlt hat? Jetzt sitzt es an dem alten Kamin und starrt das Feuer an, als wolle es die gierigen Augen nie wieder zumachen. Es muss wenigstens noch dort sitzen«, sagte Mr. William, »wenn es nicht ausgerissen ist!«

»Der Himmel erhalte Sie glücklich«, sagte der Chemiker laut, »und auch Sie, Philipp und Sie, William. Ich muss nachdenken, was hier zu tun ist. Ich werde wohl diesen Studenten doch besuchen müssen. Aber ich will euch jetzt nicht länger aufhalten. Gute Nacht!«

»Vielen Dank, Sir, vielen Dank im Namen unserer kleinen Maus und meines Sohnes William und in meinem Namen. Wo ist mein Sohn William? William, nimm die Laterne und geh voraus durch die langen, dunklen Gänge, wie wir's im vorigen Jahr und das Jahr vorher getan haben. Ha, ha! Ich erinnere mich noch ganz gut daran, wenn ich auch siebenundachtzig bin. Der Herr erhalte mein Gedächtnis jung. Das ist ein sehr gutes Gebet, Mr. Redlaw, das von dem gelehrten Herrn mit dem spitzen Bart und der Halskrause – er hängt als zweites Bild rechter Hand über dem Getäfel in dem Zimmer, das, ehe unsere zehn armen Herrn sich für das Geldstipendium entschieden, der große Speisesaal war. Der Herr erhalte mein Gedächtnis jung! Das ist sehr gut und sehr fromm, Sir. Amen, Amen!«

Sie gingen hinaus und so vorsichtig sie auch die schwere Tür schlossen, so wachte doch eine lange Reihe dröhnender Echos auf. Das Zimmer wurde noch dunkler.

Als der Chemiker in seinem Stuhl sich wieder dem Grübeln überließ, da schrumpfte die frische Stechpalme an der Wand zusammen und fiel herab – als totes Blattwerk.

Wie das Dunkel und der Schatten hinter ihm sich immer mehr verdichteten, entstand daraus – langsam und allmählich durch einen jener unwirklichen unstofflichen Prozesse, die kein Menschenauge bewachen kann –, ein grausiges Konterfei seines eigenen Selbst! Geisterhaft und kalt, farblos das bleierne Antlitz und die Hände – mit *seinen* Zügen aber und *seinen* funkelnden Augen und *seinem* ergrauenden Haar und angetan mit *seinem* schwarzen Schattenkleid –, nahm es einen grauenhaften Schein von Leben regungslos und lautlos an. Während er den Arm auf die Polster seines Stuhles stützte und grübelnd vor dem Feuer saß, lehnte sich das Phantom auf die Rückenlehne dicht über ihn und blickte mit dem grausigen Abbild *seines* Gesichts dorthin, wohin auch seine Augen sahen, und nahm den Ausdruck an, den auch er trug.

Das war also das Etwas, das vorhin vorübergehuscht und verschwunden war! Es war der grauenhafte Doppelgänger des Behexten.

Eine Weile lang schien es ihn nicht mehr zu beachten als er das Phantom. Die Weihnachtsmusikanten spielten irgendwo in der Ferne, und er schien mit träumenden Sinnen der Musik zu lauschen. Das Phantom tat dasselbe.

Endlich begann er zu sprechen, ohne sich zu bewegen oder aufzublicken.

»Wieder hier!«, sagte er.

»Wieder hier«, antwortete das Gespenst.

»Ich sehe dich im Feuer«, sagte der Behexte, »ich höre dich in der Musik, im Winde, in der Totenstille der Nacht.«

Das Phantom nickte zustimmend mit dem Kopf.

»Warum kommst du, warum verfolgst du mich?«

»Ich komme, wenn man mich ruft«, sagte der Geist.

»Nein, ungerufen!«

»Sei es, ungerufen«, sagte der Spuk, »genug, ich bin da.«

Bisher hatte der Schein des Feuers die beiden Gesichter beschienen, sofern die schrecklichen Umrisse hinter dem Stuhl ein Gesicht genannt werden durften. Beide hatten wie zuerst sich nach dem Feuer hingewandt und einander nicht angesehen. Jetzt aber drehte sich der Behexte plötzlich um und starrte den Geist an. Ebenso rasch huschte das Phantom vor den Stuhl und starrte den Chemiker an.

Es war, als wenn der Lebendige und das belebte Bild seiner eigenen Leiche einander in die Augen blickten. Ein grausiges Schauspiel in diesem einsamen und entlegenen Teil des alten, kaum bewohnten Gebäudes an einem Winterabend, wo auf seiner geheimnisvollen Reise der laute Wind vorbeibraust, von dem seit Weltbeginn keiner weiß, von wannen er kommt und wohin er geht, und wo die Sterne in Milliarden hernniederglitzern aus dem ewigen Weltenraum, dem der Erde Koloss ein Sandkorn ist und ihr graues Alter wie Kindheit.

»Sieh mich an«, sagte der Spuk, »ich bin der, welcher, vernachlässigt in der Jugend und elend und arm, strebte und litt und immer strebte und litt, bis er das Wissen aus der Tiefe geholt, wo es begraben gelegen, der sich raue Stufen schlug, wo sein wunder Fuß ruhen und emporklimmen konnte.«

»Ich bin der«, antwortete der Chemiker.

»Keiner Mutter selbstverleugnende Liebe«, fuhr das Phantom fort, »keines Vaters Ratschlag halfen mir. Ein Fremder trat an meines Vaters Stelle, als ich noch Kind war, und leicht war ich meiner Mutter Herzen entfremdet. Meine Eltern gehörten, mild beurteilt, zu denen, deren Sorge bald aufhört und deren Pflicht bald getan ist – – die ihre Sprösslinge früh hinaus in die Welt stoßen wie die Vögel – –, die das Verdienst ernten, wenn sie gut werden, und das Mitleid beanspruchen, wenn sie missraten.«

Das Phantom schwieg und schien ihn reizen zu wollen mit *seinem* Blick, mit dem Ton *seiner* Rede und *seiner* eigenen Art zu lächeln.

»Ich bin der«, fuhr es fort, »der während des heißen Ringens aufwärtszuklimmen, einen Freund fand. Ich hob ihn empor und gewann ihn, fesselte ihn an mich. Wir arbeiteten zusammen, Seite an Seite. Alle Liebe und alles Vertrauen, das seit meiner frühesten Jugendzeit sich nicht hatte äußern dürfen, schenkte ich ihm.«

»Nicht alles«, sagte Redlaw heiser.

»Nein, nicht alles«, antwortete das Gespenst, »ich hatte eine Schwester.« Der Behexte stützte das Gesicht auf seine Hände und wiederholte: »Ich hatte eine Schwester.«

Tückisch lächelnd trat das Phantom näher an den Stuhl, stützte das Kinn auf die gefalteten Hände, beugte sich über die Stuhllehne und sah mit forschenden Augen, die vom Feuerglanz zu leben schienen, in sein Gesicht herab und fuhr fort:

»Die spärlichen Lichtstrahlen eines Heims, die ich jemals gekannt, waren von ihr gekommen. Wie jung sie war, wie schön und liebreich! Ich nahm sie mit an den ersten armseligen Herd, der mein gehörte und machte ihn reich dadurch. Sie trat in die Finsternis meines Lebens und machte es hell. So steht sie vor mir.«

»Ich habe sie im Feuer gesehen – – soeben. Ich höre sie in der Musik, im Wind, in der Totenstille der Nacht«, sagte der Behexte.

»Hat er sie geliebt?«, fragte das Gespenst in demselben nachdenklichen Tone. »Ich glaube, er liebte sie einst.«

»Ich bin überzeugt davon.«

»Besser wär's gewesen, sie hätte ihn weniger geliebt, weniger heimlich, weniger innig, aus den seichteren Tiefen eines geteilten Herzens.«

»Lass es mich vergessen«, sagte der Chemiker mit einer abwehrenden Bewegung der Hand, »lass es mich ausreißen aus meinem Gedächtnis.«

Ohne sich zu regen und die grausamen Augen starr auf sein Gesicht geheftet, fuhr das Phantom fort:

»Ein Traum, dem ihren gleich, stahl sich auch in mein Leben.«

»Ja«, sagte Redlaw.

»Eine Liebe, der ihren so ähnlich, wie es meiner gröbern Natur nur möglich war«, fuhr der Schemen fort, »entkeimte meinem Herzen. Ich war zu arm damals, um durch ein Band des Versprechens oder durch Bitten die Geliebte mit meinem Geschick zu verflechten. Ich liebte sie viel zu sehr, als dass ich es hätte versuchen dürfen. Aber mehr als je in meinem Leben mühte ich mich ab emporzukommen. Jeder gewonnene Zoll brachte mich dem Gipfel näher. Ich quälte mich empor. Wenn ich in jener Zeit in später Stunde von meiner Arbeit ausruhte, teilte meine Schwester, meine liebliche Gefährtin, mit mir die Stunden der verglimmenden Asche und des erkaltenden Herdes. Wenn der Tag graute, welche Bilder der Zukunft gaukelte ich mir vor!«

»Ich habe sie im Feuer gesehen – die Bilder, eben wieder«, murmelte der Chemiker vor sich hin. »Sie kommen zu mir in der Musik, im Wind, in der Totenstille der Nacht, Jahr um Jahr.«

»Zukunftsbilder meines eigenen Familienlebens in späterer Zeit, zusammen mit ihr, die mich begeisterte in meiner Arbeit. Bilder von meiner Schwester als Gattin meines teuren Freundes, Bilder von ruhigem Alter und stillem Glück und dem goldenen Band, das uns und unsere Kinder in strahlendem Glanz vereinigen sollte«, sagte das Phantom.

»Bilder«, sagte der Behexte, »Trugbilder, warum ist es mein Verhängnis, dass ich ihrer stets gedenken muss.«

»Trugbilder!«, echote das Phantom mit einer Stimme, die keinen Tonfall hatte, und starrte ihn an mit Augen, die den Ausdruck nicht wechselten, »mein Freund, vor dem ich kein Geheimnis hatte, trat zwischen mich und den Mittelpunkt meiner Welt, um den sich all meine Hoffnungen und Kämpfe drehten, gewann die Geliebte für sich und zertrümmerte mein zerbrechliches All. Meine Schwester, zu mir jetzt doppelt liebevoll, doppelt hingebend, doppelt lieblich in meinem Heim, sah mich noch berühmt werden – – sah, wie mein Ehrgeiz Früchte trug, als alle Spannkraft längst in mir zerbrochen, und dann –«

»Dann starb sie«, unterbrach der Behexte, »starb sanft wie immer, glücklich, bekümmert nur um ihres Bruders willen. Ruhe! Ruhe!«

Das Phantom belauerte ihn schweigend.

»Ein Angedenken«, rief der Behexte nach einer Pause. »Ja, ein so gutes Angedenken, dass selbst jetzt, wo Jahre verstrichen sind und mir nichts törichter und schattenhafter vorkommt als diese längst verflogene Liebe meiner Knabenjahre, wo ich daran nun noch teilnahmsvollen Herzens denke, als ob es die Liebe zu einem Jüngern Bruder sei. Manchmal frage ich mich sogar, wann ihr Herz sich ihm wohl zum ersten Mal zugeneigt haben mochte. Und wie tief wohl ihre Liebe zu mir gewesen! Nicht wenig einstmals, glaube ich. Doch das ist nichts. Frühes Unglück, eine Wunde von einer Hand, die ich liebte und der ich vertraute, und ein Verlust, den nichts ersetzen kann, leben länger als solche Phantasien.«

»So – –«, sagte das Phantom, »trage ich Kummer und erlittenes Unrecht mit mir herum. So zehre ich an mir selbst. So ist mein Gedächtnis mein Fluch, und wenn ich Kummer und Unrecht vergessen könnte, ich würde es tun.«

»Boshafter Spötter«, rief der Chemiker, sprang auf und wollte mit grimmiger Hand sein anderes Selbst an der Gurgel packen. »Warum tönt mir immer dies Gestichel in den Ohren?«

»Zurück!«, rief der Spuk drohend. »Legst du die Hand an *mich*, stirbst *du*.«

Als hätten ihn die Worte des Gespenstes gelähmt, hielt er inne und starrte es an. Es war von ihm weggeglitten und hatte den Arm warnend hoch emporgereckt, und ein böses Lächeln flog über seine unirdischen Züge, als es seine dunkle Gestalt triumphierend aufrichtete.

»Könnte ich Kummer und Unrecht vergessen, ich würde es tun. Könnte ich Kummer und Unrecht vergessen, ich würde es tun«, wiederholte der Spuk.

»Böser Geist meines Ich«, antwortete der Behexte mit leiser zitternder Stimme, »mein Leben wird verdüstert durch dieses unaufhörliche Flüstern.«

»Es ist ein Echo«, sagte das Phantom.

»Wenn es ein Echo meiner Gedanken ist, wie jetzt, und ich weiß gewiss, dass dem so ist«, sagte der Behexte, »warum werde ich denn so gepeinigt? Es ist kein selbstsüchtiger Gedanke, ich will die Wohltat auch andern zukommen lassen, alle Menschen haben ihren Kummer, müssen an erlittenes Unrecht denken – Undankbarkeit und schmutziger Neid und Eigennutz nisten auf allen Stufen des Lebens. Wer würde nicht gern Kummer und Übel vergessen?«

»Wer würde es nicht gern vergessen und dann glücklicher sein?«, sagte das Phantom.

»Diese Jahreswende, die wir feiern, was soll sie? Gibt es denn Menschen, denen sie nicht Erinnerungen bringt an Kummer und Sorge? Was ist die Erinnerung des Alten, der heute Abend hier war? Ein Gewebe von Kummer und Sorge.«

»Aber gewöhnliche Naturen«, sagte das Phantom, und das böse Lächeln kroch wieder über sein gläsernes Gesicht, »Gemüter ohne inneres Licht und alltägliche Geister fühlen diese Dinge nicht wie Männer höherer Bildung und tieferen Verstandes.«

»Versucher!«, antwortete Redlaw. »Deinen hohlen Blick und deine tonlose Stimme fürchte ich mehr, als Worte sagen können. Dunkle Vorahnung und tiefe Furcht beschleichen mich. Derweil ich spreche, höre ich wiederum das Echo aus meinem Geist.«

»Nimm es hin als einen Beweis meiner Macht«, gab der Geist zur Antwort. »Vernimm, was ich dir bringe. Vergiss Kummer und Sorge und das Unrecht, das dir widerfahren.«

»Sie vergessen!«, wiederholte er.

»Ich habe die Macht, die Erinnerung an sie zu tilgen, dass nur eine schwache verwischte Spur zurückbleibt, die auch bald erlöschen wird«, sprach der Schemen. »Sag, soll es geschehen?«

»Halt!«, rief der Behexte und streckte die Hände aus mit entsetzter Gebärde. »Ich zittere vor Argwohn und Zweifel an dir, und die undeutliche Angst, die mich bei deinem Anblick beschleicht, wächst an zu einem namenlosen Entsetzen, das ich kaum ertragen kann. Nicht einer einzigen freundlichen Erinnerung, nicht einer einzigen Regung von Teilnahme, die mir und andern Gutes bringen kann, will ich mich berauben lassen. Sag! Was verliere ich, wenn ich einschlage? Was wird sonst noch aus meinem Gedächtnis verschwinden?«

»Kein Wissen – nichts, was du dir durch Forschung errungen, nichts als die festgeschmiedete Kette von Gefühlen und Gedanken, von der jedes einzelne Glied abhängt und genährt wird von der Erinnerung. Diese nur werden verschwinden.«

»Sind deren so viele«, fragte der Behexte bestürzt nachsinnend.

»Sie haben sich gewöhnt, sich im Feuer zu zeigen, in der Musik, im Wind und in der Totenstille der Nacht, im Lauf der wechselnden Jahre«, erwiderte das Phantom höhnisch.

»In sonst nichts?«

Das Phantom schwieg.

Aber als es eine Weile schweigend vor ihm gestanden, bewegte es sich nach dem Feuer hin und blieb dann stehen.

»Entscheide dich!«, sagte es, »ehe die Gelegenheit schwindet.«

»Einen Augenblick! Ich rufe den Himmel zum Zeugen an«, sagte der andere erregt, »nie habe ich meinesgleichen gehasst, nie war ich gleichgültig oder hart gegen irgendjemanden in meiner Umgebung. Wenn ich hier in meiner Einsamkeit zu viel Gewicht auf das gelegt, was war und hätte sein können, und zu wenig auf das, was ist, so ist das Leid auf mich gefallen und nicht auf andere. Aber wenn Gift in meinem Körper ist, soll ich nicht Gegengift gebrauchen, wenn ich die Kenntnis besitze – – ist

Gift in meiner Seele, und ich kann es heraustreiben durch diesen furchtbaren Schemen, soll ich es dann nicht tun?«

»Sprich!«, sagte das Phantom, »soll es geschehen?«

»Noch einen Augenblick!«, antwortete er hastig. »Ich möchte vergessen, wenn ich könnte! – – Habe ich das gedacht, ich allein, oder ist es der Gedanke von Tausenden und Abertausenden, von Generationen und Generationen gewesen? Alles menschliche Gedenken ist trächtig von Kummer und Sorge. Meine Erinnerungen sind gleich denen anderer Menschen, nur wird andern diese Wahl nicht geboten. Ja, ich schließe den Pakt! Ja, ich will Sorge, Unrecht und Leid vergessen.«

»Ist es geschehen?«, fragte der Schemen.

»Es ist geschehen.«

»Es ist geschehen, und nimm dies mit dir, du Mensch, von dem ich mich hiermit lossage. Die Gabe, die ich dir verliehen, sollst du verbreiten, wohin du gehst; ohne selbst die Kraft wiedererlangen zu können, der du entsagt hast, sollst du sie hinfort in allen vernichten, denen du dich näherst. Deine Weisheit hat dir verraten, dass die Erinnerung an Kummer, Unrecht und Leid das Los der ganzen Menschheit ist und dass die Menschheit glücklicher wäre ohne diese Erinnerung. Geh hin, sei ihr Wohltäter! Von Stunde an frei von solcher Erinnerung, trage den Segen der Freiheit stets mit dir herum. Sie ausgießen zu müssen ist untrennbar von dir. Geh hin, sei glücklich in dem Heil, das du gewonnen, und in dem Segen, den du spenden wirst.«

Das Phantom hatte seine blutlose Hand über ihn gehalten, während es sprach, als vollzöge es eine finstere Beschwörung und spräche einen Bann aus. Allmählich waren die Augen der beiden einander so nahe gekommen, dass er wahrnehmen konnte, dass die Augen des Spukes nicht teilnahmen an dem grässlichen Lächeln des Antlitzes, sondern starres, unwandelbares, stetiges Grausen waren. Dann zergingen sie vor ihm in der Luft und waren verschwunden.

Als er wie angewurzelt dastand, starr vor Furcht und Erstaunen, da war ihm, als hörte er in melancholischen Echos, die schwächer und schwächer wurden, noch immer die Worte:

»Die Kraft, der du entsagt hast, sollst du hinfort in allen vernichten, denen du dich näherst.«

Und plötzlich schlug ein schriller Schrei an sein Ohr. Er kam nicht aus den Gängen vor der Tür, sondern aus einem andern Teil des alten Gebäudes und klang wie der Schrei eines Menschen, der im Dunkel den Weg verloren.

Er sah verwirrt auf seine Hände und Glieder, um sich zu versichern, dass er bei Sinnen, dann schrie er eine Antwort, laut und wild, denn es lag wie furchtbares Grauen auf ihm, als ob auch er sich verirrt habe. Wieder kam der Schrei, jetzt in größerer Nähe. Da ergriff er die Lampe und hob eine schwere Portiere an der Wand auf. Die Türe führte in den Hörsaal, der neben seinem Zimmer lag. Der Ort, der sonst so voller Jugend und Leben war und wie ein hohes Amphitheater voll von Gesichtern, die im Augenblick seines Eintritts sich mit Spannung erfüllten, war jetzt, wo alles Leben daraus verschwunden, schauerlich anzuschauen und starrte ihn an wie ein Sinnbild des Todes.

»Hallo!«, rief er. »Hallo! Hier entlang, dem Lichte zu!« Und plötzlich, während er die Portiere in der einen und die erhobene Lampe in der andern Hand hielt und die Finsternis, die den Platz erfüllte, zu durchdringen suchte, huschte etwas wie eine wilde Katze an ihm vorüber ins Zimmer hinein.

»Was ist das?«, fragte er hastig. Hätte er es auch genau erkannt, wie einen Augenblick später, so hätte er dennoch fragen können: »Was ist das?« Er stand da und sah es an, und das Ding drückte sich in eine Ecke.

Ein Lumpenbündel, zusammengehalten von einer Hand, die an Größe und Form wie eine Kindeshand schien, aber durch die krampfhafte Energie, mit der sie sich ballte, zur Hand eines alten, bösen Mannes geworden war. Ein Gesicht, von einem halben Dutzend Jahren gerundet und geglättet, jedoch gefurcht und verzerrt durch die Erfahrungen eines ganzen

Lebens. Klare Augen und doch nicht jugendlich. Nackte Füße, schön in ihrer kindlichen Zartheit, hässlich von Schmutz und Blut, die in Krusten darauf klebten. Ein kleiner Wilder, ein jugendliches Ungeheuer, ein Kind, das nie ein Kind gewesen, ein Geschöpf, das die äußere Form eines Menschen angenommen hatte, aber im Innern wohl als bloßes Tier fortleben und verenden musste.

Daran gewöhnt, wie ein Tier gepeinigt und gehetzt zu werden, duckte sich der Junge, als ihn der Chemiker ansah, und erwiderte den Blick bösartig und hob den Arm, wie um einen erwarteten Schlag abzuwehren.

»Ich beiße«, sagte er, »wenn Sie mich schlagen.«

Vor wenigen Minuten noch hätte dem Chemiker bei einem Anblick wie diesem das Herz geblutet. Jetzt sah er kalt und teilnahmslos hin und fragte mit einer heftigen Anstrengung, sich auf etwas zu besinnen, den Jungen, was er hier suche und woher er käme.

»Wo ist die Frau?«, antwortete das Kind. »Ich will zu der Frau.«

»Zu welcher Frau?«

»Zu der Frau, die mich hergebracht und an das große Feuer gesetzt hat. Sie war so lange fort, dass ich sie suchen gegangen bin, und da habe ich mich verlaufen. Ich will nichts von Ihnen. Ich will zu der Frau.«

Er machte plötzlich einen Satz, um zu entkommen. Als das dumpfe Klatschen seiner nackten Füße auf dem Boden schon dicht vor der Portiere ertönte, erwischte ihn Redlaw noch bei seinen Lumpen.

»Lassen Sie mich los!«, knirschte der Junge, sich windend, und fletschte die Zähne. »Ich hab Ihnen nichts getan, lassen Sie mich los. Ich will zu der Frau!«

»Das ist nicht der rechte Weg, hier ist's näher«, sagte Redlaw, immer noch bemüht, sich auf etwas zu besinnen, das ihm beim Anblick dieses schrecklichen Geschöpfs in die Erinnerung kommen wollte. »Wie ist dein Name?«

»Ich habe keinen.«

»Wo wohnst du?«

»Wohnen? Was ist das?« Der Knabe schüttelte sich das Haar aus dem Gesicht, sah ihn einen Augenblick an, dann stellte er ihm ein Bein und wollte sich losreißen:

»Lassen Sie mich los! Ich will zu der Frau.«

Der Chemiker führte ihn zur Tür. »Hier entlang«, sagte er und betrachtete ihn noch immer verwirrt, aber voll Widerwillen und Abscheu. »Ich will dich zu ihr führen.«

Die scharfen Augen des Kindes wanderten im Zimmer umher und erspähten auf dem Tisch die Überreste des Mahles.

»Geben Sie mir etwas davon«, sagte er lüstern.

»Hat sie dir noch nichts zu essen gegeben?«

»Morgen bin ich doch wieder hungrig. Man ist doch jeden Tag hungrig.«

Als er losgelassen war, sprang er auf den Tisch zu wie ein kleines Raubtier, riss Brot und Fleisch an seine zerlumpte Brust und sagte: »So. Jetzt führen Sie mich zu der Frau.«

Voll Abscheu vor seiner Berührung winkte der Chemiker ihm schroff zu, er solle ihm folgen.

Schon war Redlaw fast zur Tür draußen, da blieb er bebend stehen.

»Die Gabe, die ich dir verliehen, sollst du verbreiten, wo du gehst und stehst.«

Die Worte des Gespenstes wehten im Winde, und der Wind wehte sie ihm eiskalt entgegen.

»Ich will heute Abend nicht hingehen«, murmelte er leise, »ich will heute Abend nirgendwo hingehen. Junge, geh diesen langen gewölbten Gang hinab, an der großen dunklen Tür vorbei, in den Hof! – Dort wirst du das Feuer durch das Fenster sehen!«

»Das Feuer der Frau?«, fragte der Junge. Der Chemiker nickte. Und die nackten Füße sprangen davon. Redlaw kam mit der Lampe zurück, verriegelte rasch die Tür und setzte sich in seinen Stuhl, das Gesicht mit den Händen bedeckend, wie jemand, der sich vor sich selbst fürchtet.

Denn jetzt war er wirklich allein. Allein, allein!

ZWEITES KAPITEL

Die Verbreitung

Ein kleiner Mann saß in einer kleinen Stube, die von einem kleinen Laden durch eine kleine spanische Wand abgeteilt war.

Die kleine spanische Wand war über und über mit kleinen Ausschnitten aus Zeitungen beklebt. In Gesellschaft des kleinen Mannes befand sich eine Menge kleiner Kinder. Unendlich viele waren es. Wenigstens wirkte auf diesem engen Schauplatz, was ihre Zahl betrifft, ihre Schar geradezu überwältigend. Von dieser kleinen Sippschaft waren zwei vermutlich mittels irgendeiner starken Maschinerie in ein Bett in einem Winkel gebracht worden, wo sie ruhig den Schlummer der Unschuld hätten schlafen können, wenn sie nicht von der Neigung besessen gewesen wären, wach zu bleiben und aus einem Bett heraus ins andere Bett wieder hineinzukrabbeln. Der unmittelbare Anlass zu diesen Überfällen auf die wachende Welt war eine Mauer aus Austernschalen, die zwei andere Jünglinge zarten Alters in einer Ecke errichteten. Gegen diese Befestigung machten die beiden im Bett grimmige Ausfälle (gleich den verwünschten Pikten und Skoten, die die ersten Geschichtsstudien der meisten jungen Engländer verdüstern). Dann zogen sie sich wieder auf eigenes Gebiet zurück.

Außer dem Lärm, der diesen Angriffen und der hasserfüllten Verteidigung der Bedrohten folgte – denn diese setzten ihren Feinden heiß nach und führten Stöße gegen die Betttücher, unter die sich die Marodeure flüchteten –, spendete noch ein anderer kleiner Junge in einem andern kleinen Bett sein Scherflein Spektakel zu dem allgemeinen Familienvorrat, indem er seine Stiefel und andere an und für sich harmlose kleine Gegenstände, wenn sie nur derb und hart waren und sich zu Wurfgeschossen eigneten, nach den Störern seiner Ruhe schleuderte, die natürlich ihrerseits nicht faul waren, solche Liebenswürdigkeiten prompt zu erwidern.

Außerdem wankte noch ein anderer kleiner Junge, der Größte hier, aber immer noch klein, hin und her, ganz auf eine Seite gebeugt; und beträchtlich eingeknickt in den Knien vom Gewicht eines großen Säuglings, den er gemäß des in sanguinischen Familien oft üblichen Vorurteils in Schlaf wiegen sollte. Aber ach, in welch unerschöpfliche Regionen der Wachsamkeit und des Beobachtungstriebes machten sich die Augen des Wickelkindes über seine nichts Arges ahnende Schulter jetzt erst recht zu starren bereit.

Es war ein wahrer Moloch von einem Wickelkind, auf dessen unersättlichem Altar das ganze Dasein dieses jungen Bruders als tägliches Opfer dargebracht wurde. Sein Hauptcharakterzug bestand darin, dass es niemals fünf Minuten lang ruhig war und niemals schlafen ging, wenn es sollte. »Tetterbys Baby« war in der Nachbarschaft so wohl bekannt wie der Postbote oder der Bierjunge. Von Montagmorgen bis Samstagabend streifte es in den Armen des kleinen John Tetterby von Türschwelle zu Türschwelle und schloss als schwerfälliger Nachzügler den Zug der Straßenjugend – wenn diese einem Taschenspieler oder Affen nachlief –, und kam, immer auf einer Seite überhängend, immer ein klein wenig zu spät, um noch etwas zu sehen. – Wenn sich die Jugend zum Spiele sammelte, wurde der kleine Moloch widerspenstig und wollte fort. Wenn Johnny ausgehen wollte, schlief der Moloch und – musste bewacht werden. Wollte Johnny zu Hause bleiben, wachte der Moloch auf und musste ausgeführt werden. Und doch war Johnny davon durchdrungen, dass der Moloch ein tadelloses Wickelkind sei und im Königreich England nicht seinesgleichen habe, und war ganz zufrieden, hinter den Röcken hervor oder über den großen flappigen Hut der Kleinen hinweg mangelhafte Ansichten von der Welt zu erhaschen und mit seinem Quälgeist herumzuwanken wie ein winziger Dienstmann mit einem ungeheuren Paket, das keine Adresse hat und niemals abgegeben werden kann.

Der kleine Mann, der in der kleinen Stube saß und vergebliche Versuche machte, mitten in diesem Lärm seine Zeitung in Gemütsruhe zu lesen, war der Familienvater und Chef der Firma über dem kleinen Laden draußen, auf dem mit großen Buchstaben geschrieben stand: A. Tetterby and Comp., Zeitungsagenten.

Genau genommen war er die einzige Person, der diese Bezeichnung galt, denn »Comp.« war lediglich ein poetischer Begriff, der jeglicher wirklichen Grundlage entbehrte und sich auf keine greifbare Person bezog.

Tetterbys Laden war der Eckladen im Jerusalemstift. Im Fenster lag ein reicher Schatz an Literatur, der sich aus alten illustrierten Zeitungen und Lebensbeschreibungen von See- und Straßenräubern zusammensetzte. Spazierstöcke und Murmeln waren gleichfalls im Warenlager enthalten. Einstmals hatte sich das Geschäft sogar auch auf die Zuckerbäckerei kleinen Maßstabes erstreckt. Offenbar aber schien für diese Luxusartikel kein Bedarf in der Gegend des Jerusalemstifts gewesen zu sein, denn nichts zu diesem Handelszweig Gehöriges stand mehr im Fenster außer einer kleinen Gaslaterne voll Zuckerzelteln, die so lange im Sommer geschmolzen und im Winter gefroren waren, bis jede Hoffnung verschwunden war, sie jemals herauskratzen und essen zu können, ohne die Laterne mitzuverzehren.

Tetterby hatte sich in verschiedenen Dingen versucht. Er hatte einmal einen kleinen schwächlichen

Abstecher gemacht ins Spielwarengeschäft, denn in einer andern Laterne lag ein Haufen winziger Wachspuppen, die alle hoffnungslos mit dem Kopf nach unten zusammenstaken und sich mit den Füßen in die Gesichter traten, während sich auf dem Grunde ein Bodensatz von gebrochenen Armen und Beinen niedergeschlagen hatte.

Er musste auch einmal einen Anlauf in der Putzmacherrichtung gemacht haben, wie ein paar dürre Drahtgestelle für Hüte in einer Ecke des Fensters verrieten. Er hatte gewähnt, es lasse sich aus dem Tabakhandel ein Lebensunterhalt herausschlagen, und hatte ein Bild aufgehängt, auf dem aus jedem der drei Weltteile des britischen Reichs ein Eingeborener, das duftende Kraut genießend, abgebildet war; darunter besagte eine poetische Legende, dass der Erste schnupfe, der Zweite kaue, der Dritte rauche. Es schien sich aber nichts daraus entwickelt zu haben – außer Fliegen. Es war auch einmal eine Zeit gewesen, wo er seine letzte Hoffnung auf falschen Schmuck gesetzt, denn hinter einem Glasviereck lagen eine Karte mit blechernen Siegelringen und eine andere mit Bleistifthülsen und ein geheimnisvolles schwarzes Amulett von rätselhafter Bestimmung, auf dem der Preis, neun Pence, stand.

Bis auf die Stunde hatte das Jerusalemstift von all dem nichts gekauft.

Kurz, Tetterby hatte so fleißig versucht, seinen

Lebensunterhalt auf diese oder jene Weise aus dem Jerusalemstift herauszuschlagen, und hatte doch bei alldem so wenig Erfolg gehabt, dass sich in der Firma der Kompagnon offenbar am besten stand. Der Kompagnon als körperlose Erfindung hatte nicht unter gemeinem Hunger und Durst zu leiden, hatte weder Armensteuer noch andere Abgaben zu bezahlen und für keine Familie zu sorgen.

Tetterby indessen bekam in seiner kleinen Stube das Vorhandensein einer kinderreichen Familie in so lärmender Weise zu verspüren, dass es ihm unmöglich war, nicht darauf zu achten oder in Ruhe die Zeitung zu lesen. Er legte daher sein Blatt nieder, kreiste in seiner Verwirrung ein paarmal im Zimmer umher wie eine unschlüssige Brieftaube; machte einen fruchtlosen Vorstoß gegen ein paar fliegende kleine Gestalten in Nachthemden, die an ihm vorbeifegten, und stieß dann plötzlich geiergleich auf das einzige friedfertige Mitglied der Familie, den Molochhüter, los, und gab ihm ein paar hinter die Ohren.

»Du böser Bube«, rief Mr. Tetterby, »hast du denn gar kein Erbarmen mit deinem armen Vater, der sich an diesem harten Wintertag seit fünf Uhr morgens geplackt und gesorgt hat, musst du ihm seine Ruhe stören und die Neuesten Nachrichten verbittern mit deiner teuflischen Bosheit; ist es nicht genug, Sir, dass dein Bruder Dolphus in Nebel und Kälte sich abplackt und abschuftet, während du hier im Luxus schwimmst und ein – Wickelkind hast, kurz alles, wonach dein Herz begehrt«, sagte Mr. Tetterby, all dies wie die Wonnen des Paradieses zusammenzählend. »Musst du trotzdem eine Wildnis aus deinem Elternhause und Tollhäusler aus Vater und Mutter machen? Musst du das, Johnny? He?« Bei jeder Frage tat Mr. Tetterby so, als wolle er ihm wieder eins hinter die Ohren geben, aber er besann sich eines Bessern und hielt seine Hand zurück.

»O Vater«, wimmerte Johnny, »ich habe doch gar nichts getan, ganz gewiss nicht, und hab mir so viel Mühe gegeben mit Sally und sie in den Schlaf gewiegt, o Vater.«

»Ich wollte, mein kleines Frauchen käme nach Hause«, sagte Mr. Tetterby gerührt und ging in sich, »ich wünschte bloß, mein kleines Frauchen käme nach Hause, ich bin nicht imstand, mit dem Volk fertig zu werden. Es macht mir die Sinne wirbeln und wächst mir über den Kopf. O Johnny! Ist es nicht genug, dass deine liebe Mutter dir diese süße Schwester geschenkt hat?« Und er deutete auf den Moloch. »Ist es nicht genug, dass ihr zuerst sieben Jungen wart und keine Spur von einem Mädel dabei und dass die Mutter all das durchgemacht, was sie, ach Gott ja, durchgemacht hat, bloß zu dem Zweck, damit ihr alle eine kleine Schwester haben möget? Und musst du dich trotzdem jetzt so benehmen, dass mir's im Kopf wie ein Mühlrad herumgeht?«

Mr. Tetterby wurde immer gerührter, je mehr sich seine und Johnnys gekränkten Gefühle Luft machten, und umarmte schließlich den Molochhüter, um sich gleich darauf auf die Jagd nach einem der wirklichen Missetäter zu begeben. Nach verhältnismäßig gutem Start und einer kurzen, aber heißen Jagd über beschwerliches Gelände unter und über Bettstellen hinweg und durch das Netzwerk der Stühle hindurch, erwischte er schließlich ein Kind, das er gebührend bestrafte und ins Bett schleppte. Dieses Beispiel übte eine gewaltige und, wie es schien, mesmerische Wirkung auf den Stiefelhelden aus, der augenblicklich in tiefen Schlaf verfiel, obwohl er einen Augenblick vorher vollkommen munter und im tollsten Übermut gewesen. Auch an den beiden Architekten ließ sich die Wirkung verspüren, denn sie verfügten sich in dem anstoßenden Kämmerchen ganz still und geschwind zu Bett. Der Kamerad des Erwischten versank ebenfalls geräuschlos in seinem Nest, und so befand sich Mr. Tetterby, als er innehielt, um Atem zu schöpfen, ganz unerwartet plötzlich auf einem Gefilde vollkommenen Friedens.

»Mein kleines Frauchen selbst«, sagte Mr. Tetterby und wischte sich das erhitzte Gesicht, »hätte es nicht besser machen können. Ich wünschte bloß, mein kleines Frauchen hätte es zu besorgen gehabt, wahrhaftig!«

Mr. Tetterby suchte auf der spanischen Wand nach

einer Sentenz, die sich eignen würde, den Kindern bei dieser Gelegenheit eingeprägt zu werden, und las Folgendes laut ab:

»Es ist eine unanfechtbare Tatsache, dass alle merkwürdigen Männer merkwürdige Mütter gehabt haben und sie im spätern Leben wie ihre besten Freunde geachtet haben. Denkt an eure eigene merkwürdige Mutter, meine Jungen«, fügte Mr. Tetterby hinzu, »und erkennet ihren Wert, solange sie noch unter euch weilt.«

Er setzte sich in seinen Stuhl am Kamin, schlug die Beine übereinander und widmete sich wieder seiner Zeitung.

»Es soll mir nur einer, ganz gleich wer's sein mag, noch einmal aus dem Bette herauskommen«, gab Mr. Tetterby wie eine allgemeine Proklamation in mildem Tone bekannt, »und grenzenloses Erstaunen, was dann geschieht, soll das Los dieses geachteten Zeitgenossen sein!« – Ein Ausdruck, den Mr. Tetterby wieder von der spanischen Wand ablas. »Johnny, mein Sohn, nimm deine einzige Schwester Sally in acht, denn sie ist das schönste Juwel, das jemals auf deiner jugendlichen Stirn geglänzt hat.« Johnny setzte sich demütig auf einen kleinen Stuhl und verschwand fast unter der Last des Molochs.

»Ach, was für ein Geschenk dieses Kind für dich bedeutet, Johnny«, sagte sein Vater, »und wie dankbar du dafür sein solltest! Es ist nicht allgemein bekannt, Johnny« – er las jetzt wieder von seiner spanischen Wand ab –, »aber es ist eine durch genaue Berechnungen offenbar gewordene Tatsache, dass folgender ungeheurer Prozentsatz von Kindern nie das zweite Lebensjahr erreicht, nämlich – – –«

»O Vater, halt ein, ich bitte dich«, rief Johnny, »ich kann's nicht ertragen, wenn ich an Sally denke.«

Mr. Tetterby ließ ab, und Johnny, von der tiefen Verantwortung, die er trug, ergriffen, wischte sich die Augen und lullte seine Schwester ein.

»Dein Bruder Dolphus«, sagte sein Vater und schürte das Feuer, »bleibt heut lange, Johnny, und wird nach Hause kommen wie ein Eisklumpen. Wo bleibt nur deine treffliche Mutter?«

»Da kommt die Mutter, und Dolphus auch, Vater!«, rief Johnny. »Ich glaube wenigstens.«

»Du hast recht«, entgegnete der Vater und lauschte. »Ja, ja, das ist der Tritt meines kleinen Frauchens.«

Der Ideengang, mittels dessen Mr. Tetterby zu dem Schlusse gekommen war, sein Ehegespons sei ein kleines Frauchen, war ein tiefes Geheimnis. Aus der Frau hätte man mit Leichtigkeit zwei Ausgaben ihres Mannes anfertigen können. Schon als Individuum für sich fiel sie auf, so stark und stattlich war sie, aber mit ihrem Manne verglichen, wuchsen ihre Dimensionen geradezu ins Gigantische. Dasselbe war der Fall gegenüber ihren sieben Söhnen, die im Vergleich mit ihr die reinsten Elzevierausgaben waren. Bei Sally indessen hatte sich Mrs. Tetterby endlich Geltung verschafft. Das wusste niemand besser als Johnny, das Opfer, der den schweren Abgott zu jeder Stunde des Tages maß und wog.

Mrs. Tetterby, die Einkäufe gemacht hatte und einen Korb trug, schob Hut und Tuch zurück, setzte sich erschöpft nieder und befahl Johnny, auf der Stelle seine süße Last zu ihr zu tragen. Sie wolle ihr einen Kuss geben. Als Johnny diesem Befehl Folge geleistet hatte und wieder zu seinem Stuhl zurückgekehrt und wieder in Demut versunken war, da erbat sich Mr. Adolphus Tetterby *jun.*, der inzwischen seine obere Hälfte aus einem endlosen regenbogenfarbigen Schal herausgewickelt hatte, dieselbe Gunst. Johnny gehorchte abermals und war wieder zu seinem Stuhl zurückgekehrt, als Mr. Tetterby *sen.*, von einem plötzlichen Gedanken erfasst, als Vater denselben Anspruch erhob. Die Befriedigung dieses dritten Verlangens erschöpfte das Opfer derart, dass es kaum Atem genug fand, um wieder zu seinem Stuhl zurückzukehren und seine Verwandten anzukeuchen.

»Mach, was du willst, Johnny«, sagte Mrs. Tetterby mit Kopfschütteln, »aber nimm sie in acht oder komm deiner Mutter nie wieder unter die Augen.«

»Deinem Bruder auch nicht«, sagte Adolphus, »und auch deinem Vater nicht, Johnny«, ergänzte Mr. Tetterby.

Johnny, tief erschüttert durch diese bedingungsweise angedrohte Lossagung, blickte tief in Molochs Augen, um nachzusehen, ob alles in Ordnung sei, klopfte dem Kind auf den Rücken und ließ es auf seinem Bein reiten.

»Bist du nass, Dolphus, mein Junge?«, fragte der Vater. »Komm, setz dich in meinen Stuhl und trockne dich.«

»O danke, Vater«, sagte Adolphus und wischte sich das Gesicht mit dem abgetragenen Ärmel, »ich bin nicht sehr nass, scheint mir. Glänzt mein Gesicht sehr, Vater?«

»Ja, es sieht ein bisschen wächsern aus, mein Junge«, bestätigte Mr. Tetterby.

»Das macht das Wetter«, sagte Adolphus und wischte sich die Backen ab. »Wenn's so recht regnet und graupelt und bläst und schneit und nebelt, dann wird mein Gesicht manchmal ganz feuerrot und glänzt dann – – –«

Master Adolphus gehörte auch zur Zeitungsbranche und war von einer blühenderen Firma als der seines Vaters & Comp. angestellt, Zeitungen auf einer Eisenbahnstation zu verkaufen, wo seine dickbäckige kleine Gestalt, die einem Amor in schäbiger Ausführung nicht unähnlich sah, und seine hohe, schrille Stimme (er war noch nicht viel mehr als zehn Jahre alt) ebensowohl bekannt waren wie das heisere Keuchen der ein- und auslaufenden Lokomotiven. Sein jugendlicher Frohsinn bei diesem frühzeitigen

Eintritt ins Geschäftsleben hätte kein rechtes Ventil gehabt, wenn Adolphus nicht eine glückliche Entdeckung gemacht hätte, mit der er sich Unterhaltung verschaffte und den langen Tag in verschiedene Grade des Interesses einteilen konnte, ohne dabei das Geschäft zu vernachlässigen. Diese geistvolle Erfindung, gleich allen großen Entdeckungen durch Einfachheit auffallend, bestand in der Abänderung des ersten Vokals in dem Worte »Blatt«, an dessen Stelle, je nach den verschiedenen Tagesabschnitten, all die andern Vokale in alphabetischer Reihenfolge gesetzt wurden. So lief er vor Tagesanbruch in der Winterszeit in seinem kleinen Käppchen und Mäntelchen aus Ölzeug und seinem ungeheuren Umschlagtuch hin und her und durchgellte die dicke Luft mit dem Rufe: »Mor-gen-blatt«. Wenn noch ungefähr eine Stunde bis Mittag fehlte, wurde daraus: »Mor-gen-blätt« und daraus wurde ungefähr um zwei Uhr: »Mor-gen-blitt!« und dies verwandelte sich nach wieder ein paar Stunden in »Mor-gen-blott!« Und so stieg es abwärts mitsamt der Sonne bis hinunter zu »Abendblutt«.

Darin bestand der Lebenstrost und das Hauptvergnügen für den jungen Gentleman.

Mrs. Tetterby, seine hochwohlgeborene Mutter, die mit nach rückwärts gesunkenem Hut und Tuch dagesessen und nachdenklich ihren Trauring um den Finger gedreht hatte, erhob sich jetzt, legte ihre Überkleider ab und begann den Tisch für das Abendbrot zu decken.

»O mein, o mein, o mein«, sagte Mrs. Tetterby, »wie's in der Welt zugeht!«

»Wie geht's denn in der Welt zu, mein Kind?«, fragte Mr. Tetterby.

»Ach nichts«, sagte Mrs. Tetterby.

Mr. Tetterby zog die Brauen in die Höhe, blätterte seine Zeitung um und ließ seine Augen auf ihr umherschweifen, nach oben und unten und nach der Seite, aber seine Aufmerksamkeit weilte woanders, und er konnte nicht lesen.

Mrs. Tetterby deckte unterdessen den Tisch, aber mehr, um ihn zu bestrafen, als um das Familienessen fertig zu machen, denn sie schlug ihn unnötig hart mit Messer und Gabel, prügelte ihn mit den Tellern, stieß ihn mit dem Salzfass und traf ihn schwer mit dem Brot.

»O mein, o mein, o mein«, sagte Mrs. Tetterby wieder, »wie es doch in der Welt zugeht.«

»Mein Schatz«, entgegnete ihr Mann und blickte wieder auf, »du sagtest das schon vorhin. Wie geht es denn in der Welt zu?«

»Ach nichts«, sagte Mrs. Tetterby.

»Sophie«, hielt ihr ihr Mann vor, »auch das sagtest du schon vorhin.«

»Nun, ich will es noch einmal sagen, wenn es dir gefällt«, entgegnete Mrs. Tetterby. »Ach nichts! – und noch einmal, wenn's dir gefällt: Ach nichts! – und noch einmal, wenn dir's gefällt: Ach nichts! – So!!«

Mr. Tetterby sah sein Ehegespons an und sagte mit mildem Erstaunen:

»Mein kleines Frauchen, was hat dich so außer Rand und Band gebracht?«

»Das kann ich doch nicht wissen«, versetzte sie, »frag mich nicht. Wer sagt denn, dass ich außer Rand und Band bin. *Ich* doch nicht!«

Mr. Tetterby gab die Lektüre seiner Zeitung auf wie ein unersprießliches Geschäft, schritt langsam durch die Stube, die Hände auf dem Rücken, die Schultern in die Höhe gezogen, wobei sein Gang vollständig mit der Dulderart seines Wesens harmonierte. Dann richtete er das Wort an seine beiden ältesten Sprösslinge:

»Dein Abendessen wird in einer Minute fertig sein, Dolphus«, sagte er. »Deine Mutter ist in der Nässe draußen gewesen und hat es in der Garküche gekauft. Das war sehr schön von deiner Mutter. Du wirst auch bald was zum Abendessen bekommen, Johnny. Deine Mutter findet Wohlgefallen an dir, junger Mann, weil du so schön auf deine kostbare Schwester acht gibst.«

Mrs. Tetterby sagte nichts, aber ihr Zorn gegen den Tisch ließ sichtlich nach. Als sie mit ihren Zubereitungen fertig war, nahm sie aus ihrem geräumigen Korb ein tüchtiges Stück heißen Erbsenpuddings, das in Papier gewickelt war, und eine mit einem Deckel zugedeckte Schüssel, die einen so angenehmen Duft ausströmte, dass die drei Paar Augen in den zwei Betten sich weit aufrissen und das festliche Mahl anstarrten.

Mr. Tetterby beachtete diese Art stillschweigender Einladung, Platz zu nehmen, nicht weiter, sondern blieb stehen und wiederholte langsam: »Ja, ja, dein Abendbrot wird im Augenblick fertig sein, Dolphus. Deine Mutter ist in der Nässe draußen gewesen bei der Garküche und hat es geholt. Das war sehr schön von deiner Mutter –«, bis Mrs. Tetterby, die hinter seinem Rücken verschiedene Zeichen der Zerknirschung an den Tag gelegt hatte, ihm plötzlich um den Hals fiel und weinte.

»O Dolphus«, rief Mrs. Tetterby, »wie hab ich nur so sein können!«

Diese Aussöhnung rührte Adolphus *jun.* und Johnny dermaßen, dass beide wie auf Verabredung einen kläglichen Schrei ausstießen, der auf der Stelle bewirkte, dass die runden Augen in den Betten sich schlossen und die beiden noch übrigen kleinen Tetterbys, die eben aus dem anstoßenden Kämmerchen hervorgeschlichen kamen, um zu sehen, was es zu essen gäbe, schleunigst den Rückzug antraten.

»Ich kann dir versichern, Dolphus«, schluchzte Mrs. Tetterby, »als ich heimkam, dachte ich ebenso wenig daran wie ein ungeborenes Kind – – –«

Mr. Tetterby schien dieses Gleichnis sichtlich zu missfallen, und er bemerkte: »Sage vielleicht lieber, wie unser Kleinstes, mein Schatz.«

»– – – – ich dachte ebenso wenig daran wie unser Kleinstes!«, verbesserte Mrs. Tetterby. »Johnny, sieh mich nicht an! Sieh auf Sally, sonst fällt sie dir aus dem Schoß und schlägt sich tot, und dann müsstest du an den Qualen eines gebrochenen Herzens sterben, und das geschähe dir recht. – Ebenso wenig wie dieses Herzblatt dort dachte ich beim Nachhausegehen daran, missgestimmt zu sein, aber ich wusste nicht, Dolphus – – – –« Mrs. Tetterby hielt inne und drehte wieder ihren Trauring um den Finger.

»Ich verstehe«, sagte Mr. Tetterby, »ich verstehe. Meinem Frauchen ist etwas in die Quere gekommen. Harte Zeiten und hartes Wetter und harte Arbeit machen manchmal das Leben schwer. Ich verstehe. Kein Wunder! Dolphus, mein Junge«, fuhr Mr. Tetterby fort und forschte mit der Gabel in der Schüssel, »da hat deine Mutter in der Garküche außer dem Erbsenpudding ein ganzes prächtiges Schinkenbein gekauft, mit schöner brauner Kruste drauf und Sauce und Senf dazu in unerschöpflicher Menge. Gib deinen Teller her, Junge, und iss, solange es noch warm ist.«

Adolphus *jun.* ließ sich das nicht zweimal sagen, nahm seinen Teil mit vor Esslust wässerigen Augen in Empfang, zog sich nach einem abseits stehenden

Stuhl zurück und fiel über sein Abendbrot her. Johnny wurde auch nicht vergessen, bekam aber seine Ration auf Brot, damit nichts auf das Wickelkind tropfe. Aus dem gleichen Grunde wurde von ihm verlangt, dass er seinen Pudding nach dem Abbeißen immer in die Tasche stecken solle.

Es hätte mehr Fleisch an dem Schinkenbein sein können, denn der Vorschneider in der Garküche hatte schon viel daran herumgeschnitten für frühere Kunden, aber es mangelte nicht an Würze, und das ist ein Zubehör, das halb und halb die Vorstellung von Schweinefleisch wachruft und angenehm den Geschmackssinn täuscht. Auch der Erbsenpudding und die Sauce und der Senf hatten, wenn sie auch nicht gerade Schweinefleisch waren, doch in seiner Nähe gestanden – wie die Rose des Orients neben der Nachtigall –, so dass im Ganzen Duft und Geschmack eines gebratenen Schweins mittlerer Größe vorhanden war. Die jungen Tetterbys im Bett konnten nicht widerstehen, und obgleich sie sich gestellt hatten, als schlummerten sie friedlich, kamen sie, wenn die Eltern es nicht sahen, hervorgekrochen und baten stumm die Brüder um einen gastronomischen Beweis brüderlicher Liebe. Diese waren nicht hartherzig und gaben ihnen einige Bissen, und die Folge davon war, dass die Kleinen in Nachtjäckchen während des ganzen Essens lebhaft umherschwärmten, aus dem Bett zu den Stühlen und zurück. Das regte

Mr. Tetterby außerordentlich auf und versetzte ihn einige Male in die Zwangslage, einen Ausfall zu machen, vor dem sich dann diese Guerillatruppen nach allen Richtungen in großer Verwirrung flüchteten.

Mrs. Tetterby fand keinen Genuss an ihrem Abendessen. Sie schien etwas auf dem Herzen zu haben. Einmal lachte sie ohne Grund, ein anderes Mal weinte sie ohne Grund, und schließlich lachte und weinte sie in einer so unbegründeten Art und Weise, dass ihr Mann ganz bestürzt war.

»Mein kleines Frauchen«, sagte Mr. Tetterby, »wenn's in der Welt so zugeht, so geht es nicht mit rechten Dingen zu.«

»Gib mir einen Tropfen Wasser«, sagte Mrs. Tetterby mit den Tränen kämpfend. »Sprich nicht mit mir, und nimm überhaupt keine Notiz von mir, bitte!«

Nachdem Mr. Tetterby ihr das Wasser gereicht hatte, wandte er sich plötzlich gegen den unglücklichen Johnny, der voll Teilnahme zusah, und fragte, warum er in Völlerei und Faulheit schwelge, anstatt mit dem Wickelkind vorzutreten, damit der Anblick des kleinen Püppchens seine Mutter wieder zu sich bringen könne. Johnny kam sofort herbei, niedergedrückt durch die Last; Mrs. Tetterby aber streckte abwehrend die Hand aus, zum Zeichen, dass sie noch nicht imstande sei, eine so harte Prüfung ihrer Gefühle auszuhalten, und so wurde ihm denn verboten, auch nur einen Zoll näherzutreten, unter Androhung ewigen Hasses vonseiten aller seiner teuersten Verwandten. Demgemäß zog sich Johnny wieder auf seinen Stuhl zurück und versank wie zuvor.

Nach einer Pause sagte Mrs. Tetterby, es sei ihr jetzt wohler, und fing an zu lachen.

»Mein kleines Frauchen«, forschte ihr Mann misstrauisch, »bist du auch fest überzeugt, dass dir wohler ist, oder soll's vielleicht in einer andern Richtung ausbrechen, Sophie?«

»Nein, Dolphus, nein«, antwortete seine Gattin, »ich bin wieder ganz bei mir.«

Mit diesen Worten brachte sie ihr Haar in Ordnung, drückte ihre Handflächen auf die Augen und lachte abermals.

»Was für eine gottlose Törin ich war, auch nur einen Augenblick solche Gedanken zu haben«, sagte Mrs. Tetterby. »Rücke näher, Dolphus, ich will mein Herz ausschütten und dir erzählen, was mich drückt.«

Mr. Tetterby rückte seinen Stuhl näher heran. Mrs. Tetterby lachte wieder und wischte sich die Augen.

»Du weißt, mein lieber Dolphus«, sagte Mrs. Tetterby, »als ich noch ledig war, hätte ich mich nach verschiedenen Seiten hin vergeben können. Es gab eine Zeit, da liefen mir vier auf einmal nach, und zwei davon waren Marssöhne.«

»Mein Herzblatt, wir alle sind Söhne von Ma's«,

sagte Mr. Tetterby, »zusammen mit Pa's«, und schwelgte in dem Wortspiel.

»So meine ich's nicht«, erwiderte seine Frau, »ich meine Soldaten – Unteroffiziere.«

»O!«, sagte Mr. Tetterby.

»Nun, Dolphus, ich denke jetzt nicht mehr daran, und es tut mir auch nicht leid, ich weiß, ich habe einen so herzensguten Mann und würde ganz gewiss ebenso viel tun, um ihm meine Liebe zu beweisen, wie – –«

»– wie irgendein kleines Frauchen auf der Welt. Sehr gut, sehr gut!«

Wäre Mr. Tetterby zehn Fuß hoch gewesen, hätte er keine zartere Rücksicht auf Mrs. Tetterbys feenhafte Gestalt an den Tag legen können, und wäre Mrs. Tetterby zwei Fuß hoch gewesen, sie hätte nicht überzeugter sein können, dass diese Bezeichnung ihr zukäme.

»Aber siehst du, Dolphus«, sagte Mrs. Tetterby, »jetzt ist Weihnachten, und da machen alle Leute, die es können, Feiertag, und alle Leute, die Geld haben, geben da gern ein bisschen Geld aus, und da bin ich, ich weiß nicht wie, ein bisschen ärgerlich geworden, als ich eben auf der Straße war. Da sind so viele Sachen zum Verkauf ausgestellt, so köstliche Sachen zum Essen, so schöne Sachen zum Ansehen und so entzückende Sachen zum Tragen – und ich musste so viel hin und her rechnen, ehe ich es wagen durfte, auch nur einen Sixpence für das Notwendigste auszugeben, und der Korb war so groß, es wäre so viel hineingegangen, und mein Geldvorrat war so klein und hätte nur zu einem bisschen gereicht – Du hassest mich, nicht wahr, Dolphus?«

»Keineswegs«, sagte Mr. Tetterby, »bis jetzt nicht.«

»Gut! Ich will dir die ganze Wahrheit erzählen, dann wirst du mich vielleicht hassen. Als ich in der Kälte herumlief und noch eine Menge anderer rechnender Gesichter mit großen Körben herumlaufen sah, da kam mir so der Gedanke, ich hätte doch besser getan und wäre vielleicht glücklicher, wenn – wenn, wenn – – –« Der Trauring drehte sich wieder um den Finger, und Mrs. Tetterby schüttelte niedergeschlagen den Kopf.

»Ich verstehe«, sagte ihr Gatte ruhig, »wenn du gar nicht geheiratet hättest oder einen andern geheiratet hättest.«

»Ja«, schluchzte Mrs. Tetterby, »das habe ich gedacht. Hassest du mich jetzt, Dolphus?«

»Nein«, sagte Mr. Tetterby, »ich finde bis jetzt noch nichts.«

Mrs. Tetterby gab ihm einen dankbaren Kuss und fuhr fort:

»Dann fange ich an zu hoffen, du wirst mich überhaupt nicht hassen, obwohl ich fürchte, ich habe dir noch nicht das Schlimmste erzählt. Ich kann mir gar nicht erklären, wie es über mich gekommen ist. Ich weiß nicht, ob ich krank war oder verrückt oder was sonst. Aber ich war mir plötzlich nicht mehr klar darüber, was uns eigentlich aneinanderknüpft und was mich mit meinem Geschick je versöhnen könnte. All die Vergnügungen und Freuden, die wir jemals gehabt, sie schienen so armselig und unbedeutend. Ich hasste sie. Ich hätte sie mit Füßen treten können, und ich konnte an nichts weiter denken, als dass wir arm sind und wie viel Mäuler zu Hause sind.«

»Nun, nun, meine Liebe«, sagte Mr. Tetterby und schüttelte ihr ermutigend die Hand, »das ist doch die Wahrheit. Wir sind arm, und es sind eine Menge Mäuler im Hause.«

»Ach, aber, Dolph, Dolph«, rief seine Gattin und legte ihm die Hände um den Hals, »mein gutes, liebes, geduldiges Männchen, als ich eine kleine Weile erst zu Hause war, wie wurde es da anders! O mein lieber Dolph, wie anders wurde es! Mir war, als flösse alles in mir über vor einem Schwall von Erinnerungen, der mein hartes Herz erweichte und zu zersprengen drohte. All unser Ringen um einen Lebensunterhalt, alle unsere Sorgen und Entbehrungen seit unserer Hochzeit, alle die Zeiten, wo wir krank lagen, all die Stunden, die wir durchwacht, beieinander oder bei den Kindern, schienen zu mir zu reden und zu sagen, dass sie uns zu *einer* Person gemacht, und ich hätte nie mehr etwas anderes sein mögen, sein können oder wollen als die Gattin und die Mutter, die ich bin. Dann wurden die kleinen billigen Vergnügungen, die ich eben noch so grausam hatte mit Füßen treten wollen, so kostbar, o so wertvoll und teuer, dass ich gar nicht mehr daran denken durfte, wie sehr ich sie verkannt hatte, und es immer und immer wiederholen musste und es jetzt noch hundertmal sagen möchte, wie konnte ich mich nur so aufführen, Dolphus, wie konnte ich das Herz haben, so etwas zu tun.«

Die gute Frau war ganz außer sich vor Aufregung, Zärtlichkeit und Reue und weinte von ganzem Herzen, als sie plötzlich mit einem Schrei auffuhr und sich hinter ihrem Mann versteckte. Ihr Schrei war so angstvoll, dass die Kinder aus dem Schlaf auffuhren, schleunigst aus den Betten sprangen und sich um sie scharten. Ihr Blick war entsetzt und ihre Stimme außer sich vor Angst, als sie auf einen bleichen Mann in schwarzem Mantel deutete, der in das Zimmer hereingekommen war. »Sieh den Mann dort an, sieh dort, was will er?«

»Meine Liebe«, entgegnete ihr Gatte, »ich will ihn fragen, wenn du mich nur loslässt. Was gibt es denn? Wie du zitterst.«

»Ich habe ihn auf der Straße gesehen, als ich eben draußen war. Er sah mich an und stand ganz dicht bei mir. Ich fürchte mich so vor ihm.«

»Fürchtest dich vor ihm, warum denn?«

»Ich weiß nicht, warum – – ich – – Bleib hier!«

Sie hielt ihren Mann zurück, als er auf den Fremden zugehen wollte.

Sie presste die eine Hand auf die Stirn und die andere auf die Brust. Ein sonderbares Zittern lief über ihren Körper, und eine Unruhe, wie wenn sie etwas verloren hätte, lag in ihren Augen.

»Bist du krank, mein Schatz?«

»Was ist das, was da wieder von mir weicht«, sagte sie leise vor sich hin, »was ist das nur, das da von mir weicht?« Dann antwortete sie kurz: »Krank? Nein, ich bin ganz wohl«, und starrte mit leerem Blick auf den Boden.

Ihr Mann, der ebenfalls nicht ganz frei von Furcht geblieben war und den die Sonderbarkeit ihres Wesens noch mehr beunruhigte, wandte sich jetzt an den bleichen Besuch im schwarzen Mantel, der mit zu Boden gesenkten Augen an der Tür stehen geblieben war.

»Was wünschen Sie eigentlich von uns, Sir?«, fragte er.

»Ich fürchte, mein unbemerktes Hereintreten hat Sie erschreckt«, antwortete der Besuch, »aber Sie sprachen miteinander und hörten mein Kommen nicht.«

»Mein kleines Frauchen sagt, Sie haben es vielleicht selbst gehört«, entgegnete Mr. Tetterby, »es sei nicht das erste Mal heute Abend, dass Sie sie erschreckt haben.«

»Das tut mir leid. Ich entsinne mich, Sie auf der

Straße bemerkt zu haben; ich hatte nicht die Absicht, Sie zu erschrecken.« Er erhob bei diesen Worten seine Blicke und sie die ihren. Seltsam war die Scheu, die sie vor ihm hatte, seltsam das Grausen, als er das bemerkte.

Dennoch sahen sie einander scharf und forschend an.

»Mein Name ist Redlaw. Ich komme aus dem alten Kolleg dicht nebenan; ein junger Mann, der dort studiert, wohnt in Ihrem Hause, nicht wahr?«

»Mr. Denham?«, fragte Tetterby.

»Ja.«

Es war eine ganz natürliche Bewegung und eine so flüchtige, dass sie kaum auffallen konnte, aber ehe der kleine Mann wieder antworten konnte, strich er sich mit der Hand über die Stirn und sah sich rasch im Zimmer um, als fühle er irgendeine Veränderung in der Atmosphäre vor sich gehen. Der Chemiker richtete gleich darauf den scheuen Blick, mit dem er die Frau vorhin angesehen, auch auf ihn, trat zurück und wurde noch fahler.

»Das Zimmer des Herrn«, sagte Tetterby, »ist oben, Sir. Seine Wohnung hat noch einen besonderen Eingang. Aber da Sie schon einmal hier sind, brauchen Sie nicht erst wieder in die Kälte hinauszugehen, wenn Sie hier die paar Stufen hinaufsteigen wollen«, und er zeigte auf eine Treppe, die unmittelbar in das obere Zimmer hinaufführte.

»Ja, ich will hinauf zu ihm«, sagte der Chemiker, »können Sie mir eine Kerze leihen?« Die unruhige Spannung in seinen Augen und das unerklärliche Misstrauen, das diesen Blick verdüsterte, schienen Mr. Tetterby zu beunruhigen. Er schwieg, sah ihn starr an und blieb wie gebannt ein oder zwei Minuten lang unbeweglich stehen.

Endlich sagte er: »Ich will Ihnen leuchten, Sir, wenn Sie mir folgen wollen.«

»Nein«, antwortete der Chemiker, »ich wünsche nicht, dass man mich begleitet oder bei ihm anmeldet; er erwartet mich nicht. Ich will lieber allein gehen. Bitte, geben Sie mir ein Licht, wenn Sie es entbehren können, und ich werde mich schon zurechtfinden.«

Er stieß diese Worte hastig hervor, nahm dem Zeitungsagenten die Kerze aus der Hand und berührte dabei unabsichtlich dessen Brust. Schnell zog er sie wieder zurück, als habe er den Mann verwundet (denn er wusste nicht, in welchem Teil seines Körpers die neue Kraft lag oder wie sie sich übertrug). Dann wandte er sich ab und stieg die Treppe empor.

Aber als er die oberste Stufe erreicht hatte, blieb er stehen und sah hinab. Die Frau stand noch auf derselben Stelle und drehte sinnend den Trauring um ihren Finger. Der Mann hatte das Haupt auf die Brust sinken lassen und brütete mürrisch vor sich hin. Die Kinder klammerten sich immer noch an die Mutter, blickten furchtsam zu dem Gast empor und drängten sich dichter aneinander, als sie ihn herabschauen sahen.

»Weg da«, sagte der Vater grob. »Jetzt hab ich's satt. Macht, dass ihr ins Bett kommt.« –

»Die Stube ist eng genug ohne euch«, setzte die Mutter hinzu »Schert euch ins Bett.«

Verschüchtert und betrübt schlich die kleine Brut davon; Johnny und das Wickelkind machten den Schluss. Die Mutter sah sich verächtlich in der ärmlichen Stube um, schob die Überreste des Abendessens verdrossen beiseite und setzte sich hin, in mürrisches Nachsinnen verloren. Der Vater setzte sich wieder zum Kamin, schürte ungeduldig das kleine Feuer zusammen und beugte sich darüber, als wolle er es ganz für sich allein in Anspruch nehmen. Sie wechselten kein Wort.

Der Chemiker, blasser als zuvor, stahl sich wie ein Dieb hinauf, blickte auf die Veränderung, die unten vor sich gegangen, und wusste in seinem Grausen nicht, sollte er weitergehen oder umkehren.

»Was hab ich getan«, sagte er verwirrt, »was wollte ich denn nur?«

»Der Wohltäter der Menschheit sein«, glaubte er eine Stimme antworten zu hören. Er blickte sich um, aber es war niemand da, und eine Wendung der Treppe verbarg jetzt die kleine Stube vor seinen

Blicken. So schritt er weiter und sah nur mehr auf seinen Weg.

»Erst gestern Nacht habe ich den Pakt geschlossen, und schon sind alle Dinge mir fremd geworden. Ich bin mir selber fremd. Ich bin hier wie im Traum. Was für ein Interesse habe ich für diesen Ort oder irgendeinen andern? Mein Geist ist wie mit Blindheit geschlagen.«

Er stand vor einer Tür, klopfte an und trat ein, als drinnen jemand »herein« sagte.

»Ist's meine liebenswürdige Wärterin?«, fragte die Stimme. »Aber warum frage ich denn, es kann ja doch niemand anderer sein.«

Die Stimme klang in fröhlichem, wenn auch müdem Ton und lenkte des Chemikers Aufmerksamkeit auf einen jungen Mann, der auf einem an den Kamin gerückten Sofa lag und der Tür den Rücken kehrte. In einem so winzigen Kamin, mager und eingefallen wie die Wangen eines Kranken, dass er kaum das Zimmer erwärmen konnte, brannte das Feuer, nach dem sein Gesicht hingewandt war. Die Flammen waren dem zugigen Boden so nahe, dass sie flackernd und prasselnd brannten und die glühende Asche rasch durch den Rost fiel.

»Sie knistert beim Herunterfallen«, sagte der Student lächelnd, »das bedeutet, wie man sagt, nicht Särge, sondern viel Geld. Ich werde also, wenn Gott will, doch noch gesund und reich werden und am

Ende noch eine kleine Milly lieben können, die mich dann immer an das gütigste und zarteste Herz in dieser Welt erinnern soll.«

Er streckte die Hand aus und erwartete, seine Pflegerin werde sie ergreifen. Da er aber noch sehr schwach war, blieb er dabei still liegen, ließ das Gesicht auf der andern Hand ruhen und drehte sich nicht um.

Der Chemiker sah sich im Zimmer um, blickte auf die Bücher und Papiere des Studenten, die auf einem Tisch in einer Ecke aufeinandergetürmt lagen und mit der erloschenen, jetzt beiseite gestellten Arbeitslampe von den Stunden eines fleißigen Studiums, das dieser Krankheit vorangegangen und sie vielleicht verursacht hatte, erzählten. Er blickte auf den Straßenanzug, der müßig an der Wand hing und die erste Stelle einnahm unter den Dingen, die von ehemaliger Gesundheit und Freiheit sprachen, sah auf die Andenken an andere und weniger einsame Szenen, auf die kleinen Miniaturporträts auf dem Kaminsims und die Abbildung des Elternhauses, auf das Zeichen eines ehrgeizigen Ziels oder vielleicht der persönlichen Zuneigung, nämlich – Redlaws eingerahmtes Bild. Es hatte eine Zeit gegeben – gestern noch – wo nicht ein einziger dieser Gegenstände – wäre das Interesse an dem Studenten vor ihm auch noch so gering gewesen, ohne Eindruck auf den Chemiker geblieben wäre. Jetzt waren es gleichgültige Gegenstände, und wenn noch eine schwache Erinnerung in ihm auflebte, so verwirrte es ihn nur, und mit trübem Staunen blickte er umher. Der Student zog die magere Hand wieder zurück, als niemand sie berührte, richtete sich auf seinem Sofa auf und wandte den Kopf. »Mr. Redlaw!«, rief er aus und fuhr empor.

Redlaw streckte den Arm aus. »Kommen Sie mir nicht näher, ich will mich hier niedersetzen. Bleiben Sie, wo Sie sind!«

Er setzte sich auf einen Stuhl in der Nähe der Türe, warf einen Blick auf den jungen Mann, der sich mit der Hand auf dem Sofa aufrecht hielt, dann senkte er seine Augen und fuhr fort:

»Ich habe durch einen Zufall gehört, durch welchen, ist gleichgültig, dass ein Student aus meiner Klasse krank und hilflos sei. Ich konnte weiter nichts erfahren, als dass er in dieser Straße wohne. Ich fing in dem ersten Hause der Straße an zu fragen und habe Sie auf diese Art ausfindig gemacht.«

»Ich bin krank gewesen, Sir«, erwiderte der Student. Er sagte es in bescheidener Zurückhaltung, aber mit einer Art gewaltsam unterdrückten Grauens. »Aber jetzt geht es mir schon viel besser. Ein Fieberanfall, Nervenfieber glaube ich, hat mich sehr geschwächt, aber mir ist schon weit wohler.« – »Ich kann nicht sagen, dass ich ohne Hilfe gewesen bin in meiner Krankheit, sonst vergäße ich die freundliche Hand, die mich niemals verlassen hat.«

»Sie sprechen von der Frau des Kastellans«, sagte Redlaw.

»Ja.« Der Student neigte den Kopf wie in stiller Andacht.

Der Chemiker war in kalte monotone Teilnahmslosigkeit verfallen und schien eher ein Marmorbild auf dem Grabe des Mannes, der gestern bei der ersten Erwähnung von der unglücklichen Lage des Studenten aufgesprungen war, zu sein, als dieser lebende Mensch selbst. Er sah wieder den Studenten an, der sich mit der Hand auf das Sofa stützte, sah auf den Fußboden und in die Luft, als suche er nach einem Licht für seinen erblindeten Geist.

»Ich erinnerte mich an Ihren Namen«, sagte er, »als ich ihn vorhin in der Stube nennen hörte, und entsinne mich jetzt auch Ihres Gesichtes. Wir sind nur wenig in persönliche Beziehungen miteinander gekommen.«

»Sehr wenig.«

»Ich glaube, Sie haben sich von mir zurückgezogen und sich mehr als die andern von mir ferngehalten.«

Der Student verbeugte sich beistimmend.

»Und warum?«, fragte der Chemiker, ohne im mindesten Interesse zu zeigen, bloß wie aus einer wunderlichen zufälligen Neugierde heraus. »Warum? Wie kommt es, dass Sie mir absichtlich verhehlt haben, dass Sie hier geblieben sind in dieser Jahreszeit, wo alle andern verreisen, und dass Sie krank geworden sind? Ich möchte wissen, warum?«

Der junge Mann hatte ihm mit wachsender Erregung zugehört. Er hob die niedergeschlagenen Augen, schlug die Hände zusammen und rief mit bebenden Lippen:

»Mr. Redlaw, Sie haben mich durchschaut, Sie kennen mein Geheimnis.«

»Ihr Geheimnis?«, fragte der Chemiker kalt. »Ich soll es kennen?«

»Ja. Ihr Wesen, das jetzt so verschieden ist von der Teilnahme und dem Mitleid, die Sie so vielen Herzen teuer machen, Ihre veränderte Stimme, das Gezwungene in Ihren Worten und Blicken sagen mir, dass Sie mich kennen«, erwiderte der Student. »Dass Sie es selbst jetzt noch verbergen möchten, ist für mich nur ein Beweis mehr für Ihre angeborene Herzensgüte und die Kluft, die uns trennt.«

Ein leeres und verächtliches Lächeln war die einzige Antwort, die er erhielt.

»Aber Mr. Redlaw«, sagte der Student, »bedenken Sie als gerechtfühlender und edler Mensch, wie wenig Schuld ich habe an dem Unrecht, das Ihnen zugefügt worden ist – an dem Kummer, den Sie ertragen haben. Es müsste denn mein Name und meine Abkunft –«

»Kummer?«, unterbrach ihn Redlaw auflachend. »Unrecht? Was geht das mich an?«

»Um Himmels willen«, flehte der Student, »lassen Sie sich von den paar Worten, die Sie mit mir wechselten, nicht noch mehr verändern, Sir. Streichen Sie mich wieder aus Ihrem Gedächtnis. – Lassen Sie mich meinen alten entfernten Platz unter denen, die Sie unterrichten, wieder einnehmen. Kennen Sie mich wieder nur unter dem Namen, den ich annahm, und nicht als – – – Langford –«

»Langford!«, rief der andere aus. Er fuhr mit beiden Händen nach der Stirn und wandte dem Jüngling einen Augenblick lang sein früheres geistvolles und nachdenkliches Gesicht zu. Aber das Licht verschwand wieder wie ein flüchtiger Sonnenstrahl, und das Gesicht umwölkte sich wie vordem.

»Der Name, den meine Mutter führt, Sir«, sagte der Jüngling verlegen, »der Name, den sie wählte, als sie vielleicht einen geehrteren hätte bekommen können, Mr. Redlaw«, fuhr er zögernd fort. »Ich glaube, ich kenne diese Geschichte. Wo mein Wissen nicht ausreicht, ergänzen Vermutungen die Lücke, bis das Ganze der Wahrheit ziemlich nahe kommt. Ich bin das Kind einer Ehe, die sich als nicht glücklich erwies. Von Kindheit an hörte ich von Ihnen mit hoher Achtung, fast mit Ehrfurcht sprechen, von solcher Hingebung, Standhaftigkeit und Herzensgüte; von solchem Ankämpfen gegen Hindernisse, die einen Menschen niederschmettern können, habe ich vernommen, dass meine Phantasie, seit ich meinen ersten Unterricht an der Hand meiner Mutter genossen, Ihren Namen mit Lichtglanz umwoben hat. Und endlich, konnte ich – ein armer Student – von einem andern besser lernen als von Ihnen?«

Unbewegt und unverändert und ihn nur mit einem inhaltsleeren Blick anstarrend, antwortete Redlaw weder mit Worten noch durch Gebärden.

»Ich kann nicht in Worte fassen«, fuhr der andere fort, »wie sehr ich gerührt war, die schönen Spuren der Vergangenheit in der Dankbarkeit und dem Vertrauen wieder aufleuchten zu sehen, die sich bei uns Studenten an Mr. Redlaws Namen knüpfen. Wir sind an Alter und Stellung so verschieden voneinander, Sir, und ich bin so gewohnt, Sie nur aus der Ferne zu sehen, dass ich mich über meine eigene Kühnheit wundere, wenn ich dieses Thema auch nur leise berühre. Aber einem Mann, der, ich darf es wohl aussprechen, einst für meine Mutter eine nicht gewöhnliche Teilnahme fühlte, ist es vielleicht nicht ganz gleichgültig, jetzt, wo alles vorüber ist, zu erfahren, mit wie unbeschreiblicher Liebe ich Sie aus der Ferne betrachtet habe, mit welchem Schmerze ich mich von Ihnen fernehielt – während ein Wort von Ihnen mich reich gemacht hätte –, und wie sehr ich dennoch fühle, dass ich recht tat, auf dieser Bahn zu bleiben, zufrieden damit, Sie zu kennen und selbst unbekannt zu sein. Mr. Redlaw«, sagte der Student schüchtern, »was ich sagen wollte, habe ich nicht glücklich ausgedrückt. Aber wenn etwas Unwürdiges in der Täuschung liegt, die ich mir habe zuschulden kommen lassen, so verzeihen Sie mir, und in allem Übrigen – – bitte – vergessen Sie mich.«

Das starre Stirnrunzeln blieb auf Redlaws Gesicht und wich keinem andern Ausdruck, bis der Student bei den letzten Worten auf ihn zuschritt, als wolle er seine Hand berühren. Da zog er sich zurück und schrie ihn an:

»Kommen Sie mir nicht näher!« Der junge Mann blieb stehen, entsetzt über die Plötzlichkeit und Schroffheit dieser Zurückweisung, und strich sich nachdenklich mit der Hand über die Stirn.

»Was vorbei ist, ist vorbei«, sagte der Chemiker. »Die Vergangenheit stirbt wie das unvernünftige Tier. Wer redet mir von ihren Spuren in meinem Leben. Der faselt oder lügt. Was gehen mich Ihre kranken Träume an. Wenn Sie Geld brauchen, hier ist welches. Ich kam her, um es Ihnen anzubieten, und das war der eigentliche Zweck meines Kommens. Weiter kann ich hier nichts gewollt haben«, murmelte er vor sich hin und legte die Hände wieder an die Stirn. »Weiter kann ich hier nichts gewollt haben, oder –?«

Er hatte seine Börse auf den Tisch geworfen und verfiel wieder in Nachsinnen. Der Student hob sie auf und hielt sie ihm hin.

»Nehmen Sie sie wieder zurück, Sir«, sagte er stolz, doch nicht erzürnt; »ich wünschte, Sie könnten mit ihr zugleich die Erinnerung an Ihre Worte und an Ihr Anerbieten zurücknehmen.«

»Wünschen Sie das?«, fragte jener mit einem sonderbaren Flackern in seinen Augen. »Wünschen Sie das?«

»Ja, ich wünsche es.«

Der Chemiker trat jetzt zum ersten Mal dicht an ihn heran, nahm die Börse, ergriff den Arm des Studenten und sah ihm ins Gesicht. »Krankheit bringt Schmerz und Sorge, nicht wahr?«, sagte er mit einem Lachen.

»Ja«, gab Langford verwundert zur Antwort.

»Ihre Ruhelosigkeit, Ihre Angst, Ihre Ungewissheit und das ganze Gefolge von Leiden an Körper und Geist«, sagte der Chemiker mit einem wilden sonderbaren Frohlocken, »ist es nicht am besten, man vergisst es?«

Der Student antwortete nicht, sondern fuhr sich wieder mit der Hand zerstreut über die Stirn. Redlaw hielt ihn immer noch am Arm gefasst, als man draußen Millys Stimme vernahm.

»Ich kann jetzt schon sehen, ich danke, Dolph! – – Weine nicht, Kind. Vater und Mutter werden morgen schon wieder gut sein, und dann ist es auch wieder hübsch zu Haus. So, so, ein Herr ist bei ihm?«

Redlaw ließ den Studenten los und horchte.

»Ich habe vom ersten Augenblick an gefürchtet«, murmelte er vor sich hin, »ihr zu begegnen. Es liegt eine Art unendlicher Güte in ihr, die ich zu verderben fürchte. Ich könnte zum Mörder an dem werden, was das Schönste und Beste in ihrem Herzen ist.«

Sie klopfte an die Türe.

»Soll ich es wie eine nichtige Ahnung missachten oder sie dennoch meiden«, murmelte er und sah unschlüssig umher.

Wieder klopfte sie an die Tür.

»Von all denen, die hierherkommen«, sagte er heiser und erregt zu dem Studenten, »möchte ich diese Frau am wenigsten hier sehen. Verbergen Sie mich!«

Der Student öffnete eine Brettertür in der Wand, die in ein kleines Dachstübchen führte. Redlaw trat rasch hinein und schloss hinter sich ab. Der Student nahm seinen Platz auf dem Sofa wieder ein und rief: »Herein!«

»Lieber Mister Edmund«, sagte Milly und sah sich um. »Man sagte mir, es wäre ein Herr hier.«

»Es ist niemand hier als ich.«

»Es ist aber jemand hier gewesen?«

»Ja, es war jemand hier.«

Sie stellte ihr Körbchen auf den Tisch und trat an die Rückseite des Sofas, als wollte sie wie gewöhnlich die ausgestreckte Hand ergreifen; – aber diese war nicht da. Ein wenig überrascht beugte sie sich über den Patienten und berührte leise seine Stirn.

»Sind Sie ganz wohl heute Abend? Ihre Stirn ist heißer als nachmittags.«

»Ach was«, sagte der Student ärgerlich, »mir fehlt nichts.«

Mehr Erstaunen als Vorwurf malte sich auf Millys Gesicht, als sie nach der andern Seite des Tisches ging und aus ihrem Korbe ein kleines Päckchen Handarbeit herausholte. Aber bald legte sie es wieder hin, ging geräuschlos im Zimmer umher, setzte jeden Gegenstand an seine Stelle und machte Ordnung. Die Kissen des Sofas berührte sie mit so leichter Hand, dass er es kaum zu merken schien, während er dalag und ins Feuer sah. Als sie damit fertig war und den Herd reingekehrt hatte, setzte sie sich wieder hin in ihrem bescheidenen Hütchen und arbeitete in geräuschloser Geschäftigkeit.

»Es ist der neue Musselinvorhang für das Fenster, Mister Edmund«, sagte sie, ohne vom Nähen aufzusehen. »Er wird ganz hübsch aussehen, wenn er auch so gut wie nichts kostet, und wird auch Ihre Augen vor dem Licht schützen. William sagt, das Zimmer dürfe jetzt, wo Sie sich so gut erholt, nicht so hell sein, sonst könnte das blendende Licht Sie schwindlig machen.«

Er sagte nichts, aber in der Art, wie er seine Stellung änderte, lag etwas so Ärgerliches und Ungeduldiges, dass ihre flinken Finger innehielten und sie ihn besorgt ansah.

»Die Kissen sind nicht bequem«, sagte sie, die Arbeit hinlegend und sich erhebend, »ich will sie gleich einmal zurechtschütteln.«

»Die Kissen sind sehr gut«, antwortete er. »Lassen Sie, bitte, die Hand davon. Sie machen gleich von allem so viel Wesens.« Er erhob den Kopf, als er das sagte, und warf ihr einen so undankbaren Blick zu, dass sie schüchtern vor ihm stehen blieb, als er sich wieder zurückgeworfen hatte. Dann nahm sie abermals Platz und nähte geschäftig weiter ohne einen Blick des Vorwurfs.

»Ich habe mir oft gedacht, Mr. Edmund, Sie hätten doch oftmals in letzter Zeit, wenn ich neben Ihnen saß, einsehen müssen, dass Unglück ein guter Lehrmeister ist. Die Gesundheit wird Ihnen nach dieser Krankheit kostbarer sein als je zuvor. Und nach Jahren noch, wenn Weihnachten herankommt und Sie sich der Tage, wo Sie hier krank gelegen haben, erinnern – ganz heimlich und innerlich, damit Sie Ihre Lieben nicht betrüben –, dann wird Ihnen der heimische Herd doppelt teuer sein. Ist das nicht ein hübscher Gedanke?«

Sie war zu eifrig bei der Arbeit, die Worte kamen ihr zu innig aus dem Herzen, und sie war überhaupt zu ruhig und still vergnügt, um acht zu geben, ob er ihr wohl antworten werde. So prallte der Pfeil seines undankbaren Blickes an ihr ab und verletzte sie nicht.

»Ach ja«, sagte Milly und neigte ihr liebliches Gesicht nachdenklich auf die Seite, während sie mit gesenkten Augen den flinken Fingern folgte. »Selbst auf mich, wo ich doch so sehr verschieden von Ihnen bin, Mr. Edmund, und keine Schulbildung habe und nicht weiß, wie man richtig denkt – hat das Erlebnis dieser Vorgänge einen tiefen Eindruck gemacht, seit Sie hier krank gelegen haben. Als ich Sie über die Güte und Aufmerksamkeit der armen Leute unten so gerührt sah, da merkte ich, wie auch Sie fühlten, dass es ein gewisses Entgelt sei für den Verlust der Gesundheit, und ich las in Ihrem Gesichte so deutlich wie in einem Buch, dass wir erst durch ein wenig Kummer und Sorge all das Gute erkennen lernen können, das uns umgibt.«

Sein Aufstehen unterbrach sie, sonst hätte sie noch weitergesprochen.

»Wir brauchen nicht soviel Aufhebens davon zu machen, Mrs. William«, versetzte er geringschätzig, »die Leute da unten werden schon bezahlt werden für die kleinen Extradienste, die sie mir geleistet haben mögen, und erwarten es wohl auch nicht anders. Auch Ihnen bin ich sehr verbunden.«

Sie hörte auf zu nähen und sah ihn an.

»Ich empfinde meine Schuld gegen Sie viel weniger, wenn Sie die Sache übertreiben. Ich bin mir ja bewusst, dass Sie sich sehr um mich bekümmert haben, und ich sage Ihnen, dass ich Ihnen sehr dafür verbunden bin. Was wollen Sie mehr?«

Die Arbeit fiel ihr in den Schoß, und sie sah ihn unverwandt an, wie er ungeduldig hin und her schritt und dann und wann stehen blieb.

»Ich sage nochmals, ich bin Ihnen sehr verpflichtet. Warum wollen Sie das Bewusstsein des Dankes, den ich Ihnen schulde, in mir abschwächen, indem Sie maßlose Ansprüche auf mich erheben? Sorge, Kummer, Leid, Unglück! Man könnte ja rein glauben, ich hätte einen hundertfachen Todeskampf durchgemacht.«

»Glauben Sie vielleicht, Mr. Edmund«, fragte sie, stand auf und trat näher an ihn heran, »dass ich von den armen Leuten hier im Hause sprach, um auf mich selbst anzuspielen? – – Auf mich?« Und sie legte die Hand auf ihren Busen mit einem schlichten unschuldsvollen Lächeln des Erstaunens.

»Ach, ich habe darüber gar nicht nachgedacht, gute Frau!«, entgegnete er. »Ich habe ein vorübergehendes Unwohlsein gehabt, aus dem Ihre übertriebene Angst, verstehen Sie wohl – übertriebene Angst –, mehr Wesens gemacht hat, als daran war. Jetzt ist es vorbei. Wir können doch nicht ewig darauf herumreiten.«

Gleichgültig nahm er ein Buch zur Hand und setzte sich an den Tisch. Sie sah ihm eine Weile zu, bis ihr Lächeln ganz verschwunden war, dann kehrte sie zu ihrem Korb zurück und fragte sanft:

»Mr. Edmund, möchten Sie lieber allein sein?«

»Ich sehe keinen Grund, weshalb ich Sie hier zurückhalten sollte«, erwiderte er.

»Außer –«, sagte Milly zaudernd und zeigte auf

ihre Handarbeit. »Ach, der Vorhang«, antwortete er hochmütig lächelnd, »deswegen brauchen Sie nicht zu bleiben.«

Sie packte ihre Arbeit wieder zusammen und legte sie in das Körbchen, dann trat sie vor ihn hin und sagte mit so geduldiger Miene, dass er nicht umhin konnte, aufzublicken:

»Sollten Sie mich wieder brauchen, so komme ich gern zurück. Als Sie meiner bedurften, war ich wirklich glücklich, kommen zu können, von einem Verdienst kann dabei keine Rede sein. Ich glaube, Sie fürchten jetzt, wo Sie sich erholt haben, ich könnte Ihnen zur Last fallen. Aber das wäre nicht geschehen. Ich wäre nicht länger gekommen, als bei Ihrer Schwäche nötig gewesen. Sie schulden mir keinen Dank. Recht und billig aber wäre es, dass Sie mich behandeln wie eine Dame. – – Ja, als wäre ich sogar die Dame, die Sie lieben! Und wenn Sie glauben, ich überschätze in eigennütziger Selbstüberhebung die geringe Mühe, die ich mir gegeben habe, Ihr Krankenzimmer behaglich zu gestalten, so tun Sie sich selbst mehr Unrecht an, als Sie mir antun können. Deswegen bin ich betrübt. Darüber bin ich sehr betrübt.«

Wäre sie leidenschaftlich gewesen statt gelassen, entrüstet statt ruhig, so böse in ihrem Blick, wie sie sanft war, laut im Ton statt leise und klar, so hätte ihr Abschied vielleicht gar keinen Eindruck hinterlassen im Vergleich zu dem, der sich jetzt des einsamen Studenten bemächtigte, als sie fort war.

Er starrte traurig den Platz an, wo sie gestanden, da trat Redlaw aus seinem Versteck hervor und ging zur Türe.

»Wenn Krankheit wieder die Hand auf Sie legen soll«, sagte er und sah ihn erbittert an, »möge es bald geschehen. Mögen Sie hier sterben und verfaulen.«

»Was haben Sie getan«, entgegnete der andere und fasste ihn am Mantel, »welche Verwandlung haben Sie in mir bewirkt. Welchen Fluch haben Sie über mich verhängt! Geben Sie mich mir selbst zurück!«

»Geben *Sie* mich *mir* zurück!«, schrie Redlaw wie ein Wahnsinniger. »Ich bin wie eine Seuche, ich bin voll Gift in meinem eigenen Innern und voll Gift für die ganze Menschheit. Wo ich früher Teilnahme, Mitleid und Sympathie gehegt habe, da wandle ich mich zu Stein. Selbstsucht und Undankbarkeit keimen auf, wo ich meinen Fuß hinsetze. Nur insofern bin ich vielleicht weniger tiefstehend als die Elenden, die ich schaffe, als ich sie in dem Augenblick hassen kann, wo die Umwandlung in ihnen vorgeht.«

Der junge Mann hielt ihn immer noch am Mantel. Der Chemiker schüttelte ihn von sich ab und schlug nach ihm; dann eilte er wie von Sinnen in die Nachtluft hinaus, wo der Wind heulte, der Schnee herabfiel und durch die einherjagenden Wolkenmassen düster der Mond schien, und wo in dem Heulen des Windes, in dem fallenden Schnee, in den wandernden Wolken und dem trüben Schimmer des Mondes die Worte des Gespenstes sich offenbarten:

»Die Gabe, die ich dir verliehen, sollst du um dich her verbreiten, wo du gehst und stehst.«

Wohin er seine Schritte lenkte, wusste er nicht und kümmerte sich nicht darum, wenn er nur die Menschen vermied. Die Verwandlung, die er in sich verspürte, machte aus den lauten Straßen eine Wüste und ihn selbst zu einer Wüste und die Menge um ihn her mit ihren verschlungenen Lebenspfaden zu einer ungeheuern Wüstenei aus Sand, den der Wind zu zwecklosen Haufen zusammenwarf. Die letzten Spuren in seiner Brust, die, wie der Geist ihm gesagt hatte, bald aussterben würden, waren bis jetzt noch nicht so weit verblichen, dass er nicht zur Genüge begriffen, was er war und aus andern machte, und dass er nicht den Wunsch gefühlt hätte, allein zu bleiben.

Da fiel ihm plötzlich der Junge ein, der in sein Zimmer gestürzt war, und dann ging ihm im Kopf herum, dass von allen, mit denen er seit des Geistes Verschwinden verkehrt, der Knabe der Einzige gewesen war, an dem kein Zeichen der Verwandlung aufgetreten. So widerlich ihm das wilde Geschöpf auch war, so beschloss er doch, zu ihm zu gehen und nachzusehen, ob es sich wirklich so verhalte. Er verband damit noch eine andere Absicht, die ihm gleichzeitig einfiel.

Nur mit Mühe stellte er fest, wo er sich befand, und lenkte seine Schritte nach dem alten Stift zurück, und zwar nach jenem Teil, wo die Hauptpforte lag und wo allein das Pflaster von den Tritten der Studenten abgenützt war. Das Haus des Kastellans stand dicht hinter dem eisernen Tor und bildete einen Teil des Hauptviereckes. Vor der Pforte lief ein alter Bogengang hin, und aus seinem Schatten konnte er zu den Fenstern des Wohnzimmers hineinblicken und sehen, wer darin war. Das Gittertor war geschlossen, aber mit dem Riegel vertraut, steckte er die Hand zwischen die Stäbe, zog ihn zurück und trat leise ein. Dann schloss er das Tor wieder und schlich sich ans Fenster, die dünne Kruste Eis unter seinen Füßen zertretend. Das Kaminfeuer leuchtete hell durch das Fenster und warf einen glänzenden Schein auf den Schnee. Instinktiv wich er der hellen Stelle aus, ging um sie herum und sah hinein. Anfangs glaubte er, die Stube sei leer und die Glut röte nur mit ihrem Schimmer die alten Balken an der Decke und die dunkelbraunen Wände. Als er aber genauer hinblickte, sah er den Knaben auf dem Fußboden kauern. Rasch trat er zur Tür, öffnete sie und ging hinein.

Das Geschöpf lag so nahe bei der Glut, dass, als der Chemiker sich bückte, es aufzurütteln, die Glut ihm fast das Gesicht versengte. Kaum fühlte der Junge die Berührung, als er, kaum halb wach, seine

Lumpen zusammenraffte und halb kollernd, halb laufend in eine entlegene Ecke des Zimmers floh, wo er auf dem Boden hocken blieb und mit den Füßen stieß, um sich zu verteidigen.

»Steh auf«, sagte der Chemiker. »Kennst du mich noch?«

»Lassen Sie mich in Frieden«, erwiderte der Junge. »Das ist das Haus der Frau und nicht Ihres.«

Der feste Blick des Chemikers schüchterte ihn ein wenig ein, so dass er sich auf die Füße stellen und ansehen ließ.

»Wer hat dich gewaschen und verbunden?«, fragte der Chemiker und deutete auf die wunden Füße des Jungen.

»Die Frau.«

»Und ist sie's auch gewesen, die dir das Gesicht reiner gemacht hat?«

»Ja, die Frau.«

Redlaw stellte diese Fragen, um die Augen des Jungen auf sich zu lenken, und fasste ihn jetzt in derselben Absicht am Kinn und strich das wirre Haar zurück, so sehr er sich auch davor ekelte, ihn zu berühren. Der Junge sah ihm scharf und unausgesetzt in die Augen, falls im nächsten Augenblick etwas geschähe, das ihn zur Verteidigung zwänge. So konnte denn Redlaw genau erkennen, dass die Verwandlung nicht stattfand.

»Wo sind die andern?«, fragte er.

»Die Frau ist aus.«

»Das weiß ich.«

»Wo sind der Alte mit dem weißen Haar und sein Sohn.«

»Der Mann der Frau, was?«

»Ja, wo sind die beiden?«

»Fort! Es war was los. Sie wurden eilig geholt und sagten mir, ich solle hier bleiben.«

»Komm mit mir«, sagte der Chemiker, »und ich will dir Geld geben.«

»Wohin, und wie viel wollen Sie mir geben?«

»Ich will dir mehr Schillinge geben, als du jemals gesehen hast, und dich bald wieder zurückbringen. Kannst du mich an den Ort führen, woher du gekommen bist?«

»Lassen Sie mich«, erwiderte der Knabe und riss sich rasch los. »Dahin führe ich Sie nicht. Lassen Sie mich in Frieden oder ich werfe Feuer auf Sie.«

Er kniete vor dem Kamin nieder und war bereit, mit seiner kleinen, wilden Hand die brennenden Kohlen herauszureißen.

Was der Chemiker empfunden, als er den Zauber hatte auf die wirken sehen, mit denen er in Berührung trat, kam dem dumpfen Grauen, mit dem er dieses Ungeheuer von einem Kind dem Einflusse Trotz bieten sah, nicht entfernt gleich. Sein Blut erstarrte beim Anblick dieses der Rührung und Empfindung unzugänglichen Wesens, dieses Scheinbildes von einem Kind, das ihm ein scharfes, boshaftes Gesicht zukehrte und sich, auf alles gefasst, festhielt.

»Hör zu, Junge«, sagte er, »führ mich hin, wohin du willst, nur musst du mich zu Leuten führen, die sehr arm oder sehr schlecht sind. Ich will ihnen helfen und nichts Böses zufügen. Ich will dir Geld dafür geben und bringe dich wieder hierher. Steh auf, mach rasch.«

Er tat ein paar hastige Schritte der Türe zu, da er die Rückkehr Millys befürchtete.

»Wollen Sie mich allein gehen lassen und mich nicht festhalten und mich auch nicht anrühren?«, fragte der Junge und zog langsam die Hand vom Feuer zurück und stand auf.

»Ja!«

»Und mich vor Ihnen gehen lassen oder hinter Ihnen oder wo ich will?«

»Ja!«

»So geben Sie mir erst Geld, dann gehe ich mit.«

Der Chemiker legte ihm ein paar Schillinge, einen nach dem andern, in die ausgestreckte Hand. Sie zu zählen, ging über das Können des Jungen hinaus. Aber er sagte jedes Mal »eins« und blickte dabei erst die Münze und dann den Geber habgierig an. Er konnte die Geldstücke außer in seiner Hand bloß im Munde aufbewahren, und dorthin steckte er sie.

Redlaw schrieb dann mit Bleistift auf ein aus seiner Brieftasche gerissenes Blatt, dass das Kind bei ihm sei, legte den Zettel auf den Tisch und winkte dem Jungen, ihm zu folgen. Seine Lumpen zusammenraffend wie gewöhnlich, gehorchte dieser und ging mit bloßem Kopf und nackten Füßen hinaus in die Winternacht.

Der Chemiker zog es vor, nicht durch das Gittertor zu gehen, wo er leicht der Frau begegnen konnte, die er so angelegentlich zu vermeiden trachtete, und führte daher den Knaben durch die dunklen Korridore in den Teil des Gebäudes, wo er selbst wohnte, zu einem kleinen Pförtchen, dessen Schlüssel er bei sich führte. Als sie auf die Straße traten, blieb er stehen und fragte seinen Führer, der sofort zurückwich, ob er wisse, wo sie wären.

Der kleine Wilde sah sich um, nickte endlich mit dem Kopf nach der Richtung, in der er gehen wollte.

Da Redlaw ohne Besinnen den Weg einschlug, ließ der Argwohn des Jungen ein wenig nach, er nahm das Geld aus dem Mund, polierte es verstohlen an seinen Lumpen und steckte es dann wieder zurück.

Dreimal auf ihrem Wege gingen sie Seite an Seite, dreimal blieben sie nebeneinander stehen, dreimal blickte der Chemiker dem Knaben ins Gesicht und schauderte, als es ihm immer den gleichen Gedanken aufzwang.

Das erste Mal war, als sie über einen alten Kirchhof gingen und Redlaw bei den Gräbern stehen blieb, vergeblich bemüht, einen zarten, tröstlichen Gedanken in sich hervorzurufen.

Das zweite Mal war es, als ihn das Hervortreten des Mondes aus den Wolken bewog, zum Himmel emporzublicken, wo er das Gestirn der Nacht in seinem Glanze sah, umgeben von Millionen von Sternen, von denen er noch die Namen wusste, die ihnen die menschliche Wissenschaft beigelegt, bei deren Anblick er aber nicht mehr das gefühlt, was er früher gefühlt, wenn er hinaufgesehen hatte in den funkelnden Nachthimmel.

Das dritte Mal, als er stehen blieb, um einer schwermütigen Weise zu lauschen, aber nur eine Reihe von Tönen aufnehmen konnte, die ihn an den nüchternen Mechanismus der Instrumente erinnerten, ohne an die geheimnisvollen Saiten in seinem Herzen zu rühren, ohne ihn an Vergangenheit oder Zukunft zu mahnen, und die so wenig Eindruck auf ihn machten wie der Ton rinnenden Wassers oder rauschenden Windes. Und alle dreimal sah er mit Entsetzen, dass trotz des ungeheuren geistigen Abstandes zwischen ihnen und trotzdem sie nicht die mindeste Ähnlichkeit in körperlich Beziehung miteinander gemein hatten, der Ausdruck in den Zügen des Jungen derselbe war wie der auf seinem eigenen Gesicht.

Sie wanderten eine Weile weiter, bald über so belebte Plätze, dass er sich öfter umsah, ob er nicht seinen Führer verloren, ihn dann aber immer wieder im Dunkel des Schattens an der andern Seite hintraben sah, bald wieder durch so stille Straßen, dass er die kurzen raschen Tritte der nackten Füße hinter sich hätte zählen können, bis sie an eine Reihe zerfallener Häuser kamen und der Knabe ihn am Ärmel fasste und stehen blieb.

»Dort hinein!«, sagte das Geschöpf und deutete auf ein Haus, in dem einzelne Fenster erleuchtet waren und eine trübe Laterne mit der Aufschrift »Logis für Reisende« über dem Torweg schimmerte.

Redlaw blickte um sich, sah auf die halbverfallenen Häuser, auf die wüste Umgebung von Schutthaufen und übelriechenden Gossen, auf den langen Viadukt und auf das Kind, das frierend neben ihm auf einem Beine stand und den andern Fuß daran rieb, um sich zu erwärmen, immer mit demselben gewissen Ausdruck im Gesicht die Umgebung rings umher anstarrend, dass Redlaw sich abwandte. Er sah das jämmerliche Stück Boden, auf dem die Häuser standen oder vielmehr nicht ganz einstürzen konnten, auf die Reihe von Bogen, die zu dem Viadukt gehörten, die immer kleiner wurden in der Ferne, bis der vorletzte fast noch eine Hundehütte und der letzte ein Steinhaufen war.

»Hier hinein!«, sagte der Junge und deutete wieder auf das Haus. »Ich warte!«

»Wird man mich hineinlassen?«, fragte Redlaw.

»Sagen Sie, Sie wären ein Doktor«, nickte der Junge. »Es ist genug Krankheit drin.«

Redlaw ging auf die Haustür zu und sah, als er sich umblickte, dass der Junge unter den letzten kleinen Schmutzbogen kroch, wie eine Ratte. Er fühlte kein Mitleid mit diesem Geschöpf, aber er fürchtete sich vor ihm, und als es aus seiner Höhle nach ihm hinblickte, da eilte er ins Haus, als wolle er fliehen.

»Kummer, Unglück und Sorgen«, sagte der Chemiker und machte eine schmerzhafte Anstrengung, irgendeine deutlichere Erinnerung in sich wachzurufen, »spuken an diesem Ort. Wer hierher Vergessen bringt, kann kein Leid stiften.«

Mit diesen Worten stieß er die Türe auf und trat ein.

Ein Weib saß auf den Stufen und schlief oder träumte und hatte den Kopf auf Hände und Knie gelegt. Da man nicht gut an ihr vorbei konnte, ohne sie zu treten, und da sie von seinem Kommen nicht die geringste Notiz nahm, blieb er stehen und berührte ihre Schulter. Sie blickte auf, und er sah in ein noch ganz jugendliches Gesicht, aus dem jedoch jede Blüte und Frische weggewischt war, als habe der grausame Winter, dem Lauf natürlichen Gesetzes zum Trotz, den Frühling erwürgt.

Ohne sich sonderlich um ihn zu kümmern, rückte das Weib näher an die Wand, um ihn vorbeizulassen.

»Was sind Sie?«, fragte Redlaw, stehenbleibend,

die Hand auf das zerbrochene Treppengeländer gestützt.

»Raten Sie mal«, antwortete sie und zeigte ihm wieder ihr Gesicht.

Er sah den verfallenen Gottestempel an, vor so Kurzem erst erschaffen, so bald geschändet, und ein Etwas, das nicht Erbarmen war, denn die Quelle, aus der wahres Erbarmen über solches Elend entspringt, war in seiner Brust vertrocknet, ein Etwas, das aber dem Erbarmen näher stand als jedes andere Gefühl, das sich in letzter Zeit in der dunkelnden, aber noch nicht gänzlich finster gewordenen Nacht seines Geistes emporgerungen hatte, gab seinen Worten einen milden Klang.

»Ich komme her, um zu helfen«, sagte er. »Denken Sie nach über erlittenes Unrecht, über erlittenes Leid?«

Sie runzelte die Stirn, und dann lachte sie, und ihr Lachen tönte in einen zitternden Seufzer aus, dann ließ sie wieder den Kopf sinken und vergrub die Finger in ihrem Haar.

»Denken Sie an erlittenes Leid?«, fragte er noch einmal.

»Ich denke über mein Leben nach«, sagte sie und warf einen kurzen Blick auf ihn.

Er fühlte, dass sie eine von vielen sei und dass er in ihr das Ebenbild von Tausenden von Unglücklichen sehe!

»Was sind Ihre Eltern?«, fragte er.

»Ich hatte es sonst gut zu Haus, mein Vater war Gärtner, weit draußen in der Provinz.«

»Ist er tot?«

»Für mich ist er tot. All das ist tot für mich. Sie sind ein feiner Herr und wissen das nicht einmal.« Sie blickte wieder auf und lachte ihn an.

»Mädchen!«, sagte Redlaw ernst. »Ehe all diese Dinge für dich tot waren, hast du da kein Unrecht erlitten? Hängt sich nicht, so sehr du dich auch dagegen sträuben magst, die Erinnerung an erlittenes Unrecht verzweifelt fest an dich, und wird dir diese Erinnerung nicht immer und immer wieder zur Qual?«

So wenig Weibliches lag in ihrem Äußern, dass Redlaw ganz bestürzt war, als sie plötzlich in Tränen ausbrach. Aber noch mehr weckte es sein Erstaunen und beunruhigte ihn außerordentlich, als er sah, dass in der kaum erwachten Erinnerung an erlittenes Unrecht die ersten Spuren ehemaligen Menschentums und starr gewordener Zartheit wieder wach wurden.

Er trat ein wenig zurück und bemerkte, dass sie Schrammen und Wunden trug an Armen, Gesicht und Busen.

»Welche rohe Hand hat Sie verletzt?«

»Meine eigene, ich hab's selber getan«, antwortete sie rasch.

»Das ist nicht möglich!«

»Ich schwöre es! Er hat mich nicht angerührt. Ich hab's selber getan in der Wut und hab mich hier niedergeworfen. Er kam mir nicht zu nahe und hat niemals Hand an mich gelegt.«

Aus dem entschlossenen Ausdruck in den bleichen Zügen bei der offenkundigen Lüge erkannte er, dass noch viel verzerrtes Gute in dieser elenden Brust lebte, und bereute tief, dass er ihr nahegetreten war.

»Sorgen, Kummer und Leid«, sagte er halblaut vor sich hin und wandte scheu den Blick ab. »Alles, was sie noch verknüpft mit der Stufe, von der sie herabgesunken, trägt diese Wurzel. In Gottes Namen, lassen Sie mich vorbei!«

Voller Furcht, sie noch einmal anzusehen, voller Furcht, sie zu berühren, voller Furcht vor dem Gedanken, dass er vielleicht den letzten Faden schon zerrissen, der sie noch mit der Barmherzigkeit des Ewigen verbunden, raffte er seinen Mantel zusammen und schlich die Treppe hinauf.

Gegenüber dem Ausgang der Treppe stand eine Türe halb offen. In diesem Augenblick trat ein Mann mit einem Lichte in der Hand heraus. Als er den Chemiker erblickte, trat er überrascht zurück und nannte ihn unwillkürlich beim Namen.

Verwundert, hier gekannt zu sein, blieb Redlaw stehen und bemühte sich vergebens, sich auf das abgezehrte und bestürzte Gesicht zu besinnen. Er hatte nicht lange Zeit dazu, denn zu seiner noch größern Überraschung trat der alte Philipp aus dem Zimmer hervor und ergriff seine Hand.

»Mr. Redlaw«, sagte der Alte. »Das sieht Ihnen ähnlich! Das sieht Ihnen ähnlich, Sir! Sie haben davon gehört und sind uns nachgekommen, um zu helfen, soviel noch zu helfen ist. O zu spät, zu spät!«

Redlaw, verwirrt und ratlos, folgte ihnen in das Zimmer. Ein Mann lag dort auf einem Feldbett, und neben ihm stand William Swidger.

»Zu spät!«, murmelte der alte Mann und sah den Chemiker traurig an, und die Tränen liefen ihm über die Wangen.

»Ich sag's auch immer, Vater!«, warf sein Sohn mit leiser Stimme ein. »Ich sag's auch immer. Das Einzige, was wir tun können, ist, dass wir uns ganz still verhalten, solange er schläft. Du hast recht, Vater!«

Redlaw blieb neben dem Bette stehen und sah auf die Gestalt herab, die auf der Matratze lag. Es war ein Mann, der in der Vollkraft seines Lebens hätte stehen können, aber die Sonne wahrscheinlich nie mehr wiedersehen sollte. Die Laster eines vierzig- oder fünfzigjährigen Lebenslaufs hatten ihn so gezeichnet, dass im Vergleich mit ihm die schwere Hand der Zeit auf das Antlitz des Greises, der neben ihm stand, sogar schonend und verschönernd gewirkt hatte.

»Wer ist das?«, fragte der Chemiker und sah sich um.

»Mein Sohn Georg, Mr. Redlaw«, antwortete der alte Mann und rang die Hände, »mein ältester Sohn Georg, auf den seine Mutter stolzer war als auf alle übrigen.« Redlaws Augen schweiften weg von dem weißen Haupt des Greises, das auf dem Bette ruhte, nach dem Manne hin, der ihn beim Eintreten erkannt hatte und der sich jetzt in der entlegensten Ecke des Zimmers zu schaffen machte. Er schien von seinem Alter zu sein, und obgleich er keinen so hoffnungslos heruntergekommenen Mann kannte, wie dieser zu sein schien, lag doch etwas in seiner Haltung, wie er jetzt zur Türe hinausging, das ihn veranlasste, sich unruhig mit der Hand über die Stirn zu fahren.

»William«, fragte er leise, »wer ist das?«

»Ja, sehen Sie, Sir«, erwiderte William, »ich sag's auch immer. Warum muss ein Mensch immer spielen und dergleichen und sich zollweise immer tiefer sinken lassen, bis es nicht mehr tiefer abwärtsgeht!«

»Hat er das getan?«, fragte Redlaw und sah dem Manne nach mit dem gleichen unsichern Blick wie vorhin.

»Jawohl, Sir«, antwortete William Swidger. »Er versteht etwas von Medizin, wie es scheint. Er ist mit meinem armen Bruder dort«, Mr. William fuhr sich mit dem Rockärmel über die Augen, »zu Fuß nach London gekommen. Ja, ja, es treffen hier manchmal seltsame Gefährten zusammen, und er kam, um nach dem Kranken zu sehen. Und er hat uns auch zu ihm geholt. Ein trauriger Anblick, Sir. Aber so geht's in der Welt! Es wird meinen Vater unter die Erde bringen.«

Redlaw sah auf und erinnerte sich, wo und in welcher Gesellschaft er sich befand, und wurde sich des Zaubers bewusst, den er mit sich trug – in seinem Erstaunen hatte er ihn einen Augenblick vergessen –; er trat schnell ein wenig beiseite und überlegte, ob er bleiben oder gehen sollte. Mit einer gewissen trotzigen Verstocktheit, die zu seiner Natur zu gehören schien, entschied er sich für das Bleiben.

»Erst gestern erkannte ich, dass die Erinnerungen dieses Alten nur ein Gewebe sind von Trübsal und Sorge, und heute schon soll ich mich scheuen, sie zu verwandeln: Sind die Erinnerungen, die ich vertreiben kann, für diesen Sterbenden so kostbar, dass ich um ihn zu fürchten brauchte? Nein, ich will bleiben.«

Aber trotzdem blieb er nur mit Zittern und Bangen und hielt sich fern vom Bett, mit abgewandtem Gesicht und in den schwarzen Mantel gehüllt, und lauschte den Worten der andern, als fühle er sich selbst als Dämon an dieser Stätte.

»Vater!«, murmelte der Kranke, einen Augenblick aus seiner Betäubung erwachend.

»Mein Junge, mein Sohn Georg!«, sagte der alte Philipp.

»Du sprachst eben davon, ich wäre Mutters Liebling gewesen vor langer Zeit. Es ist etwas Schreckliches, an die alten Tage zurückzudenken.«

»Nein, nein, nein!«, entgegnete der Alte. »Denke nur daran! Sage nicht, es sei etwas Schreckliches. Für mich ist es nichts Schreckliches.«

»Es schneidet dir doch ins Herz, Vater«, – – – denn die Tränen des Alten fielen auf ihn herab.

»Ja, ja!«, sagte Philipp. »Das ist wahr, aber es tut mir wohl. Es ist ein schweres Leid, an jene Zeit zurückzudenken, aber es tut mir wohl, Georg. O denke auch daran, denke auch daran, und dein Herz wird weicher und weicher werden. Wo ist mein Sohn William? William, mein Junge, deine Mutter liebte ihn innig bis zum letzten Augenblick, und mit ihrem letzten Atemzuge flüsterte sie: ›Sag ihm, dass ich ihm vergeben habe, ich segne ihn und bete für ihn.‹ Es waren die letzten Worte, die sie zu mir sprach. Ich habe sie nie vergessen und bin siebenundachtzig.«

»Vater«, sagte der Mann auf dem Bett, »ich fühle, dass ich sterbe. Es ist schon so weit mit mir, dass ich kaum mehr sprechen kann, selbst nicht von dem, was mir am schwersten auf dem Herzen liegt. Gibt es wohl noch eine Hoffnung für mich über dieses Sterbebett hinaus?«

»Es gibt Hoffnung«, entgegnete der Alte, »für alle, die sanftmütig und reuevoll sind.« Er faltete seine Hände und blickte in die Höhe. »Für alle die ist Hoffnung. Erst gestern noch war ich dankbar dafür, dass ich mich darauf besinnen konnte, wie dieser mein unglücklicher Sohn einst ein unschuldiges Kind war. Aber welcher Trost ist es, dass Gott sich seiner nur so erinnern will.«

Redlaw verbarg sein Gesicht in den Händen und bebte zurück wie ein Mörder.

»Ach«, stöhnte der Mann im Bett, »ein ganzes Leben vergeudet.«

»Aber einstmals war auch er ein Kind«, fuhr der Alte fort, »und hat mit Kindern gespielt. Ehe er sich des Abends zu Bette legte und in den Schlummer der Unschuld sank, sprach er sein Gebet auf dem Schoße der Mutter. Ich habe ihm oft zugesehen, viele Male. Und sie zog sein Haupt an ihre Brust und küsste ihn. So schmerzlich es ihr und mir war, daran zu denken, als er dann so irre ging und alle unsere Hoffnungen und Pläne begrub, war diese Erinnerung doch das einzige Band, das uns verknüpfte. O Vater im Himmel, der du so viel besser bist als ein Vater auf Erden, o Vater im Himmel, der du so viel betrübter bist über die Irrtümer deiner Kinder, nimm diesen Wanderer wieder auf! Nicht wie er jetzt ist, wie er damals war, lass ihn zu dir flehen!«

Als der Alte die zitternden Hände emporhob, legte der Sohn, für den er diese Bitte sprach, das müde Haupt an seine Brust und suchte Schutz und Trost, als wär er wirklich noch das Kind von ehedem.

Wann hat je ein Mensch so gezittert, wie Redlaw in dem großen Schweigen zitterte, das dann folgte. Er wusste, es musste über sie kommen – – und schnell kommen.

»Meine Zeit ist kurz, mein Atem ist noch kürzer«, sagte der Kranke und richtete sich auf und tappte mit der Hand in der Luft herum. »Und mir fällt ein, ich habe noch etwas auf dem Herzen, von wegen des Mannes, der eben hier war. Vater und William – halt – steht dort nicht etwas Schwarzes?«

»Ja, gewiss«, sagte sein alter Vater.

»Es ist ein Mann?«

»Georg«, unterbrach sein Bruder und beugte sich liebevoll über ihn. »Es ist Mr. Redlaw.«

»Mir war, als hätte ich von ihm geträumt. Bitte ihn, er möchte herkommen.«

Bleicher als der Sterbende trat der Chemiker näher. Der Bewegung der abgezehrten Hand gehorchend, setzte er sich auf das Bett.

»Heute Nacht hat es mir das Herz zerrissen«, der Sterbende legte die Hand auf die Brust mit einem Blick, in dem die ganze Qual einer stummen Bitte lag, »ich war so ergriffen von dem Anblick meines armen alten Vaters und von dem Gedanken an all den Gram, den ich verschuldet, dass – – – – –«

War es das nahende Ende oder das Aufdämmern einer andern Verwandlung, das ihn innehalten ließ?

»– dass, dass ich versuchen will, so viel gutzumachen, wie ich kann. Es war noch ein Mann hier. Haben Sie ihn nicht gesehen?«

Redlaw konnte nicht antworten, denn als er das verhängnisvolle wohlbekannte Zeichen, das irre Hinfahren der Hand über die Stirn erblickte, erstarb ihm das Wort auf den Lippen. Er machte nur eine Bewegung des Zustimmens.

»Er hat keinen Pfennig, ist hungrig und herabgekommen. Er ist ganz zusammengebrochen und weiß sich nicht mehr zu helfen. Kümmern Sie sich um ihn. Verlieren Sie keine Zeit. Ich weiß, er trägt sich mit dem Gedanken, sich das Leben zu nehmen.«

Die Verwandlung ging bereits vor sich. Es stand auf seinem Angesicht geschrieben. Seine Züge veränderten sich, die Falten wurden tiefer, und der Ausdruck der Sorge wich.

»Erinnern Sie sich nicht? Kennen Sie ihn nicht mehr?«, fuhr er fort. Er bedeckte das Gesicht einen Augenblick mit der Hand und strich sich wieder über die Stirn. Dann richtete er seine Augen mit einem gefühllosen, gemeinen und rohen Ausdruck auf Redlaw:

»Hol Sie der Teufel«, rief er wild umherblickend. »Was haben Sie aus mir gemacht. Lustig hab ich gelebt, und lustig will ich sterben. Hol Sie der Henker!« und er legte sich wieder aufs Bett zurück, hob die Arme und legte sie hinter Kopf und Ohren, von diesem Augenblick an entschlossen, in vollständiger Gleichgültigkeit vom Leben zu scheiden.

Wenn den Chemiker der Blitz getroffen, hätte er nicht jäher vom Bette zurückprallen können. Aber auch der Alte, der, während sein Sohn mit Redlaw sprach, zur Seite getreten war, mied mit Abscheu das Lager.

»Wo ist mein Sohn William?«, fragte der Alte hastig. »William, komm fort von hier. Wir wollen nach Hause!«

»Nach Hause? Vater«, rief William aus, »willst du denn deinen eigenen Sohn verlassen?«

»Wer ist denn mein eigener Sohn?«

»Wer? Doch der dort!«

»Das ist nicht mein Sohn«, sagte Philipp und zitterte vor Erbitterung. »Ein Schuft wie dieser hat nichts mit mir gemein. Meine Kinder sehen sauber aus und bedienen mich und geben mir zu essen und zu trinken und sind mir nützlich. Ich habe wahrhaftig ein Recht darauf, ich bin siebenundachtzig.«

»Du bist alt genug und brauchst nicht noch älter zu werden«, brummte William, sah ihn scheel von der Seite an und steckte die Hände in die Taschen. »Ich möchte gern wissen, wozu du noch taugst? Ohne dich könnte es wirklich fideler sein.«

»Mein Sohn! Mr. Redlaw«, sagte der Alte, »mein Sohn! Das fehlte gerade noch! Der Junge spricht von meinem Sohn. Ich möchte gern wissen, was der mir jemals Angenehmes gebracht hätte.«

»Und ich möchte gern wissen, was ich jemals von dir Gutes gehabt habe«, knurrte William.

»Lass mich mal nachdenken!«, sagte der Alte. »Wie viele Weihnachten über hab ich auf meinem warmen Plätzchen gesessen und musste nicht in die kalte Nachtluft hinaus und hab mir's wohl sein lassen, ohne dass ich durch einen so hässlichen widerlichen Anblick, wie der Kerl da einer ist, gestört worden bin. Sind's zwanzig Weihnachten, William?«

»Mir scheint es schon eher wie vierzig«, brummte dieser. »Na, wenn ich meinen Vater ansehe, Sir, und daran denke«, und er wandte sich an Redlaw mit einer ungeduldigen Gereiztheit, die ganz neu an ihm war, »dann will ich mich hängen lassen, wenn ich etwas anderes in ihm sehen kann als einen Kalender von einer ganzen Reihe Jahren von Essen, Trinken und Faulenzen.«

»Ich – ich bin siebenundachtzig«, sagte der Alte, kindisch und schwach weiter faselnd, »und niemals hat mich was sonderlich gestört. Ich will jetzt nicht davon reden, wegen des Menschen dort, den er meinen Sohn nennt. Er ist nicht mein Sohn. Ich hab eine Menge schöne Zeiten gehabt, ich erinnere mich noch –; nein, doch nicht, nein, ich hab es vergessen. Es war so etwas wie von Kricket und einem Freund von mir, aber ich kann mich seiner nicht mehr entsinnen. Ich möchte nur wissen, wie das war. Ich konnte ihn gut leiden. Was wohl aus ihm geworden ist. Ich glaube, er starb, aber ich weiß es nicht. Übrigens ist es mir ganz gleichgültig.«

Er kicherte schläfrig und schüttelte den Kopf und steckte die Hände in die Westentaschen. In einer fand er ein Stück Stechpalme, wahrscheinlich vom gestrigen Abend. Er nahm es heraus und sah es an.

»Beeren, aha. Schade, dass man sie nicht essen kann. Ich erinnere mich noch, dass ich spazieren ging, als ich ein kleiner Kerl war, nicht größer als so – mit wem ging ich doch spazieren? – ich kann mich absolut nicht mehr erinnern, wie das damals war. Ich weiß nicht mehr, mit wem und ob jemand bei mir war. Beeren, was! Es ist immer lustig, wenn's Beeren gibt. Ich sollte eigentlich auch einen Teil davon bekommen, und man muss mich bedienen und mir alles warm und gemütlich machen, denn ich bin siebenundachtzig und ein armer, alter Mann. Ich bin siebenundachtzig, siebenundachtzig.«

Die faselnde jämmerliche Art, mit der er dies vorbrachte und dabei an den Blättern nagte und das Zerkaute wieder ausspuckte, die kalten gleichgültigen Blicke, die ihm sein jüngster Sohn zuwarf, die trotzige Verstocktheit, mit der sein ältester Sohn dalag, all das kam dem Chemiker nicht mehr zum Bewusstsein, er riss sich von der Stelle los, auf der er wie gebannt gestanden, und stürzte aus dem Hause hinaus.

Sein junger Führer kam aus seinem Versteck hervorgekrochen und stand bereit, ehe noch Redlaw den Boden erreichte.

»Zur Frau zurück?«, fragte er.

»Ja, schnell heim«, antwortete Redlaw. »Bleib nirgends unterwegs stehen!«

Eine kleine Strecke weit lief der Junge vor ihm her, aber ihr Heimweg war mehr eine Flucht als ein Spaziergang, und nur mit großer Mühe konnte der Junge mit seinen bloßen Füßen mit dem Chemiker gleichen Schritt halten.

Scheu alle Vorübergehenden meidend, dicht in seinen Mantel gehüllt, als ob die leiseste Berührung desselben den andern eine tödliche Ansteckung bringe, machte Redlaw nicht eher halt, bis sie die Tür erreichten, durch die sie zuerst auf die Straße getreten waren. Er sperrte sie auf, trat mit dem Jungen hinein und eilte durch die dunkeln Gänge in sein Zimmer. Der Junge ließ ihn nicht aus den Augen, als die Tür abgesperrt wurde, und verkroch sich unter den Tisch.

»Sie, fassen Sie mich nicht an!«, sagte er. »Sie wollen mir wohl mein Geld nehmen?«

Redlaw warf noch einige Geldstücke auf den Boden. Der Junge warf sich sogleich mit dem Körper über sie, wie um sie vor dem Blick des Mannes zu verbergen und damit er nicht am Ende Lust bekäme, sie wieder zurückzufordern. Erst als er den Chemiker wieder bei der Lampe sitzen sah, das Gesicht in den Händen vergraben, fing er an, das Geld verstohlen aufzulesen. Als er damit fertig war, schlich er sich ans Feuer, setzte sich in einen großen Stuhl, holte aus der Brust ein paar Speiseüberreste und fing an zu kauen und in die Glut zu starren, dann und wann seine Schillinge anschauend, die er fest in der geballten Hand hielt.

»Und dieses da«, sagte Redlaw mit wachsendem Widerwillen und Grausen, »ist der einzige Gefährte, der mir noch auf Erden bleibt.«

Wie lange es währte, ehe er aus der Betrachtung des Geschöpfes, das er so verabscheute, erwachte, ob es eine halbe Stunde oder die halbe Nacht währte, er wusste es nicht. Aber plötzlich horchte der Junge auf und unterbrach die Stille des Zimmers, indem er aufsprang und nach der Türe lief.

»Die Frau kommt!«

Der Chemiker riss ihn zurück, doch schon klopfte es an die Türe. »Lassen Sie mich zu ihr«, rief der Junge.

»Jetzt nicht«, entgegnete der Chemiker. »Hiergeblieben! Niemand darf jetzt herein oder heraus. Wer ist da?«

»Ich bin's, Sir«, rief Milly. »Bitte, machen Sie auf!«
»Nein, nein!«
»Mr. Redlaw, bitte, bitte, lassen Sie mich hinein!«
»Was gibt es?«, fragte er und hielt den Knaben fest.
»Der Unglückliche, bei dem Sie eben waren, liegt

im Sterben, und nichts, was ich mit ihm spreche, kann ihn aus seiner entsetzlichen Verblendung reißen. Williams Vater ist im Handumdrehen kindisch geworden, William selbst ist wie ausgewechselt. Der Schlag ist zu plötzlich gekommen. Ich verstehe ihn nicht mehr. Er gleicht sich selbst nicht mehr. Ach, Mr. Redlaw, bitte, raten Sie mir, helfen Sie mir.«

»Nein, nein, nein!«, gab der Chemiker zur Antwort.

»Sir, lieber Mr. Redlaw, Georg hat in seinem Halbschlummer von dem andern Mann gesprochen, den Sie dort sahen. Er fürchtete, er werde sich umbringen.«

»Besser, er tut's, als dass er in meine Nähe kommt.«

»Er sagte in seinen Phantasien, Sie kennen ihn. Er wäre vor langer Zeit Ihr Freund gewesen, er sei der unglückliche Vater eines Studenten hier – wie mir schwant, des jungen Herrn, der krank gewesen ist. Was soll ich tun? Wie soll man auf ihn aufpassen? Wie soll man ihn retten? O Mr. Redlaw, bitte, bitte, raten Sie mir, helfen Sie mir doch.«

Während der ganzen Zeit hielt der Chemiker den Knaben fest, der wie ein Wahnsinniger sich von ihm losreißen wollte, um Milly hereinzulassen.

»Ihr Gespenster, ihr, die ihr gotteslästerliche Gedanken bestraft«, meinte Redlaw voll Verzweiflung, »schauet auf mich herab! Möge aus der Finsternis meines Geistes der Funken der Reue, der dort noch glimmt, aufleuchten und euch mein Elend zeigen! In der Welt des Stoffes ist alles notwendig, wie ich immer lehrte. Kein Atom, keine Stufe an dem wunderbaren Bau kann verloren gehen, ohne dass es nicht eine unausfüllbare Lücke in das große Weltall risse. Jetzt erkenne ich, dass es ebenso ist mit Gut und Böse, mit Freud und Leid im Gedächtnis der Menschen. Erbarmt euch meiner! Erlösung!«

Keine Antwort als Millys »Helfen Sie mir, helfen Sie mir! Machen Sie auf« und des Jungen stummes Ringen, um zu ihr zu gelangen.

»Schatten meines Ichs, Geist meiner trüben Stunden«, rief Redlaw außer sich, »komm zurück und suche mich heim Tag und Nacht, nur nimm diese Gabe von mir, oder wenn sie doch hinfort auf mir lasten soll, so nimm mir wenigstens die furchtbare Kraft, sie auch auf andere übertragen zu müssen. Mache ungeschehen, was ich getan habe! Lasse mich umnachtet sein, nur gib jenen den Tag zurück, über die ich den Fluch gebracht habe. So wahr ich diese Frau von Anfang an verschont habe, so wahr will ich dieses Zimmer nie wieder verlassen, und keine Hand soll mich pflegen; nur dieses Geschöpf, das gegen mich gefeit ist, soll bei mir sein – höre mich!«

Die einzige Antwort war noch immer das Ringen des Knaben, der zu Milly wollte, und ihr immer verzweifelter werdender Schrei: »Helfen Sie mir, lassen Sie mich hinein! Er war doch Ihr Freund. Wie soll

man auf ihn acht geben und ihn retten? Sie sind alle
so verändert. Niemand kann mir helfen als Sie. Bitte,
bitte, machen Sie auf!«

DRITTES KAPITEL

Die Gabe wird zurückgenommen

Noch lag die Nacht schwer am Himmel. Auf weiten
Ebenen, von Gipfeln der Hügel und vom Verdeck der
einsamen Schiffe auf See sah man tief unten am Horizont einen schwach dämmernden Streifen, der mit
der Zeit Licht zu werden versprach. Doch er verhieß
nur Fernes und Ungewisses, und noch kämpfte der
Mond mit den unruhigen Wolken der Nacht.

Auch die Schatten, die sich über Redlaws Geist
lagerten, folgten einander dicht und schnell und
verdunkelten das Licht seiner Seele – wie Nachtwolken zwischen Mond und Erde schweben und ihr
Dunkel auf uns werfen. Launenhaft wie die Wolken
des Nachthimmels enthüllten sie ihm bald blitzartig
das Licht, dann hüllten sie es wieder in Halbdunkel
und Ungewissheit, dann stürmten sie wieder, wenn
der helle Glanz einen Augenblick durchbrach, darüber hin und machten die Finsternis noch dichter als
zuvor.

Draußen herrschte tiefes und feierliches Schweigen über dem alten Gebäude, und die Strebepfeiler und scharfen Ecken warfen geheimnisvolle Formen auf den Boden, der sich bald in dem weichen weißen Schnee versteckte, bald wieder nackt hervorkam, je nachdem der Mond hinter den Wolken hervorschien. Das Zimmer des Chemikers lag undeutlich und düster im trüben Schein der verlöschenden Lampe, ein geisterhaftes Schweigen war auf das Klopfen und Schreien draußen gefolgt, und nichts war vernehmbar als dann und wann ein leiser Ton in der weißen Asche des Kamins, wenn das Feuer sterbend aufatmete. Davor auf dem Boden lag der Junge in tiefem Schlaf. In seinem Stuhl saß der Chemiker, und saß dort, wie ein Mensch, der zu Stein geworden ist.

Da begann von neuem die Weihnachtsmusik, die er schon einmal vernommen hatte, zu spielen. Er lauschte ihr zuerst, wie er auf dem Kirchhofe gelauscht hatte, aber bald stand er auf – sie klang noch fort, und die Nachtluft trug ihre leise, sanfte melancholische Weise zu ihm – und streckte seine Hände aus, als ob sich ihm ein Freund nahe, dem seine unselige Berührung kein Leid tun könne. Dann löste sich langsam der starre, brütende Ausdruck seines Gesichtes, ein leises Zittern überkam ihn, seine Augen füllten sich mit Tränen, und er bedeckte sein Gesicht mit den Händen und neigte den Kopf. Noch war seine Erinnerung an Sorge, Leid und Kummer nicht wiederaufgetaucht; er wusste, dass sie noch nicht wiedergekommen, und hatte auch keine Hoffnung, dass es je geschehen werde. Aber eine dumpfe Regung in seinem Innern machte ihn wieder fähig, das zu empfinden, was in der Musik verborgen lag. Und wenn sie ihm auch bloß voll Trauer vom Werte dessen sprach, was er verloren hatte, so pries er doch den Himmel dafür mit heißer Dankbarkeit. Als der letzte Ton verklungen, hob er den Kopf, um den zitternden Schwingungen noch zu lauschen. Hinter dem Knaben, so dass seine schlafende Gestalt ihm zu Füßen lag, stand das Phantom unbeweglich und stumm, die Augen auf den Chemiker geheftet.

Gespenstisch wie früher, aber doch nicht mehr so grauenhaft und erbarmungslos war es anzuschauen, oder wenigstens kam es Redlaw so vor oder hoffte er wenigstens, als er schaudernd hinblickte. Es war nicht allein, sondern hielt in der schattenhaften Hand noch eine andere Hand.

Und wessen Hand war das? War die Gestalt neben dem Phantom wirklich Milly oder bloß ihr Schatten und ihr Scheinbild?

Das Köpfchen mit dem stillen Antlitz war ein wenig geneigt, wie es ihre Art war, und ihre Augen blickten voll Mitleid auf das schlummernde Kind. Ein strahlendes Licht fiel auf ihr Gesicht, berührte aber das Phantom nicht. Obwohl es dicht neben ihr stand, war es dunkel und farblos wie immer.

»Gespenst!«, sagte der Chemiker, von neuer Unruhe erfasst. »Ich bin nicht vorwitzig und anmaßend gewesen, was sie anbelangt. O bring sie nicht hierher. Erspare mir dies eine!«

»Es ist nur ein Schemen«, sagte das Phantom, »suche die wirkliche Form auf, deren Bild ich dir hier vorführe!«

»Ist das mein unerbittliches Verhängnis?«, rief der Chemiker.

»Ja«, sagte das Phantom.

»Um ihren Frieden und ihre Herzensgüte zu vernichten, um sie zu dem zu machen, was ich selbst bin und was ich aus andern gemacht habe!«

»Ich habe gesagt, suche sie auf«, erwiderte das Gespenst. »Mehr hab ich nicht gesagt.«

»O sag mir«, rief Redlaw aus und klammerte sich an die Hoffnung, die in diesen Worten zu liegen schien, »kann ich ungeschehen machen, was ich getan habe?«

»Nein«, antwortete das Phantom.

»Ich bitte nicht um Heilung für mich selbst«, sagte Redlaw. »Was ich hingegeben, gab ich mit freiem Willen hin und habe es mit Recht verloren. Aber für die, die ich mit der unseligen Gabe angesteckt, die nie danach verlangt, die, ohne es zu wissen, verflucht wurden und die die Macht nicht hatten, sich zu wehren, kann ich nichts für diese tun?«

»Nichts!«, sagte das Phantom.

»Auch niemand anderer?«

Unbeweglich wie ein Steinbild hatte ihn das Phantom eine Zeitlang fest angestarrt, dann wandte es plötzlich den Kopf und sah auf den Schemen an seiner Seite.

»Oh, kann *sie* es tun?«, schrie Redlaw und sah immer noch den Schatten an.

Das Phantom ließ die Hand los, die es bis jetzt festgehalten, und winkte der Erscheinung, zu verschwinden. Daraufhin begann der Schemen der Frau, ohne seine Stellung zu verändern, sich zu entfernen oder in der Luft zu zergehen.

»Halt!«, rief Redlaw mit einer Inbrunst, der er gar nicht genug Ausdruck verleihen konnte, »einen Augenblick noch. Barmherzigkeit! Ich fühlte, dass eine Veränderung mich überkam, als vorhin jene Klänge in der Luft schwebten. Sage mir, habe ich die Kraft verloren, ihr zu schaden? Kann ich mich ihr nahen ohne Furcht? O lass sie mir nur ein Zeichen der Hoffnung geben!«

Das Phantom blickte die Erscheinung an wie er und antwortete nicht.

»Wenigstens sag mir das eine, hat sie künftighin das Bewusstsein der Macht, wiedergutmachen zu können, was ich verbrochen?«

»Das hat sie nicht«, antwortete das Gespenst.

»Hat sie die Macht, *ohne* sich dessen bewusst zu sein?«

Das Phantom antwortete: »Suche sie auf!«

Und Millys Schatten verschwand langsam.

Sie standen einander wieder gegenüber, Auge in Auge, das Gespenst und er, und wieder herrschte die schreckliche Spannung wie damals, als er die Gabe erhielt, und zwischen ihnen lag der Knabe zu Füßen des Doppelgängers.

»Fürchterlicher Lehrmeister«, sagte der Chemiker und sank vor dem Geiste flehend auf die Knie, »der sich von mir lossagte und doch wiedergekommen ist; wie gern würde ich darin und dass dein Antlitz milder schaut, einen Schimmer von Hoffnung sehen. Ich will dir, ohne zu fragen, gehorchen und flehe nur, dass der Ruf, den ich in der Angst meiner Seele ausgestoßen, erhört werde, um dererwillen, die ich geschädigt habe, so dass kein Mensch sie wieder heilen kann! Doch noch etwas liegt mir auf dem Herzen – – –«

»Du sprichst von dem Geschöpf, das hier liegt«, unterbrach ihn das Gespenst und deutete mit dem Finger auf den Knaben.

»Ja«, erwiderte der Chemiker. »Du weißt, was ich fragen möchte. Warum ist dieses Kind allein gefeit gegen meinen Einfluss und warum, warum liegt in seinem Denken so eine furchtbare Übereinstimmung mit meinem?«

»Das«, sagte das Phantom und deutete auf den Knaben, »ist das letzte und vollkommenste Beispiel eines menschlichen Wesens, das all der Erinnerungen beraubt ist, auf die auch du verzichtet hast. Kein Erinnern an Kummer, Unrecht und Sorge dringt mildernd hier ein, weil dieses unglückliche Menschenkind von Geburt an schlimmer als ein Tier aufgewachsen ist und weil in seiner verhärteten Brust kein Gegensatz lebt, kein menschlicher Zug, der einen Keim solchen Gedächtnisses zum Sprießen bringen könnte. Das Innere dieses verlassenen Geschöpfs ist Öde und Wildnis. Wehe einem solchen Menschen, zehnfach Wehe einem Volk, das Ungeheuer wie dieses, das hier am Boden liegt, zu Hunderten und Tausenden zählt!«

Entsetzt schauderte Redlaw zusammen.

»Allesamt«, sagte das Phantom, »eins wie das andere, streuen sie eine Saat aus, die die Menschheit ernten muss. Aus jedem Keim des Bösen in diesem Kind schießt eine Aussaat des Verderbens auf, die dereinst geerntet, aufgespeichert und wieder ausgesät wird an vielen Stellen der Welt, bis die Länder, überwuchernd von Verworfenheit, die Wasser einer neuen Sintflut heraufbeschwören. Offenkundiger und unbestrafter Mord, täglich geduldet in den Straßen einer Stadt, wäre weniger verderblich als ein Anblick wie dieser.«

Das Phantom schien auf den schlummernden Knaben herabzublicken. Auch Redlaw sah ihn an, doch mit einem andern Gefühl als früher.

»Jeder Vater«, sagte das Gespenst, »an dem solche Geschöpfe vorübergehen, zu jeder Stunde des Tags und der Nacht, jede Mutter unter all den Müttern dieses Landes, jeder, der hinaus ist über die Jahre der Kindheit, ist in seiner Weise verantwortlich für solche Gräuel. Es gibt kein Land auf Erden, das solche Schuld nicht mit einem Fluch beladen würde. Es gibt keine Religion auf Erden, kein Volk, denen sie nicht zu Schmach und Schande werden.«

Der Chemiker schlug die Hände zusammen und sah bebend vor Bangen und Mitleid von dem schlafenden Knaben empor zu dem Phantom, das mit abwärts deutendem Finger vor ihm stand.

»Sieh hin«, fuhr das Gespenst fort, »auf das vollkommene Bild von dem, was du selbst sein wolltest. Dein Einfluss ist machtlos hier, weil du aus dieses Knaben Brust nichts verbannen kannst. Seine Gedanken haben schreckliche Gemeinschaft mit deinen, weil du herabgesunken bist auf seine unnatürliche Stufe. Er ist die Frucht der Gleichgültigkeit der Menschen, du bist die Frucht menschlichen Fürwitzes. In beiden Fällen ist der Vorsehung wohlwollende Absicht fehlgeschlagen, und aus beiden Polen der geistigen Welt kommt ihr auf einem Punkt zusammen.«

Der Chemiker beugte sich über den Knaben und deckte mit neuerwachtem Mitleid den Schlummernden zu und fühlte sich nicht mehr von Abscheu erfüllt.

Jetzt wurde auch der ferne Streifen unten am Horizont heller. Die Finsternis wich und die Sonne ging purpurglänzend auf, und die Rauchfänge und Giebel des alten Gebäudes glänzten in der klaren Luft. Der Rauch und der Dunst der Stadt wandelten sich in eine Wolke von Gold. Selbst die Sonnenuhr in ihrem schattigen Winkel, wo der Wind umherzuwirbeln pflegte, gar nicht nach Windes Art, schüttelte die feinen Schneekristalle ab, die sich während der Nacht auf ihrem schläfrigen alten Gesicht gesammelt, und sah hinab auf die kleinen, weißen Wirbel, die sie umtanzten. Sicherlich huschte auch ein blindes Tasten des Morgens hinunter in die vergessene dumpfe Krypta, wo die normannischen Bogen halb begraben in der Erde staken, und brachte den trägen Saft in dem faulen Wachstum, das an den Mauern hinkroch, in Fluss und machte das langsame Leben, das in dieser kleinen, zarten, so wunderbaren Welt sprießte, pulsieren, verkündigend, dass die Sonne aufgog.

Die Tetterbys waren bereits auf den Beinen und bei der Arbeit.

Mr. Tetterby nahm die Laden weg von seinen Fenstern und enthüllte Stück für Stück die Schätze in der Auslage den Blicken des Jerusalemstifts, die gegen solche Versuchung so abgehärtet waren. Adolphus war schon so lange fort, dass er bereits auf halbem Wege zu »Mor-genblätt!« sein musste. Fünf kleine

Tetterbys, deren zehn runde Augen von Seife und Reiben sehr entzündet waren, hatten unter Mrs. Tetterbys Vorsitz die Torturen einer kalten Waschung in der Küche auszuhalten. Johnny, der sich stets mit großer Hast anziehen musste, wenn der Moloch anspruchsvoll gelaunt war, und das war er immer, wankte beschwerter als gewöhnlich mit seiner Last vor der Ladentür auf und ab, denn der Moloch war dank verwickelter Schutzvorrichtungen gegen die Kälte, die aus gestricktem wollenem Zeug bestanden und ein Panzerhemd mit Sturmhaube und blauen Beinschienen bildeten, heute viel schwerer als je.

Es war eine Eigenheit dieses Wickelkindes, dass es rastlos zahnte. Ob die Zähne nie kamen oder ob sie kamen und wieder verschwanden, wusste man nicht. Aber offenbar hatte es genug gezahnt, nach Mrs. Tetterbys Sorge zu schließen, um für das Wirtshausschild der Schenke »Zum Ochsenmaul« eine ausreichende Menge von Zähnen liefern zu können. Zum Reizen des Zahnfleisches wurden hunderterlei Gegenstände herangezogen, obschon der Moloch beständig auf der Brust einen Beinring baumeln hatte, groß genug, um den Rosenkranz einer jungen Nonne abzugeben. Messer- und Regenschirmgriffe aus der Auslage, die Finger der Familie im Allgemeinen und die Johnnys im Besondern, Muskatnuss-Reibeisen, Brotkrusten, Türklinken und die kühlenden Knöpfe am Handgriff des Schüreisens waren so die gewöhnlichsten Instrumente, die zur Erleichterung der Leiden des Wickelkindes angewendet wurden. Die Menge Elektrizität, die aus ihnen im Verlauf einer Woche herausgerieben wurde, lässt sich nicht annähernd berechnen. Aber Mrs. Tetterby sagte immer: »Jetzt kommen sie durch, und das Kind kommt dann schon wieder zu sich.« Aber sie brachen nicht durch, und das Kind kam nicht zu sich.

Die Stimmung der kleinen Tetterbys hatte sich in ein paar Stunden arg verändert. Mr. und Mrs. Tetterby hatten sich nicht weniger verwandelt als ihre Sprösslinge. Früher waren sie eine selbstlose, gutmütige und nachgiebige kleine Sippe gewesen, die schmale Bissen, wenn es sein musste, und es musste recht oft sein, zufrieden, ja sogar großmütig miteinander teilte und die aus einem sehr kleinen Mahl oft einen sehr großen Genuss zu ziehen verstand. Jetzt aber zankten sie sich nicht nur um das Seifenwasser, sondern bereits um das Frühstück, das noch in Aussicht stand. Die Hand jedes kleinen Tetterbys war gegen die andern Tetterbys geballt, und selbst Johnnys Hand, des geduldigen, viel ertragenden und opferfreudigen Johnnys Hand, erhob sich gegen das Wickelkind! Ja, Mrs. Tetterby ging gerade zur Türe, da sah sie ihn hinterlistig eine schwache Stelle in der Rüstung erspähen und dem wonnigen Kinde einen Puff geben.

Im selben Augenblick hatte ihn Mrs. Tetterby

schon beim Kragen ins Zimmer geschleppt und zahlte ihm die Misshandlung mit Wucherzinsen zurück.

»Du Scheusal, du Mordbube«, sagte Mrs. Tetterby, »du hast es über das Herz gebracht!«

»Warum lässt sie nicht ihre Zähne durchbrechen«, sagte Johnny mit lauter aufrührerischer Stimme, »anstatt dass sie mich quält. Wie würde dir so etwas gefallen?«

»Wie es mir gefallen würde, junger Herr?«, rief Mrs. Tetterby und nahm ihm die geschändete Last vom Arm.

»Ja, wie es dir gefallen würde«, sagte Johnny. »Wie denn? Überhaupt nicht. Wenn du an meiner Stelle wärst, gingst du unter die Soldaten. Das will ich auch. Es gibt keine Wickelkinder in der Armee.«

Mr. Tetterby, der auf dem Schauplatz erschienen war, rieb sich nachdenklich das Kinn, anstatt dem Aufrührer den Kopf zurechtzusetzen, und schien vielmehr von dieser neuartigen Ansicht über das Soldatenleben recht betroffen.

»Ich wünschte auch, ich könnte unter die Soldaten gehen, wenn's mit dem Kind wieder in Ordnung ist«, sagte Mrs. Tetterby und sah ihren Mann an, »denn ich habe keine ruhige Stunde hier. Ich bin ein Sklave, ein virginischer Sklave.« Offenbar legte ihr eine unklare Erinnerung an den verflossenen Tabakshandel diese Redewendung in den Mund.

»Ich habe nie einen Feiertag und nie ein Vergnügen von einem Ende des Jahres bis zum andern. Der Herr segne und beschütze dieses Kind«, fügte sie hinzu und schüttelte das Kind mit einer Gereiztheit, die wenig zu dem frommen Wunsche passte, »was hat es denn schon wieder?«

Da sie nichts entdecken konnte und auch dem Kind durch Schütteln nichts entlockte, legte Mrs. Tetterby die Kleine in die Wiege, setzte sich mit verschränkten Armen daneben und schaukelte es wütend mit dem Fuß.

»Warum stehst du so herum, Dolphus«, sagte sie dann zu ihrem Gatten, »mach dich nützlich.«

»Mir ist alles wurst«, sagte Mr. Tetterby.

»Mir auch!«, sagte Mrs. Tetterby.

»Mir ist überhaupt alles wurst«, sagte Mr. Tetterby.

Eine Schlacht brach jetzt aus zwischen Johnny und seinen fünf jüngern Brüdern, die, während die allgemeine Frühstückstafel hergerichtet wurde, eine Schlägerei um den vorläufigen Besitz des Brotlaibes inszeniert hatten und einander tüchtig boxten, wobei der Allerkleinste mit frühreifem Feldherrnblick die Flanke des Feindes umkreiste und die Kämpfer in die Waden biss. In dieses Gewühl stürzten sich Mr. und Mrs. Tetterby mit so großem Eifer, als ob hier noch das einzige Betätigungsfeld läge, auf dem sie gleichen Sinnes sein könnten. Erst als sie entgegen ihrer ehemaligen Weichherzigkeit rücksichtslos nach allen Seiten Schläge ausgeteilt und viele Exempel statuiert hatten, kehrten sie wieder auf ihre Plätze zurück.

»Lies doch wenigstens die Zeitung, wenn du schon nichts tust«, sagte Mrs. Tetterby.

»Was steht denn in der Zeitung!«, sagte Mr. Tetterby furchtbar schlecht aufgelegt.

»Was?«, sagte Mrs. Tetterby. »Der Polizeibericht.«

»Geht mich nichts an«, sagte Mr. Tetterby. »Was geht's mich an, was die Leute tun oder mit sich tun lassen.«

»Selbstmorde«, schlug Mrs. Tetterby vor.

»Hat nichts mit meinem Geschäft zu tun«, antwortete der Gatte.

»Geburten, Todesfälle und Heiraten, gehen die dich auch nichts an?«, fragte Mrs. Tetterby.

»Und wenn es mit den Geburten von heute an endgültig vorbei wäre und von morgen an würde nur noch gestorben, so möchte ich gerne wissen, was das mich angehen soll, außer ich käme gerade an die Reihe«, brummte Mr. Tetterby. »Was das Heiraten anbetrifft, so hab ich es selbst versucht; das kenne ich jetzt nachgerade zur Genüge.«

Nach dem unzufriedenen Ausdruck ihres Gesichts zu schließen, schien Mrs. Tetterby derselben Ansicht wie ihr Mann zu sein. Sie widersprach ihm aber doch, um sich den Genuss, streiten zu können, nicht entgehen zu lassen.

»Du bist wirklich ein Mann von Grundsätzen«, sagte Mrs. Tetterby, »du mit deiner spanischen Wand aus Zeitungslappen, die du den Kindern halbe Stunden lang vorlesen kannst.«

»Sage lieber, vorgelesen hast«, entgegnete ihr Gatte. »Du wirst mich nicht mehr dabei erwischen, ich bin jetzt gescheiter.«

»Ja, ja, gescheiter«, sagte Mrs. Tetterby, »bist du auch besser geworden?«

Die Frage klang wie ein Misston in Mr. Tetterbys Herz. Er brütete verdrießlich und fuhr mit der Hand immer wieder über die Stirn.

»Besser«, murmelte Mr. Tetterby. »Ich wüsste nicht, ob jemand von uns besser ist oder glücklicher. Ach ja, besser, hm!«

Er wandte sich zu der spanischen Wand und suchte mit dem Finger herum, bis er offenbar den Paragraphen gefunden hatte, der darauf passte.

»Es war ein Lieblingsstück der Familie«, sagte er in trübseligem, blödem Ton vor sich hin, »und entlockte den Kindern immer Tränen und besserte sie, wenn sie sich gezankt hatten oder unzufrieden waren. Es kam gleich hinter der Geschichte von dem Rotkehlchen im Walde. – – – ›Trauriges Beispiel menschlichen Jammers: Gestern erschien ein kleiner Mann mit einem Wickelkind auf den Armen und umgeben von einem halben Dutzend zerlumpter Kleiner im Alter von zehn und zwei Jahren, die alle offenbar dem Hungertode nahe waren, vor der hohen Obrigkeit und stattete folgenden Bericht ab: – – –‹ Ich möchte gerne wissen«, sagte Mr. Tetterby, »was das uns angeht.«

»Wie alt und schäbig er ausschaut«, dachte Mrs. Tetterby und betrachtete ihn. »Ich habe noch nie eine so plötzliche Veränderung an einem Menschen gesehen. O mein Gott, mein Gott, mein Gott, es war ein Opfer!«

»Was war ein Opfer?«, fragte ihr Gatte missmutig.

Mrs. Tetterby schüttelte den Kopf und versetzte das Kind in einen förmlichen Seesturm, so heftig schaukelte sie die Wiege.

»Wenn du meinst, deine Heirat wäre ein Opfer gewesen – – –«, sagte der Gatte.

»Ja, das mein ich«, entgegnete die Frau.

»Nun, dann will ich dir sagen«, fuhr Mr. Tetterby, so unwirsch und griesgrämig wie sie, fort, »dass die Sache zwei Seiten hat und dass ich das Opfer war und dass ich wünschte, das Opfer wäre nicht angenommen worden.«

»Ja, das wünschte ich auch, Tetterby, von ganzem Herzen und von ganzer Seele, versichere ich dir«, sagte seine Frau. »Du kannst es nicht inniger wünschen als ich, Tetterby.«

»Ich weiß nicht, was ich an ihr gefunden habe«, brummte der Zeitungsagent, »wahrhaftig, was ich damals an ihr zu sehen glaubte, ist alles weg. Es fiel mir schon gestern Abend auf nach dem Essen; sie ist fett, sie wird alt und hält keinen Vergleich mehr aus mit den meisten andern Frauen.«

»Er sieht schrecklich gewöhnlich aus, er ist unscheinbar und klein; krumm wird er auch und kriegt schon eine Glatze«, brummte Mrs. Tetterby.

»Ich muss halb verrückt gewesen sein, als ich hineinsprang«, knurrte Mr. Tetterby.

»Ich muss von Sinnen gewesen sein, anders kann ich es mir nicht erklären«, dachte Mrs. Tetterby.

In dieser Stimmung setzten sie sich zum Frühstück. Die kleinen Tetterbys waren nicht gewohnt, dieses Mahl als sitzende Beschäftigung aufzufassen, sondern verzehrten es tanzend oder springend und erhoben es durch gellende Schreie, Schwenken der Butterbrote, durch verwickelte Märsche zur Türe hinaus und wieder herein und durch Herumhüpfen auf der Haustreppe zu einer wilden, phantastischen Zeremonie. Augenblicklich boten die Kämpfe der Tetterby'schen Kinder um den gemeinsamen Krug mit verdünnter Milch, der auf dem Tische stand, ein so jämmerliches Beispiel der hochgehenden Leidenschaftswellen, dass es förmlich das Andenken des Dr. Watts schändete. Erst als Mr. Tetterby die Herde zur vorderen Tür hinausgejagt hatte, trat einen Augenblick Ruhe ein, und auch diese wurde getrübt durch die Entdeckung, dass Johnny sich heimlich wieder hereingeschlichen hatte und wie ein Bauchredner in den Krug hineingurgelte, so unanständig und gierig schlürfte er aus ihm.

»Diese Kinder werden noch mein Tod sein«, sagte Mrs. Tetterby, nachdem sie den Sünder verscheucht hatte. »Je eher es geschieht, desto besser.«

»Arme Leute«, sagte Mr. Tetterby, »sollten überhaupt keine Kinder haben. Sie machen uns kein Vergnügen.«

Er ergriff gerade die Tasse, die ihm Mrs. Tetterby verächtlich hingeschoben, und sie wollte ihre Tasse auch eben an den Mund setzen, als beide plötzlich innehielten, als ob sie verhext wären.

»Hier, Mutter, Vater«, schrie Johnny und stürzte in die Stube. »Mrs. William kommt die Straße herunter.«

Und wenn jemals seit Anbeginn der Welt ein Junge ein Wickelkind mit der Sorgfalt einer alten Amme aus der Wiege nahm und schaukelte und liebkoste und fröhlich mit ihm davontrabte, war Johnny dieser Junge und der Moloch das Wickelkind.

Mr. Tetterby setzte seine Tasse nieder; Mrs. Tetterby setzte ihre Tasse nieder. Mr. Tetterby rieb sich die Stirn, Mrs. Tetterby die ihre. Mr. Tetterbys Gesicht hellte sich auf; Mrs. Tetterbys Gesicht ebenfalls.

»Gott bewahre«, sagte Mr. Tetterby vor sich hin, »in was für schlechter Laune ich nur war. Was ist nur mit mir vorgegangen?«

»Wie konnte ich nach alldem, was ich gestern Nacht sagte und fühlte, nur wieder so schlecht gegen ihn sein«, schluchzte Mrs. Tetterby und fuhr sich mit der Schürze über die Augen.

»Ich bin ein Ungeheuer«, sagte Mr. Tetterby, »es ist kein guter Faden mehr an mir, Sophie, mein kleines Frauchen.«

»Mein guter Dolphus«, gab seine Frau zurück.

»Ich – ich bin in einem Gemütszustand gewesen«, sagte Mr. Tetterby, »dass ich gar nicht mehr daran denken kann, Sophie.«

»Oh, das ist gar nichts gegen den, in dem ich gewesen bin, Dolph«, jammerte seine Frau im tiefsten Seelenschmerz.

»Sophie«, sagte Mr. Tetterby, »nimm es dir nicht zu Herzen. Es war unverzeihlich von mir, es muss dir fast das Herz gebrochen haben. Ich weiß es.«

»Nein, Dolph, nein, ich war schuld, ich«, schrie Mrs. Tetterby.

»Mein kleines Frauchen«, sagte der Gatte, »sag das nicht. Du häufst glühende Kohlen auf mein Haupt, wenn du so edel bist. Liebe Sophie, du weißt gar nicht, was ich gedacht habe. Ich habe mich gewiss bös genug ausgedrückt, aber was ich erst dachte, mein kleines Frauchen!«

»Oh, mein lieber Dolph, sprich nicht davon«, jammerte die Gattin.

»Sophie«, sagte Mr. Tetterby, »ich muss es dir enthüllen, ich hätte keine Ruhe mehr, wenn ich es nicht gestünde. Mein kleines Frauchen –«

»Mrs. William ist schon da«, rief Johnny zur Türe hinein.

»Mein kleines Frauchen«, fuhr Mr. Tetterby mit gepresster Stimme fort und klammerte sich an seinen Stuhl, »ich wunderte mich, dass du mir jemals hattest gefallen können. Ich vergaß die unschätzbaren Kinder, die du mir geschenkt hast, und meinte, du wärest nicht so schlank, wie ich es gerne hätte. Ich – ich dachte mit keinem Wort«, sagte Mr. Tetterby in strenger Selbstanklage, »an alle die Sorgen, die du um mich und die meinigen gehabt, während du doch an der Seite eines andern Mannes – der mehr Glück gehabt hätte als ich und eine bessere Karriere gemacht hätte, und es wäre nicht schwer gewesen, einen solchen Mann zu finden, wahrhaftig – –, ohne Sorge hättest leben können. Und ich haderte mit dir, weil du ein wenig gealtert bist in den rauen Jahren, die du mir erleichtert hast. Kannst du das fassen, mein kleines Frauchen. Ich selbst kann es nicht fassen.«

Mrs. Tetterby lachte und weinte wie närrisch, nahm sein Gesicht in beide Hände und hielt es fest.

»O Dolph«, schrie sie. »Ich bin so dankbar, dass *du* das gedacht hast, denn *ich* dachte, du sähest gewöhnlich aus, Dolph; und wenn du auch so aussiehst, lieber Mann, so bleibe so in meinen Augen, bis du sie mir einmal mit deinen guten Händen zudrückst. Ich dachte bei mir, du wärst klein, und das bist du auch, und ich will dich auf meinen Händen tragen, weil du es bist, und weil ich meinen Gatten liebe. Ich dachte, du fingest an, gebückt zu gehen, und das tust du auch, und du sollst dich auf mich stützen und ich will alles tun, um dich aufrecht zu halten. Ich dachte, du hättest nichts Anziehendes, aber du hast es, und es ist das Anziehende unseres Herdes, und das ist das Reinste und Schönste, und Gott möge unsern Herd segnen und alle, die dazu gehören, Dolph!«

»Hurra, Mrs. William ist da!«, schrie Johnny.

Und da war sie, und alle Kinder mit ihr. Und als sie hereinkam, küssten sie sie und küssten einander und küssten das Wickelkind und küssten Vater und Mutter, und dann rannten sie wieder zurück und scharten sich um Milly und zogen mit ihr im Triumph daher.

Mr. und Mrs. Tetterby empfingen sie ebenso herzlich. Sie fühlten sich ebenso zu ihr hingezogen wie die Kinder, eilten ihr entgegen, küssten ihr die Hände und konnten sie nicht enthusiastisch genug aufnehmen. Sie trat unter sie wie der Geist der Güte, Liebe, Milde und Häuslichkeit.

»Was! Seid auch ihr alle so froh, mich an diesem schönen Weihnachtsmorgen zu sehen«, rief Milly aus und schlug die Hände verwundert zusammen, »o Gott, das ist ja herrlich!«

Jubel der Kinder, Küsse, Umarmungen, Glück, Liebe und Freude regneten auf sie nieder. Sie konnte es kaum ertragen.

»O Gott! Ihr bringt mich noch zum Weinen. Das hab ich doch nicht verdient. Was habe ich denn getan, um so geliebt zu werden?«

»Man kann nicht anders«, rief Mr. Tetterby, »man kann nicht anders«, rief Mrs. Tetterby.

»Man kann nicht anders!«, riefen die Kinder im Chor.

Und sie umtanzten sie, hängten sich an sie, legten ihre rosigen Gesichter an ihr Kleid, küssten und streichelten es und konnten nicht satt werden, sie zu liebkosen.

»Ich bin noch niemals so ergriffen gewesen wie heute. Ich muss es euch erzählen, sobald ich zu Worte kommen kann. Mr. Redlaw kam bei Sonnenaufgang zu mir und bat mich mit einer Zärtlichkeit, als wäre ich seine Tochter, mit ihm zu Williams sterbendem Bruder Georg zu gehen. Ich begleitete ihn, und den ganzen Weg über war er so lieb und sanft zu mir und schien solches Zutrauen und solche Hoffnung in mich zu setzen, dass ich vor Freude weinen musste. Als wir in das Haus kamen, trafen wir ein Weib an der Türe – sie war verletzt, und ich fürchte, es hat sie jemand geschlagen –, und sie fasste mich bei der Hand und segnete mich, als ich vorüberging.«

»Sie hat recht gehabt«, sagte Mr. Tetterby, und Mrs. Tetterby sagte auch, dass sie recht gehabt, und die Kinder riefen auch alle, dass sie recht gehabt hätte.

»Ja, das ist aber noch nicht alles«, sagte Milly. »Als wir in das Zimmer hinaufkamen, richtete sich der Kranke, der stundenlang in Lethargie gelegen, auf, brach in Tränen aus, streckte mir die Arme entgegen und sagte, er habe ein liederliches Leben geführt, aber jetzt bereue er aufrichtig in seinem Kummer um der Vergangenheit willen, die so klar wie eine große Landschaft, von der eine dicke, schwarze Wolke genommen worden, vor ihm läge, und er ersuchte mich, seinen armen, alten Vater um Verzeihung und um seinen Segen zu bitten, und ich möchte an seinem Bett ein Gebet sprechen. Und als ich dies tat, stimmte Mr. Redlaw so inbrünstig ein und dankte mir so heiß, dass mein Herz ganz überströmte und ich nur schluchzen und weinen konnte, bis mich der Kranke bat, ich möchte mich ihm zur Seite setzen. Da wurde ich ruhiger. Dann hielt er meine Hand fest und verfiel in einen leichten Schlummer, und selbst als ich sie wegzog, um hierher zu gehen, denn Mr. Redlaw drang so darauf, da griff er wieder nach ihr, so dass sich jemand anders an meine Stelle setzen und ihm die Hand halten musste, damit er glaubte, ich wäre noch da. O Gott, o Gott«, sagte Milly schluchzend, »wie dankbar und glücklich ich bin über all das!«

Während sie noch sprach, war Redlaw eingetreten, hatte einen Augenblick die Gruppe betrachtet und ging stillschweigend die Treppe hinauf. Auf der obersten Stufe erschien er jetzt wieder und blieb stehen, während der junge Student an ihm vorüber- und heruntereilte.

»Meine gütige Pflegerin, sanftestes, bestes aller Wesen!«, rief der junge Mann aus und fiel in die Knie vor ihr und ergriff ihre Hand. »Verzeihen Sie mir meine Undankbarkeit.«

»Du mein Gott!«, rief Milly in naivem Erstaunen. »Da ist ja noch einer, da ist ja wieder jemand, der mich gern hat. Was soll ich nur anfangen?« Die unschuldige, einfache Art, mit der sie das sagte und die Hände auf die Augen legte und vor Freude weinte, war ebenso rührend wie entzückend.

»Ich war nicht Herr meiner selbst, ich weiß nicht, was es war, vielleicht eine Folge meiner Krankheit; ich war verrückt. Aber jetzt ist es vorbei. Fast noch während ich rede, fühle ich mich gesund werden. Ich hörte die Kinder Ihren Namen rufen, und bei seinem Klang schon wich der Schatten von mir. O weinen Sie nicht, liebe Milly, wenn Sie in meinem Herzen lesen könnten, wie es überfließt vor dankbarer Liebe, würden Sie mich Ihre Tränen nicht sehen lassen. Es liegt für mich ein tiefer Vorwurf in ihnen!«

»Nein, nein«, sagte Milly, »das ist es nicht, das ist es wirklich nicht! Freude ist's! Es ist Erstaunen, dass Sie glauben, mich wegen einer solchen Kleinigkeit um Verzeihung bitten zu müssen, und doch ist's Freude darüber, dass Sie es tun.«

»Und werden Sie auch wiederkommen und den kleinen Vorhang fertig machen?«

»Nein!«, sagte Milly, schüttelte den Kopf und trocknete ihre Tränen. »Jetzt wird Ihnen meine Näherei gleichgültig sein.«

»Nennt man das vergessen?«

Sie winkte ihn beiseite und flüsterte ihm ins Ohr:

»Es ist Nachricht von zu Hause da, Mr. Edmund!«

»Nachricht, wieso?«

»Entweder das Ausbleiben Ihrer Briefe, als Sie krank lagen, oder Ihre veränderte Handschrift dann später, als es Ihnen wieder besser ging, hat Ihre Familie gewiss vermuten lassen, wie die Sachen stehen. Jedenfalls können Ihnen Nachrichten nur lieb sein, wenn es nur keine schlechten Nachrichten sind.«

»Sicherlich!«

»Es ist jemand angekommen!«, fuhr Milly fort.

»Meine Mutter?«, fragte der Student und sah sich unwillkürlich nach Redlaw um, der die Treppe herabkam.

»O nein!«, sagte Milly.

»Es kann aber niemand anders sein.«

»Wirklich nicht?«, sagte Milly. »Wissen Sie das gewiss?«

»Es ist doch nicht –« Ehe er ausreden konnte, legte sie ihm die Hand auf den Mund.

»Ja, sie ist's, die junge Dame. Sie sieht dem Miniaturbilde sehr ähnlich, Mr. Edmund, ist aber noch viel hübscher. Sie war so beunruhigt durch die ewige Ungewissheit und ist gestern mit einem kleinen Dienstmädchen hergekommen. Da Sie Ihre Briefe stets aus dem Kollegium datierten, so ist sie dorthin gegangen, und ich traf sie dort, bevor ich heute früh zu Mr. Redlaw ging. Sie hat mich auch gern«, sagte Milly. »Du lieber Gott, noch jemand.«

»Diesen Morgen? Wo ist sie jetzt?«

»Jetzt«, flüsterte ihm Milly ins Ohr, »ist sie in meinem kleinen Zimmer im Pförtnerhaus und erwartet Sie dort.«

Er drückte ihr die Hand und wollte davoneilen, aber sie hielt ihn zurück.

»Mr. Redlaw ist ganz verändert und sagte mir heute morgen, sein Gedächtnis habe gelitten. Seien Sie rücksichtsvoll gegen ihn, Mr. Edmund. Er bedarf dessen von uns allen.«

Der junge Mann gab ihr durch einen Blick die gewünschte Versicherung, und als er an dem Chemiker vorüberging, verbeugte er sich voller Achtung und sichtlicher Teilnahme.

Redlaw erwiderte den Gruß höflich, fast demütig, und sah ihm nach. Dann stützte er den Kopf auf die Hand, als wolle er sich auf etwas, das ihm entschwunden war, besinnen, aber es kam nicht wieder. Die dauernde Veränderung, die in ihm vorgegangen war seit den Klängen der nächtlichen Weise und dem Wiedererscheinen des Gespenstes, äußerte sich darin, dass er jetzt wirklich fühlte, wie viel er verloren hatte, und traurig über seine eigene Lage sein konnte, wenn er sie mit dem natürlichen Zustand der Menschen in seiner Umgebung verglich. Dadurch wurde wieder ein Interesse an seiner Umgebung in ihm wach und etwas wie demütige Unterwerfung unter sein unglückliches Schicksal, wie es manchmal dem Alter eigen ist, wenn die geistigen Kräfte geschwächt sind, ohne dass Gleichgültigkeit und Verdrossenheit sich hinzugesellten.

Er war sich bewusst, dass diese neue Veränderung immer mehr in ihm reifte, je mehr von dem Unheil, das er gestiftet, durch Millys Vermittlung wieder gutgemacht wurde. Deshalb und infolge der Zuneigung, die sie ihm einflößte, ohne jedoch weitere Hoffnungen daranzuknüpfen, fühlte er, dass er gänzlich von ihr abhing und dass sie die einzige Stütze war in seinem Herzeleid.

Als sie ihn daher fragte, ob sie jetzt nach Hause gehen sollte zu ihrem Gatten und seinem alten Vater, und er freudig mit Ja antwortete, denn auch ihm lag dies sehr auf dem Herzen, reichte er ihr seinen Arm und ging mit ihr, nicht als ob er der große Gelehrte wäre, dem die Wunder der Natur ein offenes Buch, und sie der ungeschulte Geist, sondern als ob dieses Verhältnis umgekehrt sei und sie alles wusste und er gar nichts.

Er sah die Kinder sich um sie drängen und sie

liebkosen, als sie jetzt das Haus verließen. Er hörte ihr helles Lachen und ihre lustigen Stimmen, er sah ihre freundlichen Gesichter, die ihn wie Blumen umgaben, er war Zeuge der wiederhergestellten Eintracht ihrer Eltern, er atmete die schlichte Luft des ärmlichen Häuschens, dem der Friede wiedergegeben war, und gedachte des tödlichen Pesthauchs, den er hier verbreitet hatte und auch jetzt, wäre sie nicht gewesen, weiter und weiter hätte verbreiten müssen. Und da war es kein Wunder, dass er demütig neben ihr herging und sie sanft an sich drückte.

Als sie im Pförtnerhaus ankamen, saß der Alte in seinem Stuhl in der Kaminecke, die Augen auf den Boden geheftet, und sein Sohn lehnte an der andern Seite des Ofens und sah seinen Vater an. Als Milly in der Türe stand, fuhren beide auf und wandten sich nach ihr um, und eine leuchtende Veränderung vollzog sich auf ihren Gesichtern.

»O Gott, Gott, Gott! Auch sie sehen mich wieder gern wie die andern!«, rief Milly, klatschte freudig in die Hände und blieb stehen: »Wieder zwei mehr!«

Froh, sie zu sehen! Froh – ist kein Ausdruck. Sie warf sich in die ausgebreiteten Arme ihres Gatten, und er hätte sie wohl dort behalten, ihren Kopf an seiner Brust, den ganzen kurzen Wintertag hindurch, der Alte aber wollte auch sein Teil. Auch seine Arme streckten sich nach ihr aus, und er zog sie fest an sich.

»Wo ist denn meine kleine, stille Maus die ganze Zeit über gewesen?«, fragte der Alte. »Sie war so lange, lange fort! Ich sehe jetzt wohl, dass es ohne die stille Maus nicht geht. Ich – wo ist mein Sohn William? – ich glaube, ich habe geträumt, William.«

»Ich sag's immer, Vater!«, entgegnete sein Sohn. »Ich für meinen Teil habe einen hässlichen Traum gehabt. Wie fühlst du dich, Vater? Fühlst du dich wohl?«

»Frisch und munter, mein Sohn!«, gab der Alte zur Antwort.

Es war eine ordentliche Freude zu sehen, wie Mr. William seinem Vater die Hand schüttelte, ihm auf den Rücken klopfte und ihn leise streichelte, als ob er gar nicht genug Fürsorge für ihn an den Tag legen könne.

»Was für ein wundervoller Mensch du bist, Vater! Wie fühlst du dich, Vater? Fühlst du dich auch wirklich recht wohl?«, fragte William und schüttelte ihm wieder die Hand, klopfte ihm auf den Rücken und streichelte ihn sanft.

»Ich war im Leben nicht frischer und kräftiger, mein Sohn!«

»Was du für ein wundervoller Mensch bist, Vater! Ich sag's immer«, sagte Mr. William begeistert. »Wenn ich bedenke, was mein Vater alles durchgemacht hat, die vielen Sorgen und Wechselfälle, all das Leid und der Gram, die ihm im Lauf seines langen Lebens zugestoßen sind und sein Haar gebleicht haben, ist mir, als wenn wir nicht genug tun könnten, um den alten Herrn zu ehren und sein Alter leicht zu machen. Wie fühlst du dich, Vater? Wirklich frisch und munter?«

Mr. William würde wohl nie aufgehört haben, diese Frage an ihn zu richten, ihm wieder die Hand zu schütteln, ihn wieder auf den Rücken zu klopfen und leise zu streicheln, hätte der Alte nicht jetzt den Chemiker erblickt.

»Ich bitte um Entschuldigung, Mr. Redlaw«, sagte er, »aber ich wusste nicht, dass Sie hier sind, sonst würde ich mich nicht so haben gehen lassen. Wie ich Sie so hier sehe am Weihnachtsmorgen, fällt mir die Zeit ein, als Sie selbst noch Student waren und so fleißig arbeiteten, dass Sie sogar in der Christwoche nicht aus unserer Bibliothek herauskamen. Ha, ha! Ich bin alt genug, um mich daran zu erinnern, und weiß es noch ganz genau, obgleich ich siebenundachtzig bin. Nachdem Sie von hier fortgingen, starb meine arme Frau. Sie erinnern sich doch noch an meine Frau, Mr. Redlaw?«

»Ja«, antwortete der Chemiker.

»Ja«, sagte der alte Mann. »Sie war ein liebes Geschöpf. Ich erinnere mich, Sie kamen eines Weihnachtsmorgens her mit einer jungen Dame, ich bitte um Entschuldigung, Mr. Redlaw, aber ich glaube, es war Ihre Schwester, an der Sie so sehr hingen.«

Der Chemiker sah ihn an und schüttelte den Kopf. »Ich hatte eine Schwester«, sagte er tonlos.

Weiter wusste er nichts.

»An einem Weihnachtsmorgen«, fuhr der Alte fort, »kamen Sie mit ihr hier vorbei, und es fing an zu schneien, und meine Frau lud die junge Dame ein, hereinzukommen und sich an das Feuer zu setzen, das am Weihnachtstage immer in dem Zimmer brennt, wo wir unsern großen Speisesaal hatten, bevor unsere zehn armen Herrn den Tausch eingingen. Ich war dort, ich erinnere mich noch; ich schürte die Glut, damit die junge Dame ihre hübschen Füßchen daran wärmen könnte, und sie las die Schrift unter dem Bilde: Der Herr erhalte mein Gedächtnis jung! Sie und meine selige Frau fingen an, darüber zu plaudern; und es ist so seltsam, wenn man jetzt denkt, dass beide sagten – und beide waren so jung, dass ans Sterben nicht zu denken war –, es sei ein schönes Gebet und sie würden es inbrünstig beten, falls sie früher sterben sollten, für die, die sie am liebsten hätten. Mein Bruder, sagte die junge Frau; – mein Gatte, sagte meine arme Frau – –: Der Herr erhalte dein Gedächtnis jung und lasse dich niemals meiner vergessen.«

Schmerzlichere und heißere Tränen, als er jemals in seinem Leben geweint, rannen über Redlaws Gesicht. Philipp, zu sehr mit seiner Geschichte beschäftigt, hatte es nicht bemerkt und Millys warnende Gebärden nicht verstanden.

»Philipp«, sagte Redlaw und legte ihm die Hand auf den Arm. »Ich bin ein Unglücklicher, auf dem schwer die Hand der Vorsehung lastet. Du sprichst von etwas, Freund, das ich nicht mehr begreifen kann. Meine Erinnerung ist fort.«

»Barmherziger Himmel!«, schrie der alte Mann.

»Ich habe die Erinnerung an Kummer und Sorge verloren«, sagte der Chemiker, »und damit auch alles, was dem Menschen der Erinnerung wert ist.«

Wer des alten Philipp Mitleid sah und sah, wie er den eigenen großen Stuhl heranrollte, damit sich Redlaw darin ausruhen sollte, und das tiefe Verständnis in seinen Augen las für den Verlust, den jener erlitten, der musste erkennen, wie kostbar die Erinnerungen für das Alter sind.

Der Knabe kam hereingelaufen und eilte auf Milly zu. »Hier ist der Mann«, sagte er, »im andern Zimmer. Ich mag ihn nicht.«

»Wen meint er?«, fragte Mr. William.

»Still!«, sagte Milly.

Auf ihren Wink gingen er und sein Vater leise hinaus. Als sie verschwunden waren, winkte Redlaw den Knaben zu sich.

»Ich will lieber bei der Frau sein«, antwortete dieser und klammerte sich an Millys Röcke an.

»Du hast ganz recht«, sagte Redlaw mit einem trüben Lächeln, »aber du brauchst dich vor mir nicht zu fürchten, ich bin sanfter, als ich war, vor allem gegen dich, armes Kind.«

Der Junge hielt sich anfangs noch scheu zurück, aber allmählich gab er Millys Drängen nach, wagte sich näher und setzte sich dem Gelehrten sogar zu Füßen. Redlaw legte seine Hand auf die Schulter des Jungen, blickte mit brüderlicher Teilnahme auf ihn herab, und das Kind reichte die seine seiner Beschützerin hin. Milly beugte sich herab, dass sie ihm ins Gesicht sehen konnte, und fragte nach einer Pause:

»Mr. Redlaw, darf ich Ihnen etwas sagen?«

»Ja«, antwortete der Chemiker und blickte sie an. »Ihre Stimme ist wie Musik für mich.«

»Darf ich Sie etwas fragen?«

»Was Sie wollen.«

»Erinnern Sie sich noch, von wem ich gestern Abend sprach, als ich an Ihre Türe klopfte? Von jemand, der einst Ihr Freund gewesen ist und jetzt am Rande des Verderbens steht?«

»Ja, ich kann mich erinnern«, sagte er zögernd.

»Wissen Sie, was ich meinte?«

Er streichelte den Kopf des Kindes, sah sie eine Weile gespannt an – und schüttelte den Kopf.

»Diesen Mann«, sagte Milly mit ihrer sanften, klaren Stimme, die der Blick ihrer milden Augen noch klarer und weicher machte, »fand ich bald darauf. Ich ging nach Hause zurück und machte ihn ausfindig mit Gottes Hilfe. Ich kam gerade noch zurecht. Ein wenig später, und es wäre vorüber gewesen.«

Redlaw zog seine Hand von dem Kinde zurück, legte sie auf die ihre, und die schüchterne und doch innige Berührung drang ihm ins Herz, wie ihre Stimme und ihre Augen, und er sah sie gespannt an.

»Er ist der Vater des Mr. Edmund, des jungen Herrn, den wir vorhin getroffen haben. Sein wirklicher Name ist Langford. Erinnern Sie sich an den Namen?«

»Ich erinnere mich des Namens.«

»Und des Mannes nicht?«

»Nein, des Mannes nicht. Hat er mir jemals etwas Böses getan?«

»Ja.«

»Dann ist keine Hoffnung – keine Hoffnung auf Erinnerung.«

Er schüttelte den Kopf und klopfte leise auf ihre Hand, als ob er sie stumm um Mitgefühl bäte.

»Ich bin gestern Abend nicht zu Mr. Edmund gegangen«, sagte Milly. »Wollen Sie jetzt auf alles so genau hören, als ob Sie sich auf alles besännen.«

»Auf jede Silbe, die Sie sprechen.«

»Ich bin nicht hingegangen, erstens weil ich nicht wusste, ob der Mann wirklich sein Vater wäre, und dann, weil ich die Wirkung fürchtete, die eine solche Nachricht möglicherweise auf Mr. Edmund machen musste – – jetzt, wo er kaum genesen. Seitdem ich es bestimmt weiß, bin ich ebenfalls nicht hingegangen, aber aus einem andern Grund. Der Mensch war so lang fort von seiner Frau und seinem Sohn, ist seinem Heim, wie ich von ihm erfuhr, fast seit der Kindheit dieses Sohnes ein Fremdling geworden und hat das verlassen und vergessen, was ihm das Teuerste hätte sein sollen. Während dieser ganzen Zeit ist er tiefer und tiefer gesunken, bis – – – –.« Plötzlich stand sie hastig auf, ging auf einen Augenblick hinaus und kam mit der Ruine von einem Menschen, den Redlaw am vergangenen Abend gesehen, wieder herein.

»Kennen Sie mich vielleicht?«, fragte der Chemiker.

»Ich wäre glücklich«, entgegnete der andere, »und das ist ein ungewohntes Wort in meinem Munde –, wenn ich mit Nein antworten könnte.«

Der Chemiker sah den Mann an, der in dem niederdrückenden Gefühl der Herabgekommenheit vor ihm stand, und würde ihn noch länger angeblickt haben in vergeblichem Bemühen, Licht in seine Erinnerung zu bringen, hätte nicht Milly wieder ihren Platz an seiner Seite eingenommen und seinen Blick auf sich gelenkt.

»Sehen Sie, wie tief er gesunken ist«, flüsterte sie und deutete auf den Unbekannten, ohne den Blick vom Gesicht des Chemikers abzuwenden. »Wenn Sie sich alles dessen entsinnen könnten, meinen Sie nicht, es würde Ihr Mitleid wachrufen, dass es mit einem, den Sie einmal liebten – und ist's auch lange her und war er auch unwürdig – so weit hat kommen müssen?«

»Ich hoffe es«, antwortete Redlaw, »und glaube es.«

Seine Augen wanderten zu der Gestalt an der Tür, kehrten aber rasch zu ihr zurück und hingen an ihrem Gesicht, als wollten sie aus jedem Ton ihrer Stimme und aus jedem ihrer Blicke begierig eine Lehre ziehen.

»Ich habe kein Wissen und Sie dessen so viel«, sagte Milly. »Ich bin nicht gewöhnt zu denken, und Sie denken immer. Darf ich Ihnen sagen, warum es mir gut zu sein scheint, wenn man sich an das Leid erinnert, das uns widerfahren ist? Damit wir es vergeben können!«

»Verzeih mir«, sagte Redlaw und blickte gen Himmel, »dass ich dein Geschenk weggeworfen habe.«

»Und wenn«, fuhr Milly fort, »Ihnen das Gedächtnis eines Tages wiederkehrt, wie wir alle hoffen und beten wollen, wäre es dann nicht ein Segen für Sie, wenn Sie sich an das Unrecht und zugleich daran, dass es vergeben ist, erinnern?«

Er sah auf die Gestalt an der Tür und wiederum aufmerksam auf Milly; ein Strahl hellerer Lichtes schien in seine Seele zu fallen.

»Er kann nicht zurückkehren an den heimischen

Herd, den er verlassen. Er verlangt auch nicht zurück. Er weiß, er brächte nur Leid und Beschämung über die, die er so grausam vernachlässigt, und weiß, dass er sein Unrecht jetzt am besten sühnt, wenn er sie meidet. Mit ein wenig Geld könnte er in eine ferne Stadt ziehen, um ein besseres Leben zu führen und sein Unrecht wiedergutzumachen, soweit es noch möglich ist. Für seine unglückliche Gattin und ihren Sohn wäre dies das beste und günstigste Geschenk, das ihr treuester Freund ihnen machen könnte – ein Geschenk, von dem sie gar nichts zu wissen brauchten. Und für ihn, dessen Name vernichtet ist, dessen Geist und Körper krank sind, könnte es eine Rettung sein.«

Redlaw nahm ihr Haupt zwischen seine Hände und küsste sie und sagte: »Es soll geschehen. Ich vertraue es Ihnen an, es sogleich und in aller Stille auszuführen und ihm zu sagen, ich würde ihm so gerne vergeben, wäre ich nur so glücklich zu wissen, was.«

Als sie sich erhob und ihr strahlendes Gesicht dem Unglücklichen zuwandte und ihm damit verriet, dass ihre Bitte erfüllt worden, da trat der Mann einen Schritt vor und redete mit gesenkten Augen Redlaw an.

»Sie sind so großmütig –«, sagte er, »– Sie waren es immer –, dass Sie bei diesem meinem Anblick nichts von Vergeltung empfinden werden, ich aber fühle die Vergeltung schwer auf mir lasten, Redlaw. Wenn Sie können, glauben Sie mir das.«

Der Chemiker bat Milly durch eine Gebärde, näher zu ihm zu kommen, und sah ihr fragend ins Gesicht, als hoffe er dort den Schlüssel zu dem zu finden, was er vernommen.

»Ich bin zu tief gesunken, noch so etwas wie eine Beichte ablegen zu können. Mein Lebenspfad steht zu deutlich vor mir, als dass ich mit dergleichen vor Sie hintreten könnte. Aber von dem ersten Tag an, wo ich Sie hinterging, bin ich tiefer und tiefer gesunken mit unaufhaltsamer Geschwindigkeit. Das wollte ich sagen.« Redlaw wandte sein Gesicht dem Sprecher zu, und es lag etwas wie Kummer und schmerzliche Erinnerung darin.

»Ich hätte ein anderer Mensch sein und ein anderes Leben führen können, hätte ich diesen ersten verhängnisvollen Schritt vermieden. Ich weiß nicht, ob es dann so gekommen wäre, ich will mir diese bloße Möglichkeit nicht als Verdienst anrechnen.

Ihre Schwester liegt im Grabe, und ihr ist dort wohler, als ihr bei mir sein könnte, selbst wenn ich der geblieben wäre, den Sie einst kannten.«

Redlaw machte eine heftige Bewegung mit der Hand, als wünsche er davon nichts mehr zu hören.

»Ich spreche«, fuhr der andere fort, »wie ein Mensch, den man vom Grabesrand zurückgerissen. Ich hätte gestern Nacht mit mir ein Ende gemacht, wäre diese segensreiche Hand nicht gewesen.«

»O Gott, auch er, – – – schon wieder jemand, der mich lieb hat«, schluchzte Milly leise.

»Ich hätte Ihnen gestern Abend nicht entgegentreten mögen, und wär's auch nur um ein Stück Brot gewesen, aber heute ist die Erinnerung an alte Zeiten so heftig und überwältigend in mir aufgewacht, dass ich es doch gewagt habe, auf ihren Rat hierherzukommen und Ihr Geschenk anzunehmen und Ihnen dafür zu danken und Sie zu bitten, Redlaw, seien Sie in Ihrer Sterbestunde so großmütig zu mir in Gedanken wie jetzt in Ihren Taten.«

Er wandte sich zur Türe, blieb aber noch einmal stehen.

»Schenken Sie meinem Sohn Ihre Teilnahme um seiner Mutter willen, ich hoffe, er wird dessen würdig sein. Und wenn ich nicht sehr lange lebe und nicht bestimmt weiß, dass ich Ihre Hilfe nicht missbraucht habe, werde ich ihn nicht wiedersehen.« In der Tür blickte er zum ersten Mal zu Redlaw auf. Der Chemiker, dessen Blicke starr auf ihn gerichtet waren, hielt ihm die Hände hin wie im Traum. Langford kehrte um, berührte sie – es war wenig mehr – mit seinen beiden Händen, dann schritt er gesenkten Hauptes langsam hinaus. In den wenigen Minuten, die verstrichen, während ihn Milly schweigend zum Tor begleitete, sank der Chemiker in den Lehnstuhl und bedeckte das Gesicht mit beiden Händen. Sie bemerkte dies, als sie in Begleitung ihres Mannes und des Alten, die ihn beide innig bedauerten, zurückkehrte, und trug Sorge, dass ihn niemand störe, und kniete nieder, um dem Knaben warme Kleider anzulegen.

»Ich sag's immer, Vater«, rief Swidger voll Bewunderung aus, »es wohnt ein Muttergefühl in Mrs. Williams Brust, das heraus will und muss.«

»Ja, ja«, sagte der Alte, »du hast recht! Mein Sohn William hat recht.«

»Es mag wohl für uns das Beste sein, liebe Milly«, sagte Mr. William zärtlich, »dass wir selber keine Kinder haben, und doch wünschte ich manchmal, du hättest eins, um es recht liebhaben und hegen zu können. Der Tod unseres kleinen, lieben Kindes, auf das du solche Hoffnungen setztest und das niemals die Luft des Lebens geatmet, hat dich so still gemacht, Milly.«

»Die Erinnerung an das Kind macht mich sehr glücklich, William«, gab sie zur Antwort. »Ich gedenke seiner jeden Tag!«

»Ich fürchte, du denkst sehr viel daran.«

»Sage nicht, du fürchtest. Es ist ein Trost für mich; es spricht zu mir in so mannigfacher Weise. Das unschuldige Ding, das nie auf Erden gelebt hat, ist für mich wie ein Engel, William.«

»Und du bist ein Engel für mich und meinen Vater«, sagte Mr. William leise, »so viel weiß ich.«

»Wenn ich an alle die Hoffnungen dachte, die ich

auf das Kind baute und wie vielmal ich dasaß und mir das kleine lächelnde Gesichtchen an meiner Brust ausmalte und die lieben Augen, die sich nie dem Licht geöffnet, mir zugewandt vorstellte, da gab mir diese Selbsttäuschung immer noch mehr Milde und Ruhe für die erlittene Enttäuschung. Wenn ich ein schönes Kind in den Armen einer glücklichen Mutter sehe, dann hab ich es umso lieber bei dem Gedanken, mein Kind hätte auch so sein können und hätte mein Herz ebenso stolz und glücklich machen können.«

Redlaw hob den Kopf und sah sich nach ihr um.

»Für das ganze Leben scheint es mir eine Lehre zu geben«, sprach sie weiter, »für arme, verlassene Kinder bittet mein kleines Kind, als wäre es lebendig und hätte eine Stimme und spräche mit mir wohlbekannter Stimme zu mir. Wenn ich von Jugend und Krankheit oder Elend höre, dann denke ich, dass es vielleicht mit meinem Kinde auch hätte so gehen können und dass es Gott aus Barmherzigkeit von mir genommen hat. Selbst im weißhaarigen Alter spricht es zu mir in seiner Art. Vielleicht hätte es die Achtung und die Liebe der Jüngern entbehren müssen, wenn du und ich längst gestorben wären.«

Ihre ruhige Stimme war ruhevoller als je. Sie ergriff den Arm ihres Mannes und legte ihren Kopf darauf.

»Kinder lieben mich so sehr, dass ich mir manchmal einbilde – es ist eine törichte Einbildung, William –, sie fühlten auf eine mir unbekannte Weise mit meinem kleinen Kind und mir und verständen, warum mir ihre Liebe so kostbar ist. Wenn ich seit jener Zeit stiller bin, so bin ich auch glücklicher in hundertfach anderer Art, William – – nicht am wenigsten glücklich darin, dass, selbst damals, als mein Kind erst wenige Tage geboren und schon gestorben und ich noch schwach und betrübt war und nicht anders konnte als jammern und klagen, mir der Gedanke kam, wenn ich nur versuchte, mein Leben richtig zu gehen, würde mir im Paradies ein strahlendes Wesen entgegentreten und mich Mutter nennen.«

Redlaw fiel mit einem lauten Ausruf auf die Knie.

»O du! der du mir durch die Lehre reiner Liebe das Gedächtnis, Erlöser am Kreuz, das Gedächtnis aller Guten, die für dich gestorben sind, wiedergegeben, höre meine Dankesworte und segne sie!«

Dann zog er Milly an sein Herz, und sie schluchzte vor freudiger Rührung: »Er ist wieder zu sich gekommen, er ist voll Liebe zu mir, o Gott, o Gott, wieder einer!«

Und jetzt trat der Student herein, an der Hand ein reizendes Mädchen, das sich sträubte mitzukommen, und Redlaw, jetzt so ganz anders zu ihm, sah in ihm und seiner jungen Braut eine Erinnerung an jene glückliche Zeit seines Lebens wieder, umarmte sie beide und bat sie, ihn wie ihren Vater zu betrachten.

Und da Weihnachten die Zeit ist, wo vor allen andern Tagen im Jahr in den Menschen das Gedenken jeden heilbaren Kummers, jeden Elends und Leides auf Erden lebendig sein soll, legte er seine Hand auf das Haupt des Knaben und gelobte, indem er stumm zum Zeugen anrief den, der da gesagt hatte: »Lasset die Kindlein zu mir kommen und wehret ihnen nicht«, das Wesen zu seinen Füßen zu beschützen, zu unterrichten und zum Menschen zu machen.

Dann reichte er Philipp fröhlich die Rechte und sagte, sie wollten heute in dem Zimmer, das, bevor die zehn armen Herren den Tausch eingegangen, der große Speisesaal war, ein Weihnachtsmahl veranstalten, und man solle dazu so viele Mitglieder der zahlreichen Swidgerfamilie mitbringen, von der William gesagt, dass sie einen Ring um England bilden könnten, als sich in so kurzer Frist nur irgend auftreiben ließen.

Und das geschah. Es waren so viele Swidgers gegenwärtig, Kinder und Erwachsene, dass es kaum zu glauben war. Sie waren gekommen nach Dutzenden und Aberdutzenden, und gute hoffnungsvolle Nachricht traf ein über Georg, den Vater und Bruder und Milly wieder besucht und in ruhigem Schlummer verlassen hatten. Auch die Tetterbys waren zugegen samt Adolphus jr., der in regenbogenfarbigem Schal gerade noch rechtzeitig zum Rinderbraten kam. Johnny und das Wickelkind verspäteten sich natürlich, der eine gänzlich erschöpft, das andere in heftigem Zahnen. Aber das war man gewöhnt und regte sich deswegen nicht auf. Ein trauriger Anblick war das Kind, das keinen Namen hatte und weder Vater noch Mutter kannte, wie es den spielenden Kleinen zusah, unfähig, mit ihnen zu reden und zu spielen, und mit Kinderweise unbekannter war als ein scheuer Hund.

Traurig auch, wie die Kleinsten schon fühlten, dass es ganz anders war als sie, und sich ihm schüchtern näherten mit freundlichen Worten oder Mienen und ihm kleine Geschenke gaben, damit es sich nicht unglücklich fühlen solle. Aber der Knabe hielt sich an Milly – »noch einer«, sagte sie –, und da sie alle Milly so gern hatten, so freute sie das, und wenn sie ihn hinter dem Stuhle hervorgucken sahen, dann waren sie vergnügt, dass er so dicht bei ihr war.

Dies alles sahen der Chemiker, der neben dem Studenten und dessen Braut saß, und Philipp und alle übrigen. Die Leute haben sich seitdem erzählt, er habe nur gedacht, was hier niedergeschrieben steht, andere, er habe es im Feuer gelesen an einem Winterabend in der Dämmerstunde; andere wieder, der Geist sei nur das Bild seiner trüben Gedanken und Milly die Verkörperung der wirklichen Weisheit.

Ich sage nichts.

Nur das eine noch. Als sie alle in der alten Halle beisammensaßen, ohne Licht, nur beim Schein des großen Feuers im Kamin, da schlichen sich die Schatten wieder hervor aus ihren Schlupfwinkeln und tanzten im Zimmer herum und zeichneten den Kindern wunderbare Gestalten und Gesichter an die Wand und verwandelten heimlich, was wirklich und bekannt, in phantastische und ungeheuerliche Bilder. Aber ein Ding war in der Halle, dem sich die Augen Redlaws und Millys und ihres Gatten und des Alten und des Studenten und seiner Braut oft zuwendeten und das die Schatten weder verdunkeln noch verändern konnten: In ernsthafter Würde beim Schein des Feuers blickte das ernste Gesicht mit dem Spitzbart und der Halskrause wie lebendig aus dem dunkeln Getäfel der Wand auf sie herab, geschmückt mit den immergrünen Stechpalmenzweigen, und darunter klar und scharf und deutlich, als ob eine Stimme es riefe: *Herr, erhalte mein Gedächtnis jung!*

Die Silvesterglocken

Ein Geisterreigen

Sie läuten aus das alte Jahr,
die Glocken,
und läuten ein – ein neues –

Erstes Viertel

Es gibt der Leute nicht viele, die da gern in einer Kirche schliefen. Es ist wünschenswert, dass ein Geschichtenerzähler und seine Zuhörer so rasch wie möglich sich verständigen, und daher bitte ich zu bemerken, dass ich diese Behauptung nicht auf einige wenige beschränke, auf junges Volk oder kleines Volk, sondern auf Leute jeder Beschaffenheit ausdehne, auf Groß und Klein, Alt und Jung, auf solche, die noch wachsen, oder solche, die schon wieder kleiner werden! Kurz und gut, es gibt nicht viele Leute, die gern in einer Kirche schliefen. Ich meine nicht zur Predigtzeit! Bei warmem Wetter (das soll schon vorgekommen sein), sondern in der Nacht und allein. Alles würde sich riesig wundern, wenn ich sagen würde: am helllichten Tage. Ich meine aber: bei Nacht. Und ich kann meine Behauptung aufrechterhalten, in der ersten besten stürmischen Winternacht, beim ersten besten, der allein mit mir auf einen alten Kirchhof gehen will zu einer alten Kirchentür und mir erlauben, ihn bis zum frühen Morgen einzuschließen.

Der Nachtwind hat eine böse Art, um ein Gebäude solcher Gattung herumzustreichen, dabei zu seufzen und zu klagen und mit unsichtbarer Hand an Fenster und Türen zu rütteln, um ein Luftloch zu finden, durch das er hereinkommen kann. Und wenn er sich eingeschlichen hat, wimmert und heult er, als ob er etwas suche und nicht finden könne, will wieder hinaus und gibt sich nicht zufrieden damit, durch die Gänge zu fahren und um die Pfeiler zu sausen und auf die brummende Orgel zu schlagen – – nein, er möchte auch noch hinauf und das Sparrenwerk zertrümmern. Dann wirft er sich wieder verzweifelt auf den steinernen Fußboden hin und steigt murmelnd in die Grabgewölbe. Heimlich kommt er wieder herauf, schleicht die Mauern entlang und liest leise flüsternd die Inschriften der Toten. Bei der einen bricht er in schrilles Gelächter aus, bei der nächsten klagt er und seufzt er. Es klingt so gespenstisch, wenn er sich hinter dem Altare versteckt und wilde Weisen singt von Übeltat und Mord, von der Anbetung der Götzen zum Trotze der Gesetzestafeln, die so glatt und schön aussehen und doch so oft schon besudelt und gebrochen wurden. Hu! Der Himmel bewahre uns und lasse uns ruhig und traulich am Feuer sitzen. Er hat eine grauenhafte Stimme, der Wind, um Mitternacht, wenn er in einer Kirche singt.

Und gar erst oben im Turm! Da saust und pfeift der ungeschlachte Geselle hoch oben im Glockenstuhl, wo er frei aus und ein kann durch luftige Bogen und Mauerritzen und sich um die Wendeltreppe wickeln und den kreischenden Wetterhahn umherwirbeln und den Turm selber zittern und beben machen kann. Hoch oben im Kirchturm, wo der Glockenbalken steht und die Eisenriegel der Rost zernagt, wo die Platten von Blei und Kupfer, gerunzelt vom wechselnden Wetter, sich krachend biegen unter ungewohntem Tritt und die Vögel schmutzige Nester in die Ecken der alten eichenen Sparren und Balken stopfen; wo der Staub alt und grau liegt und gesprenkelte Spinnen, faul und fett geworden in träger Ruhe, bei den zitternden Schwingungen der Glocken, ohne den Halt zu verlieren, in ihren aus feinen Fäden in die Luft gesponnenen Schlössern schwanken oder wie Matrosen emporklimmen oder sich hinablassen – aufgeschreckt – und ein Gewimmel von Beinen veranstalten, wenn es gilt, das bisschen Leben zu retten.

Hoch oben im Turm einer alten Kirche, hoch über dem Glanz und dem Murren der Stadt und tief unter den jagenden Wolken, ist es schaurig und gespenstisch nachts. Und hoch oben im Turm einer alten Kirche, da hängen die Glocken, von denen ich erzählen will. Es waren alte Glocken, das sag ich euch. Vor Jahrhunderten hatten Bischöfe sie getauft, vor so viel Jahrhunderten, dass die Urkunden darüber lange schon verloren gegangen waren und niemand mehr ihre Namen wusste. Sie hatten ihre Gevattern und Gevatterinnen und ihre Taufpaten gehabt – ich für meinen Teil würde auch lieber einer Glocke als einem Jungen Pate stehen – und gewiss auch ihre silbernen Becher besessen. Aber die Zeit hat ihre Paten hingemäht und Heinrich VIII. ihre Becher eingeschmolzen, und so hängen sie nun da im Kirchturm, der Becher und der Namen beraubt ...

Doch nicht ihrer Sprache! O nein! Sie hatten eine klare, laute, klangvolle Stimme, diese Glocken, und weithin konnte man sie hören im Winde. Dabei waren sie viel zu breitschulterige Glocken, als dass der Sturm ihnen etwas hätte anhaben können, und wenn er böser Laune war, dann läuteten sie kühnlich gegen ihn an und sandten königlich und stolz ihre fröhlichen Klänge herab in die Ohren der Menschen. Und wenn sie sich's in den Kopf gesetzt, in einer stürmischen Nacht von einer armen Mutter gehört zu werden, die bei ihrem kranken Kinde wachte, oder von einem verlassenen Weibe, deren Mann auf See war, dann sollen sie sogar den heulenden Nordwest überbrüllt haben, wie Toby Veck behauptete.

Toby Veck, der immer Trotty Veck genannt wurde, obwohl niemand ohne besonderen Parlamentsbeschluss an seinem Namen etwas ändern durfte, da er zu seiner Zeit ebenso gesetzmäßig getauft worden wie die Glocken zu der ihrigen, wenn auch nicht unter demselben Gepränge und mit derselben Feierlichkeit. Ich für meinen Teil stehe blind ein für Toby Vecks Behauptung, weil ich weiß, dass er genug

Gelegenheit hatte, sich seine Überzeugung zu bilden, und was Toby Veck sagte, das sage ich auch und stelle mich an seine Seite, wiewohl er den ganzen Tag – ein schweres Stück Arbeit – vor der Kirchentüre stehen musste.

Toby Veck war nämlich Dienstmann und wartete dort auf Aufträge. Im Winter zu warten war's freilich eine windige Stelle, wo man Gänsehaut bekam, rote Augen und blaue Nasen und sich Zähneklappern und erfrorene Zehen holen konnte. Toby Veck wusste davon ein Lied zu singen. Der Wind blies pfeifend um die Ecke, besonders der Ost. Als wenn er von den äußersten Grenzen der Erde daherkäme, um Toby anzublasen. Und manchmal schien er ihn früher angetroffen zu haben, als er vermutet, denn wenn er um die Ecke kam und an Toby vorüberfuhr, kehrte er plötzlich wieder um, als wollte er sagen, aha, da ist er ja schon. Dann zog er ihm seine kleine, weiße Schürze über den Kopf wie einem nichtsnutzigen Buben das Röckchen, und dann zitterten Toby die Beine, und sein kleiner, schwacher Rohrstock rang vergebens gegen die Stöße und bog sich auf dem Boden krumm. Toby wurde hin und her gebeutelt, gezerrt und gezaust, geschoben und gehoben, bis er ganz schief stand, dass nicht viel mehr fehlte, und er wäre wie ein Frosch, eine Schnecke oder ein anderes tragbares Geschöpf durch die Luft geführt und wieder herabgeregnet worden in einem fremden Erdteil zum großen Erstaunen wilder Eingeborner, denen ein Dienstmann etwas Unbekanntes ist.

Trotzdem war windiges Wetter für Toby, wenn es ihn auch hart mitnahm, so eine Art Feiertag. Tatsache! Die Zeit, bis er wieder einen Sixpence verdiente, wurde ihm bei Wind nicht so lang wie bei anderer Witterung. Seine Aufmerksamkeit, wenn er mit dem ungestümen Element zu kämpfen hatte, war nicht so gespannt. Und es erfrischte ihn förmlich, wenn er hungrig und missmutig werden wollte. Scharfer Frost oder Schneefall gehörten auch zu den »Ereignissen« und schienen ihm in ihrer Art gutzutun, wiewohl es schwer ist zu sagen, in welcher. Also Wind und Frost und Schnee und vielleicht auch ein handfester Hagelsturm waren in Toby Vecks Kalender rot angestrichene Tage.

Bloß Regenwetter war ihm das ärgste. Die kalte, feuchte, klamme Nässe hüllte ihn dann wie in einen feuchten Mantel, die einzige Art von Mantel, die sich Toby leisten durfte, deren Entbehrung aber zu seiner Behaglichkeit nur beigetragen hätte. Nasse Tage, wenn der Regen langsam, dick und hartnäckig niederfiel, wenn die Straßen voll Nebel staken, dass er fast erstickte, und dunstende Regenschirme hin und her liefen und rotierten, wie Kreisel auf den dichtgedrängten Trottoirs aneinander prallten und kleine Wirbel lästigen Sprühwassers von sich schleuderten; nasse Tage, wo die Rinnsteine rauschten und die vollen Dachrinnen lärmten, wo die Nässe von den vorspringenden Kanten des Kirchendachs trip, trip, trip auf Toby tropfte und das Bündel Stroh, auf dem er stand, in Schlamm verwandelte. Ja, das waren Tage, die seine Geduld arg auf die Probe stellten. Dann sah er aus seinem Versteck in der Ecke der Kirchenmauer, dem dürftigen Obdach, das in der Sommerszeit kaum so viel Schatten warf wie ein mäßiger Spazierstock, sehnsuchtsvoll bekümmert und mit langem Gesicht hervor. Wenn er aber eine Minute später herauskam, um sich durch Bewegung zu erwärmen, und einige Dutzende Male auf und nieder getrabt war, dann hellten sich seine Mienen bald wieder auf, und er kehrte versöhnt in seine Nische zurück.

Man nannte ihn Trotty oder Trotter nach seiner Gangart, die darauf zugeschnitten war, den Anschein großer Schnelligkeit vorzutäuschen. Mit ruhigen Schritten hätte er wahrscheinlich viel schneller gehen können, aber hätte man Toby seinen Trab genommen, er wäre bettlägerig geworden und gestorben. Das Traben bespritzte ihn mit Schmutz bei kotigem Wetter, es kostete ihn unsäglich mehr Mühe und Plage als ein ruhiger, bequemer Gang, aber gerade das war ein Grund, weshalb er so hartnäckig an ihm festhielt. Ein schwacher, kleiner, dünner alter Mann in körperlicher Hinsicht, war Toby ein wahrer Herkules an gutem Willen. Es machte ihm Freude, sein Geld schwer zu verdienen, es machte ihm Vergnügen zu glauben – er war sehr arm, und mit dem »Vergnügen« sah es spärlich aus –, dass er seinen Mann stellte. Hatte er für einen Shilling oder achtzehn Pence eine Botschaft zu besorgen oder ein kleines Paket zu tragen, dann schwoll ihm der Kamm. Wenn er dahertrabte, rief er den Eilpostboten, die vor ihm hergingen, zu, sie möchten ihm doch aus dem Wege gehen, da er davon durchdrungen war, er müsse sie selbstverständlich überholen und über den Haufen rennen. Ebenso war er der felsenfesten Überzeugung, wenn er auch nie in Versuchung kam, sich auf die Probe zu stellen, dass er alles zu *tragen* vermöchte, was ein Sterblicher vom Boden zu lüpfen imstande sei.

So trabte Toby selbst dann, wenn er auf ein paar Schritte bei nassem Wetter aus seinem Winkel hervorkam, um sich zu wärmen. Mit seinem schadhaften Schuhwerk eine krumme Linie von aufgeweichten Fußstapfen im Straßenschmutz hinterlassend, die erstarrten Hände blasend und reibend, die von der eindringenden Kälte nur spärlich durch fadenscheinige graue Wollfäustlinge mit einer besonderen Abteilung für den Daumen und einem gemeinschaftlichen Raume für die übrigen Finger geschützt waren, mit krummen Knien und dem Rohrstock unter dem Arm, trabte Toby rastlos. Auch wenn er auf die Straße trat, um nach den Glocken zu sehen, wenn es läutete, – – trabte er.

Diese Sorte Ausflug machte er mehrmals am Tage, denn sie waren seine Gefährten, die Glocken, und wenn er ihre Stimme hörte, dann zog es ihn, hinaufzublicken und darüber nachzusinnen, wie sie in Bewegung gesetzt wurden und wie wohl die Hämmer aussehen möchten, die auf sie schlügen. Vielleicht interessierten ihn die Glocken auch deswegen, weil ihr Leben so viel Berührungspunkte mit dem seinigen hatte. Sie hingen dort bei Wetter und Wind, durften bloß die Außenseite der Häuser anschauen und kamen nie in die Nähe der lodernden Feuer, die durch die Fenster schimmerten oder aus den Schornsteinen herausstoben. Sie hatten auch keinen Anteil an all den guten Dingen, die dort von der Straße durch die Türen oder durch die Gitter der Küchenfenster schwelgerischen Köchen überantwortet wurden. Und zeigten sich zuweilen an den Fenstern Gesichter und verschwanden wieder – manchmal hübsche, junge, liebliche Gesichter, manchmal das Gegenteil –, Toby konnte ebenso wenig – und wenn er noch so über all das nachdachte – wie die Glocken dahinterkommen, woher sie kamen oder wohin sie gingen oder ob sie ihn meinten, wenn sie freundlich die Lippen bewegten. Toby war kein Kasuist – wenigstens wusste er es nicht, und ich will nicht behaupten, dass er alle diese Betrachtungen eine nach der andern anstellte oder mit seinen Gedanken eine Art Heerschau abgehalten hätte, aber was ich sagen will, ist, dass – wie zum Beispiel seine leiblichen Funktionen ohne sein Wissen und seine spezielle Erlaubnis arbeiteten –, so auch seine geistigen Fähigkeiten, und dass sie seine Sympathie zu den Glocken stets lebendig hielten.

Und wenn ich gesagt hätte: »Seine Liebe lebendig erhielten«, so würde ich das Wort nicht zurücknehmen, wenn es auch seine komplizierten Empfindungen nicht vollständig ausgedrückt haben würde. Als schlichter Mann umkleidete er die Glocken mit fremdartigen und feierlichen Eigenschaften. Sie waren so geheimnisvoll. Man hörte sie oft und sah sie nie, sie hingen so hoch oben, waren so weit weg und doch so voll von tiefer, kräftiger Melodie, dass er sie mit einer Art Ehrfurcht betrachtete und, wenn er *aufsah* zu dem dunklen Bogenfenster im Turm, so halb und halb erwartete, etwas, was zwar keine Glocke, aber doch dasjenige wäre, was er so oft im Glockengeläute klingen hörte, werde ihm winken. Und deswegen trat Toby mit Entrüstung den Gerüchten, die im Umlaufe waren, nämlich dass es bei den Glocken spuke, als etwas Gehässigem und Sündhaftem entgegen. Kurz, sie klangen ihm oft in den Ohren und noch öfter im Herzen, aber immer im besten Sinn, und oft bekam er einen so steifen Hals, wenn er zu lange mit offenem Munde nach dem Turme gegafft hatte, dass er nachher einmal oder zweimal mehr Trab laufen musste, um ihn wieder los zu werden.

Er hatte das an einem kalten Tage eben wieder

getan, als der letzte schläfrige Klang der zwölften Stunde wie eine melodische Riesenbiene – aber keine geschäftige – durch den Glockenstuhl summte.

»Mittagszeit – aha«, sagte Toby und trabte vor der Kirche auf und ab. »Aha!«

Tobys Nase war sehr rot, und seine Augenlider auch. Er zwinkerte viel und zog seine Schultern so nah wie möglich an die Ohren, und seine Beine waren sehr steif, kurz, er war außerordentlich durchfroren.

»Aha, Mittagszeit«, wiederholte Toby, indem er sich mit seinen Fäustlingen wie mit Boxhandschuhen auf die Brust schlug. Zur Strafe, weil sie so kalt war. »Aha – ha – ha.«

Dann trabte er ein oder zwei Minuten schweigend auf und ab.

»Es ist nichts los«, sagte Toby, blieb dann plötzlich stehen und befühlte bestürzt seine Nase ihrer ganzen Länge nach. Da er nicht viel von einer Nase hatte, war er damit bald fertig.

»Ich dachte schon, sie wäre weg«, sagte Toby und trabte weiter. »Es ist aber alles in Ordnung. Ich hätte ihr keinen Vorwurf machen können. Sie hat einen harten Dienst bei diesem kalten Wetter und wenig vom Leben, denn – – ich schnupfe nicht. Sie hat einen schweren Stand, das arme Ding, denn wenn sie einmal etwas Gutes riecht, was nicht oft geschieht, so kommt's gewöhnlich von anderer Leute Mittagessen.

Es ist nichts regelmäßiger«, fuhr er fort, »als die Wiederkehr der Mittagszeit, und nichts unregelmäßiger als das Mittagessen. Da liegt der große Unterschied zwischen beiden. Ich habe lange gebraucht, um das so klar zu erfassen. Ich möchte gerne wissen, ob es sich für einen Gentleman verlohnte, diese Observatschon an die Zeitung zu verkaufen oder vors Parlament zu bringen.«

Toby meinte es nicht ernst, denn er schüttelte den Kopf dazu.

»Die Zeitungen sind voll von Observatschonen wie diese und das Gleiche ist's mit dem Parlament. Hier das letzte Wochenblatt«, und er nahm eine sehr schmutzige Zeitung aus der Tasche und hielt sie vor sich hin. »Voll von Observatschonen! Voll von Observatschonen! Ich lese die Zeitungen so gern wie nur irgendjemand«, sagte Toby langsam, legte das Blatt noch kleiner zusammen und steckte es wieder in die Tasche. »Aber jetzt geht's mir schon gegen den Strich. Es jagt mir beinah Schrecken ein. Ich weiß nicht, was aus uns armen Leuten werden soll. Gott gebe, dass wir's im neuen Jahr etwas besser haben.«

»Vater, Vater!«, sagte eine liebliche Stimme ganz in der Nähe.

Aber Toby hörte sie nicht und trabte auf und nieder, sinnend und mit sich selbst sprechend:

»Mir scheint, wir haben uns verirrt, gehen irr oder sind irr. Ich hatte nicht viel Schule, als ich jung war, und kann nicht ins Reine kommen, haben wir etwas auf der Erde zu schaffen oder nicht? Manchmal denke ich, es müsse doch so der Fall sein. Ein bisschen wenigstens. Dann wieder denke ich, wir müssen uns hier nur so eingeschlichen haben. Manchmal bin ich so irr, dass ich nicht einmal herauskriegen kann, ob überhaupt etwas Gutes an uns ist oder ob wir von Natur böse sind. Es heißt, wir verüben schreckliche Dinge, geben Anlass zur Klage, verbreiten Wirrnis überall, – – man müsse sich vor uns in acht nehmen. Immer ist die Zeitung voll von uns. Neujahrsgespräch sind wir«, sagte Toby traurig. »Ich kann so viel schleppen wie irgendjemand auf der Welt und mehr als die meisten, denn ich bin stark wie ein Löwe; die andern sind's nicht. Aber wenn wir wirklich kein Recht auf ein neues Jahr haben und uns wirklich nur eingeschlichen haben – – – – –«

»Aber Vater, Vater!«, rief die liebliche Stimme wieder. Diesmal hörte es Toby, fuhr zusammen, stand still und sah sich wieder aus seinem Nachdenken über die Möglichkeit eines aufdämmernden Lichts im kommenden Jahr in die Gegenwart zurückversetzt und seiner Tochter gegenüber. Er sah ihr in die Augen – glänzende Augen –, in denen eine Welt lag von unergründlicher Tiefe. Dunkle Augen, die die Blicke spiegelten, die sie ergründen wollten; klare, ruhige, ehrliche Augen von beständigem Glanz wie das Himmelslicht. Schöne, treue Augen, die von Hoffnung glänzten – von junger, frischer Hoffnung –, von einer Hoffnung, so erhebend kräftig und leuchtend, trotz zwanzig Jahren Arbeit und Armut, dass sie für Trotty Veck zu einer Stimme wurden und sagten: »Ich denke doch, wir haben auf Erden etwas zu schaffen – ein klein wenig.«

Trotty küsste die Lippen, die zu den Augen gehörten, und nahm das blühende Gesicht zwischen seine Hände.

»Nun, Herzblatt«, sagte Trotty, »was gibt's? Ich hab dich heute nicht erwartet, Meg.«

»Ich dachte auch nicht, dass ich kommen könnte, Vater«, sagte das Mädchen und nickte mit dem Kopf und lächelte. »Aber da bin ich, und nicht allein; nicht allein!«

»Du willst doch nicht sagen«, bemerkte Toby und blickte neugierig auf einen verdeckten Korb, den sie in der Hand trug, »dass du – – –«

»Riech doch, lieber Vater«, sagte Margaret, »riech nur.«

Trotty wollte sofort den Deckel aufheben, doch sie hielt scherzend ihre Hand darauf.

»Nein, nein, nein«, sagte sie, übermütig wie ein Kind, »zieh's noch ein bisschen in die Länge. Ich werde nur den Rand ein wenig wegschieben, den – – den Rand«, sagte Meg und tat es mit größter Vorsicht und sprach so leise, als ob sie fürchtete, von irgendetwas im Korbe gehört zu werden. »Nun? Was ist drin?«

Toby schnupperte, dann rief er voll Entzücken aus: »Das ist ja was Heißes!«

»Kochend heiß«, jauchzte Meg, »ha, ha, ha, siedend heiß.«

»Hahahä«, lachte Toby und machte einen Luftsprung, »siedend heiß.«

»Aber was ist drin, Vater?«, fragte Meg. »Komm, du hast noch nicht geraten, was drin ist. Du musst doch raten. Ich nehm es nicht eher heraus, bis du nicht erraten hast, was drin ist. Nur nicht so schnell, warte ein bisschen. Ich will dir den Deckel ein wenig mehr aufmachen. So, jetzt rate.«

Meg hatte die größte Angst, dass er am Ende zu bald darauf kommen könnte, und zuckte immer wieder zurück, wenn sie ihm den Korb hinhielt, zog ihre hübschen Schultern in die Höhe und hielt sich das Ohr mit der Hand zu, als könne sie dadurch das rechte Wort in Tobys Mund zurückdrängen, und lachte immerfort leise in sich hinein.

Inzwischen beugte sich Toby, auf jedem Knie eine Hand, mit der Nase nach dem Korbe nieder und tat an dem Deckel einen langen Zug.

Sein verwirrtes Gesicht nahm einen Ausdruck an, als atme er Lachgas ein.

»Ah, das ist ja was Hochfeines«, sagte Toby, »es sind doch nicht am Ende gar polnische Würste?«

»Nein, nein, nein!«, schrie Meg entzückt. »Es sind nicht polnische Würste.«

»Nein«, sagte Toby und tat einen neuen Zug. »Es ist milder als Polnische. Es riecht fabelhaft fein, es riecht immer besser und besser. Es riecht zu scharf für Kalbshaxen. Was?«

Meg war in Ekstase. Er konnte nicht noch mehr danebenraten als mit Kalbshaxen oder gar mit Polnischen.

»Leber«, sagte Toby und ging mit sich selbst zu Rate. »Nein, so viel Milde hat Leber nicht. Schweinsknöchel? Nein, es ist nicht schwach genug für Schweinsknöchel. Und für Hahnenköpfe fehlt's ihm an Schärfe. Bratwürste sind's nicht, das weiß ich. Ich will dir sagen, was es ist. Es sind – Kaldaunen!«

»Keine Spur!«, schrie Meg, außer sich vor Entzücken. »Keine Spur!«

»Was mir alles durch den Kopf schießt«, sagte Toby und nahm plötzlich eine Stellung an, so schief, wie es die Gesetze der Anziehungskraft der Erde nur irgend erlaubten, »ich werde nächstens schon nicht mehr wissen, wie ich heiße. Ha! Kuttelfleck ist's.«

Richtig, Kuttelfleck war es, und Margaret versicherte hocherfreut, in einer halben Minute werde er sagen, es seien die besten Kuttelflecke, die jemals gedämpft worden seien.

»Und jetzt«, sagte Meg und machte sich vergnügt mit dem Korb zu schaffen, »will ich aufdecken, Vater, denn ich habe die Kuttelflecke in einer Schüssel gebracht und ein Taschentuch drumgebunden, und wenn ich einmal so hochfahrend bin und benütze es als Tischtuch und nenne es so, so verstößt das gegen kein Gesetz, oder doch, Vater?«

»Nicht dass ich wüsste, mein Liebling«, sagte Toby, »wiewohl immer neue Gesetze aufkommen.«

»Weißt du noch, was ich dir neulich aus der Zeitung vorlas, Vater, was der Richter sagte! Wir armen Leute müssten alle Gesetze kennen! Nein, so was, du meine Güte, für wie gescheit sie uns halten!«

»Ja, mein Liebling!«, rief Trotty, »und wie sie uns dann gerne hätten, wenn wir sie alle wüssten. Fett würden wir von der Arbeit, die wir bekämen, und heiß geliebt von den Vornehmen wären wir. Und wie!«

»Man hätte dann immer ein Mittagessen, das so gut röche wie dieses«, sagte Meg lustig. »Mach schnell, denn es ist auch eine heiße Kartoffel dabei und ein Quart Bier in der Flasche. Wo willst du essen, Vater? Auf dem Geländer oder auf den Stufen dort? Was wir für große Leute sind! Zwischen zwei Plätzen können wir wählen!«

»Heute auf den Stufen, Herzblatt«, sagte Trotty. »Bei trocknem Wetter auf den Stufen – auf dem Geländer, wenn's regnet. Auf den Stufen ist's viel bequemer von wegen des Sitzens, bei feuchtem Wetter, da gäbe es Rheumatismus.«

»Also hier«, sagte Margaret und klatschte in die Hände, nachdem sie alles vorbereitet. »Hier, hier steht's! Und wie fein es aussieht! Komm, Vater, setz dich!«

Seitdem Trotty drauf gekommen war, was der Korb enthielt, hatte er dagestanden und zerstreut sie angesehen und ebenso gesprochen, was bewies, dass – obgleich sie mit Ausschluss sogar der Kuttelflecke ihm vor Augen und Gedanken stand, er sie dennoch nicht sah, wie sie in diesem Augenblicke war, sondern dass offenbar irgendein phantastisches Bild, ein unbestimmtes Drama ihres zukünftigen Lebens ihm vorschwebte. Von ihrer muntern Aufforderung aus seinem Traum gerissen, wollte er eben melancholisch den Kopf schütteln, bezwang sich aber und trat an ihre Seite, da läuteten gerade, wie er sich niedersetzen wollte, die Glocken.

»Amen!«, sagte Trotty, nahm den Hut ab und blickte empor.

»Amen? Den Glocken, Vater?«, fragte Margaret.

»Sie fielen ein wie zum Gebet, mein Liebling«, sagte Trotty und setzte sich. »Ich bin überzeugt, sie sprächen ein gutes Gebet, wenn sie's nur könnten. Viele freundliche Dinge sagen sie mir oft.«

»Die Glocken?«, lachte Meg, als sie die Schüssel, Messer und Gabel vor ihm hinsetzte. »So, so.«

»Ja, bestimmt, mein Liebling«, sagte Trotty und fiel über seine Mahlzeit her. »Wenn ich sie nur höre, was ist da für ein Unterschied, ob sie da sprechen oder nicht. – Gott segne dich, mein Kind!«, fuhr

Toby fort und deutete mit der Gabel nach dem Turm und wurde immer lebendiger durch das Essen. »Wie oft hab ich diese Glocken sagen hören: Toby Veck, Toby, sei guten Muts, Toby, Toby Veck, Toby Veck, sei guten Muts, Toby! Tausende Male und öfter noch.«

»So, so, ich nicht!«, rief Meg.

Und doch hatte sie's aber- und abermal gehört, denn es war doch das ewige Gesprächsthema Tobys.

»Wenn die Geschäfte schlecht gehen, so ganz schlecht, ich meine, so schlecht wie nur überhaupt möglich, dann klingt's von dort her: Toby Veck, Toby Veck, bald kommt was.«

»Und es kommt auch was schließlich, Vater!«, sagte Meg mit einem Anflug von Traurigkeit in ihrer lieblichen Stimme.

»Immer«, antwortete der arglose Toby. »Niemals bleibt's aus.«

Während dieser ganzen Unterhaltung setzte Toby ohne Unterlass seinen Angriff auf das duftige Mahl fort, das vor ihm stand, und schnitt und aß, und schnitt und trank, und schnitt und kaute, und stach mit der Gabel vom Kuttelfleck nach den Erdäpfeln und von den Erdäpfeln nach dem Kuttelfleck mit nimmer ermüdendem Appetit. Als er aber seinen Blick für den Fall, dass irgendjemand aus irgendeiner Tür oder einem Fenster nach einem Dienstmann winken sollte, ringsum die Straße schweifen ließ, da fielen seine Augen auch auf Meg, die mit verschränkten Armen gegenübersaß und ihm mit glücklichem Lächeln beim Essen zusah.

»Gott vergebe mir«, sagte Toby und ließ Messer und Gabel sinken, »Meg, mein Täubchen, warum machst du mich nicht aufmerksam, was ich für eine Bestie bin!«

»Wieso, Vater?«

»Ich sitze hier«, sagte Toby reuevoll, »und propfe und stopfe mich voll und fresse mich tot, und du sitzest vor mir und fastest und hast nichts zu essen, während –«

»Ich habe doch schon gegessen, Vater«, unterbrach ihn seine Tochter lachend, »habe schon längst mein Essen unten.«

»Unsinn«, sagte Trotty, »zwei Mittagessen an einem Tag, so was gibt's nicht. – Du könntest mir ebenso gut weismachen, dass zwei Silvester zusammenfielen oder dass ich einen Goldfuchs gehabt und ihn nie gewechselt hätte.«

»Trotzdem habe ich mein Mittagessen doch schon gegessen, Vater«, sagte Meg und trat näher an ihn heran. »Und wenn du weiteressen willst, werde ich dir dabei erzählen, wo und wie, und wie ich zu deinem Mittagsmahl kommen konnte und es dir herbringen und – – – sonst noch etwas.«

Toby schien noch immer ungläubig, aber sie blickte ihm ins Gesicht mit ihren klaren Augen, legte ihm die Hand auf die Schulter und bat ihn, doch nicht aufzuhören, solange es noch heiß sei. Da nahm Trotty Messer und Gabel wieder zur Hand und ging wieder ans Werk, aber viel langsamer als vorher und kopfschüttelnd; als sei er mit sich gar nicht zufrieden.

»Vater«, sagte Meg nach einigem Zaudern, »ich habe mit – – Richard gegessen. Er machte zeitig Mittag, und da er sein Essen mitbrachte, als er mich besuchte, da – – da haben wir es miteinander geteilt, Vater.«

Trotty nahm einen Schluck Bier und schnalzte mit den Lippen. Dann sagte er: »Oh!« – Weil sie wartete.

»Und Richard sagt –«, nahm Meg wieder das Wort und zögerte.

»Was sagt Richard denn, Meg?«, fragte Toby.

»Richard sagt, Vater«, und wieder zögerte sie.

»Dass Richard so lange braucht, um etwas zu sagen!«, meinte Toby.

»Er sagt also, Vater«, fuhr Meg fort mit deutlicher Stimme, die aber ein wenig zitterte, und schlug ihre Augen auf, »er sagt, es sei schon wieder ein Jahr um, und was das für einen Nutzen hätte, von Jahr zu Jahr zu warten, wo es doch so unwahrscheinlich sei, dass wir jemals in bessere Verhältnisse kämen. Er sagt, wir wären jetzt arm, Vater, und würden es auch später sein. Jetzt aber wären wir noch jung, und die Zeit würde uns alt machen, ehe wir es merkten. Er sagte, wenn Leute wie wir warteten, bis der Weg geebnet sei, dann würde er uns gerade zum Grabe geebnet sein.«

Es hätte ein Mann von größerer Kühnheit dazu gehört als Toby Veck, um darauf etwas Stichhaltiges erwidern zu können. Daher schwieg er.

»Und wie hart ist's, Vater, alt zu werden und zu sterben und denken zu müssen, wir hätten einander erfreuen und beistehen können. Wie hart, uns unser Leben lang zu lieben und jedes für sich allein zu arbeiten und sich abzuhärmen und abzuzehren und einander alt und grau werden zu sehen. Selbst wenn ich's über mich brächte – was ich nie könnte – und ihn vergäße, o lieber Vater, wie hart ist's doch, ein Herz im Leibe zu haben, so voll wie das meine, und es langsam verdorren zu lassen, ohne auch nur einen einzigen glücklichen Augenblick in dem Leben des Weibes gehabt zu haben, der mich trösten und besser machen könnte.«

Trotty saß ganz still. Meg trocknete ihre Augen und sagte lachend und seufzend zugleich: »Das sagt Richard, Vater. Da er nun für einige Zeit gesicherte Arbeit hat und weil ich ihn liebe und schon drei Jahre liebe – viel länger als er weiß –, so wollen wir uns am Neujahrstag, dem besten und glücklichsten Tag im Jahr, heiraten. Weil das sicher Glück bringen muss. Es ist freilich eine kurze Frist, Vater, nicht wahr? Aber es braucht ja nicht erst mein Vermögen geordnet oder mein Brautkleid gemacht zu werden wie bei großen Damen, Vater! Nicht wahr? Das sagte er alles und sagte es in seiner Weise, fest und entschlossen und doch so gut und freundlich, dass ich ihm versprach, mit dir zu reden. Und da man mir ganz unerwartet diesen Morgen meine Arbeit bezahlt hat und du eine ganze Woche so spärlich gelebt hast, so wollte ich uns aus dem heutigen Tag einen Feiertag machen und brachte dir ein kleines Festessen mit, lieber Vater, um dich zu überraschen.«

»Schau nur, wie kalt er es auf der Treppe werden lässt.« Es war die Stimme des besagten Richard, der unbemerkt herangekommen war und vor Vater und Tochter stand und auf sie niederblickte, mit einem Gesicht so rot wie das Eisen, auf das tagaus, tagein sein gewaltiger Schmiedehammer niedersauste. Ein hübscher, wohlgebauter, kraftvoller, junger Bursche war er, mit Augen, die sprühten wie die glühenden Funken der Esse, und schwarzen Haaren, die sich prächtig um seine gebräunten Schläfen lockten, und mit einem Lächeln, das Megs Lobeshymnen in sehr begreiflichem Licht erscheinen ließ.

»Schau nur, wie er es auf den Stufen kalt werden lässt«, sagte Richard. »Meg weiß nicht einmal, was er gerne isst.«

Trotty, ganz Feuer und Flamme, reichte Richard sogleich die Hand und wollte eben etwas in großer Hast sagen, als sich die Haustüre unversehens öffnete und ein Bedienter beinahe in die Kuttelflecke trat.

»Aus dem Weg da. Müsst Ihr Euch immer auf unsere Treppen setzen! Könnt Ihr nicht einmal mit dem Haus daneben abwechseln, was! Werdet Ihr Euch wohl aus dem Weg scheren oder nicht!«

Die letzte Frage war überflüssig, denn es war bereits geschehen.

»Was gibt's? Was gibt's?«, fragte der Herr, dem die Tür aufgemacht wurde und der mit dem geheuchelt mühelosen Schritt aus dem Hause trat, der einen Gentleman verrät. Einen, der mit knarrenden Stiefeln, einer Uhrkette und weißer Wäsche den Berg des Lebens bereits wieder hinabsteigt und stets eine Würde zur Schau trägt und sich immer den Anschein gibt, als stäke er mitten in wichtigen und ernsten Geschäften. »Was gibt's? Was gibt's?«

»Kniefällig soll man Euch vielleicht bitten, dass Ihr unsere Treppe in Ruhe lasst«, sagte der Bediente in großer Erregung zu Toby Veck. »Ihr könnt sie nicht in Ruhe lassen. Es kann und darf nicht sein, was?«

»Na, ist schon gut, ist schon gut«, sagte der Herr. »Hallo, Sie da! Dienstmann!« Und er winkte Toby Veck mit dem Kopfe. »Kommen Sie mal her. Was ist das? Euer Mittagessen?«

»Ja, Sir«, sagte Trotty und ließ es in einer Ecke stehen.

»Lassen Sie's nicht dort stehen. Bringen Sie es her, bringen Sie es her! So, das ist also Euer Mittagessen, was?«

»Ja, Sir«, erwiderte Trotty und blickte mit starrem Auge und wässerigem Mund nach dem Stück Kuttelfleck, das er sich als letzten Leckerbissen aufgehoben hatte und das der Herr jetzt mit der Gabel aufspießte und umdrehte.

Zwei andere Herren waren mit jenem zugleich aus dem Hause getreten. Der eine war ein niedergeschlagener Gentleman von mittlern Jahren mit dürftiger Kleidung und unzufriedenem Gesicht; er hatte beständig die Hände in den Taschen seiner pfeffer- und salzfarbigen, engen Hose, die infolge dieser Gewohnheit weit abstanden wie Ohren. Er war nicht besonders rein gewaschen und gebürstet. Der dritte Herr dagegen war von gewichtiger Statur und sorgfältig geschniegelt. Er trug einen blauen Frack mit blanken Knöpfen und eine weiße Halsbinde. Sein Gesicht war sehr rot, als ob das ganze Blut des Körpers in seinem Kopfe kreiste. Man hatte das Gefühl, als ob er aus diesem Grunde ein kaltes Herz haben müsse.

Derjenige, der Tobys Mittagsmahl auf der Gabel herumdrehte, rief den ersten unter dem Namen Filer an, und beide steckten jetzt die Köpfe zusammen. Da Mr. Filer außerordentlich kurzsichtig war, so musste er so nahe mit dem Gesicht an das Überbleibsel von Tobys Mittagessen heran, um es zu erkennen, dass sich dem armen Trotty fast das Herz im Leibe umdrehte. Aber Mr. Filer aß es nicht.

»Es ist eine Art animalischen, essbaren Stoffes, Alderman«, sagte Filer und bohrte mit dem Bleistift kleine Löcher hinein, »der der Arbeiterklasse dieses Landes unter dem Namen Kuttelfleck bekannt ist.«

Der Alderman lachte und zwinkerte mit einem Auge, denn er war ein gar spaßhafter Herr, der Alderman Cute. Und ein Schlaukopf obendrein. Ein Eingeweihter! Einer, der alles wusste und alles kannte. Der tief hineinsah in des Volkes Herz. Wenn es je einer durchschaut hatte, so war es Cute.

»Wer aber isst Kuttelfleck?«, sagte Mr. Filer und blickte umher. »Kuttelfleck ist ohne Ausnahme der wenigst ökonomische, verschwenderischste Konsumartikel, den die Märkte dieses Landes möglicherweise produzieren können – überhaupt nur produzieren können. Man hat herausgefunden, dass ein Pfund Kuttelfleck beim Kochen sieben Achtel an Gewicht verliert, ein Fünftel mehr als irgendeine andere animalische Substanz. Kuttelflecke sind im eigentlichen Sinn des Wortes luxuriöser als Treibhausananas. Wenn man die Zahl der Rinder rechnet, die jährlich nur innerhalb des Stadtweichbildes geschlachtet werden, und die Quantität der Kuttelflecke, die die Leiber dieser Rinder ergeben, noch so niedrig anschlägt und den Wegfall gar nicht berechnet, so ergibt sich, dass von dem Verluste der Kuttelflecke, der durch das Kochen entsteht, eine Garnison von fünfhundert Mann fünf einunddreißigtägige

Monate und einen Februar lang leben könnte. Diese Verschwendung! Diese Verschwendung!«

Trotty stand mit offenem Munde da, und die Knie schlotterten ihm. Er sah aus, als wenn er eine Garnison von fünfhundert Mann eigenhändig ausgehungert hätte.

»Wer isst Kuttelflecke?«, fragte Mr. Filer mit Wärme. »Wer isst Kuttelflecke?«

Trotty verbeugte sich kläglich.

»Ihr? Ihr?«, fragte Mr. Filer. »Dann will ich Euch etwas sagen, mein Freund. Ihr schnappt Eure Kuttelflecke den Witwen und Waisen vor dem Munde weg.«

»Ich hoffe doch nicht«, sagte Trotty schüchtern. »Da möchte ich lieber Hungers sterben!«

»Dividieren Sie die vorher erwähnte Zahl von Kuttelfleck«, fuhr Mr. Filer fort, »mit der ungefähren Zahl der Witwen und Waisen, und ein Gramm Kuttelfleck wird auf jede einzelne entfallen, Alderman! Und nicht ein Jota bleibt für den Mann übrig! Folglich ist er ein Räuber!«

Trotty war so erschüttert, dass es ihn gar nicht bekümmerte, als der Alderman das Stückchen Kuttelfleck selber verzehrte. Er war fast froh, es los zu sein.

»Und was sagen *Sie*?«, fragte der Alderman aufgeräumt den Herrn mit dem roten Gesicht und dem blauen Frack. »Sie haben Freund Filer gehört. Was sagen Sie dazu?«

»Was kann man dazu sagen?«, entgegnete der Gentleman. »Was lässt sich da sagen? Was soll einen an einem Kerl wie diesem«, er deutete auf Trotty, »interessieren in einer Zeit des Verfalles wie der unsrigen. Schauen Sie ihn nur an. Was für ein Geschöpf! O die gute, alte Zeit, die grandiose, alte Zeit! Die trefflichen alten Zeiten! Das waren so die rechten Zeiten für einen kühnen Bauernstand. Das war noch eine Zeit, mit der man etwas anfangen konnte. Heute gibt's das nicht mehr. Ach, die guten, alten Zeiten! Die guten, alten Zeiten!«

Er sprach sich nicht näher aus, was für Zeiten er meinte. Auch wollte er nicht etwa in einer Anwandlung von Selbstlosigkeit sagen, er mache der Gegenwart Vorwürfe, weil sie nichts Wichtigeres als seine Person hervorgebracht.

»Die guten, alten Zeiten! Die guten, alten Zeiten!«, wiederholte er in einem fort. »Das waren noch Zeiten! Zeiten, einzig in ihrer Art! Was soll man da noch von andern Zeiten reden oder gar diskutieren! Was für ein Volk jetzt lebt! Sie werden das doch nicht eine ›Zeit‹ nennen wollen, was jetzt ist. Sehen Sie nur einmal Strutts Trachtenbilder an, und Sie werden wissen, was ein Dienstmann war. Im guten, alten England!«

»Wenn's einem Dienstmann noch so gut ging, hatte er nicht einmal ein Hemd über den Buckel zu ziehen oder einen Strumpf auf dem Fuß, und kaum ein Gewächs in ganz England wuchs ihm für den Schnabel«, warf Mr. Filer ein. »Ich kann es durch Tabellen beweisen.«

Aber immer noch pries der Gentleman mit dem roten Gesicht die guten, alten Zeiten, die großen, alten Zeiten, die grandiosen, alten Zeiten. Er ließ sich nichts dreinreden. Er drehte sich im Kreise seiner Phrasen wie ein Eichhörnchen in seiner Käfigmühle, deren Mechanismus es ebenso wenig begreift, wie der Herr mit dem roten Gesicht etwas Genaues über sein verschwundenes tausendjähriges Reich wusste.

In Trottys armem Kopf staken möglicherweise auch noch Reste von Ehrerbietung vor diesen nebelhaften, alten Zeiten, denn es war ihm ganz wirr zumute. Eins aber war ihm klar in seiner großen Trübsal, nämlich: Wenn auch diese Herren untereinander verschiedener Meinung waren, seine alten Ahnungen von heute und gestern waren also doch begründet. »Nein, nein, nein, wir haben uns verirrt vom rechten Wege«, dachte er voller Verzweiflung, »es steckt nichts Gutes in uns. Wir sind böse von Natur.«

Aber Trotty hatte auch ein väterliches Herz in der Brust, das sich trotz solchem Schicksalsbeschluss an den rechten Fleck verirrt haben musste, denn er konnte es nicht ertragen, dass Margaret mitten in ihre Hochzeitsfreude von diesem weisen Herrn das Schicksal gesagt bekam. »Gott schütze sie«, dachte er, »sie wird's noch zeitig genug erfahren.«

Er gab daher dem jungen Schmied hastig einen Wink, er möge sie wegführen. Aber dieser war so vertieft in ein zärtliches Gespräch mit Meg, dass er erst aufmerksam wurde, als ihn bereits der Alderman Cute erblickt.

Hier hatte der Alderman seine Weisheit noch nicht anbringen können. Er war ein Philosoph, und was für ein praktischer; und da er keinen Zuhörer verlieren wollte, rief er: »Halt!«

»Sie wissen«, sagte der Alderman zu seinen beiden Freunden mit seinem gewohnten, selbstgefälligen Lächeln, »ich bin ein gerader Mann und ein Praktiker und gehe geradeaus und praktisch zu Werke. Das ist so meine Art. Für jemanden, der's versteht, mit dieser Sorte Leuten umzugehen und in ihrer eignen Weise mit ihnen zu sprechen, ist gar kein Geheimnis dabei. Sie da, Dienstmann, kommen Sie oder sonst jemand Ihresgleichen mir nicht damit, dass Sie nicht genug zu essen hätten oder nicht vom Besten, denn ich weiß das besser. Ich habe Ihre Kuttelflecke gekostet. Mich leimen Sie nicht. Sie wissen doch, was ›leimen‹ heißt, was? Das ist gerade das richtige Wort, was? Hahaha, lieber Himmel!«, und der Alderman wandte sich wieder an seine Freunde. »Es ist blitzeinfach, mit dieser Sorte Leuten umzuspringen. Man muss sie nur zu behandeln verstehen.«

Ein ausgezeichneter Mann für die niedern Volksschichten, der Alderman Cute!

Immer aufgeräumt und guter Laune, ein Gentleman, und doch immer leutselig und umgänglich!

»Schaut her, Freund! Was für Unsinn wird da geschwatzt über Entbehrungen und ›harte Zeiten‹. Ihr kennt doch die Redensart. Hahaha, ich werde sie ausrotten. Es wird da gefaselt von Hungersnot. Ich werde das schon ausrotten. So steht die Sache. Lieber Himmel«, fuhr der Alderman fort und wandte sich wieder an seine Freunde. »Man kann bei dieser Sorte Volk alles ausrotten, man muss es nur geschickt anfangen.«

Trotty nahm Margarets Hand und zog sie, ohne sich klar zu sein warum, durch seinen Arm.

»Eure Tochter, was?«, fragte der Alderman und griff dem Mädchen vertraulich unter das Kinn.

Immer leutselig mit den arbeitenden Klassen, der Alderman Gute! Er wusste, was ihnen gefiel, und war nicht im geringsten stolz.

»Und wo ist ihre Mutter?«, fragte der würdige Gentleman.

»Tot«, sagte Toby. »Ihre Mutter war Wäscherin und wurde in den Himmel berufen, als das Kind geboren wurde.«

»Doch nicht, um dort Wäsche zu waschen?«, scherzte der Alderman.

Mochte Toby imstande sein oder nicht, sich seine Frau im Himmel von ihrer alten Beschäftigung getrennt zu denken, so muss man sich doch fragen, wenn Mr. Alderman Cutes Gattin im Himmel gewesen wäre, hätte sie vielleicht dort die Würde einer Frau Bürgermeisterin innegehabt?

»Und Ihr macht ihr wohl den Hof, was?«, sagte Cute zu dem jungen Schmied.

»Ja«, sagte Richard kurz, denn ihn ärgerte die Frage, »wir werden am Neujahrstag heiraten.«

»Was? Heiraten?«, fragte Filer scharf.

»Nun ja, daran denken wir, Meister«, sagte Richard. »Wir haben es eilig, wie Sie sehen. Damit wir nicht früher – – ausgerottet werden.«

»Ach«, seufzte Filer tief auf, »rotten Sie *das* doch aus, Alderman. Damit täten Sie etwas Großes! Heiraten! Heiraten! Diese Unkenntnis der ersten Grundsätze der Nationalökonomie bei diesem Volk! Diese Unüberlegtheit und Niedertracht ist, beim Himmel, genügend, um – – – Sehen Sie sich nur einmal dieses Paar an, tun Sie mir den Gefallen.«

Sie waren allerdings des Ansehens wert, und eine Ehe schien etwas so Vernünftiges und Anständiges für sie zu sein wie nur irgendetwas.

»Man kann so alt werden wie Methusalem«, sagte Filer, »und sich das ganze Leben abplagen und Daten auf Zahlen, Zahlen auf Daten häufen, ganze Berge hoch, und Hopfen und Malz ist verloren, wenn man ihnen dann klar machen will, dass sie kein Recht haben zu heiraten. Und dass sie kein Recht haben, geboren zu werden. Wir wissen längst, dass sie kein Recht dazu haben. Wir haben das längst mathematisch erfasst und zur mathematischen Gewissheit erhoben.«

Alderman Cute amüsierte sich köstlich und legte seinen Zeigefinger an die Nase, als wollte er damit seinen beiden Freunden sagen: Jetzt gebt einmal acht, was ich tun werde. Seht einmal den Praktiker! Und er rief Meg zu sich.

»Komm hierher, Mädel«, sagte Alderman Cute.

Das Blut war während der letzten Minuten Megs Geliebtem heiß in den Kopf gestiegen, und er wollte sie nicht gehen lassen. Doch bezwang er sich und trat mit vor, als sie hinging, und stellte sich neben sie. Trotty hielt noch immer ihre Hand in seinem Arm, sah aber so verstört von einem Gesicht zum andern wie ein Träumender.

»Ich will dir mit ein paar Worten einen guten Rat geben, Mädel«, sagte der Alderman in seiner bekannt leutseligen Weise. »Es ist mein Beruf, Rat zu erteilen, denn ich bin eine Justizperson. Du weißt, dass ich eine Justizperson bin, nicht wahr?« Meg bejahte schüchtern. Jedermann wusste doch, dass Alderman Cute eine Justizperson war, und was für eine emsige. Der Stolz der Öffentlichkeit, der Alderman Gute!

»Du willst dich also verheiraten«, fuhr der Alderman fort, »recht unschicklich und ungeziemend, da du dem weiblichen Geschlecht angehörst. Doch davon wollen wir absehen. Wenn du aber verheiratet bist, wirst du dich mit deinem Mann herumzanken und ein elendes, unglückliches Weib sein. Du bedenkst das nicht, aber es wird so kommen, weil ich es dir sage. Ich warne dich, weil ich mich entschlossen habe, die elenden und unglücklichen Weiber auszurotten. Lass dich also in solcher Gestalt nicht vor mir sehen. Du wirst Kinder haben. Sagen wir, Jungen. Diese Jungen werden natürlich wild aufwachsen und in den Straßen Unfug treiben, barfuß und in Lumpen. Merk dir, mein gutes Kind: Ich werde sie summarisch bestrafen, jeden einzelnen, denn ich bin fest entschlossen, Jungen ohne Schuhe und Strümpfe auszurotten. Vielleicht – sogar höchstwahrscheinlich – wird dein Mann jung sterben und dich mit einem Wickelkind zurücklassen. Dann wirst du vor die Tür gesetzt und treibst dich in den Straßen herum. Dann lass dich nur ja nicht so vor mir sehen, meine Liebe, denn ich bin fest entschlossen, obdachlose Mütter auszurotten. Es ist überhaupt mein Entschluss, alle jungen Mütter aufzuräumen. Komme mir dann nicht etwa mit Krankheit oder kleinen Kindern als Entschuldigungsgrund, denn alle Kranken und kleinen Kinder – ich hoffe, du kennst den Kirchengesang, ich fürchte, du kennst ihn nicht – werde ich ausrotten. Und solltest du vielleicht dich gar unterstehen, in undankbarer, gottloser und heuchlerischer Weise den Versuch zu machen, dich aufzuhängen oder zu ersäufen, so rechne nicht auf mein Mitleid, denn ich habe mich verschworen, den

Selbstmord auszurotten. Untersteh dich also nicht. So liegen die Verhältnisse! Wir verstehen uns, was! Haha.«

Toby wusste nicht, ob er vor Schreck in die Erde sinken oder aufjauchzen sollte, als er sah, dass Meg, totenblass geworden, die Hand ihres Geliebten losgelassen hatte.

»Und was dich angeht, junger Hund«, sagte der Alderman und wandte sich mit noch größerer Leutseligkeit und bürgerlicher Herablassung an den jungen Schmied, »warum willst du denn mit aller Gewalt heiraten? Weshalb brauchst du denn zu heiraten, du einfältiger Bursche. Wenn ich ein junger, hübscher, kräftiger Kerl wäre wie du, ich würde mich schämen, ein solcher Schwachkopf zu sein und mich an eine Schürze zu hängen. Wetter noch einmal! Sie ist ein altes Weib, wenn du in den besten Jahren bist. Das wird ein hübsches Bild geben, wenn eine Schlampe von Frauenzimmer und eine Herde von Schreihälsen dir auf Schritt und Tritt nachlaufen werden.«

O, Alderman Cute verstand gut mit gewöhnlichem Volk umzuspringen!

»Und marsch fort jetzt«, sagte der Alderman, »und geht in euch. Lasst die Dummheit bleiben, am Neujahrstag zu heiraten. Ihr werdet ganz anders denken, wenn das nächste neue Jahr kommt. Ein hübscher, junger Bursche wie du, dem alle Mädel nachschauen! Also, marsch, fort mit euch!«

Und sie gingen. Nicht Arm in Arm oder Hand in Hand oder fröhliche Blicke wechselnd, sondern sie in Tränen, er düster und niedergeschlagen. Waren das die Herzen, die noch vor Kurzem aus Trübseligkeit gerissen und vor Freude außer Rand und Band waren? Nein, nein! Der Alderman, Gottes Segen auf sein Haupt, hatte ihre Freude ausgerottet.

»Da Ihr gerade hier seid«, fuhr der Alderman zu Toby gewendet fort, »könnt Ihr mir einen Brief besorgen. Könnt Ihr schnell laufen? Ihr seid ein alter Mann.«

Toby, der ganz geistesabwesend Meg nachgeblickt, beteuerte, dass er sehr schnell und außerordentlich kräftig sei.

»Wie alt?«, verhörte ihn der Alderman.

»Ich bin über sechzig, Sir«, antwortete Toby.

»O, dieser Mann ist ein gutes Stück über das mittlere Alter hinaus«, rief Mr. Filer in einem Tone aus, als ob auch das seine Geduld auf eine harte Probe stelle und die Sache denn doch zu weit treiben heiße.

»Ich fürchte, ich bin Ihnen lästig, Sir«, sagte Toby, »ich befürchtete es schon heute Morgen. O mein Gott!«

Der Alderman schnitt ihm kurz das Wort ab und nahm einen Brief aus der Tasche. Toby würde auch einen Shilling bekommen haben, da aber Mr. Filer klar bewies, dass man in diesem Falle eine gegebene Anzahl Personen um so und so viel per Kopf berauben würde, so bekam er nur einen Sixpence. Er war noch zu Tod froh, dass er den bekam.

Dann hängte sich der Alderman in seine beiden Freunde ein und stieg davon – aufgeblasen wie ein Truthahn. Gleich darauf aber kam er allein zurück, als hätte er etwas vergessen:

»Dienstmann!«

»Sir?«

»Haben Sie ein Auge auf Ihre Tochter. Sie ist viel zu hübsch.«

Selbst ihr hübsches Gesicht muss sie wohl jemand gestohlen haben, dachte Toby und sah sich den halben Shilling in seiner Hand an und dachte über den Kuttelfleck nach.

»Sie hat wahrscheinlich fünfhundert Damen jeder einen Reiz gestohlen. Es ist wirklich schrecklich.«

»Sie ist viel zu hübsch, Mann«, wiederholte der Alderman. »Das wird kein gutes Ende nehmen. Passen Sie auf, was ich sage. Nehmen Sie sie gut in acht.«

Damit eilte er wieder fort.

»Unheil auf allen Wegen und Stegen – Unheil, wohin man auch blickt«, sagte Trotty und rang die Hände. »In Sünden geboren, es ist kein Geschäft auf der Welt.«

Da fielen die Glocken dröhnend ein, mit lautem, tiefem Klang. Aber sie gossen keinen Trost in sein Herz. Nein, nicht einen Tropfen.

»Sie haben einen andern Klang«, jammerte der

alte Mann, »es ist kein Wort mehr drin von all den schönen Träumen. Und wozu denn auch. Es ist kein Geschäft hier unten. Im neuen Jahr nicht und nicht im alten. Ich möchte mich hinlegen und sterben.«

Und immer noch dröhnten die Glocken, dass die Luft erbebte.

»Rottet aus, gute Zeit, alte Zeit, Daten und Zahlen, Daten und Zahlen. Rottet aus, rottet aus.« Immer wieder heulten sie es in die Luft, bis Toby ganz schwindlig wurde. Er presste seinen wirren Kopf, der ihm zu zerspringen drohte, zwischen die beiden Hände. Und das geschah zur rechten Zeit, denn in der einen Hand fand Toby den Brief, der ihn an seinen Auftrag erinnerte. Da fiel er mechanisch in seinen Trott und trabte davon.

Zweites Viertel

Der Brief, den Toby vom Alderman Gute bekommen, war an einen großen Mann in dem großen Bezirk der Stadt adressiert, in dem größten Bezirk der Stadt besser gesagt, denn er hieß bei seinen Bewohnern allgemein die »Welt«. Der Brief schien schwerer zu wiegen als je ein anderer Brief. Nicht weil der Alderman ihn mit einem großen Wappen und einer Menge Siegellack gesiegelt hatte, sondern wegen des gewichtigen Namens auf der Adresse und der schweren Menge Gold und Silber, das sich an ihn knüpfte.

»Wie verschieden von uns«, dachte Toby in tiefem Ernst und großer Einfalt, als er seine Blicke in die Richtung des Bezirkes warf. »Dividiere die Zahl der lebendigen Schildkröten im Weichbild durch die Zahl der Vornehmen, die sie kaufen können, und auf jeden fällt der richtige Teil. Den Leuten die Kuttelflecke vom Munde wegzunehmen – dazu sind sie zu erhaben.«

Mit unwillkürlicher Ehrfurcht vor der bedeutenden Person legte Toby einen Zipfel seiner Schürze zwischen den Brief und seine Finger.

»Seine Kinder –«, sagte Trotty, und ein Nebel schwamm vor seinen Augen, »seine Töchter – vornehme Herren können sich um ihre Herzen bewerben und sie heiraten, sie dürfen glückliche Frauen und Mütter werden und schön sein, wie meine liebe Me –«

Er konnte ihren Namen nicht aussprechen, der letzte Buchstabe quoll in seiner Kehle auf zur Größe des ganzen Alphabets.

»Macht nichts«, dachte der arme Trotty, »ich weiß schon, was ich meine. Das ist mehr als genug für mich«, und mit diesem ungemein tröstlichen Gedanken trabte er weiter.

Es war bitterkalt an diesem Tage. Die Luft war scharf, schneidend und klar. Die Wintersonne schien hell, wenn auch ohne Wärme, herab auf das Eis, das zu schmelzen sie zu schwach war, und warf einen strahlenden Glanz darüber hin. Ein andermal hätte Trotty aus der Wintersonne eine Lehre gezogen, die auf arme Leute gepasst hätte, aber heute ging es ihm nicht zusammen.

Das Jahr war steinalt an diesem Tag. Es hatte geduldig die Vorwürfe und Lästerungen seiner Verleumder ertragen und getreulich seine Arbeit verrichtet. Frühling, Sommer, Herbst und Winter. Es hatte den vorgeschriebenen Kreis durchlaufen und legte jetzt müde sein Haupt nieder, um zu sterben. Ohne neue Hoffnungen, ohne heiße Triebe, ohne eigene Glückseligkeit, wohl aber ihr Bringer gewesen für andere, erhob es Anspruch darauf, dass man auch seine mühevollen Tage und langweiligen Tage im Gedächtnis bewahren möge und es jetzt in Frieden sterben lasse. Trotty hätte in dem scheidenden Jahr die Allegorie vom Leben des armen Mannes sehen können, aber jetzt war er dafür unempfänglich.

Hätte nicht auch er den gleichen Anspruch erheben können? Oder jeder beliebige englische Arbeiter die ganzen letzten siebzig verflossenen Jahre hindurch?!

Die Straßen waren voll Leben, und die Läden schimmerten bunt aufgeputzt. Das neue Jahr wurde wie ein junger Erbe der ganzen Welt mit Willkommen und hellem Jubel erwartet. Da gab es Bücher und Spiele fürs neue Jahr, glitzernde Schmucksachen fürs neue Jahr, Kleider fürs neue Jahr, Glückskarten fürs neue Jahr, Witze und Späße. Sein ganzes künftiges Leben war in Kalendern und Taschenbüchern aufgeteilt. Aufgang und Untergang des Mondes und der Sterne, Ebbe und Flut, alles wusste man schon vorher so genau bei Tag und Nacht wie Mr. Filer die Einwohnerzahl.

Neujahr! Neujahr, überall Neujahr! Das alte Jahr betrachtete man bereits als tot, und seine Habseligkeiten wurden so billig losgeschlagen wie die eines ertrunkenen Matrosen. Seine Muster und Moden galten als abgetan und wurden verschleudert, ehe es noch den Atem ausgehaucht. Seine Schätze waren wie Abfälle neben dem Reichtum seines noch ungeborenen Nachfolgers.

Trotty hatte in seinen Gedanken keinen Anteil, weder an dem neuen Jahr noch an dem alten. Rottet aus, rottet aus, Daten und Zahlen, Daten und Zahlen, gute Zeit, alte Zeit, rottet aus, rottet aus! Nach dieser Weise ging sein Trab, wollte sich keiner andern anpassen.

Aber auch dieser schwermütige Trott brachte ihn endlich an das Ende seines Wegs, an das Haus des Parlamentsmitglieds Sir Joseph Bowley.

Ein Portier öffnete die Tür, aber was für ein Portier! Nichts von Tobys Art. Er war etwas ganz anderes. Auch er trug einen Stab, aber einen andern als Toby.

Der Portier keuchte gewaltig, ehe er ein Wort sprechen konnte. Er war so atemlos geworden, weil er sich unvorsichtig schnell aus seinem Lehnstuhl erhoben hatte, ohne sich erst Zeit zu nehmen, nachzudenken und seine Gedanken zu sammeln. Als er die Stimme wiedergefunden, was eine geraume Zeit kostete, denn sie war weit, weit weg und lag unter einer schweren Last von Fleisch versteckt, sagte er mit einem speckigen Flüstern:

»Von wem?«

Toby verriet es ihm.

»Den müssen Sie selber reintragen«, und der Portier wies nach einem Zimmer, das am Ende der Halle lag. »Heute wird alles vorgelassen. Sie kommen noch gerade recht, der Wagen steht bereits vor der Tür. Man ist bloß auf ein paar Stunden in die Stadt gekommen.«

Toby streifte seine Füße, obwohl sie ganz rein waren, mit größter Sorgfalt ab, schlug den bezeichneten Weg ein und machte im Gehen die Bemerkung, dass es ein schrecklich großes Haus war, in dem das tiefste Schweigen herrschte und alles in Decken gehüllt war, wahrscheinlich, weil die Familie auf dem Lande lebte. Als er an die Zimmertür klopfte, wurde »herein« gerufen, und bald befand er sich in einer geräumigen Bibliothek, wo an einem mit Rollen und Papieren bedeckten Tisch eine vornehme Dame im Hut saß und einem nicht sehr noblen Herrn in schwarzem

Anzug etwas diktierte, während ein anderer älterer und viel stattlicherer Herr, dessen Hut und Stock auf dem Tisch lagen, mit der einen Hand an der Brust auf und nieder ging und von Zeit zu Zeit wohlgefällig nach seinem eignen Porträt in Lebensgröße hinblickte, das über dem Kamin hing.

»Was ist das?«, fragte der letztbezeichnete Gentleman. »Mr. Fish, wollen Sie wohl die Güte haben, die Angelegenheit zu erledigen.«

Mr. Fish bat um Verzeihung, nahm Toby den Brief ab und übergab ihn mit großer Ehrfurcht.

»Vom Alderman Cute, Sir Joseph.«

»Ist das alles? Sonst haben Sie nichts, Dienstmann?«, verhörte ihn Sir Joseph.

Toby verneinte. »Haben Sie nicht irgendeine Rechnung oder so was für mich – ich heiße Bowley, Sir Joseph Bowley. Irgend etwas, das man bezahlen könnte?«, fragte Sir Joseph. »Wenn Sie was haben, geben Sie's her. Dort neben Mr. Fish ist das Scheckbuch. Ich dulde nicht, dass etwas ins neue Jahr verschleppt wird. Alle Rechnungen werden in diesem Hause am Schlusse des alten Jahrs beglichen, so dass, wenn der Tod meinen Lebensfaden zer – zer –«

»– reißen sollte«, half Mr. Fish.

»– schneiden sollte, Sir«, verbesserte Sir Joseph zurechtweisend und scharf, »alle meine Angelegenheiten in tadelloser Ordnung befunden werden.«

»Mein teurer Sir Joseph«, unterbrach die Lady,

die bedeutend jünger war als ihr Gatte, »wie schrecklich!«

»Mylady«, entgegnete Sir Joseph, bei manchem Worte stotternd, offenbar wegen des großen Tiefsinnes seiner Bemerkungen, »zur Zeit der Jahreswende sollen wir an uns – uns – uns – selbst denken. Wir sollen mit uns – uns – uns – abrechnen. Wir sollen fühlen und empfinden, dass jede Rückkehr dieser wichtigen Periode in den menschlichen Angelegenheiten Geschäfte mit sich bringt von höchstem Belang zwischen dem Menschen und seinem – seinem – seinem – Bankier.«

Sir Joseph sprach diese Worte, als sei er tief erschüttert von dem ungeheuren sittlichen Gehalt dessen, was er sagte, und fühlte den Wunsch, dass auch Trotty Gelegenheit haben sollte, durch seine Rede gebessert zu werden. Wahrscheinlich war dies auch der Grund, weshalb er das Siegel des Briefes immer noch nicht erbrach und Trotty sagte, er möge noch eine Minute warten.

»Hegten Sie, Mylady, nicht die Absicht, Mr. Fish sollte – –«, bemerkte Sir Joseph.

»Ich dachte, Mr. Fish erwähnte es bereits«, antwortete die Lady und warf einen Blick auf den Brief. »Aber mein Wort, Sir Joseph, ich glaube nach allem doch, dass ich es nicht so aus der Hand geben kann. Es ist so ungemein teuer.«

»Was ist teuer?«, fragte Sir Joseph.

»Ach, diese milde Stiftung, Geliebter. Bloß zwei Stimmen zu einer Subskription von fünf Pfund werden zugelassen. Wirklich ungeheuerlich.«

»Mylady Bowley«, entgegnete Sir Joseph, »Sie setzen mich in Erstaunen. Richtet sich die Wonne der Empfindung nach der Anzahl der Stimmen, oder rechnet nicht vielmehr ein rechtschaffenes Herz mit der Anzahl der Bittsteller und der lautem Sinnesart derselben? Ist es nicht ein Vergnügen reinster Art, zwei Stimmen unter fünfzig zur Verfügung zu haben?«

»Für mich nicht, muss ich gestehen«, antwortete die Lady. »Mir ist es eine Qual, und außerdem kann man sich seine Bekanntschaften nicht verpflichten. Freilich, Sie sind des armen Mannes Freund, Sir Joseph, Sie denken anders.«

»Ja, ich bin der armen Leute Freund«, versetzte Sir Joseph mit einem Blick auf den armen Mann, der zugegen war. »Das kann man mir zum Vorwurf machen. Das ist mir zum Vorwurf gemacht worden. Doch ich begehre keinen andern Titel.«

»Gott segne den edlen Herrn!«, dachte Trotty.

»Ich stimme zum Beispiel mit Cute hierin nicht überein«, sagte Sir Joseph und hielt den Brief in die Höhe. »Ich stimme nicht mit der Partei Filer überein. Ich stimme überhaupt nicht mit irgendeiner Partei überein. Mein Freund, der arme Mann, hat nichts mit dergleichen zu schaffen, und nichts dergleichen hat mit ihm zu schaffen. Mein Freund, der arme Mann in meinem Bezirk, ist meine Sache. Kein Mensch und keine Körperschaft haben irgendwie ein Recht, sich zwischen meinen Freund und mich zu stellen. Das ist das Fundament, auf dem ich stehe. Ich nehme eine – eine – väterliche Stellung zu meinem Freunde ein. Ich sage, guter Mann, ich will dich behandeln wie ein Vater.«

Toby hörte mit tiefem Ernste zu, und ein Gefühl von Behaglichkeit überkam ihn.

»Sie haben nur mit mir zu tun, guter Mann«, fuhr Sir Joseph fort und sah Toby zerstreut an. »Einzig und allein nur mit mir. Sie brauchen sich sonst um nichts zu kümmern. Sie brauchen sich keine Mühe zu nehmen, selber über etwas nachzudenken. Ich will schon für Sie denken. Ich weiß, was Ihnen frommt, und bin Ihr beständiger Vater. Das ist die Ordnung einer allweisen Vorsehung. Der Zweck der Schöpfung ist nicht, dass ihr schwelgen und schlemmen und wie unvernünftige Tiere in Essen und Trinken alles sehen sollt« – Toby dachte reuevoll an seine Kuttelflecke –, »sondern dass ihr die Würde der Arbeit fühlt. Gehet hinaus in die frische Morgenluft und – und – bleibet da. Lebet streng und mäßig. Seid ehrerbietig. Übet euch in der Selbstverleugnung. Haltet eure Familie im Zaum, bezahlet eure Miete regelmäßig wie die Uhr schlägt, seid pünktlich im Bezahlen eurer Auslagen (ich gebe Ihnen ein gutes

Beispiel, Sie werden Mr. Fish, meinen Geheimsekretär, stets an der Kasse sehen), – – dann werdet Ihr in mir stets einen Freund und Vater finden.«

»Nette Kinder, wahrhaftig, Sir Joseph«, unterbrach die Lady mit einem Schauder. »Rheumatismus, Fieber, krumme Beine und Asthma und alle Art von Scheußlichkeiten!«

»Mylady«, entgegnete Sir Joseph feierlich, »und trotzdem bin ich des armen Mannes Freund und Vater, trotzdem soll er sich Mut holen bei mir. Jedes Quartal kann er mit Mr. Fish in Verbindung treten. Alle Neujahrstage werde ich mit meinen Freunden auf sein Wohl trinken. Einmal in jedem Jahr werde ich mit meinen Freunden aus tiefstem Herzen heraus eine Rede an ihn halten. Einmal in seinem Leben kann er vielleicht sogar öffentlich und vor den Augen der ganzen vornehmen Welt von meinesgleichen eine Kleinigkeit bekommen, und wenn er, von dieser Anregung und der Würde der Arbeit nicht mehr aufrecht erhalten, dereinst in sein stilles, behagliches Grab sinkt, dann, Mylady« – Sir Joseph blähte die Nasenflügel auf –, »dann will ich – unter denselben Bedingungen – seinen Kindern ein Freund und Vater sein.«

Toby war tief ergriffen.

»Oh, Sie haben eine dankbare Familie, Sir Joseph«, rief seine Gattin.

»Mylady«, sagte Sir Joseph mit majestätischer

Miene, »Undankbarkeit ist bekanntlich die Erbsünde dieser Menschenklasse. Ich erwarte keinen Dank.«

»Ja! Schlecht von Geburt an!«, dachte Toby. »Nichts rührt uns.«

»Was ein Mensch tun kann, tue ich«, fuhr Sir Joseph fort. »Ich tue meine Schuldigkeit als des armen Mannes Freund und Vater und suche seinen Geist zu bilden, indem ich ihm bei jeder Gelegenheit die großen, sittlichen Lehren, deren seine Klasse bedarf, vor Augen halte, nämlich: gänzliche Unterordnung unter mich. Ihr habt mit euch selber gar – gar – nichts zu tun. Wenn euch schurkische und berechnende Personen etwas anderes sagen, und ihr werdet ungeduldig und unzufrieden und lasset euch widersetzliches Benehmen und schwarzen Undank zuschulden kommen, was unzweifelhaft vorkommt, so bin ich dennoch euer Freund und Vater. So ist's bestimmt in Gottes Rat. Es liegt in der Natur der Dinge.«

Mit diesen grandiosen Worten öffnete Sir Joseph den Brief des Alderman und las ihn.

»Sehr höflich und aufmerksam, in der Tat! Mylady, der Alderman ist so liebenswürdig, mich daran zu erinnern, dass er die ausgezeichnete Ehre (sehr – sehr gut) gehabt habe, mich im Hause unseres gemeinsamen Freundes, des Bankiers Deedles zu treffen, und er erlaubt sich anzufragen, ob es mir angenehm sei, dass Will Fern eingesteckt werde.«

»Sehr angenehm«, entgegnete Lady Bowley, »das

war der Allerschlimmste. Er hat hoffentlich einen Raubüberfall verübt?«

»Das gerade nicht«, sagte Sir Joseph, »das gerade nicht, nicht so ganz, aber beinah. Er kam nach London, sich nach Arbeit umzusehen (er wollte sich verbessern, aha, da steckt der Haken), und man fand ihn nachts in einem Schuppen schlafen, nahm ihn fest und führte ihn am nächsten Morgen vor den Alderman. Der Alderman bemerkt (sehr wichtig und vernünftig), dass er entschlossen sei, derlei gründlich auszurotten und dass, wenn es mir angenehm wäre, es ihn glücklich machen werde, mit Will Fern einen Anfang zu machen.«

»Auf jeden Fall soll man an ihm ein Exempel statuieren, für alle Fälle«, erwiderte die Lady. »Letzten Winter, als ich das Häkeln und Stricken unter den Männern und Knaben im Dorf als hübsche Abendbeschäftigung einführte und die Verse:

Mit Freuden wollen wir dem Gutsherrn fronen,
Nebst den Verwandten, welche bei ihm wohnen,
Zufrieden sein mit unseren Portionen,
Zum Himmel flehn, er möge uns verschonen,
Mit falschem Stolz und unsere Demut lohnen;

nach dem neuen System in Musik hatte setzen lassen, damit sie sie während der Arbeit singen sollten, da greift dieser Fern – ich seh ihn noch vor mir – an seinen Hut und sagt: ›Mylady, ich bitte demütig um Verzeihung, aber bin ich nicht etwas anderes als ein großes Mädchen?‹. Ich war nicht erstaunt, denn wer kann etwas anderes als Unverschämtheit und Undank von dieser Volksklasse erwarten. Das gehört vielleicht nicht hierher, aber bitte statuieren Sie jedenfalls ein Exempel an ihm, Sir Joseph.«

»Ehüm«, hüstelte Sir Joseph. »Mr. Fish, wenn Sie die Angelegenheit erledigen möchten –«

Mr. Fish ergriff eilends die Feder und schrieb nach dem Diktat Sir Josephs: »Mein lieber Sir, ich bin Ihnen sehr verbunden für Ihre Freundlichkeit in Sachen des Subjekts Will Fern, von dem ich zu meinem Bedauern nichts Günstiges berichten kann. Ich hatte mich beständig als seinen Freund und Vater betrachtet, bin aber leider wie gewöhnlich mit Undank und fortwährender Widersetzlichkeit gegen meine guten Absichten belohnt worden. Er ist ein unruhiger, widerspenstiger Kopf. Sein Charakter verträgt keine nähere Prüfung. Nichts kann ihn bewegen, dort glücklich zu sein, wo er es zu sein hat. Angesichts solcher Umstände scheint mir, ich gestehe es, wenn er wieder vor Sie kommt, und wie Sie mir mitteilen, hat er sich morgen zu stellen versprochen, und ich glaube, dass man sich insoweit auf ihn verlassen kann, seine Einsperrung für eine Zeit als Landstreicher ein der Gesellschaft geleisteter guter Dienst zu sein, und es würde ein warnendes

Beispiel abgeben in einem Lande, wo sowohl derer wegen, die unbekümmert um gute und böse Worte die Freunde und Väter der Armen sind, als auch hinsichtlich der, allgemein gesprochen, verführten Volksklassen selber, solche Exempel sehr nötig sind. Ich bin, Sir, usw. usw.«

»Es scheint«, bemerkte Sir Joseph, als er den Brief unterzeichnet hatte und Mr. Fish siegelte, »als wäre dies Vorsehung. In der Tat! Am Schluss des Jahres bringe ich meine Rechnungen in Ordnung und ziehe meine Bilanz – – – selbst mit William Fern.«

Trotty, der schon längst wieder in seine trübe Stimmung verfallen war, trat mit wehmütigem Gesicht vor und nahm den Brief in Empfang.

»Meinen Dank und meine Empfehlung«, sagte Sir Joseph. »Halt!«

»Halt!«, rief auch das Echo Mr. Fish.

»Ihr habt vielleicht«, sagte Sir Joseph orakelhaft, »gewisse Bemerkungen gehört, die zu machen ich mich veranlasst sah in Hinblick auf den feierlichen Zeitabschnitt, bei dem wir angelangt sind, und auf die Verpflichtung, die uns obliegt, unsere Angelegenheiten zu ordnen, um auf alles vorbereitet zu sein. Ihr habt gehört, dass ich mich nicht hinter meiner hohen Stellung in der Gesellschaft verstecke, sondern dass Mr. Fish – dieser Herr hier – stets das Scheckbuch neben sich liegen hat und deswegen hier ist, um mich in den Stand zu setzen, ein völlig neues

Blatt aufzuschlagen, um in den vor uns liegenden Zeitabschnitt mit glatter Rechnung einzutreten. Nun, mein Freund, kann er die Hand aufs Herz legen und sagen, dass er sich ebenfalls auf das neue Jahr gebührend vorbereitet hat?«

»Ich fürchte sehr, Sir«, stotterte Trotty, demütig zu ihm aufblickend, »dass ich noch ein wenig bei der Welt im Rückstande bin.«

»Im Rückstande bei der Welt?«, wiederholte Sir Joseph Bowley mit schrecklich bestimmtem Ton.

»Ich fürchte, Sir«, stotterte Trotty, »dass es sich noch so um zehn oder zwölf Shillinge dreht bei Mrs. Chickenstalker.«

»Bei Mrs. Chickenstalker«, wiederholte Sir Joseph in gleichem Ton wie vorher.

»Die Höcklerin«, erläuterte Toby. »Und dann eine – Kleinigkeit auf den Zins. Aber nur ganz wenig, Sir. Man soll nichts schuldig bleiben, ich weiß, aber die Not hat uns dazu getrieben.«

Sir Joseph sah seine Gemahlin und Mr. Fish und Trotty einen nach dem andern zweimal der Reihe nach an.

Dann machte er eine verzweifelte Bewegung mit beiden Händen zugleich, als gebe er es jetzt ganz auf.

»Wie ein Mann, und wenn er auch zu dieser unklugen und leichtsinnigen Menschenklasse gehört, wie ein alter Mann mit grauem Haar dem neuen Jahr entgegensehen kann, während seine Geschäftsangelegenheiten sich in einer derartigen Lage befinden! Wie er sich am Abend in sein Bett legen und am Morgen wieder aufstehen kann, ohne – – – da, da – nehmt den Brief.« Und er drehte Trotty den Rücken zu: »Nehmt den Brief, nehmt den Brief!«

»Ich wünschte von Herzen, es wäre anders, Sir«, sagte Trotty, sich nach Kräften entschuldigend. »Wir sind schwer geprüft worden.«

Sir Joseph wiederholte nur immer: »Nehmt den Brief, nehmt den Brief!«, und Mr. Fish sagte nicht bloß dasselbe, sondern verlieh der Aufforderung noch mehr Nachdruck, indem er Toby zur Türe drängte, so dass diesem nichts anderes übrig blieb, als noch schnell einen Bückling zu machen und das Haus zu verlassen. Und auf der Straße drückte der arme Trotty seinen schäbigen alten Hut über die Augen, um seinen Gram zu verbergen, weil er so gar keinen Anteil am neuen Jahr haben sollte.

Er lüftete ihn nicht einmal, um nach dem Glockenturm zu sehen, als er nach der alten Kirche zurückkam. Er blieb wohl einen Augenblick stehen aus alter Gewohnheit und erkannte, dass es dunkelte und dass der Turm sich in unbestimmten und schwachen Umrissen in die neblige Luft erhob. Er wusste auch, dass die Glocken sogleich einfallen würden und dass sie um diese Zeit in seine Träumereien wie Stimmen zu klingen pflegten. Umso mehr eilte er sich, beim Alderman den Brief abzugeben, um ihnen auszuweichen, bevor sie begännen, denn er fürchtete sich, sie zu allem noch vielleicht die Worte: »Freund und Vater! Freund und Vater!«, läuten hören zu müssen.

Er entledigte sich daher seines Auftrags so schnell wie möglich und trabte heimwärts. Teils wegen seines Trabs, der auf der Straße wenigstens gar nicht angebracht war, teils infolge seines Hutes, der die Sache nicht besser machte, rannte er gegen jemand an und taumelte auf den Fahrdamm hinab.

»Ich bitte vielmals um Entschuldigung«, und er riss in so großer Verwirrung an seinem Hut, dass sein Kopf zwischen der Krempe und dem zerrissenen Futter stecken blieb wie in einer Art Bienenkorb. »Hoffentlich hab ich Sie nicht verletzt, Sir.«

Was das Verletzen anbelangt, so war Toby kein solcher Simson, dass er bei einer derartigen Gelegenheit nicht viel schlechter weggekommen wäre – und in der Tat war er weggeflogen wie ein Federball –, allein er hatte eine solche Meinung von seiner Stärke, dass er in großer Besorgnis um den andern schwebte und noch einmal fragte: »Hoffentlich habe ich Sie doch nicht verletzt.«

Der Mann, gegen den er angerannt war, ein sonnenverbrannter, sehniger Landmann mit graumeliertem Haar und einem Stoppelbart, blickte einen Augenblick argwöhnisch jenen an, ob er ihn vielleicht verhöhnen wollte, aber als er den Ernst sah, antwortete er: »Nein, Freund, Sie haben mich nicht verletzt.«

»Und das Kind hoffentlich auch nicht?«, fragte Trotty.

»Das Kind auch nicht«, antwortete der Mann. »Ich danke Ihnen herzlichst.«

Dabei warf er einen Blick auf das kleine Mädchen, das in seinen Armen schlief, bedeckte das Gesichtchen mit dem langen Zipfel seines ärmlichen Halstuchs und ging langsam weiter. Der Ton, in dem er sagte: »Ich danke Ihnen herzlichst«, ging Trotty tief zu Herzen. Der Mann war so matt und müde und so schmutzig vom Wandern und fühlte sich so fremd und verlassen in der Stadt, dass es ihm ein Trost zu sein schien, irgendjemand danken zu können, und wenn es auch für gar nichts war. Toby sah ihm nach, wie er sich mühselig weiterschleppte, während das Kind den Arm um seinen Nacken legte.

Trotty blickte, blind für die ganze übrige Straße, nur der Gestalt nach in den zerrissenen Schuhen, die nur mehr Überbleibsel waren in den rohledernen Gamaschen, in der groben Jacke und dem breitkrempigen Hut, der jenem über die Augen hing – sah nach dem Kind, das ihm die Arme um den Nacken gelegt hatte.

Ehe der Fremde in der Dunkelheit verschwand, blieb er stehen und sah sich um. Als er Trotty noch dort erblickte, schien er unschlüssig, ob er umkehren oder weitergehen sollte. Er schwankte eine Weile, dann kam er zurück, und Trotty ging ihm auf halbem Weg entgegen.

»Können Sie mir vielleicht sagen«, fragte der Mann mit einem müden Lächeln, »Ihr werdet es ja am besten wissen, wo der Alderman Cute wohnt?«

»Gleich hier in der Nähe. Ich will Sie mit Vergnügen hinführen.«

»Ich sollte ihn eigentlich erst morgen und an anderem Orte aufsuchen«, sagte der Mann und ging neben Toby her. »Aber ich möchte mich von einem Verdacht reinigen, der mich drückt, und dann gehen, wohin ich will und mir mein Brot suchen, wenn ich auch noch nicht weiß, wo. So wird er es mir nicht übelnehmen, wenn ich heut in sein Haus gehe.«

»Sie heißen doch nicht am Ende Fern?«, rief Toby und fuhr zurück.

»Was?«, rief der andere und sah den Dienstmann erstaunt an.

»Fern? Will Fern?«, sagte Trotty.

»Das ist mein Name.«

»Nun dann«, sagte Trotty, fasste den Mann am Arm und sah sich vorsichtig um, »gehen Sie um Gottes willen nicht hin. Gehen Sie nicht hin. Er wird Euch beide zugrunde richten, so wahr Ihr auf der Welt seid. Hier! Kommen Sie in diese kleine Gasse, und ich will Ihnen sagen, was ich weiß. Gehen Sie nicht zu ihm!«

Der neue Bekannte sah Toby an, als hielte er ihn für verrückt, ging aber nichtsdestoweniger mit. Als sie sicher waren, dass sie niemand beobachten konnte, erzählte Trotty, was er wusste und wie man über Fern Bericht erstattet hatte, und alles andere.

Will Fern hörte ihm mit erstaunlicher Ruhe zu. Er widersprach nicht und unterbrach nicht ein einziges Mal. Er nickte dann und wann mit dem Kopfe, mehr zur Bekräftigung einer längst bekannten Sache, wie es schien, als zu ihrer Widerlegung, und schob nur ein- oder zweimal seinen Hut zurück, um sich mit der sommersprossigen Hand über die Stirn zu fahren, wo jede Ackerfurche, die er einst gepflügt, ihr Abbild im kleinen zurückgelassen zu haben schien. Doch weiter tat er nichts.

»Die Geschichte ist in der Hauptsache wahr genug, Mann«, sagte er endlich. »Ich könnte wohl hier und da etwas hinzufügen, aber soll es schon sein, wie's ist. Was liegt daran. Ich habe seinen Plänen zuwidergehandelt zu meinem Unglück, und ich kann mir nicht helfen, ich würde es morgen wieder tun. Was den Personalbericht anbelangt, so sucht und spioniert dieses vornehme Volk so lange herum, bis es irgendeinen kleinen Makel gefunden, bloß um keinen guten Faden an uns zu lassen. Nun, ich hoffe, sie verlieren ihren guten Ruf nicht so leicht wie unsereiner. Was mich betrifft, Mann, ich habe niemals mit dieser Hand« – er streckte sie aus – »etwas genommen, was nicht mein war und habe niemals eine Arbeit gescheut, mochte sie noch so schwer oder schlecht bezahlt sein. Wer etwas anderes sagen kann, der soll sie mir abhacken. Wenn mich aber die Arbeit nicht mehr nährt wie ein menschliches Geschöpf, wenn ich so schlecht lebe, dass ich Hunger leiden muss in und außer dem Hause, wenn ich sehe, dass das ganze Leben nichts als solche Arbeit ist, so anfängt und so endet, ohne Wechsel und Aussicht, dann sag ich zu dem vornehmen Volk: Bleibt mir vom Halse, lasst meine Hütte in Ruh. Meine Tür ist finster genug, ihr braucht sie nicht noch mehr zu verdunkeln. Ruft mich nicht in den Park, wenn ihr wieder einmal einen Geburtstag feiert, damit ich euch die Menge der Zuschauer vergrößern helfen soll. Oder wenn ihr eine feine Rede sprechen wollt oder sonst was. Haltet eure Spiele und euren Sport ab, ohne dass ich zuschauen muss, und freut euch drüber und amüsiert euch, so viel ihr wollt. Aber wir haben nichts miteinander zu schaffen. Mir ist am liebsten, man lässt mich allein.«

Als er sah, dass das Kind in seinen Armen die Augen aufgeschlagen hatte und verwundert umherblickte, hielt er inne, um ihm ein paar liebe Worte ins Ohr zu sagen, und stellte es neben sich auf den Boden. Dann wickelte er langsam eine der langen Flechten um seinen Zeigefinger wie einen Ring, während sich das Mädchen an sein bestaubtes Bein klammerte, und sagte zu Trotty: »Ich bin keine störrische Natur und leicht zufriedengestellt. Ich trage gegen niemand Böses im Sinn. Ich möchte nur leben wie ein Geschöpf des Allmächtigen. Ich kann es nicht und darf es nicht, und so ist eine Kluft gegraben zwischen mir und denen, die's dürfen und können. Und so wie ich bin, gibt's noch andere. Ihr könnt sie nach Hunderten und Tausenden zählen und nicht nach Dutzenden.«

Trotty wusste, dass Fern die Wahrheit sprach, und nickte beistimmend mit dem Kopf.

»Ich habe mir auf diese Weise einen bösen Namen geschaffen«, sagte Fern, »und fürchte, ich werde mir wahrscheinlich keinen bessern erwerben. Es ist nicht recht, dass man murrt, und ich murre. Gott weiß, dass ich lieber heiter wäre und zufrieden, wenn ich könnte. Na, ich weiß nicht, ob mir dieser Alderman viel antäte, wenn er mich einsperren ließe. Da ich niemand zum Freunde hab, der für mich ein Wort einlegen würde, täte er es gewiss, und sehen Sie das« – und er zeigte mit dem Finger auf das Kind.

»Sie ist sehr hübsch«, sagte Trotty.

»O ja«, antwortete der andere mit leiser Stimme, indem er das kleine Gesichtchen mit beiden Händen sanft dem seinen zukehrte und es lange ansah. »Mir sind schon oft mancherlei Gedanken gekommen. Es hat sich mir aufgedrängt, wenn mein Herz sehr kalt war und der Brotkorb leer. Auch neulich wieder, als sie uns wie zwei Diebe aufgegriffen haben. Aber sie – sie sollen das kleine Gesichtchen mir nicht zu oft behelligen, nicht wahr, Lilly. Es kann einen Menschen in Versuchung führen.«

Er dämpfte seine Stimme und sah das Kind so ernst und sonderbar an, dass ihn Toby fragte, um ihn auf andere Gedanken zu bringen, ob sein Weib noch lebe.

»Ich habe niemals eins gehabt«, antwortete der Mann und schüttelte den Kopf. »Sie ist das Kind von meinem Bruder, eine Waise, neun Jahre alt, wenn man's ihr auch nicht ansieht. Sie ist so müde und erschöpft jetzt. Sie hätten sich ihrer vielleicht angenommen, die vom Armenverein, achtundzwanzig Meilen von dem Ort, wo wir her sind, und hätten sie zwischen vier Wände gesperrt, wie sie's mit meinem alten Vater auch gemacht haben, als er nicht mehr arbeiten konnte. – Er hat sie nicht mehr lang belästigt. – Ich nahm das Mädchen an Kindes statt an, und seit der Zeit hat es bei mir gelebt. Ihre Mutter hat einmal hier in London eine Freundin gehabt. Wir gaben uns alle Mühe, sie ausfindig zu machen und Arbeit zu finden, aber es ist eine große Stadt. Macht nichts. Desto mehr Platz haben wir, darin herumzugehen, Lilly.«

Er sah dem Kind mit einem Lächeln in die Augen, das Toby mehr rührte als Tränen. Er fasste Fern bei der Hand.

»Ich weiß nicht einmal Ihren Namen«, sagte der Mann, »und habe Ihnen mein Herz ausgeschüttet, denn ich bin Ihnen dankbar und habe guten Grund dazu. Ich werde Ihrem Rat folgen und mich hüten vor dieser –«

»Justizperson«, ergänzte Toby.

»So, so«, sagte der Mann. »Ist das der Name, den man ihm gibt. Also gut, vor dieser Justizperson. Und morgen will ich versuchen, ob ich vielleicht in der Umgebung von London mehr Glück habe. Gut Nacht! Glückliches neues Jahr!«

»Halt«, rief Toby und hielt die Hand fest, als sie sich losmachen wollte, »halt! Das neue Jahr könnte mir kein Glück bringen, wenn wir so auseinandergingen. Ich hätte kein Glück, wenn ich das Kind und Sie so obdachlos herumirren ließe. Kommen Sie mit mir nach Hause. Ich bin ein armer Mann und wohne ärmlich. Aber ich kann euch ein Nachtquartier geben, ohne dass mir deswegen etwas abginge. Kommt mit mir! So. Ich will sie tragen«, rief Trotty und hob das Kind auf. »Ein hübsches Kind. Ich könnte eine zwanzigmal schwerere Last tragen, ohne es zu spüren. Sagen Sie mir, wenn ich zu rasch gehe. Ich bin nämlich ungeheuer schnell zu Fuß. Ich war es von jeher.« Trotty sprach's und machte immer sechs seiner trabenden Schritte, wenn sein ermüdeter Begleiter nur einen brauchte, und seine dünnen Beine zitterten unter der Last, die er trug.

»Wie leicht sie ist«, sagte er und hielt seine Zunge im gleichen Trab wie seine Beine, denn er wollte nicht, daß sich der andere bedanke, und wünschte keine Pause eintreten zu lassen. »Leicht wie eine Feder. Leichter als eine Pfauenfeder, noch viel leichter. Dort um die nächste Ecke rechts müssen wir, Onkel Will. An der Pumpe vorüber und links gerade die Straße hinauf dem Wirtshaus gegenüber. Quer hinüber, Onkel Will, wo der Pastetenbäcker ist. Gleich sind wir dort. Die Marställe entlang, Onkel Will, und dann Halt gemacht an der schwarzen Tür mit dem Schild: ›T. Veck, Dienstmann‹. So, jetzt sind wir da, wirklich und leibhaftig, meine liebste Meg. Was! Da staunst du!« Mit diesen Worten setzte Trotty atemlos das Kind vor seiner Tochter in der Stube nieder.

Das kleine Mädchen sah Meg an, und da es in ihrem Gesicht nur Zutrauenerweckendes sah, lief es in ihre Arme.

»Hier sind wir und hier bleiben wir«, sagte Trotty und lief hörbar keuchend in der Stube herum. »Hier, Onkel Will, ist ein Feuer, seht Ihr! Warum kommt Ihr nicht zum Feuer? So, jetzt sind wir da. Meg, lieber Schatz, wo ist der Teekessel. So - - - da ist er und wird sogleich kochen!« Trotty hatte wirklich den Teekessel auf seiner wilden Jagd durch die Stube erwischt und stellte ihn jetzt an das Feuer, während Meg in einer warmen Ecke vor dem Kinde kniete und ihm die Schuhe auszog und die nassen Füße mit einem Tuch abtrocknete. Ja, und sie lächelte Trotty entgegen – so fröhlich und so heiter, dass Trotty sie hätte segnen mögen, wie sie dort kniete, denn er hatte beim Eintreten wohl bemerkt, dass sie in Tränen am Feuer gesessen.

»Ei, Vater«, sagte Meg, »bist du heute Abend wunderlich. Ich möchte gern wissen, was die Glocken dazu sagen würden. Arme, kleine Füße, wie kalt sie sind!«

»O, sie sind jetzt wärmer«, rief das Kind. »Sie sind schon ganz warm.«

»Nein, nein, nein«, sagte Meg, »wir haben sie noch lange nicht genug gerieben. Wir haben so viel zu tun, so viel, und wenn sie trocken sind, wollen wir das feuchte Haar kämmen, und dann wollen wir mit frischem Wasser wieder etwas Farbe in das kleine, bleiche Gesichtchen bringen, und dann wollen wir so munter und fröhlich und glücklich sein.« – Das Kind brach in Schluchzen aus, schlang den Arm um ihren Hals, streichelte mit der Hand ihre schönen Wangen und sagte: »O Meg, meine liebe Meg!«

Tobys Segen hätte nicht mehr tun können. Wer hätte mehr tun können!

»Nun, Vater?«, sagte Margaret nach einer Pause.

»Hier bin ich, hier bleib ich«, sagte Trotty, »mein Schatz.«

»Du lieber Gott«, rief Meg, »er ist wirklich verrückt geworden. Er hat die Haube des Kindes auf den Teekessel gesetzt und den Deckel an die Tür gehängt.«

»Ich hab's nicht mit Absicht getan, mein Liebling«, sagte Trotty und machte schleunigst sein Versehen wieder gut.

»Meg, mein Liebling!« Margaret blickte auf und sah, dass er sich hinter dem Stuhl seines Gastes aufgestellt hatte und ihr allerlei geheimnisvolle Zeichen machte und den halben Shilling in die Höhe hielt, den er verdient.

»Als ich vorhin hereinkam, sah ich draußen auf der Treppe eine halbe Unze Tee liegen und ein Stück Speck dabei, wenn ich nicht irre. Da ich mich nicht mehr genau erinnere, wo es war, will ich selber nachschauen gehen und es suchen.« Mit dieser unerhört schlauen Ausrede entfernte sich Trotty, um den besagten Proviant gegen bar bei Mrs. Chickenstalker zu kaufen, und kam dann mit dem Vorwande, er habe das Gesuchte im Finstern nicht gleich finden können, wieder zurück.

»Hier ist es endlich«, und er packte aus. »Alles in Ordnung. Ich war meiner Sache ganz sicher, dass es Tee und Speck gewesen. Meg, mein Augapfel, wenn du Tee machen möchtest, während dein unwürdiger Vater den Speck röstet, werden wir schnell fertig sein. Es ist ein außerordentlich merkwürdiger Umstand«, und er machte sich mit der Röstgabel an die Arbeit, »ein höchst merkwürdiger Umstand, der aber allen meinen Freunden wohlbekannt ist, dass ich Speckschnitten und Tee absolut nicht leiden kann. – – Ich freue mich, wenn es andern schmeckt«, sagte Trotty sehr laut, damit es sein Gast hören möge, »aber selber essen könnt ich es absolut nicht.«

Und doch sog er den Duft des zischenden Specks ein, als wenn er ihn, ach! selber nur zu gern äße. Und als er das kochende Wasser in die Teekanne goss, blickte er liebevoll hinab in die Tiefen des blanken Kessels und ließ sich den duftigen Dampf um die Nase wirbeln und sich Kopf und Gesicht in eine dichte Wolke hüllen. Trotzdem trank er nicht und aß nicht, außer am Anfang einen Bissen – der Form wegen –, der ihm unendlich behagte, wie er aber laut erklärte, nicht im geringsten schmecken wollte. Nein!

Trottys einzige Beschäftigung war, Will Fern und Lilly beim Essen und Trinken zuzusehen, und dasselbe tat auch Meg. Niemals wohl fanden Zuschauer bei einem City-Gastmahl oder bei einem Hofbankett so viel Vergnügen daran, andere speisen zu sehen, und wären es König und Papst gewesen.

Margaret lächelte Trotty an, Trotty nickte Meg zu. Meg schüttelte den Kopf und applaudierte Trotty unhörbar und Trotty erzählte Meg in der Taubstummensprache unverständliche Geschichten, wie und wo und wann er den Besuch gefunden. Und sie waren glücklich. Sehr glücklich.

»Trotzdem«, dachte Trotty bekümmert, als er Margarets Gesicht beobachtete, »trotzdem das Verhältnis abgebrochen ist, wie ich sehe.«

»Jetzt will ich euch etwas sagen«, sagte Trotty nach dem Tee. »Die Kleine schläft natürlich bei Meg.«

»Bei der guten Meg!«, rief das Kind und liebkoste sie. »Bei Meg!«

»Recht so«, sagte Trotty, »ich würde mich gar nicht wundern, wenn auch Megs Vater einen Kuss bekäme. Ich bin Megs Vater.«

Mächtig entzückt war er, als das Kind schüchtern auf ihn zukam und ihn küsste, worauf es wieder zu Margaret zurückging.

»Sie ist so feinfühlig wie Salomo«, sagte Trotty, »hier sind wir und hier – nein ich versprach mich. Wir bleiben nicht – ich – was wollt ich doch nur sagen, Meg, mein Herzblatt?«

Meg blickte den Gast an, der auf seinem Stuhle lehnte, das Gesicht abgewandt, und den Kopf des Kindes streichelte, das in ihrer Schürze halbversteckt ruhte.

»Wahrhaftig«, sagte Toby. »Wahrhaftig, ich weiß nicht, was heute mit mir los ist, meine Gedanken gehen wahrscheinlich Holz klauben im Walde. Will Fern, Ihr kommt mit mir. Ihr seid todmüde und ganz erschöpft vor Mangel an Ruhe. Ihr kommt mit mir.«

Der Mann spielte noch immer mit des Kindes Locken, lehnte immer noch auf Megs Stuhl, wandte immer noch sein Gesicht ab. Er sprach nicht, doch wie seine rauen groben Finger zitternd in dem schönen Haar des Kindes spielten, da lag mehr Beredsamkeit in ihnen, als Worte hätten sagen können.

»Ja, ja«, sagte Trotty, unbewusst die Bitte beantwortend, die sich im Gesicht seiner Tochter ausdrückte. »Nimm sie mit dir, Meg, und bring sie zu Bett. So, fertig! Und Euch, Will, will ich zeigen, wo Ihr liegt. Es ist nicht gerade ein feiner Platz, bloß ein Heuboden, doch ich sag es immer, es ist einer der größten Vorteile, wenn man in einem Marstall wohnt, der einen Heuboden hat. So lange Remise und Stall nicht besser vermietet sind, wohnen wir hier billig. Es ist eine Menge weiches Heu oben, das einem Nachbarn gehört, und es ist so sauber, wie Meg es selber nicht sauberer machen könnte. Nur Mut, Mann – Kopf hoch und frischen Mut fürs neue Jahr allerwegen.«

Die Hand hatte des Kindes Haar losgelassen, war zitternd auf Trottys Arm gefallen, und Trotty, rastlos schwätzend, führte seinen Gast so zärtlich und behutsam hinauf wie ein Kind.

Schneller als Meg zurückkommend, horchte er einen Augenblick an der Tür der kleinen Kammer, die an die Stube stieß. Das Kind sprach ein einfaches Gebet, ehe es schlafen ging, und er hörte es Megs Namen zärtlich nennen und dann innehalten und nach dem seinen fragen.

Es dauerte einige Zeit, ehe der kleine, närrische Kerl sich sammeln, das Feuer schüren und seinen Stuhl an den warmen Kamin rücken konnte. Doch als er dies getan und das Licht geputzt, nahm er seine Zeitung aus der Tasche und begann zu lesen. Sorglos zuerst und die Zeilen überfliegend, bald aber mit ernster und trauriger Aufmerksamkeit. Dieses selbige gefürchtete Zeitungsblatt lenkte Trottys Gedanken wieder in das gleiche Fahrwasser, in dem sie den ganzen Tag einhergetrieben waren, seine Gedanken, die die Ereignisse des Tages so scharf gekennzeichnet hatten. Sein Interesse an den beiden müden Wanderern hatte seinem Denken eine Zeitlang eine andere Richtung gegeben und eine glücklichere, als er aber jetzt wieder allein war und von Verbrechen und Gewalttat las, da verfiel er wieder in seinen frühern Ideengang.

In dieser Stimmung geriet er auf einen Bericht – es war nicht der erste der Art, den er gelesen – von einer Frau, die in der Verzweiflung Hand an sich und ihr Kind gelegt hatte. Ein so schreckliches Verbrechen, wenn er an seine liebe Meg dachte, schien es ihm, dass er die Zeitung fallen ließ und entsetzt in den Stuhl zurücksank.

»Unnatürlich und grausam!«, sagte er, »unnatürlich und grausam! Nur Leute, die von Herzen schlecht und von Natur böse sind und auf der Erde nichts zu suchen haben, können solche Taten begehen. Es ist nur zu wahr, was ich heute gehört habe, nur zu richtig. Wir sind böse von Geburt.«

Die Glocken nahmen ihm die Worte so plötzlich vom Munde, brüllten auf, so laut, klar und dröhnend, dass es Toby wie ein Blitz traf.

Und was war's, das sie sagten? »Toby Veck, Toby Veck! Wir warten deiner! Warten dein! Toby Veck! – Warten dein! warten dein! Komm zu uns! Komm zu uns! Bringt ihn her! Bringt ihn her! Plagt ihn und jagt ihn! Plagt ihn und jagt ihn! Stört ihn im Schlaf! Stört ihn im Schlaf! Toby Veck! Toby Veck! Türe auf, Toby Veck! Türe auf, Toby Veck! Türe auf! Toby! Toby! Türe auf! Toby!«

Dann fingen sie wieder von vorn an mit ihrem wilden, ungestümen Geläut und dröhnten, dass die Steine in den Wänden und der Mörtel zitterten.

Toby horchte. »Träume, Träume.« Es befiel ihn wie Reue, dass er nachmittags von ihnen weggelaufen. »Nein, nein, nein, nichts mehr dieser Art.« Aber wieder und wieder kam es, noch ein dutzend Mal. »Jagt ihn und plagt ihn! Plagt ihn und jagt ihn! Bringt ihn her! Bringt ihn her!« Bis die ganze Stadt wie taub war.

»Meg«, fragte Trotty und öffnete leise ihre Tür. »Hörst du etwas?«

»Ich höre die Glocken, Vater. Sie läuten heute Nacht so laut.«

»Schläft sie schon?«, fragte Toby, um irgendetwas zu sagen.

»Und wie friedlich und glücklich! Sie hält meine Hand fest, ich kann noch nicht fortgehen.«

»Meg«, flüsterte Trotty, »hör nur die Glocken!«

Sie horchte, die ganze Zeit über ihr Gesicht ihm zukehrend, aber ihre Mienen veränderten sich nicht. Sie verstand die Glocken nicht. Trotty zog sich zurück, er nahm seinen Platz am Feuer wieder ein und lauschte noch einmal.

Es litt ihn nicht lange da. Er konnte es unmöglich mehr ertragen. Die Kraft der Glocken war furchtbar.

»Wenn die Turmtüre wirklich offen stünde«, sagte er, legte hastig seine Schürze ab und vergaß dabei seinen Hut, »was könnte mich hindern, hinaufzusteigen und mir Gewissheit zu verschaffen? Wenn sie verschlossen ist, brauch ich weiter keine Gewissheit mehr. Dann weiß ich genug.«

Er war eigentlich fest überzeugt, als er leise auf die Straße hinausschlüpfte, dass die Turmtür fest verschlossen sein müsse, denn er kannte sie gar wohl und hatte sie kaum dreimal im Leben offen gesehen. Sie hatte ein niedriges, rundes Portal außen an der Kirche in einer dunkeln Ecke hinter einer Säule und so große eiserne Angeln und ein so ungeheures Schloss, dass man mehr von den Angeln und dem Schlosse sah als von der ganzen Türe.

Aber wie groß war Trottys Erstaunen, als er jetzt barhäuptig zur Kirche kam, die Hand suchend in den dunkeln Winkel streckte, schaudernd vor Furcht, es könne sie jemand unversehens packen, und bereit, sie jeden Augenblick zurückzuziehen – – und die Tür offen fand. Im ersten Schrecken wollte er umkehren und ein Licht oder einen Begleiter holen. – Bald jedoch fand er seinen Mut wieder.

»Was hab ich denn zu fürchten?«, fragte er sich. »Es ist doch eine Kirche, und wahrscheinlich ist der Mesner drin und hat die Tür vergessen zu schließen.«

So ging er denn hinein und tappte sich vorwärts, wie ein Blinder, denn es war stockfinster. Totenstille. Die Glocken schwiegen.

Den Staub von der Straße hatte es hereingeweht. Er lag dort fußtief, dass Toby wie auf Sammet ging. Es war etwas Beängstigendes, Unheimliches dabei. Die enge Treppe stieß so dicht an die Tür, dass Toby bei der ersten Stufe stolperte, sie im Fallen hinter sich zuwarf und dann nicht mehr aufklinken konnte.

Das war ihm nur ein Grund mehr, vorwärtszugehen. Er tastete sich aufwärts, immer aufwärts, im Kreise herum, immer höher, immer höher und höher.

Es war eine böse Treppe, so niedrig und schmal, dass seine tastende Hand immer an etwas stieß. Und es fühlte sich so oft an wie eine gespenstische Gestalt, die aufrecht stand und ihm auswich, um nicht entdeckt zu werden, dass er oft an der glatten Mauer in die Höhe fühlte, um nach dem Gesicht zu suchen, während ihn eine Gänsehaut überlief. Zweimal oder dreimal unterbrach eine Nische, die ihm so groß vorkam wie die ganze Kirche, die einförmige Mauerfläche. Dann glaubte er am Rand eines Abgrunds zu stehen und kopfüber hinunterstürzen zu müssen, bis er die Wand wieder fand. Immer hinauf, hinauf und hinauf, im Kreise herum und hinauf, hinauf, hinauf, höher, höher und höher hinauf. Allmählich wurde die dumpfe, erstickende Luft frischer – Zugluft wehte, und endlich blies der Wind so stark, dass Toby sich kaum auf den Beinen halten konnte. Endlich gelangte er an ein Bogenfenster in dem Turm wie an eine Brustwehr und hielt sich fest und sah hinab auf die Giebel der Häuser, die rauchenden Schornsteine, auf die Lichtflecken und Strahlenmassen (in der Gegend, wo Margaret sich jetzt wahrscheinlich wunderte, wo er nur sein möchte und vielleicht nach ihm rief), die wie in einen Teig von Nebel und Finsternis eingeknetet waren.

Das war die Glockenstube, wohin der Mesner kam. Toby hatte eins von den zerschlissenen Seilen erfasst, die durch Öffnungen von der eichenen Decke herunterhingen. Zuerst fuhr er zurück, denn es fühlte sich an wie ein Haarbüschel. Dann zitterte er bei dem bloßen Gedanken, dass er die dumpfe Glocke aufwecken könnte.

Die Glocken selber hingen höher! Und höher hinauf tastete sich Trotty in seiner Betäubung oder unter dem Einfluss des Spuks. Über Leitern, steil und beschwerlich, wo die Füße kaum mehr Halt fanden, und hinauf, hinauf, hinauf sich klammernd und klimmend, hinauf, hinauf, hinauf, höher, höher, höher hinauf!

Bis er durch die Luke klomm und mit dem Kopf über dem Balken war. Da hing er mitten unter den Glocken. Es war kaum möglich, in der Dunkelheit ihre gewaltigen Umrisse zu unterscheiden, aber da waren sie, da hingen sie, schattenhaft, finster und stumm.

Ein bleiernes Gefühl von Furcht und Einsamkeit überfiel ihn augenblicklich, als er in dies luftige Nest von Gestein und Erz emporklomm. Ihn schwindelte. Er lauschte. Dann rief er ein wildes »Hallo!«

»Hallo!«, dehnte traurig das Echo.

Schwindelnd, verwirrt, außer Atem und von Entsetzen geschüttelt, blickte Toby ins Leere und sank ohnmächtig zusammen.

Drittes Viertel

Schwarz brüten die Wolken, und es kochen die Wasser der Tiefe, wenn die tobende Gedankensee ihre Toten herausgibt nach tiefer Windstille. Ungeheuer, so wild und ungeschlacht, tauchen auf in einer vorzeitigen, lückenhaften Auferstehung, die mancherlei Glieder und Teile der verschiedensten Dinge in ein Ganzes vereint, wie der Zufall es fügt. Nach welchen

Gesetzen sich die Glieder trennen, vermischen und zusammenfinden, um Sinn und Form zu bilden zu neuem Leben, das kann der Mensch nimmer erfassen, und ist er auch jetzt und immerdar der Gral des großen Mysteriums, der dieses Geheimnis birgt. Und wann und wie sich die Finsternis der nachtschwarzen Kuppel zum schimmernden Licht wandelte, wann und wieso sich der einsame Turm mit Milliarden Gestalten bevölkerte, wann und wieso das durch Trottys Schlaf und Ohnmacht wispernde »Plagt ihn und jagt ihn« zu der Stimme wurde, die in seine wachen Ohren rief: »Stört ihn im Schlaf!« –; wann und wieso er aufhörte, in seiner verworrenen Vorstellung die Scharen der Dinge, die da waren, mit den Scharen der Dinge, die nur zu sein schienen, miteinander zu verwechseln, das zu erfahren, gibt es nicht Weg noch Steg. Als er aber wieder aufgewacht mit beiden Beinen auf den Brettern stand, da sah er folgenden gespenstischen Spuk.

Er sah den Turm, wohinauf ein Zauber seine Schritte gelenkt, wimmeln von zwerghaften Phantomen, von den Geistern, Kobolden und Elfen der Glocken. Er sah sie unaufhörlich und ohne Unterlass aus den Glocken springen, fliegen, fallen, stürzen. Er sah sie rings um sich her auf dem Boden, über sich in der Luft –, sah sie die Seile hinabklettern; sah, wie sie von den schweren, eisengegürteten Balken herniederblickten, durch die Ritzen und Löcher in den Mauern auf ihn hereinschielten, in schwingendem Reigen wegzogen von ihm, weiter und weiter, wie die kräuselnden Wasserringe wegfliehen von einem plumpen Steine, der plötzlich in sie hineinplatscht. Er sah sie in jeder Art und Gestalt, hässliche und hübsche, verkrüppelte und schlanke; er sah sie jung, er sah sie alt, gütig und grausam, fröhlich und mürrisch; er sah ihren Tanz und hörte sie singen. Manche rauften sich das Haar, und er hörte ihr Heulen. Es wimmelte die Luft von ihnen. Er sah sie kommen und gehen ohne Unterlass. Er sah sie abwärtsreiten und in die Höhe fliegen, sah, wie sie von dannen segelten und dicht neben ihm hockten; alle ruhelos und in wilder Bewegung. Granit und Ziegel, Schiefer und Holz wurden für ihn wie für sie zu Glas. Er sah sie drinnen in den Häusern geschäftig an der Schläfer Betten. Er sah sie den Menschen Linderung bringen in ihre Träume, sah, wie sie andere mit knotigen Geißeln schlugen. Er sah sie ihnen in die Ohren gellen oder leise, zarte Musik auf ihren Pfühlen spielen. Er sah, wie sie dem einen mit Vogelgesang und Blumenduft das Herz froh machten, dem andern aus Zauberspiegeln, die sie in den Händen hielten, grauenhafte Gesichter in die gestörte Ruhe warfen.

Er sah diese gespenstischen Wesen auch unter wachen Menschen die verschiedensten und miteinander unverträglichsten Dinge treiben und die seltsamsten Veränderungen an sich vornehmen. Er sah, wie der eine sich Flügel ohne Zahl anschnallte, um seine Geschwindigkeit zu vergrößern, und ein anderer sich mit Ketten und Gewichten beschwerte, um die seine zu hemmen. Er sah, wie manche die Zeiger an den Turmuhren vorrückten; wie andere sie festhielten, um die Zeit zum Stehen zu bringen. Er sah, wie die einen eine Hochzeit feierten und andere zum Begräbnis gingen. Wie sie hier einen Ball aufführten und dort um die Wahlurne tanzten. Und überall ruheloses und unermüdliches Hasten und Jagen.

Verwirrt von der Menge der wechselnden, sonderbaren Gestalten wie durch das Dröhnen der Glocken, die über ihm läuteten ohne Rast, ohne Ruh, klammerte sich Trotty an einen hölzernen Stützpfeiler und wandte sein kreideweißes Gesicht hier hin und dorthin in stummem versteinertem Staunen.

Und mitten in seinem Staunen hielt plötzlich das Läuten still, und blitzschnell wandelte sich das Bild. Der Schwarm zerstob, die Gestalten fielen in sich zusammen. Ihre Schnelligkeit ließ sie im Stich, sie suchten zu fliehen, aber über ihrem Fallen und Stürzen starben sie hin und zergingen in der Luft. Kein neuer Zuzug ergänzte ihre Zahl. Ein einziger Nachzügler noch sprang eilig aus der großen Glocke heraus und kam auf die Füße zu stehen. Doch er war tot und gestorben, ehe er sich umdrehen konnte. Einige von denen, die im Turme rumort und Luftsprünge gemacht hatten, blieben ein Weilchen und drehten sich noch.

Doch bei jedem Sprung wurden sie schwächer und ihre Zahl kleiner und kleiner, und sie gingen bald den Weg, den alle übrigen gegangen. Der letzte von allen, das war ein kleiner Kerl mit einem Buckel; er hatte sich in einem Schallwinkel verkrochen, wo er quirlte und quirlte und sich noch lange in drehender Bewegung hielt und mit solcher Ausdauer, dass zuletzt von ihm ein Bein, dann bloß nur ein Fuß blieb, bis endlich gar nichts mehr von ihm übrig war. Dann lag der Turm in Todesschweigen. Da erblickte Trotty – was er vorher nicht gesehen – in jeder Glocke eine bärtige Gestalt, so hoch und breit wie die Glocke selbst. Etwas Unbegreifliches: eine Gestalt und doch die Glocke selbst. Von riesenhafter Größe, die ernsten, finstern Blicke auf ihn gerichtet, wie er so an den Boden gewurzelt stand.

Geheimnisvolle und furchtbare Gestalten, die auf nichts standen, in der Nachtluft des Turmes hingen und mit ihren bedeckten und bekappten Häuptern bis an die dunkle Decke ragten, bewegungslos und schattenhaft. Schattenhaft und dunkel, wie von einem Schein umwoben, der von ihnen selbst ausging – die verhüllte Hand auf den gespenstischen Mund gelegt. Er wollte sich schnell durch die Öffnung im Boden hinunterlassen, aber die Kraft, sich zu bewegen, war von ihm genommen. Er hätte sich kopfüber in die Tiefe gestürzt, um aus dem Bannkreis der Augen dieser schrecklichen Gestalten zu entkommen, die ihn bewachten und bewachten und den Blick nicht von ihm gewandt hätten, würde man ihnen auch die Augäpfel herausgenommen haben. Wieder und wieder schlug ihm das Grausen und Entsetzen der einsamen Stätte und der wilden, furchtbaren Nacht, die hier herrschte, wie mit Geisterhand ins Genick. Fern von jeglicher Hilfe und der lange, finstere, im Kreise gehende Weg voll Gespenstern zwischen ihm und der Erde der Menschen, hier oben, hoch, hoch, hoch oben, in der Kuppel des Turms, den bei Tage die Vögel umkreisen in schwindelnder Höhe; abgeschnitten von allen guten Menschen, die zu solcher Stunde in ihren Betten lagen und schliefen. Eiskalt überrieselte es ihn. Nicht wie ein Gedanke: wie lebendige, körperliche Empfindung. Seine Augen hingen furchtsam an den riesigen Wächtern, die nicht wie Gestalten waren von dieser Welt, in ihren Hüllen aus tiefer Dunkelheit gewebt, in ihrem unirdischen Aussehen und in übernatürlicher Weise über dem Boden schwebend. Die dunkel und doch so deutlich waren wie die starken Sparren aus Eichenholz; die Kreuzstücke, Balken und Bäume, die hier oben standen als Stützen und Träger der Glocken. Wie in einem Walde von behauenem Holz standen die Riesen und hielten ihre düstere, reglose Wacht inmitten dieser Verschlingungen und Verkreuzungen von toten Ästen, die verdorrt waren durch die gespenstische Nähe.

Ein Luftzug, kalt und schneidend, fuhr stöhnend durch den Turm. Als er vorüber war, da hob der Geist der großen Glocke zu sprechen an: »Was ist das für ein Gast?«

Die Stimme klang tief und dumpf, und Trotty schien es, als töne sie nach in den andern Gestalten.

»Ich dachte, man habe mich beim Namen gerufen«, sagte Trotty und hob bittend die Hände auf. »Ich weiß nicht, warum ich hier bin und warum ich kam. Ich habe auf die Glocken gehorcht so manches Jahr, und es hat mir das Herz erleichtert.«

»Und hast du ihnen gedankt?«, fragte die Glocke.

»O tausendmal!«, schrie Trotty.

»Wie?«

»Ich bin ein armer Mann«, stotterte Trotty, »und konnte bloß mit Worten danken.«

»Und hast du ihnen immer gedankt?«, fragte der Geist der Glocke.

»Hast du uns niemals gelästert in Worten?«

»Nie«, schrie Trotty eifrig.

»Niemals uns Schlimmes und Falsches nachgesagt und uns boshaft und böse genannt?«

»Niemals«, wollte Trotty antworten, doch schwieg er plötzlich bestürzt.

»Die Stimme der Zeit«, sagte das Phantom, »ruft dem Menschen zu: vorwärts! Die Zeit will, dass er vorwärtsschreite, will, dass er sich vervollkomme und seinen Wert erhöhe, sein Glück mehre und sein

Leben besser gestalte und dem Ziele zuschreite, das vor seinen Augen liegt und abgesteckt wurde, als die Zeit und er begannen. Jahre der Dunkelheit, des Gräuels und der Gewalttat sind gekommen und gegangen. Unzählbare Millionen haben gelitten, gelebt und sind gestorben. Um den Weg zu zeigen, der vorwärtsführt. Wer stehen bleibt und den Gang der Zeit hemmen will, der greift in eine mächtige Maschine, die alle erschlägt, die im Wege stehen, und nach dem Stillstand eines Augenblicks nur um so ungestümer und rascher vorwärtstreibt.«

»Das hab ich nie getan, so viel ich weiß, Sir«, sagte Trotty. »Wenn ich es getan habe, so geschah es unabsichtlich. Ich würde so etwas bestimmt nicht tun.«

»Wer fälschlich der Zeit und ihren Dienern in den Mund einen Klageruf legt um die Tage, die geprüft und zu leicht gefunden wurden und die Spuren zurückgelassen haben, so tief, dass sie ein Blinder sehen kann – einen Klageruf, der der Gegenwart nur so weit dienen könnte, als er der Menschheit zeigt, wie sehr Hilfe not tut, – – wer dies tut, der tut Unrecht. Und dieses Unrecht hast du uns, den Glocken, getan.«

Trottys ärgste Furcht war geschwunden. Er hatte eine zärtliche und dankbare Neigung zu den Glocken gehabt, und als er hörte, dass man ihn einer so schweren Kränkung bezichtigte, erfüllte sich sein Herz mit Reue und Leid.

»Wenn Ihr wüsstet«, sagte Trotty und faltete inbrünstig die Hände, »(– oder vielleicht wisst Ihr es –), wie oft Ihr mir Gesellschaft geleistet, wie oft Ihr mich aufgerichtet habt, wenn ich niedergeschlagen war, wie Ihr das einzige Spielzeug meiner kleinen Meg waret, als ihre Mutter gestorben und sie und ich allein zurückgeblieben, würdet Ihr mir wegen eines einzigen übereilten Wortes nicht gram sein ...«

»Wer in unserm Klang ein Echo hört menschlicher Leidenschaft und der Sorge um elende Nahrung, um die die Menschen welken und sich grämen, der fügt uns Unrecht zu. Dies Unrecht hast du uns getan«, sagte die Glocke.

»Das habe ich getan«, sagte Trotty. »Oh, verzeiht mir.«

»Wer in unserm Dröhnen jenes elende Erdgewürm reden hört, die Unterdrücker der Gedemütigten und Niedergebrochenen, die da bestimmt sind, höher erhoben zu werden, als jene Maden der Zeit kriechen können«, fuhr der Geist der Glocke fort, »wer also tut, der tut uns Unrecht. Und du hast uns Unrecht getan.«

»Nicht mit Absicht«, sagte Trotty, »in meiner Unwissenheit. Nicht mit Absicht.«

»Zuletzt und zumeist«, fuhr die Glocke fort, »wer den Gefallenen und Entstellten seiner Art und Gattung den Rücken kehrt, von ihnen als niedrig und gemein die Hand abzieht und den Abgrund nicht sehen will mit mitleidigem Auge, in den sie stürzten, in ihrem Falle noch haschend nach Büschel und Schollen von jenem Erdreich, dessen sie verlustig gingen, daran hängend, sich daran klammernd – den Abgrund, in dem sie zermalmt und sterbend liegen –, wer solches tut, der fügt dem Himmel und der Menschheit, der Zeit und der Ewigkeit Unrecht zu. Und solches Unrecht hast du auch getan.«

»Schone mich«, rief Trotty und sank in die Knie, »um der Barmherzigkeit willen.«

»Horch!«, sagte der Schatten.

»Horch!«, riefen die andern Schatten.

»Horch!«, sagte eine klare, kindliche Stimme, die Trotty bekannt vorkam.

Die Orgel tönte leise in der Kirche unten, und ihr Ton schwoll an, und die Melodie drang zum Dache hinauf und füllte Chor und Schiff. Sie breitete sich aus, mehr und mehr, sie stieg hinauf, hinauf, hinauf, hinauf, höher und höher und höher hinauf und weckte fühlende Herzen auf in den Eichenpfeilern, in der Höhlung der Glocken, in den eisengegürteten Türen, in den Treppen aus festem Gestein, bis die Mauern des Turms sie nicht mehr fassen konnten und sie sich aufwärtsschwang zum Firmament.

Kein Wunder, dass eines alten Mannes Brust den mächtigen, ungeheuern Klang nicht fassen konnte; der Schall sprengte das enge Gefängnis mit einem Strom von Tränen, und Trotty schlug die Hände vor sein Gesicht.

»Horch!«, sagte der Schatten.

»Horch!«, sagten die andern Schatten.

»Horch!«, sagte des Kindes Stimme.

Eine feierliche, vielstimmige Weise stieg in den Turm empor. Es war eine sehr traurige, düstere Weise: ein Totenlied.

Und als Trotty lauschte, da hörte er seiner Tochter Stimme unter den Singenden.

»Sie ist tot«, schrie der alte Mann. »Meg ist tot. Ihr Geist ruft nach mir. Ich höre ihn!«

»Der Geist deines Kindes weint um die Toten und mischt sich unter die Toten mit toten Hoffnungen, toten Vorstellungen, toten Träumen der Jugend«, antwortete die Glocke. »Sie selbst aber lebt. Lerne aus ihrem Leben eine lebendige Wahrheit. Lerne von dem Wesen, das deinem Herzen am nächsten steht, wie böse die Bösen geboren sind. Sieh, wie elend und kahl der schönste Blumenstängel wird, reißt man die Knospen aus und Blatt um Blatt. Folge ihr in die Verzweiflung nach!«

Jeder der Schatten reckte den rechten Arm aus und wies niederwärts.

»Der Geist der Glocken ist dein Begleiter«, sagte die Gestalt. »Geh! Er steht hinter dir.«

Trotty sah sich um und sah – das kleine Mädchen? Das kleine Mädchen, das Will Fern durch die Straßen getragen, das kleine Mädchen, das Meg bewacht und das jetzt im Schlummer lag.

»Ich selbst trug sie, diese Nacht«, sagte Trotty, »in meinen Armen.« »Zeig ihm, was er nennt: Ich selbst«, sagten die dunklen Gestalten aus einem Munde.

Der Turm tat sich auf zu seinen Füßen. Trotty blickte nieder und sah sich selbst auf dem Boden liegen, draußen vor dem Turm, zerschmettert und regungslos.

»Nicht mehr unter den Lebenden«, schrie er auf. »Tot.«

»Tot«, sagten die Gestalten aus einem Munde.

»Barmherziger Himmel! Und das neue Jahr –«

»Vorbei«, sagten die Gestalten.

»Was!«, schrie er mit Schaudern. »Ich verfehlte den Weg, trat im Finstern heraus aus dem Turm in die Nacht und fiel herab – vor einem Jahr?«

»Vor neun Jahren«, erwiderten die Gestalten.

Und wie sie diese Antworten gaben, zogen sie ihre ausgestreckten Hände zurück, und wo ihre Gestalten gewesen, da hingen die Glocken.

Und sie läuteten, da ihre Zeit wiedergekommen; und wieder erwachten ungeheure Scharen von Phantomen zum Leben, wieder wie damals geschäftig, wieder wie damals hinschwindend und in ein Nichts zusammenschrumpfend, als das Dröhnen verstummte.

»Was sind sie?«, fragte Trotty seine Führerin. »Wenn ich nicht wahnsinnig werden soll, sag, was sind sie?«

»Kobolde der Glocken. Ihre Klänge auf den Fittichen der Luft«, antwortete das Kind. »Sie nehmen Form an und handeln, wie die Gedanken und Hoffnungen der Sterblichen es ihnen eingeben.«

»Und du«, sagte Trotty verwirrt, »was bist du?«

»Pst! Pst!«, antwortete das Kind. »Schau her!« In einer ärmlichen niedrigen Stube an derselben Stickerei arbeitend, die er so oft und oft von ihr gesehen, zeigte sich ihm Meg, seine eigene geliebte Tochter. Er versuchte nicht, ihr Küsse auf die Wange zu drücken und sie an sein liebendes Herz zu schließen. Er wusste, dass solche Zärtlichkeit nicht mehr für ihn war. Er hielt nur seinen zitternden Atem an und wischte nur die Tränen weg, die sein Auge blendeten, damit er sie sehen könnte.

O wie verändert, wie verändert war sie! Das Licht des klaren Auges wie trübe! Die Rosen ihrer Wangen verwelkt. Schön war sie noch immer, aber die Hoffnung, die Hoffnung, die Hoffnung war gestorben, die Hoffnung, die fröhliche Hoffnung, die einst zu ihm gesprochen wie eine Stimme.

Sie blickte von der Arbeit auf nach ihrer Gefährtin. Der alte Mann folgte ihrem Auge und fuhr zurück.

Sofort erkannte er das jetzt erwachsene Mädchen wieder. In den langen seidenen Locken erkannte er die alten Ringel wieder, und um die Lippen schwebte noch derselbe kindliche Ausdruck. Siehe, in den

Augen, die forschend auf Margarets Gesicht ruhten, strahlte noch derselbe Blick, den er in ihren Zügen gelesen, als er sie damals in sein Haus getragen hatte.

Was war aber das neben ihm? Mit Scheu in das kindliche Gesicht blickend, sah er etwas in den Zügen, ein feierliches, unbestimmtes, unerklärliches Etwas, das kaum mehr als eine Erinnerung an jenes Kind ausdrückte, das es wohl der Gestalt nach sein konnte, und doch war es dasselbe Kind, dasselbe und trug auch seine Kleidung.

Horch, sie sprachen miteinander.

»Meg«, sagte Lilly mit Zögern, »wie oft du aufblickst von deiner Arbeit, um mich anzusehen.«

»Hat sich mein Aussehen so geändert, dass es dich erschreckt?«

»Gewiss nicht, liebe Meg. Du glaubst es gewiss selbst nicht. Aber warum lächelst du nicht mehr, wenn du mich anblickst, Meg?«

»Das tue ich doch, oder nicht?« Sie antwortete und lächelte sie an.

»Jetzt wohl«, sagte Lilly, »aber gewöhnlich nicht. Wenn du zuweilen denkst, ich sei beschäftigt und bemerke es nicht, dann siehst du so ängstlich und besorgt aus, dass ich kaum wage, die Augen aufzuschlagen. Wohl haben wir bei diesem harten mühseligen Leben wenig Ursache zu lächeln, aber du warst doch sonst so heiter.«

»Bin ich es nicht noch?«, fragte Meg mit seltsamer Unruhe und stand auf und umarmte sie. »Mache ich dir unser mühseliges Leben noch mühseliger, Lilly?«

»Du warst doch das einzige Wesen«, sagte Lilly und küsste sie heiß, »das mir das Leben erhielt, bisweilen das einzige Wesen, dessentwegen ich weiterlebte, Meg. Diese Arbeit, diese Arbeit! Die vielen Stunden und Tage, die langen, langen Nächte hoffnungsloser, freudenarmer, nimmerendender Arbeit – nicht um Vermögen zu sammeln, vornehm oder fröhlich zu leben, nicht einmal um bescheiden, wenn auch noch so notdürftig zu leben, nur gerade, um trocknes Brot zu verdienen, um gerade so viel zu erübrigen, um davon darben zu können und in uns das Bewusstsein unseres harten Schicksals lebendig zu erhalten. O Meg, Meg!«, schrie sie und schlang schmerzerfüllt ihre Arme um sie. »Wie kann die grausame Welt ein solches Leben so lange mit ansehen.«

»Lilly!«, sagte Meg, sie beruhigend und strich ihr das Haar aus dem tränenfeuchten Gesicht. »Aber Lilly, du, so hübsch und so jung!«

»O Meg«, unterbrach sie Lilly und beugte sich weg von ihr auf Armeslänge und sah ihr flehend ins Gesicht. »Das ist gerade das Schlimmste von allem. Wäre ich alt, Meg, wäre ich welk und runzlig, dann wäre ich frei von den schrecklichen Gedanken, die mich so in Versuchung führen in meiner Jugend.«

Trotty wandte sich um nach seiner Führerin.

Doch der Geist des Kindes hatte die Flucht ergriffen. Er war fort.

Auch er selbst *blieb* nicht.

Denn Sir Joseph Bowley, der Freund und Vater der Armen, hielt ein großes Fest in Bowley Hall zur Geburtstagsfeier der Lady Bowley. Und da Lady Bowley am Neujahrstag geboren war – die Lokalblätter sahen das als einen besonderen Fingerzeig der Vorsehung an und spielten darauf an, dass die Zahl »1« der Lady Bowley auch zugleich die bekannte Schöpfungszahl »1«, sei – so fand dieses Fest an einem Neujahrstage statt.

Bowley Hall war voll von Gästen. Der Gentleman mit dem roten Gesicht war da. Mr. Filer war da. Der große Alderman Cute war da. Alderman Cute hatte eine große Vorliebe für vornehme Leute, und sein Verhältnis zu Sir Joseph Bowley hatte sich infolge seines damaligen aufmerksamen Briefs außerordentlich gefestigt. Er war seit der Zeit geradezu ein Freund der Familie geworden. – Und viele Gäste waren da. Trottys Geist war da, und das arme Gespenst wanderte trübselig herum und suchte nach seiner Führerin.

In der großen Halle sollte das prunkhafte Diner stattfinden, bei dem Sir Joseph Bowley in seiner berühmten Stellung als Freund und Vater der Armen seine große Rede halten sollte. Eine Reihe Plumpuddings sollten zuerst von seinen »Freunden« und deren Kindern in einer andern Halle gegessen werden, und auf ein gegebenes Zeichen sollten sich diese Freunde und Kinder unter ihre Freunde und Väter mischen und so eine Familienversammlung bilden, dass vor lauter Rührung nicht einmal ein männliches Auge trocken bleiben sollte.

Aber noch mehr war vorgesehen. Sogar noch mehr als das. Sir Joseph Bowley, Baronet und Parlamentsmitglied, wollte mit seinen Knechten eine Partie Kegel, eine wirkliche Partie Kegel schieben.

»Es erinnert einen förmlich«, sagte Alderman Cute, »an die Tage des alten Königs Heinz, des starken Königs Heinz, des dicken Königs Heinz.«

»Ja, das war ein edler Charakter!«

»Ja, ein sehr edler«, sagte Mr. Filer trocken. »Besonders was das Heiraten und Ermorden seiner Frauen anbelangt. Nebenbei gesagt, gibt's mehr Frauen als Männer.«

»Nicht wahr, du wirst die schönen Damen bloß heiraten und sie nicht ermorden, was«, sagte Alderman Cute zu dem zwölfjährigen Erben Bowleys. »Ein süßer Junge. Wir werden diesen kleinen Gentleman im Parlament haben, ehe wir uns versehen«, sagte der Alderman, nahm ihn bei den Schultern und sah ihn so nachdenklich, wie er nur irgend konnte, an. »Wir werden von seinen Erfolgen bei den Wahlen hören, von seinen Reden im Parlament, von den Angeboten seitens der Regierung und seinen brillanten Leistungen auf allen Gebieten; o wir werden ihm unsere geringen Huldigungen im Gemeinderat darbringen, das weiß ich, eher als wir denken.«

»O das machen die Schuhe und Strümpfe«, dachte Trotty, aber sein Herz schlug dem Kinde entgegen, um der Liebe willen zu dem schuh- und strumpflosen Jungen, denen der Alderman an jenem Mittag die Laufbahn von Taugenichtsen vorausgesagt und die seiner armen Meg Kinder hätten sein können.

»Richard«, stöhnte er und durchstreifte die Gesellschaft. »Wo ist er nur? Ich kann Richard nicht finden. Wo ist Richard?«

Hier wahrscheinlich nicht, wenn er noch lebte!

Schmerz und Einsamkeit verwirrten Trotty. Er wanderte immer noch unstet in der vornehmen Gesellschaft herum, suchte seine Führerin und sagte unablässig: »Wo ist nur Richard? Zeig mir Richard!«

Als er so herumlief, begegnete er Mr. Fish, dem Geheimsekretär, der in großer Aufregung war. »Gott steh mir bei!«, rief Mr. Fish. »Wo ist nur der Alderman Cute? Hat niemand den Alderman gesehen?«

Den Alderman gesehen? Lieber Himmel, wer konnte den Alderman nicht sehen. Er war so fürsorglich, so leutselig – sich des begreiflichen Wunsches der Menge, seiner ansichtig zu sein, so bewusst, dass er sich immerwährend vor allen Augen hielt. Und wo vornehme Leute waren, da war bestimmt auch Cute, angezogen von der Sympathie, die große Seelen verbindet.

Mehrere Stimmen sagten, dass er sich in dem Kreise befände, der um Sir Joseph stand. Mr. Fish bahnte sich einen Weg, fand ihn und zog ihn in eine Fensternische, um ihm heimlich etwas zu sagen. Trotty gesellte sich zu ihnen. Nicht aus eignem Antrieb. Er fühlte, dass sich seine Schritte von selbst dorthin lenkten.

»Mein lieber Alderman Cute«, sagte Mr. Fish, »noch ein bisschen weiter zum Fenster. Etwas Schreckliches ist vorgefallen. Ich habe es in diesem Augenblick erfahren. Ich dächte, es wäre das Beste, Sir Joseph nichts mitzuteilen, bis der Tag vorüber ist. Sie kennen Sir Joseph, und ich bitte Sie um Ihre Meinung. Ein außerordentlich schreckliches und beklagenswertes Ereignis!«

»Fish«, entgegnete der Alderman, »Fish, lieber Freund, was ist geschehen? Doch keine Revolution, will ich hoffen. Keine – keine Widersetzlichkeit gegen die Obrigkeit?«

»Deedles, der Bankier«, der Sekretär schnappte nach Luft, »Gebrüder Deedles, der heute hätte hier sein sollen, der im höchsten Ansehen steht an der Börse –«

»Umgeschmissen!«, sagte der Alderman. »Das kann nicht sein.«

»Erschossen hat er sich –«

»Großer Gott!«

»Hat sich eine Doppelpistole in seinem eigenen

Bankhause an den Mund gesetzt«, sagte Mr. Fish, »und sich das Gehirn herausgeschossen. Und ohne Grund – fürstliche Verhältnisse.«

»Verhältnisse!«, rief der Alderman aus. »Ein Mann mit fürstlichem Vermögen. Einer der allerrespektabelsten Menschen. Selbstmord, Mr. Fish. Mit eigener Hand.«

»An diesem Morgen«, entgegnete Mr. Fish.

»O das Gehirn, das Gehirn!« Und der fromme Alderman hob die Hände zum Himmel. »O die Nerven, die Nerven; die Geheimnisse der Maschine, die wir Mensch nennen. Das Unscheinbarste hebt sie aus den Angeln! Armselige Geschöpfe, die wir sind! Vielleicht eine schwer verdauliche Speise, Mr. Fish. Vielleicht das Betragen seines Sohnes, der, wie ich hörte, ein wüstes Leben führt und ohne die mindeste Erlaubnis seines Vaters Wechsel auf ihn zu ziehen pflegte! Einer der angesehensten Leute, die ich jemals kennengelernt habe! Ein beklagenswerter Umstand, Mr. Fish. Ein öffentliches Unglück. Ich werde beantragen, dass man die tiefste Trauer trägt. Ein außerordentlich angesehener Mann, aber es lebt Einer über uns. Wir müssen uns unterwerfen, Mr. Fish. Wir müssen uns beugen in Demut.«

»Was, Alderman! Kein Wort von Ausrotten? Denke an deinen hohen sittlichen Standpunkt und deinen Stolz. Komm, Alderman! Nimm einmal die Waage. Wirf in diese Schale, die leere – gar keine schwer verdauliche Speise, nur das Bild der versiegten Natur, ein armes Weib ohne Brot für ihr Kind, das doch ein Recht darauf hat seit der heiligen Mutter Evas Zeiten. Wäge die zwei, du Daniel! Und tritt zum Richterstuhl, wenn dein Tag gekommen sein wird. Wäge sie vor den Augen der leidenden Tausende und sie werden sich der gräulichen Posse, die du spieltest, erinnern. Oder angenommen, *du* verlörest deine fünf Sinne – der Weg dahin ist kürzer als du denkst –, und legtest Hand an deine eigene Gurgel zur Warnung für deine Genossen, wenn sie in ihrer satt gefressenen Verderbtheit andern vorkrächzen, was dann!«

Die Worte kamen aus Trottys Brust, wie wenn sie eine andere Stimme in ihm gesprochen hätte. Alderman Cute versprach Mr. Fish, dass er ihm behilflich sein wollte, die traurige Kunde Sir Joseph beizubringen, wenn der Tag vorüber wäre. Dann, bevor sie schieden, drückte er Mr. Fish die Hand in der Bitternis seines Schmerzes und sagte: »Ein außerordentlich angesehener Mann!« und fügte hinzu, dass er nicht begreifen könne (nicht einmal er), warum solche Trübsal auf Erden zugelassen werde.

»Man könnte fast denken, wenn man es nicht besser wüsste«, sagte Alderman Cute, »dass manchmal in der allgemeinen Einrichtung des sozialen Gebäudes sich etwas wie eine heftige Erschütterung vollzieht. Gebrüder Deedles!«

Das Kegelschieben ging unter ungeheurem Beifall vor sich. Sir Joseph schob meisterhaft. Der junge Bowley tat auch mit auf kürzern Stand, und allgemein war man der Meinung, dass jetzt, wo ein Baronet und der Sohn eines Baronets Kegel schöben, das Land unbedingt wieder auf die Beine kommen müsste, und in so kurzer Zeit, dass man staunen werde. Genau zur üblichen Stunde wurde das Bankett serviert. Trotty ging unfreiwillig mit den Übrigen in den Saal, denn er fühlte sich von einem mächtigeren Drang als seinem eigenen Willen dorthin getrieben.

Es war ein prächtiges Schauspiel; die Damen waren sehr schön; die Gäste entzückt, fröhlich und bester Laune. Als sich die untern Türen auftaten und das Volk hereinströmte in ländlicher Tracht, da erreichte die Schönheit der Szene ihren Höhepunkt. Nur Trotty murmelte immerwährend vor sich hin: »Wo ist nur Richard? Er soll ihr doch helfen und sie trösten. Ich kann Richard nicht sehen.«

Es wurden einige Reden gehalten und auf Lady Bowleys Gesundheit getrunken. Und Sir Joseph Bowley hatte gedankt und seine große Rede gehalten, in der er nachgewiesen, dass er der geborene Freund und Vater und so weiter sei und hatte als Toast die Freunde und Kinder und die Würde der Arbeit ausgebracht, da zog im Hintergrund des Saales eine kleine Störung Tobys Aufmerksamkeit auf sich. Nach einigem Wirrwarr, Lärm und Widerstand bahnte sich ein Mann den Weg durch die Menge und trat vor.

Es war nicht Richard, aber einer, an den Trotty schon öfter hatte denken müssen. Bei einer schwächern Beleuchtung hätte er vielleicht an der Identität des abgezehrten, alten, grauen und gebeugten Mannes gezweifelt, hier aber bei dem hellen Lichterschein, der auf den eckigen, knorrigen Kopf fiel, erkannte er sofort Will Fern, als dieser den ersten Schritt vorwärts tat.

»Was ist das?«, rief Sir Joseph, sich erhebend. »Wer ließ den Mann herein? Es ist ein Verbrecher aus dem Gefängnis! Mr. Fish, möchten Sie nicht die Güte haben – – –«

»Eine Minute«, sagte Will Fern, »eine Minute! Mylady! Sie haben heute zugleich mit dem neuen Jahr Geburtstag. Gestatten Sie mir, nur eine Minute zu sprechen.«

Sie verwendete sich für ihn. Sir Joseph nahm seinen Sitz wieder ein mit angeborener Würde.

Der zerlumpte Gast sah sich in der Gesellschaft um und bezeigte ihr seine Ehrerbietung, indem er sich tief verbeugte.

»Vornehme Herrschaften!«, sagte er. »Sie haben soeben auf das Wohl der Arbeiter getrunken. Sehen Sie auf mich!«

»Geradenwegs aus dem Gefängnis«, sagte Mr. Fish.

»Geradenwegs aus dem Gefängnis«, sagte Will. »Und

nicht zum ersten oder zweiten oder dritten Mal, auch nicht zum vierten Mal.«

Man hörte Mr. Filer sagen, dass viermal bereits die Durchschnittszahl übersteige. Es wäre eine Schamlosigkeit.

»Vornehme Herrschaften!«, wiederholte Will Fern. »Sehen Sie mich an. Sie sehen, ich bin auf der untersten Stufe angekommen, man kann mich nicht mehr beleidigen oder mir schaden und kann mir nicht mehr helfen. Denn die Zeit, wo mir Ihre freundlichen Worte oder Taten hätten helfen können« – er schlug sich mit der Hand auf die Brust und schüttelte den Kopf – »ist vorbei wie der Duft der Bohnenblüten oder des Klees vom vergangenen Jahr. Lassen Sie mich ein Wort für diese sprechen.« Und er wies auf die Arbeiterschaft im Saal. »Und da Sie so schön beisammen sind, so hören Sie einmal die wirkliche Wahrheit an.«

»Es ist nicht ein Mensch hier«, sagte der Gastgeber, »der Euch zum Fürsprecher haben möchte.«

»Sehr möglich, Sir Joseph. Ich glaube es auch. Deswegen ist aber, was ich sage, nicht weniger wahr. Vielleicht ist es sogar ein Beweis dafür. Meine vornehmen Herrschaften! Ich habe viele Jahre in diesem Orte gelebt. Sie können die Hütte von der eingefallenen Hürde drüben sehen. Ich habe die Damen sie wohl hundertmal in ihre Skizzenbücher zeichnen sehen. Sie soll sich so hübsch ausnehmen in einem

Bilde. Aber bei Gemälden ist das Wetter nicht mit drauf, und wahrscheinlich ist es leichter, sie abzuzeichnen als drin zu leben. Gut. Ich lebte drin. Wie hart, wie bitter hart ich drin lebte und wohnte, davon will ich nicht reden. Jeden Tag im Jahr können Sie sich ja selbst überzeugen.«

Er sprach, wie er an dem Abend gesprochen, als Trotty ihn auf der Straße gefunden hatte. Seine Stimme war tiefer und rauer und bebte dann und wann. Doch er erhob sie niemals leidenschaftlich, und selten sprach er lauter, als es das ernste Thema erforderte.

»Es ist härter, als Sie sich denken, vornehme Gesellschaft, in Ehren aufzuwachsen, ich meine, in den allergewöhnlichsten Ehren, an einem solchen Orte. Dass ich als Mensch aufwuchs und nicht als Tier, spricht einigermaßen für mich, wenn man bedenkt, wie's mir damals ging. Wie ich jetzt dastehe, lässt sich für mich nichts mehr sagen oder tun. Ich bin darüber hinaus.«

»Ich bin sehr froh, dass dieser Mann gekommen ist«, bemerkte Sir Joseph heiter umherblickend. »Man störe ihn nicht, es scheint die Vorsehung die Hand im Spiel zu haben. Er ist ein Exempel, ein lebendes Exempel. Ich glaube und hoffe zuversichtlich und erwarte bestimmt, dass es für meine Freunde hier nicht verloren sein wird.«

»Ich schleppte mich durch«, sagte Fern nach einem Augenblick Stillschweigen, »irgendwie. Weder ich noch irgendjemand kann sagen, wie, aber so schwer, dass man es mir am Gesicht ansah, was ich war. Nun, meine Herren, Ihr Herren, die Sie zu Gericht sitzen, – – wenn Sie einen Mann, dem die Unzufriedenheit ins Gesicht geschrieben steht, sehen, dann sagen Sie zueinander, er ist verdächtig, ich misstraue ihm, diesem – – – Will Fern. Bewacht den Kerl! Ich sage nicht, dass das nicht selbstverständlich wäre, ich sage nur, es ist so. Und von dieser Stunde an muss dem Will Fern alles schiefgehen, mag er tun oder lassen, was er will.«

Alderman Cute steckte die Daumen in seine Westentaschen, lehnte sich in seinen Stuhl zurück; lächelte – – und zwinkerte in das Licht eines in der Nähe stehenden Armleuchters. Womit er so viel sagen wollte wie: Nun natürlich! Ich hab's ja immer gesagt, das gewöhnliche Gejammer. Du lieber Himmel, wir sind über derlei schon hinaus – ich und die menschliche Natur.

»Nun, Gentlemen«, sagte Will Fern, streckte seine Hände aus, und einen Augenblick stieg ihm das Blut in sein abgezehrtes Gesicht. »Sehen Sie, wie Ihre Gesetze gemacht sind, uns Fallen zu stellen und uns niederzuhetzen, wenn wir so weit gekommen sind. Ich versuche anderswo zu leben, folglich bin ich ein Vagabund. Ins Gefängnis mit mir. Ich komm wieder zurück, schlag mir in euern Wäldern ein paar Nüsse vom Baum, liegt denn was dran? Ins Gefängnis mit mir. Einer eurer Wildhüter sieht mich am hellen, lichten Tag in der Nähe meines eigenen Strichs Garten mit einer Flinte: Ins Gefängnis mit mir! Ich spreche natürlich mit dem Mann ein Wörtchen, als ich wieder freikomme: Ins Gefängnis mit mir. Ich schneide mir einen Stock ab: Ins Gefängnis mit mir. Ich esse einen faulen Apfel oder eine Rübe: Ins Gefängnis mit mir. Es ist zwanzig Meilen von hier, und als ich zurückkomme, bettle ich um eine Kleinigkeit auf der Straße: Ins Gefängnis mit mir. Kurz, der Gendarm, der Wildhüter – irgendjemand – findet mich irgendwo bei irgendwas. Also ins Gefängnis mit mir, denn ich bin doch ein Vagabund und ein bekannter Galgenvogel; und das Gefängnis ist meine einzige Heimat geworden.«

Der Alderman nickte beredt mit dem Kopfe, als wollte er sagen, »und was für eine gute Heimat«.

»Sag ich das um meinetwillen? Wer kann mir meine Freiheit zurückgeben? Wer gibt mir meinen guten Namen zurück? Wer kann mir meine unschuldige Nichte zurückgeben? Nicht alle die Lords und Ladys im weiten England. Aber, Gentlemen, Gentlemen, wenn Ihr Euch wieder mit Menschen befasst von meinesgleichen, dann fasst's am rechten Ende an. Gebt uns um Gottes willen bessere Wohnungen als die, in denen wir liegen von der Wiege an. Gebt uns bessere Nahrung, wenn wir uns um unser Leben schinden. Gebt uns mildere Gesetze, dass wir zurückkönnen, wenn wir auf falschem Wege sind. Und stellt uns nicht immer Kerker, Kerker, Kerker hin, wohin wir uns auch wenden mögen. Dann könnt Ihr dem Arbeiter jegliche Herablassung zeigen, die Ihr wollt. Er wird sie so bereitwillig und dankbar hinnehmen, wie ein Mann es nur tun kann, denn er hat ein geduldiges, friedliches, williges Herz. Aber Ihr müsst zuerst den rechten Geist in ihn einpflanzen. Denn ob er nun ein Wrack oder eine Ruine geworden sein mag wie ich, oder einer von denen ist, die dort stehen, sein Herz ist Euch entfremdet in der jetzigen Zeit. Bringt es zurück, Ihr Vornehmen, bringt es zurück! Bringt es zurück, ehe der Tag kommt, wo selbst die Worte der Bibel in seinem verirrten Sinn sich verwirren und ihm so zu klingen scheinen, wie sie mir zuweilen zu klingen schienen – im Gefängnis: ›Wohin du gehst, da kann ich nicht hingehen. Wo du wohnst, da wohne ich nicht. Dein Volk ist nicht mein Volk und dein Gott ist nicht mein Gott!‹«

Ein plötzlicher Aufruhr und eine Erregung erhob sich in dem Saale. Trotty dachte zuerst, dass sich mehrere erhoben hätten, um den Mann hinauszuwerfen, und daher käme der plötzliche Wandel der Szene. Aber der nächste Augenblick zeigte ihm, dass Saal und Gesellschaft verschwunden waren und dass seine Tochter wieder vor ihm saß, die Arbeit in der Hand. Aber in einem ärmern, noch niedrigeren Stübchen als vorher und ohne Lilly zur Seite.

Der Stickrahmen, an dem sie gearbeitet hatte, war beiseitegelegt und zugedeckt. Der Stuhl, in dem Lilly gesessen, stand zur Wand gekehrt.

Eine lange Geschichte sprach aus diesen kleinen Dingen und aus Megs gramgefurchtem Gesicht. Wer hätte sie nicht lesen können?

Meg heftete ihre Augen auf ihre Arbeit, bis es zu dunkel geworden war, die Fäden zu unterscheiden, und als die Nacht sank, da zündete sie die dünne Kerze an und arbeitete weiter. Noch immer stand ihr alter Vater unsichtbar bei ihr, blickte auf sie herab voll zärtlicher, inniger Liebe und sprach zu ihr von den alten Zeiten und den Glocken, wiewohl er wusste, der arme Trotty, dass sie ihn nicht hören konnte.

Der Abend war zum großen Teil verstrichen, als es an die Tür klopfte. Sie öffnete: Ein Mann stand auf der Schwelle. Schlottrig, betrunken und schmutzig, von Laster und Unmäßigkeit verwüstet, mit wirrem Haar und ungeschorenem Bart.

Nur noch Spuren davon standen in seinem Gesicht, dass er einstmals in seiner Jugend ein stattlicher Mann gewesen sein mochte, gut gewachsen und mit hübschen Zügen.

Er blieb stehen, bis sie ihm erlaubte, einzutreten; sie wich ein bis zwei Schritte von der offenen Tür zurück und sah ihn stumm und voller Trauer an.

Trottys Wunsch war erfüllt: Er sah Richard.

»Kann ich hereinkommen, Margaret?«

»Ja, komm herein, komm herein.«

Hätte ihn Trotty nicht vor diesen Worten schon erkannt, wäre er im Zweifel geblieben, denn nach der heiseren, rauen Stimme hätte er ihn für einen ganz Fremden halten müssen.

Es standen nur zwei Stühle im Zimmer. Sie gab ihm ihren und blieb von ihm entfernt stehen, abwartend, was er zu sagen habe.

Er saß da und starrte mit nichtssagendem stupidem Lächeln auf den Boden. Ein Bild so tiefer Herabgekommenheit und völliger Hoffnungslosigkeit, von so elender Verkommenheit, dass sie ihr Gesicht mit den Händen bedeckte und sich abwandte, damit er nicht sehen sollte, wie sehr es sie erschütterte. Durch das Rascheln ihres Kleides oder sonst ein Geräusch erwachend, erhob er den Kopf und begann in einer Weise zu sprechen, als ob seit seinem Eintritt gar keine Pause geherrscht hätte.

»Immer noch bei der Arbeit, Margaret? Du arbeitest spät.«

»Ich tu es immer.«

»Auch früh?«

»Auch früh!«

»*Sie* sagte das auch; *sie* sagte, du würdest niemals müde oder wolltest nicht eingestehen, dass du müde wärest. Die ganze Zeitlang, als ihr zusammen lebtet. Selbst dann nicht, wenn dich die Kraft verließ zwischen Arbeit und Hunger. Doch das erzählte ich dir ja schon, als ich das letzte Mal hier war.«

»Ja«, antwortete sie, »und ich bat dich, davon nichts mehr zu reden. Und du versprachst es mir feierlich, Richard, dass du davon niemals mehr sprechen wolltest.«

»Ein feierliches Versprechen«, lallte er mit einem blödsinnigen Lachen und ins Leere starrend. »Ein feierliches Versprechen. So, so.« Nach einiger Zeit wieder erwachend wie vorher, sagte er mit plötzlicher Lebhaftigkeit:

»Was kann ich tun, Margaret, was kann ich dafür, sie ist wieder bei mir gewesen.«

»Wieder«, rief Meg und krampfte die Hände. »Denkt sie so oft an mich. Schon wieder ist sie dagewesen.«

»An die zwanzigmal«, sagte Richard, »Margaret. Sie verfolgt mich auf Schritt und Tritt. Sie kommt auf der Straße hinter mir drein und steckt es mir in die Hand. Ich höre ihren Fuß in der Asche, wenn ich bei der Arbeit bin (ha, ha, das kommt nicht oft vor), und bevor ich mich umsehen kann, flüstert mir ihre Stimme ins Ohr und sagt: ›Richard, schau dich nicht um. Um Gottes willen gib ihr das – das –.‹ Sie bringt mir's in die Wohnung, schickt es mir im Brief, sie klopft an die Scheiben und legt es aufs Fensterbrett. Was kann ich tun dagegen? Da schau her.«

Er hielt ihr eine kleine Börse hin und klimperte mit dem Gelde.

»Gib sie weg«, sagte Meg. »Gib es weg. Wenn sie wiederkommt, sag ihr, Richard, dass ich sie liebe von ganzem Herzen. Dass ich mich niemals schlafen lege, ohne sie zu segnen und für sie zu beten. Dass ich bei meiner einsamen Arbeit beständig an sie denke. Dass sie bei mir ist bei Tag und Nacht. Dass ich ihrer gedenken würde mit meinem letzten Atemzug, wenn ich morgen sterben müsste, aber dass ich's nicht mit anschauen kann.«

Er zog die Hand langsam zurück und sagte, die Börse mit den Fingern zusammendrückend, in einer Art schläfriger Nachdenklichkeit:

»Ich hab es ihr schon gesagt; ich hab es ihr gesagt, so klar und deutlich wie man es mit Worten nur kann. Ich hab ihr das Geschenk zurückgegeben und vor ihrer Tür liegen lassen, wohl schon dutzende Mal. Und wenn sie dann wiederkam und vor mir stand, Auge in Auge, was konnte ich da tun?«

»Du sahst sie«, rief Meg, »du hast sie gesehen? O Lilly, meine liebe, süße Lilly! Lilly! O Lilly, Lilly!«

»Ich hab sie gesehen«, fuhr er fort, nicht als Antwort, sondern immer noch mit seinen eigenen Gedanken beschäftigt. »Lilly stand da und zitterte: ›Wie sieht Meg aus, Richard? Spricht sie noch von mir? Ist sie magerer geworden? Mein alter Platz am Tisch! Wer sitzt an meinem Platze? Und der Stickrahmen, auf dem sie mich die Arbeit lehrte – hat sie ihn verbrannt, Richard?‹ – – – das sagte Lilly, ich hörte sie das sagen.«

Meg unterdrückte ihr Schluchzen. Mit strömenden Tränen beugte sie sich über ihn, um zu lauschen. Nicht einen Atemzug seines Mundes wollte sie verlieren.

Und er fuhr fort, die Arme auf die Knie gestützt und vor sich hinstarrend, als wenn alles, was er sagte, auf dem Fußboden stünde in halb unleserlichen Zügen und als ob er damit beschäftigt wäre, die Schrift zu entziffern und abzulesen:

»›Richard‹, hat sie gesagt, ›ich bin sehr tief gesunken, und du kannst dir denken, was ich gelitten habe, als ich das zurückgeschickt bekam und doch wiederkomme, um es dir nochmals zu geben. Doch du liebtest sie einst, wie ich mich selbst noch erinnern kann. Andere traten zwischen euch. Ungewissheit, Eifersucht und Zweifel und Nichtigkeiten entfremdeten dich ihr. Doch du liebtest sie, daran kann ich mich selbst noch erinnern.‹

Ich glaube, es ist wahr«, fügte er hinzu, sich selbst unterbrechend, »doch das gehört nicht hierher. – – – ›O Richard, wenn du sie jemals liebtest und noch eine Erinnerung hast an das, was dahin und vorbei, so nimm das noch einmal und bringe es ihr. Noch einmal! Sag ihr, wie ich dich bettelte und bat. Sag ihr, dass ich meinen Kopf auf deine Schulter gelegt habe, wo vielleicht ihr Haupt gelegen, und wie ich dich demütig darum bat, Richard. Sag ihr, dass du mir ins Gesicht gesehen hast und dass die Schönheit, die sie immer so pries, verblasst und vergangen ist, vergangen und dahin, und an ihrer Stelle magere, hohle Wangen sind, dass sie Tränen vergießen würde bei ihrem Anblick. Sag ihr alles und nimm's wieder mit, und sie wird es nicht zurückweisen. Sie wird es nicht übers Herz bringen.‹«

So saß er sinnend da, und wiederholte die letzten Worte, bis er plötzlich wieder zu sich kam und aufstand.

»Du willst es nicht nehmen, Margaret?«

Sie schüttelte den Kopf und bat ihn durch eine Gebärde zu gehen.

»Gute Nacht, Margaret.«

»Gute Nacht.«

Er wandte sich um nach ihr und war betroffen von ihrem Schmerz und vielleicht von dem Mitleiden für ihn selber, das in ihrer Stimme zitterte. Es war eine plötzliche Regung, und für einen Augenblick belebte etwas sein Gesicht, wie ein Blitz aus seinem frühern Wesen. Doch im nächsten Moment ging er wie er gekommen war. Das Aufglimmen eines längst erloschenen Feuers leuchtete nicht hinab in die Tiefen seiner rettungslosen Erniedrigung.

Bei jeder Stimmung, jedem Kummer, in allen Qualen des Geistes und Körpers musste Meg fortarbeiten. Sie setzte sich wieder nieder und stickte. Nacht, Mitternacht! Immer noch saß sie an der Arbeit.

Sie hatte ein dürftiges Feuer. Die Nacht war sehr kalt, und von Zeit zu Zeit stand sie auf, es zu schüren. Die Glocken läuteten halb 1 Uhr, und immer noch arbeitete sie, und als die Töne verklangen, da klopfte etwas leise an die Tür. Ehe sie noch darüber nachdenken konnte, wer es wohl sein möchte zu dieser späten Stunde noch, tat sich die Türe auf. Sie sah die Gestalt, die hereintrat, rief ihren Namen und schrie auf: »Lilly!«

Und schon sank die Gestalt von ihr in die Knie und klammerte sich an ihr Kleid.

»Steh auf, mein Lieb, steh auf, Lilly. Mein einziger Liebling.«

»Nie mehr, Meg, nie mehr! Hier! Hier! An dich geschmiegt will ich sein, mich klammern an dich, ich will deinen lieben Atem auf meinem Gesicht fühlen.«

»Süße Lilly! Lilly, mein Liebling! Kind meines Herzens – keiner Mutter Liebe kann inniger sein – leg deinen Kopf an meine Brust.«

»Nie mehr, Meg, nie mehr! Als ich zum ersten Mal dein Gesicht erblickte, knietest du vor mir. Auf meinen Knien vor dir lass mich sterben, hier sterben!«

»Du bist zurückgekommen. Mein Alles! Wir wollen zusammen leben, zusammen ringen, hoffen, miteinander sterben.«

»O küsse meine Lippen, Meg! Lege deine Arme um mich, drück mich an deine Brust! Sieh freundlich auf mich nieder – doch hebe mich nicht auf. Lass mich hier sterben. Lass mich hier liegen auf meinen Knien, dein liebes Gesicht zum letzten Mal sehen! Vergib mir, Meg! O Liebe, Liebe, vergib mir. Ich weiß, du tust es, ich sehe, du tust es, doch sage es mir auch, Meg.«

Und Margaret sagte es mit den Lippen auf Lillys Wangen. Und sie hielt in den Armen – sie fühlte es wohl – ein gebrochenes Herz.

»Gott segne dich, mein teuerstes Lieb! Küsse mich noch einmal! Auch Er duldete, dass sie zu Seinen Füßen saß und sie trocknete mit ihrem Haar. O Meg, welche Gnade und welch Erbarmen!«

Und wie sie starb, da berührte der Geist des wiederkehrenden Kindes unschuldig und strahlend den alten Mann mit seiner Hand und winkte ihm zu kommen.

Viertes Viertel

Verschwommen kam es Trotty zum Bewusstsein, dass die Glocken wieder läuteten, dass sich der Schwarm der Phantome wieder bildete und neu gestaltete, dass wieder die Gespenster aus den Glocken sprangen, bis sich die Erinnerung an sie in dem Gewirr ihrer Zahl von selbst verlor. So etwas wie ein Bewusstsein, das während mehrerer Jahre geschwunden gewesen sein musste, kam über ihn, und ohne dass er wusste wie, stand der Geist des Kindes wieder neben ihm, und sie blickten wieder auf eine Gesellschaft von Sterblichen.

Eine frohe Gesellschaft, eine rotbackige, behäbige Gesellschaft. Es waren nur zwei Menschen, aber sie waren rotbackig genug für zehn. Sie saßen an einem hellen Feuer, zwischen sich einen kleinen, niedrigen Tisch, und wenn nicht der Duft von heißem Tee und geröstetem Brot in diesem Zimmer länger anhielt als irgendwo anders, dann musste der Tisch soeben erst gedeckt worden sein. Da aber alle Ober- und Untertassen sauber waren und auf den richtigen Plätzen im Eckschrank standen und die kupferne Röstgabel ruhig in ihrem Winkel hing, die vier müßigen Zinken gespreizt, als wolle sie sich Maß für einen Handschuh nehmen lassen, so blieben keine anderen sichtbaren Zeichen einer eben beendeten Mahlzeit als höchstens die, dass sich die schnurrende Hauskatze den Bart leckte und die Gesichter ihrer Herrschaft vor Fröhlichkeit, wenn nicht zu sagen vor Fett, glänzten.

Das behäbige Paar – offenbar verheiratet – hatte sich redlich in das Feuer geteilt und war versunken in dem Anblick der sprühenden Funken, die durch den Rost hinabfielen. Bald nickte es in halbem

Schlummer, dann erwachte es wieder, wenn eine heiße Kohle, lauter prasselnd als die andern, herabfiel und einen Lärm machte, als ob das ganze Feuer herauskommen wollte.

Es lag indessen keine Gefahr vor, dass es plötzlich auslöschen würde, denn es flackerte nicht bloß in der kleinen Stube und auf den Glasscheiben der Tür und auf den Zuggardinen, die die Scheibe zur Hälfte verdeckten, sondern leuchtete auch noch in den kleinen Laden hinein. Ein kleiner Laden, ganz vollgestopft und gepfropft mit Vorräten, ein geradezu gefräßiger kleiner Laden mit einem Magen, so dehnbar und voll wie der eines Haifischs. Käse, Butter, Feuerholz, Seife, Pökelfleisch, Dochte, Speck, Flaschenbier, Kreisel, Zuckerwerk, Kinderdrachen, Vogelfutter, roher Schinken, Rutenbesen, Herdkacheln, Salz, Essig, Wichse, Salzheringe, Schreibmaterialien, Schwammsauce, Schnürband, Brotlaibe, Federbälle, Eier und Schiefergriffel – alles galt als Fisch, was in das Netz dieses gierigen kleinen Ladens kam, und alles hing in Netzen herum. Wie viel andere Arten von Kleinwaren noch da waren, ließe sich schwer sagen, doch Knäuel von Paketschnur, Ketten von Zwiebeln, Bündel von Kerzen, Krautnetze und Bürsten hingen in Büscheln von der Decke herab wie seltene Früchte, während verschiedene, sonderbare Töpfe, denen aromatische Düfte entströmten, die Wahrheit der Inschrift über der Außentür bestätigten, die das Publikum belehrte, dass der Inhaber dieses kleinen Ladens ein privilegierter Tee-, Kaffee-, Tabak-, Pfeffer- und Schnupftabakhändler sei. Trotty fielen von all den Gegenständen diejenigen am meisten ins Auge, die im Schein des Feuers standen oder in dem weniger hellen Licht von zwei rauchigen Lampen, die nur trübe brannten, als ob ihnen die Vollblütigkeit des Ladens schwer auf die Lungen drückte. Er warf dann noch einen Blick auf die beiden Gesichter in der Wohnstube und hatte keine große Mühe mehr, in der umfangreichen alten Dame Mrs. Chickenstalker zu erkennen, die von jeher zur Beleibtheit geneigt hatte; – in den Tagen schon, als er mit einer kleinen Rechnung noch in ihrem Schuldbuch stand.

Die Züge ihres Gefährten waren ihm weniger vertraut. Das große, breite Kinn mit Speckfalten, so tief, dass man einen Finger hätte hineinlegen können, die erstaunten Augen, die miteinander wetteiferten, so tief wie möglich in die Fettpolster des schwammigen Gesichts zu versinken, – – die mit der gemeinhin Stockschnupfen genannten Störung behaftete Nase, der kurze, dicke Hals und der schwer arbeitende Brustkasten in Verbindung mit andern Schönheiten ähnlicher Art waren wohl Dinge, die geeignet schienen, sich dem Gedächtnis einzuprägen. Aber Trotty wusste zuerst doch nicht, wohin er sie in seiner Erinnerung tun sollte. Endlich erkannte er in dem Gefährten, den sich Mrs. Chickenstalker auf der krummen, exzentrischen Lebensbahn zugelegt, den frühern Portier Sir Joseph Bowleys. Eine schlagflüssige Unschuld, die er schon früher unbewusst im Geiste mit Mrs. Chickenstalker in Verbindung gebracht hatte. Wahrscheinlich deswegen, weil er in dem feinen Hause, das ihm der Portier geöffnet, seine Verpflichtungen gegen diese Dame gebeichtet und schweren, ernsten Vorwurf deshalb auf sein unglückliches Haupt geladen hatte.

Trotty fühlte wenig Interesse an einer Veränderung wie dieser nach all den einschneidenden Erlebnissen, die er mitangesehen hatte; aber oft ist die Art, wie sich Ideen verknüpfen, sehr machtvoll, und er blickte unwillkürlich hinter die Tür, wo die Schulden der Kunden angekreidet waren. Sein Name stand nicht dort. Wohl einige andere, aber sie waren ihm fremd. Und es waren ihrer unendlich viel weniger als in frühern Zeiten, woraus er schloss, dass der Portier das Bargeschäft über alles liebte und seit seinem Eintritt ins Geschäft den Schuldnern der Mrs. Chickenstalker ziemlich scharf auf die Finger gesehen haben musste.

Trotty war so verzweifelt und tief betrübt über das traurige Schicksal seines unglücklichen Kindes, dass es ihm neue Sorge bereitete, seinen Namen als Schuldner auf dem schwarzen Brett der Mrs. Chickenstalker ausgelöscht zu wissen.

»Was für Wetter ist denn heute Nacht draußen,

Anna?«, fragte der frühere Portier des Sir Joseph Bowley, indem er seine Beine vor dem Feuer ausstreckte und sich kratzte, so weit er mit seinen kurzen Armen reichen konnte, und mit einer Miene, die zu sagen schien: Ich bleibe hier, wenn's draußen schlechtes Wetter ist, und selbst, wenn's gutes wäre, brauchte ich nicht hinauszugehen.

»Der Wind geht und es graupelt«, antwortete seine Frau, »der Himmel hängt voller Schnee. Dunkel ist's und sehr kalt.«

»Ich freue mich, dass wir geröstete Semmeln gehabt haben«, sagte der ehemalige Portier, wie jemand, der sein Gewissen beruhigt weiß. »Es ist eine Nacht, wie für geröstete Semmeln geschaffen oder für Pfannkuchen oder für Zwieback.« Der frühere Portier zählte noch einige Speisen auf, als wolle er sich guter Taten rühmen. Dann kratzte er sich seine fetten Beine wie zuvor und drehte sie in den Kniegelenken, um die Wärme des Feuers auch an die noch ungerösteten Fleischteile kommen zu lassen. Dabei lachte er, als ob ihn jemand kitzelte.

»Du bist heute gut aufgelegt, Tugby, mein Liebling«, bemerkte seine Frau.

Die Firma lautete jetzt: Tugby, vorm. Chickenstalker.

»Nein«, sagte Tugby, »nein. Nicht besonders. Ich bin nur ein wenig gehobener Stimmung. Die Röstschnitten waren so schön.«

Dabei gluckste er, bis er ganz schwarz im Gesicht war. Er hatte lange zu tun und musste seine fetten Beine die wunderlichsten Verrenkungen machen lassen, bis er wieder eine bessere Farbe bekam. Er hatte auch nicht eher ein menschliches Aussehen, bis ihn Mrs. Tugby heftig in den Rücken geboxt und ihn geschüttelt hatte wie eine große Flasche.

»Gott, gütiger Himmel! Allbarmherziger Gott, erbarme dich dieses Mannes«, schrie Mrs. Tugby in großem Schrecken. »Was macht er nur?«

Mr. Tugby wischte sich die Augen und wiederholte mit schwacher Stimme, er sei nur ein wenig gehobener Stimmung.

»Dann, bitte, sei das nicht wieder«, sagte Mrs. Tugby, »wenn du mich nicht zu Tod erschrecken willst mit deinem Strampeln und Herumfuchteln.«

Mr. Tugby sagte, er wolle es nicht wieder tun. Aber eigentlich war sein ganzes Dasein eine Art Gefecht, bei dem er, nach der ständig zunehmenden Kürze seines Atems und der Purpurfarbe seines Gesichts zu schließen, den Kürzern zu ziehen schien.

»Also, draußen geht der Wind und es graupelt und der Himmel droht mit Schnee und es ist dunkel und sehr kalt, nicht wahr, mein Herz«, sagte Mr. Tugby, indem er ins Feuer sah und wieder an den Ursprung seiner gegenwärtigen Heiterkeit dachte.

»Ja. Raues Wetter, wahrhaftig«, erwiderte seine Frau und schüttelte den Kopf.

»Ja, ja, die Jahre sind wie die Christen in dieser Hinsicht«, sagte Mr. Tugby. »Einige sterben schwer und andere leicht. Das heurige hat nicht mehr viel Tage zu leben und kämpft sich doch mächtig ab dafür. Es gefällt mir deswegen nur umso besser. Es ist eine Kundschaft da, mein Schatz.«

Als Mr. Tugby die Türe knarren hörte, war Mrs. Tugby bereits aufgestanden.

»Also, was wünschen Sie denn«, sagte diese Dame und trat in den kleinen Laden hinaus. »Was wünschen Sie denn? Ach entschuldigen Sie, Sir. Ich wusste nicht, dass Sie es sind.« Sie entschuldigte sich bei einem Herrn in Schwarz, der, den Rockkragen hochgeschlagen und mit nachlässig schief sitzendem Hute, die beiden Hände in den Taschen, sich quer über das Tafelbierfass gesetzt hatte und zur Erwiderung nickte.

»Es steht schlecht oben, Mrs. Tugby«, sagte der Gentleman, »der Mann wird nicht am Leben bleiben.«

»Was, der Dachstübler?«, fragte Mr. Tugby und kam heraus in den Laden, um an der Konferenz teilzunehmen.

»Der Dachstübler, Mr. Tugby«, sagte der Gentleman, »kommt eilig die Treppen herunter und wird bald – – unterhalb des Erdgeschosses angelangt sein.«

Abwechselnd Tugby und seine Frau ansehend,

klopfte der Gentleman mit den Knöcheln auf das Fass, um aus dem Ton zu schließen, wie viel Bier noch darin sei. Dann trommelte er, als er das ergründet, einen Marsch auf dem leeren Teile.

»Der Dachstübler, Mr. Tugby«, sagte er, nachdem Tugby einige Zeit in stummer Bestürzung dagestanden, »– – fährt ab.«

»Dann«, sagte Tugby, zu seiner Frau gewandt, »muss er aus dem Hause raus, noch ehe er aus der Haut draußen ist.«

»Ich glaube nicht, dass Sie ihn transportieren können«, sagte der Gentleman kopfschüttelnd, »ich möchte die Verantwortung nicht übernehmen und sagen, man könne es probieren. Lassen Sie ihn lieber, wo er ist. Er kann's nicht mehr lange machen.«

»Das ist das einzige Thema«, sagte Tugby und wog so lange seine Faust in der Butterwaage ab, bis sie krachend auf den Ladentisch fiel, »über das wir uns herumgezankt haben, sie und ich; und worauf läuft's jetzt hinaus? Nun stirbt er eben doch noch hier. Stirbt auf unserm Grund und Boden. Stirbt in unserm Haus.«

»Und wo hätte er denn sonst sterben sollen, Tugby?«, fragte seine Frau.

»Im Armenhaus«, gab er zur Antwort. »Wozu sind denn die Armenhäuser gebaut worden?«

»Dazu nicht«, sagte Mrs. Tugby mit großer Energie, »dazu nicht. Deswegen habe ich dich auch nicht geheiratet. Gib dich keiner Täuschung hin, Tugby. Ich will es nicht haben. Ich erlaube es nicht. Eher lass ich mich scheiden und werde dein Gesicht nie mehr wiedersehn. Als noch mein Witwenname über der Tür stand, viele Jahre hindurch, war dieses Haus als das der Mrs. Chickenstalker weit und breit bekannt, und immer stand es in gutem Ruf und großem Ansehen. Als mein Witwenname noch über der Tür stand, habe ich ihn als hübschen, kräftigen, männlichen und ungenierten Burschen gekannt; ich kannte sie als das liebenswürdigste, niedlichste Mädchen, das jemals ein Auge erblickt hat; ich kannte ihren Vater (armer Teufel, er fiel vom Turm herunter, auf den er einmal im Schlafwandeln gestiegen war) als den schlichtesten, arbeitsamsten und gutherzigsten Mann, der je geatmet hat, und wenn ich sie aus dem Hause jage, dann sollen mich die Engel dereinst aus dem Himmel jagen. Sie würden's tun. Und recht geschähe mir.«

Ihr altes Gesicht, das ehemals rund gewesen war und Grübchen in den Wangen gehabt hatte in frühern Zeiten, schien wie ehemals hervorzuleuchten aus ihren Zügen. Als sie diese Worte sagte, sich die Augen trocknete und gegen Tugby den Kopf und zugleich das Taschentuch schüttelte mit dem Ausdruck einer Entschiedenheit, der offenbar nicht leicht zu widerstehen war, da sagte Trotty: »Gott segne sie! Gott segne sie!«

Dann horchte er mit klopfendem Herzen auf das, was folgen würde, denn er wusste weiter noch nichts, als dass sie von Margaret sprachen. Wenn Tugby im Wohnzimmer drüben ein wenig gehobener Stimmung gewesen, so glich er diesen Überschuss mehr als aus dadurch, dass er jetzt im Laden nicht wenig niedergeschlagen war und seine Gattin anstarrte, ohne eine Antwort finden zu können. Im Geheimen aber versenkte er, entweder in einem Anfall von Zerstreutheit oder als vorsichtige Maßregel für alle Fälle, das ganze Geld aus der Ladenkasse in seine Taschen.

Der Gentleman auf der Biertonne, der ein autorisierter Armenassistenzarzt zu sein schien, war offenbar viel zu sehr an kleine Meinungsverschiedenheiten zwischen Mann und Frau gewöhnt, als dass er seinerseits irgendwelche Bemerkung hätte fallen lassen. Er saß leise pfeifend auf seinem Fass und ließ kleine Tropfen Bieres aus dem Hahn auf den Boden fallen, bis vollständiges Stillschweigen eingetreten war. Dann erhob er den Kopf und sagte zu Mrs. Tugby, verwitweten Chickenstalker:

»Die Frau hat selbst jetzt noch etwas recht Interessantes. Wie kam sie dazu, ihn zu heiraten?«

»Na, das«, sagte Mrs. Tugby und ließ sich in seiner Nähe nieder, »ist der bitterste Teil ihrer Geschichte, Sir. Sehen Sie, sie und Richard hielten es miteinander vor vielen Jahren. Als sie noch ein junges, schönes Paar waren, war alles schon geordnet, und sie sollten sich an einem Neujahrstag heiraten. Da setzte sich's Richard in den Kopf, weil es ihm vornehme Leute eingeredet hatten, dass er was Besseres tun könnte und dass er's bald bereuen würde. Dass sie nicht gut genug für ihn wäre und dass ein junger Mann, der Grütze im Kopfe hätte, etwas Gescheiteres tun könnte als heiraten. Und die vornehmen Leute hatten ihr Angst eingejagt, dass er sie im Stich lassen würde und dass ihre Kinder an den Galgen kommen müssten und dass es gottlos wäre, zu heiraten, und ähnliches Zeug mehr. Und kurz und gut, sie schoben's auf und schoben's auf, und ihr Vertrauen zueinander war begraben, und so löste sich am Ende das Verhältnis auf. Aber durch seine Schuld. Sie hätte ihn geheiratet, Sir, mit Freuden. Ich habe sie oft nachher gesehen, wie ihr das Herz bebte, wenn er hochmütig und unbekümmert an ihr vorbeiging, und niemals hat sich ein Weib mehr eines Mannes wegen gegrämt, als sie sich um Richard, als er das erste Mal auf Irrwege geriet.«

»Oh, ist er auf schlechte Wege geraten?«, fragte der Gentleman, den Holzstöpsel aus dem Fasse ziehend, um durch das Spundloch hineinzuspähen.

»Sehen Sie, ich glaube, dass er nicht recht wusste, was er wollte. Ich glaube, er hatte sich's zu Herzen genommen, dass sie miteinander abgebrochen, und er wäre, wenn er sich nicht der vornehmen Herren wegen geschämt hätte und vielleicht auch weil er unsicher war, wie sie es aufnehmen würde, gerne eine

Probe eingegangen, um Margarets Hand wieder zu gewinnen. Das ist mein Glaube. Er sagte nie etwas. Und das war desto schlimmer. Er ergab sich dem Trunke, dem Müßiggang und schlechter Gesellschaft. Lauter Vergnügungen, die soundsoviel besser für ihn sein sollten als der häusliche Herd, den er hätte haben können. Er verlor sein gutes Aussehen, seine Willenskraft, seine Gesundheit, seine Körperstärke, seine Freunde, seine Arbeit, kurz: alles.«

»Er verlor nicht alles, Mrs. Tugby«, entgegnete der Gentleman, »denn er gewann eine Frau, und ich möchte gerne wissen, wie er sie gewann.«

»Ich komme schon dazu, Sir, im Augenblick. Dies ging jahrelang so fort, er sank tiefer und tiefer. Sie, das arme Wesen, litt Not genug, bloß um das Leben zu fristen. Endlich war er so herabgekommen, dass ihm niemand mehr Arbeit geben wollte und Notiz von ihm nahm. Die Türen wurden vor ihm zugeschlagen, er mochte gehen, wohin er wollte. Er wandte sich von Ort zu Ort und von Tür zu Tür, und als er nun zum hundertsten Male zu einem Herrn kam, der es immer wieder mit ihm versucht hatte, denn er war ein guter Arbeiter bis zuletzt, da sagte der Herr, der seine Geschichte kannte: ›Ich glaube, Ihr seid unverbesserlich. Es gibt nur eine Person in der Welt, die Euch möglicherweise retten könnte. Verlangt von mir nicht eher Vertrauen, als bis sie es mit Euch versucht hat.‹«

»So«, sagte der Gentleman, »und weiter?«

»Nun, er ging zu ihr und kniete vor ihr nieder; sagte, es sei so und so; sagte, es sei immer so gewesen und bat sie, ihn zu retten.«

»Und sie –? Lassen Sie sich es nicht so zu Herzen gehen, Mrs. Tugby.«

»Sie kam an dem Abend zu mir und fragte mich wegen der Wohnung. ›Was er mir einst war, liegt im Grab neben dem‹, sagte sie, ›was ich ihm einst war, aber ich hab es mir überlegt und will den Versuch machen. Hoffentlich kann ich ihn retten um der Liebe des frohherzigen Mädchens von damals willen (erinnern Sie sich ihrer?), die an einem Neujahrstag heiraten sollte und um der Liebe ihres Richard willen.‹

Und sie sagte, er wäre von Lilly zu ihr gekommen, und erzählte, wie Lilly ihm immer vertraut habe, und sie wolle das niemals vergessen. So heirateten sie denn, und als sie nach Hause kamen und ich sie sah, da wünschte ich, dass Prophezeiungen wie die, die sie auseinandergebracht hatten, als sie noch jung gewesen, nicht oft sich so erfüllen möchten, wie es in diesem Fall geschehen ist. Ich für meinen Teil möchte nicht um einen Berg Gold den Mund aufmachen, um Prophezeiungen solcher Art jemandem mit auf den Weg zu geben.«

Der Gentleman stand von dem Fasse auf und reckte sich, indem er die Bemerkung machte:

»Er misshandelte sie wohl, als sie seine Frau geworden war?«

»Ich glaube nicht, dass er es jemals getan hat«, sagte Mrs. Tugby, ihre Augen wischend, und schüttelte den Kopf. »Eine Zeitlang ging es besser mit ihm, aber seine Gewohnheiten waren schon zu sehr eingewurzelt, als dass er sie noch hätte ausreißen können. Er bekam Rückfälle, und es fing an, wieder mit ihm abwärtszugehen, als die Krankheit über ihn kam. Ich glaube, er hat immer ein tiefes Gefühl für Margaret gehabt. Ich weiß es. Ich hab ihn gesehen, wie er weinend und bebend ihre Hand zu küssen suchte, und ich habe gehört, wie er ›Meg‹ rief und sagte, es wäre ihr neunzehnter Geburtstag; und dann lag er da, Wochen und Monate. Von ihm und ihrem kleinen Kind fortwährend in Anspruch genommen, ist sie nicht imstande gewesen, ihre alte Arbeit verrichten zu können, und da sie sie nicht regelmäßig abliefern konnte, musste sie sie ganz verlieren, selbst wenn sie sie hätte fertigstellen können. Wie sie gelebt haben, das kann ich mir gar nicht vorstellen.«

»Ich ja«, murmelte Mr. Tugby, blickte auf die Kassenschublade, im Laden umher und auf seine Frau und wiegte den Kopf mit dem Ausdruck unendlicher Intelligenz. »Wie Kampfhähne.«

Ein Schrei unterbrach ihn – ein Klageruf aus dem obern Stockwerk des Hauses. Der Gentleman eilte nach der Tür:

»Meine Freunde«, sagte er und warf einen Blick zurück, »Ihr braucht Euch jetzt nicht mehr zu streiten, ob er fortgeschafft werden soll oder nicht. Er hat Euch, glaub ich, diese Mühe erspart.«

Und schon rannte er die Treppen hinauf, Mrs. Tugby hinter ihm her; und Mr. Tugby keuchte und ächzte, kurzatmiger noch als gewöhnlich, mit dem Inhalte der Geldschublade beladen, in der sich außergewöhnlich viel Kupfer befunden hatte. Trotty mit dem Geist des Kindes an seiner Seite wehte die Stiegen hinauf wie ein Lufthauch.

»Folg ihr, folg, folg ihr.« Er hörte die gespenstigen Stimmen in den Glocken die Worte wiederholen, als er hinaufstieg. »Lern es von dem Wesen, das deinem Herzen am teuersten ist.«

Vorüber! Vorüber! Und das war sie, einst ihres Vaters Stolz und Freude, dieses hagere, abgehärmte Weib, das an der Lagerstätte, die nicht den Namen Bett verdiente, weinte und ein Kind an die Brust drückte und den Kopf auf dieses Kind hatte niedersinken lassen. Was es für ein jämmerliches, mageres, kränkliches, kleines Geschöpf war! Doch wie teuer und lieb es ihr war!

»Gott sei Dank«, sagte Toby und faltete die Hände. »Gott sei Dank, sie liebt ihr Kind!«

Der Gentleman, der weiter nicht hartherzig oder gleichgültig gegen solche Szenen war, sie nur täglich vor Augen hatte und wusste, es waren bedeutungslose Ziffern in den Filer'schen Berechnungen, legte die Hand auf das Herz, das nicht mehr schlug, lauschte auf den Atem und sagte: »Sein Leid ist vorüber. Es ist besser so.« Mrs. Tugby suchte Meg mit liebevollen Worten zu trösten. Mr. Tugby mit philosophischen Gründen.

»Schauen Sie her!«, sagte er, die Hände in den Taschen. »Sie dürfen nicht verzweifeln. Das nützt nichts. Sie müssen dagegen ankämpfen. Was würde aus mir geworden sein, wenn ich verzweifelt wäre, als ich noch Portier war und oft sechsmal in der Nacht im Galopp einhersausende Zweispännerequipagen vor unserem Tore hielten! Ich stützte mich auf meine Seelenstärke und machte nicht auf.«

Und wiederum hörte Trotty die Stimmen sagen: »Folge ihr!« Er wandte sich zu seiner Führerin und sah, wie sie von ihm wegschwebte und durch die Luft glitt. »Folge ihr!«, sagte sie und verschwand. Trotty umschwebte Meg, setzte sich zu ihren Füßen nieder und suchte in ihrem Gesicht nach einer Spur ihres frühern Aussehens, lauschte auf einen Ton ihrer einst so lieblichen Stimme. Er umschwebte das Kind, das so schwächlich war, so frühzeitig alt, so schrecklich in seinem Ernst und so kläglich in seinem schwachen, traurigen, jammervollen Weinen. Er betete es förmlich an. Er umklammerte es als einziger Beschützer, den es hatte. Das Kind war doch das letzte unzerrissene Band, das Meg noch an das Leben fesselte. Er setzte seine väterliche Hoffnung und sein Vertrauen auf das schwache Kind und bewachte die Mutter mit jedem Blick, als sie es so in den Armen hielt, und sagte tausendmal: »Sie liebt es, Gott sei Dank! Sie liebt es!« Er sah, wie die Frau sie in der Nacht pflegte und zu ihr kam, wenn der brummende Gatte schlief und alles still war – sie ermutigte, mit ihr weinte und ihr Nahrung reichte. Er sah den Tag kommen und die Nacht, und Tag und Nacht entschwinden und die Zeit vergehen. Er sah das Todeshaus des Toten entledigt, das Zimmer ihr und dem Kinde überlassen. Er hörte das Kleine wimmern und weinen. Er sah, wie es Meg quälte und sie wieder zum Bewusstsein ihrer Lage zurückrief, wenn sie kaum eingeschlummert war und sie mit seinen kleinen Händen auf die Folter spannte. Doch sie war beständig mild und geduldig mit dem Kind. So geduldig. War ihm eine liebende Mutter im innersten Herzen, und sein Leben schien mit dem ihren so innig verknüpft, als wenn sie es noch unter dem Herzen trüge.

Die ganze Zeit hindurch litt sie Mangel, schmachtete in Elend und bitterster Not. Mit dem Kind im Arm wanderte sie hierhin und dorthin, immer auf der Suche nach Arbeit; und während des Kindes abgezehrtes Gesicht in ihrem Schoße lag und sie ansah, arbeitete sie für jämmerlichen Lohn einen Tag und eine Nacht für so viel Pfennige, als das Zifferblatt Stunden hat. Ob sie je das Kind gescholten, es vernachlässigt oder in augenblicklichem Hasse angesehen, ob sie es je in einem Anfall geschlagen hätte! Nie. Und Trottys Trost war: Sie liebte es immer.

Sie sprach zu niemand von ihrer Not und war den ganzen Tag auf der Wanderschaft, um nicht von ihrer einzigen Freundin gefragt zu werden. Denn jede Hilfe, die sie aus ihrer Hand empfing, entfachte neuen Streit zwischen der guten Frau und ihrem Mann, und es war für Meg nur neues Leid, täglich die Veranlassung zu Hader und Zwietracht zu sein in einem Hause, dem sie so viel Dank schuldete.

Sie liebte das Kind immer noch, sie liebte es mehr und mehr, doch ihre Liebe nahm eine andere Form an, eines Nachts!

Sie sang das Kind gerade leise in Schlaf und ging auf und ab, als sich die Tür vorsichtig öffnete und ein Mann hereinsah.

»Zum letzten Mal«, sagte er.

»William Fern!«

»Zum letzten Mal.« Er lauschte wie jemand, der verfolgt wird, und sprach flüsternd:

»Margaret, meine Zeit ist abgelaufen. Ich wollte noch Abschied von dir nehmen, dir ein Wort des Dankes sagen, bevor's vorbei ist.« »Was hast du getan?«, fragte sie und sah ihn entsetzt an.

Er warf ihr einen Blick zu, aber gab keine Antwort.

Nach kurzem Schweigen machte er eine Handbewegung, als wollte er ihre Frage beiseiteschieben oder sie weglöschen, und sagte: »Jene Nacht ist lange, lange schon vorbei, Margaret, aber sie steht noch so klar vor meinen Augen wie je. Da dachten wir nicht, dass wir uns jemals so wiedersehen würden.« Er sah um sich. »Dein Kind, Margaret? Lass mich dein Kind in die Arme nehmen!«

Er legte seinen Hut auf den Boden und nahm es. Und er zitterte, als er es nahm, vom Kopf bis zu den Füßen.

»Ist es ein Mädchen?«

»Ja.«

Er bedeckte das kleine Gesicht mit der Hand.

»Sieh, wie schwach ich geworden bin, Margaret. Ich hab nicht den Mut mehr, es anzusehen. Es ist lange her, doch – wie heißt sie?« »Margaret«, antwortete sie schnell.

»Das freut mich! Das freut mich!«, sagte er.

Er schien aufzuatmen; nach kurzer Pause nahm er die Hand weg und sah dem Kind ins Gesicht.

Doch sogleich bedeckte er es wieder.

»Margaret«, sagte er und gab ihr das Kind zurück, »es sind Lillys Züge.«

»Lillys Züge?«

»Ich hielt dasselbe Gesicht in meinen Armen, als Lillys Mutter starb und mir sie zurückließ.«

»Als Lillys Mutter starb und sie zurückließ«, wiederholte Margaret verstört.

»Wie schrill du sprichst! Warum siehst du mich so an, Margaret!?«

Meg sank auf einen Stuhl nieder, presste das Kind an die Brust und weinte. Bisweilen ließ sie es aus ihren Armen los, um ängstlich in das kleine Gesicht zu sehen. Dann presste sie es wieder an die Brust. Wenn sie es anblickte, dann mischte sich etwas Wildes und Schreckliches in ihre Liebe. Dann weinte ihr alter Vater.

»Folg ihr!«, dröhnte es durch das Haus. »Lern es von dem Wesen, das deinem Herzen am teuersten ist!«

»Margaret«, sagte Fern, beugte sich über sie und küsste sie auf die Stirn, »ich danke dir zum letzten Mal. Gute Nacht! Leb wohl! Gib mir die Hand und sag mir, dass du mich von dieser Stunde an vergessen willst und denken, es habe mit mir ein Ende genommen.«

»Was hast du getan?«, fragte sie wiederum.

»Es wird heute Nacht ein Feuer sein«, sagte Will Fern und trat von ihr zurück. »Es wird viele Feuer geben diesen Winter, um die – dunkeln Nächte zu erleuchten. Im Osten, Westen, Norden und Süden. Wenn du siehst, dass sich der Himmel in der Ferne rötet, dann lodern sie auf. Wenn du siehst, dass sich der Himmel in der Ferne rötet, dann denke nicht mehr an mich, oder wenn du nicht anders kannst, dann stell dir vor, dass die Flammen der Hölle in meinem Innern sich in den Wolken spiegeln. Gute Nacht! Leb wohl!«

Sie rief nach ihm, doch er war fort. Sie saß ganz stumpf da, bis ihr Kind sie aufweckte zum Bewusstsein des Hungers, der Kälte und der Dunkelheit. Sie ging im Zimmer auf und ab die ganze nicht endenwollende Nacht hindurch und wiegte es in den Armen und beruhigte es. Von Zeit zu Zeit sagte sie: »Wie Lilly, als ihre Mutter starb und sie zurückließ.« Und wenn sie diese Worte wiederholte, da wurde ihr Schritt schneller, ihr Auge so entsetzt, ihre Liebe so wild und schrecklich.

»Aber es ist Liebe immer noch«, sagte Trotty. »Es ist Liebe. Sie wird niemals aufhören, es zu lieben. Meine liebe Meg.«

Sie zog am nächsten Morgen das Kind mit ungewöhnlicher Sorgfalt an. Eine vergebliche Mühe bei den elenden Lumpen – und versuchte noch einmal, sich Lebensmittel zu verschaffen. Es war der letzte Tag im alten Jahr. Sie suchte herum, bis die Nacht anbrach, und fand keinen Bissen Brot. Alles war vergeblich. Sie mischte sich unter die Elenden, die harrend im Schnee standen, bis es einem Beamten, der die öffentlichen Almosen verteilen sollte (das gesetzliche nämlich, nicht das, von dem in der Bergpredigt die Rede ist), gefällig sein würde, die Leute hereinzurufen und auszufragen und diesem zu sagen: »Geh da und dorthin«, zu dem andern: »Komm nächste Woche«, eine Art Fußball aus einem andern Unglücklichen zu machen und ihn da und dorthin zu treten, von Fuß zu Fuß, von Haus zu Haus, bis er matt und müde geworden sich hinlegte, um zu sterben, oder sich aufraffte zu einem Raub und sich dadurch zu jenem Verbrecherstand aufschwang, dessen Ansprüche keinen Aufschub dulden. Auch hier war sie vergebens. Sie liebte ihr Kind und wünschte nur noch, es an ihrem Herzen liegen zu haben. Das war ihr schon genug.

Es war Nacht, eine frostige, finstere, schneidend kalte Nacht, als sie, das Kind fest an sich drückend, um es zu erwärmen, an ihre Schwelle kam. Sie war so matt und schwach, dass sie nicht sah, dass im Torweg jemand stand, und es erst bemerkte, als sie in die Türe treten wollte. Da erkannte sie den Eigentümer des Hauses, der sich so im Torweg hingestellt hatte, dass er den ganzen Eingang ausfüllte. Bei seiner Gestalt fiel ihm das nicht schwer.

»Oh«, sagte er leise, »Sie sind zurückgekommen?«

Sie warf einen Blick auf das Kind und nickte mit dem Kopf.

»Glauben Sie nicht, dass Sie lange genug hier gelebt haben, ohne Zins zu bezahlen? Glauben Sie nicht, dass Sie, ohne zu zahlen, ein recht fleißiger Kunde in meinem Laden gewesen sind?«, fragte Mr. Tugby. Sie wiederholte dieselbe stumme Bewegung.

»Wie wär's, wenn Sie versuchten, einmal anderswo zu kaufen«, sagte er. »Wie wär's, wenn Sie sich nach einer andern Wohnung umsehen würden? Was meinen Sie dazu?«

Sie sagte mit leiser Stimme, es sei schon so spät. Morgen.

»Ich weiß schon, worauf Sie hinaus wollen«, sagte Tugby, »und was Sie eigentlich vorhaben. Sie wissen ganz gut, dass Ihretwegen zwei Parteien im Hause sind, und Sie möchten gern, dass sie sich in den Haaren liegen Ihretwegen. Ich kann Streit nicht leiden und spreche leise, um Streit zu vermeiden, aber wenn Sie sich jetzt nicht fortscheren, dann will ich einmal laut sprechen und Ihnen ein paar Worte sagen, die laut genug sein werden, dass Sie sie hören können. Hereinkommen werden Sie mir nicht. Ich stehe Ihnen gut dafür.«

Sie strich ihre Haare mit der Hand zurück und warf einen jähen Blick zum Himmel hinauf und in die dunkeln, drohenden Wolken.

»Es ist der letzte Abend im alten Jahr, und ich will nicht böses Blut und Streit und Zank ins Neue hinübernehmen, weder Ihnen, noch sonst jemand zu Gefallen«, sagte Tugby, der ein Freund und Vater im Kleinen war – im Krämerstil. »Ich begreife nur nicht, dass Sie sich nicht schämen, Ihre Schliche und Ränke ins neue Jahr hinüberzunehmen. Wenn Sie sonst nichts in der Welt zu tun haben, als immer zu verzweifeln und immer Zwietracht zwischen Mann und Frau zu stiften, dann wäre es besser, Sie würden abfahren. Schauen Sie, dass Sie weiterkommen!«

»Folge ihr! In die Verzweiflung!«

Wieder hörte der alte Mann die Stimme. Er blickte auf und sah die Gestalten in der Luft schweben, und sie zeigten ihm den Weg, den Margaret einschlug, die dunkeln Straßen hinab.

»Sie liebt es doch«, rief er in angstvoller Fürbitte. »Ihr Glocken! Sie liebt es immer noch.«

»Folg ihr!« Die Schatten schwebten über den Weg, den sie genommen, wie Wolken.

Er folgte ihr und hielt sich dicht an ihrer Seite. Er blickte ihr ins Gesicht. Er sah, wie sich wieder der wilde, schreckliche Ausdruck in ihre Liebe mischte und in ihren Augen flackerte. Er hörte sie sagen: »Wie Lilly! Um sich zu ändern – wie Lilly!« Und sie verdoppelte ihre Eile.

»Wenn es nur etwas gäbe, um sie zu erwecken. Einen Anblick, einen Ton, einen Duft, um in ihrem fiebernden Hirn eine zärtliche Erinnerung zu erwecken. Wenn nur ein einziges freundliches Bild aus der Vergangenheit in ihr aufstiege!«

»Ich war ihr Vater, ich war ihr Vater«, schrie der alte Mann und streckte die Hände aus nach den dunklen Schatten, die über ihm hinflogen. »Habt doch Erbarmen mit ihr und mit mir. Wo geht sie hin, reißt sie zurück! Ich war ihr Vater!«

Aber sie wiesen nur auf sie, wie sie dahineilte, und

sagten: »Verzweiflung! Lern es von dem Wesen, das deinem Herzen am teuersten ist.«

Hundert Stimmen hallten es wider. Die Luft bestand nur aus Atem, auf dem diese Worte schwebten. Er schien sie einzusaugen bei jeder Bewegung seiner Lungen. Sie waren überall, und es gab kein Entrinnen. Und immer noch jagte Margaret weiter, immer dasselbe flackernde Licht in den Augen, dieselben Worte auf den Lippen: »Wie Lilly! Um zu verderben wie Lilly!«

Plötzlich blieb sie stehen.

»Reißt sie zurück!«, schrie der alte Mann und raufte sich das weiße Haar. »Mein Kind! Meg! Lass sie umkehren! Großer Vater, lass sie umkehren!«

Sie hüllte das Kind in ihren zerrissenen Schal. Mit fiebrigen Händen streichelte sie ihm die Glieder, rückte sein Köpfchen zurecht und ordnete die spärlichen Lappen. In ihren welken Armen hielt sie es fest, als wolle sie es nie mehr loslassen. Und mit ihren verdorrten Lippen küsste sie es im letzten Schmerz und in verzweifelter Liebe.

Sie zog die kleine Hand an sich und hielt sie fest unter den Lumpen, ganz nahe an ihr zermartertes Herz; presste das schlafende Gesicht an sich, dicht und fest an ihre Wangen, und lief weiter hin zum Flusse.

Hin zu dem wogenden Flusse, dem schnellen und trüben, wo brütend die Winternacht saß wie der letzte finstere Gedanke vieler, die dort Zuflucht gesucht. Wo vereinzelte Lichter an den Ufern glommen, düster und rot, wie Fackeln, die brennen, um den Pfad zum Tod zu weisen. Wo keine menschlichen Wohnungen ihre Schatten warfen in die tiefe, undurchdringliche, melancholische Finsternis.

Zum Flusse hin, zu der Pforte der Ewigkeit hin eilten ihre verzweifelten Schritte, beflügelt wie die reißenden Wasser, die dem Meere zuströmen. Er wollte sie berühren, als sie an ihm vorüber zu der dunklen Fläche hinabeilte, doch die wilde, verzweifelte Gestalt im Rasen ihrer schrecklichen Liebe fegte an ihm vorbei wie der Wind. Die Verzweiflung hatte alle Hemmungen menschlichen Denkens zerrissen. Er folgte ihr. Sie stand einen Augenblick am Rande des Wassers still, ehe sie den grässlichen Sprung tat. Er fiel auf die Knie und schrie zu den Gestalten in den Glocken, die jetzt über ihm schwebten: »Ich hab es gelernt von dem Wesen, das meinem Herzen am teuersten ist! O rettet sie! Rettet sie!«

Da konnte er seine Finger in ihr Gewand einkrallen, sie festhalten. Wie die Worte seinem Munde entflohen, fühlte er seinen Tastsinn zurückkehren und wusste, dass er sie festhielt.

Die Gestalten blickten unverwandt herab auf ihn.

»Ich habe es gelernt«, rief der alte Mann. »Vergebt mir in dieser Stunde, wenn ich in meiner Liebe zu ihr, die so jung, so gut gewesen, die Natur in dem

Herzen verzweifelnder Mütter verkannte. Seht nicht an meine Vermessenheit, meine Bosheit und mein Unwissen, und rettet sie!« Er fühlte, wie seine Hand, mit der er sie hielt, erlahmte. Die Gestalten schwiegen noch immer.

»Habt Erbarmen mit ihr«, schrie er. »Dies schreckliche Verbrechen wächst hervor aus verkehrter, verzerrter Liebe, aus der stärksten, tiefsten Liebe, die wir gefallenen Geschöpfe kennen. Bedenket, wie tief ihr Elend gewesen sein muss, wenn seine Saat solche Frucht trägt. Der Himmel hat sie zum Guten bestimmt. Es gibt keine lebende Mutter auf der Erde, die nicht auch zu solchem Ende käme, wenn ein solches Leben vorhergeht. O habt Erbarmen mit meinem Kinde, das selbst in diesem Augenblick Erbarmen mit ihrem eignen hat und selber stirbt und ihre eigene unsterbliche Seele in die Waagschale wirft, um es zu erlösen.«

Sie lag in seinen Armen. Er hielt sie fest. Er hatte die Kraft eines Riesen. – – – –

»Ich sehe den Geist der Glocken unter euch«, sagte der alte Mann, und seine Blicke erspähten das Kind. Er redete wie in Verzückung: »Ich weiß, dass unser Erbteil uns erwartet in den Händen der Zeit. Ich weiß, dass der Tag kommt, wo das Meer der Zeit aus seinen Ufern tritt und wie dürres Laub wegschwemmen wird alle, die uns unterdrücken und uns

Unrecht tun. Ich sehe es, wie es daherflutet. Ich habe erkannt, dass wir vertrauen und hoffen müssen und nicht an uns verzweifeln sollen und an dem Guten, das in den andern lebt. Ich hab es gelernt von dem Wesen, das meinem Herzen am teuersten ist. Ich halte sie fest in meinen Armen. O ihr gütigen und erbarmensreichen Geister, meine Seele ist voll des Dankes!«

Er hätte noch weiter gesprochen, wenn nicht die Glocken, die alten, vertrauten Glocken, seine guten, treuen, beständigen Freunde – die Glocken – ihr Freudenläuten zum neuen Jahr begonnen hätten. So fröhlich und glücklich und heiter, dass er auf die Füße sprang und damit den Zauber brach, der ihn im Bann gehalten hatte.

»Niemals wieder, Vater«, sagte Meg, »darfst du mir Kuttelfleck essen, ohne vorher den Doktor zu fragen, ob sie dir auch bekommen werden. Wie hast du dich nur gebärdet! Gütiger Himmel.«

Sie saß an dem kleinen Tisch am Feuer und nähte an ihr einfaches Hochzeitskleid bunte Bänder. So selig und glücklich und in blühender Jugendfrische, so verheißungsvoll –, dass er laut aufschrie, wie wenn er einen Engel in seinem Zimmer sähe. Dann sprang er auf, um sie in seine Arme zu schließen.

Doch er verwickelte sich mit den Füßen in den Zeitungsblättern, die heruntergefallen waren, und jemand trat unvermutet ins Zimmer.

»Nein«, sagte die Stimme dieses Jemand, und es war eine helle, fröhliche Stimme. »O nein, nicht du. Nicht du. Der erste Kuss Megs im neuen Jahre gehört mein. Mein! Ich habe draußen vor der Türe gewartet, bis die Glocken anfingen zu läuten, und komme jetzt, mir mein Recht holen. Meg, mein einziges Kleinod, ein glückliches neues Jahr! Ein ganzes Leben von glücklichen Jahren, mein geliebtes Weib!«

Und Richard erstickte sie fast mit seinen Küssen. Man konnte keinen glücklicheren Menschen sehen als Trotty. Er setzte sich auf seinen Stuhl, schlug sich auf die Knie und weinte; er saß in seinem Stuhl, schlug sich auf die Knie und lachte; saß in seinem Stuhl, schlug sich auf die Knie und lachte und weinte zugleich; er sprang von seinem Stuhl auf und umarmte Meg; er sprang von seinem Stuhl auf und streichelte Richard; er sprang von seinem Stuhl auf und liebkoste sie beide; er lief zu Meg hin und nahm ihr frisches Gesicht zwischen seine Hände und küsste sie und ging rückwärts, um sie nicht aus den Augen zu verlieren, und lief wieder auf sie zu, auf und ab wie eine Figur in einer Zauberlaterne – – und setzte sich immer wieder in seinen Stuhl, blieb aber nicht einen Augenblick sitzen. Genug, er war außer sich vor Freude.

»Und morgen ist dein Hochzeitstag, mein Herzblatt, dein wirklicher, glücklicher Hochzeitstag!«

»Heute!«, schrie Richard und schüttelte Trotty die

Hand. »Die Glocken läuten das neue Jahr ein. Hört ihr sie?«

Ja, sie läuteten! Gott segne ihre starken Herzen! Ja, sie läuteten! Die großen Glocken; – mit tiefem Klang und voller Melodie. Edle Glocken! Nicht aus gemeinem Erz, von keinem gewöhnlichen Gießer geschaffen. Wann hatten sie jemals geläutet wie heute!

»Du hattest doch, mein Herzblatt«, sagte Trotty, »einen Wortwechsel heute?«

»Weil er ein so böser Mensch ist, Vater«, sagte Meg, »nicht wahr, Richard. So ein halsstarriger Gewaltsmensch! Wollte er doch mit dem großen Alderman ›aufräumen‹ und sich so wenig zurückhalten, als –«

»Dich zu küssen, Meg«, fiel ihr Richard in die Rede, und tat es sogleich.

»Nein, wahrhaftig nicht ein bisschen mehr. Doch ich wollte ihn nicht lassen, Vater. Was hätte es für einen Zweck gehabt!«

»Richard, mein Junge«, schrie Trotty. »Du warst immer ein Kapitalbursche, und das musst du bleiben bis an dein seliges Ende! Aber du hast doch heute Abend am Feuer geweint, mein Herzblatt, als ich nach Hause kam. Warum weintest du denn am Feuer?«

»Ich habe an die Jahre denken müssen, die wir zusammen verbracht haben, Vater. Bloß deswegen.

Und ich dachte, du würdest mich recht vermissen und so einsam sein.«

Trotty kehrte wieder zu seinem geliebten Stuhl zurück, als das Kind, durch den Lärm aufgeweckt, halb angezogen hereinkam.

»Aber da ist sie ja!«, schrie Trotty und fing sie auf. »Hier ist ja die kleine Lilly! Hahaha! Hier sind wir und hier bleiben wir und nochmals hier sind wir und hier bleiben wir! Und hier sind wir und hier bleiben wir. Und Onkel Will dazu.« Er unterbrach seinen Trab, um Fern herzlich zu beglückwünschen. »O Onkel Will, die Visionen, die ich heute Nacht hatte, weil ich euch beherbergt habe! Ach Onkel Will, wie bin ich euch verpflichtet, dass Ihr gekommen seid, mein guter Freund.«

Ehe Will Fern die mindeste Antwort geben konnte, platzte eine Musikbande in das Zimmer in Begleitung einer Menge Nachbarn, die alle »glückliches neues Jahr, Meg! Fröhliche Hochzeit! Noch lange Jahre!« und andere gute Wünsche in Bruchstückform hereinriefen. Die große Trommel (die ein intimer Freund Trottys war) trat einen Schritt vor und sprach:

»Trotty Veck, mein Junge, wir haben es herausgekriegt, dass deine Tochter morgen heiratet. Nicht eine Seele, die dich kennt und dir nicht alles Glück wünscht oder die sie kennt und ihr nicht Glück wünscht oder die euch beide kennt und nicht euch beiden alles Glück wünscht, was das neue Jahr bringen kann, und wir sind hier, um es gebührend einzuspielen und einzutanzen.«

Was mit allgemeinem Jubel aufgenommen wurde.

Die große Trommel war ein bisschen betrunken, aber man merkte es nicht.

»Was das für ein Glück ist, weiß Gott, so hochgeachtet zu sein. Wie freundschaftlich und nachbarlich sie alle zu mir sind. Es geschieht alles meiner lieben Tochter wegen. Sie verdient es!«

Man war zum Tanze gestellt in einer halben Sekunde (Meg und Richard an der Spitze). Und die große Trommel war eben im Begriff, draufloszuledern mit aller Macht, da wurde draußen ein Gemisch der wunderbarsten Töne laut, und eine stattlich aussehende lustige Frau von fünfzig Jahren oder so drum herum kam herein und neben ihr ein Mann, der ein Steingefäß von furchterregender Größe schleppte. Beiden dicht auf dem Fuß die übliche Katzenmusik mit hohlen Knochen und Kinderklappern und Glocken. Nicht den großen Glocken – den Silvesterglocken –, sondern tragbaren, aus Glas, zum Trinken.

Trotty sagte: »Es ist Mrs. Chickenstalker«, und setzte sich nieder und schlug sich wieder auf die Knie.

»Zu heiraten und mir nichts davon zu sagen«, rief die gute Frau.

»So was! Ich hätte den letzten Abend des alten Jahres nicht verbringen können, ohne dir Glück zu wünschen. Das hätt ich nicht zuweg gebracht, Meg, und wenn ich krank im Bette gelegen wäre. So, jetzt bin ich hier, und da es Neujahr und zugleich Polterabend ist, habe ich ein – wenig Grog gemacht und ihn gleich mitgebracht.«

Mrs. Chickenstalkers Ansicht von ein »wenig Grog« tat ihrem Charakter alle Ehre an. Der Steinkrug dampfte und rauchte wie ein Vulkan. Der Mann, der ihn trug, war schon halb ohnmächtig.

»Mrs. Tugby«, sagte Trotty, der ganz entzückt um sie herumtrabte, »ich wollte sagen, Mrs. Chickenstalker, Gottes Segen auf Ihr Haupt! Ein glückliches neues Jahr und noch viele, viele solche.«

»Mrs. Tugby«, fuhr er fort, als er sie zum Gruß geküsst hatte, »das heißt Mrs. Chickenstalker, dies sind William Fern und Lilly.«

Zu seiner großen Überraschung wurde die würdige Dame abwechselnd blass und rot.

»Doch nicht Lilly Fern, deren Mutter in Dorsetshire starb?«, rief sie. Lillys Onkel bejahte, und beide wechselten schnell einige Worte miteinander, deren Ergebnis war, dass Mrs. Chickenstalker Will die Hände schüttelte, Trotty aus freiem Entschluss abermals auf die Wange küsste und das Kind an ihren umfangreichen Busen zog.

»Will Fern«, sagte Trotty, indem er seinen rechten

Fäustling anzog, »doch nicht das Freundesherz, das Sie zu finden hofften?«

»Freilich«, antwortete Willy und legte Trotty beide Hände auf die Schultern. »Wie es scheint, ein ebenso gutes Freundesherz, wenn das sein kann, wie ich bereits in Ihnen eins gefunden.«

»Oh«, sagte Trotty, »spielt doch endlich eins auf. Möchtet ihr nicht die Güte haben?«

Zu den Klängen der Musikbande, der Kinderklappern und der Katzenmusik und während noch die Glocken fröhlich vom Turme schallten, führte Trotty mit Mrs. Chickenstalker – nach Meg und Richard das zweite Paar – einen Tanz auf in einer Art Walzerschritt, den weder vorher noch nachher jemals ein menschliches Auge gesehen hatte und der auf dem ihm so eigentümlichen Dienstmannstrab aufgebaut schien.

Hatte Trotty geträumt? Oder sind seine Freuden und Leiden und die handelnden Personen nur ein Traum gewesen? Er selber nur ein Traum? Und der Erzähler dieser Geschichte – ein Träumer, der eben erwacht? Sollte dies auch so sein, dann präget ihr, die ihr ihm zuhörtet, die ernsten Wirklichkeiten, aus denen diese Schatten entsprangen, euerer Seele ein und sucht in euerer Sphäre – keine ist zu weit und keine zu eng für solch einen Zweck – sie besser zu gestalten und minder drückend. Möge das neue Jahr ein glückliches für euch sein und ein glückliches für alle die, deren Glück von euch abhängt. So möge denn jegliches Jahr glücklicher sein als das vorherige, und nicht der geringste unserer Brüder oder Schwestern soll ausgeschlossen bleiben von dem gerechten Anteil an Freude, zu dessen Genuss der große Schöpfer ihn schuf.

Auf der Walstatt des Lebens

Eine Liebesgeschichte

Erster Teil

Vor langer, langer Zeit wurde einst eine heiße Schlacht geschlagen im alten, tapferen England. Wo und wann, soll uns nicht kümmern. Sie wurde geschlagen an einem langen Sommertage, als grün die Halme wogten. Manch wilde Blume, zum duftenden Becher geschaffen für den glitzernden Tau von des Allmächtigen Hand, füllte ihren farbigen Kelch an diesem Tag mit Blut und welkte schaudernd dahin. Manches Insekt, von Farben so zart wie die unschuldigen Blüten und Blätter, war rot gefärbt vom Blute der sterbenden Menschen und zog in hastiger Flucht unnatürliche Spuren auf den Boden. Der bunte Schmetterling trug Blutstropfen auf dem Rand seiner Flügel; und rot floss der Strom dahin. Die zerstampfte Erde wurde ein dampfender Sumpf, und aus den Pfützen, die sich in den Spuren der Pferdehufe und menschlichen Füße gesammelt, schimmerte das unheimliche Rot zur Sonne empor.

Ein gütiges Geschick möge uns bewahren vor dem Anblick eines Bildes, wie es der Mond auf dieser Walstatt sah, als er über die schwarze Linie des Hügelrückens, dessen Rand ferner Baumbestand schattierte, am Himmel emporstieg und auf das Blachfeld niederblickte, wo mit himmelwärts gerichteten Gesichtern, die Augen gebrochen, die einstmals an der Mutter Brust in Mutteraugen gelächelt oder friedlich geschlummert hatten, in Haufen die Toten lagen. Ein gütiges Schicksal verschweige uns Geheimnisse, wie sie der mit Leichengeruch geschwängerte Wind über den Schauplatz von dieses Tages Werk und dieser Nacht Leiden und Sterben flüsternd trug. Wie oft schien einsam der Mond grell auf diese Walstatt nieder, wie lange Zeit hielten die Sterne trauervoll Wache und musste der Wind darüber hinstreichen aus jeder Himmelsrichtung, ehe die Spuren des Kampfes verschwanden.

Sie blieben noch lange und lange und lebten in den kleinen Dingen fort. Die große Natur, erhaben über menschliches Leid, gewann bald ihre Heiterkeit wieder und lächelte auf das blutgetränkte Schlachtfeld nieder wie ehedem, als es noch frei von Schuld gewesen. Die Lerchen sangen hoch über ihm; die Schatten der fliegenden Wolken verfolgten einander spielend über Wiese und Wald und über Dächer und Kirchtürme der von Bäumen umsäumten Stadt hinaus in die schimmernde Ferne, wo Himmel und Erde zusammenfließen und das Abendrot verblasst. Korn wurde gesät und wuchs empor und wurde geerntet; der Fluss, einst wie Purpur gefärbt, drehte das Mühlrad; Männer pfiffen hinter dem Pflug, Schnitter und Heuer arbeiteten still in Gruppen,

Schafe grasten und Ochsen, Knaben schrien auf den Feldern, um die Vögel zu verscheuchen, Rauch stieg empor aus den Schornsteinen der Hütten, die Feiertagsglocken läuteten Frieden, und alte Leute lebten und starben. Die scheuen Geschöpfe des Feldes und die schlichten Blumen in Busch und Garten blühten und welkten dahin, wenn ihre Zeit um war; alles auf dem grimmigen, blutgetränkten Schlachtfeld, wo Tausende und Abertausende gefallen in wildem Kampfe.

Wohl sah man noch lange tiefgrüne Inseln im keimenden Korn, auf die die Leute voll Grauen blickten. Jahr um Jahr kehrten sie wieder, und man wusste, dass unter diesen fruchtbaren Flecken Menschen und Pferde in Haufen begraben lagen und mit ihren Leibern den Erdboden düngten. Den Landleuten, die dort pflügten, schauderte es vor den fetten Würmern, die hier umherkrochen, und die Garben, die an diesen Stellen geerntet wurden, hießen noch lange Jahre die »Schlachtgarben« und wurden beiseitegestellt. Niemals kam eine Schlachtgarbe beim Erntefest auf den letzten Wagen. Lange Zeit förderte jede Furche, die gezogen wurde, Trümmer aus der Schlacht ans Tageslicht. Lange Zeit noch standen verwundete Bäume auf der Walstatt und lagen Stücke zerbrochener Mauern und zerstampfter Zäune umher an Plätzen, wo auf Tod und Leben gerungen worden war und weder Halm noch Blatt mehr wachsen wollte. Noch lange Jahre scheuten sich die Mädchen des Dorfs, Haar und Busen mit den schönen Blumen von diesem Totenfeld zu schmücken, und viele Jahre später noch hieß es, die dort wachsenden Beeren hinterließen auf der Hand, die sie pflückte, einen unauslöschlichen Fleck.

Aber mit den Zeiten, die so flüchtig vorüberzogen wie die Sommerwolken, schwanden auch diese Spuren des alten Kampfes, und die sagenhaften Erinnerungen daran verwischten sich im Gedächtnis der Menschen, bis sie zu den Altweibermärchen zusammenschrumpften, die man sich zur Winterszeit am Kaminfeuer erzählte und die mit jedem Jahr mehr und mehr verblassten. Wo die wilden Blumen und Beeren so lange unberührt gestanden, da wuchsen Gärten auf und Häuser wurden gebaut und Kinder spielten Krieg auf dem Rasen. Die wunden Bäume waren schon lange als Weihnachtsscheite verbrannt und waren knisternd und knatternd als Funken davongeflogen. Die dunkelgrünen Inseln waren nicht frischer mehr als das Gedächtnis derer, die da unten ruhten in der Erde. Wohl brachte die Pflugschar von Zeit zu Zeit noch immer allerhand rostiges Eisen zutage, doch keiner vermochte mehr zu sagen, wozu es einst gedient hatte, und die es gefunden, stritten sich darüber vergeblich. Ein alter, zerbeulter Harnisch und ein Helm hatten so lange in der Kirche gehangen, dass derselbe schwache, halbblinde Alte, der jetzt vergeblich versuchte, sie oben an dem getünchten Gewölbe zu erkennen, sie schon als Kind staunend betrachtet hatte.

Wären die Gefallenen auf den Stellen, wo sie den Tod gefunden, plötzlich wieder zum Leben erwacht, dann hätten gespaltene Schädel zu Hunderten zu Tür und Fenster hereingesehen, gespenstische Soldaten wären erschienen am friedlichen Herd, wären aufgespeichert gewesen mit dem Korn in der Scheuer, emporgestiegen zwischen dem Kind in der Wiege und seiner Wärterin, hätten den Strom gestaut und sich mit dem Mühlrad gedreht. Der Obstgarten und die Wiese wären von ihnen angefüllt gewesen und hoch aufgetürmt der Heuschober.

Verändert war die Walstatt, wo einst Tausende und Abertausende in der großen Schlacht gefallen!

Vielleicht nirgends war sie mehr verändert, als (vor etwa hundert Jahren) in einem kleinen Obstgarten, der zu einem alten, steinernen, mit einer Geißblattlaube geschmückten Hause gehörte.

Aus diesem kleinen Obstgarten erschallten an einem hellen Herbstmorgen Musik und heiteres Lachen, und zwei junge Mädchen tanzten lustig auf dem Rasen, während ein halbes Dutzend Bauernweiber auf Leitern standen, Äpfel von den Bäumen pflückten und zuweilen in ihrer Arbeit innehielten, um in die Fröhlichkeit miteinzustimmen. Es war ein anmutiges, liebliches und natürliches Bild; ein schöner Tag, ein stiller Ort, und die beiden Mädchen tanzten in ihrer Herzensluft fröhlich und sorglos.

Wenn es in der Welt nichts Derartiges gäbe wie die Sucht, sich hervorzutun – das ist meine ganz private Meinung und ich hoffe, man stimmt mit mir darin überein –, so wäre ein viel besseres Vorwärtskommen und unvergleichlich mehr Vergnügen. Es war entzückend anzusehen, wie die Mädchen tanzten. Sie hatten keine Zuschauer als die Bauernweiber, die auf den Leitern die Äpfel von den Bäumen pflückten. Und sie freuten sich, ihnen zu gefallen, aber sie tanzten nur für sich selbst. Und wie sie tanzten!

Nicht wie Balletttänzerinnen. O nein! Nein, ganz und gar nicht. Und nicht wie Madame Soundsos vollendete Schülerinnen. Keine Spur. Es war keine Quadrille, kein Menuett, nicht einmal ein gewöhnlicher Bauerntanz. Es war kein Tanz nach dem alten Stil und keiner nach dem neuen, war nicht nach dem französischen und nicht nach dem englischen Stil. Eher ein wenig nach dem spanischen, der freier ist und fröhlicher, wie ich höre, und bei dem Klang der zirpenden Kastagnetten den Eindruck einer köstlichen Improvisation erweckt. Wie sie so unter den Obstbäumen hintanzten und die Beete entlang und wieder zurück und einander im Kreise wirbelten, da schienen sich ihre luftigen Bewegungen im sonnenbeschienenen Grase weiter zu verbreiten, wie ein immer größer werdender Kreis im Wasser. Ihr fliegendes Haar und ihre wehenden Gewänder, das elastische Grün unter ihren Füßen, die Zweige, die im Morgenwind raschelten, die glänzenden Blätter und ihre gefleckten Schatten auf dem weichen Rasen – der balsamische Wind, der durch die Landschaft wehte, froh, die ferne Windmühle lustig drehen zu dürfen – alles, alles um die beiden Mädchen und den Bauern herum, und das Gespann am Pfluge auf dem Hügelrücken – – am Horizont, als stünden sie am Ende der Welt – schien gleichfalls zu tanzen.

Endlich warf sich die jüngere der beiden Schwestern außer Atem und fröhlich lachend auf eine Bank, um auszuruhen. Die andere lehnte sich an einen Baum dicht dabei. Die Musik, ein wandernder Harfenist und ein Geiger, schloss mit einem Tusch, als seien sie noch ganz frisch, obwohl der Tanz so schnell gewesen war, dass sie es keine halbe Minute mehr länger ausgehalten hätten.

Die Obstpflückerinnen auf den Leitern ließen ein Murmeln und Gebrumm von Beifall hören und machten sich dann emsig und noch immer summend wie Bienen wieder an die Arbeit. Vielleicht deswegen so besonders fleißig, weil ein ältlicher Herr, der niemand anders war als Dr. Jeddler selbst – es war nämlich Dr. Jeddlers Haus und Obstgarten und die beiden Mädchen Dr. Jeddlers Töchter –, angerannt kam, um nachzusehen, was denn los sei und wer denn, zum Kuckuck, auf seinem Grund und Boden schon vor dem Frühstück Musik mache.

Er war ein großer Philosoph, der Dr. Jeddler, aber keineswegs musikalisch.

»Musik und Tanz heute am Jahrestag«, sagte der Doktor, blieb stehen und sprach mit sich selbst, »ich dachte, man fürchtete sich bis heute noch. Aber es ist eine Welt voller Widersprüche. Aber Grace, aber Marion!«, fügte er laut hinzu, »ist denn die Welt heute noch verrückter als gewöhnlich?«

»Du musst Nachsicht haben, Vater, wenn sie's ist«, antwortete Marion, seine jüngere Tochter, lief zu ihm hin und lächelte ihm ins Gesicht, »weil heute jemand Geburtstag hat.«

»Jemand hat Geburtstag, Kätzchen?«, sagte der Doktor. »Weißt du nicht, dass alle Tage jemand Geburtstag hat, weißt du nicht, wie viel neue Schauspieler sich jede Minute auf diese wunderliche, lächerliche – hahaha – man kann gar nicht ernsthaft davon sprechen – Bühne, die man Leben nennt, drängen? Jede Minute?«

»Nein, Vater.«

»Natürlich du nicht; du bist ein Weib –. Beinah wenigstens«, sagte der Doktor. »Wenn ich nicht irre«, setzte er hinzu und blickte in das hübsche Gesicht, das sich dicht an das seine herandrängte, »glaube ich, es ist dein Geburtstag …«

»Was, du meinst das wirklich, Vater«, rief seine Lieblingstochter und bot ihm die Lippen zum Kuss.

»Da, und meine Liebe dazu«, sagte der Doktor und küsste sie, »und möge der glückliche Tag noch recht oft wiederkehren.«

»Auch ein Gedanke, eine häufige Wiederholung in einem solchen Possenspiel wie dem Leben zu wünschen«, sagte der Doktor vor sich hin, »sehr gut! Hahaha!«

Dr. Jeddler war wie gesagt ein großer Philosoph, und der Grundsatz und das Mysterium seiner Philosophie war, die Welt als einen ungeheuren, ins praktische Leben übersetzten Jux zu betrachten; als etwas zu Albernes, als dass ein vernünftiger Mensch etwas Ernstes darin sehen könnte. Dieses Glaubenssystem hing mit dem Schlachtfelde zusammen, wie wir gleich sehen werden, und leitete sein Entstehen davon ab.

»Wo habt ihr eigentlich die Musik herbekommen?«, fragte der Doktor. »Hühnerdiebe natürlich! Wo sind denn die Meistersänger hergekommen?«

»Alfred hat die Musik geschickt«, sagte seine Tochter Grace und steckte ein paar einfache Blumen, mit denen sie vorher das Haar der Schwester in Bewunderung für seine jugendliche Schönheit selbst geschmückt und die der Tanz gelockert hatte, wieder fest.

»Also Alfred hat die Musik geschickt, was?«, fragte der Doktor.

»Ja. Er traf sie unterwegs, als er früh in die Stadt ging. Die Leute ziehen zu Fuß herum und haben diese Nacht in der Stadt gerastet; und da Marions Geburtstag ist und Alfred ihr damit eine Freude zu machen glaubte, schickte er sie her mit einem Zettel des Inhalts, dass sie ihr ein Ständchen bringen sollten, wenn ich es für gut fände.«

»Ja, ja«, sagte der Doktor leichthin, »er frägt dich immer um deine Meinung.«

»Und da meine Meinung günstig ausfiel«, sagte Grace heiter und hielt einen Augenblick inne, um den hübschen Kopf, den sie geschmückt, zu bewundern, »und da Marion sehr lustig war und tanzen wollte, machte ich mit, und wir haben uns nach Alfreds Musik außer Atem getanzt. Und sie gefiel uns umso besser, als sie Alfred geschickt hat. Nicht wahr, liebe Marion?«

»O ich weiß nicht, Grace, warum quälst du mich immer mit Alfred?«

»Ich quäle dich, wenn ich deinen Liebsten nenne?«, sagte ihre Schwester.

»Es ist mir vollständig gleichgültig«, sagte das mutwillige, hübsche Mädchen, ein paar Blumen, die sie in der Hand hielt, zerrupfend und die Blätter in den Wind zerstreuend, »ob man ihn erwähnt oder nicht.«

»Ich hab es wirklich schon satt, das ewige Gerede von ihm. Und was das betrifft, dass er mein Liebster sein soll –«

»Still. Sprich nicht so leichtfertig von einem treuen Herzen, das nur für dich schlägt, Marion«, rief ihre Schwester aus. »Selbst nicht im Scherz! Niemand auf der Welt hat ein treueres Herz als Alfred.«

»Nein – nein«, sagte Marion und zog ihre Augenbrauen mit einer komischen Miene sorgloser Überlegung in die Höhe. »Vielleicht niemand, aber ich sehe nicht ein, dass darin ein großes Verdienst liegen soll. Ich verlange gar nicht von ihm, dass er so außerordentlich treu sei. Ich habe ihn nie dazu aufgefordert. Wenn er erwartet, dass ich – – – aber liebe Grace, was brauchen wir denn überhaupt von ihm zu sprechen, gerade jetzt!«

Es war ein lieblicher Anblick, die beiden blühenden Schwestern Arm in Arm unter den Bäumen wandeln und miteinander plaudern zu sehen, jetzt so ernsthaft im Gegensatz zu dem eben noch an den Tag gelegten Frohsinn und so voll zärtlicher Liebe zueinander ... Auffallend genug war es, dass der jüngern Schwester Augen in Tränen schwammen und dass etwas tief und innig Gefühltes durch den Mutwillen ihrer Worte klang. Der Unterschied im Alter der beiden Mädchen konnte vier Jahre im höchsten Fall nicht überschreiten. Aber Grace erschien, wie oft in solchen Fällen, wo keine Mutter mehr wacht (die Frau des Doktors war gestorben), in ihrer vorsorglichen Liebe zu ihrer jüngern Schwester älter, als sie war, schien, wie die Dinge lagen, allem Wettstreit mit ihr und aller Teilnahme an ihren mutwilligen Einfällen noch aus anderer Ursache als schwesterlicher Liebe und inniger Zuneigung allein weiter entrückt zu sein, als der Altersunterschied bedingt hätte.

Hoher Mutterberuf, der selbst hier in diesem schwachen Abbild das Herz klärte und die Seele zum Engelsbild erhebt!

Des Doktors Gedanken ergingen sich anfangs in fröhlichen Betrachtungen – als er den Mädchen nachblickte und ihrem Geplauder zuhörte – über die Torheit der Liebe und Zuneigung, jene nichtigen Träume, mit denen sich junge Herzen selbst betrügen, wenn sie auch nur einen Augenblick lang etwas Ernstes in solchen Seifenblasen finden, die immer zerplatzen – immer!

Wenn er an Graces häusliche, sich selbst verleugnende Eigenschaften, ihr sanftes Gemüt dachte, so anspruchslos und doch so beharrlich und tapfer, im Gegensatz zu der glänzenden Schönheit seiner jüngern Tochter, tat es ihm beider Kinder wegen leid, dass das Leben eine so ungeheuer lächerliche Posse war.

Es fiel ihm nie ein zu fragen, ob seine Töchter oder eine von beiden es sich's irgendwie angelegen sein ließen, das Leben ernst zu nehmen oder nicht. Wenn *er* nur Philosoph blieb. Von Natur mild und hochherzig, war er zufällig über jenen ordinären philosophischen Stein gestolpert, der viel leichter zu finden ist als der, den die Alchimisten suchen und der so oft gutherzigen und freigebigen Menschen zwischen die Füße kommt und die fatale Eigenschaft hat, Gold in Schlacke und kostbare Dinge in armselige zu verwandeln.

»Britain!«, rief der Doktor. »Britain! Hallo!«

Ein kleiner Mann mit ungemein mürrischem und saurem Gesicht trat aus dem Hause und antwortete auf diesen Ruf mit einem sehr unzeremoniellen: »Na, was denn?«

»Wo ist der Frühstückstisch?«

»Drin!«, antwortete Britain.

»Wirst du ihn gleich hier draußen decken, wie ich dir schon gestern Abend befahl?«, sagte der Doktor. »Weißt du denn nicht, dass Herrengesellschaft kommt? Dass heute Morgen noch Geschäfte abgeschlossen werden müssen, ehe die Postkutsche vorbeifährt, und dass heute eine besonders feierliche Gelegenheit ist?«

»Ich konnte doch nicht eher anfangen, Dr. Jeddler, bis die Weiber mit den Äpfeln fertig sind, oder ja?«, sagte Britain und steigerte seine Stimme nach und nach fast bis zum Schreien.

»Na, sind die jetzt endlich fertig«, sagte der Doktor, sah nach der Uhr und klatschte in die Hände. »Marsch, eilt euch ein bisschen. Wo ist Clemency?«

»Hier bin ich, Mister«, sagte eine Stimme auf einer Leiter, und man sah ein paar plumpe Füße rasch herunterkommen. »Wir sind fertig. Aufgeräumt, Deerens. In einer halben Minute soll alles in Ordnung sein, Mister.«

Mit diesen Worten machte sie sich rührig an die Arbeit und gab dabei eine Figur ab, die so auffällig war, dass ein paar Worte der Einführung wohl angebracht erscheinen.

Sie war ungefähr dreißig Jahre alt und hatte ein plumpes, gutmütiges Gesicht, das aber immer in so ernste Falten gelegt war, dass es äußerst komisch wirkte. Aber das außerordentlich linkische Wesen in ihrem Gang und Benehmen übertrumpfte das Gesicht noch bei Weitem. Hätte man gesagt, sie habe zwei linke Beine und Arme, die gar nicht ihr gehörten und diese vier Gliedmaßen seien ausgerenkt und nicht mehr an die rechte Stelle angesetzt worden, so hätte man die Wirklichkeit noch im mildesten Licht dargestellt. Und wer sagte, dass sie mit dieser Einrichtung vollkommen zufrieden war und ihre Arme und Beine nahm, wie es gerade kam und den Launen derselben niemals einen Zaum anlegte, der wurde ihrem Gleichmut nur in geringem Maße gerecht.

Ihre Kleidung bestand aus einem riesigen Paar eigensinniger Stiefel, die immer anderswo hinwollten als ihre Füße, aus blauen Strümpfen und einem bunt bedruckten Kattunkleid von dem hässlichsten Muster, das für Geld aufzutreiben gewesen war, und einer weißen Schürze. Sie trug immer kurze Ärmel und hatte immer gerade zufällig wundgestoßene Ellbogen. Sie nahm aus diesem Grunde immer den lebhaftesten Anteil an ihnen und bemühte sich beständig, sie in die unmöglichsten Stellungen zu renken, um sie betrachten zu können. Meistenteils hatte sie auch eine kleine Mütze irgendwo auf dem Kopf sitzen, fast nie aber an der Stelle, die dieses Kleidungsstück bei andern Leuten einzunehmen pflegt. Aber vom Scheitel bis zur Sohle war sie von peinlicher Sauberkeit und trug eine Art linkischer Nettigkeit zur Schau.

Ihrem löblichen ängstlichen Bestreben, in ihren eigenen und den Augen der Öffentlichkeit stets hübsch und sauber zu erscheinen, hatte eine höchst befremdende Gewohnheit, der sie zu huldigen pflegte, das Entstehen zu verdanken, nämlich die Maßnahme, stets eine Art hölzernen Pumpenschwengel als unzertrennlichen Teil ihres Anzugs mit sich herumzuschleppen. Er diente dazu, ihre Röcke so lange zu beklopfen, bis sie in harmonische Falten fielen. So stellte sich Clemency Newcomes *Äußeres* dar. Man mutmaßte von ihr, dass sie selbst unschuldigerweise eine Verfälschung ihres Taufnamens Clementine veranlasst habe, aber niemand wusste es gewiss, denn ihre alte, taube Mutter war hochbetagt gestorben, ein wahres Wunder an Langlebigkeit, und andere Verwandte waren nicht da.

Clemency war jetzt beschäftigt, den Tisch herzurichten, und stand von Zeit zu Zeit da, die bloßen roten Arme verschränkt und die aufgestoßenen Ellbogen mit den Händen reibend und sie gelassen betrachtend, bis sie sich plötzlich an etwas erinnerte, das noch fehlte, und davontrabte, um es zu holen.

»Da kommen die beiden Advokaten, Mister«, sagte Clemency in nicht gerade wohlwollendem Ton.

»Aha«, rief der Doktor und ging ihnen ans Tor entgegen. »Guten Morgen, guten Morgen! Grace, mein Herz! Marion! Hier sind die Herren Snitchey und Craggs. Wo ist Alfred?«

»Er wird sicher gleich zurück sein, Vater«, sagte Grace, »er hatte diesen Morgen mit den Vorbereitungen zur Abreise so viel zu tun, dass er schon mit Tagesanbruch aufstand und ausgegangen ist. Guten Morgen, meine Herren!«

»Meine Damen«, sagte Mr. Snitchey, »für mich und Craggs« (Mr. Craggs verbeugte sich) »guten Morgen! Mein Fräulein« (zu Marion). »Ich küsse Ihnen die Hand.« Er tat es. »Und ich wünsche Ihnen von Herzen« (es war ihm nicht recht anzusehen, ob das wahr war oder nicht – denn er schien auf den ersten Blick nicht wie ein Herr, dem man heiße Seelenergüsse zutrauen konnte), »ich wünsche Ihnen von Herzen eine glückliche hundertfache Wiederkehr dieses verheißungsvollen Tages.«

»Hahaha«, lachte der Doktor gedankenschwer mit

den Händen in den Taschen, »das große Possenspiel in hundert Akten!«

»Das große Possenspiel für diese Darstellerin abzukürzen, kann doch gewiss Ihr Wunsch nicht sein, Dr. Jeddler«, sagte Mr. Snitchey und lehnte seine blaue Aktentasche an das Tischbein.

»Nein«, entgegnete der Doktor, »Gott sei vor! Möge sie leben und darüber lachen, solange sie kann, und dann sagen wie die Franzosen: ›Die Posse ist aus, der Vorhang fällt.‹«

»Die Franzosen haben unrecht, Dr. Jeddler«, sagte Mr. Snitchey und spähte in seine blaue Tasche, »und Ihre Philosophie ist auch gänzlich falsch, verlassen Sie sich darauf. Ich hab es Ihnen schon oft gesagt. Es gibt keinen Ernst im Leben? Was ist dann ein Prozess?«

»Ein Jux«, versetzte der Doktor.

»Haben Sie schon einmal einen geführt?«, fragte Mr. Snitchey und blickte von der blauen Tasche auf.

»Nie«, antwortete der Doktor.

»Wenn Sie einmal in die Lage kommen«, sagte Mr. Snitchey, »werden Sie anders denken.«

Craggs, den Snitchey offenbar vertrat und der sich seines besonderen Daseins als Einzelwesen bisher wenig bewusst schien, gab jetzt eine selbständige Bemerkung zum Besten. Sie bezog sich auf den einzigen Gedanken, den er nicht mit Snitchey zu gleichen Teilen besaß, der aber vermutlich Gemeingut einiger Weltweisen war. »Es wird zu leicht gemacht«, sagte also Mr. Craggs.

»Das Prozessieren?«, fragte der Doktor.

»Ja«, sagte Mr. Craggs, »auch das! Alles auf der Welt scheint mir heutzutage zu leicht gemacht zu werden. Das ist die Schwäche dieser Zeit. Wenn die Welt ein Jux ist – ich will es gar nicht leugnen, so sollte es wenigstens ein anstrengender Jux sein. Ein Kampf, Sir, so hart wie möglich. Das ist der Zweck. Aber es wird zu leicht gemacht. Wir ölen die Türen des Lebens. Sie sollten rostig sein. Nächstens werden sie sich ganz geräuschlos bewegen. Und sie sollen doch in den Angeln knarren, Sir.«

Mr. Craggs schien selbst in seinen Angeln zu knarren, als er diese Meinung aufstellte, die so gut zu seinem Äußern passte. Er war ein kalter, harter, trockner Mann, in Grau und Weiß gekleidet wie ein Feuerstein und mit einem Geblinzel in den Augen, als ob jemand Funken aus ihnen schlüge. Alle drei großen Reiche der Natur waren in diesen drei Sprechern vertreten: Snitchey sah wie eine Elster aus oder wie ein Rabe, nur nicht so glatt, und der Doktor hatte ein streifiges Gesicht wie ein Zitronenapfel mit hier und da einem Grübchen drin, wo die Vögel gepickt haben mochten, und ein winziges Stück Zopf hinten, das den Stiel vorstellen konnte.

Als die biegsame Gestalt eines hübschen, jungen Herrn im Reiseanzug – begleitet von einem Mann, der sein Gepäck trug – mit lebhaftem Schritt und einem Gesicht voll Frohsinn und Hoffnung, das zu dem Morgen gut passte, in der Gartentüre erschien, traten ihm die drei entgegen, wie die Brüder der drei Parzen oder wie die höchst geschickt verkleideten Grazien oder wie die drei Männer im feurigen Ofen, und begrüßten ihn:

»Auf fröhliche Wiederkehr, Alf«, sagte der Doktor heiter.

»Hundertfache Wiederkehr dieses verheißungsvollen Tages, Mr. Heathfield«, sagte Snitchey mit einer tiefen Verbeugung.

»Wiederkehr«, brummte Craggs mit tiefem Bass.

»Eine ganze Batterie«, rief Alfred aus und blieb stehen. »Eins – zwei – drei, lauter Vorboten von nichts Gutem auf dem großen Lebensmeer vor mir. Ich bin nur froh, dass Sie nicht die Ersten sind, die ich heute morgen sehe. Es wäre eine schlechte Vorbedeutung gewesen. Aber Grace war die Erste. Die süße, liebe Grace – so nehm ich's mit Ihnen allen auf!«

»Wenn Sie gestatten, Mister, so war ich die Erste«, sagte Clemency Newcome. »Sie ging hier draußen spazieren vor Sonnenaufgang, wenn Sie sich erinnern. Ich war drinnen.«

»Das ist wahr, Clemency war die Erste«, sagte Alfred. »So muss es eben Clemency mit Ihnen aufnehmen.«

»Hahaha, mit meiner Wenigkeit und Craggs«, sagte Snitchey, »welche ungleichen Kräfte.«

»Nur scheinbar«, sagte Alfred, schüttelte dem Doktor herzlich die Hand und dann auch Snitchey und Craggs und sah sich um. »Wo sind denn die – Herr, du meine Güte!«

Mit einer Bewegung, die so rasch war, dass sie Jonathan Snitchey und Thomas Craggs in nähere Berührung miteinander brachte, als kontraktlich zwischen ihnen ausgemacht war, eilte er dorthin, wo die beiden Schwestern standen, und – – – doch ich brauche wohl nicht erst zu erzählen, wie er zuerst Marion und dann Grace begrüßte, und bemerke nur, dass Mr. Craggs wahrscheinlich festgestellt haben würde, er mache es sich »viel zu leicht«.

Vielleicht um eine andere Situation eintreten zu lassen, eilte jetzt Dr. Jeddler zum Frühstückstisch, und alle setzten sich nieder. Grace hatte den Vorsitz, platzierte sich aber so geschickt, dass sie ihre Schwester und Alfred von der übrigen Gesellschaft trennte. Snitchey und Craggs saßen an entgegengesetzten Enden, zwischen sich der Sicherheit halber die blaue Tasche, und der Doktor hatte wie gewöhnlich seinen Platz Grace gegenüber eingenommen. Clemency zuckte wie an galvanischen Drähten um den Tisch und bediente. Der melancholische Britain versah an einem Seitentische das Amt eines Vorschneiders bei Rindskeule und Schinken.

»Fleisch?«, fragte Britain, indem er sich Mr. Snitchey mit Vorlegmesser und Gabel in der Hand näherte, und ihm die Frage wie ein Wurfgeschoß an den Kopf schleuderte.

»Gewiss«, erwiderte der Advokat.

»Wollen Sie auch welches?«, zu Craggs gewendet.

»Mager und durchgebraten«, antwortete dieser Herr.

Nachdem Britain diese Befehle zur Ausführung gebracht und den Doktor in bescheidenem Maße versorgt hatte – dass sonst niemand etwas zu essen verlangte, schien er vorauszusetzen –, blieb er auf einem Platze stehen, der Anwaltsfirma so nahe, wie es sich mit der Schicklichkeit nur irgendwie vertrug, und bewachte mit strengem Blick die Art, wie sie mit ihrem Fleisch umgingen. Bloß ein einziges Mal milderte er den ernsten Ausdruck seiner Züge. Dies geschah, als Mr. Craggs, dessen Zähne nicht mehr die besten waren, sich verschluckt hatte und heftig husten musste. Da war ein Leuchten über sein Gesicht gegangen, und er hatte lebhaft ausgerufen: »Ich habe schon gemeint, es ist rum mit ihm.«

»Nun, Alfred«, sagte der Doktor, »ein paar Worte über geschäftliche Dinge, solange wir noch beim Frühstück sitzen.«

»Solange wir noch beim Frühstück sitzen«, bekräftigten Snitchey und Craggs, die noch gar nicht ans Aufhören zu denken schienen.

Obwohl Alfred noch gar nichts gegessen hatte und anderweitig in Anspruch genommen war, wie es schien, sagte er doch ehrerbietig: »Wie Sie wünschen, Sir.«

»Wenn etwas Ernsthaftes«, begann der Doktor, »in diesem – – –«

»Possenspiel, Sir«, ergänzte Alfred.

»Possenspiel ist«, fuhr der Doktor fort, »so ist es das Zusammentreffen dieses Abschiedstages mit einem zwiefachen Geburtstag, an den sich für uns vier manche angenehme Erinnerung knüpft und der uns immer unser langes und freundschaftliches Beisammenleben ins Gedächtnis zurückrufen wird. Doch das gehört nicht zur Sache!«

»O doch, doch, Dr. Jeddler«, sagte der junge Mann, »es gehört sehr wohl zur Sache. Das sagt mein Herz diesen Morgen, und Ihres würde es auch tun, wenn Sie's nur zu Worte kommen ließen. Ich verlasse heute Ihr Haus, höre auf, Ihr Mündel zu sein, und wir scheiden mit zarten Beziehungen im Herzen, die sich weit in die Vergangenheit zurückerstrecken, und mit andern, die noch in der Zukunft liegen« (dabei blickte er auf die neben ihm sitzende Marion nieder), »mit Banden, so reich an Hoffnungen, dass ich es jetzt zu sagen mich gar nicht getraue. Ja, ja«, fuhr er fort, sich über seine Feierlichkeit und den Doktor zugleich lustig machend, »es steckt ein ernstes Korn in diesem großen, närrischen Erdhaufen, Doktor.

Lassen wir heute wenigstens gelten, dass noch ein Körnchen Ernsthaftigkeit drin steckt.«

»Heute«, rief der Doktor, »hört, hört! Hahaha! Heute gerade in dem närrischen Jahr. Gerade heute am Jahrestage der großen Schlacht, die auf diesem Grund und Boden geschlagen wurde. Auf diesem Grund und Boden, wo wir jetzt sitzen, wo meine beiden Mädchen heute früh tanzten, wo das Obst zu unserm Frühstück eben gepflückt wurde von Bäumen, die nicht in der Erde, sondern in Menschen wurzeln! – Hier mussten so viele das Leben lassen, dass in meiner Jugend – noch Generationen später – ein ganzer Kirchhof voll Gebein und Knochenstaub und Splitter gespaltener Schädel zu unsern Füßen ausgegraben wurde. Und doch wussten nicht hundert Menschen in dieser Schlacht, warum und wofür sie kämpften, nicht hundert von denen, die über den Sieg frohlockten, warum sie sich freuten. Und nicht ein halbes Hundert Menschen wurden besser durch den Gewinn oder den Verlust. Nicht ein halbes Dutzend sind sich bis zu dieser Stunde über die Ursache und die Wirkung einig, und niemand hat etwas Bestimmtes gewusst, höchstens die, die um die Erschlagenen getrauert haben. Und das soll man auch noch ernst nehmen«, sagte der Doktor lachend, »ein solches System.«

»Das scheint mir doch alles sehr ernst zu sein«, sagte Alfred.

»Ernst«, rief der Doktor aus. »Wenn man solche Dinge ernst nehmen soll, muss man verrückt werden oder sterben oder sich auf einen hohen Berggipfel setzen und Einsiedler werden.«

»Außerdem – ist's doch so lange her«, sagte Alfred.

»Lange her!«, entgegnete der Doktor. »Wissen Sie, was die Welt seit dieser Zeit getrieben hat? Ich nicht.«

»Sie hat ein bisschen prozessiert«, bemerkte Mr. Snitchey und rührte seinen Tee um.

»Obgleich es immer zu leicht gemacht worden ist«, sagte sein Kompagnon.

»Und Sie werden mich entschuldigen, Doktor«, fuhr Mr. Snitchey fort, »wenn ich sage, was ich Ihnen schon tausend Mal im Laufe unserer Diskussionen gesagt habe, dass ich im Prozessieren und überhaupt in unserm Gerichtswesen etwas außerordentlich Ernstes sehe, etwas in Wirklichkeit Greifbares, etwas, in dem ein Zweck und eine Absicht liegt.«

Clemency Newcome war im schiefen Winkel gegen den Tisch getaumelt, was ein lautes Geklapper unter Tellern und Tassen hervorrief.

»Heidi, was ist denn los?«, rief der Doktor aus.

»Das dumme Ding von einer blauen Tasche«, sagte Clemency, »fährt einem immer in die Beine.«

»Es liegt ein Zweck und eine Absicht darin, sagte ich gerade«, fing Snitchey wieder an, »die uns Achtung abringt. Das Leben wäre ein Possenspiel, Dr. Jeddler? Mit allen seinen Prozessen?«

Der Doktor lachte und blickte zu Alfred hinüber.

»Zugegeben! Der Krieg ist etwas Albernes«, sagte Snitchey. »Darin sind wir gleicher Meinung; – zum Beispiel hier sehen wir eine reizende Gegend«, er wies mit der Gabel ins Freie, »vor Zeiten überschwemmt von Scharen von Soldaten – Übertreter des Gesetzes jeder Einzelne – und verheert mit Feuer und Schwert. Hihihi! Der bloße Gedanke, dass sich jemand freiwillig dem Tod durch Feuer und Schwert aussetzt! Stupid und dumm, rein zum Lachen! Man muss die Achseln zucken über seine Mitmenschen, wenn man daran denkt. Aber nehmen wir diese freundliche Gegend, wie sie jetzt ist. Denken wir uns die aus dem Grundeigentumsgesetz entspringenden Rechtsverhältnisse, die Rechtshandlungen, ohne die sich Grundbesitz nicht vererben und verschenken lässt, die Verpfändung und Einlösung des Grundeigentums – man denke an die Freipacht, Erbpacht, Zeitpacht«, sagte Mr. Snitchey mit solcher Erregung, dass er buchstäblich mit den Lippen schmatzte, »denken wir an die komplizierten Gesetze, die sich auf dem Besitzrecht und der Beweisführung des Besitzrechtes aufbauen, an all die einander widersprechenden Präzedenzfälle und Parlamentsakte, die dazu gehören; an die unzählige Menge tiefsinniger und endloser Kanzleigerichtsprozesse, zu denen diese liebliche Gegend schon Veranlassung gegeben, und Sie müssen anerkennen, Dr. Jeddler, dass dies eine Oase in unserer Welt ist. Ich glaube«, sagte Mr. Snitchey mit einem Blick auf seinen Kompagnon, »dass ich im Sinne meiner Wenigkeit und Craggs' spreche.«

Nachdem Mr. Craggs beigestimmt, bemerkte Mr. Snitchey, dessen Lebensgeister durch diese Rede außerordentlich aufgefrischt worden waren, dass er noch ein wenig Fleisch und noch eine Tasse Tee nehmen wolle.

»Ich will nicht für das Leben im Allgemeinen eintreten«, sagte er, sich kichernd die Hände reibend, »es ist voll von Torheit, voll von noch Schlimmerem. Beteuerungen der Treue, des Vertrauens und der Selbstlosigkeit und so weiter! Bah, bah, bah! Wir wissen, was sie wert sind. Aber Sie dürfen nicht über das Leben lachen. Sie haben eine Partie zu spielen; – eine sehr ernste Partie. Alle Menschen spielen gegen Sie, verstehen Sie mich, und Sie spielen gegen alle Menschen. Oh, es ist eine außerordentlich interessante Sache! Es stehen tiefsinnige Züge auf dem Brett. Sie können höchstens lachen, Dr. Jeddler, wenn Sie gewinnen, und selbst dann nicht viel, hahaha. Und selbst dann nicht viel«, wiederholte Snitchey, wiegte den Kopf und kniff ein Auge zu, als wolle er damit sagen, Sie können höchstens das tun.

»Nun, Alfred«, rief der Doktor, »was sagen Sie jetzt?«

»Ich sage bloß«, erwiderte Alfred, »dass der größte

Gefallen, den Sie mir und auch sich selbst tun können, der wäre, dass Sie manchmal versuchten, dieses Schlachtfeld und andere ähnliche angesichts des so unendlich größern Schlachtfeldes des Lebens, das die Sonne jeden Tag bescheint, zu vergessen.«

»Ich fürchte wirklich, Mr. Alfred, dass ihn das nicht umstimmen würde«, sagte Snitchey. »Die Streiter in diesem Lebenskampfe sind hitzig und sehr erbittert aufeinander. Da wird viel gehauen und gestochen und dem Nebenmenschen von hinten in den Kopf geschossen. Da wird schrecklich aufeinander herumgestampft und getrampelt; es ist doch eine recht böse Sache das.«

»Ich glaube, Mr. Snitchey«, sagte Alfred, »dass in diesem Kampfe auch stille Siege gefeiert, große Opfer gebracht und Heldentaten begangen werden. Und wenn auch nur bei scheinbaren Nichtigkeiten und Meinungsverschiedenheiten. Die aber darum nicht weniger schwierig zu vollbringen sind und die auch in keiner irdischen Chronik oder öffentlich bekannt werden. Taten, die jeden Tag in Ecken und Winkeln und kleinen Haushalten, in Männer- und Frauenherzen vollbracht werden und von denen eine jede auch den strengsten Tadler mit dieser Welt versöhnen und ihm Glauben und Hoffnung zurückgeben könnte. Wenn auch die halbe Bevölkerung Krieg und ein Viertel Prozesse führt. Und das will doch viel sagen.«

Beide Schwestern hörten aufmerksam zu.

»Gut, gut!«, sagte der Doktor, »ich bin zu alt, um mich noch bekehren zu lassen, selbst von meinem Freund Snitchey hier nicht oder meiner guten, ledigen Schwester Martha Jeddler, die auch ihre jahrelangen häuslichen Prüfungen gehabt hat, wie sie's nennt, und dadurch mildtätig und mildgesinnt gegen alle Art Menschen geworden ist und ganz dieselbe Ansicht hat wie Sie (wenn sie auch als Weib weniger vernünftig, dafür um so hartnäckiger ist), so dass wir uns gar nicht mehr vertragen können und einander nur selten sehen. Ich bin auf diesem Schlachtfeld geboren. Ich fing schon als Knabe an, mir über die Geschichte dieses Schlachtfeldes Gedanken zu machen. Sechzig Jahre sind über mein Haupt dahingegangen, und ich habe immer gesehen, dass die ganze Christenwelt mit, der Himmel weiß, wie viel zärtlichen Müttern und leidlich gut geratenen Töchtern, wie den meinen, ganz versessen auf ein Schlachtfeld war. Denselben Widersprüchen begegnen wir überall. Man muss entweder lachen oder weinen über solche unglaubliche Inkonsequenz. Ich ziehe es vor, zu lachen.«

Britain, der jedem Sprecher in tiefster Aufmerksamkeit und Melancholie zugehört hatte, schien sich plötzlich zugunsten derselben Meinung zu entscheiden, wenn ein tiefer Grabeston, der aus ihm emporklang, für ein Lachen gehalten werden durfte. Sein Gesicht blieb aber dabei so unbeweglich, dass keiner der Frühstücksgäste, die sich alle erschreckt von dem unheimlichen Ton umdrehten, ihn für den Täter hielt. Ausgenommen die mitbedienende Clemency Newcome, die ihm mit einer ihrer Lieblingsgliedmaßen, dem Ellbogen, einen Stoß gab und ihn mit vorwurfsvollem Gewisper fragte, worüber er denn lache.

»Über dich nicht«, sagte Britain.

»Über wen denn?«

»Über die Menschheit«, sagte Britain, »es ist ein Jux.«

»Wahrhaftig, zwischen unserm Herrn und diesen Advokaten da wird er auch mit jedem Tag blöder und blöder«, rief Clemency aus und gab ihm als geistiges Erfrischungsmittel mit dem andern Ellbogen einen Stoß.

»Du weißt wohl nicht, wo du bist. Du willst dir wohl den Kopf einrennen.«

»Ich weiß von nichts«, sagte Britain mit bleiernem Auge und unbeweglichem Gesicht. »Ich kümmere mich um nichts. Ich mach mir aus nichts was draus. Ich glaube nichts und ich brauche nichts.«

Wenn auch diese gedrängte Schilderung in einem Anfall von Schwermut übertrieben sein mochte, so hatte doch Benjamin Britain – den man zuweilen Little Britain nannte, um ihn von Great Britain, das heißt Groß-Britannien, zu unterscheiden, so wie man auch Jung-England als Gegensatz hinstellt zu Alt-England – seinen wirklichen Geisteszustand damit viel besser gezeichnet, als es auf den ersten Blick schien. In einem Dienstverhältnis zu Dr. Jeddler stehend wie weiland der Famulus Miles zu dem Adepten Baco und Tag für Tag gezwungen, die zahllosen Reden mit anzuhören, die der Doktor an Leute verschiedensten Standes richtete und die alle auf den Beweis hinausliefen, dass sogar die eigene Existenz bestenfalls ein Irrtum und eine Absurdität sei, war dieser unglückselige Diener allmählich in einen solchen Abgrund konfuser und widerspruchsvoller Begriffe, die ihn von außen und innen bedrängten, geraten, dass die Wahrheit auf dem Boden ihres Bronnens im Vergleich mit Britains Tiefe geistiger Verfinsterung sich geradezu auf ebener Erde befand. Das Einzige, was er klar begriff, war, dass das neue Element, das Snitchey und Craggs in diese Diskussionen hereinbrachten, nicht geeignet war, die Sache aufzuklären, und des Doktors Philosophie nur zu bestätigen schien. Deshalb sah er in den beiden Advokaten nur Miturheber seines Gemütszustandes und verabscheute sie entsprechend.

»Aber dies geht uns jetzt nichts an, Alfred«, sagte der Doktor. »Sie hören mit heute auf, mein Mündel zu sein, und verlassen uns bis zum Rande gefüllt mit dem Wissen, das die Lateinschule hier – und Ihre Studien in London und ein alter, einfacher Landdoktor wie ich – Ihnen geben konnten. So treten Sie jetzt in die Welt ein. Der erste Abschnitt der von Ihrem seligen Vater festgesetzten Prüfungszeit ist jetzt vorüber, und Sie gehen nun als Ihr eigener Herr hinaus, um seinen zweiten Wunsch zu erfüllen; und lange ehe Ihr dreijähriger Kursus an den ausländischen Schulen der Medizin vorbei ist, werden Sie uns vergessen haben. Du mein Gott, es wird nicht einmal sechs volle Monate dauern.«

»Wenn Sie das so genau wissen, warum soll ich da mit Ihnen streiten?«, fragte Alfred lachend.

»Ich weiß gar nichts der Art genau«, erwiderte der Doktor. »Was meinst du dazu, Marion?«

Marion spielte mit ihrer Tasse und schien sagen zu wollen – sagte es aber nicht –, dass er sie nur vergessen möge, wenn er könne.

Grace drückte das blühende Gesicht an ihrer Schwester Wangen und lächelte.

»Ich hoffe, ich bin kein schlechter Verwalter des mir anvertrauten Guts gewesen«, fuhr der Doktor fort, »aber jedenfalls muss ich heute in aller Form meines Amtes enthoben werden, und hier sind unsere guten Freunde Snitchey und Craggs mit einem Koffer voll Papieren und Rechnungen und Dokumenten über das Vermögen, das ich Ihnen zu übergeben habe (ich wollte, Alfred, es wäre größer, aber Sie müssen zusehen, dass Sie ein bedeutender Mann werden und es vermehren können), nebst anderm dummen Zeug der Art, das zu unterschreiben, zu besiegeln und zu übergeben ist.«

»Und rechtskräftig zu bezeugen ist, wie es das Gesetz verlangt«, sagte Snitchey, indem er seinen Teller wegschob und die Papiere hervorholte, die sein Kompagnon sodann auf dem Tische ausbreitete. »Und da meine Wenigkeit & Craggs gemeinschaftlich mit Ihnen, Doktor, Kuratoren des Vermögens waren, so brauchen wir Ihre beiden Dienstboten zur Zeugenunterschrift – können Sie lesen, Mrs. Newcome?«

»Ich bin nicht verheiratet, Mister«, sagte Clemency.

»Oh, hätte mir's denken können«, und er warf einen Blick auf ihre außergewöhnliche Gestalt. »Sie können doch lesen?«

»Ein wenig«, antwortete Clemency.

»Die Trauungsformel früh und abends, nicht wahr?«, scherzte der Advokat.

»Nein«, sagte Clemency. »Ist mir zu schwer. Ich les nur den Fingerhut.«

»Den Fingerhut?«, wiederholte Snitchey. »Was schwatzen Sie da zusammen, junges Frauenzimmer?«

Clemency nickte und sagte: »Und den Muskatreiber.«

»Die ist mondsüchtig! Etwas für den Lord Oberkanzler«, sagte Snitchey und starrte sie an.

»Sofern sie etwas Vermögen besitzt«, warf Craggs hin.

Jetzt mischte sich aber Grace hinein und verriet, dass auf den beiden fraglichen Stücken ein Motto eingraviert sei und dass sie für Clemency Newcome, die sich mit Büchern nicht viel abgebe, eine Art Taschenbibliothek bedeuteten.

»Ach so ist's, so ist's, Miss Grace!«, sagte Snitchey. »Ja so. Ha-haha! Ich dachte schon, sie sei verrückt. Sie sieht ganz danach aus«, murmelte er mit einem hochmütigen Blick. »Und was steht auf dem Fingerhut, Mrs. Newcome?«

»Ich bin nicht verheiratet, Mister«, bemerkte Clemency.

»Also gut: Newcome! Ist's jetzt recht?«, fragte der Advokat. »Was steht also auf dem Fingerhut, Newcome?«

Wie Clemency, ehe sie diese Frage beantwortete, eine Rocktasche aufhielt und in die gähnende Tiefe nach einem Fingerhut spähte, der nicht drin war, wie sie dann die andere Tasche aufmachte und ihn tief unten wie eine Perle von unschätzbarem Werte auf dem Grunde zu entdecken schien, wie sie dann alle darüberliegenden Hindernisse, als da waren ein Schnupftuch, ein Wachslichtstumpf, ein rotbäckiger Apfel, eine Orange, ein Glückspfennig, ein Vorhängschloss, eine Schere in einem Futteral, besser gesagt, ein junges vielversprechendes Scherenkind, eine Hand voll Glasperlen, mehrere Garnknäuel, eine Nadelbüchse, eine vollständige Sammlung von Haarwickeln und ein Zwieback, wegräumte und jeden dieser Gegenstände einzeln Britain zu halten gab, ist nebensächlich. Auch wie sie bei ihrem Bemühen, diese Tasche an der Kehle zu packen und festzuhalten – sie hatte einen eigentümlichen Hang, zu baumeln und zu entschlüpfen, eine Stellung einnahm und sich seelenruhig darin behauptete, die allem Anschein nach mit der menschlichen Anatomie und den Gesetzen der Schwerkraft in vollkommenstem Widerspruch stand. Es genügt zu konstatieren, dass sie schließlich frohlockend den Fingerhut ansteckte und mit dem Muskatreiber klapperte, wobei nur hervorzuheben ist, dass die Literatur auf diesen beiden Geräten infolge der steten übermäßigen Reibung dem Verschwinden nahe war.

»Das ist also der Fingerhut«, sagte Mr. Snitchey, um sich auf ihre Kosten einen Spaß zu machen, »und was sagt der Fingerhut?«

»Der Fingerhut sagt«, antwortete Clemency und las sich langsam um ihn herum, wie um einen Turm: »Ver-giss-und-vergib –!« Snitchey und Craggs lachten herzlich. »So neu!«, sagte Snitchey. »So leicht zu merken!«, sagte Craggs. »So viel Menschenkenntnis liegt darin«, sagte Snitchey. »So anwendbar fürs praktische Leben«, sagte Craggs.

»Und der Muskatreiber sagt?«, fragte das Haupt der Firma.

»Der Muskatreiber sagt«, entgegnete Clemency: »Was-du-nicht-willst, dass-man-dir-tu, das-füg-auch-keinem-andern-zu.«

»Schnapp zu, bevor du geschnappt wirst, meinen Sie wohl«, sagte Mr. Snitchey.

»Versteh ich nicht«, erwiderte Clemency und schüttelte den Kopf. »Ich bin kein Advokat nicht.«

»Ich fürchte, wenn sie es wäre, Doktor«, sagte Mr. Snitchey hastig und so schnell wie möglich, um im Voraus den Eindruck zu verwischen, den diese Antwort möglicherweise hervorbringen konnte, »würde sie finden, dass es die goldene Lebensregel Ihrer halben Klientel ist. Darin sind sie sehr ernsthaft – so närrisch sonst diese Welt ist – und schieben dann uns die Schuld in die Schuhe. Wir Rechtsanwälte sind in unserm Beruf wenig mehr als Spiegel, Mr. Alfred. Aber meistens ziehen uns böswillige und streitsüchtige Leute zu Rate, die nicht in den besten Verhältnissen sind, und deshalb soll man nicht auf uns schimpfen, wenn wir unfreundliche Mienen widerspiegeln. Ich denke«, sagte Mr. Snitchey, »dass ich im Sinne meiner Wenigkeit & Craggs' spreche.«

»Entschieden«, sagte Craggs.

»Und so wollen wir denn, wenn Mr. Britain uns mit einem Schluck Tinte zu Dank verpflichten wollte«, sagte Mr. Snitchey und nahm die Papiere wieder zur Hand, »sobald wie möglich alles unterzeichnen, besiegeln und übergeben, sonst kommt die Postkutsche, ehe wir wissen, wo wir sind.«

Wenn man nach dem äußern Schein urteilen

wollte, so war es sehr wahrscheinlich, dass die Kutsche vorbeikommen würde, ehe Mr. Britain wusste, wo er war; denn er stand ganz in Gedanken verloren da und wog im Geiste die Gründe des Doktors gegen die der Advokaten und die der Klienten gegen beide ab und machte schwache Versuche, den Fingerhut und den Muskatreiber (ihm bisher ein ganz neuer Begriff) mit irgendeinem ihm bekannten Philosophiesystem in Einklang zu bringen. Kurz, er zerbrach sich, wie nur je sein *großer* Namensvetter, Great-Britain, den Kopf mit Theorien und Systemen. Aber Clemency – sein guter Genius – er hatte zwar nur eine geringe Meinung von ihrem Verstande, da sie, zwar immer bei der Hand, um das Rechte zur rechten Zeit zu tun, sich nur selten um abstrakte Spekulationen kümmerte – war unterdessen mit der Tinte erschienen und leistete ihm noch einen weitern Dienst damit, dass sie ihn durch einen Stoß mit dem Ellenbogen aus seiner Zerstreutheit riss und ihn wieder zu sich brachte.

Ich habe keine Zeit, ausführlich zu erzählen, wie Britain die bei Leuten seines Standes, denen der Gebrauch von Tinte und Feder ein Ereignis ist, so häufige Furcht quälte, dass er ein nicht von ihm selbst geschriebenes Dokument nicht mit seinem Namen unterzeichnen könnte, ohne sich einer noch ungekannten Gefahr auszusetzen oder sich unbewusst zur Zahlung ungeheurer Summen zu verpflichten, und wie er sich den Dokumenten nur unter Protest und vom Doktor gezwungen näherte und darauf bestand, sie erst durchzulesen, ehe er unterschrieb (die verschnörkelte Handschrift und die Juristensprache kamen ihm chinesisch vor) und das Blatt erst umwenden zu dürfen, um zu sehen, ob auf der andern Seite nichts Gefährliches stünde; und wie er, nachdem er seinen Namen unterschrieben, schwer unglücklich wurde, wie jemand, der sein ganzes Vermögen und alle seine Rechte aus der Hand gegeben hat.

Ebenso habe ich keine Zeit zu schildern, wie die blaue Advokatentasche, die seine Unterschrift aufbewahrte, später eine geheimnisvolle Anziehungskraft auf ihn ausübte, so dass er sie gar nicht mehr verlassen wollte, ferner wie Clemency Newcome, ganz außer sich vor Lachen bei dem Gedanken an ihre Wichtigkeit, sich mit beiden Ellenbogen wie ein ausgespannter Adler über den ganzen Tisch legte und den Kopf auf dem linken Arm ausruhen ließ, ehe sie sich an den künstlerischen Entwurf gewisser kabbalistischer Zeichen machte, die sehr viel Tinte brauchten und deren Spiegelbild sie während des Schreibens mit der Zunge in der Luft nachmalte. Ferner wie sie, nachdem sie einmal Tinte gekostet, unersättlich wurde wie ein Tiger, der Blut geleckt, und alles Mögliche unterzeichnen und ihren Namen in alle Ecken schreiben wollte. Also kurz und gut, der

Doktor wurde seines Amtes und seiner Verantwortlichkeit entbunden, Alfred nahm sie selbst auf sich und trat seine Lebensreise an.

»Britain«, sagte der Doktor, »lauf zur Gartentüre und sieh nach, ob die Postkutsche kommt. Die Zeit entflieht, Alfred.«

»Ja, Sir, ja«, antwortete der junge Mann hastig, »liebe Grace, einen Augenblick: Marion – so jung und schön, so begehrenswert und viel umworben, meinem Herzen so teuer wie nichts auf der Welt – vergiss sie nicht! Ich lege Marion in deine Hände.«

»Sie war mir immer ein heiliges anvertrautes Pfand, Alfred. Sie ist's mir jetzt doppelt. Ich werde mich deines Vertrauens würdig erweisen, verlass dich auf mich«, sagte Grace.

»Ich verlasse mich auf dich, Grace. Ich weiß es wohl. Wer könnte dir ins Gesicht sehen, deine ernste Stimme hören und es nicht wissen! O gute Grace! Hätte ich dein bezähmtes Herz und deine ruhevolle Seele, wie unbesorgt würde ich heute fortgehen.«

»Meinst du?«, entgegnete Grace mit einem ruhigen Lächeln.

»Und doch, Grace – das Wort Schwester drängt sich mir auf die Lippen –«

»Ja! Nenne mich so«, sagte sie lebhaft, »ich höre es so gern. Nenne mich doch immer so.«

»Und doch – Schwester also –«, sagte Alfred, »ist es für Marion und mich besser, dass du so viel Treue und Beständigkeit hast und uns hier mit ihnen hilfst und uns beide glücklicher und besser machst. Ich würde dir diese Eigenschaften nicht wegnehmen, um mir damit den Abschied zu erleichtern, wenn ich auch könnte.«

»Kutsche! Oben auf der Höhe«, rief Britain.

»Die Zeit verstreicht«, sagte der Doktor.

Marion hatte abseits gestanden, die Augen zu Boden gesenkt, aber jetzt führte Alfred sie liebevoll zur Schwester hin und legte sie ihr an die Brust. »Ich habe Grace gesagt, liebe Marion«, sprach er, »dass ich dich bei meinem Scheiden ihrer Obhut anvertraue als mein teuerstes Kleinod, und wenn ich zurückkomme und dich zurückfordere, Geliebteste, und die schöne Zukunft unseres Ehelebens vor uns liegt, dann wird es eine unserer höchsten Freuden sein, nachzudenken, wie wir Grace glücklich machen, ihr die Wünsche an den Augen absehen, ihr unsere Liebe und Dankbarkeit zeigen und etwas von der Schuld abzahlen können, in der wir bei ihr stehen.« Die jüngere Schwester hatte eine Hand in die seine gelegt, die andere ruhte auf der Schwester Nacken. Sie sah in die ruhigen heitern Augen mit einem Blick voll Zuneigung, Verwunderung, Betrübnis und einem Staunen, das fast Verehrung war, sie sah in das Antlitz dieser Schwester, als wäre es das Antlitz eines lichten Engels. Ruhig und fröhlich blickte Graces Antlitz auf Marion und ihren Geliebten.

»Und wenn einmal die Zeit kommt, wie es eines Tages ja geschehen muss – ich wundere mich nur, dass sie nicht schon längst gekommen ist, aber Grace muss es ja am besten wissen, denn sie hat immer recht – wo sie eines Freundes bedarf, um ihm das ganze Herz auszuschütten, der ihr ein Teil von dem sein soll, was sie uns gewesen ist –, dann, Marion, dann wollen wir beweisen, welche Wonne es für uns ist, zu wissen, dass unsere liebe gute Schwester liebt und wiedergeliebt wird, wie sie es verdient.«

Noch immer blickte Marion Grace in die Augen und wandte sich nicht von ihr, selbst nicht nach ihm hin. Und noch immer blickten diese ehrlichen Augen so ruhig, so heiter und freudig auf sie und ihren Geliebten.

»Und wenn die Jahre vergangen sein werden und wir alt sind und zusammenleben – ganz eng zusammen – und von den alten Zeiten reden«, sagte Alfred, »dann werden diese unsere liebsten sein und dieser Tag zumeist von allen andern Tagen. Wir werden uns erzählen, was wir beim Abschied gedacht, gefühlt und gehofft und wie wir uns kaum haben voneinander losreißen können.«

»Die Kutsche kommt durchs Gebüsch«, rief Britain.

»Ja, ich bin bereit! Und wenn wir uns wiedersehen – fröhlich –, möge kommen, was da wolle, dann müssen wir diesen Tag als den glücklichsten im ganzen Jahre anstreichen und wie einen dreifachen Geburtstag feiern. Nicht wahr, meine liebe Grace?«

»Ja«, fiel die ältere Schwester freudig und mit einem strahlenden Lächeln ein. »Ja, Alfred! Aber jetzt geh, es ist die höchste Zeit. Sage Marion Lebewohl, und der Himmel sei mit dir!«

Er drückte Marion an sein Herz. Als er sie losließ, schmiegte sie sich wieder an Grace und sah ihr mit demselben Blick voll gemischter Empfindungen in die ruhigen gelassenen Augen.

»Leben Sie wohl, Alfred, mein Junge«, sagte der Doktor. »Von ernstem Briefwechsel, unverbrüchlicher Zuneigung, Verlöbnis und so weiter in dieser – hahaha – ihr wisst schon, was ich sagen will – zu reden, wäre natürlich purer Unsinn. Ich kann nur sagen, dass, wenn Sie und Marion desselben närrischen Sinnes bleiben, wie Sie's jetzt sind, ich gegen Sie als Schwiegersohn, wenn die Zeit kommt, nichts einzuwenden habe.«

»Auf der Brücke«, rief Britain.

»Soll sie kommen«, sagte Alfred und drückte des Doktors Hand kräftig. »Denken Sie manchmal an mich, mein alter Freund und Vormund, mit so viel Ernst, als Ihnen möglich ist. Adieu, Mr. Snitchey; leben Sie wohl, Mr. Craggs.«

»Kommt schon die Straße herunter!«, rief Britain.

»Einen Kuss von Clemency Newcome, alter, langer Bekanntschaft wegen – Hand her, Britain –, Marion, geliebtes Herz, leb wohl! Und Schwester Grace, vergiss meiner nicht.«

Das in seiner heitern Ruhe so schöne Gesicht nickte ihm als Antwort zu, aber Marion konnte kein Auge von ihrer Schwester wenden. Die Postkutsche hielt vor dem Tore. Ein geräuschvolles Hantieren mit dem Gepäck, und die Kutsche fuhr davon. Marion rührte sich nicht.

»Er winkt dir mit dem Hute, Liebling«, sagte Grace. »Dein Bräutigam, Herzchen, schau doch!«

Die jüngere Schwester hob den Kopf und drehte sich für einen Augenblick um. Als sie sich dann wieder zu ihrer Schwester wandte und zum ersten Mal diesen ruhigen Augen voll begegnete, da fiel sie ihr schluchzend um den Hals.

»O Grace, Gott segne dich! Aber ich kann den Anblick nicht ertragen! Er bricht mir das Herz!«

Zweiter Teil

Snitchey und Craggs hatten eine hübsche kleine Kanzlei auf der alten Walstatt, wo sie ein hübsches kleines Geschäft betrieben und eine große Menge kleiner regelrechter Schlachten für ebenso zahlreiche streitende Klienten ausfochten. Obwohl man eigentlich nicht sagen konnte, dass diese Kämpfe im allgemeinen flotte Gefechte gewesen wären, denn in

Wirklichkeit gingen sie im Schneckengang, so waren sie es doch für die Firma selbst, die bald einen Schuss auf diesen Kläger abgab, bald jenen Verteidiger aufs Korn nahm, jetzt mit aller Macht über ein unter Sequester stehendes Grundstück herfiel und dann wieder ein Scharmützel mit einer irregulären Truppe kleiner Schuldner ausfocht, wie es der Zufall gerade wollte und wie der Feind ihr entgegentrat. Für sie war ebenso wie für berühmtere Leute die »Gazette« ein wichtiges und nötiges Blatt, und von den meisten Aktionen, in denen sie ihr Feldherrntalent bewiesen, sagten die Kombattanten später aus, dass sie wegen des vielen Schwefeldampfes, von dem sie sich umgeben gefühlt, einander nur schwer hätten unterscheiden können und kaum hätten sehen können, was eigentlich vorging. Die Kanzlei der Herren Snitchey und Craggs lag sehr bequem hinter einer immer offenen Türe, zwei glatte Stufen tief auf dem Marktplatz, so dass jeder streitlustige Farmer, den es nach einer heißen Douche verlangte, ohne Umstände hineinstolpern konnte. Ihre Konferenzen hielten sie eine Treppe hoch in einem Hinterzimmer mit einer niedrigen dunklen Decke ab, das aussah, als ob es die Brauen in finsterem Nachdenken über verwickelte Rechtsprobleme zusammenzöge. Das Mobiliar bestand aus einigen Lederstühlen mit hohen Lehnen, besetzt mit großen runden Messingnägeln, von denen hier und da ein paar ausgefallen oder auch unbewusst von den umherirrenden Daumen und Zeigefingern in Verwirrung gesetzter Klienten herausgezogen worden waren. Es hing ein eingerahmter Stahlstich, das Porträt eines berühmten Richters, an der Wand, jede Locke der schrecklichen Perücke danach angetan, einem Menschen das Haar zu Berge stehen zu machen. Ballen von Papier füllten die staubigen Schränke, Regale und Tische, und rings die Wandtäfelung entlang standen Reihen von feuerfesten, mit Vorhängschlössern versehenen Kisten. Mit Namen, die angsterfüllte Klienten wie unter einem grausamen Zauber vorwärts und rückwärts zu buchstabieren sich gezwungen fühlten, während sie scheinbar Snitchey und Craggs zuhörten, ohne auch nur ein einziges Wort zu verstehen. Snitchey und Craggs hatten wie im Berufs- so auch im Privatleben einen Partner auf Lebenszeit. Das heißt, sie waren verheiratet. Snitchey und Craggs, die besten Freunde von der Welt, schenkten einander volles Vertrauen. Aber wie so etwas häufig im Leben vorkommt, betrachtete Snitcheys Gattin Mr. Craggs vorsätzlich mit argwöhnischem Auge, und dasselbe tat Mrs. Craggs hinsichtlich Mr. Snitchey.

»Na, du mit deinen Snitcheys«, pflegte Mrs. Craggs zu ihrem Gatten zu sagen, indem sie die Mehrzahl anwandte, als ob sie geringschätzig von einem Paar nicht einwandfreier Pantoffeln oder anderen Gegenständen, die in der Einzahl nicht vorkommen, spräche, »du mit deinen ewigen Snitcheys, ich weiß nicht, was du mit deinen ewigen Snitcheys willst. Du verlässt dich viel zu viel, kommt mir vor, auf deine Snitcheys, und ich hoffe nur, dass meine Worte niemals zur Wahrheit werden.« Mrs. Snitchey hingegen äußerte sich zu ihrem Mann über Craggs in dem Sinne, dass, wenn er – Snitchey – sich jemals von einem Menschen auf Abwege bringen ließe, es nur durch diesen Mann geschehen würde. Und wenn je in einem sterblichen Auge sich Falschheit spiegle, so in Craggs' Auge.

Nichtsdestoweniger waren sie doch recht gute Freunde, und zwischen Mrs. Snitchey und Mrs. Craggs bestand ein besonderes enges Bündnis gegen die »Kanzlei«, die in ihren Augen eine Art Blaubartkammer war – ein gemeinsamer Feind voll gefährlicher, weil unbekannter Umtriebe.

In dieser Kanzlei sammelten indessen Snitchey und Craggs Honig aus ihren mannigfachen Bienenstöcken. Hier pflegten sie sich an schönen Abenden am Fenster ihres Konferenzzimmers, das hinaus auf die alte Walstatt sah, aufzuhalten und sich zu wundern (aber das war gewöhnlich nur in der Schwurgerichtszeit, wenn die übermäßige Praxis sie sentimental machte) über die Torheit des Menschengeschlechts, das nicht in Frieden leben und seine Prozesse vor dem Zivilgericht ausfechten wollte. Hier zogen Tage und Wochen, Monate und Jahre an ihnen vorbei, und ihr Kalender, die allmählich abnehmende Zahl der Messingnägel in den Ledersesseln und die anwachsenden Stöße Papier auf dem Tische legten Zeugnis davon ab. Fast drei Jahre waren seit jenem Frühstück im Obstgarten verflossen, da saßen die beiden wieder eines Abends beisammen bei einer Konferenz. Die Zeit hatte den einen mager und den andern dick gemacht.

Ein Mann in den Dreißigern, ein wenig salopp angezogen und ein bisschen verlebt in den Zügen, sonst aber gut gewachsen und fein gekleidet, saß bei ihnen in dem Staatslehnstuhl, die eine Hand in der Brust des Rockes, die andere in dem etwas zerwühlten Haar, und in trübes Nachdenken versunken. Die Herren Snitchey und Craggs saßen an einem Pulte daneben einander gegenüber. Eine der feuerfesten Kisten war aufgesperrt, ein Teil ihres Inhalts lag auf dem Tisch ausgebreitet, während der Rest durch die Hand Mr. Snitcheys ging, der ein Dokument nach dem andern ans Licht hielt, jedes Papier einzeln ansah, dabei den Kopf schüttelte und es dann Mr. Craggs hinreichte, der es ebenfalls ansah, dabei den Kopf schüttelte und es wieder weglegte. Zuweilen hielten sie inne, schüttelten gemeinsam den Kopf und blickten auf ihren in Gedanken versunkenen Klienten. Da auf der Kiste stand, Michael Warden, Hochwohlgeboren, konnte man wohl schließen, dass Name wie Kiste zu diesem Klienten gehörten und dass die Angelegenheiten Michael Wardens Hochwohlgeboren schlecht standen.

»Das ist alles«, sagte Mr. Snitchey und legte das letzte Papier hin. »Ich sehe keine weitere Möglichkeit. Keine weitere Möglichkeit.«

»Alles verloren, verschwendet, verpfändet, verschuldet und verkauft, was?«, sagte der Klient und blickte auf.

»Alles«, sagte Mr. Snitchey.

»Es lässt sich nichts mehr machen, sagen Sie?«

»Gar nichts mehr.«

Der Klient kaute an seinen Nägeln und versank wieder in Brüten.

»Und ich bin nicht einmal persönlich mehr sicher in England, meinen Sie?«

»In keinem Teil des Vereinigten Königreichs Großbritannien und Irland«, antwortete Snitchey.

»Also so etwas wie ein verlorner Sohn! Aber einer, der keinen Vater hat, um zu ihm zurückzukehren, keine Schweine, um sie zu hüten, und keine Treber, um sie mit ihnen zu teilen, was?«, fuhr der Klient fort, ein Bein über das andere schlagend, die Augen zu Boden gesenkt.

Mr. Snitchey hustete bloß, als wolle er sich gegen einen Vergleich zwischen einer allegorischen Darstellung und einem Rechtsverhältnisse verwahren. Mr. Craggs hustete ebenfalls, um zu erkennen zu geben, dass das gemeinsame Ansicht der Firma sei.

»Ruiniert mit dreißig Jahren«, sagte der Klient, »uff!«

»Nicht ruiniert, Mr. Warden«, antwortete Snitchey, »so schlimm steht's nicht. Sie haben sich nach Kräften bemüht, muss ich gestehen, aber ruiniert sind Sie nicht. Ein wenig Einschränkung – ein wenig Haushalten – –«

»Ein wenig zum Teufel«, sagte der Klient.

»Mr. Craggs«, sagte Snitchey, »würden Sie mich mit einer Prise verpflichten? Besten Dank, Sir.«

Während der unerschütterliche Rechtsanwalt den Tabak in die Nase schnupfte, versonnen und offenbar mit großem Genuss in diese Beschäftigung vertieft, verzog der Klient langsam das Gesicht zu einem Lächeln, sah auf und sagte:

»Sie sprechen von haushalten. Wie lange haushalten?«

»Wie lange haushalten?«, antwortete Snitchey und schnippte die letzten Tabakkörner von den Fingern und nahm in seinem Kopfe eine lange Berechnung vor. »Bei Ihrem verschuldeten Vermögen, Sir? In guten Händen, Sir? S. & C.'s Händen, sagen wir? Sechs bis sieben Jahre!«

»Sechs bis sieben Jahre lang verhungern«, sagte der Klient mit ärgerlichem Lachen und ungeduldig auf dem Stuhle hin- und herrutschend.

»Sechs bis sieben Jahre lang verhungern, Mr. Warden, wäre etwas außergewöhnlich Ungewöhnliches«, sagte Snitchey. »Sie könnten sich während der Zeit damit sehen lassen und ein großes Vermögen dabei verdienen. Aber wir sind der Meinung, Sie würden es nicht aushalten! Ich spreche für meine Wenigkeit & Craggs – und rate infolgedessen davon ab.«

»Also was raten Sie eigentlich?«

»Einschränken«, wiederholte Snitchey. »Haushalten. Ein paar Jahre haushalten unter der Aufsicht meiner Wenigkeit & Craggs' würde alles wieder in Ordnung bringen. Um uns aber instand zu setzen, Termine anbieten und einhalten zu können und auch Ihnen zu ermöglichen, Termine einzuhalten, müssen Sie im Ausland leben. Was das Verhungern anbelangt, können wir Ihnen selbst jetzt schon ein paar hundert Pfund jährlich aussetzen, selbst schon für den Anfang, getraue ich mir zu sagen, Mr. Warden.«

»Einige hundert«, sagte der Klient, »und ich habe Tausende gebraucht.«

»Darüber«, entgegnete Mr. Snitchey und legte die Papiere bedächtig wieder in die eiserne Kiste, »darüber besteht kein Zweifel. Be-steht kein Zweifel«, wiederholte er zu sich selbst, gedankenvoll in seiner Beschäftigung fortfahrend.

Der Advokat kannte höchstwahrscheinlich seinen Mann; jedenfalls übte seine trockene, verschmitzte und wunderliche Weise einen günstigen Einfluss auf die Verdrossenheit seines Klienten aus und stimmte ihn freier und ungezwungener. Vielleicht kannte auch der Klient seinen Mann und hatte das Angebot nur herausgelockt, um den Plan, mit dem er jetzt herausrückte, besser verteidigen zu können. Er erhob langsam den Kopf und sah seinen undurchdringlichen Ratgeber mit einem Lächeln an, aus dem bald ein Lachen wurde.

»Offenbar, mein starrköpfiger Freund«, sagte er.

Mr. Snitchey zeigte auf seinen Kompagnon: »... *und* Craggs, Sie entschuldigen, Mr. Warden! – – *und* Craggs.«

»Ich bitte um Entschuldigung, Mr. Craggs«, sagte der Klient. »Offenbar also, meine starrköpfigen Freunde«, er lehnte sich in seinem Sessel vor und senkte die Stimme ein wenig, »kennen Sie meinen Ruin noch nicht zur Hälfte.«

Mr. Snitchey fuhr zusammen und starrte ihn an. Mr. Craggs tat desgleichen.

»Ich bin nicht nur bis über die Ohren verschuldet«, sagte der Klient, »sondern auch bis über die Ohren –«

»Doch nicht verliebt?«, rief Snitchey.

»Ja«, sagte der Klient, indem er in den Stuhl zurücksank und die Anwaltfirma, die Hände in die Taschen gesteckt, betrachtete: »Bis über die Ohren verliebt.«

»In eine Erbin?«, fragte Snitchey.

»Nicht in eine Erbin.«

»Auch nicht in eine reiche Dame?«

»Nicht reich, soviel ich weiß, außer an Schönheit und Tugend.«

»In eine unverheiratete Dame, hoffe ich«, sagte Mr. Snitchey mit großem Nachdruck.

»Natürlich.«

»Doch nicht in eine von Dr. Jeddlers Töchtern?«, fragte Snitchey, plötzlich die Ellbogen auf die Knie stemmend und sein Gesicht wenigstens eine Elle weit vorstreckend.

»Doch«, erwiderte der Klient.

»Doch nicht in seine jüngere Tochter?«, fragte Snitchey.

»Doch«, antwortete der Klient.

»Mr. Craggs«, sagte Snitchey, sichtlich erleichtert, »würden Sie mich nochmals mit einer Prise Tabak verpflichten! Ich danke Ihnen, Sir. Ich bin in der angenehmen Lage, Ihnen sagen zu können, Mr. Warden, dass daraus nichts werden kann, Sir, denn sie ist verlobt. Mein Kompagnon kann es bestätigen. Wir sind von der Sachlage unterrichtet.«

»Wir sind von der Sachlage unterrichtet«, bestätigte Craggs.

»Nun, ich vielleicht auch«, antwortete der Klient ruhig. »Was will das besagen? Sie wollen welterfahrene Leute sein und haben noch nie gehört, dass ein Weib andern Sinnes werden kann.«

»Es sind allerdings Klagen wegen Bruchs des Eheversprechens schon vorgekommen«, sagte Mr. Snitchey, »sowohl gegen Bräute wie gegen Witwen, aber in den meisten Fällen –«

»Fällen«, unterbrach ihn der Klient ungeduldig, »kommen Sie mir nicht mit Fällen. Das Leben füllt einen viel größern Band, als Ihre juristischen Schmöker es sind. Übrigens glauben Sie vielleicht, ich habe umsonst sechs Wochen in des Doktors Haus gewohnt?«

»Ich meine, Sir«, bemerkte Mr. Snitchey ernst, zu seinem Kompagnon gewandt, »ich glaube, dass von allen Streichen, die Mr. Warden schon von seinen Pferden gespielt worden sind – und sie waren ziemlich zahlreich und ziemlich kostspielig, wie niemand besser weiß als er und wir beide –, der schlimmste der war, dass ihn eines derselben mit drei gebrochenen Rippen, einer Achselverrenkung und Gott weiß wie viel Quetschungen an Dr. Jeddlers Gartenmauer zurückgelassen hat. Damals, als wir ihn an des Doktors Hand genesen sahen, dachten wir an nichts Böses, aber jetzt sieht es schlimm aus, Sir, schlimm! Es sieht sehr schlimm aus. Und noch dazu Dr. Jeddler – unser Klient, was, Mr. Craggs?«

»Und Mr. Alfred Heathfield dazu – fast auch schon ein Klient, Mr. Snitchey«, sagte Craggs.

»Und Mr. Michael Warden, ebenfalls Klient. In gewisser Hinsicht«, bemerkte der Besucher ungeniert, »und obendrein kein schlechter, da er zehn bis zwölf Jahre lang ein guter Spielball war. Allerdings hat sich

Mr. Warden jetzt die Hörner abgelaufen. Dort in der Kiste – liegen die Späne, und er gedenkt jetzt in sich zu gehen und klüger zu werden, und zum Beweis dessen will Mr. Warden, wenn er kann, Marion, des Doktors liebenswürdige Tochter, heiraten und sie mit sich nehmen.«

»In der Tat, Mr. Craggs – –«, begann Snitchey.

»In der Tat, Mr. Snitchey und Mr. Craggs, hochgeschätzte Firma«, unterbrach der Klient. »Sie kennen doch Ihre Pflicht Ihrem Klienten gegenüber und wissen ganz genau, dass es nicht Ihre Sache ist, sich in eine Liebesangelegenheit zu mischen, die ich Ihnen anvertrauen musste?! Ich denke nicht daran, die junge Dame ohne ihre Einwilligung zu entführen. Es ist nichts Ungesetzliches dabei. Ich war niemals Mr. Heathfields Busenfreund. Ich mache mich keines Vertrauensbruches gegen ihn schuldig. Ich liebe, wo er liebt, und denke zu gewinnen, wo er gewinnen wollte – wenn ich kann.«

»Er kann nicht, Mr. Craggs«, sagte Snitchey, sichtlich beunruhigt und nervös. »Es wird ihm nicht gelingen, Sir. Sie hängt sehr an Mr. Alfred.«

»Wirklich?«, meinte der Klient.

»Mr. Craggs, sie ist geradezu vernarrt in ihn, Sir«, beteuerte Snitchey.

»Ich habe doch nicht umsonst sechs Wochen in des Doktors Hause gewohnt. Und ich hatte bald so meine Zweifel«, bemerkte der Klient. »Ja, sie würde sehr an ihm hängen, wenn es nach dem Willen ihrer Schwester ginge, aber ich habe sie beobachtet. Marion vermeidet es, seinen Namen auszusprechen, weicht dem Thema überhaupt aus, schon bei der leisesten Anspielung.«

»Warum sollte sie das, Mr. Craggs? Warum sollte sie das, Sir?«, fragte Snitchey.

»Ich weiß nicht warum, obwohl es viele Erklärungsgründe dafür gibt«, sagte der Klient und lächelte innerlich über die Spannung und Betroffenheit, die sich in Mr. Snitcheys wissbegierig glänzendem Auge ausdrückte, und über die vorsichtige Weise, mit der er selbst die Unterhaltung führte, um von der Sache mehr zu erfahren. – »Aber dass es der Fall ist, weiß ich bestimmt. Sie war sehr jung, als sie sich verlobte – wenn man es überhaupt so nennen darf – und bereut es vielleicht. Vielleicht – es ist eine peinliche Sache, so etwas auszusprechen, aber meiner Seel, ich meine es nicht schlimm –, vielleicht hat sie sich in mich verliebt so wie ich mich in sie.«

»Hoho, Mister Alfred, ihr alter Spielgefährte, Sie wissen, Mr. Craggs«, sagte Snitchey mit gezwungenem Lachen, »kannte sie schon als Wickelkind.«

»Umso wahrscheinlicher, dass sie es endlich satt hat, an ihn zu denken«, fuhr der Klient gelassen fort, »und nicht abgeneigt ist, ihn mit einem neuen Liebhaber zu vertauschen, der ihr unter romantischeren Umständen vor Augen trat oder besser gesagt von seinem Pferd vor Augen gebracht wurde, mit einem Liebhaber, der in dem für ein Mädchen vom Lande nicht ungünstigen Rufe steht, leichtsinnig und flott gelebt und dabei nichts Böses getan zu haben, und der es seinem Äußern nach – es mag das schon wieder eingebildet klingen, aber meiner Seel, ich meine es nicht so – mit Mr. Alfred noch lange aufnehmen kann.«

Dagegen ließ sich nicht viel einwenden, eigentlich gar nichts. Mr. Snitchey erkannte das genau, als er seinen Klienten mit einem Blick streifte. Gerade in der Sorglosigkeit und Ungeniertheit, mit der sich jener gab, lag viel natürliche Anmut und Liebenswürdigkeit. Es musste den Eindruck machen, dass sein hübsches Gesicht und seine elegante Gestalt noch viel besser sein könnten, wenn er nur wollte, und dass er voll Kraft und Energie sein könnte, wenn er nur einmal sich aufraffen und Ernst machen wollte. (Bis jetzt hatte er es noch nie getan.)

»Eine gefährliche Sorte von Lebemann«, sagte sich der geriebene Advokat, »der sich sogar das Feuer, dessen er in den Augen einer jungen Dame bedarf, ausborgt und schuldig bleibt.«

»Also hören Sie, Snitchey«, fuhr der Klient fort, indem er aufstand und den Rechtsanwalt bei einem Knopfe fasste, »und Sie, Craggs«, er fasste Craggs ebenfalls bei einem Knopfe und stellte den einen rechts, den andern links, so dass keiner entschlüpfen konnte, »ich frage Sie nicht um Rat. Sie tun ganz recht daran, sich von dieser Sache vollständig fernzuhalten, die nicht derart ist, dass sich ernste, gesetzte Männer wie Sie hineinmischen könnten. Ich will Ihnen bloß kurz mit ein paar Worten meine Lage und meine Absichten darstellen und es dann Ihnen überlassen, für mich in meinen Geldangelegenheiten das Bestmögliche zu tun, denn Sie werden einsehen, wenn ich jetzt mit des Doktors schöner Tochter entfliehe (ich hoffe es zu tun und unter ihrem liebenswürdigen Einfluss ein anderer Mensch zu werden), dürfte das augenblicklich viel kostspieliger sein, als wenn ich allein fliehe. Doch wird sich dies durch eine veränderte Lebensweise bald wieder einbringen lassen.«

»Ich denke, es ist besser, wir verschließen diesen Ausführungen unser Ohr, Mr. Craggs«, sagte Snitchey und schielte zu seinem Kompagnon hinüber.

»Das ist auch meine Ansicht«, sagte Craggs. Beide hörten trotzdem aufmerksam zu.

»Sie können ruhig Ihr Ohr verschließen«, antwortete der Klient. »Ich will es aber doch erzählen. Ich habe nicht vor, des Doktors Einwilligung mir zu erbitten, weil er sie mir sowieso nicht geben würde. Ich tue dem Doktor nichts Böses damit (übrigens, wie er selbst sagt, sind solche Kleinigkeiten durchaus nicht ernsthaft zu nehmen), will ich doch sein Kind, meine Marion, von etwas befreien, was sie, wie ich genau weiß, mit Bangen im Herzen kommen sieht, nämlich von der Rückkehr ihres früheren Liebhabers zu ihr. Wenn irgendetwas in der Welt wahr ist, so ist es das, dass sie seiner Rückkehr mit Schrecken entgegensieht. Es geschieht also niemand etwas Böses. Ich bin so gehetzt und gejagt gerade jetzt, dass ich das Leben eines fliegenden Fisches führe. Ich bin umlauert selbst im Finstern, bin ausgesperrt aus meinem eignen Haus und von meinem eignen Grund und Boden vertrieben. Aber dieses Haus und dieser Grund und Boden und manches Joch Feld dazu werden mir eines Tages wieder gehören, wie Sie wissen und selbst sagen, und Marion wird wahrscheinlich als meine Frau nach zehn Jahren reicher dastehen – das müssen Sie nach Ihrer Darlegung, die gewiss nicht sanguinisch ist, zugeben –, als an Alfred Heathfields Seite, dessen Rückkehr sie mit Furcht entgegensieht (bedenken Sie das wohl) und dessen Leidenschaft nicht heißer als meine sein kann. Wem geschieht also irgendein Unrecht? Die Sache ist fair von Anfang bis zu Ende. Mein Recht ist das gleiche wie seines, wenn *sie* zu meinen Gunsten sich entscheidet. Und ich will es auf ihre Entscheidung ankommen lassen. Es wird Ihnen lieb sein, wenn Sie nicht mehr viel von dieser Sache hören, und ich werde Ihnen auch nicht weiter mehr erzählen. Jetzt kennen Sie mein Vorhaben und wissen, was mir nottut. Wann muss ich fort von hier?«

»In einer Woche«, sagte Snitchey. »Was meinen Sie, Mr. Craggs?«

»Eher noch früher, möchte ich glauben«, antwortete Craggs.

»In einem Monat«, sagte der Klient, nachdem er die Gesichter der beiden scharf beobachtet hatte. »Heute über einen Monat. Heute haben wir Donnerstag. Ob es glückt oder misslingt, von heute über einen Monat reise ich ab.«

»Die Frist ist zu lang«, sagte Snitchey, »viel zu lang. Aber sei es schon. Ich glaubte schon, er würde sich drei ausbedingen«, brummte er in sich hinein.

»Sie gehen schon? Guten Abend, Sir.«

»Guten Abend«, antwortete der Klient und schüttelte der Firma die Hände. »Sie sollen sehen, welch guten Gebrauch ich noch von Reichtum machen werde. Von heute an heißt der Stern meines Schicksals Marion!«

»Geben Sie auf die Treppe acht, Sir«, versetzte Snitchey, »denn dort scheint der Stern nicht. Guten Abend.«

»Guten Abend!«

Die beiden Rechtsanwälte standen auf der obersten Stufe, jeder eine Kanzleikerze in der Hand, und leuchteten ihm hinunter. Als er fort war, standen sie da und sahen einander an.

»Was denken Sie von all dem, Mr. Craggs«, sagte Snitchey.

Mr. Craggs schüttelte den Kopf.

»Es war wohl unsre Meinung an dem Tage, als die Vormundschaft aufgehoben wurde, dass in der Art, wie das Paar voneinander Abschied nahm, etwas nicht ganz richtig wäre, ich erinnere mich jetzt«, sagte Snitchey.

»So ist's«, sagte Mr. Craggs.

»Vielleicht täuscht er sich doch«, fuhr Mr. Snitchey fort, sperrte die feuerfeste Kiste ab und stellte sie weg. »Und wenn nicht, ist schließlich ein bisschen Flatterhaftigkeit und Untreue auch kein Wunder, Mr. Craggs. Und doch hätte ich gedacht, dass das hübsche Gesichtchen sehr treu aussähe. Mir kam es vor«, sagte Mr. Snitchey, indem er seinen großen Mantel wegen des kalten Wetters draußen umnahm und seine Handschuhe anzog und dann eine der beiden Kerzen auslöschte, »als ob ihr Charakter in letzter Zeit kräftiger und entschlossener geworden wäre, entschlossener sogar als der ihrer Schwester.«

»Mrs. Craggs war derselben Meinung«, bemerkte Craggs.

»Ich gäbe wirklich etwas darum«, bemerkte Mr. Snitchey, der im Grunde sehr gutherzig war, »wenn ich hoffen dürfte, dass Mr. Warden die Rechnung ohne den Wirt gemacht hat. Aber so leichtsinnig, launenhaft und unbedacht er auch ist, so kennt er immerhin die Welt und die Menschen. Er muss es wohl und hat seine Kenntnis teuer genug bezahlt.

Ich kann mir nicht recht denken, dass er sich täuscht. Wir tun wohl am besten, uns nicht hineinzumischen; wir können weiter nichts tun, Mr. Craggs, als schweigen.«

»Weiter nichts«, stimmte Craggs zu.

»Unser guter Freund, der Doktor, nimmt solche Sachen zu leicht«, sagte Snitchey kopfschüttelnd. »Ich hoffe, dass ihn seine Philosophie diesmal nicht im Stiche lässt. Unser junger Freund sprach viel vom Schlachtfeld des Lebens« – er schüttelte wieder den Kopf –, »ich hoffe, dass er nicht schon beim Morgenrot unter die Gefallenen zählt. Haben Sie Ihren Hut, Mr. Craggs? Ich will das andere Licht auslöschen.«

Als Mr. Craggs bejahte, ließ Mr. Snitchey die Tat dem Worte folgen, und sie tasteten sich aus der Kanzlei hinaus, die jetzt in Dunkelheit lag wie das Thema oder wie die Gesetzgebung im Allgemeinen.

Meine Geschichte führt nun in ein kleines, stilles Studierzimmer, wo an demselben Abend die Schwestern und der muntere alte Doktor vor einem traulichen Kamin saßen. Grace nähte, Marion las aus einem Buche vor. Der Doktor, in Schlafrock und Pantoffeln, die Füße auf dem warmen Kaminteppich, hörte in seinem Lehnstuhl zu und betrachtete seine Töchter. Sie waren beide sehr schön. Zwei hübschere Gesichter hatten noch nie eine Kaminecke traulich und heimisch gemacht. Etwas von ihrer Verschiedenheit hatten die abgelaufenen drei Jahre gemildert, und auf der reinen Stirn der jüngern Schwester, in ihrem Auge und dem Ton ihrer Stimme war dieselbe ernste Innigkeit zu erkennen, die bei ihrer ältern Schwester eine mutterlos verlebte Jugend schon längst gereift hatte. Aber immer noch schien sie lieblicher und zarter als die andere, immer noch schien sie ihr Haupt an ihre Schwester lehnen zu wollen und auf sie zu bauen und Rat und Hilfe in ihren Augen zu suchen. In diesen liebevollen Augen, so ruhig, so heiter und so freundlich wie ehedem.

»Und da sie jetzt im Vaterhause war«, las Marion aus dem Buche vor, »dem Vaterhause, das ihr so unendlich teuer geworden durch alle ihre Erinnerungen, begann sie jetzt zu fühlen, dass die schwere Prüfung ihres Herzens bald kommen müsse und sich nicht mehr würde aufschieben lassen. O Vaterhaus, unser Trost und Freund, wenn alle andern dahingegangen sind, von dem der Abschied bei jedem Schritt zwischen Wiege und Grab –«

»Meine liebe Marion!«, sagte Grace.

»Aber Kätzchen!«, rief ihr Vater aus. »Was fehlt dir denn?«

Marion fasste ihrer Schwester hingestreckte Hand und las weiter. Aber ihre Stimme bebte und zitterte, trotzdem sie sich bemühte, ihre Ergriffenheit zu verbergen.

»– von dem der Abschied bei jedem Schritt zwischen Wiege und Grab immer kummervoll ist. O Vaterhaus, uns allen so teuer, vergib uns, wenn wir uns von dir wenden, und sei nachsichtig, wenn unser Fuß strauchelt! Lass kein Lächeln aus alter Zeit in dem Blick deines Erinnerungsbildes leuchten! Keinen Strahl von Liebe, Milde, Nachsicht und Herzlichkeit ausgehen von dem Haupt in weißem Haar! Keine Erinnerung an Liebeswort und Liebesblick den anklagen, der dich verlassen. Nur wenn dein Blick strafend und streng ist, dann sieh in deiner Barmherzigkeit den Reuigen an.«

»Liebe Marion, lies nicht weiter heut Abend«, sagte Grace, denn sie bemerkte die Tränen in den Augen ihrer Schwester.

»Ich kann nicht mehr«, sagte Marion und klappte das Buch zu. Die Worte schienen sie zu brennen.

Der Doktor war sehr belustigt und streichelte ihr das Haar.

»So etwas! Von einem Roman ganz aus der Fassung gebracht, von Druckerschwärze und Papier! Na, na, es ist schließlich ein und dasselbe, es ist ebenso vernünftig, Papier und Druckerschwärze ernst zu nehmen wie irgendein anderes Ding. Aber trockne deine Tränen, Kind, trockne doch deine Tränen. Ich bin überzeugt, die Heldin ist längst wieder im Vaterhaus und alles ist wieder gut – und wenn nicht, so besteht ein wirkliches Heim bloß aus vier Wänden und ein eingebildetes aus Papier und Tinte. Was ist denn schon wieder los?«

»Ich bin's bloß, Mister«, sagte Clemency und steckte den Kopf zur Türe herein.

»Und was fehlt dir denn?«, fragte der Doktor.

»Mein Gott, mir nichts«, erwiderte Clemency.

Das war freilich wohl wahr, nach ihrem rein gewaschenen Gesicht zu urteilen, aus dem wie gewöhnlich die beste Laune strahlte, die sonst wenig hübschen Züge verschönend. Wohl gelten Abschürfungen auf dem Ellbogen gewöhnlich nicht als persönlicher Reiz oder Schönheitsflecke, aber besser, man stößt sich auf dem Gang durchs Leben bloß die Arme wund als die Laune: Und Clemencys Gemütsstimmung war, was das anbetrifft, so frisch und gesund wie die irgendeiner Schönen des Landes.

»Nichts fehlt mir«, sagte Clemency und trat zur Türe herein. »Aber kommen Sie mal etwas näher, Mister.«

Einigermaßen erstaunt willfahrte der Doktor ihrer Einladung.

»Sie sagten, ich sollte Ihnen keinen geben, wenn die andern dabei sind«, sagte Clemency.

Ein in der Familie Fremder hätte nach ihrem merkwürdigen Liebäugeln bei diesen Worten und der eigentümlichen verzückten Bewegung ihrer Ellbogen, als wolle sie sich selbst umarmen, annehmen müssen, dass sie, milde ausgedrückt, einen ehrsamen Kuss meine. In der Tat schien der Doktor im ersten Moment selbst etwas bestürzt. Aber bald gewann er seine Fassung wieder, als Clemency begann, ihre beiden Taschen zu durchsuchen, wobei sie mit der rechten anfing, dann in der unrichtigen wühlte, zuletzt zu der rechten wieder zurückkehrte und einen Brief zum Vorschein brachte.

»Britain fuhr vorbei«, sagte sie und reichte den Brief dem Doktor hin, »gerade als die Post ankam, und wartete darauf. Es steht A. H. in der Ecke. Ich wette, Mr. Alfred ist auf der Heimreise. Wir kriegen eine Hochzeit ins Haus – heut Morgen waren zwei Löffel in der Suppenschüssel. Ach du mein Gott, wie langsam er ihn wieder aufmacht!«

Sie brachte das alles vor wie ein Selbstgespräch, reckte sich in ihrer Ungeduld, die Nachricht zu vernehmen, auf den Zehen immer höher und höher, drehte ihre Schürze zu Korkzieherform und machte einen Mund wie einen Flaschenhals. Auf dem Höhepunkt der Erwartung angekommen, weil der Doktor mit dem Briefe immer noch nicht fertig werden wollte, ließ sie sich plötzlich wieder auf die Fußsohlen fallen und bedeckte mit der Schürze ihr Gesicht, ganz verzweifelt und nicht mehr imstande, es noch länger auszuhalten.

»Hierher, Kinder!«, schrie der Doktor. »Ich kann mir nicht helfen, ich habe niemals in meinem Leben ein Geheimnis bei mir behalten können. Es gibt auch nicht viel, was geheim zu halten wäre in dieser – doch still davon. Also, Alfred ist schon auf dem Heimweg und kommt demnächst an.«

»Demnächst«, wiederholte Marion.

»Nun, so bald doch nicht, wie du in deiner Ungeduld wohl vermutest, aber immerhin bald genug. Lasst mal sehen. Heute ist Donnerstag, nicht wahr? Dann will er heute in einem Monat hier sein.«

»Von heute in einem Monat«, wiederholte Marion leise.

»Ein fröhlicher Tag und ein Festtag für uns«, sagte Graces heitere Stimme, und sie küsste Marion beglückwünschend.

»Ein lang erwarteter Tag, Liebling, aber endlich doch gekommen.«

Ein Lächeln war die Antwort, ein trübes Lächeln, aber voll schwesterlicher Liebe, und als sie Grace ins Gesicht sah und der ruhigen Musik ihrer Stimme lauschte, wie sie die Freude über die Rückkehr weiter ausspann, da glänzte in ihrem eigenen Antlitz wieder Hoffnung und Freude auf.

Und noch etwas anderes: etwas, das durch alle andern Empfindungen durchschimmerte und für das es keine Worte gibt. Es war nicht Freude, Frohlocken oder Stolz. Die hätten sich nicht so ruhig geäußert. Es war nicht nur Liebe und Dankbarkeit und entsprang keinem selbstsüchtigen Gedanken. Diese glänzen nicht so auf der Stirn, schweben nicht so auf den Lippen, bewegen das Herz nicht derart, dass es den ganzen Körper ergreift.

Dr. Jeddler konnte trotz seiner Philosophie, mit

der er beständig in der Praxis in Widerspruch geriet, wie es auch berühmteren Philosophen zu ergehen pflegt, sein starkes Interesse an der Rückkehr seines alten Schülers und Mündels nicht verleugnen. So setzte er sich wieder in seinen Lehnstuhl, streckte abermals die Füße auf dem warmen Kaminteppich aus und las den Brief wieder und wieder durch und hörte nicht auf, davon zu sprechen.

»Es hat einmal eine Zeit gegeben«, sagte er und blickte ins Feuer, »als du und er Arm in Arm herumlieft, wie ein Paar lebendige Puppen, weißt du noch, Grace?«

»O ja«, antwortete sie mit munterm Lachen und hantierte emsig mit ihrer Nadel.

»Heute in einem Monat, wahrhaftig«, meinte der Doktor nachdenklich. »Und wo war meine kleine Marion damals?«

»Nie weit von ihrer Schwester«, sagte Marion fröhlich, »wenn sie auch noch klein war. Grace war mir alles, damals schon, als sie selbst noch ein Kind war.«

»Sehr richtig, Kätzchen, sehr richtig«, erwiderte der Doktor. »Sie war ein gesetztes kleines Frauchen, Grace, und eine gute Haushälterin; ein geschäftiges, ruhiges, nettes Ding, das unsere Launen mit Geduld ertrug und immer ihre eignen Wünsche vergaß, selbst damals schon – wenn sie uns unsere von den Augen ablesen konnte. Ich kann mich nicht erinnern, dass du jemals, Grace, mein Liebling, eigenwillig oder rechthaberisch gewesen wärst. Außer in einem Punkt!«

»Ich fürchte, ich habe mich seitdem sehr zu meinem Nachteil verändert«, lachte Grace, immer noch emsig nähend. »Und was war das für ein Punkt, Vater?«

»Alfred natürlich«, sagte der Doktor. »Man musste dich immer Alfreds Frau nennen. So nannten wir dich also Alfreds Frau, und nichts mochtest du lieber, so komisch das jetzt klingt; nicht einmal der Titel einer Herzogin, wenn wir dich zu einer solchen hätten machen können, wäre dir lieber gewesen.«

»Wirklich?«, sagte Grace ruhevoll.

»Du weißt das nicht mehr?«, fragte der Doktor.

»Ich glaube, ich erinnere mich, aber nur noch flüchtig. Es ist schon zu lange her.« Und sie summte den Refrain eines alten Liedes, das der Doktor gern hatte, vor sich hin.

»Alfred wird bald eine wirkliche Frau haben«, sagte sie, dem Gespräch eine andere Wendung gebend, »und das wird eine glückliche Zeit für uns alle werden. Mein dreijähriges Amt geht zu Ende, Marion. Und es war ein sehr leichtes Amt. Ich werde Alfred sagen, wenn ich dich ihm wieder zurückgebe, dass du seiner die ganze Zeit über in Liebe gedacht hast und dass er kein einziges Mal meiner Dienste bedurfte. Darf ich ihm das sagen, Liebling?«

»Sag ihm, liebe Grace«, antwortete Marion, »dass nie eine Pflicht so edel, hochherzig und standhaft erfüllt wurde, dass ich dich seit jener Zeit mit jedem Tage habe mehr lieben lernen und dass ich dich jetzt so unendlich tief ins Herz geschlossen habe.«

»Das kann ich ihm wohl kaum sagen«, entgegnete ihre Schwester, die Umarmung zärtlich erwidernd. »Wir wollen es Alfreds Phantasie überlassen, sich meine Verdienste selbst auszumalen. Er wird genug übertreiben, Marion, ganz wie du.«

Damit nahm sie ihre Arbeit wieder auf, die sie einen Augenblick aus der Hand gelegt hatte, als ihre Schwester so begeistert gesprochen, und summte wieder das alte Lied, das der Doktor so gern hörte. Und der Doktor, immer noch in seinem Lehnstuhl, die Füße ausgestreckt, horchte auf die Weise, schlug den Takt dazu auf seinem Knie mit Alfreds Brief, betrachtete seine Töchter und sagte sich, dass unter den vielen nichtigen Dingen der eitlen Welt diese da wenigstens hübsch genug wären.

Unterdessen begab sich Clemency Newcome, die so lange im Zimmer gewartet hatte, bis sie die Neuigkeit erfahren, wieder in die Küche, wo ihr Dienstgenosse, Mr. Britain, es sich nach dem Abendessen bequem machte, umgeben von einer so zahlreichen Sammlung funkelnder Deckel, sauber gescheuerter Pfannen, polierter Schüsseln, glänzender Kessel und anderer Anzeichen weiblichen Fleißes an den Wänden und Simsen, dass er wie in der Mitte eines Spiegelsaales saß. Die meisten freilich gaben kein sehr schmeichelhaftes Bild von ihm wieder. Und die Porträts waren keineswegs gleichartig. Auf manchen hatte er ein zu langes Gesicht oder ein sehr breites, dann wieder ein ganz leidliches, auf andern wieder ein möglichst hässliches, je nach der Art, wie die Gegenstände es abspiegelten. Ganz so, wie es bei den Menschen ist. In einem Punkte aber stimmten alle Bilder überein. Nämlich, dass in ihrer Mitte behaglich ein Individuum saß, die Pfeife im Mund, einen Krug Bier beim Ellbogen – ein Individuum, das Clemency herablassend zunickte, als sie sich jetzt an denselben Tisch setzte.

»Nun, Clemency«, sagte Britain, »wie geht's dir immer, und was gibt's Neues?«

Clemency erzählte, was sie gehört hatte, und er nahm es sehr gnädig auf. Eine huldvolle Stimmung überkam Benjamin vom Scheitel bis zur Sohle. Er wurde viel breiter, viel röter, heiterer und fröhlicher in jeder Hinsicht. Es sah aus, als ob sein Gesicht, das vorher zu einem Knoten zusammengebunden gewesen, sich jetzt aufgeknüpft und geglättet hätte.

»Das wird wieder mal ein Geschäft für Snitchey und Craggs absetzen«, bemerkte er, langsam aus seiner Pfeife paffend. »Wir werden wieder mal die Zeugen abgeben müssen, Clemy.«

»Gott«, antwortete seine Gefährtin mit einer Lieblingsverrenkung ihrer Lieblingsgelenke. »Ich wollte, ich wäre es, Britain.«

»Was denn?«

»Die zum Altar ginge«, sagte Clemency.

Benjamin nahm die Pfeife aus dem Munde und lachte herzlich. »Ja, du wärst gerade die rechte«, sagte er. »Arme Clemy!«

Clemency lachte ihrerseits ebenso herzlich wie er und schien sich über den Gedanken ebenso sehr zu belustigen.

»Ja«, stimmte sie bei, »ich wäre gerade die rechte, was?«

»Du wirst nie heiraten, versteht sich«, sagte Mr. Britain und nahm wieder die Pfeife in den Mund.

»Meinst du wirklich nicht?«, fragte Clemency ganz ernsthaft.

Mr. Britain schüttelte den Kopf. »Keine Spur.«

»Denk mal«, sagte Clemency, »na! Trägst du dich nicht auch mit derartigen Gedanken? Demnächst, was?«

Eine so plötzlich gestellte Frage in einer so wichtigen Sache verlangte Überlegung. Nachdem Britain eine große Rauchwolke von sich geblasen und sie, den Kopf bald auf diese, bald auf jene Seite legend, betrachtet hatte, als wäre die Wolke die Hauptperson, die er von verschiedenen Gesichtspunkten aus jetzt beaugenscheinigen müsse, erwiderte er, dass er sich in der Angelegenheit noch nicht ganz klar wäre, aber – ja, ja, es sei schließlich nicht so unmöglich.

»Wer sie auch sein mag, ich wünsche ihr Glück«, rief Clemency.

»Oh, daran wird es ihr nicht fehlen«, sagte Benjamin, »sicherlich nicht.«

»Aber sie würde nicht so glücklich leben und keinen so verträglichen Gatten haben«, sagte Clemency, legte sich halb über den Tisch und sah nachdenklich in das Licht, »wenn ich nicht gewesen wäre –; nicht dass ich's beabsichtigt hätte – es war sicher nur Zufall – was, Britain?«

»Gewiss nicht«, antwortete Mr. Britain, jetzt auf jenem Höhepunkt des Genusses einer Pfeife, wo der Raucher den Mund nur mehr ein ganz klein wenig zum Sprechen öffnen kann und bequem im Stuhle sitzend nur mehr imstande ist, seiner Gesellschaft die Augen zuzuwenden und auch diese nur ernst und langsam. »Oh, ich bin dir sehr verbunden, Clemy, das weißt du ja.«

»Gott, wie hübsch der Gedanke daran ist!«, sagte Clemency.

In diesem Augenblick fielen ihre Augen auf die Unschlittkerze, und da sie sich plötzlich auf die Heilkraft dieses Wunderbalsams besann, salbte sie sich den linken Ellbogen reichlich mit dieser neuen Arznei.

»Du weißt, ich hab mancherlei Untersuchung über

dies und jenes seinerzeit angestellt«, fuhr Mr. Britain mit dem tiefen Ernst eines Weisen fort, »weil ich immer von wissbegierigem Geiste war und viele Bücher über die Vorzüge und Mängel der irdischen Dinge gelesen habe. Schon als ich ins Leben trat, habe ich mich auf den Boden der Literatur begeben ...«

»Wirklich!«, rief Clemency bewundernd aus.

»Ja«, sagte Mr. Britain. »Zwei der besten Jahre meines Lebens habe ich versteckt hinter einer Buchtrödlerbude vertrauert, stets auf dem Sprung hervorzustürzen, wenn jemand ein Buch in die Tasche steckte. Sodann war ich Laufbursche bei einer Damenschneiderin, in welcher Eigenschaft ich dazu missbraucht wurde, in Öltuchpaketen nichts als Täuschung und Trug zu den Leuten zu tragen. Das verbitterte mein Gemüt und erschütterte mein Vertrauen in die menschliche Natur. Und dann hörte ich in diesem Hause so ungeheuer viel Gerede, dass sich mein Gemüt noch mehr verdüsterte. Meine Meinung ist nach alledem, dass nichts in der Welt ein sichereres und angenehmeres Besänftigungsmittel für mein Gemüt und ein besserer Führer durchs Leben ist als ein Muskatreiber.«

Clemency wollte etwas hinzusetzen, aber er kam ihr zuvor.

»Im Verein«, fügte er ernst hinzu, »mit einem Fingerhut.«

»Was du nicht willst, dass man dir tu – – und cetrera. Was?«, bemerkte Clemency, verschränkte zufrieden und voll Freude über dies schöne Sprichwort die Arme und streichelte sich die Ellbogen. »So ein kerniger Satz, was?«

»Ich bin mir nicht sicher«, sagte Mr. Britain, »ob wirklich so etwas wie wahre Philosophie darin liegt. Ich hege meine Zweifel darüber, aber es bewährt sich und erspart einem viel Schimpfen, was bei der echten Ware nicht immer der Fall ist.«

»Bedenke nur, wie du selbst manchmal fluchtest«, sagte Clemency.

»Hm«, meinte Mr. Britain, »aber das Merkwürdigste an der Sache ist für mich, dass du es eigentlich warst, die mich bekehrte, du. Das ist das Sonderbarste daran, denn du hast doch nicht einmal einen halben Gedanken im Kopf.«

Clemency war nicht im Geringsten beleidigt, schüttelte den Kopf, lachte und umarmte sich selbst und sagte: »Nein, ich glaube auch nicht.«

»Ich bin sogar so ziemlich davon überzeugt«, sagte Mr. Britain.

»Oh, ich glaube, da hast du ganz recht«, sagte Clemency, »ich mag gar keinen, ich brauche auch gar keinen.«

Benjamin nahm die Pfeife aus dem Mund und lachte, bis ihm die Tränen über die Backen liefen. »Wie einfältig du bist, Clemency«, sagte er, wischte sich die Augen und konnte sich gar nicht mehr erholen. Clemency tat desgleichen, ohne das Geringste einzuwenden, und lachte ebenso herzlich wie er.

»Aber ich hab dich doch gern«, sagte Mr. Britain, »du bist ein ganz gutes Mädchen in deiner Art. Gib mir die Hand, Clemency. Was auch immer geschieht, ich will dich immer beachten und immer dein Freund sein.«

»Wirklich?«, entgegnete Clemency. »Oh, das ist sehr gut von dir.«

»Ja, ja«, sagte Mr. Britain und reichte ihr die Pfeife zum Ausklopfen hin. »Ich will immer zu dir halten. Horch! Was für ein merkwürdiges Geräusch?«

»Geräusch?«, wiederholte Clemency.

»Fußtritte draußen, es klang, als ob jemand von der Mauer springe«, sagte Britain. »Sind sie schon alle oben?«

»Ja, um diese Zeit sind alle schon zu Bett.«

»Hast du denn nichts gehört?«

»Nein.«

Beide horchten, hörten aber nichts.

»Ich will dir was sagen«, meinte Benjamin und nahm eine Laterne herunter, »ich will zu meiner Beruhigung mal einen Blick hinaus tun, ehe ich schlafen gehe. Schließe die Tür auf, während ich das Licht anzünde, Clemy.«

Clemency gehorchte schnell, bemerkte aber dabei, dass seine Mühe umsonst sei, dass er sich etwas eingebildet habe und so weiter.

»Sehr möglich«, meinte Mr. Britain, ging aber doch hinaus, mit einem Schüreisen bewaffnet, und leuchtete mit der Laterne nach allen Seiten.

»Es ist so still wie auf einem Friedhof«, sagte Clemency, als sie ihm nachblickte, »und fast auch so schauerlich.«

Als sie wieder in die Küche zurücksah, schrie sie angstvoll auf, denn eine leichte Gestalt näherte sich ihr. »Wer ist das?«

»Still«, flüsterte Marion aufgeregt. »Du hast mich immer lieb gehabt, nicht wahr?«

»Dich lieb gehabt, Kind? Sicherlich.«

»Ich weiß es. Und ich kann dir vertrauen, nicht wahr? Ich habe hier niemand, dem ich vertrauen kann.«

»Ja«, sagte Clemency herzlich.

»Es ist jemand draußen«, sagte Marion und deutete auf die Türe, »den ich heute Nacht noch sehen und sprechen muss. – – Michael Warden, um Gottes willen, entfernen Sie sich! Jetzt nicht.« Clemency fuhr beunruhigt und erstaunt auf, als sie dem Blick der Sprechenden folgte und eine dunkle Gestalt im Flur stehen sah.

»Im nächsten Augenblick können Sie entdeckt sein«, sagte Marion. »Jetzt nicht! Warten Sie, wenn es geht, in einem Versteck. Ich werde gleich kommen.«

Er winkte ihr mit der Hand und war verschwunden.

»Geh nicht zu Bett. Warte hier auf mich«, stieß Marion hervor. »Schon vor einer Stunde wollte ich mit dir sprechen. O verrate mich nicht!« Mit wilder Hast griff sie nach der ängstlich zitternden Hand der Magd und drückte sie an ihre Brust. Eine Bewegung, die in ihrer Leidenschaft beredter war als die flehentlichsten Worte – und als das Licht der zurückkehrenden Laterne wieder in die Stube hineinflackerte, war Marion verschwunden.

»Alles ruhig und still. Niemand da. Einbildung vermutlich«, sagte Mr. Britain, schloss die Tür und schob den Riegel vor. »Die Folgen einer zu lebhaften Einbildungskraft. Hallo, ja, was ist denn los?«

Clemency saß in einem Stuhl, bleich und zitternd vom Kopf bis zu den Füßen, und konnte ihre Aufregung nicht verbergen.

»Los?«, wiederholte sie, sich nervös die Hände und Ellbogen reibend, und wich scheu seinem Blick aus. »Das ist hübsch von dir, Britain, hübsch. Du gehst hinaus und bringst einen fast um vor Todesangst – mit Lärmen und Laternen, und was weiß ich sonst noch. Was los? – – O ja.«

»Wenn du beim Anblick einer Laterne vor Schrecken fast stirbst, Clemy«, sagte Mr. Britain, »so lässt sich das Gespenst bald vertreiben«, und er blies kaltblütig das Licht aus und hängte die Laterne wieder auf. »Aber du hast doch sonst Courage genug«, sagte er und blieb stehen, um sie zu betrachten, »und warst auch ganz ruhig nach dem Lärm und als ich anzündete. Was ist dir denn durch den Kopf geschossen? Doch nicht ein Gedanke?«

Aber da ihm Clemency in ihrer gewohnten Art gute Nacht wünschte und sich zum Schlafengehen fertig zu machen schien, sagte ihr auch Britain, nachdem er noch die originelle Bemerkung von sich gegeben, dass niemand wisse, wie er mit den Weibern dran sei, gute Nacht, nahm sein Licht und ging schläfrig zu Bette.

Als alles ruhig war, kehrte Marion zurück.

»Mach auf«, sagte sie »und bleib dicht neben mir, während ich draußen mit ihm spreche.« So furchtsam ihr Benehmen auch war, so verriet es doch einen festen und unerschütterlichen Entschluss, so dass Clemency nicht widerstehen konnte. Sie riegelte leise die Tür auf; ehe sie aber noch den Schlüssel umdrehen konnte, warf sie einen Blick auf das junge Wesen, das nur darauf wartete hinauszuschlüpfen.

Marions Gesicht war nicht abgewendet oder zu Boden gesenkt, sondern blickte ihr ruhig ins Auge im ganzen Stolz seiner Jugend und Schönheit. Eine Ahnung, welch schwache Schranke nur mehr zwischen einem glücklichen Heim und der Liebe des schönen Mädchens lag, ein Gedanke an den Kummer dann in diesem Haus und die Vernichtung der schönsten Hoffnungen schoss durch Clemencys schlichte Seele und traf ihr weiches Herz so tief, machte es so vor

Kummer und Mitgefühl überquellen, dass sie, in Tränen ausbrechend, ihre Arme um Marions Hals schlang.

»Ich weiß nur wenig, liebes Kind«, rief sie, »sehr wenig, aber ich weiß, dass das nicht recht ist. Bedenke, was du tust, Kind!«

»Ich habe es vielmals bedacht«, sagte Marion sanft.

»Noch einmal denke drüber nach«, flehte Clemency. »Bis morgen.« Marion schüttelte den Kopf.

»Mr. Alfreds wegen«, sagte Clemency mit schlichtem Ernst. »Seinetwegen, den du früher so lieb hattest.«

Marion bedeckte das Gesicht einen Augenblick mit den Händen und wiederholte: »Früher!« als wollte es ihr das Herz zerreißen.

»Lass mich hinausgehen«, bat Clemency. »Ich will ihm sagen, was du willst. Setz heute Nacht den Fuß nicht über die Schwelle. Es kommt dabei nichts Gutes heraus. Ach, es war ein Unglückstag, als Mr. Warden hierher gebracht wurde. Denk an deinen guten Vater, mein Liebling, an deine Schwester.«

»Ich habe es getan«, sagte Marion und erhob rasch das Haupt. »Du weißt nicht, was ich tue. Ich muss mit ihm sprechen. Du bist meine beste und treueste Freundin auf der Welt, weil du so zu mir gesprochen hast. Aber ich muss diesen Schritt tun. Willst du mich begleiten, Clemency«, sie küsste ihr freundliches Gesicht, »oder soll ich allein gehen?«

Kummervoll und ängstlich drehte Clemency den Schlüssel um und öffnete die Tür. Marion, die Hand ihrer Gefährtin festhaltend, schritt rasch über die Schwelle in das ungewisse Dunkel der Nacht hinaus.

In der Finsternis trat er zu ihr, und sie sprachen miteinander ernst und lang. Und die Hand, die Clemency gefasst hielt, zitterte bald, bald wurde sie eisig kalt, umklammerte ihre Finger in der Aufregung der Worte. Als sie zurückkehrten, folgte er Marion bis an die Tür, blieb einen Augenblick stehen, fasste Marions andere Hand und drückte sie an die Lippen. Dann stahl er sich hinweg.

Die Türe wurde verriegelt und verschlossen, und wieder stand sie im Vaterhause. Nicht niedergebeugt von dem Geheimnis, das sie mitbrachte, aber mit demselben Ausdruck in ihrem jungen Gesicht, der schon einmal am Abend durch ihre Züge geschimmert und durch ihre Tränen geglänzt hatte.

Wieder dankte und dankte sie ihrer einfachen Freundin und baute auf sie, wie sie sagte, unbedingt und mit Vertrauen und Zuversicht. Und als sie wohlbehalten ihr Zimmer erreicht hatte, sank sie auf die Knie, und mit dem Geheimnis, das ihr Herz bedrückte, konnte sie beten.

Ja, und konnte aufstehen vom Gebet so ruhevoll und heiter, konnte sich niederbeugen über die geliebte Schwester, die schlummernd dalag, konnte ihr ins Angesicht sehen und lächeln, wenn es auch nur ein trauriges Lächeln war, und flüstern, während sie einen Kuss auf die Stirn der Schlafenden drückte, wie doch Grace immer wie eine Mutter zu ihr gewesen und sie wie ein Kind geliebt habe.

Willenlos legte sich ihr Arm um den Nacken der Schwester, als sie in Schlummer sank, als wolle sie sie sogar im Schlaf zärtlich beschützen. Mit einem »Gott segne sie!« auf den Lippen sank Marion in friedlichen Schlummer, bloß gestört von einem einzigen Traum, indem sie mit schluchzender Stimme den Ausruf tat, sie wäre so mutterseelenallein und alle hätten ihrer vergessen.

Ein Monat ist bald vorbei, und wenn die Zeit noch so schleicht. Der Monat, der zwischen dieser Nacht und Alfreds Rückkehr lag, verfloss schnell und entschwand wie Nebeldunst.

Der Tag kam heran. Ein stürmischer Wintertag, an dem das alte Haus zuweilen erzitterte, als schauderte es vor Kälte. Ein Tag, der ein Heim doppelt traulich macht und ein Kaminfeuer doppelt fröhlich, wenn rötliche Glut auf den Gesichtern tanzt und man sich am Feuer zu engerem, geselligem Bunde gegen die draußen tobenden Elemente drängt. An solch einem wilden Wintertag sperrt man die Nacht hinaus und verhängt die Fenster. Da ist Lachen, Tanz und Musik. Da sind Lichterpracht, gesellige Freuden und fröhliche Gesichter am Platze.

Und für alles das hatte der Doktor gesorgt, um

sein ehemaliges Mündel zu bewillkommen. Man wusste, dass Alfred vor Einbruch der Nacht nicht eintreffen konnte, und sie wollten, wenn er käme, die Nachtluft von ihrem Jauchzen widerhallen lassen, wie sich der Doktor ausdrückte. Alle alten Freunde sollten versammelt sein und kein Gesicht, das Alfred gekannt und gerne gehabt, dürfe fehlen. Alle, alle müssten da sein.

So wurden denn Gäste geladen und Musik bestellt und Tafeln bereitet und der Tanzsaal hergerichtet und mit gastlicher Freigebigkeit für jedes gesellige Bedürfnis reichlich gesorgt. Da Weihnachten war und Alfreds Auge lange genug den Anblick der englischen Stechpalme in ihrem Immergrün entbehrt haben mochte, war der ganze Tanzsaal damit behangen und ausgeschmückt, und die roten Beeren winkten aus den Blättern hervor wie ein englischer Willkommgruß.

Es war ein Tag der Emsigkeit für alle. Aber für niemand so sehr wie für Grace, die lautlos überall wirkte und die Seele aller Vorbereitungen war. Wie oft blickte Clemency an diesem Tage, wie oft schon den langen Monat hindurch angstvoll, fast furchterfüllt forschend auf Marion. Sie sah, dass ihr Liebling blasser war als gewöhnlich, dass aber auf dem Gesichte eine gefasste Ruhe lag, die es noch anmutiger machte.

Abends, als Marion angekleidet war und in ihren

Haaren einen Kranz trug, den Grace stolz selbst geflochten hatte – es waren Alfreds Lieblingsblumen, und deshalb hatte Grace sie gewählt, lag jener alte Ausdruck gedankenvoll, fast sorgenschwer und doch so durchgeistigt, edel und selig, wieder auf ihrer Stirn und machte sie noch hundertmal lieblicher.

»Der nächste Kranz, den ich in dieses schöne Haar flechte, wird ein Brautkranz sein«, sagte Grace, »oder ich bin eine schlechte Prophetin.«

Marion lächelte und hielt sie in ihren Armen fest.

»Noch einen Augenblick, Grace! Verlass mich noch nicht! Weißt du sicher, dass sonst nichts mehr fehlt?«

Das kümmerte sie wohl im Grunde wenig. Der Gesichtsausdruck ihrer Schwester war es, an den sie dachte, und ihre Augen forschten zärtlich darin.

»Meine Kunst ist zu Ende, mein liebes Kind«, sagte Grace, »schöner kannst du nicht mehr sein. Ich hab dich noch nie so schön gesehen wie heute.«

»Ich war noch nie so glücklich«, antwortete Marion.

»Oh, es wartet noch ein größeres Glück auf dich! In einem andern solchen Heim, ebenso freundlich und traulich wie dieses hier, werden bald Alfred und seine junge Gattin wohnen.«

Marion lächelte wieder. »Ein glückliches Heim, Grace, steckt dir im Kopfe. Ich kann es dir an den Augen ablesen. Und ich weiß, es wird ein glückliches sein, meine liebe Grace. Wie froh bin ich, dass ich das erkannt habe!«

»Nun«, rief der Doktor, hereinstürmend. »Ist jetzt alles bereit zu Alfreds Empfang? Er kann erst ziemlich spät kommen – kaum eine Stunde vor Mitternacht. Da haben wir noch Zeit genug, um vor seiner Ankunft in Stimmung zu kommen. Wenn er eintritt, muss das Eis längst gebrochen sein. Schüre das Feuer an, Britain. Es soll auf die Stechpalme leuchten, bis sie selbst glüht. Es ist eine Welt des Unsinns, mein Kätzchen, diese treuen Liebhaber und so weiter – alles Unsinn. Aber wir wollen den Unsinn mit den andern Menschen mitmachen und unserm treuen Liebhaber ein närrisches Willkommen bereiten. Auf mein Wort«, sagte er und blickte mit Stolz auf seine Töchter, »ich weiß vor lauter Unsinn heute Abend nur das eine gewiss, dass ich der Vater zweier sehr hübscher Töchter bin.«

»Und wenn die eine dir je Kummer und Schmerz bereitet hat oder es vielleicht noch einmal tun wird – ja tun wird – liebster Vater«, sagte Marion, »so vergib ihr jetzt, wo ihr Herz voll ist. Sag, dass du ihr vergeben willst. Sag, dass sie immer einen Anteil an deiner Liebe haben soll, auch, wenn – sie – –«, sie sprach den Satz nicht zu Ende und verbarg ihr Gesicht an der Brust des alten Mannes.

»Aber, aber, aber«, sagte der Doktor sanft, »vergeben! Was habe ich denn zu vergeben? Heidi, wenn unsere treuen Liebhaber zurückkehren, um uns in solche Aufregung zu versetzen, da müssen wir sie uns vom Leibe halten, müssen ihnen Eilboten entgegenschicken, um sie auf der Straße aufzuhalten und sie nur eine Meile oder zwei per Tag reisen lassen, bis wir gehörig vorbereitet sind, sie zu empfangen. Gib mir einen Kuss, Kätzchen.

Vergeben! Was für ein törichtes Kind du bist! Wenn du mich fünfzigmal des Tages gequält und geärgert hättest anstatt gar nicht, würde ich dir alles vergeben, nur eine solche Bitte nicht. Gib mir noch einen Kuss, Kätzchen. So! Für Zukunft und Vergangenheit ist jetzt reine Rechnung zwischen uns. Schürt doch das Feuer an. Sollen denn die Leute in dieser kalten Dezembernacht erfrieren. Es soll hell und warm und fröhlich sein, oder ich verzeihe keinem von euch.«

So aufgeräumt und lustig zeigte sich der Doktor. Und das Feuer wurde angeschürt, und die Lichter glänzten hell. Gäste kamen, und ein fröhliches Gewimmel begann, und schon herrschte im Hause die angenehme Stimmung heiterer Erwartung.

Mehr und mehr Gäste erschienen. Fröhliche Augen blitzten auf Marion, lächelnde Lippen wünschten ihr Glück, kluge Mütter fächelten sich und hofften, sie möge nicht zu jung und flatterhaft für das häusliche Leben sein; stürmische Väter fielen in Ungnade, weil sie von Marions Schönheit gar zu sehr begeistert waren, Töchter beneideten sie, Söhne beneideten »ihn«, und zahllose Liebespaare machten sich die Gelegenheit zunutze. Alle waren voller Teilnahme, Aufregung und Erwartung.

Mr. und Mrs. Craggs kamen Arm in Arm. Nur Mrs. Snitchey kam allein. »Mein Gott, wo haben Sie denn ihn«, forschte der Doktor.

Der Paradiesvogel auf Mrs. Snitcheys Turban zitterte, als ob er wieder lebendig geworden wäre, als sie sagte, das wisse jedenfalls Mr. Craggs. Sie würde ja nie eingeweiht. »Die scheußliche Kanzlei«, bestätigte Mrs. Craggs.

»Ich wünschte, sie brennte einmal ab«, sagte Mrs. Snitchey.

»Er ist – er ist – eine kleine geschäftliche Angelegenheit muss wohl meinen Kompagnon abgehalten haben«, sagte Mr. Craggs und sah sich unruhig um.

»Ja, ja, Geschäftssache. Machen Sie mir das nicht weis«, sagte Mrs. Snitchey.

»*Wir* wissen, was es heißt, Geschäftssache«, sagte Mrs. Craggs.

Mrs. Snitchey schien es nicht zu wissen, offenbar war das der Grund, warum ihr Paradiesvogel so unheilverkündend zitterte und die zahlreichen Glöckchen in Mrs. Craggs Ohrringen erregt schaukelten.

»Es wundert mich, dass *du* kommen konntest, Craggs«, sagte Mrs. Craggs.

»Mr. Craggs ist gewiss selig darüber«, sagte Mrs. Snitchey.

»Die Kanzlei nimmt sie so in Anspruch«, sagte Mrs. Craggs.

»Eine Person, die eine Kanzlei hat, sollte überhaupt nicht heiraten dürfen«, sagte Mrs. Snitchey.

Dann meinte Mrs. Snitchey zu sich selbst, dass ihr Blick die beiden Craggs ins Herz getroffen habe und dass er das fühle. Und Mrs. Craggs bemerkte zu ihrem Gatten, dass die Snitcheys ihn hinter seinem Rücken betrögen und dass er das erst einsehen werde, wenn es zu spät sei. Aber Mr. Craggs achtete auf diese Bemerkungen nicht besonders und sah sich immer noch unruhig um, bis sein Blick auf Grace fiel, die er sofort begrüßte.

»Guten Abend, Madam«, sagte er zu Grace. »Sie sehen entzückend aus. Ihre – Miss – Ihre Schwester, Miss Marion, ist doch – –«

»O sie ist ganz wohl, Mr. Craggs.«

»Ja, ich – ist sie hier?«, fragte Craggs.

»Hier? Sehen Sie denn nicht dort? Sie tritt eben zum Tanz an«, sagte Grace.

Mr. Craggs setzte die Brille auf, um besser zu sehen, betrachtete Marion eine Zeit lang, hustete und steckte seine Augengläser mit zufriedener Miene wieder ins Futteral und in die Tasche.

Jetzt ertönte die Musik, und der Tanz begann. Das helle Feuer prasselte lustig und hüpfte, als ob es aus guter Kameradschaft selbst mittanzen wollte. Zuweilen rumorte es, als wollte es auch Musik machen.

Dann glänzte es und glühte, als wäre es das Auge des alten Zimmers, und zwinkerte wie ein schlauer Patriarch, der die Jugend in den Ecken flüstern sieht. Dann neckte es wieder die Stechpalmenzweige, und wenn die dunkelgrünen Blätter in seinem Scheine aufleuchteten, da sah es aus, als ständen sie wieder draußen in der kalten Winternacht und zitterten im Winde. Manchmal wurde es ganz wild und mutwillig und schlug über die Stränge; dann streute es laut lachend mitten unter die tanzenden Füße einen Regen harmloser Funken und schwang sich toll jauchzend den alten Schlot hinauf.

Wieder war ein Tanz fast vorbei, als Mr. Snitchey seinen Kompagnon, der zusah, am Arme fasste.

Mr. Craggs fuhr zusammen, als wäre sein Freund ein Gespenst. »Ist er fort?«, fragte er.

»Still! Er ist länger als drei Stunden bei mir gewesen und ist alles genau durchgegangen. Er nahm genau Einblick in alle unsere Arrangements für ihn und war außerordentlich peinlich in allem. Er – – uff.«

Der Tanz war aus. Marion ging dicht an ihm vorbei, während er sprach. Sie bemerkte weder ihn noch seinen Kompagnon, sondern sah sich nach ihrer Schwester im Hintergrund des Saales um, dann schritt sie langsam durch das Gedränge und verschwand.

»Sehen Sie, alles ist gut und richtig«, sagte Mr. Craggs. »Er sprach wohl nicht mehr davon, wie?«

»Nicht ein Wort!«

»Und ist er wirklich fort? Ist er in Sicherheit?«

»Er hält sein Wort. Er fährt in seiner Nussschale mit der Ebbe den Strom hinab und segelt vor dem Wind in dieser dunklen Nacht ins Meer hinaus. Er ist ein verdammter Wagehals. Um diese Zeit gibt es keinen einsamen Weg sonst. Das ist die Sache. Die Ebbe setzt eine Stunde vor Mitternacht ein, sagt er. Ich bin froh, dass es vorüber ist.« Mr. Snitchey wischte sich den Schweiß vom Gesicht, das ganz rot und aufgeregt aussah.

»Was meinen Sie«, sagte Craggs, »zu der –?«

»Still«, flüsterte der andere vorsichtig und sah geradeaus. »Ich verstehe Sie schon. Nennen Sie keinen Namen und lassen Sie sich nicht anmerken, dass wir von Geheimnissen sprechen. Ich weiß nicht, was ich denken soll, und um die Wahrheit zu gestehen, es ist mir jetzt schon einerlei. Es ist eine wahre Erleichterung. Ich glaube, seine Eigenliebe hat ihn getäuscht. Die junge Dame wird wohl ein bisschen kokettiert haben. Es wird darauf hinauslaufen. Ist Alfred nicht angekommen?«

»Noch nicht«, sagte Mr. Craggs, »er wird jede Minute erwartet.«

»Gut.« Mr. Snitchey wischte sich wieder die Stirn ab. »Es ist eine große Erleichterung. Ich bin noch niemals so unruhig gewesen, seitdem wir beisammen sind. Ich gedenke jetzt den Abend zu genießen, Mr. Craggs.«

Mrs. Craggs und Mrs. Snitchey traten zu ihnen, als diese letzten Worte gefallen waren.

Der Paradiesvogel war in wilder Bewegung, und die kleinen Glocken läuteten hörbar.

»Es war schon allgemeines Gesprächsthema, Mr. Snitchey«, sagte Mrs. Snitchey. »Ich hoffe, die Kanzlei ist jetzt zufriedengestellt.«

»Womit zufriedengestellt, mein Herz?«, fragte Mr. Snitchey.

»Dass es glücklich gelungen ist, ein wehrloses Weib der Lächerlichkeit und dem Spott preiszugeben«, antwortete seine Gattin. »Das ist doch der Zweck der Kanzlei, offenbar.«

»Ich für meinen Teil«, sagte Mrs. Craggs, »bin schon so lange gewohnt, die Kanzlei mit allem, was das häusliche Glück vernichtet, eng verknüpft zu sehen, dass ich schon froh bin, wenigstens zu wissen, dass sie der offenkundige Feind meines Friedens ist. Es ist so etwas wie ein Spiel mit offenen Karten.«

»Mein Schatz«, sagte Mr. Craggs vorwurfsvoll, »deine Meinung ist stets unschätzbar für mich, aber ich kann gewiss nicht zugestehen, dass die Kanzlei die Zerstörerin deines Friedens sei.«

»Nein«, sagte Mrs. Craggs und führte mit ihren Glöckchen einen förmlichen Tanz auf. »Nein, wahrhaftig nicht! Du würdest der Kanzlei nicht würdig sein, wenn du diese Offenheit besäßest.«

»Was mein Ausbleiben heute Abend betrifft, liebe

Gattin«, sagte Mr. Snitchey und reichte seiner Frau den Arm, »so liegt die Schuld allerdings ganz auf meiner Seite, aber Mr. Craggs weiß –«

Mrs. Snitchey schnitt die Entschuldigungsrede ihres Gatten schroff ab, zog ihn beiseite und forderte ihn auf, den »Mann« anzusehen, ihr den Gefallen zu tun, den »Mann« anzusehen.

»Welchen Mann denn, teuere Gattin?«, fragte Mr. Snitchey.

»Den Gefährten deines Lebens – *ich* kann es dir ja nicht sein, Snitchey.«

»O doch, du, nur du bist es, teuerste Gattin.«

»Nein, nein, nein, ich bin es nicht«, sagte Mrs. Snitchey mit majestätischem Lächeln. »Ich kenne meine Stellung gar wohl. Sehen Sie ihn doch an, den Gefährten Ihres Lebens, Mr. Snitchey. Ihr Vorbild. Den Bewahrer Ihrer Geheimnisse. Den Mann, dem Sie vertrauen. Ihr anderes Selbst, kurz und gut.«

Die Verknüpfung seines Selbst mit Craggs veranlasste Mr. Snitchey, in diese Richtung zu schauen.

»Wenn du heute Abend dem Manne in die Augen sehen kannst«, fuhr Mrs. Snitchey fort, »und nicht erkennst, dass du hintergangen und betrogen bist, dass du ein Opfer seiner Ränke und ein Sklave seines Willens geworden bist durch eine unerklärliche Faszination, die ich mir nicht erklären kann und vor der ich dich vergebens gewarnt habe, dann kann ich nur sagen, ich bedauere dich.«

Zur gleichen Zeit orakelte Mrs. Craggs über dasselbe Thema. Wie sei es nur möglich, fragte sie, dass Craggs Mr. Snitchey so blind vertrauen könne und seine eigene Lage so gar nicht erkenne. Ob er denn nicht deutlich gesehen habe, dass Snitcheys Gesicht, als er eingetreten, voll Hinterlist, Tücke und Verräterei gewesen sei, ob er denn leugnen wolle, dass schon die Art, mit der sich jener die Stirn zu trocknen und unruhig um sich zu blicken pflege, verrate, dass etwas schwer auf seinem Gewissen laste, wenn er überhaupt so etwas wie ein Gewissen habe. Ob etwa andere Leute auch, wie sein Snitchey, zu festlichen Gelegenheiten kämen wie Strauchdiebe – übrigens kein sehr treffendes Bild, denn Snitchey war so schüchtern wie möglich zur Türe hereingekommen. Und ob er – Craggs – ihr gegenüber am helllichten Tage – es war fast Mitternacht – immer noch auf dem Standpunkt beharre, mit Snitchey durch dick und dünn gehen zu wollen, allem Augenschein, jeder Welterfahrung und Vernunft zum Trotz.

Weder Snitchey noch Craggs machten einen Versuch, sich dem Strome solchen Zornes entgegenzustemmen, sondern begnügten sich beide, ruhig mitzuschwimmen, bis seine Kraft nachgelassen hatte, was im selben Augenblicke geschah, als man allgemein zu einem Tanz antrat. Mr. Snitchey benützte die Gelegenheit, Mrs. Craggs zu bitten, während Mr. Craggs so galant war, Mrs. Snitchey aufzufordern. Die Damen willigten auch nach einigen leichten Ausflüchten, wie: Warum engagieren Sie nicht eine andere, und: Ich sehe es Ihnen an, Sie wären froh, wenn ich ausschlüge, oder: Wie, Sie tanzen auch außerhalb der Kanzlei (dies schon mehr scherzhaft), huldreich ein und traten an.

Es war dies eine alte Sitte bei ihnen, bei jeder Gelegenheit, denn sie waren eng befreundet und lebten auf dem Fuß besten Einvernehmens.

Vielleicht waren der falsche Craggs und der schurkische Snitchey im Gehirne der beiden Damen auch nur eine so fingierte Person wie x und y in den Akten ihrer beiden Gatten, oder die beiden Damen taten gar äußerlich nur so als ob. So viel ist jedenfalls gewiss, dass jede der beiden Damen die sich selbst auferlegte Rolle und ihr Fach ebenso eifrig und fleißig betrieb wie der Gatte das seine und dass beide Frauen ein glückliches Gedeihen der Kanzlei ohne ihr lobenswertes Mitwirken beinahe für unmöglich gehalten hätten.

Jetzt schwebte der Paradiesvogel in die Mitte des Saales, und die Glöckchen fingen an zu klingen und zu springen, und des Doktors rotes Gesicht drehte sich um und um wie ein mit Hochglanz lackierter Kreisel mit einem Menschengesicht. Der atemlose Mr. Craggs fing bereits an zu bezweifeln, dass das Tanzen so wie das übrige Leben einem »zu leicht« gemacht würde, und Mr. Snitchey hüpfte in muntern Sprüngen und Kapriolen für seine Wenigkeit & Craggs und ein halbes Dutzend anderer mehr.

Und auch das Feuer fasste frischen Mut und loderte hell auf, angefacht von dem lebhaften Zug, den der Tanz verursachte. Es war der Genius des Zimmers und überall gegenwärtig. Es glänzte in den Augen der Männer, schimmerte in den Juwelen am weißen Nacken der Mädchen, spielte um ihre Ohren, als wolle es ihnen etwas Neckisches zuflüstern, flackerte auf dem Boden und legte ihren Füßen einen Teppich von Rosen. Es glänzte auf der Decke, dass seine Glut sich auf allen Gesichtern spiegelte, und zündete eine große Illumination in Mrs. Craggs' kleinem Glockenturm an.

Und frischer und frischer wurde die anfachende Luft, immer munterer die Musik, in immer lebhafterem Takt bewegte sich der Tanz; und ein Wehen erhob sich, das die Blätter und Beeren an den Wänden schaukeln machte, als hingen sie noch im Freien, und rauschte durch das Zimmer, wie wenn eine unsichtbare Schar Elfen den braven Tänzern aus Fleisch und Bein auf dem Fuße folgte. Kein Zug auf des Doktors Gesicht war mehr zu erkennen, wie er sich drehte und drehte. Jetzt schienen ein Dutzend Paradiesvögel durchs Zimmer zu fliegen und tausend kleine Glocken zu klingen, eine Flut wehender Kleider wurde im Sturm davongetrieben. Endlich verstummte die Musik, und der Tanz hörte auf.

Erhitzt und atemlos war der Doktor, aber es machte ihn nur noch ungeduldiger auf Alfreds Kommen.

»Hast du nichts gesehen, Britain, nichts gehört?«

»Zu finster zum Sehen, Sir, zu viel Lärm im Haus zum Hören.«

»Da hast du recht, umso fröhlicher der Willkomm. Wie spät ist's?«

»Gerade zwölf, Sir. Er kann nicht mehr lang bleiben, Sir.«

»Schüre das Feuer an und wirf noch einen Klotz darauf«, sagte der Doktor. »Sein Willkommen soll ihm in die Nacht hinausleuchten – dem guten Jungen, wenn er daherkommt.« – – – – – – – – –

Er sah es, ja! Aus seinem Wagen erblickte er den Schein, als er um die Ecke bei der alten Kirche bog. Er kannte das Zimmer, aus dem es leuchtete. Er sah die kahlen winterlichen Zweige der alten Bäume zwischen sich und dem Licht. Er wusste, dass einer dieser Bäume zur Sommerszeit lieblich vor Marions Fenster rauschte.

Tränen standen ihm in den Augen. Sein Herz klopfte so heftig, dass er kaum sein Glück ertragen konnte. Wie oft hatte er sich in seinen Gedanken dieses Bild ausgemalt und gebangt, dass es nicht dazu kommen möchte – danach verlangt und geschmachtet in weiter Ferne. Wieder das Licht, deutlich und weithin leuchtend; angezündet, wie er wusste, als Willkommengruß und um ihn zur Eile anzutreiben.

Er winkte mit der Hand und schwang den Hut, jubelte laut, als ob sie die Glut wären und ihn sehen und hören könnten, wie er jauchzend ihnen durch Schmutz und Morast entgegenfuhr.

»Halt!« Er kannte den Doktor und ahnte, was vorbereitet war: Er sollte sie nicht überraschen. Aber doch konnte er eine Überraschung daraus machen, wenn er zu Fuß nach dem Hause ging. Stand die Gartentür offen, konnte er leicht hineingelangen. Wenn nicht, war die Mauer leicht zu erklettern, wie er von früher her wusste, und im Nu stünde er dann mitten unter ihnen.

Er stieg aus dem Wagen und sagte dem Kutscher – selbst das war ihm nicht leicht in seiner Aufregung –, er solle für ein paar Minuten zurückbleiben und ihm dann erst nachfahren.

So schnell er konnte, lief er voraus, probierte, ob das Tor offen sei, kletterte über die Mauer, sprang auf der andern Seite herunter und stand atemlos in dem alten Obstgarten.

Es lag ein frostiger Reif auf den Bäumen, und in dem schwachen Lichte des bewölkten Mondes hingen die dünnen Zweige wie welke Girlanden herab. Dürre Blätter raschelten unter seinem Fuß, wie er leise nach dem Hause schlich. Öde brütete die Winternacht auf der Erde und am Himmel. Freundlich schien ihm das Licht entgegen aus den Fenstern, Gestalten huschten hin und her, und das Summen und Murmeln von Stimmen grüßte lieblich sein Ohr. Lauschend, ob er ihre Stimme von den übrigen unterscheiden könnte und schon halb überzeugt, dass er sie höre, hatte er fast die Türe erreicht, als sie sich schnell öffnete und eine Gestalt ihm entgegentrat und sofort erschrocken mit einem halbunterdrückten Schrei zurückwich.

»Clemency«, sagte er, »erkennst du mich denn nicht mehr?«

»Treten Sie nicht ein!«, rief die Dienerin und hielt ihn zurück.

»Kehren Sie um. Fragen Sie mich nicht, warum. Treten Sie nicht ein.«

»Was gibt es denn?«, rief er aus.

»Ich weiß es nicht, ich – ich kann es Ihnen nicht sagen. Kehren Sie um. Hören Sie?«

Ein Lärm entstand plötzlich im Hause. Ein wilder Schrei, laut und schrill, lief durch das Haus, und Grace, Entsetzen in Gesicht und Gebärde, stürzte heraus.

»Grace!« Er fing sie mit den Armen auf. »Was ist geschehen? Ist sie tot?«

Sie riss sich los, als wollte sie ihm ins Gesicht sehen, und fiel zu seinen Füßen nieder.

Eine Schar Gestalten kam aus dem Hause gestürzt. Unter ihnen der Doktor, ein Papier in der Hand.

»Was ist geschehen?«, schrie Alfred, raufte sich das Haar und blickte voll Verzweiflung von Gesicht zu Gesicht, während er neben dem ohnmächtigen Mädchen kniete. »Will mich denn niemand ansehen? Mir niemand antworten? Erkennt mich denn niemand? Ist denn niemand unter euch, der mir sagt, was geschehen ist?«

Ein Gemurmel erhob sich: »Sie ist fort!«

»Fort?«, wiederholte er geistesabwesend.

»Entflohen, mein lieber Alfred«, sagte der Doktor mit gebrochener Stimme und bedeckte sein Gesicht mit den Händen. »Entflohen aus dem Vaterhause. Heute Nacht! Sie schreibt, sie habe ohne Schuld und frei gewählt – bittet, wir möchten ihr vergeben und ihrer nicht vergessen – und ist entflohen.«

»Mit wem? Wohin?«

Er sprang auf, als wollte er ihr nach, aber als sie zurückwichen, blickte er verstört um sich, wankte zurück, brach zusammen und blieb neben Grace knien, ihre kalte Hand in der seinen. Es herrschte Verwirrung und Aufregung, es war ein Hin- und Herstürzen ohne Sinn und Zweck. Einige liefen auf die Landstraße hinaus, andere holten Pferde und Fackeln, andere sprachen laut und erregt miteinander und wendeten ein, dass man weder Spur noch Richtung habe, um sie einholen zu können. Man trat zu ihm und versuchte ihn zu trösten, stellte ihm vor, dass Grace in das Haus geschafft werden müsste, aber er litt es nicht. Er hörte niemand an und bewegte sich nicht. Der Schnee fiel schnell und dicht. Alfred sah einen Augenblick zum Himmel auf und dachte sich, dass diese weiße Asche gut für ihn passe, die da auf sein Hoffen und sein Leid gestreut wurde. Er blickte um sich her auf den sich weiß färbenden Boden und begriff, dass die Spur von Marions Fuß sich bald verwischen werde. Er fühlte nichts von dem Wetter und regte sich nicht von der Stelle.

Dritter Teil

Sechs Jahre war die Welt seit dieser Nacht älter geworden. Es war ein warmer Herbstnachmittag, und ein starker Regen war gefallen. Die Sonne brach plötzlich aus den Wolken hervor, die alte Walstatt strahlte ihr ein Willkommen entgegen, das sich über das ganze Land verbreitete, als sei ein Freudenfeuer angezündet, das von tausend Orten Antwort winkte. Schön lag die Landschaft glitzernd im Lichtschein da, ein reicher, üppiger Hauch glitt dahin wie himmlische, alles erhellende Gegenwart. Der Wald, eben noch eine dunkle, schwarze Masse, spielte in bunten Farben von gelb, grün, braun und rot. Regentropfen sanken zitternd und funkelnd von den Blättern seiner Bäume nieder. Das grünende Wiesenland im Sonnenglanz, eben noch blind gewesen, hatte seine Augen wieder aufgeschlagen und blickte empor in den leuchtenden Himmelsraum. Die Kornfelder,

Hecken und Zäune, die Hütten, die dicht gedrängten Dächer, Kirchturm, Bach und Mühle, alles trat lächelnd aus nebelgrauem Dunkel hervor. Lieblich sangen die Vögel, Blumen erhoben das Haupt, und frischer Geruch stieg aus dem feuchten Boden empor. Die blauen Streifen, hoch oben, wurden größer und weiter, und die schrägen Strahlen der Sonne trafen mit tödlichem Pfeil die Wolkenwand, die noch zu fliehen zögerte. Ein Regenbogen, der Inbegriff aller Farben, die Erde und Himmel schmücken, wölbte sich triumphierend über den ganzen Horizont.

Um diese Stunde zeigte eine kleine Schenke an der Straße, lauschig versteckt hinter einer großen Ulme mit einer köstlichen Ruhebank um den dicken Stamm, ihr freundliches Gesicht dem Wanderer, wie es sich für ein Wirtshaus geziemt, und winkte mit stummer, aber bedeutungsvoller Versicherung eines freundlichen Willkommens. Das rötliche Schild mit seinen goldenen, in der Sonne glänzenden Buchstaben lugte aus dem dunklen Laube des Baumes hervor wie ein fröhliches Gesicht und verhieß gute Bewirtung. Die Tränke voll reinen Wassers und auf dem Erdboden drunter Halme wohlriechenden Heus machten jedes Pferd, das vorbeiging, die Ohren spitzen. Die roten Vorhänge in den Zimmern zur ebenen Erde und die saubern weißen Gardinen in den kleinen Schlafzimmern oben winkten bei jedem

Luftzug ein freundliches: Tritt ein! Auf den glänzend grünen Läden war in goldenen Buchstaben zu lesen von Bier und Ale, von guten Weinen und netten Betten, und darüber hing das beredte Bild einer schäumenden Trinkkanne. Auf den Fenstersimsen standen blühende Blumen in roten Töpfen, die sich lebendig von der weißen Front des Hauses abhoben, und in dem dunklen Torweg glänzten Streifen von Licht auf Flaschen und Zinnkrügen.

In der Türe erschien jetzt die saubere Gestalt eines Wirtes. Klein, aber rund und breit, stand der Mann da, die Hände in den Taschen und die Beine gerade weit genug gespreizt, um Zuversicht zu seinem Keller auszudrücken und sorgloses Vertrauen auf die Unterkunft, die die Schenke bieten könne, einzuflößen.

Die reichliche Nässe, die nach dem starken Regen von jedem Gegenstand herabtröpfelte, passte recht gut zu dem Mann.

Nichts war um ihn herum, das nach Durst aussah. Einige Dahlien mit schwerem Kopf, die über das Staket des nett gehaltenen Gartens guckten, hatten offenbar mehr getrunken, als sie vertragen konnten – vielleicht ein wenig zu viel – und schienen jetzt genug zu haben. Aber die Hagebutten, die Levkojen, die Zierpflanzen an den Fenstern und die Blätter des alten Baumes waren in der gehobenen Stimmung von mäßigen Leuten, die nie mehr zu sich nehmen, als ihnen gesund ist, und doch Sorge tragen, ihre besten Eigenschaften zur Entfaltung zu bringen. Wie sie klare Tropfen auf dem Boden verstreuten, schienen sie harmlose sprühende Fröhlichkeit reichlich zu spenden und Gutes zu wirken, wo sie sie hinwarfen, vernachlässigte Winkel betauend, die den Regen nur selten sahen.

Diese Dorfschenke hatte bei ihrem Entstehen ein ungewöhnliches Zeichen gewählt. Sie führte den Namen »Zum Muskatnussreiber«. Und unter diesem Wort stand auf demselben rotflammenden Schild im dunkeln Laub und ebenfalls in goldenen Buchstaben: Benjamin Britain.

Ein zweiter Blick auf die Gesichtszüge und eine genauere Betrachtung verriet, dass Benjamin Britain in eigener Person in der Türe stand – ein wenig verändert zwar gegen früher, aber nur zu seinem Vorteil; ein recht gemütlicher, stattlicher Gastwirt.

»Mrs. B.«, sagte Mr. Britain und sah die Straße hinab, »bleibt etwas lange. Es ist Teezeit.«

Da noch immer keine Mrs. Britain zu entdecken war, schlenderte er langsam bis in die Mitte der Straße und warf einen Blick voll Zufriedenheit auf das Haus. »Sieht ganz so aus wie eine Wirtschaft, in die ich selbst einkehren möchte, wenn es nicht meine eigene wäre.« Dann schlenderte er an das Gartenstaket und betrachtete die Dahlien. Sie blickten über ihn hinweg mit hilflos und schläfrig hängenden Köpfen und nickten jedes Mal, wenn die schweren Regentropfen von ihnen auf den Boden fielen.

»Für euch muss Sorge getragen werden«, sagte Benjamin. »Darf nicht vergessen, es ihr zu sagen. Wo sie nur so lange bleibt.«

Mr. Britains Ehehälfte schien in so hohem Maße seine bessere Hälfte zu sein, dass er ohne sie ratlos und verloren war.

»Sie hat doch nicht so viel zu besorgen, glaube ich«, sagte Ben, »ein paar Geschäfte nach dem Markt abzumachen, aber nicht viel. Aha, da kommen wir endlich.«

Ein Sesselwägelchen, kutschiert von einem Burschen, kam die Straße dahergerasselt, und darin, einen großen durchnässten Regenschirm hinter sich zum Trocknen aufgespannt, saß die behäbige Gestalt einer Frau gesetztern Alters, die bloßen Arme über einem Korb, den sie auf dem Schoße trug, verschränkt und verschiedene andere Körbe und Pakete um sich herum. Ein gewisser freundlicher, gutmütiger Ausdruck in ihrem Gesicht und eine zufriedene Art von Unbehilflichkeit, wie sie von den Stößen des Wagens auf ihrem Sitze hin- und herschwankte, erinnerten schon aus der Ferne an alte Zeiten. Bei ihrem Näherkommen trat dies noch deutlicher hervor, und als das Fuhrwerk an der Schenke »Zum Muskatnussreiber« hielt und ein paar Schuhe schnell an Mr. Britains offenen Armen vorbeischlüpften und aus dem Wagen stiegen und gewichtig auf den Boden trafen, da war kein Zweifel mehr: Diese Schuhe gehörten niemand anders als Clemency Newcome.

Und sie gehörten ihr auch. Und Clemency stand in ihnen, die frische, rote behäbige Person, die sie war, mit so rein gescheuertem Gesicht wie jemals, nur mit heilen Ellbogen, die jetzt sogar Grübchen zeigten.

»Du bleibst lange, Clemy«, sagte Mr. Britain.

»Du weißt, Ben, ich hatte eine Menge zu tun«, antwortete sie und beaufsichtigte rührig das Hineinschaffen ihrer Körbe und Pakete: »Acht, neun, zehn – wo ist elf? Ach, meine elf Körbe. Es ist alles in Ordnung. Schirre das Pferd ab, Harry, und wenn es wieder hustet, so gib ihm heute Abend warme Streu. Acht, neun, zehn, wo ist nur elf? Ach ja, ich vergaß, es ist schon richtig. Was machen die Kinder, Ben?«

»Frisch und munter, Clemy.«

»Gott segne ihre lieben Gesichter!«, sagte Mrs. Britain – mit ihrem Manne jetzt im Schenkzimmer –, band sich den Hut ab und strich sich das Haar mit der flachen Hand glatt.

»Gib mir einen Kuss, Alter!«

Mr. Britain beeilte sich, es zu tun.

»Ich glaube«, sagte Mrs. Britain, widmete sich ihren Taschen und zog einen riesigen Ballen dünner Bücher und zerknitterter Papiere, ein wahres Eselsohrendurcheinander, hervor, »ich habe alles erledigt.

Alle Rechnungen bezahlt – die Rüben verkauft – die Brauerrechnung abgemacht – Tabakpfeifen bestellt – siebzig Pfund vier Shillinge in die Bank gezahlt – Dr. Heathfields Guthaben wegen der kleinen Clemy erledigt – du kannst dir schon denken, wie's ausgefallen ist – Dr. Heathfield will wieder nichts nehmen, Ben.«

»Hab mir's gleich gedacht«, bemerkte Britain.

»Ja. Er sagt, wie groß unsere Familie auch würde, er möchte dir nie einen halben Penny abnehmen dafür – nicht, wenn du zwanzig Kinder kriegen solltest.«

Mr. Britains Gesicht nahm einen sehr ernsten Ausdruck an, und er sah starr an die Wand.

»Ist das nicht hübsch von ihm?«, sagte Clemency.

»Außerordentlich«, entgegnete Mr. Britain. »Aber ich möchte seine Freundlichkeit um keinen Preis mehr in Anspruch nehmen.«

»Nein«, stimmte Clemency bei. »Natürlich nicht. Dann ist das Pony – es hat acht Pfund zwei Shillinge abgeworfen – nicht schlecht, was?«

»Sehr gut«, sagte Ben.

»Es freut mich, dass du zufrieden bist. Ich dachte es mir gleich; so, das ist, glaub ich alles! Und jetzt nichts mehr von Geschäften und cetera, Britain. Hahaha, da nimm die Papiere und schau sie durch. Halt, wart einen Augenblick. Hier ist ein neues Plakat. Frisch aus der Druckerei. Wie gut es riecht.«

»Was ist's?«, fragte Ben und sah das Blatt durch.

»Weiß ich nicht«, antwortete seine Frau. »Ich habe keine Silbe davon gelesen.«

»Öffentliche Feilbietung«, las der Wirt »Zum Muskatnussreiber«. »Vorbehaltlich früherer Erledigung durch Privatvertrag.«

»Ja, das schreiben sie immer drauf«, sagte Clemency.

»Ja, aber nicht, was jetzt kommt«, erwiderte er. »Schau mal her: Wohnhaus usw., Wirtschaftsgebäude usw., Wald und Garten usw., Hof und Zaun usw., Messrs. Snitchey & Craggs usw., Beigabe und Zubehör zu der unbelasteten und schuldenfreien Gutsherrschaft Michael Wardens Wohlgeboren wegen Übersiedlung ins Ausland.«

»Wegen Übersiedlung ins Ausland«, wiederholte Clemency.

»Hier steht's«, sagte Mr. Britain. »Schau her.«

»Und erst heute noch habe ich im alten Hause drüben wispern hören, dass sie bald bessere und genauere Nachrichten schicken wolle«, sagte Clemency, den Kopf sorgenvoll schüttelnd und wieder nach ihrem Ellbogen greifend, als ob die Erinnerung an frühere Zeiten auch alte Gewohnheiten wachrufe. »O mein, o mein, o mein, das wird wieder schweres Herzleid drüben geben, Ben.«

Mr. Britain stieß einen Seufzer aus und schüttelte auch den Kopf und sagte, er könne die Sache nicht begreifen und habe den Versuch schon längst aufgegeben. Mit diesen Worten machte er sich daran, das Plakat beim Schenkfenster aufzukleben. Clemency, die mittlerweile sinnend dagestanden, raffte sich auf und eilte hinaus, nach ihren Kindern zu sehen.

Obgleich der Wirt der Schenke »Zum Muskatnussreiber« große Achtung vor seiner Frau hegte, so geschah das doch ganz nach der alten Gönnerweise, und alles, was seine Gattin tat, ergötzte ihn höchlichst. Nichts hätte ihn mehr in Erstaunen gesetzt, als wenn ihm jemand bewiesen hätte, dass nur sie allein es war, die die ganze Wirtschaft führte und durch verständige Sparsamkeit, gute Laune, Ehrlichkeit und Fleiß ihn zum wohlhabenden Manne machte.

Es tat Mr. Britain sehr wohl, daran zu denken, dass er sich herabgelassen, als er Clemency geheiratet. Sie war ihm ein ständiges Zeugnis seines guten Herzens, und er hielt dafür, dass ihre Vortrefflichkeit als Hausfrau nur eine Bestätigung des alten Spruchs sei, »jede gute Tat trägt in sich selbst den Lohn«.

Er hatte das Plakat aufgeklebt und die Quittungen in den Schenkschrank geschlossen, wobei er immerwährend über ihre Geschäftsgewandtheit vor sich hinlachte, als sie mit der Nachricht hereinkam, dass die beiden jungen Herren Britain unter der Aufsicht einer gewissen Betsy im Wagenschuppen spielten, die kleine Clemy aber schlafe ›wie ein Bild‹. Dann setzte sich Clemency zum Tee, der ihrer auf einem kleinen Tische harrte. Es war eine kleine, hübsche Schankstube mit dem üblichen Schmuck an Gläsern und Flaschen, dazu eine einfache Uhr, die auf die Minute ging – es war genau halb sechs –, und jedes Ding stand an seinem Platz peinlichst blank gescheuert und poliert.

»Das erste Mal, dass ich heut zum Sitzen komme«, sagte Mrs. Britain und holte so tief Atem, als ob sie nun für den ganzen Abend fest säße. Gleich darauf stand sie aber doch wieder auf, um ihrem Mann Tee einzuschenken und Butterbrot zu schneiden.

»Wie mich dieses Plakat an alte Zeiten erinnert!«

»Hm«, sagte Mr. Britain, indem er seine Untertasse handhabte wie eine Auster und sie dementsprechend ausschlürfte.

»Dieserselbe Mr. Michael Warden«, sagte Clemency mit einem Blick auf die Versteigerungsanzeige, »hat mich um meine alte Stelle gebracht.«

»Aber dir deinen Gatten verschafft«, sagte Mr. Britain.

»Ja, das hat er«, erwiderte Clemency, »das verdanke ich ihm.«

»Der Mensch ist ein Sklave der Gewohnheit«, sagte Mr. Britain und betrachtete sie über seine Untertasse hinweg. »Ich hatte mich einigermaßen an dich gewöhnt, Clemy, und sah ein, dass ich ohne dich nicht gut würde leben können. Hahaha, wer hätte gedacht, dass wir einander heiraten würden.«

»Ja, wer hätte das gedacht«, rief Clemency, »es war sehr gut von dir, Ben.«

»Nein, nein, nein!«, antwortete Ben mit einer Miene von Selbstverleugnung, »nicht der Rede wert.«

»O doch, Ben«, sagte seine Gattin mit großer Herzenseinfalt. »Ich denke doch, und ich bin dir sehr dankbar dafür.« Sie blickte wieder nach dem Plakat. »Ach, als das liebe Kind fort und in Sicherheit war, da konnte ich mich nicht enthalten, um ihretwillen und der andern wegen zu erzählen, was ich wusste. Hätte ich das nicht sollen?«

»Jedenfalls hast du es erzählt«, bemerkte ihr Gatte.

»Und Dr. Jeddler«, fuhr Clemency fort, setzte ihre Tasse nieder und betrachtete gedankenvoll das Plakat, »jagte mich in seinem Gram und seinem Zorn von Haus und Hof. Ich bin nie in meinem ganzen Leben über etwas so froh gewesen wie darüber, dass ich kein böses Wort gesagt und dass ich ihm nichts nachgetragen habe, selbst damals nicht. Es hat ihm später aufrichtig leid getan. Wie oft hat er hier gesessen und wieder und wieder davon gesprochen, wie leid es ihm täte. Zum letzten Mal gestern noch, als du aus warst. Wie oft hat er hier in der Stube gesessen und stundenlang von diesem und jenem geredet, als ob es ihn interessiere – aber eigentlich nur der alten Zeit zuliebe und weil er weiß, dass sie mich so gern gehabt hat, Ben.«

»Wie hast du das alles damals nur herausgebracht,

Clemy?«, fragte Britain, erstaunt, dass seine Gattin eine Wahrheit deutlich erfassen konnte, die er trotz seines spekulativen Geistes nur in dämmernden Umrissen begriffen hatte.

»Das weiß ich selber nicht«, sagte Clemency und blies in ihren Tee, um ihn abzukühlen. »Gott, ich könnte es nicht sagen, und wenn hundert Pfund Belohnung draufstünden.«

Er würde seine metaphysischen Grübeleien wohl noch weiter fortgesponnen haben, wenn nicht Clemy hinter ihm an der Tür des Schenkzimmers ein sehr greifbares Etwas in Gestalt eines in Trauer gekleideten Gentlemans im Reitanzug erspäht hätte. Der Herr schien ihrem Gespräch zuzuhören und es gar nicht eilig zu haben.

Clemency stand rasch auf. Auch Mr. Britain tat desgleichen und begrüßte den Gast.

»Wollen Sie sich vielleicht hinaufbemühen, Sir. Es ist ein sehr hübsches Zimmer oben, Sir.«

»Ich danke«, sagte der Fremde und betrachtete Mrs. Britain aufmerksam. »Kann man hier eintreten?«

»O gewiss, wenn es Ihnen beliebt, Sir«, antwortete Clemency und lud den Herrn ein. »Womit kann ich Ihnen dienen, Sir?«

Das Plakat fiel dem Fremden ins Auge, und er las es. »Ein vorzüglicher Besitz das, Sir«, bemerkte Mr. Britain.

Der Gast gab keine Antwort, sondern drehte sich um, als er zu Ende gelesen, und betrachtete Clemency mit derselben forschenden Neugier wie früher, ohne den Blick von ihr zu wenden: »Sie fragten mich eben?«

»Was Sie wünschten, Sir«, antwortete Clemency und musterte ihn ebenfalls verstohlen.

»Wenn Sie mir einen Schluck Ale geben«, sagte er und trat zu einem Tisch am Fenster, »und es mir hierherbringen wollen, werde ich Ihnen sehr verbunden sein. Aber lassen Sie sich nicht beim Essen stören.«

Ohne weitere Umstände setzte sich der Fremde dann nieder und sah auf die Landschaft hinaus. Er war ein Mann in der Blüte des Lebens und sehr gut gewachsen. Sein sonnengebräuntes Gesicht beschatteten dunkle Haare, und er trug einen Schnurrbart. Nachdem er sein Bier bekommen, schenkte er sich ein Glas ein, trank freundlich auf das Wohl des Hauses und fügte hinzu, als er das Glas wieder niedersetzte: »Ist wohl ein neues Haus, das hier, nicht wahr?«

»Nicht ganz neu«, antwortete Mr. Britain.

»So zwischen fünf und sechs Jahre alt«, sagte Clemency mit deutlicher Betonung.

»Vorhin, als ich eintrat, glaubte ich Dr. Jeddlers Namen vernommen zu haben«, erkundigte sich der Gast. »Auch dieses Plakat erinnert mich an ihn, denn ich weiß zufällig etwas von der Geschichte durch Hörensagen und durch Verbindungen, die ich habe. Lebt der alte Herr noch?«

»Ja, Sir, er lebt noch«, antwortete Clemency.

»Hat er sich sehr verändert?«

»Seit wann, Sir?«, fragte Clemency mit besondrem Nachdruck.

»Seit seine Tochter – aus dem Hause ging?«

»Ja. Seit damals hat er sich wohl sehr verändert. Er ist alt und grau geworden und hat nichts mehr von seiner alten Weise an sich. Aber ich glaube, er ist jetzt getröstet. Er hat sich seitdem mit seiner alten Schwester versöhnt und besucht sie oft. Das hat ihm gleich sehr wohl getan. Anfangs war er sehr niedergebeugt, und es zerriss einem fast das Herz, wenn man ihn herumwandern sah und auf die Welt schimpfen hörte, aber nach einem oder zwei Jahren wurde es wieder besser mit ihm. Er fing wieder an, von seiner verlorenen Tochter zu sprechen und sie zu loben und die Welt sogar auch. Er wurde nie müde, mit Tränen im Auge zu erzählen, wie schön und wie gut sie gewesen. Er hat ihr verziehen. Das war um die Zeit herum, als Miss Grace heiratete. Britain, du erinnerst dich doch?«

Mr. Britain erinnerte sich sehr gut.

»Die Schwester ist also verheiratet«, bemerkte der Fremde. Er schwieg eine Weile, ehe er fragte: »Mit wem?«

Clemency hätte fast das Teebrett fallen lassen, so sehr überrascht war sie über diese Frage.

»Haben Sie denn nie davon gehört?«

»Ich möchte gerne Genaueres darüber wissen.« Er schenkte sich ein neues Glas ein und setzte es an die Lippen.

»O, das wär eine lange Geschichte, wenn man sie genau erzählen wollte«, meinte Clemency und stützte ihr Kinn auf die linke Hand und ihren Ellbogen auf die andere und blickte kopfschüttelnd im Geiste auf die verflossenen Jahre zurück, wie jemand, der ins Feuer sieht. »Das würde eine lange Geschichte werden.«

»Aber wenn man es in Kürze erzählt?«, fragte der Fremde.

»In Kürze erzählt«, wiederholte Clemency in demselben nachdenklichen Ton und scheinbar ganz geistesabwesend, »was wäre da zu erzählen? Dass sie sich zusammen abhärmten, ihrer gedachten wie einer Verstorbenen, dass sie sie in liebem Angedenken hielten und ihr mit keinem Worte Vorwürfe machten und Entschuldigungen aller Art für sie fanden, weiß jeder. Ich wenigstens weiß es. Niemand besser«, fügte sie hinzu und wischte sich mit der Hand die Augen.

»Und so –«, half der Fremde weiter.

»Und so«, sagte Clemency, mechanisch die Worte wiederholend und ohne ihre Stellung zu verändern, »so heirateten sie endlich. Sie wurden getraut an

Marions Geburtstag – er kehrt morgen wieder. In aller Stille, aber sehr glücklich. Mr. Alfred sagte eines Abends, als sie im Obstgarten spazieren gingen: ›Soll unsere Hochzeit nicht an Marions Geburtstag sein?‹ und so geschah es dann auch.«

»Und leben sie glücklich miteinander?«, fragte der Fremde.

»Ja. Nie lebten zwei Menschen glücklicher, und nichts drückt sie als nur der alte Gram.«

Clemency erhob den Kopf, als ob sie plötzlich sich darüber klar werde, unter welchen Umständen sie diese Ereignisse sich ins Gedächtnis zurückrufe, und warf einen raschen Blick auf den Fremden. Da sie bemerkte, dass sein Gesicht dem Fenster zugewandt war, als sei er in Betrachtung der Aussicht versunken, machte sie ihrem Gatten allerhand erregte Zeichen und wies auf das Plakat und bewegte den Mund, als ob sie immer dasselbe Wort oder denselben Satz angestrengt wiederhole. Sie ließ dabei keinen Laut vernehmen, und ihre stummen Gebärden waren so außergewöhnlicher Art, dass dies unerklärliche Benehmen Mr. Britain an den Rand der Verzweiflung brachte. Er starrte den Tisch an, den Fremden, die Löffel, seine Frau, folgte ihrer Pantomime mit Blicken tiefsten Staunens und gänzlicher Ratlosigkeit, fragte sie in derselben stummen Sprache, ob vielleicht das Besitztum in Gefahr schwebe, ob er selbst in Gefahr schwebe oder sie; beantwortete ihre Signale mit andern, die die tiefste Verwirrung ausdrückten und riet halblaut aus den Bewegungen ihrer Lippen auf die merkwürdigsten Dinge, auf: »Milch und Wasser? – Monatswechsel – Maus und Walnuss« – und konnte doch nicht herausbekommen, was sie eigentlich wollte.

Clemency gab es endlich auf und rückte ganz allmählich ihren Stuhl ein wenig näher, beobachtete den Fremden mit scheinbar gesenkten Augen scharf und wartete gespannt, bis er ihr wieder eine Frage stellen werde. Sie brauchte nicht lange zu warten, denn er sagte gleich darauf:

»Und was war das spätere Schicksal der jungen Dame, die das Haus verließ? Ihre Familie weiß doch davon, nehme ich an?«

Clemency schüttelte den Kopf. »Dr. Jeddler soll mehr davon wissen, als er sich merken lässt, höre ich. Miss Grace hat Briefe von ihrer Schwester bekommen, in denen sie schreibt, dass sie sich wohl befinde und glücklich darüber sei, dass sich Grace und Alfred geheiratet hätten. Und Miss Grace hat wieder geantwortet. Aber es schwebt ein Geheimnis über Marions Leben und ihrem Schicksal, das bis zu dieser Stunde noch nicht aufgeklärt ist und das –«

Sie wurde unsicher und stockte.

»Und das –«, wiederholte der Fremde.

»Das wohl nur eine einzige Person aufklären könnte«, sagte Clemency tief aufatmend.

»Und wer wäre das?«, fragte der Fremde.

»Mr. Michael Warden«, antwortete Clemency fast mit einem Schrei, der gleichzeitig ihrem Manne verständlich machte, was ihr vorher nicht hatte gelingen wollen, und Michael Warden verriet, dass er erkannt sei.

»Sie erinnern sich meiner, Sir«, sagte Clemency und zitterte vor Erregung. »Ich hab es gleich bemerkt. Sie kennen mich noch von jener Nacht im Garten her. Ich war bei ihr.«

»Ja, Sie waren es«, sagte der Gast.

»Ja, Sir, ja gewiss. Und dies hier ist mein Mann, wenn Sie gestatten. Ben, mein lieber Ben, lauf zu Miss Grace, lauf zu Mr. Alfred, lauf wohin du willst, Ben, bring irgendjemand her, Ben, auf der Stelle!«

»Halt!«, sagte Michael Warden, sich ruhig zwischen die Tür und Britain stellend. »Was wollen Sie tun?«

»Sie wissen lassen, dass Sie hier sind, Sir«, antwortete Clemency, außer sich vor Erregung die Hände zusammenschlagend, »ihnen sagen, dass sie von Ihren eigenen Lippen Nachricht über sie bekommen können, dass sie ihnen nicht ganz verloren ist und wieder nach Hause kommt und ihren Vater, ihre liebe Schwester und sogar ihre alte Dienerin, sogar mich« – sie schlug sich mit beiden Händen auf die Brust – »wieder mit dem Anblick ihres süßen Gesichtchens selig machen wird. Lauf, Ben, lauf!« – Sie wollte Britain wieder zur Türe drängen, aber immer noch wehrte ihm Mr. Warden den Ausgang, nicht zürnend, aber schmerzerfüllt.

»Oder vielleicht«, sagte Clemency und fasste in ihrer Erregung Mr. Warden am Mantel, »vielleicht ist sie jetzt hier, vielleicht ganz in der Nähe. Ich sehe es Ihnen an, sie muss hier sein. Bitte, Sir, lassen Sie mich doch zu ihr. Ich wartete sie, wie sie noch ein kleines Kind war. Ich sah sie aufwachsen als den Stolz der ganzen Ortschaft. Ich kannte sie noch, als sie Mr. Alfreds Braut war, und versuchte, sie zurückzuhalten, als Sie sie weglockten. Ich weiß, wie es in ihrem Vaterhaus aussah, als sie noch die Seele darin war, und wie es anders geworden ist, seit sie entflohen ist. Lassen Sie mich doch mit ihr sprechen, Sir!«

Warden sah sie mitleidig und ein wenig verwundert an, gab aber kein Zeichen der Zustimmung von sich.

»Ich glaube nicht, dass sie wissen kann«, fuhr Clemency fort, »wie aufrichtig ihr alle vergeben haben, wie sehr sie sie lieben und welche Freude sie hätten, sie noch einmal sehen zu dürfen. Sie fürchtet sich vielleicht, nach Hause zurückzukehren. Vielleicht kann ich ihr Mut machen. Sagen Sie mir nur das eine, Mr. Warden, ist sie bei Ihnen?«

»Nein«, sagte der Gast mit einem Kopfschütteln.

Seine Antwort, sein Benehmen, seine Trauerkleider, seine stille Rückkehr, seine öffentlich angekündigte Absicht, ins Ausland zu ziehen, erklärten ihr alles.

Marion war tot!

Er widersprach ihr nicht. Ja, sie war tot.

Clemency setzte sich hin, legte das Gesicht auf den Tisch und weinte.

In diesem Augenblick kam ein alter, grauhaariger Herr ganz außer Atem hereingestürzt und keuchte so stark, dass er an seiner Stimme kaum als Mr. Snitchey zu erkennen war.

»Gott im Himmel, Mr. Warden!«, sagte der Advokat und zog den Gentleman beiseite. »Welcher Wind –«, er war so erschöpft, dass er innehalten musste und erst nach einer Pause ganz schwach hinzusetzen konnte – »hat Sie hierhergeführt.«

»Ein ungünstiger, fürchte ich«, gab Mr. Warden zur Antwort. »Wenn Sie hätten hören können, was eben hier vorging, wie man mich bat, Unmögliches zu tun und wie ich nur Verwirrung und Herzleid bringen konnte.«

»Ich kann mir schon alles denken, aber warum sind Sie gerade hierher gegangen, mein lieber Herr«, rief der Advokat.

»Ich bitte Sie! Wie konnte ich denn wissen, wem das Haus gehört. Als ich meinen Bedienten zu Ihnen schickte, stolperte ich hier herein, weil mir das Haus ganz neu war und ich ein begreifliches Interesse fühle an allem, was sich hier in dieser alten Umgebung verändert hat. Überdies wollte ich doch mit Ihnen erst außerhalb der Stadt zusammenkommen, ehe ich mich öffentlich zeigte. Ich wollte erfahren, was die Leute von mir sprächen. Ich sehe übrigens an Ihrem Benehmen, dass Sie es mir sagen können. Wäre nicht Ihre verwünschte Vorsicht gewesen, hätte ich längst alles schon wissen können.«

»Unsere Vorsicht!«, rief der Advokat aus. »Wie können Sie uns einen Vorwurf machen, Mr. Warden! Ich spreche im Namen meiner Wenigkeit & Craggs' – selig –«, dabei blickte Mr. Snitchey den Flor auf seinem Hute an und schüttelte den Kopf. »Wir hatten doch vereinbart, dass wir den Gegenstand nicht wieder berühren sollten, da es eine Angelegenheit wäre, in die sich so ernste und gesetzte Männer wie wir – ich notierte mir Ihre damaligen Äußerungen – nicht mischen dürften. Unsere Vorsicht! Während Mr. Craggs, Sir, in sein geachtetes Grab stieg in dem vollen Glauben –«

»Ich hatte ein feierliches Versprechen gegeben zu schweigen, falls ich zurückkehren würde, wann immer das auch geschehen möchte«, unterbrach ihn Mr. Warden, »und habe es gehalten.«

»Gewiss, Sir, und ich wiederhole es, wir waren ebenfalls zum Schweigen verpflichtet, einesteils unserer Pflicht gegen uns selbst wegen, und dann verschiedener Klienten halber, zu denen auch Sie zählten. Es kam uns nicht zu, Sie über eine derartig delikate Angelegenheit auszuforschen. Ich hatte wohl so meinen Argwohn, Sir; es sind kaum sechs Monate her, dass ich von der Wahrheit unterrichtet wurde.«

»Von wem?«, fragte Mr. Warden.

»Von Dr. Jeddler selbst, Sir, der mich aus freien Stücken ins Vertrauen zog. Er und nur er allein hat die volle Wahrheit seit mehreren Jahren gewusst.«

»Und Sie wissen sie auch?«, fragte Mr. Warden.

»Ich auch, Sir«, antwortete Snitchey. »Und ich habe auch Grund, anzunehmen, dass Grace sie morgen Abend ebenfalls erfahren wird. Man hat es ihr versprochen. Mittlerweile werden Sie mir hoffentlich die Ehre geben, Gast meines Hauses zu sein, da man Sie in Ihrem eignen nicht erwartet. Doch um weiteren Verlegenheiten auszuweichen, falls man Sie erkennen sollte – Sie haben sich zwar sehr verändert, und ich glaube, ich selbst wäre an Ihnen, Mr. Warden, ahnungslos vorübergegangen –, wäre es vielleicht besser, wir dinierten hier und gingen erst abends in die Stadt. Man isst hier sehr gut zu Mittag, Mr. Warden; übrigens ist hier Ihr eigener Grund und Boden. Meine Wenigkeit & Craggs – selig – nahmen hier öfter ein Kotelett und waren immer sehr zufrieden.«

»Mr. Craggs, Sir«, fuhr Snitchey fort, die Augen auf einen Moment fest schließend und dann wieder öffnend, »wurde leider allzu früh aus dem Buche der Lebendigen gestrichen.«

»Der Himmel vergebe mir, dass ich Ihnen nicht längst kondolierte«, erwiderte Michael Warden und fuhr sich mit der Hand über die Stirn, »aber ich bin wie im Traume. Es ist mir, als sei ich nicht recht bei Vernunft. Mr. Craggs, ja richtig. Es tut mir wirklich sehr leid, dass wir Mr. Craggs verloren haben.« Er sah bei diesen Worten auf Clemency und schien viel eher mit Benjamin zu sympathisieren, der sich bemühte, seine Frau zu trösten.

»Mr. Craggs, Sir«, bemerkte Snitchey, »musste sich, wie ich zu meinem Leidwesen konstatiere, leider überzeugen, dass es dem Menschen nicht so leicht gemacht ist, das Leben zu behalten, wie ihm seine Theorie sagte, sonst wäre er noch unter uns. Es ist ein großer Verlust für mich! Mr. Craggs war mein rechter Arm, mein rechtes Bein, mein rechtes Ohr, mein rechtes Auge; ohne ihn bin ich wie gelähmt. Er vermachte seinen Anteil am Geschäfte Mrs. Craggs, den Testamentsvollstreckern, Administratoren und Kuratoren. Sein Name steht bis zum heutigen Tag noch über der Firma. Ich versuche manchmal wie ein Kind, mir einzureden, dass er noch lebe. Ich spreche immer noch gewohnheitsmäßig: für meine Wenigkeit & Craggs – selig, – Sir, – selig.« Und der weichherzige Advokat wedelte mit dem Taschentuch.

Michael Warden, der Clemency noch immer beobachtete, beugte sich zu Snitchey und flüsterte ihm etwas ins Ohr.

»Ach die Ärmste!«, sagte Snitchey und schüttelte den Kopf. »Ja, sie hing immer so sehr an Marion. Sie hatte sie immer so gern. Hübsche Marion! Arme Marion! Kopf hoch, Mistress! Sie sind doch jetzt verheiratet. Denken Sie doch daran, Clemency.«

Clemency seufzte nur und schüttelte den Kopf.

»Nun, nun, warten Sie halt bis morgen«, sagte der Advokat freundlich.

»Morgen macht die Toten nicht mehr lebendig, Mister«, sagte Clemency schluchzend.

»Nein, das freilich nicht, sonst würde es uns Mr. Craggs – selig – wieder zurückgeben«, entgegnete Snitchey. »Aber es kann gewisse mildernde Umstände bringen. Etwas Angenehmes. Warten Sie nur bis morgen.«

Clemency schüttelte die dargebotene Hand und sagte, sie wolle es tun, und Britain, der beim Anblick seiner in Schmerz aufgelösten Gattin – es war gerade, als ob das ganze Geschäft den Kopf hängen ließe – schrecklich niedergeschlagen war, sagte, dass es recht so sei. Und Mr. Snitchey und Michael Warden gingen die Treppe hinauf und waren bald in eine so vorsichtig geführte Unterhaltung vertieft, dass keine Silbe ihres Geflüsters hörbar wurde inmitten des Geklappers von Tellern und Schüsseln, des Zischens der Bratpfannen, des Brodelns der Kasserollen und des eintönigen Schnarrens des Bratspießrades, das von Zeit zu Zeit so schrecklich schnappte, als ob ihm ein

Schlaganfall zugestoßen wäre – und all der andern Maßnahmen in der Küche.

Der folgende Tag war hell und friedevoll, und nirgendwo glänzten die herbstlichen Farben schöner als in dem stillen Obstgarten vor des Doktors Haus. Der Schnee vieler Winternächte war hier geschmolzen, manchen Sommer hindurch hatten die welken Blätter hier geraschelt, seit Marion geflohen war. Die Geißblattlaube war wieder grün, die Bäume warfen reiche und wechselnde Schatten auf das Gras, die Landschaft lag so still und heiter wie je. Nur sie fehlte.

Nur sie, nur sie. Sie hätte sich seltsam ausgenommen jetzt in dem alten Hause, seltsamer vielleicht, als damals das Haus ohne sie. Eine Dame saß jetzt an ihrem alten Platz, eine Dame, aus deren Herzen sie nie entschwunden war, in deren Gedächtnis sie treu fortlebte, unverändert, in Jugendfrische strahlend. In deren Liebe – Grace war jetzt selbst Mutter und ein reizendes, kleines Töchterchen spielte an ihrer Seite – sie keine Nebenbuhlerin, keine Nachfolgerin hatte und auf deren Lippen jetzt der Name Marion schwebte.

Der Geist der Dahingegangenen blickte aus diesen Augen, aus Graces Augen, die jetzt an ihrem Hochzeitstag, dem gemeinsamen Geburtstage Marions und Alfreds, mit ihrem Gatten im Obstgarten saß.

Er war kein berühmter Mann geworden und auch nicht reich. Er hatte die Freunde seiner Jugend und die alte Umgebung nicht vergessen und überhaupt keine von des Doktors Prophezeiungen erfüllt. Aber bei seinen häufigen, geduldigen und heimlichen Besuchen in den Häusern der Armen, bei den vielen Nachtwachen an Krankenbetten, und täglich so viel Mildem und Gutem, das auf den Seitenpfaden des Lebens blüht und dennoch nicht niedergetreten wird vom schweren Fuß der Armut, vor Augen, hatte er mit jedem Jahr die Wahrheit seines alten Glaubens besser erkannt und bewiesen. Seine wenn auch stille und bescheidene Lebensweise hatte ihm gezeigt, wie oft noch immer Engel bei den Menschen einkehren, so wie vor Alters. Und wie oft gerade die Unscheinbarsten – selbst solche, die dem Auge hässlich und abstoßend erscheinen und in Lumpen gekleidet sind – am Schmerzenslager der Kranken in einem neuen Lichte erscheinen und zu hilfreichen Engeln werden mit einer Strahlenkrone um das Haupt.

Er lebte auf diesem alten Schlachtfeld vielleicht einem bessern Zwecke, als wenn er ruhelos ehrgeizigen Zielen nachgejagt hätte. Und er lebte glücklich mit seiner Gattin, seiner lieben Grace.

Und Marion? Hatte er sie vergessen?

»Die Zeit ist schnell entschwunden seitdem, liebe Grace« – sie sprachen von jener Nacht – »und doch scheint es so unendlich lange her zu sein. Wir zählen nach Veränderungen und Ereignissen in uns. Nicht nach Jahren.«

»Aber es sind auch Jahre verflossen, seit Marion gegangen ist«, erwiderte Grace. »Sechsmal, mein lieber Alfred, den heutigen Tag miteingerechnet, haben wir an ihrem Geburtstag hier gesessen und von ihrer so heiß ersehnten und lange verschobenen Rückkehr gesprochen. Wann wird es nur endlich sein. Wann endlich?«

Alfred betrachtete sie aufmerksam, wie ihr die Tränen in die Augen traten, und zog sie näher an sich:

»Aber Marion sagte dir doch in ihrem Abschiedsbrief, den sie auf dem Tische zurückließ und den du so oft liest, dass Jahre vergehen müssten, ehe es sein kann, nicht wahr.«

Grace zog den Brief aus dem Busen und küsste ihn und nickte.

»Und dass sie während dieser Jahre, so glücklich sie auch sein möge, die Zeit ersehnen werde, wo sie zurückkehren und alles aufklären könne, und dass sie dich bitte, hoffnungs- und vertrauensvoll desgleichen zu tun. Lautet der Brief nicht so, mein Herz?«

»Ja, Alfred.«

»Und steht es nicht immer wieder in jedem Brief, den sie seitdem geschrieben hat?«

»Nur im letzten nicht – dem letzten seit einigen Monaten – in dem sie von dir sprach und von dem, was du damals schon gewusst haben sollst und was ich heute Abend erfahren darf.«

Er blickte in das Abendrot und sagte, dass sie es erfahren dürfe, wenn die Sonne untergegangen sei.

»Alfred«, sagte Grace und legte die Hand voll Ernst auf seine Schulter. »Es steht etwas in dem alten Brief, was ich dir nie gesagt habe, aber heute Abend, lieber Alfred, wo dieser Sonnenuntergang naht und unser Leben mit dem scheidenden Tag feierlicher und stiller zu werden scheint, kann ich es nicht geheim halten.«

»Was ist es, Geliebte?«

»Als Marion von uns ging, schrieb sie in diesem ersten Brief, dass sie jetzt dich, Alfred, in meine Hände lege wie du einst sie mir, und sie bat mich und beschwor mich, dass, wenn ich sie und dich liebte, nicht deine Neigung zu mir – sie wisse genau, dass eine solche bestünde – zurückweisen möge, wenn einmal die noch frische Wunde geheilt sei, sondern sie ermutigen und erwidern solle.«

»– und mich wieder zu einem stolzen und glücklichen Mann machen, Grace. Schrieb sie das nicht?«

»Sie wollte mich so glücklich über deine Liebe machen, wie es der Fall ist«, war die Antwort, und sie schloss ihn in ihre Arme.

»Hör zu, Geliebte«, sagte er. – »Nein, so!« Und er legte sanft ihr Haupt an seine Schulter. »Ich weiß, warum ich von dieser Stelle im Brief nie etwas gehört habe. Ich weiß, warum du damals nie eine Spur davon in Wort oder Blick gezeigt hast. Ich weiß auch, warum meine Grace, trotzdem sie immer so freundlich zu mir gewesen ist, doch so schwer zu bewegen war, mein Weib zu werden. Und weil ich es weiß, kenne ich auch den unschätzbaren Wert des Herzens, das ich in meinen Armen halte, und danke Gott für den unendlichen Reichtum.«

Sie weinte, aber nicht aus Kummer, als er sie an sein Herz drückte. Nach einer Weile sah er auf das Kind zu seinen Füßen, das mit einem Körbchen voll Blumen spielte, und sagte zu ihm: »Schau doch, wie rot und golden die Sonne ist!«

»Alfred«, Grace blickte bei seinen letzten Worten rasch auf. »Die Sonne geht unter, vergiss nicht, dass ich es jetzt erfahren soll.«

»Du sollst die Wahrheit von Marions Geschichte jetzt erfahren, Geliebte«, antwortete er.

»Die ganze Wahrheit!«, bat sie flehend. »Die unverhüllte Wahrheit. So lautet doch das Versprechen, nicht wahr?«

»Gewiss.«

»Ehe die Sonne sinkt an Marions Geburtstag. Und du siehst, Alfred, sie sinkt schnell.«

Er legte den Arm um sie und sah ihr fest in die Augen.

»Die Wahrheit, liebe Grace, soll nicht ich dir sagen. Sie soll dir von andern Lippen kommen.«

»Von andern Lippen?«

»Ja, ich kenne dein festes Herz. Ich weiß, wie tapfer du bist und dass ein vorbereitendes Wort bei dir genügt. Du sagtest, die Zeit ist gekommen. Ja, sie ist gekommen. Sage mir, dass du stark genug bist, eine Prüfung, eine Überraschung – eine Erschütterung zu ertragen: Und der Bote steht vor der Türe.«

»Welcher Bote? Welche Nachricht bringt er?«

»Ich darf nicht mehr sagen. Glaubst du, du verstehst mich?«

»Ich fürchte mich, daran zu denken«, sagte sie.

Trotz seinem ruhigen Blick lag eine Erregung in seinem Gesicht, die sie erschreckte. Wieder barg sie ihr Gesicht an seiner Schulter und bat ihn zitternd, noch einen Augenblick zu warten.

»Mut, Grace! Wenn du Kraft genug hast, den Boten zu empfangen, so wartet er vor dem Tore. Die Sonne sinkt an Marions Geburtstag. Also Mut, Mut, Grace!«

Sie erhob das Haupt, sah ihn an und sagte, dass sie bereit sei. Wie sie dastand und ihm nachblickte, war ihr Gesicht Marions Zügen, wie sie in den letzten Tagen im Vaterhause gewesen, wunderbar ähnlich. Er nahm das Kind mit sich. Sie rief es zurück – es trug ihrer Schwester Namen – und drückte es an ihre Brust. Wieder freigelassen, sprang das Kind Alfred nach, und Grace war allein.

Sie wusste nicht, wovor sie sich fürchtete oder was sie erhoffte. Sie blieb regungslos stehen und blickte nach der Pforte, wo die beiden verschwunden waren.

Gott, was trat da aus dem Schatten, stand dort auf

der Schwelle! Diese Gestalt in den weißen, von der Abendluft bewegten Kleidern, das Haupt zärtlich ruhend an ihres Vaters Brust! O Gott, war das eine Vision, die sich aus des alten Mannes Armen loslöste und mit einem Schrei in wildem Ungestüm schrankenloser Liebe ihr in die Arme sank!

»O Marion, Marion! O meine Schwester, mein Herzensliebling! Was für ein unaussprechliches Glück, dich wiederzusehen!«

Es war kein Traum, kein von Hoffnung und Furcht heraufbeschworenes Phantasiegebilde, sondern Marion, die süße Marion selbst. So glücklich, so lieblich, so unberührt von Kummer und Prüfung, so herrlich in ihrer Anmut, dass, wie die untergehende Sonne auf ihr himmelwärts gerichtetes Gesicht schien, sie wie ein Engel aussah, der auf die Erde segenspendend herabgekommen.

Marion hielt ihre Schwester umfasst, hatte sie zu einer Bank gezogen und beugte sich über sie und lächelte durch Tränen. Dann kniete sie vor ihr nieder und konnte keine Sekunde das Auge von ihr wenden. Endlich brach sie das Schweigen, und ihre Stimme war klar, tief und ruhig wie im Einklang mit der Abendstille.

»Als dies noch mein liebes Vaterhaus war, Grace, wie es jetzt es wieder sein soll –«

»O mein süßes Herz, nur einen Augenblick! O Marion, dich wieder sprechen zu hören!«

»Als dies noch mein Vaterhaus war, Grace, das es jetzt wieder sein soll, liebte ich Alfred von ganzem Herzen. Ich liebte ihn auf das innigste und wäre gern für ihn gestorben, obwohl ich noch so jung war. Ich verschmähte seine Liebe nie in meinem innersten Herzen. Keinen einzigen Augenblick. Sie war mir teuerer, als ich sagen kann. Es ist lange her und längst vorbei, und alles ist ganz anders geworden, und doch ertrug ich den Gedanken nicht, du könntest glauben, ich hätte ihn einst nicht treu geliebt. Ich liebte ihn nie heißer, Grace, als an jenem Tage, wo er Abschied nahm. Ich liebte ihn nie mehr, als an jenem Abend, wo ich von hier verschwand.«

Ihre Schwester konnte ihr bloß ins Antlitz schauen und sie fest umschlungen halten.

»Aber ohne es zu wissen«, sagte Marion mit sanftem Lächeln, »hatte er bereits ein anderes Herz gewonnen, ehe ich noch eins besaß, um es ihm zu schenken. Dieses Herz – deines, liebe Schwester – war so von Zärtlichkeit zu mir erfüllt, so hingebend und so edel, dass es seine Liebe verbarg und sie geheim hielt vor aller Augen, außer vor meinen – o, welche Augen wären auch so von Zärtlichkeit und Dankbarkeit geschärft gewesen –, und sich für mich opferte. Aber ich kannte gar wohl die Tiefe dieses Herzens. Ich wusste um den Kampf, den es ausgestanden. Ich wusste, wie hoch und unschätzbar sein Wert für ihn war und wie hoch er es hielt, mochte er mich lieben, wie er wollte. Ich wusste, wie viel ich diesem Herzen schuldete, und hatte das Vorbild täglich vor Augen. Was du für mich getan, Grace, fühlte ich, würde ich auch für dich tun können. Ich legte mich nie zur Ruhe, ohne unter Tränen zu beten, dass ich die Kraft dazu haben möge. Ich legte mich nie zur Ruhe in die Kissen, ohne an Alfreds eigene Worte an seinem Abschiedstag zu denken, dass täglich im menschlichen Herzen Siege erfochten würden, gegen die die Siege auf diesem Schlachtfeld in nichts versänken. Und je mehr ich an die Entsagung dachte, die täglich und stündlich in dem großen Lebenskampf, von dem er sprach, bewiesen wird, ohne dass jemand ihrer gedächte, da fühlte auch ich meine Aufgabe täglich leichter werden. Und er, der unsere Herzen sieht in diesem Augenblick und weiß, dass kein Tropfen Gram oder Leid in dem meinen ist, nichts als ungemischte Freude – er gab mir die Kraft zum Entschluss, niemals Alfreds Weib zu werden. Mein Bruder und dein Gatte, wenn meine Handlungsweise dieses glückliche Ende herbeiführen könnte, sollte er sein, aber ich niemals sein Weib!

»O Marion! O Marion!« – –

»Ich versuchte, gleichgültig gegen ihn zu sein« – sie drückte ihrer Schwester Gesicht an ihre Wangen –, »aber das war schwer, und du warst immer seine treue Fürsprecherin. Ich wollte dir meinen Entschluss mitteilen, aber es ging nicht. Du mochtest mich nie anhören und würdest mich nicht verstanden haben. Die Zeit seiner Rückkehr kam heran. Ich fühlte, dass ich handeln musste, ehe der tägliche Umgang mit ihm sich erneuern würde. Ich erkannte, dass ein großer Schmerz in diesem Augenblick uns allen langes Leid ersparen würde, erkannte, dass, wenn ich vor ihm entfloh, das Ende so kommen müsste, wie es gekommen ist, und dass wir beide noch glücklich werden würden, Grace. Ich schrieb an die gute Tante Martha und bat sie um Aufnahme in ihrem Hause; ich sagte ihr damals nicht die volle Wahrheit, und doch gewährte sie mir gern meine Bitte. Während ich noch mit mir selbst rang und mit meiner Liebe zu dir und dem Vaterhaus, da wurde Mr. Warden durch einen Unglücksfall eine Zeitlang unser Hausgenosse.«

»Wie oft habe ich in all den Jahren gezittert«, rief Grace aus und wurde leichenblass, »dass du ihn niemals liebtest und ihn nur geheiratet hast, um dich für mich aufzuopfern.«

»Er war damals im Begriff, heimlich ins Ausland zu flüchten«, fuhr Marion fort und zog ihre Schwester näher zu sich. »Er schrieb an mich, setzte mir seine Verhältnisse und Absichten auseinander und bot mir seine Hand an. Er sagte mir, er habe bemerkt, dass ich Alfreds Rückkehr nicht mit Freude entgegensähe – ich glaube, er war der Meinung, mein Herz habe keinen Teil an diesem Bunde. Ich hätte Alfred vielleicht früher geliebt, aber es wäre vorbei, ich suchte meine Gleichgültigkeit zu verbergen, indem ich mich absichtlich gleichgültig stellte – kurz, ich weiß es nicht. Aber es war mein Wunsch, dass Alfred glauben solle, er habe mich ganz verloren, und dass ihm keine Hoffnung mehr bliebe. Verstehst du mich, geliebte Schwester.«

Grace sah ihr aufmerksam ins Gesicht; sie schien in Ungewissheit zu schweben.

»Ich kam mit Mr. Warden zusammen und vertraute seiner Ehrenhaftigkeit. Ich gestand ihm mein Geheimnis am Vorabend seiner und meiner Flucht. Er hat es treu bewahrt.«

Grace blickte sie verwirrt an. Sie schien kaum zu hören.

»Meine liebe, liebe Schwester!«, sagte Marion. »Sammle deine Gedanken einen Augenblick und hör zu. Sieh mich nicht so seltsam an. Es gibt Stätten, wohin diejenigen, die eine rebellische Leidenschaft unterdrücken oder einen tiefen Schmerz in ihrer Brust heilen wollen, sich in Abgeschlossenheit vor der Welt und ihren Hoffnungen für immer zurückziehen wollen. Wenn Frauen dies tun, so nehmen sie den Namen an, der dir und mir so teuer ist, und nennen einander Schwestern. Aber es gibt auch Schwestern, Grace, die in der weiten Welt und mitten im Menschengewühl bemüht sind, Segen zu spenden und Gutes zu tun, und so dasselbe Ziel erreichen und mit frischem, jugendlichem Herzen und noch empfänglich für Glück auch sagen können: Der Kampf ist vorbei und der Sieg gewonnen. Und so ist es mir gegangen. Verstehst du mich jetzt?«

Immer noch blickte Grace sie starr an und gab keine Antwort.

»O Grace, meine liebe Grace«, und Marion schmiegte sich noch zärtlicher an die Brust jener, die sie so lang gemieden, »wenn du nicht glücklich als Gattin und Mutter wärest – wenn ich keine kleine Namensschwester hier fände – wenn Alfred, mein lieber Bruder, nicht dein zärtlicher Gatte wäre, woher sollte ich denn dann die Glückseligkeit nehmen, die ich jetzt empfinde. Wie ich das Haus verlassen habe, so kehre ich zurück. Mein Herz hat keine andere Liebe gekannt, meine Hand ist noch immer frei, ich bin immer noch deine jungfräuliche Schwester, unverheiratet, unversprochen – deine alte Marion, in deren Herzen du allein ohne Nebenbuhler wohnst, Grace.«

Grace verstand jetzt. Die Spannung in ihren Zügen ließ nach, sie fiel Marion um den Hals und weinte und weinte und liebkoste sie wie ein Kind.

Als sie sich wieder gesammelt hatten, sahen sie den Doktor und Tante Martha, seine Schwester, und Alfred neben sich stehen.

»Das ist ein schwerer Tag für mich«, sagte Tante Martha und lächelte unter Tränen, als sie ihre Nichten umarmte, »denn indem ich euch alle glücklich mache, verliere ich mein liebes Kind, und was könnt ihr mir für meine Marion geben?«

»Einen bekehrten Bruder«, sagte der Doktor.

»Das ist wenigstens etwas«, antwortete Tante Martha, »in einer Posse wie –«

»Ich bitte dich, hör auf«, sagte der Doktor bußfertig.

»Na, ich will's gut sein lassen«, meinte Tante Martha. »Aber ich komme wahrhaftig schlecht dabei weg. Ich weiß wirklich nicht, was aus mir ohne meine Marion werden soll, wo wir fast ein halbes Dutzend Jahre zusammengelebt haben.«

»Du musst zu uns ziehen und hier leben«, rief der Doktor, »wir zanken uns gewiss nicht mehr.«

»Oder heiraten, Tante«, rief Alfred.

»Ich glaube wirklich«, erwiderte die alte Dame, »es wäre nicht übel, wenn ich Michael Warden ins Auge fasste, der sich in jeder Hinsicht gebessert haben soll, wie ich höre. Aber da ich ihn schon als Knaben kannte und ich schon damals nicht mehr sehr jung war, könnte er mir vielleicht einen Korb geben. Nein, ich will lieber zu Marion ziehen, wenn sie heiratet – was wohl nicht mehr sehr lang dauern kann –, und bis dahin allein bleiben. Was meinst du dazu, Bruder?«

»Ich habe doch wieder große Lust zu sagen, dass es eine lächerliche Welt ist, in der es nichts Ernsthaftes gibt«, bemerkte der Doktor.

»Du könntest zwanzig Gutachten darüber ausstellen, Anthony«, bemerkte seine Schwester, »und es würde dir's doch niemand glauben, wenn du dabei ein solches Gesicht machst.«

»Es ist eine Welt voller Herzen«, sagte der Doktor und umarmte seine jüngere Tochter, und sich hinüberbeugend, um auch Grace an sich zu ziehen, denn er konnte die Schwestern nicht voneinander trennen: »Eine ernste Welt trotz aller ihrer Narretei, trotz aller ihrer Torheiten, die groß genug waren, die ganze Erde zu überschwemmen. Eine Welt, über der die Sonne nie aufgeht, ohne auf Tausende von unblutigen Kämpfen niederzuscheinen, die die Leiden und Verbrechen der Schlachtfelder einigermaßen wiedergutmachen, eine Welt, die wir nicht verspotten dürfen, Gott verzeih mir, denn sie ist eine Welt voll heiliger Geheimnisse, und nur ihr Schöpfer allein weiß, was unter der Oberfläche seines geringsten Ebenbildes sich verbirgt.« - - -

Ich täte niemand einen Gefallen damit, wenn ich mit plumper Hand die Freude dieser lang getrennten und jetzt wieder vereinigten Familie ausmalen wollte. Ich will dem Doktor nicht durch die Erinnerungen an seinen Schmerz folgen, den er nach Marions Flucht gefühlt, und will nicht erzählen, wie ernst er die Welt empfunden, in der tiefwurzelnde Liebe das Erbteil aller Menschen ist, auch nicht, wie ihn eine Kleinigkeit, ein einziger kleiner Rechenfehler in seiner großen närrischen Philosophie zu Boden gedrückt hatte, auch nicht, wie ihm seine Schwester schon längst aus Mitleid die Wahrheit allmählich enthüllt und ihm das Herz seiner Tochter, die freiwillig in die Verbannung gegangen war, entdeckt und ihn an Marions Brust zurückgeführt hatte.

Ich will auch nicht schildern, wie Alfred Heathfield im letzten Jahre die Wahrheit erfahren, wie Marion ihn gesehen und ihm als ihrem Bruder versprochen hatte, am Abend ihres Geburtstags Grace mit eigenem Munde alles zu enthüllen. – – –

»Verzeihung, Doktor«, sagte plötzlich Mr. Snitchey, in den Garten guckend. »Darf ich mir die Freiheit nehmen, näherzutreten?«

Ohne eine Antwort abzuwarten, ging er geradenwegs auf Marion zu und küsste ihr erfreut die Hand.

»Wenn Mr. Craggs noch am Leben wäre, meine teure Miss Marion«, begann er, »würde er am heutigen Ereignis lebhaftestes Interesse nehmen. Er würde sicher zur Ansicht kommen, dass Ihnen das Leben nicht allzu leicht gemacht wurde, und vielleicht, dass es recht angebracht ist, kleine Erleichterungen zu spenden, wann immer wir können. Denn Mr. Craggs war ein Mann, der sich überzeugen ließ. Er war Belehrungen stets zugänglich. Wenn er jetzt einer solchen Belehrung ein offenes Ohr leihen könnte – doch hier liegt der schwache Punkt der Sache. Mrs. Snitchey, teure Gattin« – auf diesen Ruf erschien die Dame in der Türe – »wir sind unter alten Freunden.«

Nachdem Mrs. Snitchey ihren Glückwunsch dargebracht, nahm sie ihren Gatten beiseite. »Nur einen Augenblick, Mr. Snitchey«, sagte die würdige Dame. »Es liegt nicht in meiner Natur, die Asche der Toten aufzuwirbeln.«

»Nein, meine Teure«, antwortete der Advokat.

»Mr. Craggs ist –«

»Ja, meine Liebe. Er ist gestorben«, sagte Mr. Snitchey.

»Nichtsdestoweniger bitte ich dich«, fuhr seine Gattin fort, »dir jenen Ballabend ins Gedächtnis zurückzurufen. Nur darum bitte ich dich. Wenn dich dein Erinnerungsvermögen nicht ganz verlässt und du nicht ganz und gar geistesschwach bist, so ersuche ich dich, den heutigen Abend mit jenem zu verknüpfen und daran zu denken, wie ich dich auf meinen Knien anflehte, und bat –«

»Auf den Knien?«, fragte Mr. Snitchey.

»Ja«, sagte Mrs. Snitchey mit Festigkeit. »Du weißt es noch ganz gut – – – anflehte, dich vor diesem Mann zu hüten – sein Auge zu beobachten. Jetzt sage mir, ob ich damals nicht recht hatte und ob er an jenem Tage nicht um Geheimnisse wusste, die zu verschweigen er für gut fand.«

»Mrs. Snitchey«, flüsterte ihr der Advokat ins Ohr, »Madame, bemerkten Sie auch etwas in meinem Auge?«

»Nein«, sagte Mrs. Snitchey mit Schärfe. »Bilden Sie sich das nicht ein!«

»Ich sage das bloß, weil wir an jenem Abend zufällig«, fuhr Snitchey fort und hielt seine Gattin am Ärmel fest, »alle beide im Besitz eines Geheimnisses waren, das wir nicht verraten durften, und beide firmagemäß ein und dasselbe wussten. Je weniger Sie, Madame, von dieser Sache sprechen, desto besser. Nehmen Sie es als eine Lehre hin und sehen Sie in Zukunft die Dinge mit weiserem und barmherzigerem Auge an. Miss Marion, ich habe Ihnen eine alte Freundin mitgebracht. Hier, Mistress.«

Die alte Clemency trat, die Schürze vor den Augen, von ihrem Gatten geführt, langsam herein; Britain wie in einer bösen Vorahnung, dass es mit dem Wirtshaus »Zum Muskatnussreiber« vorbei sei, falls seine Gattin den Mut verlöre.

»Nun, Mistress«, sagte der Advokat und hielt Marion zurück, die der alten Dienerin entgegeneilen wollte, »was ist denn mit Ihnen los?«

»Los?«, schrie die arme Clemency.

Aber wie sie jetzt verwundert und verletzt durch die Frage und erschrocken über ein lautes Gebrüll Mr. Britains, aufblickte und das wohlbekannte liebe Gesicht so dicht vor sich sah, da machte sie große Augen, schluchzte, lachte, weinte und schrie, umarmte Marion, hielt sie fest, ließ sie wieder los, fiel über Mr. Snitchey her und umarmte ihn – zur größten Empörung Mrs. Snitcheys –, fiel über den Doktor her und umarmte ihn, dann über Mr. Britain, und umarmte schließlich sich selbst, warf die Schürze über den Kopf und lachte und weinte durcheinander.

Ein Fremder war hinter Mr. Snitchey in den Obstgarten gekommen und an der Türe stehen geblieben, ohne von den andern bemerkt zu werden, die sehr wenig Aufmerksamkeit übrig hatten und durch Clemencys Ekstasen vollständig in Anspruch genommen waren. Er wollte offenbar nicht auffallen, sondern blieb abseits stehen mit niedergeschlagenen Augen.

Sein Gesicht machte den Eindruck von Betrübnis, der in der allgemeinen Fröhlichkeit nur noch auffälliger wurde. Es war ein Herr von sehr vornehmer Erscheinung. Nur Tante Marthas scharfen Augen schien er nicht entgangen zu sein. Kaum hatte sie ihn erspäht, war sie schon in die lebhafteste Konversation mit ihm verwickelt. Gleich darauf trat sie wieder zu Marion, die neben Grace und ihrer kleinen Namensschwester stand, und flüsterte ihr etwas ins Ohr, das sie sehr zu überraschen schien.

Aber schnell sich wieder fassend, näherte sich Marion mit der Tante dem Fremden und ließ sich mit ihm in eine Unterhaltung ein.

»Mr. Britain«, sagte der Advokat und zog ein nach einem Aktenstück aussehendes Dokument aus der Tasche. »Ich beglückwünsche Sie. Sie sind jetzt der einzige und alleinige Eigentümer jenes Grundstückes, das Sie bisher in Pacht hatten und auf dem Sie eine konzessionierte Schenke oder Gastwirtschaft betreiben, die gemeinhin nach ihrem Schilde als das Wirtshaus »Zum Muskatnussreiber« bezeichnet wird und bekannt ist. Ihre Frau ging durch Verschulden meines Klienten, Mr. Michael Warden, eines Hauses verlustig und gewinnt nun durch ihn ein anderes. Ich werde mir das Vergnügen machen, Ihnen an einem der nächsten Vormittage meine Aufwartung zu machen, um mich um Ihre Stimme bei den nächsten Wahlen zu bewerben.«

»Würde es einen Unterschied in der Stimmenabgabe machen, wenn das Schild geändert würde, Sir?«, fragte Britain.

»Durchaus nicht«, antwortete der Advokat.

»Dann«, sagte Mr. Britain und gab Snitchey die Urkunde zurück, »flicken Sie noch die Worte ein: ›und Fingerhut!‹ und ich werde die beiden Sprüche im Wohnzimmer aufhängen lassen anstelle des Porträts meiner Gattin.«

»Und mir?«, sagte eine Stimme hinter ihnen, es war Michael Wardens, des Fremden Stimme. »Lassen Sie mir den Segen dieser Inschriften zukommen! Mr. Heathfield und Dr. Jeddler, ich hätte Ihnen großes Unrecht zufügen können! Dass es nicht dazu kam, ist nicht mein Verdienst. Ich will nicht sagen, dass ich um sechs Jahre weiser oder besser bin, als ich war, aber jedenfalls habe ich so lange bereut. Ich habe keinen Anspruch auf schonende Behandlung von Ihrer Seite. Ich missbrauchte die Gastfreundschaft dieses Hauses, lernte aber meine Fehler einsehen mit einer Beschämung, die ich nie vergessen habe, und nicht ohne Nutzen, durch eine Dame« – er blickte Marion an – »die ich demütig um Verzeihung bat, als ich ihren innern Wert und meine eigne Unwürdigkeit erkannte. In wenigen Tagen werde ich diesen Ort für immer verlassen, und ich bitte Sie alle um Verzeihung: – Was du nicht willst, das man dir tu, das füg auch keinem andern zu! Vergiss und vergib.«

* * *

Der Geist der Zeit, der mir den letzten Teil dieser Geschichte mitteilte und den seit fünfunddreißig Jahren persönlich zu kennen ich das Vergnügen habe, teilte mir gelegentlich mit, nachlässig auf seine Sense gelehnt, dass Michael Warden England nie verließ und auch sein Haus nicht verkaufte, sondern es zu einer goldnen Stätte der Gastlichkeit machte und sich eine Gattin gewann, den Stolz und die Ehre der ganzen Gegend, die den Namen Marion führt. Allerdings ist mir bekannt, dass der Geist der Zeit zuweilen die Tatsachen arg untereinandermengt, und daher weiß ich nicht, wie viel Gewicht auf seine Aussagen zu legen ist.

Robert Gernhardt
Weihnachten mit Robert Gernhardt

Das Weihnachtsfest verbindet sich mit einer der bekanntesten Geschichten der Welt und ruft so die Nacherzähler ebenso auf den Plan wie die zweifelnden Zuhörer. An Weihnachten knüpfen sich schöne wie schreckliche Kindheitserinnerungen, abendländische Hochkunst ebenso wie unglaublicher Kitsch. In all dieses Facetten schillert das Weihnachtsfest über alle Gattungsgrenzen hinweg in Gernhardts Gesamtwerk. Der vorliegende Band ist eine neue Auswahl aus der unerschöpflichen Fundgrube des Gernhardt'schen Werks und versammelt seine witzigsten, schönsten und nachdenklichsten Gedichte, Geschichten und Zeichnungen zum Fest.

176 Seiten, gebunden

Weitere Informationen finden Sie auf
www.fischerverlage.de

Sascha Michel / Jürgen Hosemann (Hg.)
Weihnachtsgeschichten für glückliche Stunden

»Weihnachtsgeschichten für glückliche Stunden« ist das perfekte Geschenkbuch für die schönste Zeit des Jahres. Es vereint klassische Weihnachtstexte mit zeitgenössisch-überraschenden und spannt einen leuchtenden Bogen von der adventlichen Vorfreude bis zur Aussicht auf Silvester.

Mit Texten von Zsuzsa Bánk, Theodor Fontane, Thomas Hürlimann, Helga Schubert, Ulrich Tukur, Roger Willemsen und vielen anderen.

256 Seiten, gebunden

Weitere Informationen finden Sie auf
www.fischerverlage.de